粤海风文丛

放眼与放言

文化的现象批评
现象的文化批评

徐南铁 主编

暨南大学出版社
JINAN UNIVERSITY PRESS

中国·广州

图书在版编目（CIP）数据

放眼与放言/徐南铁主编．—广州：暨南大学出版社，2017.5
（粤海风文丛）
ISBN 978－7－5668－1919－2

Ⅰ．①放…　Ⅱ．①徐…　Ⅲ．①文艺评论—中国—当代—文集　Ⅳ．①I206.7－53

中国版本图书馆 CIP 数据核字（2016）第 205539 号

放眼与放言
FANGYAN YU FANGYAN
主编：徐南铁

出 版 人：徐义雄
策划编辑：李　战
责任编辑：曹　军
责任校对：李林达　邓丽藤
责任印制：汤慧君　周一丹

出版发行：暨南大学出版社（510630）
电　　话：总编室（8620）85221601
营销部（8620）85225284　85228291　85228292（邮购）
传　　真：（8620）85221583（办公室）　85223774（营销部）
网　　址：http：//www.jnupress.com　http：//press.jnu.edu.cn
排　　版：广州市天河星辰文化发展部照排中心
印　　刷：佛山市浩文彩色印刷有限公司
开　　本：787mm×1092mm　1/16
印　　张：23.75
字　　数：491 千
版　　次：2017 年 5 月第 1 版
印　　次：2017 年 5 月第 1 次
定　　价：60.00 元

序一：　不必藏诸名山，还是置之案头

□ 邵燕祥

《粤海风》改版百期选文，放在一起重读，语境大体依然，立意仍觉警策，可以说不失其现实意义，常读常新。不必藏诸名山，还是置之案头吧。

我不久前为一部杂文大系自选一集，对1986年夏写的《说“三不”》一文的去留，却颇犹疑了一阵。

那篇二十九年前的旧文，围绕领导人重申“不抓辫子，不戴帽子，不打棍子”的承诺，说了一些个人的想法。

这个“三不”，我最初想，该是针对余悸犹存的人们，用以安抚民心的。所谓抓辫子、戴帽子、打棍子，至少是从“文革”前的二十世纪五六十年代就有的问题，故在1961年政策调整时就提出过“三不”来消除影响。但随后阶级斗争的弦越绷越紧，一个个大小运动都要“大批判开路”，口诛笔伐，故态复萌。到了十年动乱，变本加厉，不可收拾。以致经过平反冤假错案、真理标准讨论等一系列务实和务虚的努力，许多人刚刚从“口欲言而嗫嚅”的状态中试步走出来，但仍然感到“辫子”“帽子”“棍子”如习惯势力的阴影在周边浮动。当年的领导有鉴于此，乃重提“三不”的口号，也许更多的是在向某些部门的掌权者发出信号，让他们收手吧。

我在《说“三不”》中，指出在社会政治生活中“抓辫子”“戴帽子”“打棍子”的现象，对照宪法和党章，有辱国格和党格，并说“一个死抱住这一套不放的人，如果是共产党员，那也是不合格的”。因此，我说，对有关部门和干部仅提出“三不”，是“取法乎下”，相当于在公共汽车服务公约中订上“（对乘客）不夹不摔”一样，实在是大大地降格以求，会惹人耻笑。因此，我在文中建议，似可不必再提“三不”这个低标准的“丢人”口号了。

为了论证以“三不”来制止“辫子”“帽子”“棍子”的横行之可笑与可悲，我引了一幅给干部颁发“无亏损奖”“不贪赃奖”“不损公奖”的漫画为例说，如果满足于以“三不”为民主生活的佳境和极致，那就仿佛要对党员干部设立“不抓辫子奖”“不戴帽子奖”“不打棍子奖”；而“能不挨整，于愿足矣”则将被誉为模范公民的模范心理了！

这一番意思不是很好吗？为什么在选与不选上费了踌躇呢？是由于“辫子”“帽子”“棍子”已经销声匿迹，上述议论就如鲁迅说的那样，该与“时弊”一起速朽了吗？环顾周围，还不能这样说。

我是觉得三十年前那篇旧文，在今天看来，已经深感立论太高，过于超前，近乎空话了。

别的不说，当时被视为好玩的“无亏损奖”“不贪赃奖”“不损公奖”之说，今天看来，不像讽刺与幽默，反倒像是正式的建议了。

更重要的在于，当时就“三不”说了些多余的话，不但无助于实际生活中消除“抓辫子”“戴帽子”“打棍子”的现象，反倒参与推动了取消“三不”的提法，遂使原来可以公开声讨的弊端，变成免予追责的隐形常态了。我为自己的幼稚多嘴，颇有些悔之不及。

如是云云，我把那篇《说“三不”》最终留在自选集里，只是为了“存以备考”。

那么，是不是还应建议，重新把“三不”的老口号，作为旗帜高高扬起呢？

我想，中国传统文化讲，“事不过三”，这个“三不”也许在我建议不提它的20世纪80年代，由于出自享有公信的领导人之口，或对某些顽固不化的干部还有些警示作用，在今天不管谁说，恐怕都只能归于空话套话一类，如春风过各式各样的马耳了。

《粤海风》改版之始，已近20世纪末，那时早已不提“三不”了，而舆论环境则“如鱼饮水，冷暖自知”：编者知之，作者知之，多数读者或亦知之。作为一个文化批评的平台，这份双月刊最大限度地吸引了尽可能多的作者和他们的批评性言论，也最大限度地包容了质疑、商榷、辩难、驳论等不同意见。大家常说“真理越辩越明”，即使不提到真理的高度，光说欲求真理所必不可缺的前提条件之真相，也是需要多方互相补充印证，才能充分显示的。要达到这一境地，一份杂志首先是编者（当然作者也不应缺席），除了要具有“雅量”外，还须真正具有求真务实的文明精神。

求真务实谈何容易，它是要在排除“假大空”“瞒”和“骗”的艰难博弈中前进的，“真善美”是在克服“假恶丑”中得以立足的。这才成其为文明精神：文明是一种态度，是一种教养，更是一种精神。

人类是在不断扬弃野蛮的过程中逐步进入文明的。野蛮的特征是崇尚暴力。在原始人里，暴力是本能。随着人类的进化，暴力赋有了多种物质形态，其中包括语言暴力，进而从语言暴力发展出文字暴力。中国历史上十分突出的“偶语弃市”和“文字狱”属之，在中国以言治罪、以文治罪，总之以思想治罪，至少怕已有三千年的历史。直到共产党取得全国政权以前，“左联”中某些“倚势欺人”以鸣鞭为能事者，还曾以“实际解决”恫吓被他们视为敌对的、正在受到蒋介石追剿的鲁迅。从1955年开始的反胡风等运动中，文字暴力总是与政治暴力相辅并行，对被施暴者“实际解决”，这是人们比较熟悉的近事了。

这里我突出地说到文明，并且与野蛮对举。因为就文而言文，我们要看到文字暴力的实质：它是反文化的，更是反文明的；它是野蛮的遗留，更为野蛮开疆拓土。

而操文字暴力以行者，已不是旧日形态的野蛮人，他们可以文质彬彬，他们可以口若悬河，他们可以倚马千言，然而不掩其野蛮本色者，一句话，叫作：不讲理。

本来，在中国传统文化熏陶的观念中，“有理走遍天下，无理寸步难行”，然而在某种特定情势下，却是“有理寸步难行（甚至动辄得咎），无理横行天下”。比如“理论”一词，究其语源，原是动词，如“理论一番”，就是互相据理而论，离开讲道理，理论也者，就是胡搅蛮缠。但恰恰是多年以来，一家之言乃至所谓金口玉言占据了所谓理论的制高点，派生出各式各样不像样而自称“理论”的无知谬说，违情悖理的无理搅三分，这就使有些人的所谓“理论”大大跌价，成为无理之论，其丧失信任也必矣。

与此相连带的是，对人“抓辫子”“戴帽子”“打棍子”的语言暴力、文字暴力实施者，早已不是文盲、半文盲，而多是具有相当学历甚至高学历及各类职称、学衔者。如果说，当年暴力施行者自诩“俺是大老粗”，或仍可予以某种程度的理解和谅解，而这类不复“大老粗”的“识字分子”施暴者，却不可再作等闲看。本来，在传统文化中，尊重有一定文化程度的人，是因为他们不仅识文断字，而且“知书达理（礼）”，“理”所在，通过读书以达之。如果一个识字且不止于识得“之无”的人，不顾常情常理常识一味不讲理而不知脸红，你管他叫“知识分子”？读书人？文化人？都不像。叫他什么好呢?!

在当局重提“三不”直到不提“三不”以后，那些继续以各种方式耍弄“欲加之罪”的“辫子”“帽子”“棍子”的，就是这样一些人。

在可以预见的时限内，似乎不可能根除这类人所安身立命的基点。

正是因此，我格外珍视《粤海风》新编百期所经历的十八年，是在特定的语境下跋涉过来的。当代人仍可从这一选集所收的文字中找到一代人思想、智慧、理性的果实，将来的读者或仍可从这些果实中发现一代人凝结的心血。

是为序。

2015 年 6 月 1 日

序二：文化批评的风骨与风格

□丁　帆

在我从事文化与文学批评近四十年的道路上，我始终坚信的是马克思文化批评的怀疑与批判精神，如果没有这种批判的意识，马克思的思想也就不可能成为主义而发扬光大。但是马克思主义的精华，如今在我们的批评界却很难寻觅了，这是一个时代批评的悲哀，也是几代批评家的悲哀。谁来打捞这样的批评精神呢？担任《粤海风》十八年主编的徐南铁就在执着地做着这样的工作。

自20世纪90年代以降，国内人文社科杂志因受制于种种规约，纷纷抹去了观念的棱角和思想的锋芒，各个主编都自觉或不自觉地完成了"华丽的转身"——或成为"传声筒"，或成为"批发商"，唯独失去的是办刊杂志的灵魂：风骨与风格。这不能不说是几十年来各种各样的政治运动所造成的恶果，人们已经习惯了规训与顺从，主编大人只要铲除自己思想深处的异想，不以"独立之思想，自由之意志"为办刊的基本原则，杂志就能活下去，乌纱也就不会掉。

其实，凡是办刊者都知晓这个普通的常识：人文杂志如果没有怀疑与批判的精神做导向，没有犀利和独到新颖的观点做基础，那么，这份杂志一定是失败的。当20世纪90年代人们都在高声呼吁"人文精神"的时候，我们恰恰丢失了人文学科的灵魂，那是一个"丧魂落魄"的时代，只有少数的人和少数的杂志在始终坚定不移地苦苦寻觅着那条人文学科的"黄金通道"——在没有批判的年代里寻找批判的武器，在没有武器的岁月中寻找武器的批判，"破"是手段，"立"才是根本，重建一个有序的启蒙话语体系，成为这一代学人的人文之梦。倘若有一份杂志能够成为发表独特见解的平台，那将是一种什么样的情形呢？大自然的造化就是如此，当《粤海风》以其绰约的风姿款款走近我们时，谁都不敢相信她能够走得这么远。

无疑，一份杂志的好坏优劣往往取决于其主编的办刊思想与办刊方针，但是，我认为更重要的是取决于主编的人文知识积累而形成的正确价值观。只有具备这样素养的人，才有可能把一份刊物办得风生水起，让思想的磁力吸引着一大批优秀的人文学者团结在其周围，并为追求真理和正义而呐喊。我以为《粤海风》之所以十八年来能够在人文学科界有其稳固的地位与声望，当然是与办刊者的学识与胆识分不开的。

就我本人而言，当初给《粤海风》投稿完全是看中这份杂志批判的锋芒，与主编的交流只是投稿时简短的书信往来，甚至直到今天我还没有见到过主编徐南铁一面，但是我们的心走得很近，甚至比那些经常见面的同仁学者们都近，我想，那一定是他的学识和胆识感动着我，也一定是我们有着共同的价值理念。

从105期刊物的1 000余篇文章中遴选出四本书结集出版（此前于2014年已经结集出版了《迎面有声》等三本）的目的是十分清楚的，南铁兄是要为世纪之交的中国千年文化转型期里的一种思潮留下历史的底片，让将来的文化史书写者知道在这个历史时段里还有这么一群文化人在孜孜不倦地追求着他们的文化信仰，坚守着自己的人文底线，虽然我不敢说这就是“中国的脊梁”，但是从一个个闪过的作者面影和一篇篇犀利文章的长镜头中，我以为他（它）们的“风骨”和“风格”是一致的。所谓“风骨”，乃批评之真义也，几十年来，我们把批评与评论混为一谈，中国有“评论家协会”，而无“批评家协会”，就充分体现了把批评泛吹捧化的普遍心理，我并不是说批评就不能进行褒扬式的评论，而将批评与吹捧的评论画等号，就完全歪曲了批评的另一个更重要的内涵，不知从何时起，批评失去了自身的批判锋芒，当文化与文学批评一俟抽掉了批评的内涵，变成了一味的吹捧式的“评论”，成为时代的吹鼓手，成为某种文化意识形态的奴仆，就意味着这个时代的批评死了，文化也就死了！这其实就是一个简单的常识，但是要让人们理解这一文化与文学批评的真义却是一件十分艰难的事情。所谓“风格”，我在这里不是专指文章在审美层次的那种格调，而是把布封的“风格即人”延展到这几本书中的所有文章的一致指向上——把人性的诉求和文化的进步作为批评的本义，批判一切阻碍人类文化进步的不合理现象，为建构一个理想的文化体系与制度而努力。我想，主编这套丛书的南铁兄的初衷应是如此吧。

不要以为文坛上的“评论”十分热闹，其实那数量巨大的评论文章背后只有一种理念支撑却是十分危险的，殊不知，它产生的恰恰是一个时代的文化失去活力的表征，人们看不见的是那种模式化“评论”背后巨大的空洞，一个没有多元批评的文坛是一个行将没落的文化界面，所以，重拾马克思主义的批判精神才是文化与文学批评的首要任务，要知道，一个社会的进步，应该依靠不断洗涤其身上的文化污垢，不断疗治其自身的文化疾病，才能获得不断再生的新细胞，健康地成长，如果连这个常识都不懂，我们的批评家们还能做什么呢?!

南铁兄试图用自己毕生的精力去完成看似并不伟大的工程，虽然并不浩浩荡荡，虽然默默无闻，虽然筚路蓝缕，但是它所折射出来的人文意义却是永恒的。也许在许多年以后，当我们重读这部书系的时候，它会给后人留下一丝惊喜，若是如此，我们也就含笑九泉了！这不是悲壮，而是欣慰。

是为序。

2015 年 4 月 28 日于仙林大学城依云溪谷

序三：思想的发散性无法遮住

□ 蒋述卓

认识徐南铁已经很多年了，知道他做人做事朴实踏实，不事张扬，不扬才露己，也不轻易褒贬他人，只默默地做他的事、写他的文。正如他接手编《粤海风》杂志，默默地一编就105期了，而且每期的卷首语都由他来撰写。如今他从经他手所编的文章中精炼出若干，编为四大册，奉献给读者，也以此表示他对从事编辑工作的欣然谢幕，当然更表示他对自己编辑理念与文化职责的肯定。

南铁编杂志是有他的理念与原则的，也是有他的文化担当与价值追求的。作为一份文化杂志的主编，他立足广东，放眼历史与未来，针对时下的文化问题，在繁烦的约稿、选稿、编稿工作中默默地实现着他的理念与追求。

在广东，从改革开放初期以来，就曾有办思想文化类报刊与杂志的尝试，有的留下来了，成了品牌，如《随笔》《开放时代》；有的虽留下来了，但也作了办刊方向的调整，如《南风窗》；有的则夭折了，如《沿海大文化报》。南铁曾是《开放时代》的副主编，也是《沿海大文化报》的创办人之一。《粤海风》则是在20世纪90年代才在南铁手上竖起文化批评的旗帜。它的出现开始并不特别引人关注，但年复一年，它所编发的文章在思想文化界的影响却日益增加，正如一笔沾了水的墨落在宣纸上逐渐晕染开去，结出了五彩的花，被读者所喜爱、所珍藏。

《粤海风》所编发的文章，不像学术文章那样端着架子说话，有那么多烦琐的注释或参考文献，也不像某些报纸那样搞“标题党”，故意制造些惊世骇俗的话题。它更注重思考的深刻性、思想的发散性和较高的文化品位。当然，它也没放弃学术性，提倡与推崇的也是有“学术的思想”，亦即思想的启发要建立在一定的学术根基之上，讲究忆人议事尽量做到出之有根据、立论有法度，讨论问题时也尽量平心静气，去除火气。所以，不少文章观点是较为内敛的、含蓄的，但思想的发散性确是遮不住的，这就形成了这些文章的内部张力。或许这正是形成《粤海风》杂志的个性与风格所在。正如这沿海地区的风一样，刮台风的时间毕竟是少数，大多数时间是轻拂人面的冷风或者暖风。但沿海的风会带来新意，带来创意，带来变化，确是我们不得不承认的事实。

是为序。

2015 年 5 月 1 日于羊城暨南园

序四：沙尘吞没不了痕迹

□ 李新宇

这是一套很好的书，值得一读。它是徐南铁从他所主编的100多期《粤海风》中选出来的。

我常常想，那些比较好的报刊，比如《南方周末》，应该定期或不定期地分门别类按专题编辑文集。我的想法当然是读书人的一种私心，因为成堆的报刊实在没有足够的空间保存，分专题做成文集，不仅方便保存，而且翻阅起来也方便。现在，徐南铁这样做了，我当然要表示我的支持，为这套书的出版表示我的祝贺！

《粤海风》是份难得的好刊物，从1997年至今，18年，100多期，很受知识界的欢迎。当然，文化批评刊物，涉及精神立场和价值取向，在这个价值分裂而且颇为混乱的年代，自然是“众口难调”，无论哪一家有个性的刊物，想获得“一致好评”都不大可能。不过，这种情况倒正好成为对刊物的一种检验，什么人喜欢什么刊物，什么刊物为什么样的群体服务，可以一目了然。据我所知，知识界除个别人之外，对《粤海风》的追求、选择和自我定位，都是颇为赞赏的。我所尊敬的董健先生曾经说过这样一段话：“近十多年来，思想文化界的麻木与混乱，虚假与平庸，标征着中国知识分子精神状态的严重恶化，这使我辈仍固守着知识分子价值立场的人感到十分苦闷和寂寞。只有少数刊物给我们以温慰与鼓励，《粤海风》就是其中之一。”（《粤海风》2014年第1期）必然有人不喜欢这样的言论，正如有人不喜欢《粤海风》和《炎黄春秋》《南方周末》等报刊一样，因为如果认定这十多年的思想文化是一片繁荣，形势大好，或者认定它糟透了，远不如“就是好呵就是好”的那个年代；如果认定知识分子已经死了或早就应该死去，或者认定知识分子仍然应该被改造，所谓知识分子的价值立场是应该被彻底打掉的；那么，这“苦闷和寂寞”就是活该，而给知识分子带来“温慰和鼓励”的刊物，自然不是好东西。然而，一个不可否认的时代事实是：董健先生的感受并非个别人的感受，而是许许多多知识分子和文化人的共同感受。当我看到他的这段话时，第一感觉就是：老先生说得太好了！

一份有理想、有追求、有个性的文化批评刊物，能够生存下来，实在不容易。坚持走自己的路子，坚守自己的品格，而且深得读者喜爱，它靠什么？只能是靠刊物的质地，靠它的实际内容，更具体地说，靠它对理想的坚守，靠它所显示的担当，靠它的品格，靠它给读者带来的知识扩展和思想启迪。文章言之有物，使人读之受益，说说容易，做起来并不容易。直面现实问题，揭示历史真相，说说也不容易，做起来就更不容易。然而，《粤海风》坚持了下来，刊物一直保持着清新活泼和可贵的锐气，在一片沉沉暮气之中像一片绿洲，显示着思想文化的生机。

《粤海风》的自我定位是明智的，也是成功的。它没有向当下流行的权威刊物或核心刊物看齐，没有让自身加入死气沉沉的学术期刊队伍，也没有让自己走上取悦大众的道路，没有成为娱乐性的文化快餐。它是名副其实的文化批评期刊，面对知识界，关心的是思想文化问题。与此同时，值得称道的还有它的开放性和前沿性。开放性表现在它的目光和视野，也表现在它的作者队伍来自五湖四海，而且表现在它不拘一格的文体和形式。这里有无可挑剔的学术论文，也有长长短短多种多样的学术随笔，立足于广东这个时代变革的前沿，同时面对全国，容纳知识界的不同声音。刊物显示着一种难得的锐气，有可贵的开拓和创新精神，既能及时反映出时代的矛盾和困惑，也能帮助读者看到一些长期以来被遮蔽和改写的史实，明白一些被涂抹得面目全非的事件背后的真相。未来的学者梳理某些问题的研究时，大概不会忘记许多问题是《粤海风》最先提出的。

众所周知，刊物的面貌往往取决于主编，有什么样的主编，就有什么样的刊物，这话也许并不完全准确，因为主编有时也会无可奈何，无力把刊物办成自己想象的样子，但是，一个没有理想和追求的主编办出的刊物是什么样子，人们却并不陌生。回顾过去的几十年，许多曾经很有影响的刊物，就因为主编退休或更换，便不再受人关注，这也是众所周知的事。《粤海风》得到读者的喜爱，得到知识界的好评，显然与它的主编徐南铁有关。徐南铁这个江西汉子，出任《粤海风》主编时刚刚40岁多一点，正是做事的年纪，而且有才有志有追求，有胆有识有担当，怀揣许多梦想，所以，他不会像一些主编那样为办刊物而办刊物，为做主编而做主编，更不会把精力用于创收赚钱，而是真想为文化建设做点事。正因为这样，他这个主编做得特别用心，因为他知道珍惜自己拥有的一切，比如，他知道珍惜现实给予的言论空间，知道尽量用足它。我们的空间本来就有限，而我们的许多主编们，却常常并不珍惜，满脑子都是那个职位，以及职位所附带的那些利益，而没有理想和追求，没有历史的责任感，这样一来，自然不会有担当的勇气。因此，秋风未起，就担心树叶掉下来砸了脑袋，缩手缩脚，这也不敢碰，那也不敢动，所以，什么开拓，什么创新，什么建设，就都谈不到了。更为严重的是，言论空间的边界在哪里，常常没有明确划定，为安全计，自然是主动远离边界，但这种做法的结果，却是把本来有限的空间弄得更窄。

徐南铁的可贵之处，就在于他是想做事的，所以不会做那样的主编。他是什么样的主编?《羊城晚报》的方唐先生说过："曾闻人说：办杂志可用秀才，办大报必须是将军之才；南铁先生是将军之才办杂志。"真是知人之论，南铁本应是将军。做杂志的主编，亦然可见将军风：知大局，识大势，胆大心细，敢于攻守。因此，他能把有限的主观能动性投入历史的大局和大势之中，使它得到充分发挥。18 年的事实告诉我们，他为自己赢得了更多的空间，为知识界赢得了更多的空间，却并没有因为冲动和莽撞而使刊物与自己一起葬送。

办刊物不容易。18 年，100 多期，风风雨雨，坎坎坷坷，甘苦可想而知。行进的艰难，成功的喜悦，感受最深切的还是主编。所以，一份好的刊物，一份体现了主编意志的刊物，对于它的主编来说，就像是他的孩子。何况，一个人能有多少个 18 年？青春所在，心血所系，回望之际，岂能无情？我想，这也是徐南铁编这套书的心理动因。

所以，最后我要说：敢于直言现实弊端，敢于披露历史真相，有这两点，100 多期《粤海风》已可永存。于沙漠中开出一片绿洲，艰难维持 18 个年头，即使最终被沙尘吞没，也在历史上留下了痕迹，南铁兄应该无憾！

我相信，尽管中国的思想和文化（尤其是学术）正进入一个大跃进的年代，就像 1958 年的钢铁与粮食，丰收的锣鼓过后，可能留不下多少东西，但是，这套书和《粤海风》一样，不会像那些泡沫一样无声消失，更不会像某些跃进成果一样成为历史的笑柄。

2015 年 5 月于天津社会山花园

目 录

1　序一：不必藏诸名山，还是置之案头　邵燕祥
5　序二：文化批评的风骨与风格　丁　帆
8　序三：思想的发散性无法遮住　蒋述卓
10　序四：沙尘吞没不了痕迹　李新宇

纵览与思考

2　百年中国美学寻踪与当下困境　劳承万
10　百年文言文盛衰初探　陈永正
23　当代艺术理想：从清纯到繁丽　王一川
27　百花齐放：不是赐予的春天　王　毅
31　回眸20世纪文学　从维熙
38　混乱时代的文学选择　曹文轩
47　深长思之：当年文化围剿为何一败涂地　吴立昌
51　当前中国城市审美风尚的流变　蒋述卓　张康庄
61　电影作为艺术的百年争端　邵牧君
66　中国电影第五代在广西的艰难起步　韦必达
74　《红岩》稿费：革命文学的收益与风险　钱振文
82　红色小说的革命快感与世俗性快感　余岱宗
91　红卫兵诗歌：虚拟战争的写照　王朝阳
100　电影中的“文革”叙事　崔卫平
119　戏剧创作的歧途与没落　傅　翔
127　无政府主义思潮与20世纪中国　张全之
135　资本主义社会的立体三视图　刘军宁
141　音乐：从快感到幸福感　王少明
——兼评广东音乐
154　人文学科的自杀和复活　祖　慰

叩问与重写

166 中国当代的第三次启蒙 邓晓芒
174 重读别林斯基 李建军
184 理解我们自己的“娱乐至死” 陶东风
——一种西方文化理论在中国的被绑架之旅
195 历史编撰学与历史知情权 冯黎明
201 “礼仪之邦”还是“礼义之邦” 王能宪
210 如何重写中国现代文学思潮史 杨春时
214 关于中国当代文学的基本历史态度 韩毓海
225 体制化时代的学术研究 林 岗
230 调和：学术的“第三条道路” 李 钧
235 “宜粗”之说与新方志的缺失 陈泽泓
249 我希望“五四”只属于文学 黄 轶
254 文学革命与“反传统”的是是非非 袁伟时
259 乌托邦的狂欢 张大为
——1958 年民歌运动
265 关于大众文化的通信 赵 勇
270 莫言的气度与批评的困境 周思明

捍卫与批判

278 批评金庸：对“五四”精神的捍卫 王彬彬
283 金庸的文化密码：武侠情结与皇权情结 傅国涌
289 美丽的灵魂，死于不美的时代 余 杰
293 女性主义文学：疯狂的水仙花 李美皆
300 论样板戏的角色等级与仇恨视角 余岱宗
307 批判样板戏：并不仅仅因为政治 朱寿桐
315 知青作家的失踪与写作激情的流失 丁国强
320 中国知青文学的另类书写 郭小东
334 “前卫”的时尚化及批判 肖 鹰
338 直面欲望：寻找幸福的策略 程文超
342 粗糙、失误还是缺乏警觉？ 许 钧
——谈张承志对傅雷的“批评”
347 我最尊敬的资中筠先生 刘世南
357 “80 后”：网络江湖与另类文化 江 冰

362 跋：纪念与告别 徐南铁

纵览与思考

百年中国美学寻踪与当下困境

□ 劳承万

20 世纪已经过去，21 世纪早已来临。作为跨世纪的现代中国美学，如果从王国维开始，也坎坷地走过了百年。回顾这个世纪的美学历程，该总结的经验、教训很多，但我以为最深刻的经验教训，当首推美学的理论建设。从这方面看，“教训”是主要的，“经验”是次要的。

一、 西学输入——王国维的痛苦反省及美学理论建设的伟大开端

要总结中国百年美学，我以为最有意义的是“扣其两端”，即开始一端与视点“终结”一端，两相比照，中间即透明了。

视点“终结”一端，有目共睹。从总体上说，似是繁荣，实是混乱；主航线在哪里？学人们只能在“见仁见智”的脆弱“保险柜”里施展才华。这实在令人遗憾。先说开端吧。

最令人深思者，是这个事业的开创者，以锐利的目光、痛苦的思绪，直观与透视了这个事业的“悲剧历程”。面对西学的输入，王国维以“弄潮儿”的姿态迎接了它，在灵魂的撞击中，反思中，他提出了两个极有益于理论建设的重大的发现：

一是“可爱”与“可信”的悖论。问题的关键在于：“余知真理，而余又爱其谬误。”伟大哲学家、思想家都有两面镜子：梳妆镜与哈哈镜（正面与反面）。一个小孩子逛公园，如果既不爱看湖中倒影，也不爱看哈哈镜，那必是“老大徒伤悲”的凡俗之辈。亚里士多德的名言是“吾爱吾师，吾更爱真理”，似乎王国维要修改为“吾爱真理，但更爱谬误”（注意：这里的“谬误”并非凡夫俗子、低能儿的“谬误”，而是列宁所谓的“真理向前超越半步”的谬误，也可说是“伟大”的谬误）。“实证论”“快乐论”“经验论”等，是非常可信的，然而它缺乏大勇大智的灵光（缺乏伟大的“思辨”），这就是“可信而不可爱”。中国传统文化中的“朴学”、乾嘉学派，大约也是这种“可信而不可爱”的东西。西学中的“思辨”派，如康德、叔本华等，大约就是“可爱而不可信”的了。但两相比较，后者（可爱

而不可信)，对理论（事业）的开拓者来说，更有理论价值。从事实上看，王国维不是对康德、叔本华哲学下了很深的功夫么（他先前读康德的书，“几全不可解”，后来读通叔本华哲学之后，再返回来才读通康德）。由此即可看出，西学对王国维理论开拓的重要意义，否则，他怎能写出与中国文化传统大异其趣的学术杰作《人间词话》《红楼梦评论》和《宋元戏曲史》呢！

上百年来，我们不但缺乏“爱真理”的精神，而且压根谈不上“爱谬误”的心思。君不见：“唯心—唯物”一划，“无产阶级—资产阶级”一分，学术的“死刑”不就利利落落地判决了吗！“可信”从属于人的理智，“可爱”从属于人的情感。二者的纠缠、分裂，是伟人的象征。用“学习班”的形式来解决二者的矛盾，是凡人的象征。当然，最理想者，是“可爱而又可信”，但中国古哲又说：鱼与熊掌不可兼得（孟子)！

二是中国哲学之伦理倾向与“纯粹哲学”的悖论。

以此反思中国百年美学历程，真可谓凝集着血泪之论！20 世纪 70 年代之前，中国学术一律统入“工具论”“神学论”的皇宫中；近二十多年来，则被职称、工资、待遇、住房（乃至于“成家”）牵着鼻子跑。距离真正的学术，可谓十万八千里！

二、冬天的河流——搁浅的理论

王国维自投昆明湖，一颗巨星陨落了，但创造了美丽的“历史之谜”。后来的一切理论家都几乎背弃了王国维的“历史之谜”的根本精神，而跟着“及身”者跑。这是中国现代学术理论“搁浅”的根本原因。王国维作为学者、理论家，他拷问灵魂的诗句是：“人生过处唯存悔，知识增时只益疑。”（《六月二十七日宿硖石》)。在中国的土地上，早就发生过“做人”与“做学问”的巨大矛盾，于今算是达到了燃烧的顶点。王国维在“悔”与“疑”的双重困惑下陨灭了（对此陨灭庸俗之辈则以传统的训诂、考据证之)。历史之所以有价值，就在于给后人以无穷的启示。然而，后来的理论家却是“低度”的了，应接不上王国维的境界。从 20 年代至 30 年代，只有美学理论的一般绍介，诸如何谓审美对象，何谓形式特征等，蔡元培、吕澂、陈望道等人虽都认真绍介过美学，他们尽管也都是大家，但毕竟不是只此一行的专门家，美学似都是他们的“副业”，少有发自“人生”的真诚追求和理论体系的创造。因而，只有“概论”“浅说”一类的教科书和小册子，少有“悖论”境界的学术论著。

二十世纪三四十年代，朱光潜、蔡仪等人的美学理论相继崛起，朱氏着重于“移花接木”，把大量现当代西方实证性的审美成果（心理的、生理的）介绍到中国来，并兼及相应的哲学学说（如克罗齐的直觉说等)，并以卓绝一世的《文艺心理学》为聚焦点，给如饥似渴的中国审美者以暂时的满足。然而，这种理论多是“综合”的（传统观点认为是折衷的），缺乏强固的体系根基（只有在其后期的学说中才得以矫正、补足）。蔡仪的学说，虽居心良好，用功很多，但机械性质非常明显，以代数学的方法把哲学认识论移入审美过程中，作出骇世的学科结论：美是典型。更有甚者，其著认为：“概念的抽象”是科学认识的基础，“概念的具象”，是审美的认识基础。二者都建基于“概念”之上云云。二十世纪五六十年代在中国学坛上盛行的创作公式：表象—概念—表象，人只有抽象思维而不可能有形象思维等，这与蔡仪的艺术哲学是否有内在的渊源？我不敢断定，但提出这个“历史现象”来讨论似有一定的必要性（联系蔡仪先生后期对马克思巴黎手稿持基本否定的态度，就更证明了这种必要性）。蔡仪的美学坚持“红色”的唯物方向，注意培养青年理论家，自有其历史功绩，但作为理论史（学术史）探索，任何理论（包括学派）都要接受“批判”的（康德式的“批判”）。

此外，周扬于20世纪40年代翻译的俄国伟大理论家车尔尼雪夫斯基的学位论文《生活与美学》，也发生了相当大的影响，留下光辉的一页。此书又名为“艺术与现实的美学关系”，它以美学直接统辖了艺术。车氏的美学观念，由费尔巴哈哲学演化而来。费氏自称其学说是地上的学说，而黑格尔的学说是天上的学说，他仅是来了一个大颠倒。这无疑给马克思学说开拓了一大通道。故车氏理论被列宁誉为“来到马克思主义跟前”，正是因为车氏理论的渊源线索，及其异常的通俗性、可读性，给中国理论界带来的影响，是其他任何著作都不可代替的。二十世纪五六十年代成长起来的学人，都读过这本书，而且其“唯物”观念在人们的大脑中留下的刻印是难以磨灭的。二十世纪五六十年代中国美学、文学艺术界头顶上最伟大的理论家，便是著名的三个“斯基”（车尔尼雪夫斯基/别林斯基/杜勃罗留波夫斯基），只要你翻开当年的期刊检索，没有哪一篇理论文章是没有“斯基”的，足见其影响之深矣。无疑，车氏的理论（连及其他两个“斯基”的理论），都是直接或间接地通向马克思主义的，尤其是在唯物主义和现实主义方面。应该说，这对现当代中国美学、艺术学的发展，起了若干奠基性作用。不难想象，如果当年不引入三个“斯基”的理论，学界的弱不禁风与先天不足，将会在神学专制的时代产生更多的可怕“病变”。遗憾的是，今天写学术史的人，却没有客观地添上这一笔，也许是因为思虑不周，也许是因自己太年轻，根本就没有读过这类书，也许简直没有听说过这么一回事呢！

三、理论的“春汛”——马克思巴黎手稿的迟到“效应”及黑格尔《美学》在中国大地上的狂欢

二十世纪五六十年代的美学“大讨论”（实是变相的政治戏论），各家各派挖尽心思去展示“美是主观的？客观的？主客统一的？还是其他什么的？”等问题，

如果没有真正的理论导航，恐怕会走上“越讨论越糊涂”的道路。庆幸的是，李泽厚、朱光潜率先以马克思手稿的理论（如“人化自然”“人的本质力量的对象化”等）去透视“美的本质”，揭示其根源，尽管这种应用在当时还很粗疏、简陋，但毕竟把这场“轰轰烈烈”的讨论在最后尾声中引向“正轨”，给这场讨论暂时画上句号。马克思手稿的强大效应，在西方发生于20世纪30年代初期，来到中国的土地上已是迟到三十余年了，但它灌注给中国美学的生命力，却是任何理论所不可比拟的（它的深刻性与政治“合法性”完美地结合着）。理论的发展，要靠密集的生长点。马克思哲学（由手稿而引发到马克思、恩格斯的整过哲学体系）无疑带给美学理论的生长点最多，也是最密集的。如果没有马克思主义哲学的导航、培育，今天的中国美学理论决不会如此活跃、繁荣。但遗憾的是，今天匆匆进入美学领域的某些人，也许对手稿还不曾认真读过一遍呢！更何谈马克思哲学体系！

历史的偶然，往往又是历史之必然。20世纪50年代末朱光潜将黑格尔的美学巨著翻译出版了（尽管仅是第一卷，第二、第三卷20世纪70年代末才译出），其宗旨正好与马克思美学（“人化自然”说、“对象化”思维方式等）接轨（马克思曾自称是黑格尔弟子），辽阔的美学领域，仿佛走向“异质同构”。朱光潜的一连串的经典翻译，竟叠成了当代中国美学最绮丽的风景线，所以有慧眼的理论家说：朱光潜翻译到哪里，中国当代美学便进展到哪里。最遗憾者是维柯的《新科学》刚刚译毕出版，朱先生便弃世而去，《新科学》在中国大地上并没有像翻译出版黑格尔《美学》那样发生如期效应，这是当代中国美学理论基础建设中的一大缺失（朱先生二十多岁到西方留学便注意此书，直至八十多岁才翻译出版，可见用心何其良苦）。

总之，马克思巴黎手稿（连同其哲学体系）以及黑格尔美学（并及康德美学），给中国当代美学的发展奠定了若干根基，并促成了与其对应的思维方式的萌发。这应该是“中国百年美学”认真总结与分析的对象。

在这里必须强调宗白华先生的美学，他的路子与朱、蔡等人大异其趣。他早年留学德国多年，对德国的哲学美学都有相当深入的研究。他在和郭沫若的通信中说：你将由诗歌（诗学）走向哲学，我将由哲学走向诗歌（诗学）。他没有顺着康德、黑格尔之路去展示他的美学构想，而是“月是故乡明”，眷恋着这古老民族的诗性大智慧。他首先潜心进入中国诗性文化中，然后提取中国人那源流久远的“诗性智慧”，展示了中国人特长的“诗性智慧”形态美学的突出特征，成为“中国美学”的一家之言，开拓了全新的方向。在现代学史上这是多么奇特而又令人深思的学术现象呵！

举凡面临“耳顺”之年以上的中国当代美学理论家的成果，大体上说，都是如上理论混合的产物。

四、 理论的困惑——“各领风骚三五天”

二十世纪八九十年代以来，中国学术界呈现了新的生机，也出现了新的迷茫。人们的心路历程可简化为：从神坛回到了人间，一切神圣的东西，都失去了昔日的光环。大脑解放，人性勃兴。历史又在“螺旋上升”了，“敢说敢干”了。方法论大热之后，学界便步履匆匆，追赶西方时髦，寻求天外的“新观念”，理论—学术上的“奇装异服”应有尽有；在现代—后现代—后后现代的“后向”的新型建筑术中，呈现各具色彩的理论游戏。肉欲文化—大众文化—审美文化鱼贯而出……在职称、待遇和住房的诱惑下（或说是诱迫下），学术良心和时代呼唤也难以顾及了，一切都向“钱”（或权）看！

观念的迷茫与理论言说之混乱，多是来源于基本方法论的失盲与残缺。反思西方美学史，最明显的一条贯通线索，即是基本方法论问题。从康德到黑格尔，费希纳称之为“自上而下”的美学，而称他自己的实验美学为“自下而上”的美学，亦即来了一个大颠倒。西方美学以费希纳的实验美学为标志，确是划分了一个大界限。其前，大体上可称之为形而上的思辨方法；其后，大体上可称之为形而下的实证方法。自费氏之后，西方涌现出了诸多审美经验分析和审美态度论等实证方法论及其学派，至今未止。其间格式塔心理美学之崛起，把这种形下的实证方法，推向新的境地，也为后来的各式各样的“应用美学”打开了大门。时至20世纪初马尔库塞的“新感性”美学崛起，美学才摆脱了烦琐的实证性，以“当代批判”的全新的思想面貌呈现出来，似是又开始了下一轮的“形上思辨”的新路向。然而实证性强势未减，喧宾夺主，其好景不长。随着逻辑实证论的发展，导致“语言学转向”，把西方的哲学与美学的实证性，引向更为烦琐而神秘的境地，故西方有卓识的人士说：此时代的美学理论中“无意义的胡扯倒是不少的”①。

美学基本方法论，在西方是归属于“辩证法”的。即如下对应性图式：

正（肯定）——反（否定）——合（否定之否定）

形上——形下——形上

这是西方美学发展的大体趋势。但是作为第三环节（否定之否定）的“合”，至今都在混乱与曲折的取向中，甚至可说是姗姗而来迟。看来第三环节如何整合，将成为西方美学发展的新瓶颈。怀特海早就说过，全部西方哲学都是柏拉图的注脚。看来，今天的西方哲学、美学，欲离开柏拉图（康德—黑格尔）的主航道去进行第三

① 朱狄：《当代西方美学》，北京：人民出版社1984年版，第164页。

环节的整合，无论如何将会遇到无法克服的困难。这也是颇值得去吸取教训的。

中国现当代美学的基本方法论，必须借鉴西方“正—反—合”（形上—形下—形上）螺旋上升的方法论历史。既然我们当今的美学是“西方美学在中国”，那么，在基本方法论上就必须遵奉西方“形上—形下—形上”（正—反—合）的历史法则。对照之下，会发现我们的一切都是失序的。我们从来就没有从事过康德、黑格尔式的形上环节的严格训练，也没有从事过实验美学、审美经验分析等形下环节的认真考察，至于如何由形上至形下再转向“合”的第三环节，则压根儿没有意识到。理论家在为“稻粱谋”的生产中，多是“上不沾天”“下不着地”的梁上君子。形上不行，形下更差，只能作随机性的、即兴性的思维。当然，西方的路，我们不一定要照样重走一遍，但是别人的“两手硬功夫”（形上与形下的硬功夫），我们却不曾挨过边。无论如何，这都是最大的遗憾。当前我们最需要的是“补课”，下苦功夫去补偿“形上——形下”的张力训练，再苦也要过好这个关。反思我们二十多年前所搞的方法论，多是“三论”（控制论/信息论/系统论），这并非一无是处，只是不是目下所急。至于其他什么巧合性的“玩儿”方法论等，则更远离了“形上——形下”的张力结构，走向“玩文章”（同构于“玩文学”）了。

至于观念，由于离开了“形上——形下”基本方法论的追求和训练，则更易混漫于歧途。从柏拉图的“美本体”，到鲍姆加通的“模糊的感性认识”，到康德的先验审美观，到黑格尔的美的定义，再到马克思的“美的规律”，其视点与境界的统摄力，足可统辖其相应的庞大体系，这才是真观念。而我们这里一夜之间制造出来的“新观念”，则只有“一夜”的价值，和“一夜”的短暂生命。如果我们当今的美学真的是“西方美学在中国”，那么，西方的方法与观念则是绝对不可弃之不顾的。

否认新时期以来真正的理论收获和学术成就也是不客观的，它们仍是学术的“脊梁”，是中国当代美学挺起腰来的铮铮骨架（其中有李泽厚的实践美学、蒋孔阳的创造美学，还有若干佼佼者的不无苦痛的思索与艰难的探求等），然而其量欠丰，其音时断时续。主调仿佛还是“各领风骚三五天”的争夺战（一个“性感”概念和“审美文化”概念，则可产生难以计量的现代“四库全书”），当年王国维式的困惑和悖论，仿佛距离我们已有一百年了。我们要时刻检验：可信的理论可爱吗？可爱的理论可信吗？我们的价值标准是否可以兼及“无形的”与“身后的”？

五、追踪主航道：寻求美学学科的基本理论形态

任何一门学科的向前发展，都必须时时回顾历史与经典，尤其当理论进展中发生混乱、失真的时候。历史上都会出现“回到康德”“回到马克思”的呼声，回到原典，是历史曲折前进的必由之路。

中国现当代美学的基本理论形态（包括实践美学），多是移植西方人的认识论美学形态。其缺失有二：一是缺席了康德的“美是道德的象征”的道德形上美学形态（它对峙于认识论美学）。人们对这里的“道德”概念（定义），往往缺乏对康德原意的理解，以为就是一般的“道德箴言”，充其量，也“仅此一说而已”。康德在《宗教哲学》（第一部分）中，把人格结构三分为：动物性（本能）—理性—道德。理性仅是道德的根基环节，只有道德才是人格的皇冠（它蕴含着“自由”），康德在第三批判中提出“美是道德的象征”定义（学科形态），是具有先验哲学体系的构架性意义的。第三批判是先验哲学体系的最后完成（即沟通第一、第二批判），康德通过道德神学（道德目的论）把“美学——目的论”相贯通，也把第一、第二批判统辖起来。康德的这种极为奇妙的贯通法，至今都使一大批康德专家难以理解，但是在客观事实上，它又确实实现了康德的心愿。康德的主心眼是：道德神学（全知、全能、遍在），可以为人（“人是这个世界的最后目的”）的一切行为、活动立法（包括审美），作为实体性存在，则进展成为理性宗教（宗教与艺术同构）。因而把“美是道德的象征”与“美是形式的合目的性”（第三契机），奇妙而曲折地对接起来。先验哲学体系完成最后统一的同时，也建构了美学学科新形态。认识论美学与道德形上美学，构成了西方人的哲学美学圈（康德之后，道德形上美学再也没有多大进展，是一大遗憾）。二是我们移植的认识论美学，缺乏西方人的学科范式有序性与结构性。而带有相当的随机性和想当然性。要把握好认识论美学，顾名思义，首先是哲学“认识论”这一关必须过好。认识论，即认识主体（A）与认识客体（B）的关系问题，按加拿大康德专家华特生的观点，在这里，就呈现出三个系统：A 是一个系统，B 是一个系统，A/B 统一起来之后，构成一个大系统 C。其中 A 系统（主体人）是最复杂的系统，既有历时性，也有共时性；既有个体性，也有群体性和族类性（当今学人们所热衷的主体间性即由此出）；B 系统首先应归属康德的二分世界（现象与物自身），这对未入先验哲学之门的学人来说，更是一件说不尽的麻烦事。例如离开审美主体，孤立地去提问“什么是审美客体”，即是极大的谬误（当今许多教科书和研究生考卷就是这种谬误的确证）。其所以谬误，就在于消解了审美主客体关系的相互适应性，使之成为孤立的存在。C 系统（即主客体统一的大系统）的境界更加高远，既有历史的深度标尺，也有现实的广泛规定，它有序地伸展着 A/B 相互适应、相互浮动的历史阶程，它是 A/B 系统的至善境界。这便是马克思的“自然人化”理论以及康德的“自然向人生成”理论。由上看来，要过好 A—B—C 三大关并非易事。其次，由认识论哲学过渡到认识论美学，更需要一个“灵妙”的转换。这个转换的契机是什么？这才是关键。蔡仪先生说：存在—（决定）—意识，故“美（存在）决定美感（意识）”，这是恩格斯所贬称的简单代数学，而不是美学。只有把康德的“真—善—美”三分结构的内在勾联，以及黑格尔的定义“美是理念的感性显现”的总体运动框架，马克思的

“人也按照美的规律来造型”的物质生产规律等方面结合起来，进行康德“现象学”的审美思考，这才能稍稍进入这个转换契机的内部。此外，美学（黑格尔又称“艺术哲学”，所以这里的“艺术”）才是转换契机的“召唤结构”。如果缺少艺术修养，这个转换契机则会失去必要的“保险系数”，极易成为理论游戏——空谈。

对照以上所说，当今许多匆匆进入美学领域的人，应该首先要思考的是如何有序地过好上面所言之 A—B—C 三大关，然后再去摸索这个灵妙的转换契机。不要急于成天去写商榷型的文章（或随机性高论），李泽厚曾戏斥中国的学问，只是商榷型的学问，这是颇值深思的。当前人们有个大口号：中国现当代美学是“西方美学在中国”。笔者以为，这是过誉的称谓了！翻开报刊，你能找到几篇文章是挨近 A—B—C 三大系统的“常规性”与学科范式的有序性文章？一句话，仍是我们的先天不足（中国既没有认识论传统，也没有在“拿来”中，接受 A—B—C 三大系统的严格训练），只能放放“冷箭”，打打“游击”弄过热闹而已。如果我们不在这方面迅速反思，即使是“西方美学在中国”也是徒有其名而已！

其次，我们所缺席的是“美是道德的象征”——道德形上美学形态。作为哲学美学之一大形态，我们应该以此为参照系来梳理中国道德形上学之美学。中国古代哲学，是心性哲学，亦即道德形上哲学。牟宗三先生费了毕生精力来沟通康德哲学与中国心性哲学之间的关系，其沟通的桥梁是双边的道德形上学。其功大矣！我们应在此基础上，去整理、建构中国的哲学美学［中国本土美学的原生主流形态是“诗性智慧”型美学，西方主流是哲学形态美学。故美学学科的基本理论形态，按维科理论的启示就只有两种：哲学美学形态（认识论美学/道德形上美学）与诗性智慧形态。西方所长是哲学美学形态，中国所长是诗性智慧形态。西方所长，正是我们之所短；我们之所长，也正是西方之所短］。在这个问题上，目前学界尚缺乏共识。年长之辈，已是“廉颇老矣”；年轻一代，要过好“职称—住房—老婆/孩子”三大关，尚且艰难，至于那些“无形的”“身后的”等问题已顾之不及，就只好留待以后再说了。这似乎又构成了另一种伟大的“悖论”。

“人生过处唯存悔，知识增时始益疑”，这种紧张的“悔—疑”二重奏，在人生“悖论”中奏响了时代的哀歌，只要不变成疯子、或跌入怀疑派的死泥潭中，我认为都是真正的向前的理论家应深深记取的诗句。

对“中国美学”的反思，能有一个良好的开端——王国维哲学，仅这一点，就会给我们带来美好的希望。王国维在日本时看了别人文章中的康德引文，便想到：如果一生不能读康德的书，那自己的生命便算是白活了！这是一种什么精神啊！学术生命的理论嗅觉比一百本平庸之见堆集起来的“庞然大物”，高贵得不可比拟！我们要先医治好理论嗅觉，至于如何去争夺平庸的“庞然大物”，稍缓一步吧。

毕竟，“希望”只在“悖论”之中，不在“悖论”之外或之后。□ 2007 · 4

百年文言文盛衰初探

□ 陈永正

一

20 世纪初叶，一场声势浩大的“新文化运动”席卷中华大地，其核心是白话文运动，“提倡白话文，废除文言文”，号召要彻底打破文言的束缚，以语体文取代通行了两千多年的文言文。这是一场颠覆性的文化革命，文言遭到前所未有的厄运。

新文化运动先驱者胡适说：“中国二千年来没有真有价值真有生命的文言的文学……这都是因为这二千年文人所做的文学都是死的，都是用已经死了的语言文字做的。死文字不能产生活文学。所以中国这二千年只有些死文学，只有没有价值的死文学。”后来成为古典文学研究专家的俞平伯认为，文言作品“差不多总是一堆垃圾，读之昏昏欲睡”，新文学家陈西滢把文言文、古琴等都看成是“已经僵了的化石”，“应该加以扫除的腐朽物”。

新文化人士所持的是极端的二元论：白话与文言是不可调和的矛盾双方，“新”与“旧”的对立，“今”与“古”的对立，“俗”与“雅”的对立，“质”与“文”的对立，“进步”与“落后”的对立，“人民群众”与“贵族精英”的对立。一切“新”的，都是进步的，光明的，有着无穷前景的；一切“旧”的，都是落后的，黑暗的，走向衰落死亡的。求变求新，破旧立新，成了颠扑不破的真理，天经地义的大任。新旧之辨，也成了真伪之辨，美恶之辨，优劣之辨。旧的，必须彻底打倒和消灭。更严重的是，在那个敏感的时代，文化上的一切论争都被看成是政治斗争，白话与文言之争也就成了革命与反革命之争，一场“你死我活”的阶级斗争。到最后，“新文艺摧毁古文，新文化打倒礼教”，白话文终于完成一统天下的大业，几乎是全面地取代了文言。

这种激进主义的思潮，近百年来，愈演愈烈，给整个社会文化带来极大的危害。革文言的命，革诗词的命，革国画的命，革京剧的命，革古琴的命，革中医的命，革一切旧文化的命。直到“文革”的狂飙激荡，神州旧物都成了飞灰与瓦砾时，人们才猛然警觉，可是已太迟了。颓圮的殿宇可以翻修，焚毁的典籍可以重印，而世道人心的崩坏却是难以弥补的。

如今，对传统文化鸣鼓而攻的时代已经过去，白话文早已取得压倒性的胜利，成为全社会的主流书面语言，人们再也无须担心文言的“复辟”了。当代学者开始反思，在检讨白话文运动功过的同时，也重新审视文言文的历史意义和存在价值。

文言，源于春秋时期的“雅言”。《论语·述而》：“子所雅言，《诗》《书》，执礼，皆雅言也。”古代贵族士人，均以雅言交际；异域殊俗，亦以雅言互通。雅言，即“正言”，当时华夏民族的典范语言，经典中使用的文言文，也就是这种共同语的书面语。文言是口语的提升，自然要比口语精美得多。孔子云：“言以足志，文以足言。不言，谁知其志？言之无文，行而不远。”“文”可以使“言”更充实，有了“文”的“言”，才能书之竹帛，传之久远。文质兼备的文言文，一直是中国历代知识精英共同选择的最佳的文化载体，是当今世界上使用时间最长的书面语。

从历史的角度来看，文言文是一种完善、完美的文体。它是超稳定的，时移代易，文体体系不断演化，各种体裁，各种流派，杂沓纷呈，万变不离其宗，文言文的整体语言结构并没有本质上的改变，两千多年来一直保持着恒定的形态。先秦时的《左传》《论语》，驯至清末的桐城文字，词汇、文法上都没有太大区别。这种超稳定性是中华文明得以延续、文化得以传承的重要因素，这在世界文明史上也是绝无仅有的。文言文也影响到同属汉文化圈中的周边国家，百十年前，日本、琉球、朝鲜、越南的官吏和文人还可以用文言与中国人笔谈。

文言文，是历史文化的命脉，文学的正宗。梁启超说：“文言文行用已经两千多年，许多精湛的思想，优美的文学作品皆用他来发表。”庄子崇尚自由的精神，儒家以仁义礼乐教化天下的思想，是用文言表达的；绝世风华的唐诗宋词，是用文言创作的。五千年历史长河中朵朵浪花，都是由文言承载起来的。对中华民族的形成和发展，对中华文化的凝聚，文言文作出了不可估量的贡献，作为炎黄子孙，我们怎能不深深感谢它的恩赐呢？在今天，无论从感情上或现实意义上，都不该逐末忘本，将文言文视为糟粕，弃如敝屣。

首先要思考的是，文言文是否像庸俗社会进化论者所说的那样，是“旧”的“死”的语言文字。

一切文学艺术形式，包括文言文在内，都是“器”，作为载体，无所谓新旧之分，优劣之别。文学不同于科学，艺术不同于技术。科技也许需要不断创新，不断进步，而文艺形式，无论新与旧都有其存在价值，绝不能说西洋抽象画要胜过国画，东洋式现代书法要胜过传统书法，歌剧要胜过京剧。

吴芳吉说：“文学只有真伪，没有新旧。”文学的生与死，并不在于使用什么语言文字，而在于它本身的内容与艺术是否有存在的价值，内容虚伪、艺术拙劣的当然是死文学，甚至称不上是文学。一旦文学沦为政治的附庸，成了帮闲文学、遵命文学，那就如粪上之英，朝生暮萎，真的是死文学了，这与是否文言无关。两千年来，死文学绝大多数早被历史淘汰，能流传下来并为人们所熟知的优秀的文言诗文，历久而长新，至今仍葆有旺盛的生命力。

其实，白话文也不是什么“新”的东西，胡适所说的“白话式或接近白话的文字”也存在千年以上。他那部《白话文学史》即可作明证。古代白话，由于它的粗糙、低俗，始终无法登上文化殿堂，成为文学的主体语言。近百年的白话文，在某种意义上，并不是真正的“白话”，也算不上是真正的语体文。钱基博早就指出，“所谓白话文，只不过是用一种书面语代替另一种书面语”。它既不同于《水浒传》“三言”“二拍”《红楼梦》中的旧白话文体，也不等同于当时的口语。它是为反对传统文言文而制造出来的特殊文体，是现代口语与西式语法及部分文言语词、日式汉字词汇的混合物，经过新文学的努力探索、实践才逐渐成形，直到今天，以现代汉语为载体的白话文才渐趋成熟。白话文学，包括新诗，至今尚未能形成一个新的传统，它所取得的整体成就远不足以与文言相比。

正因如此，现代白话文也遭到左翼人士的诟病。20 世纪 30 年代中期，有学者把现代白话文称为“新文言”，是资产阶级文人制造出来的“死的白话”。他们主张“语言和文字绝对一致”，用“大众语”取代“白话”。多年来，社会上已形成一种似是而非的共识，认为大众语言源于生活，是最丰富多彩的，而知识分子则语言干瘪，必须向民间学习。其实，凭常识也可以知道，文化程度越低，思想则越贫乏，所掌握的词汇量则越少，语言则越枯燥无味。在草根阶层中，即使偶有精彩的语言，也往往只属于其中有文化教养的精英分子。语文专家吕叔湘给文言和语体的区别找到一个简单的标准：“能用耳朵听得懂的是语体，非用眼睛看不能懂的是文言。”书面语要让所有人真能听懂，恐怕连“大众语”也不可能完全做到。

新文化运动实际上已延续百年，这是一个舍雅求俗、弃精取粗的全过程，如刘再复所说的，“在一百年当中，中国文学作为语言现象，是一个不断俗化、不断把文学语言降低为现实语言的流程”，到了 20 世纪 50 年代，“文学的俗化已发展为文学的极端政治化”了。

白话文本身就承载着不少民间暴力语言，白话文运动也滋长了语言暴力。当时盛行的“打倒”一词，竟成了数十年来使用频率极高的社会习惯语。当通俗化、粗鄙化到了极端的时候，举世皆以愚贱为荣，以“大老粗”自我标榜，端庄的举止、高雅的谈吐、优美的文辞也成为批判对象，美德遭到践踏，人格日趋卑下，终于出现“砸烂狗头”一类的流氓黑话了。暴力语言挟同着暴力行为，给全社会带来巨大的劫难。半个多世纪以来，白话文面临一次又一次严峻的考验，军事术语和工程技术词汇直接进入生活中，绑架了大众，日常用语也变得粗暴和僵硬。随着经济的勃兴，拜金的教义驱使文化进一步媚俗，流行文化成了主流文化，20 世纪 80 年代昙花一现的审美觉醒和精神超越的需求已荡然无存，大量的垃圾文字如垃圾食品那样滋养着全民。在网络时代，点击率成了衡文的最高标准，网上流传的文字低俗化的倾向尤为严重，没来由的语言群殴，黄段子、灰段子、黑段子的热击，荧幕充斥着大量的污言秽语，连学者、教授的微博争辩也粗野得如同泼妇骂街，古人那种即使绝交也口不出恶言的风范于今再也不复见了。语言的堕落也就是文化精神的堕落，这不能不说是整个民族的悲哀。从民间产生的网络语言，自有其草根性的蔓延力量，但当它直接影响到知识分子，并左右其对语言核心价值判断的时候，就值得我们警惕了。

文言文与白话文，本是二元一体的关系。两者同出一源而并流，共同灌溉着文化的土壤。提倡白话文，也不需要废除文言文。梅光迪认为“古文与白话之递兴，乃文学体裁之增加，实非完全之变迁，尤非革命也”。最初，一些接受了新思想的传统文人有过设想，以为可以实行双轨制，即在新闻、科技等领域使用白话文，而文史、艺术等依旧使用文言。白话适于时俗，文言适于典雅，这也算是一种“得体”。蔡元培曾预言：“我也断定白话派一定优胜，但文言是否绝对的被排斥，尚是一个问题。照我的观察，将来应用文一定全用白话，但美术文或者有一部分仍用文言。”本来，若白话文运动的发起者能客观一点，宽容一点，白话文可占领政治、经济、自然、科学等领域，而文史和艺术这小半壁江山，与文言文分享，各司其职，各行其道。文言与白话，并不是敌对关系，而是兄弟关系，分了家后还可相互扶持，共同发展。同气连枝，合则共荣，离则两损。《庄子·寓言》云：“万物皆种也，以不同形相禅。”何况“本是同根生”的文言与白话呢？可惜，事情发展并未如蔡先生设想的那样，文学革命的暴烈行动太彻底了，文言文由主流骤变成小小的支流，逐渐源头枯竭，最后只剩下一股微弱的洑流，再也流不到地面了。尤其是50年代后，在中国大陆，文言更惨遭灭顶之灾，甚至连一些本来已进入知识阶层以至市民日常生活中的文言词汇，也被认为是代表剥削阶级意识的腐朽东西，受到批判和抵制。近年在商品经济的大潮下，在网络、段子和各种广告中，文言成语遭到篡改和“恶搞”，真是对语言文字的存心侮弄。

无可讳言，文言也有其局限性，它的语言形式难与现代政治同构，不适合表达科学技术的内容，不可能被所有人了解和接受。它过去不属于大众，今后也不可能属于大众。如今，它是一种遗产，一个存在。遗产需要继承，存在自有价值。文言文，包括以文言为体的诗词，并不是死文学，它发展的余地虽已不多，而风雅一脉仍须赖以维持不坠。

二

现当代文言文的生存状态是很值得探讨的文化现象。

新文化运动后，文言文虽退出历史舞台，仍未被祛除净尽，而是在社会各个层面中顽强地生存下来。文言应用场合依然十分广泛，在官方文件中，在报章中，文言还占据着主要的位置，民国政府的正式文告也是文言文。胡适在《新文化运动与国民党》一文中抱怨说："国民党当国已近两年了，到了今日，我们还不得不读骈文的函电，古文的宣言，文言的日报，文言的法令。"后来他在《报纸文学应该完全用白话》一文中又感叹，当时报纸的文体主要还是文言，他在1934年对《大公报》和《益世报》中白话与文言所占版面比例作过统计，发现"白话所占篇幅还不到百分之十八"。在今天看来，报纸似乎是全民大众的读物，但在那个时代，报纸主要在大中城市发行，读者对象为市民。以小商人、小知识分子为主体的读者群，尤其喜爱并习惯浅近的改良体文言，不管是否附庸风雅。他们在感情上向慕自己不甚理解的高雅文化，并认同文言文的文化价值，试图去超越自己，连举止谈吐也仿效那遥不可及的知识阶层、贵族阶层。古人认为，文字是神圣的，字纸也须敬惜，掌握文字的读书人是值得尊崇的。尊重文化、尊重知识，早已成为社会大众的行为准则。这个传统虽曾受政治干扰而遭到破坏，但人们对高层次文化始终还抱有敬畏之心。

在社会文化生活中，文言应用也十分广泛。南北各都会以至中小城镇，文人经常组织雅集，文酒风流，唱酬切磋，留下丰富的诗文作品，即如邀约小柬、集会序言、书画题识等应酬文字，也颇具雅人深致。文友往来信札，一般民众的家书，以至广告、市招、揭帖等，都常用文言。由此观之，作为中国传统文化中最精美形式的文言文，根深叶茂，已深入社会的各阶层，也为部分群众所接受，绝非暴风骤雨般的运动所能彻底摧毁的。

南北各高等学府中文系多开设古代文史课程，学生研读古代文献，熟习文言。中央大学、北京大学、中山大学、武汉大学、浙江大学、暨南大学、安徽大学乃至抗战期间迁移重庆、成都的各大学中文院系，不但要求学生掌握理论知识，而且还鼓励学习文言文及诗词写作。中山大学在20世纪30年代是"复古"大本营，中文系主任古直强调师生要读经，并能作流畅的文言文，古典文学内容的毕业论文，更是一律用文言写作。汪国垣任中央大学中文系主任，新生入系，汪先生就告诫说："本系力矫时弊，以古为则。"要求学生能作古文。更值得一提的是无锡国立专科学校，始建于1920年，唐文治任校长，古文家钱基博任校务主任。历任教师有章炳麟、钱穆、鲍鼎、吕思勉、周谷城、胡曲园、郭绍虞、周予同、陈衍、陈柱、朱东润、夏承焘、饶宗颐等赫赫有名的学者，而学生中也有以下一些人物：吴其昌、陈中凡、蒋天枢、范敬宜、唐兰、王蘧常、钱仲联、冯其庸、吴孟复等，后来都成了当代文史研究专家。凡是毕业于无锡国专的都是文言好手。

当时中学语文教学仍以读文言文为主，一直延至40年代末。由于大学的入学考试普遍使用文言，也直接影响到中学文言教育。龚启昌撰《读了〈禁习文言与强令读经〉以后》一文评论："日前看见报上载江苏省会考试题一律用文言。现在国内各大学的考试，及考试院举办的考试，更非用文言不可。”又云：“无怪乎现在的中学生甚而小学生，你不教他文言，他还要求你教他文言。中学、大学入学试验的影响于学生心理与态度，比了行政机关的一纸号令，或文人的两三篇文字，不知要大多少。”在这样的环境下，文言文自然得到社会的普遍认同。

20 世纪上半叶的初等教育，除了政府开办的正规小学外，更多的是遍布城乡的私校以及各类家塾、学塾，不少人家选择后者以培育子弟。古代经典是学童必读的课本，《三字经》《千字文》《成语考》等更是习用的启蒙教材。一般民众从小就接受精英文化的教育，其立身行事自然也会受到先圣前贤思想的影响。民间百姓的书信、契据等应用文字，也往往文白夹杂或纯用文言，1931 年张廷华编《新体评注历代骈文精华》一书序云：“今者国体变更，文运陵夷，而公私函牍，以此体为尚。”可想见当时整个社会的文化氛围，引车卖浆者的言谈，也许会比当今某些文化人高雅。

近百年文言文的发展，大致可分为五个时期：

1. 辛亥革命至新文化运动时期（1911—1920 年）

辛亥革命后，政体更张，而在文化上却一仍旧制，文言文继续保持其主流语言的地位。在新旧交替的时期，风云际会，人才迭出，各种不同的政治立场、文学观点都反映在当时知识精英的文章中，真是异态纷呈，精彩绝伦。民初十年，可说是现当代文言文的鼎盛期。

在当时各种文学流派中，最触目的当数以梁启超为首的“晰于事理，丰于感情”的“新文体”派。它的影响遍及社会各阶层，竟成为此后数十年间全国以至海外华埠通行的“报章体”。此派文风，纯以气胜，其末流则夸张浮滥，格调不高。

另一重要流派是以革命家章炳麟为代表的“浙江派”。章氏才华洋溢，学问宏深，他的弟子黄侃、钱玄同都是杰出的学者，黄氏擅骈文，“风骨遒上，辞气澹雅”，钱玄同文章汪洋恣肆，吐泻无余。

南社诸子在革命后极为活跃，高旭、柳亚子、陈去病、朱剑芒等诗文皆擅，然过于重视政治宣传，总体水平似不如上述两派。

能维系文言正统一脉的仍是老一辈文人，不少是名高一世的鸿儒硕彦。他们当中有桐城派、湘乡派的古文家马其昶、叶玉麟、姚永朴、姚永概、林纾，有专学魏晋文的王闿运、吴虞、冯幵，擅骈文的孙德谦、李详，此外还有严复、缪荃孙、冯煦、陈三立、陈衍等一大批旧文人。这些人学问深湛，功力老到，所作文字，皆可以为范式。

2. 新文化运动时期至抗战前夕（1920—1937 年）

1920 年，教育部明令以白话为国语，中小学教科书改用白话编撰，这无疑宣告白话文运动已取得最后胜利。

文学艺术是各历史时期游离主流之外的文化人栖居之地。社会大变动后，一部分旧文人选择了逃遁。以“大隐”或“小隐”的方式，遁于市井，遁于山林。超然物欲之外，遁入自己的内心深处，成为真正的孤独者，实现自我封闭式的精神自由。文言文、诗词、琴棋书画则是文化遗民最后的遁逃之所。这群文人以前清的“遗老遗少”居多，他们是文言文最忠实的维护者，不懂得或不屑于写白话文，终其一生都用正统的文言文写作。从艺术角度来看，他们的文章质量最高。

另一批人可称为“文言改良派”。其中成员成分复杂，大致有以下几类人：一是提倡“新文体”的梁启超及其众多的追随者；二是革命派人士，包括所谓“浙江派”的章炳麟、刘师培等以及南社成员柳亚子、金天翮等；三是留洋的学衡派人士，中有吴宓、柳诒征、胡先骕等。这些人在传统功力上大体不及老辈，但毕竟才人甚多，亦不乏传世佳作。

此外，还有一大批高等学府的专家学者，一直坚持以文言撰述，其中最著名者如王国维、黄侃、吴虞、黄节、钱基博、汪国垣、刘永济、陈寅恪等。在他们的影响下，教育界成了文言文最坚牢的据地，数十年来，古文承传，薪火不绝。

新文化运动的发起者、参与者如陈独秀、胡适、鲁迅、郁达夫、郭沫若、沈尹默、俞平伯、闻一多等早期人物，亦不时技痒，勒马回缰，写作文言文，其中颇有可观之作。

3. 抗日战争及内战时期（1937—1949 年）

1937 年“七七”卢沟桥事变，抗日战争全面爆发，大批文人随国民政府迁往内地，寓居重庆、成都、昆明、贵阳；亦有一部分人外流至香港、南洋；还有一些人滞留在敌占区南京、北平、上海等地。抗战八年期间，国难当头，人们已无心弄月吟风，整饬文字，与上一阶段相比，文言文的势头显然低落，但依然有人继续创作，歌颂慷慨捐躯的英烈，指斥日本侵略者的暴行，悲悯民间百姓的疾苦。国统区大学师生坚持教学，不少文科学者如钱穆、钱钟书、饶宗颐等仍用文言撰作。

还有一个奇特的现象，在敌占区中，文言文却得到畸形的发展。汪伪政权以“复兴中华文化”自命，任用一些邃于旧学的文人如周作人、龙榆生、陈柱尊、李宣倜、钱仲联等掌管文化教育机构，并出版《同声》《新亚》《国艺》《中国诗刊》等刊物，时有文言文刊出。

抗战结束，内战又起，民不聊生，文学艺术更无足道矣。文言衰势益甚，只剩岭南一隅之地，尚保留旧日诗文创作传统。1947 年至 1949 年 10 月，《广东日报》文言副刊《岭雅》，发表一大批粤籍文人的诗文，这已是中国大陆旧文化的回光返照了。

4. 中华人民共和国成立至“文革”时期（1949—1976 年）

20 世纪 50 年代伊始，大陆的文化人面临一场新的“文体革命”。一切文学都成了宣传品，成了阶级斗争的有力武器。被认为是封建文化象征的文言，非但失去了官方的地位，更被排斥在社会各个领域之外。教育体制全盘改造，采用苏联模式。大学中文系中没有现当代文言文的位置，文学研究者更是视之为“封建骸骨”，不屑一顾。此后二十多年间，文言创作似乎是一片空白，各种出版物中，当代文言文几乎绝迹。早已溃不成军的旧文化人，更是遁逃无地，一个个从山林、从市井被揪出来，成为专政的对象，他们，以及他们的作品被完全淘汰了。虽然如此，在民间，文言文尚维持一线生机，并在艰难发展，犹如谷底流泉，涓涓未绝。旧派文人如叶恭绰、胡先骕、马宗霍、郑逸梅、方孝岳、朱庸斋等时作短文序跋。从现存的资料来看，最大数量的文言作品当为文人的书牍和日记，这些文献是珍贵的时代实录，有待后人发掘和整理。20 世纪 80 年代，文艺复苏，劫后余生的老人们从尘箧中翻出少量旧稿发表，但已是昨日黄花了。

1955 年中学语文教学改革，语文课分为“文学”与“语言”两门课程。“文学”课本内容全部改为古典文学，按文学史顺序选编。历时短短两年的改革，却影响了整整一代人，不少青少年自此爱上古典诗文，并尝试写作。

最可称异数的是，1961 年，三年严重的“自然灾害”之后，各项政策一度宽松，张伯驹时为吉林省博物馆副馆长，居然私下召集意趣相投的文人学者，结成“非法团体”“春游社”，中有于省吾、黄公渚、陆丹林、黄君坦、罗继祖、张江裁、周汝昌等知名人物，“每周一会，谈笑之外，无论金石、书画、考证、词章、掌故、逸闻、风俗、游览，各随书一则，录之于册，则积日成书”。后来这个“反革命组织”虽被公安厅立案侦破，而当时所写的三百多篇文言文却得以保留存下来，终于在四十年后编成《春游社琐谈》一书出版，填补这段时期的空白。

中国台湾、香港、澳门，以及海外各国华人小区，似乎成了旧文人荟萃之地。广州、上海、南京、北平以至全国各地一些传统文化人，在政权变更前夕，乘桴济海。诸如潘重规、林尹、陈含光、高明、成惕轩、台静农、李晋芳、李渔叔、于大成等东渡鲲洋，黎国廉、刘景堂、曾克端、赵尊岳、陈本、张斌、曾希颖、饶宗颐、罗忼烈、傅子余、苏文擢等留居港澳，李祁、周策纵、王叔珉等远游海外。他们数十年来坚持文言诗文创作，中华传统文化，亦赖以一脉延绵。

5. 改革开放时期（1976—2010 年）

“文革”结束后，中国步入经济建设的新时期。微阳初照，寒蛰昭苏，百废待举。各地纷纷成立诗社，复出的老干部以及文化教育界的高级知识分子，满怀热忱，重新写作诗词，并结集出版。在这时期，诗集的序跋成为最常见为文言文体，作者多为诗词家或新文化人士，年轻时未经严格的文言写作训练，于文言文的句法章法亦未考究，晚年好奇执笔，每以白话之法为文言，气格不纯，加之以年事已高，才华衰退，故平庸之作多而精品少，与上辈文人相去甚远，绝大多数只能算是客串者而已。

进入 21 世纪，社会趋向多元化发展，传统文化也受到普遍的重视。可庆幸的是，中青年学者已关注现当代文言文和诗词，不少人还致力于创作实践，网络上时见发表，其中不乏佳作。大、中学生中不少人喜爱并尝试写作文言。民间动态更不可忽视，学童的古文、诗词教育方兴未艾；民间学者正在成长，并且出版文言体裁的有分量的著作。最近十年间的大陆地区的文言文，其数量之多，质量之佳，远过于前五十年，中青年作者的水平亦较胜于上一辈。路子正，立意深，格调高，文言正统一脉后继有人，更不必担忧传统文明的灭绝了。

台湾、香港地区，是近半个世纪的文言文最坚固的营垒。直至二十世纪七八十年代，依然文风鼎盛，诗社文社林立。大学中文、历史课程，多用文言，毕业论文，亦多以文言写作。近年随着政局的更迭，教育制度的改变，加以老辈文人的日渐凋零，文言文创作已今不如昔，总体来说，亦似稍逊于大陆地区了。

20 世纪文言文文献，只有小部分作者有专集行世，而吉光片羽，每赖报纸杂志以留存。较早有《南社丛刻》，收录社员诗文稿，二十世纪二三十年代以文言为主的刊物有《学衡》《甲寅》《青鹤》等，20 世纪 40 年代则有《国艺》《文史季刊》《岭雅》等。汪伪治下，又有《国艺》《学海》《同声》等刊物，颇存此一特殊时期的文献。

进入 21 世纪，民间刊物方兴未艾。一群青年网络诗人所创办的《留社丛刊》，登载社友的文言诗文，质量颇高。中山大学岭南诗词研习社社刊《粤雅》，刊载本校师生的诗词作品，也有一定数量的文言文。

三

文言文是中国三千年文化的载体，也是历史传统与现实生活之间的一根重要的纽带。这根纽带绝不能割断。学衡派中吴宓等人认为，文言文历史悠久，能通行两千多年，必然有其合理因素；不懂文言文，就无法了解中国优秀的传统文化；文言文属于精英文化，形质优美，精炼高雅。近百年来，文言虽处在主流文化视野之外，但它对中国整体文化的发展仍有着不可估量的影响。

在 21 世纪，学习和创作文言文有什么现实意义呢？除了教科书中所说的内容之外，还应有以下几点：

1. 传承高贵，促进社会文明

文言文的世界，是一个以“君子”为人生理想的世界。儒学，可以说是君子养成之学。君子，高尚尊贵，才德出众。历代的读书人努力进修，以君子的标准严格要求自己，自省自觉，自尊自胜。中华是文明之邦，礼义廉耻，是古代贵族言行的准则，是孜孜以求的美德，是高贵的象征，是传统文化精神核心价值所在。君子立身处世之道，是“以天下为己任”的顶天立地的担当，故以“向上一路”指示人们，刚健弘毅，自强不息，仰山瞻日，努力去接近高贵与荣光。文言，一种高华典雅的语言形式，是传承高贵的纽带，它本身涵蓄着贵族文化礼仪的余韵流风，为社会各阶层提供取之无尽用之不竭的精神力量，人们浸毓日久，智慧增生，气质变化，连仪表举止也体现出“温、良、恭、俭、让”。有了高贵的精神和正常的伦理，人际关系和谐，社会健全稳定。

新文化运动，是一场浅俗化的运动。文化虚无主义者以过激的手段摧毁了贵族精神、精英文化，也就从根本上损害了大众文化。要求所有人都向下看齐，而不是向上看齐，必然造成文化精神的大滑坡。《孟子·滕文公》云：“吾闻出于幽谷迁于乔木者，未闻下乔木而入于幽谷者。”失去了向上的指引，大众文化失去出谷迁木的机会，也就不可避免日益堕落，严重地妨碍社会文明进步。如今，人们已深切地认识到这场运动中的过激观点带来的恶果，不少有识之士奔走呼吁，要传承高贵，重建社会精神文明。只有形成健康向上的文化价值体系，才能实现真正的长治久安。

2. 提升审美层次，雅化白话

古人常谓文章以体制为先，辨体，更是衡文的首要之务。体有尊卑之分，雅俗之别。而文学语言与生活语言也有文野与精粗之别，只有加工、美化了的语言，才可提升为文学语言。“文”与“言”分离是正常的、必要的，即使在今天，白话文也不等同白话，白话文还需继续雅化。也许未来的白话文中，会形成“雅文”与“俗文”两种文体，如同文言与白话那样。

社会制度的变革和科学的发展，加剧了语言的俗化过程。时至今日，白话文的低俗化、痞子化已至极端。白话文要成为完美的文学语言，成为纯正的“雅文”，要在审美层面上提升，还得回过头来向文言文学习和借鉴。

白话文是文言文的后续与延伸。林纾云：“古文者，白话之根柢，无古文安有白话?”梁启超认为，要作好白话文，“文言的功大应该很深”，朱光潜也说：“想作好白话文，必要读文言文。”白话文由于易学易写，也就容易粗制滥造，失去文言的滋润，白话会变得干枯。好的白话文，须用加工、美化了的语言去制作。胡适所主张的“以平淡的谈话，包藏着深刻的意味”，正是文言所长。文言文惜字如金，简练如诗，是最精美的文字，也是最好的模板。文言文中不少词汇、典故，还可以继续进入白话，不断被吸收、融化。文言文遗留下来大量成语，已成为现代汉语中重要的组成部分，言简意赅，大大地丰富了白话文的表现力，提高了白话文的素质。这一笔丰厚的文化遗产，须好好继承，更不应随意糟蹋。白话文今后的趋势虽然难以预测，但作为当代文明的重要载体，白话文有着无限广阔的发展空间，任重而道远。我们还是希望未来的华族语言可以更文明些、高雅些。

3. 学习文言创作，继往开来

近三十年，传统文化重新进入人们视野，大量古代文献整理出版，青年学子得以接触优秀的文史典籍。尽管经过长期的隔阂，雾掩云遮，文言，依然是许多人心中高洁的圣域，有志者还期盼着向上攀跻。如今，不少文学青年重新学习这种本已不太熟悉的文体，并试图创作文言文及诗词。当代人从小就生活在白话文无边的旷野中，文言，只是偶然入望的天际云山，在这种语境中成长的青年，要领悟文言独有的情调、语感，实在不易，学子们不妨多读一些文言典范之作，唤回历史文化的记忆，对传统文明产生认同感，并进行一些写作练习，增强切身感受，丰富自己的语藏，掌握基本的写作技巧。

当代的文化人，尤其是讲授和研究古代文史的中学、大学教师，也应尝试用文言写作。如果没有创作经验，缺乏感性认识，则如雾里看花，不知个中滋味，所谓研究也只能是掠影浮光，难以探微索隐。不关注、不实践文言写作，对于研究者自身来说，无疑也是一大缺失，正如钱锺书那稍有点尖刻的比喻，应羞于自己的无能为力。诗词创作需要天赋，不是人人皆可以为之；而写出合格的文言文，只要多诵读，多涵泳，自然水到渠成，没有学不会的。

学习写作文言文，第一步骤就是仿作。对前代优秀文学借鉴、吸收。吴宓云："文章成于摹仿，古今之大作者，其幼时率皆力效前人，节节规抚，初仅形似，继则神似，其后逐渐变化，始能自出心裁，未有不由摹仿而出者也。"摹仿，是学习最有效的手段，是所有文艺门类的初学者必经之途，未经这一步的，在行家眼中，只是徘徊于门外的"爱好者"而已。摹仿，宜取法乎上，先难后易。不要以为浅近的文言易学易写，便随意仿效，草草书成，一成习惯，则难以自拔，再也不能深入古人的堂奥了。一入手就要摹仿古代的佳篇，无论是左、马、班、扬，还是韩、柳、欧、苏，只要是第一流之作，都可以作为范文。以庄敬之心，逐字逐句体味古人的用心、作意，如陈寅恪所谓"必神游冥想，与立说之古人，处同一境界"，吟哦背诵，熟习文本后才能领悟其语感。诸如句字的平仄交互，字眼的"响""哑"，也须注意。在这过程中，要尊重文言固有的程序规矩，不应逾越。慢慢掌握词汇、句式、章法，然后才试行仿作。先精一家，再广为取法。吴芳吉谓"从事文学原不可以一家一书自足，其必取法百家"，实是个中人语。好的文艺作品，是由感情加上沉思而创作出来的。没有感情，则不足以动人，没有沉思，则未能深刻。文言文，由于它语言上的特性，成文较慢，则更宜于沉思。遣词造句，有如沙里淘金，细细选择最宜于表达感情的词汇，力求优雅精微，曲深隽永。写作过程也是与古人对话的过程，努力去领略汉风、唐韵、宋意，感悟古人的文化品格与伦理精神。

文言文有多种体裁，各有其不同的语言形式、表现形式以及审美形式，学者须细细揣摩，掌握各体的特色。古时文体分类体例不甚画一，如《明文海》分体二十有八，每体之中，又各为子目。清《古文辞类纂》则分为十三大类。大抵最要者有论辩、传状、碑传、赠序、书牍、序跋、杂记、箴铭、庆吊等，各有功能。进入民国后，文言文使用范围显著缩小。到了当代，就只剩下序跋、书牍、杂记、碑传几类较为常见外，其余的多已弃置不用了。文言文又有散文与骈文之别。骈文是一种很特异的文体，在乎散文与诗之间，字句整齐匀称，讲求声调韵律，多用四言六句，故又称"四六文"。文至骈体，可谓已臻形式美之极致。唐宋以来，有所谓散、骈之争，即古文与时文之争，势同水火，各不相让，虽然如此，却不似后世之文、白之争，拼到你死我活为止，不少古文家能作四六俪偶之文，骈文家亦能散体。骈体文与散体文，同途并驾，已历千年。当代颇有热心人鼓吹写赋与骈文，作品极多，佳者则罕见。“能观千赋，而后能赋”，今之所谓赋家，谁能解此？

笔者相信，喜好文言，往往是出自本性，出自天然。也许，“保守”思想是与生俱来的，文言文似更宜于表现人群中这小部分人的精神世界。既然爱上了它，就应该尽力去做到最好。辜鸿铭云：“语言要高雅，表达要自由，用字要简练，意义要完满。”今天写作文言文，也应以此为追求的目标。

时至今日，文言文依然有它的生存空间。刘梦溪说：“文言文有什么好处呢？文言能保持文本的庄严。”并认为重要的文告、外交文献，都可使用一些文言语词和体式，“适当地使用文言文，不是一件坏事。甚至国家的重要文告，略增一点文言的话，国家的威信都能提高一点。别人会认为你是一个有文化的国度”。文言是一种典雅的文体，在某些特定范围、特定内容、特定语境内仍难以被白话文取代。如致祭炎、黄二陵的祭文，殿堂新建、古迹重修的碑记，相信用文言文会显得更严肃庄重；某些学术门类，如中国古代文学、历史、东方哲学中某些著作，也适宜用文言撰述。陈寅恪《柳如是别传》、熊十力《新唯识论》，假如采用白话的话，肯定会大为逊色。新编《清史》，若用文言，则可与传世《二十四史》的语言风格统一。此外，如诗文书画的序跋题记，带有私隐性日记、书信等，一用文言，便生雅韵。一些实用性文体，如公文函件、揭帖广告、契约请柬，以至展品产品的说明书，适当使用文言，自可提高其文化品位。

网络时代为文言的发展带来了新的契机。互联网提供了展示作品的平台，近年来，时见有文言文在网上发表，从文章水平来看，虽然多数还处于习作阶段，但可见证这一古老的文体已被部分年轻人所接受，并尝试撰制。其中亦有较成熟作品，体裁、题材都多式多样。此外还有大量的微博，篇幅短小，言简意赅，除了创造新的词汇外，文言语词得以复活并大量使用，个别版主亦偏好文言。手机及网上流传的段子，时以排偶形式，活用成语，带有颇浓的文言成分。

当代文言，也许会分成改良派与传统派两路。梁启超所创的“新文体”，开了改良文言的先河，学衡派的胡先骕等也曾提倡文学改良，章太炎、傅斯年等人主张言文合一，文白交融，为适应现代人的习惯，以白话思维代替传统的文言思维。改良的文言文还是文言文。将来的改良派也许会沿着“新文体”及学衡派路子，文言句式中夹杂着白话句式，不避新词汇及俗语。传统派文言，是正宗古文，即以文言思维，并以文言句式为主体的文言文。如同要写好外文，必须用外语思维那样，要写出纯粹的文言文，也必须用文言思维。先用白话想好，然后用文言翻译，只能制作出夹生的文字。如今，更有学者提倡所谓的“现代文言”，要在改良派的基础上进一步浅俗化、口语化、生活化，让一般人都能看得懂，以利于普及和传播。这只是一厢情愿而已。无论是以“文言为体，白话为用”好，还是以“白话为体，文言为用”好，这种半文不白的写作，只能是低层次的现代假古董，它失去了传统文言的最主要的优点，如高贵、庄严、典雅、精炼，又难以与更通俗的白话文抗衡，真正的行家不屑于读，大众读者看去也似懂非懂，高不成，低不就，非但不能挽救文言文濒危的命运，反而使它失去赖以幸存的基石。文言文美好的躯壳不复存在，文言文生命也就真的完结了。文言文早已定型，是一种遗产，不可能进行改革。所谓改革，只能是调和，是俯就，是俗化。文言文的“现代性”，只在于文章的思想意义，而不在其形式、技巧上的通俗性。

笔者主张，应学习和创作能与传统衔接的“纯粹”的文言文。今后正宗的文言，应该有典雅的语言，高尚的格调，穿越古今的文化情怀，古色古香的审美趣味，既能遥接古人的謦欬，又有现代的生活气息。少数人写，少数人读，以维系斯文一脉，断而复连，危而不坠，这已是最大的冀望。所谓“复兴文言”，不必要也不可能。文言，过去是，现在是，将来也必然是个人和小众的，不可能为全民服务。它难以复兴，也不会消亡。在今天，属于大众的文化已不少了，荧幕上的升平歌舞，欢声笑语的二人转和大腕相声，手机里的杂色段子、小报满版的明星轶事，警匪、帝王片，各式各样的武侠、言情小说，梨花体诗，“含泪的散文”，这都很好，很好。把诗词、文言文、古琴等早已被弃置的东西留给小众，恐怕也不为已甚吧。相信社会群众有足够的度量，能容忍这类小众文化的存在。

现当代文言文如同诗词一样，受到不公平的待遇。本来，是否使用文言文撰作，纯属个人的文化取向，应得到他人的尊重而不是妄加指责。当代文化教育界中，尤其是语言文字工作者群中，也许是源于某种自卑、自虐的心态，对文言文鄙夷、敌视、攻击的不乏其人，横加以“腐朽的旧文化”“复古主义逆流”“时代落伍者”种种罪名，叫嚷着要彻底否定和扫荡，但却很少人冷静下来，对近百年的文言文这一不容忽视的文化现象进行深入的学术探讨。即使偶有研究者，也往往认为现当代文言思想文化是“顽固保守”，不合时宜的。然而没有对大量作品进行微观的审视，钩稽排比，概括综合，探求其艺术的内部规律性，也就不可能进行宏观的和抽象的理论研究。亦有论者认为，语言决定思维，文言与荒谬的思想必然是“融合为一”的。这种偏见至今犹未消除。历史经验早已证明，用白话文去传播荒谬的思想，其危害性远比用文言文大得多。

钱基博在《现代中国文学史》中慨叹：“吾知百年以后，世移势变，是非经久而论定，意气阅世而平心，事过境迁，痛定思痛，必有沉吟反复于吾书，而致戒于天下神器之不可为，国于天地之必有与立者。”钱先生所感甚大。事过已近百年，说真的，笔者从未认识到旧文化与家国兴亡有多大的关系，更无法理清文言文盛衰的前因后果。在当代社会文化生活中，没有文言，没有诗词，没有一切旧物，也无妨大局，芸芸众生依然可以鼓腹讴歌，颂平鸣盛。只是在物欲横流的时代，滔滔浊浪之中，偶然飘来几瓣落花，唤起人们一些凄美的回忆，也许就够了。◻ 2012・5

当代艺术理想：从清纯到繁丽

□ 王一川

尽管在今天谈理想可能要冒风险，被视为脱离时代或实际的空谈，但我仍固执地认为，每一个历史发展时段总有特定的艺术理想——艺术的审美价值取向或标准。艺术理想是比艺术实际状况更符合时段特有的审美价值取向的东西。我甚至觉得，没有艺术理想的艺术是无法真正成为艺术的。不过，我在这里想特别强调的是，艺术理想无法脱离特定时段的文化语境，有什么样的文化语境就应有什么样的艺术理想在这片土地上生长。而文化语境的变化也会影响艺术理想，并显现在其中。文化语境在这里是指艺术所生长于其中的特定时段的种种符合表意行为所形成的普遍性情境，包括个人和社会生存方式、社会心理、伦理规范、语言形态、价值体系、审美趣味和艺术活动等。这种文化语境恰如一双无形的巨手，富有艺术性地塑造着人的生活形象及其理想。这巨手在不停地变换，艺术理想也会呈现出不同的造型。写到这里，我不得不想到两幅对比图画：一幅是今天的光怪陆离视觉图像爆炸场景，另一幅则是似已成遥远回忆的思想年代的清纯记忆。在今天这图像纷呈的年代里回忆思想年代的艺术理想，不是由于我有怀旧雅兴，而只是想从正在逝去的文化和艺术传统中吸取一点灵感而已。从20世纪70年代末到20世纪80年代前期，思想或思想启蒙成为文化生活的一个关键词。在那个思想的年代里，人们思想着如何澄清“文革”政治硝烟而重新过一种合乎人性的美的生活。于是，美或审美成了社会向往的一个至高的生活境界，由此引发了中国文化史上可谓空前绝后的“美学热”。但思想归思想，做起来却是另一回事。由于注重美的思想启蒙，必然更重视精神性内美（内心生活的美或道德意义上的美），而有意无意地冷淡或忽视属于身体的外美。由李谷一唱红的电影《黑三角》（1978年）插曲《边疆的泉水清又纯》，突出的是清纯之美。清纯，这是想象中的澄清了政治浑浊后的人性至美。这种清纯美比起单纯的外貌美来，在这个思想年代里似乎具有更高的伦理品级。影片《天云山传奇》（1981年）里，主人公知识分子罗群最初面临着对两位知识女性的抉择：一个是美貌、活泼的宋薇，另一个是清纯、内秀的冯晴岚。最后是当他被打成右派时，宋薇投向了自己本不爱的官僚吴遥的怀抱，而罗群则选择了具有坚韧和忠诚等内秀品质的冯晴岚。这似乎是在突显这个思想年代所特有的艺术理想及生活理想：外貌美是虚假的和易逝的，而由清纯和忠诚等所支撑起来的内美才是实在的和长久的选择。生活中的外貌美未必就一定不可靠，但这确实是当时艺术理想的一种基本取向。

清纯，是一种与现实的人性压抑相对抗的艺术理想。罗中立的油画《父亲》以一种特殊而又含混的表情无言地传达出“父亲”复杂而隐秘的内心独白，使人似乎聆听到他悲苦的心理节奏。清纯既针对以“文革”为标本的政治暴力强制，也针对商品铜臭污染，代表着人脱离了政治和商业利害的一种完美本性的回归状态。这一点在张洁的小说《从森林里来的孩子》（1978 年）中有着更明确的表达：老音乐家梁启明在去世前语重心长地告诫弟子孙长宁“不论将来自己达到了一个什么样的辉煌的顶点，决不能把自己的才能当成商品”。与政治暴力和商品铜臭相对立的，则是那神奇的长笛所吹奏出来的“明亮、质朴、优美得像散文诗似的旋律”，以及这种旋律流泻出来的“优美而高尚的灵魂”。这种在音乐节奏中生成的明亮、质朴、优美和高尚，正可以视为清纯之美的具体表达形式。

可以说，清纯以及与清纯相连的单纯、纯真、质朴或平实等价值规范，成了思想年代的艺术理想及文化精神的一个突出标志，因而也成为这个时段的艺术形象创造的普遍原则。标举清纯，意味着有意忽略视觉性的外在美或形式美而强化听觉性的内在美或精神美。真正合乎理想的美，似乎不是眼睛看出来的，而是耳朵听出来的。外在视觉美当然是美的，但这种美被视为一种次要的诱因，因它所流泻出的内在听觉美才是真美。这正像孙长宁手中的长笛一样，它的神奇的美并不在于它本身的视觉外形，而在于它能魔术般地流泻出动人心魄的听觉节奏，能够激荡起高尚的精神或情操。20 世纪 80 年代前期的美学虽然竭力伸张“感性的解放”，看起来是明确了审美的视觉性特质，但这种明确往往只是停留在纯思辨层面，而在实际的艺术创造中却是听觉节奏之美占据主导地位。

实际的艺术创造确实以其巨手在弹奏着以听觉美或精神美为主导的美学旋律。以宗白华和朱光潜为代表的 20 世纪 80 年代前期的美学界，热切追问的是一种精神美。宗白华体验美学的中心思想和核心范畴，便是听觉性“节奏”。他要求以“流盼的眼光”或“万里眼”，去“流动着飘瞥上下四方，一目千里，把握全境的阴阳开阖、高下起伏的节奏”，寻求那“具有音乐的节奏与和谐的境界”①。而文学作为以听觉为主导的语言艺术（由语言的声音想象出语言所描摹的具体形象），理所应当地全力承担起弹奏这种“节奏”的重任，艰难地捍卫着自身最后的霸主地位，尽管此时拥有视觉力量的电影已在通过“文学性”“戏剧性”和“电影性”之间的争论而力图夺取艺术霸权。而文学本身所建构的人物形象，也以那些具有内在美或精

---

① 宗白华：《美学散步》，上海：上海人民出版社 1981 年版，第 82 页。

神美的人物为美的标志，如陈景润（《哥德巴赫猜想》）、张俊石（《班主任》）、罗群（《天云山传奇》）、“研究生”（《北方的河》）、隋抱朴（《古船》）等。即便是视觉性物象，也更多的是听觉美或精神美的象征形式，如流淌音乐的长笛（《从森林里来的孩子》）、象征现代知识的铅笔和铅笔盒（《哦，香雪》）、贯注生命旋律的黑骏马（《黑骏马》）、散发传统流韵的远古彩陶残片（《北方的河》）等。在日常生活中，人们所标举的美的艺术理想是朴实无华，而美容、美发、美食及居室美化在那时还是一种少见的或不被提倡的物质奢侈。这种艺术理想既体现在人们的日常素朴着装或打扮上，也通过礼品包装的简朴、书籍装帧的素淡、商场购物环境的简单实用、商业广告的平实、建筑与艺术设计的素雅等表现出来。思想年代，从艺术理想上看，可以说是崇尚清纯的年代，是听觉美主导的年代。

但是，20 世纪 80 年代与 90 年代之交的文化语境演变，使人们没在思想年代徘徊多久，就不得不匆匆地迎接图像年代的视觉轰击。今天，随着市场经济、消费时代、大众传播媒介社会和信息技术等时段的到来，人们仿佛突然发现自己置身在一个图像年代，即视觉图像主导甚至爆炸的年代。视觉图像主导，表明的是听觉美退位和视觉美的中心代。如果说，思想的年代必然要崇尚听觉之美，那么，在这个图像的年代里最受宠爱的就该是视觉之美了。扑面而来的充满诱惑力的电视画面和影片镜头、琳琅满目的时新商品、五彩缤纷的商品广告、富有诱惑力的时装演示、精确逼真而又丰富繁复的电脑图像、令人目眩的取之不尽的国际互联网世界，都在展示视觉图像的无所不在及其神奇力量。由此，我无法不感到，思想年代的听觉主导的清纯美已经飘逝而去了，取而代之的是视觉图像主导及其所标举的繁丽美。

繁丽美，与清纯美相对，是指由繁复和华丽图式设计而成的美的形态。繁复，表现为线条、图案和色彩等的繁多和复杂；华丽，则是指质料的华贵和图式的彩丽。这就是说，繁丽美指的是繁多、复杂、华贵和彩丽的美的形态。这种美的形态往往是以丰富多彩的图像为主导性显现方式的，主要诉诸人的视觉（当然也可能有其他感觉），让人去看，而不是像语言艺术那样主要诉诸听觉，让人去听。如此，一个似乎难以避免的情形已经和正在出现：人们“看”的能力及其使用频率在提升，而其“听”的能力及其使用频率在退化。如果说，20 世纪 80 年代崇尚的清纯美由于强化声音而弱化图像，得以主要激发人的听觉，由听而思，从对语言文字的理解而唤醒思想，富于理性地思考国家和个人的前途与命运，着力寻求大众的文化启蒙；那么，20 世纪 90 年代以来的繁丽美则由于声音的弱化和图像的强化，得以主要诱发人的视觉，由看而欲，从对视觉图像的观赏而诱发日常物质生活欲望，怀着强烈的攫取本能去图谋物的丰盛，享受物的盛宴（美物、美食、美容、美色等）。逝去的诚然不可能再追回，图像年代也自有其审美与历史合理性，但面对视觉图像的狂轰滥炸，适当张扬已变得弱势的听觉，唤醒似乎已被尘封的清纯传统，用它来遏制过量视觉图像的重复震扰，为我们的生活寻求一种听觉节奏与视觉图像相平衡的新状态，或许不失为这个图像年代里的一种必要的艺术理想形态吧？艺术，无论文学、音乐、舞蹈，还是绘画、戏剧、电影和电视，应当不仅让人看，而且让人听，在视觉与听觉的融会中体验生活世界的美。而由于当前图像年代的特殊的视觉爆炸情势，注意激发和伸张已变得衰弱的听觉节奏，以此抵消或遏制无限膨胀的视觉欲望，就具有了更为特别的意义。□ 2002 · 2

百花齐放：不是赐予的春天

□王　毅

在很多人心目中，“百花齐放”总被视为是对春色满眼、自由舒畅、祥和开明政治局面的恰切形容，因此也就被人们普遍地尊崇为与强权下“舆论一律”相对立的理想境界。

中国当代史中“百花齐放”的过程大家都还记得，其大致的情况是：1956 年 4 月下旬，在中共政治局扩大会议上，毛泽东作了《论十大关系》的报告。讨论时，陈伯达等人提出在科学和文学艺术事业上，应该实施把政治问题与学术、技术性质的问题分开的方针。陈伯达在 28 日的发言中说：在文化科学问题上，恐怕基本上要提出两个口号，就是“百花齐放、百家争鸣”，一个在艺术上，一个在科学上。毛泽东在总结发言中采纳了这个意见，他说：“‘百花齐放、百家争鸣’，我看应该成为我们的方针，艺术问题上‘百花齐放’，科学问题上‘百家争鸣’。”在 5 月 2 日的最高国务会议上他正式公开宣布了这个方针，他还指出：“在中华人民共和国宪法范围之内，各种学术思想，正确的、错误的，让他们去说，不去干涉他们”；“只有反革命议论不让发表，这是人民民主专政。”5 月 26 日，中共中央召开由在京的知名科学家、文学家、艺术家参加的会议，中宣部长陆定一作了题为“百花齐放，百家争鸣”的报告，“提倡在文学艺术工作和科学研究工作中有独立思考的自由，有辩论的自由，有创作和批评的自由，有发表自己的意见、坚持自己的意见和保留自己的意见的自由”。他还说：在“政治上必须分清敌我”的前提下，“在人民内部，不但有宣传唯物主义的自由，也有宣传唯心主义的自由。只要不是反革命分子，不管宣传唯物主义或者是宣传唯心主义，都是有自由的。”他又强调：“对人民内部的唯心主义的落后思想，应该进行斗争，这个斗争也是尖锐的，但这个斗争是从团结出发的……”① 然而不过一年之后，随着“反右”的疾风暴雨，“百花齐放”的“开明政治”也就戛然而止，仅仅成了后来一些过来人的回味和憧憬，比如陆定一所说“‘百花齐放，百家争鸣’是一个好方针，认真执行将使我国受益无

① 洪子诚：《1956 百花时代》，济南：山东教育出版社 1998 年版，第 3－5 页。

穷。不执行，就会吃亏。”（1986年5月7日《光明日报》）

人们把“百花齐放”的夭折归咎于“反右”带来的突变，这当然有一定的根据，但是从更根本之处来看，问题恐怕与“百花齐放”口号的背景有关——施予某种宽惠的言论限度，这种恩赐本身，是随时可以收回的。

“百花齐放”这个动听语词出于《镜花缘》中故事：上界群仙集会庆祝王母圣诞，嫦娥欲百花一齐开放，作为盛典之装点，而掌管群芳的仙子说：“唯有上帝敕旨，才能群花齐放。”后来承天膺命的武则天隆冬赏雪时兴致大发、下令百花立时一同开放，以见自己爱花之癖。百花不敢违令，只得违拗春兰秋菊互不同时的天性而“各处群花大放”。百花的这胆战股栗、遵旨齐放，当然衬出个别胆敢违令者极端孤立，于是等待它的命运就是：

> 武后细细看去，只见群花唯牡丹尚未开放。……不觉大怒道：“朕自进宫以来，所有上林苑、群芳圃各花，每于早晚，俱令宫人加意浇灌，百般培养，自号‘督花天王’。因素喜牡丹，尤加爱护，冬日则围布幔以避严霜，夏日则遮凉篷以避烈日。三十余年习以为常。朕待此花，可谓深仁厚泽。不意今日群芳大放。彼独无花。负恩昧良，莫此为甚！”分付太监：“……以辰时为限。尔等即烧炭火千余盆，先把千余（牡丹）株枝梗炙枯，不可伤根。炙后如放叶开花，即将炭火撤去。……如再不开，立将各处牡丹，一总掘起，用刀斧捶为齑粉。那时朕再降旨，令天下尽绝其种！（《镜花缘》第四回）

可见，圣君对百花的“百般培养”“尤加爱护”，必然是与其“督花天王”神圣无上的身份，以及随时都能够对百花施以炮烙、“捶为齑粉”，甚至“尽绝其种”的无限威势和权柄相辅相成的。

小说中的这个故事当然有文学的色彩，但它对权力意志专横本质的描述却是相当真切的。所以我们在正史关于武则天的记述中看到的情况同样是：只有最高的权势者才能够决定究竟什么是应该普天齐放的“香花”，什么是必须彻底剿灭的“毒草”。例如，武则天不断让手下给自己加上“神圣皇帝”“圣母神皇”“慈氏越古金轮神圣皇帝”等越来越光荣伟大的名号，她还让人炮制出无数的神迹和“祥瑞”（或是当时普天之下感恩戴德的人们自觉自愿地“敬献”也未可知），以证明她应天承命后的到处莺歌燕舞。当时魏王武承嗣伪造了刻有“圣母临人，永昌帝业”的“瑞石”，让手下人诡称获之于洛水，并献给朝廷。按理说，天纵圣明的“圣母”应当一眼看破这套不值钱的把戏，然而事实刚好相反：“皇太后大悦，号其石为‘宝图’”，随后又升格称之为“天授圣图”。同时，不仅对献石者加官晋爵，而且更册封表忠心有功的洛水神为“显圣”，赐之以“特进”这样极高的官位，为他建庙设坛、立碑旌表，并且命令举国同庆，闹得天翻地覆。因为有了这样的榜样，所以当时人人争着献红心，以至于热衷得过了头，还弄出过不小的笑话：有人献上带红色纹理的石头，称这是天神让武则天当皇帝的象征。别人问何以见得，献者回答："因为石头中的红色是忠心的标志。"问者怒道："如果此石中有红色就象征对皇帝的忠诚，那么普天下无数别样颜色的石头是不是都天生象征着要造反？"满朝文武听了这一问一答，都不禁哄堂大笑（见《资治通鉴》卷二百〇五）。而与这"大树特树"的造神运动联袂并举的，则是武则天用尽一切酷虐方法，誓将自己眼中的毒草"批倒批臭"。比如《旧唐书·则天皇后纪》记载：她亲自下令，将自己敌人的名字改为"尽灭""万斩"；又记她在杀戮众多李唐皇室成员之后，总是念念不忘要把他们逐一"改姓虺氏"，也就是说，要让这些政敌统统改姓"毒蛇"。

"百花齐放"这个命题的预设前提，有意无意地承认和强调"百花"听从圣命和装点圣业的天职；承认和强调只有圣人才具备甄别香花、诛除毒草的无限天聪和赫赫权威，承认和强调这凭借权威的"大放""大立"与"大破""狠批"之间必然的共生关系。毛泽东说："各种学术思想，正确的、错误的，让他们去说，不去干涉他们"，但究竟谁才有权力"让说"、谁又有权力"干涉"，以及"正确的""错误的"其最终裁判权在何人手里？"只有反革命议论不让发表"，但判定谁是"反革命"的决定权在何人手里？毛泽东《批判梁漱溟的反动思想》中的判断："什么人也不相信你那一套，人民都相信共产党，你的书没有人看，你的话没有人听，除非反动分子！"[①] 看了梁漱溟的书、听了他的话，即是"反动分子"，可见其书、其话在读者依靠自己的能力去辨别以前，就早已是毒草。既然如此，"百花齐放"的结果其实早就是题中已有之意；而后来常说的"百家争鸣其实只有两家，即无产阶级一家，资产阶级一家"，这种威严的二元划分，当然也就是一种必然了。

中国历史上在言论尺度上翻云覆雨的例子很多。比如洪武九年（1376 年），朱元璋因天文出现星变而"诏求直言"，遂有言臣信以为真，上疏指出由于朱元璋的暴虐，遂使"小民不知孝悌忠信为何物，而礼义廉耻扫地矣"。而朱元璋　闻此言，竟然完全置自己言犹在耳的《求直言诏》于不顾，立刻命令将上疏者押至面前，要亲自将其射死以泄怒气。(《明史》卷一百三十九《叶伯巨传》)

与臣民社会中的"百花齐放"这种内在规定和内在逻辑相反，现代民主制度强调的是每个公民思想和言论的权利是与生俱来的，而绝不是后天才被什么"大救星"、为了什么"开明"的目的而颁赐、附加的；这种自由也不是可以被什么人限定在"把政治问题与学术、技术性质的问题分开"的禁忌之中。在这个根本的前提下，一切建设性的法律、法规、政策等所能够做的，仅仅是一次又一次地重申和捍卫公民这种与生俱来的权利；并唯有以这种重申和捍卫，才能体现公民国家的基本职责。因此在健全的民主社会中，就不存在所谓"德政"。

1998 年世界上的一件大事，是纪念联合国大会发布《世界人权宣言》整整 50 周年，这让我们想起《人权宣言》开宗明义第一条申明的原则："人人生来自由，

---

① 毛泽东：《毛泽东选集》(第五卷)，北京：人民出版社 1969 年版，第 109 页。

在尊严和权利上一律平等”；其第十八条申明：“人人有思想、良心和宗教自由的权利”；第十九条又申明：“人人享有主张和发表意见的自由。”同在是年，中国也举办了许多纪念活动，其中包括隆重纪念刘少奇和彭德怀诞辰100周年。这让我们想起：刘少奇直到“文革”中自己被囚禁的时刻，才悲叹“好在历史是人民写的”，才拿出《宪法》对揪斗他的造反派说：宪法保障公民的人身自由。而过去的十几年间，他作为首要职责即是捍卫宪法的国家主席，在“反胡风”、“反右”、庐山会议等那样众多的关键时刻，并没有一次哪怕在最小的范围之内站出来，提醒人们中国还有宪法。同样让我们喟叹的是：彭德怀在“上书”而遭到批判之后急急去做的，只是苦苦求见而希望“消除误解”，他也没有想起中国还有保障言论自由的宪法，或者说他知道中国有宪法，但明白当时那只是一纸空文。在这样文化环境中的国民，只能把自己思想和言论的希望寄托在开明的政策上面。

当年，哈耶克针对希特勒和斯大林的威权统治而强调：只有在社会成员享有人身和思想自由的前提下，普遍的法治才能作为社会文化“最伟大的成就之一”而“被有意识地加以发展”；反过来，正如伏尔泰和康德早就指出的：“一个人不需要服从任何人但只服从法律，那么，他就是自由的。”① 在1998年举行如此众多纪念活动的时候，在我国姗姗来迟地作为全世界排名第一百四十八、当然更是全世界最后一个大国而终于加入了《公民政治权利国际公约》的时候，我们理当迎来一个新的百花齐放时代，当然，那不应是一个赐予的春天。□ 1999·1－2

① 哈耶克著，滕维藻、朱宗风译：《通向奴役的道路》，北京：商务印书馆1962年版，第80页。

回眸 20 世纪文学

□ 从维熙

从文学的染色体说起

预卜未来的中国文学，带有巫师的色彩，作家唯一可以当作参照的，是文学的昨天和文学的今天。但是说到底文学是析梦和涂梦的工作，而梦又是生活有折光，因而又有着它的共性——人人都会做梦，没有梦的人是木偶。只是人们生活的异同，梦也随之相异罢了。对文学来说，正是这种相异的梦境，组成了色彩斑斓各自相异的画廊。

梦的产婆是生活。无论你笔下涂鸦的梦是写实的，还是空灵的；是抽象的，还是具象的；是中国传统的，还是欧化先锋的，都是作家艺术家生活感知所决定了的，而非空穴来风。在第二次世界大战后，因写了多篇以小人物的目光看待战争的作品，而获得诺贝尔文学奖的伯尔，战争百相使他无法用抽象手段表达，所以他的小说是具象写实的。到了他的儿子小伯尔的和平年代，便一反他父亲的写实主义，而成为一个抽象派画家。他的画展曾到北京展出，我被邀请去参观了其作品，给我留下上述的认知。因而可以写下如是结论：生活的经历不同，导致了梦境的不同；由于梦境的相异，导致作家涂梦的方式也随之产生了异同。

经历过战争烽火洗礼的作家，梦中多是铁和血的回光返照，他的笔锋无可逃避地向战争倾斜，这大概不属巫言之例。我是经历过二十年劳改生活的作家，不是我不想在笔锋下风花雪月一番，而是生活赋予我的梦境，几乎始终是一条泥泞的驿路。夜半梦醒时分，我才知道这是过去，而不是今天。说来也有些可笑，我在德国波恩莱茵河畔夜宿时，梦里竟然出现我劳改时环绕于一个劳改驿站四周的金钟河。我无可逃避寒梦对我的追随，即使身在异国他乡，它也叩打我的心灵门环，让我无处苟且藏身——这就是我一直涂梦于属于我那片历史冷土的成因。当然，除了梦境的尾随之外，也还有一种反思历史与人的主观精神欲求，支撑着我去析梦写梦。法国思想家帕思卡说：“人是一枝有思想的芦苇”，这句话的含义，可以作两方面的解释：其一，芦苇腹内空空，它的生命是十分脆弱的；其二，如果将其腹中充填了一种精神，则可视为人的挺拔和坚韧。我曾经服过劳役的一个劳改农场，那儿的芦苇叫"铁杆芦苇"。那些芦苇有手指般粗，一般的镰刀割不动它，只有抡起长棒儿的大镰刀，才能断其筋骨。我想帕思卡喻义的"有思想的芦苇"，理应有这种芦苇的品格。如果将其伸延到作家身上，它启示作家该是个骨骼里富有钙质的血性动物，而不是权势的手中玩偶，也不是金钱的情妇；不是笼子中的金丝雀，更不是任何仕途的功利的股票。

所以吐出以上这些梦呓，意在说明作家对文学的选择，往往不是出于响应什么号召，甚至有时不决定于作家自身的愿望，文学的个性化的遴选，更大的程度上决定于生活的给予，并受到作家自身的内在气质的梳理和匡正。这种内在与外在的染色体的相互结合，便孕生了各自相异的文学产儿。我想，这可以被视为文学艺术的自身规律。以此规律为尺，丈量一下本世纪中国文学的得与失，似才能由表及里深掘出其兴衰的根本。

世纪文学的悲情

中国文学在 20 世纪之初，出现了一大批令人瞩目的文豪。因而形成了中国文学的一个巅峰期，令后来人高山仰止。那是以鲁迅为代表的、色彩纷呈的文学。我所以赞美它的成就，是因为那些作品并没因历史的更迭而褪色，直到现在我们还难以超越它的高度。但与此同时，那一批 20 世纪之初的文学前辈们，都把他们的文学高峰留在了前半个世纪。如郭沫若、茅盾、田汉、曹禺、冰心、巴金、老舍、沈从文等，他们在前半个世纪，都有恢宏的作品问世，这是一个无可回避的畸形文史曲线。令人遗憾的是，一些文史学家们，直至现在都对这个严酷的问题缄口不语。这个话题虽然十分敏感，但它是回眸 20 世纪文学时不能简略掉的一个话题。从他们的年龄上讲，1949 年后，他们正步入成年，那么多走进成熟期的作家，正是出大作品的黄金年龄；但令人心悸的是，那些大师们在后半个世纪，不仅没有第二个创作的高峰期，而且几乎无一例外地走向创作的衰落。近期，我仔细地寻找了一下大师们后半生创作的失落原因，发现涉及的问题非常庞杂，其间文化政策固然是一个不容忽略的因素；更为强大的外因，是一个接一个连绵不断的政治运动，夺去了大师们的良好创作心境和宝贵的时间。

茅盾、夏衍、田汉、郭沫若、曹禺都有文场为官的历史。他们之所以把文学的辉煌留在了前半个世纪，文与仕问题上的错位，耽误了他们最为可贵的创作时间（当然他们中间有的人或者无意进入官场，但是工作需要使他们不得不为之）。这不是笔者的凭空臆想，而是有据之说。仅以其中之一的茅盾为例，近日读到李强先生采访茅盾的儿子和儿媳之后，在倾吐茅盾"难圆文学梦"的文章中写道："茅盾在解放后，再没有小说创作……在1955年的1月6日，茅盾曾上书周恩来，请求可否不再担任世界和平理事会中的中国常委……茅盾在信中委婉地道出他担任文化部长的内心痛苦。”周恩来对茅盾的请示没有表示同意，但是批给茅盾三个月的创作假期。文章继续写道：“三个月的创作假写什么呢，续写《锻炼》和《霜叶红于二月花》都不合适。虽然这是茅盾最熟悉的题材，但无法向人解释为何请假三个月却去续写旧作，只有去创作现实题材。因而茅盾只写出了小说大纲，就不得不回到繁忙的工作中去……茅盾于1981年逝世，他小说创作之梦，终于没有完成。”

这一段后人对先人的追述，如果还不足以表现写出过《子夜》等作品的大作家茅盾在精神上的痛苦的话，那么在傅光明先生采访曹禺的文章中，便可再现作家为官的文学伤痛。他在文章中写道：

> 曹禺一直为在解放后没有写出好作品而深感痛苦而自责。在他的生命晚年，他曾说：“你不知道我有多惭愧，真的，我真想一死了事。当傅光明询及他，为什么在解放后，他的创作从数量到质量，都不能与解放前相比时，曹禺的回答里有这么几句耐人寻味的话：“我解放以后写的东西少了，而且写的质量也不高……当时市委的人讲，协和医院有‘崇美’‘想美’‘恐美’思想……我到协和医院待了半年多，那时候有个‘思想改造小组’，市委派一些人跟大知识分子聊天谈话，我也跟着去跑……写出来了，就是《明朗的天》……就像是一部车子，让人推着走，而不是主动地走。车子有汽油，有机器，自己走多快呀……”

我想不需要更为烦琐的引证了，无论是茅盾还是曹禺以及那几位文以成仕者，到了生命后期，都有着难以言喻的痛苦反思。这是20世纪中国文学进入后半个世纪之后的悲情之一。当然自古以来，中国有文以进仕的传统，但是只要我们审视一下那些当了官的文人，大都有两种结局，一为官场困死；二则不甘心这种结局，并叛逆这种处境的文人，那就不得不为其独言精神付出各种代价。当然时至20世纪的中国，封建主义已经被大大削弱，但是那条长长的尾巴并没有寿终南山。从1955年的反胡风运动到1957年的反右派斗争，五十多万文化人被送往他们不该去的地方改造，那种敲山震虎的风威，无论是茅盾还是曹禺，还能有独立的创作精神吗？

悲情之二，那些并没有进入官场的大师们，他们似乎也与前者没有差别，在下半个世纪几十年，也没有再现他们世纪初的文学辉煌。这里我们姑且不说那些被卷进历史的台风眼里的胡风、艾青、丁玲、吴祖光以及与他们同命运的不幸者，因为他们丧失了二十年笔耕的权利。仅就冰心、巴金、沈从文、老舍等并未中箭落马的老作家来说，也留下了令人深思的创作空白。在新中国成立之后，除了田汉的《关汉卿》和老舍的《茶馆》《正红旗下》（未完成之作），留下了他们文学巅峰时期的形影之外，便再无其他力作可寻。

中国文学在二十世纪五六十年代，始终在“文艺为政治服务”的一条死胡同里穿行，“海阔凭鱼跃，天高任鸟飞”成了一句空话。记得当时郭沫若先生虽然在

《人民日报》上写下对一百种花的歌颂，但因其诗是配合“鸣放”的任务而写，诗里已然死了写《棠棣之花》时的真正诗情。实际上百花齐放和百家争鸣，到了1957年反右期间已然成了一家独鸣。在这种情况下，满腹才情的老舍先生和田汉先生，在文艺政策的夹缝中，能够再现一次文学辉煌，实属来之不易了，对比其他大师的笔下的空白来说，可以认知为20世纪中期文坛的幸事和奇迹。

其中最为令人感伤的是沈从文先生，这个写出过诗情小说《边城》的湘西才子，因为立志学文才把名字改为从文的。可是到了20世纪50年代，他突然转向改学了研究服饰，作为一个文学上的后来人，昔日我一直不解其谜。近读《读书》上陈徒手先生采写的《午门下的沈从文》一文，才算详知了这位前辈死了文学之心的内情。文章中写道：沈从文先生从解放后，就进了历史博物馆，1949年成为沈从文的生死线。其内中原因，是郭沫若在1949年发表的《论反动文艺》中，提及了他。这位大才子从此陷入无言的苦闷之中。陈文中引述了沈从文当时的心情自白——那是沈先生在1951年一封没有寄出去的信：

> 我在这里每天上班下班，从早晨七点到晚上六点共十一个小时。从公务员而言，只是个越来越平庸的公务员，别的事通说不上……关门时，独自站在午门城头，看看暮色四合的风景……明白我生命的完全单独……因为明白生命的隔绝，理解之无可望……

陈先生的文章结尾，是摘引作家汪曾祺、林斤澜去看望沈从文后的感伤之情：

> 临近生命终点的沈从文，常常一个人木然地看着电视，一坐就是大半天，无所思无所欲。有一次，沈从文突然对汪曾祺与林斤澜说了这么一句：“对于这个世界，没什么好说的。”

1997年10月我曾去觐见沈先生的湘西墓园，碑文上的两句话很刺激我的神经，上写：照我思索，能够解我。单看墓碑上的两句碑文，似还难以解读沈从文后半个世纪的文学之殆；有了陈先生那些文字旁白，我们对沈从文的悲剧就一目了然了。在此回眸世纪文学百年兴衰之际，我们可以看到前辈人沈从文对文学梦里相思的全部破灭。其实，这不是沈从文一个大师的悲哀，就是那些没有“在午门上独看风景”——而身在文苑之内的前辈们，命运也不比沈从文好到哪儿去。新中国成立后，始自1955年“反胡风”，1957年“反右派”——直到1966年“文化大革命”的十年暴政，可谓一个政治运动接着一个政治运动，这些前辈作家们，除了人人自危之外，还有心情伏案写作吗？老舍先生最后自投太平湖之举，以及巴金先生劫后余生的《真话录》，都详实地以行动和文字道出了1979年之前的人文生存环境。1998年《中华儿女》第一期上刊载了曾志追忆胡耀邦的长文，用胡耀邦的几句话，似可解释出那些大师们后半个世纪创作的衰落之谜。他说：“……一个接一个的莫明其妙的政治运动，坑害了一批又一批人才，没有被坑害的只能装‘哑巴’，当‘白痴’。正如有人常说的：‘有道难行不如醉，有口难张不如睡’。”

文学再生的冷热观

以上的激情文字，是从文学自身规律和审视大师之殁落墨的。当然，在21世纪中，还有一些我们不能忘却的作家和作品。如胡适、梁实秋、郁达夫、徐志摩等，解放区来的作家们，也带来了一股文学的清香。在这里我们不能不提及的首先是大师级作家孙犁。他从延安给我们带来了清香四溢的《荷花淀》，后来又奉献出《风云初记》《铁木前传》以及一批艺术造诣极深的纯情散文和评论文章。孙犁的作品定位极高，是以他的作品在时间的检验和磨砺下而不褪色，仍靓丽如初为依据的。孙犁作品的成功，除了由他自身的艺术素质决定之外，其中最主要的原因：孙犁是深谙艺术规律并以此为行文标准的。1979年之前，中国的政治运动的季候风刮来刮去，不为其风声鹤唳所动，并始终恪守文学规律的可谓寥寥无几，但孙犁先生是其中的一位。我们可以从图书馆看到千百部当时红极一时的作品，也可以找到上百篇评论这些作品的文章，但是我们不难发现有悖于文学内在染色体的胎记。

俱往矣！中国大陆当代文学真正摆脱羁绊是从1979年开始的。1957年回归的作家，一度成了中流砥柱。那时的文学坐标只有写实主义——后续上来的知青作家，几乎无一例外地也是勾勒生活给予他们的梦幻。当然我们今天再看那时的作品（包括我自己20世纪80年代初期的作品，都留有五六十年代的文学胎记），但毕竟是文学开始了艰难的自我回归。文学的复位使中国一大批有才华的作家进入了新时期的文苑。如刘心武、冯骥才、贾平凹、莫言、张洁、张炜、张抗抗、韩少功、铁凝……接上来的是更年轻的一代，刘震云、刘恒、阎连科、周大新、池莉、方方、迟子建、苏童等人的作品，这些作家的作品或侧重于哲理，或抒情于城市风景以及乡村的当今生态，但都再难找到20世纪50年代过来人的那种文学硬伤。对比20世纪50年代的文学来说，这是质的飞跃。

但文学的嬗变期的真正到来，笔者认为是在20世纪80年代末期，以先锋手段写作的格非、余华等，原来只属散兵游勇，后来女作家陈染、林白等以女性特有的细腻入围其中，使前卫文学形成一支队伍。他们把社会置于幕后，而把自身的生命置于前台，如林白的《一个人的战争》、陈染的《与往事干杯》，都是以解剖自我生命感受——其中包括生理感受为主旨的。尽管读者对此评说不一，但是不能不肯定她们具有巴格达角斗士般的勇敢。如果说这些作家的出现使文苑多了不少奇异的色彩，到了20世纪90年代之尾，一批落生于20世纪70年代之后的晚生代，又带着百无禁忌的姿态进入文苑。其中如女作家卫慧、周洁茹，以及男作家朱文、韩东等人（这里附笔几句：去年读到其中两个作家的文学宣言，他们以“唯我者谁”的自负，将所有过去的作家都看成是“被覆盖了的前浪”，他们的初生牛犊之勇似乎无可挑剔，但是他们忘记了一条——中华文化的五千年长河，是有着它的延续性的，就是再锋利的宝刀，也难以抽刀断水将其分割。包括他们自己，都是接受了中国文化的浆育而成为文化人的）。

一代人有一代人的生活给予的生活梦幻，每一代人的梦都有着它独立的色彩和独立的文学价值。写实主义文学和先锋文学，只是作家涂梦画梦的手段不同，其关键的问题在于，你葫芦里到底装的是浓烈的酒，还是掺了酒的水。每个作家都不是靠他的宣言生存，而是靠他的作品存在。文学是妙龄少女的眼眸，是容不得任何沙尘的；无论是文学赤裸的童真，还是文学的坚实的厚重，都不刊载于作家的宣言之中，而是流露于他或她笔锋下的文字之内。

文学进入了世纪之尾，我们先后读到了生活底蕴厚重的《白鹿原》《醉太平》《檀香刑》《受活》等绮丽博大之作；这多多少少消解了一点人们对文学后半个世纪的感伤。我想，更为精湛的伟大作品，也许正在主流文学和文学大门之外孕育诞生。因为在文学再生的同时，一股浮躁之气也像流感一样传染着文坛。文学的寂寞之道似乎被后来人忘记了，他们太多了自我标榜，太少了青灯冷对的自律。作家不是传媒中的明星，作家是人类精神的创造者，只有作品才是他们的全部肖像。时尚中功利性的传媒对明星的炸炒，对真正的作家来说或许是一种毁灭。

文学是有情物，亦是无情物；它钟情于人文个性统一、心地真诚的作家，而疏离人文分裂、意马心猿的作家。在当前中国经济的转型期间，各种诱惑——特别是金钱诱惑，像魔方一般分化着文坛；再加上昔日的文化功利口号，常常摇身一变地请君入瓮，而使一些富有才情的作家，在新时期走上了昔日我们曾经走过的老路。这是文学热潮中的寒流，致使有些作家成了鹦鹉和金丝雀而自鸣得意，却并不为有的作家所知。

这也不错，大路朝天各走一边。

自古赌徒挥金，浪子掷情，文成进仕，仕以弄权者，都自认为是一种别样风流。是不是有以文学来达到仕途的匆匆过客，回答是肯定的。我想，当年曹雪芹面壁寒窗写《石头记》，陀思妥耶夫斯基写《死屋手记》时，心态大概是最纯净的——而我们面对的是一个喧嚣的商业时代和即将进入的动感无穷的电子时代，文学在这样的潮汐吞吐中，如果想保存独立生存的品格是非常艰难的。唯其艰难，才激励文学弄潮儿体验浪里行舟之乐。

在崇尚时尚的今时，写此有悖时尚的话，虽然极不入流，大概还不属于闲笔。前一辈大师们后期的创作悲情，留给我们的是一部启示录；我们面对 21 世纪的文学未来的今天，似并不是无言可说。总之，文学是属于个性化的自由落体，或为纯净的水，或为炽热的火；二者必居其一或合二为一体者，则为极品。否则，文学这个个性动物，就只剩下其外壳，而无其内在灵肉了……然否?!

一篇几千字的短文，论述一个世纪的文学是不可能的；在此仅仅是以粗线条地勾勒一下中国文学发展的曲线。

文中侧重于小说门类探求，而不可能将文学的其他门类，如诗歌、戏剧、影视、散文等皆面面俱到。笔者言及的作家和作品，只在自我阅读范围之内，挂一漏万，在所难免，因而只能看成为一孔之见。□ 2004 · 3

混乱时代的文学选择

□ 曹文轩

混乱时代

我们对我们所处的这个时代的文明性、先进性，可能不宜过于乐观。我们在民主、自由的大陶醉中纵情放浪，而将一切历史与一切价值毫不珍惜地踩在脚下，并从无情的践踏中获取无边的乐趣。怀疑一切、推翻一切、唾弃一切，日益成为时尚，成为一个思想者深刻的辉煌标志，也成了民主与自由的尺度——谁不给予这种虚无主义以天地，谁就代表了专制，谁就是民主与自由的不共戴天的大敌。反之，若这一切可以通行无阻，也就意味着民主与自由已经形成。

这真的就是我们——那些知识精英、思想巨霸们早在文艺复兴时期就推崇并界定了的民主与自由吗？

我常常怀疑。

民主与自由，是有规定的，是有分寸与尺度的，是有体系与秩序的，它的实现，绝不意味着削平一切高度，取消一切权威，也不意味着没大没小，没有等级，没有礼数，没有秩序，更不意味着欲望一泻千里却毫无管束。如果是这种状态的自由与民主，我们是否应当有所警惕？一个人类通过世世代代的摸索而逐步建立起来的有主流、有制度、有伦常、有规则、有高低、有尊卑的社会，仅仅于一夜之间，就要成一个没有方向、没有底线的社会，而且还以民主、自由为金光闪闪的幌子。它是否真的就是文明，就是先进，难道就不应该加以怀疑吗？

对这个时代的判断，也许美国学者哈罗德·布鲁姆的言论是值得我们关注的。他称这个时代是一个“混乱的时代”，而根本不是一个什么民主的时代——民主的时代已经过去。人类社会经历了神权时代、贵族时代、民主时代，而现在则是到了一个混乱的时代——混乱并非民主。他说：“作为文学批评界的一员，我认为自己遭遇了最糟的时代。”

我是在阅读《西方正典》这本书时真正认识这位著名的西方学者的。在此之前很久，我已经读过他的那本很有名气的《影响的焦虑》。这是一位孤独的却是有着巨大的创造力与敏锐的识别力的学者。他的性格中有着不合流俗的品质，我将他视为远在天涯的思想知己。《西方正典》这本书是我的一个博士生建议我阅读的。她在电话中颇为兴奋地向我介绍了这本书，并说书中的基本观点与你——老师的观点如出一辙。我将信将疑，她就在电话的那头向我朗读了书中的一些片段。布鲁姆的一连串的表述使我感到十分惊诧，因为他所说的话与我这些年在不同场合的表述竟是如此的不谋而合，其中有许多言辞竟然几乎一模一样。我们对我们所处的时代的感受、对这个社会的疑惑、疑惑之后的言语呈现，实在不分彼此。我们在不同的空间中思考着，思考着同样的处境与问题。“英雄所见略同”——这个我一生大概永远不会谋面的人，使我感到无比的振奋与喜悦。我一直对自己的想法有所怀疑：你与这个时代、与那么多的人持不同“学见”（不是政见）、不同“艺见”（“艺术”的“艺”），是不是由于你的错觉、无知、浅薄与平庸？我常常惶惶不安。我在各种场合所显示出的理直气壮的外表之下，掩盖着的恰恰是虚弱、无奈、困惑与自我怀疑。我甚至为我持有如此学见、艺见有了变态的敏感：当我面对那么多的人，在声嘶力竭地宣扬我的那一套时，听者是不是在私下里嘲笑我？如此心态，可想而知我在相遇《西方正典》时，心情是如何的激动——我仿佛是独自漂流到一座孤岛上的人，忽然看到了天水相接的苍茫处，悄然滑动着一叶帆，而且这片白帆显然是朝这座孤岛悠悠而来。

憎恨学派与怨毒文学

布鲁姆曾将那些背离审美原则的形形色色的文化批评——比如女性主义、新历史主义等，笼而统之为“憎恨学派”。因为在他看来，所有这些打着不同旗号的学派，都志在摧毁从前、摧毁历史、摧毁经典。它们要做的只有一条：让“已死的欧洲白人男性”立即退场。这些男性代表着历史，是西方的文学道统。他们包括莎士比亚、但丁、歌德、托尔斯泰等组成泱泱一部西方文学史的一长串名单。

“憎恨学派”——这是一个很别致但确实击中要害的称谓。20 世纪的各路思想神仙，几乎无一不摆出一副血战天下、“搞他个人仰马翻”的斗士姿态。对存在、对人性、对世界的怀疑情绪流播在每一寸空气中。我们的思维走向再也不像从前那样自然而然地去肯定一些，建树一些，而是不免生硬、做作地去否定一切、毁灭一切。世界走到今天这个恐怖无处不在的时代，我总觉得与世界范围内憎恨空气的流播有关。这些学派不管如何深刻、如何与文明相关，它的效果是一致的：打破了从前那个也许隐含着专制主义、隐含着独断的和谐，众声喧哗的那一边，出现了价值体系的崩溃、意识与行为的失范。

“憎恨学派”的主旨在于揭示存在的恶，倡导压抑的释放与声音、腔调的杂多，对流行采取绝对的放任自流的态度，它是一种迎合那些因个人道路不畅而对世界充满憎恨的人之心理，并为他们找到憎恨理由的思想潮流。在人们唯恐压制民主、自由这样一种非理性的语境中，漫无边际地张扬开了。

我们所看的这个世界，究竟是民主、自由还是混乱？

憎恨学派蔓延到文学批评领域，使本来没有多少疑问的文学发生了疑问。在上百年上千年的时间里，文学尽管流派众多，但从来没有人怀疑过文学本身是什么。文学是什么，从来也不是一个问题。而现在，有无文学性都成了一个问题。这个学派似乎也不关心文学问题，他们关心的是社会问题、哲学问题以及若干形而上的问题。布鲁姆讥讽他们是“业余的社会政治家、半吊子社会学家、不胜任的人类学家、平庸的哲学家以及武断的文化史家”。

文学界不谈文学，已是司空见惯之事。每年一度的研究生学位论文答辩以及一年不知要开多少回的国内国际学术会议，都是以文学的名义而进行的。但你如果身处现场，保证不会使你想到这是一个将要获取文学硕士或博士学位的文学论文答辩，不会想到这是一个关于文学的会议，你会误以为一脚闯进了政治局或某个社会问题论坛。这个场合的几乎所有人都在侃侃而谈政治、革命、现代性、经济、全球化、反恐、三农、格瓦拉、卡斯特罗与普京。

而谈来谈去，就只有憎恨——对制度的憎恨、对人性的憎恨、对人类的憎恨、对历史和经典的憎恨。

“憎恨学派”这一称谓使我想到了另一个称谓——这个称谓是由我近来确立的：怨毒文学。

这一称谓最适合中国当下的文学。世界文学似乎并没有因为憎恨学派的流播，而让怨毒充斥于其中。相反，世界文学倒一直保持着一种较好的平衡。而当下的中国文学，却四下里散发着阴沉而浓重的怨毒气息。

怨毒是一种极端而变态的仇恨。文学离不开仇恨。莎翁名剧《哈姆雷特》的主题就是仇恨。仇恨是一种日常的、正当的情感。它可以公开。哈姆雷特在向母亲倾诉他内心的仇恨时，滔滔不绝，犹如江河奔流。仇恨甚至是一种高尚的情感。人因仇恨而成长，而健壮，而成为人们仰慕的英雄。复仇主题是文学的永恒主题。然而怨毒又算什么样的情感呢？

我总觉得这种情感中混杂着卑贱，混杂着邪恶，并且永远不可能光明正大。它有委琐、阴鸷、残忍、肮脏、落井下石等下流品质。这种情感产生于一颗不健康、不健全、虚弱而变态的灵魂。它是这些灵魂受到冷落、打击、迫害而感到压抑时所呈现出来的一种状态。

中国当下的文学浸泡在一片怨毒之中。这就是我们对中国文学普遍感到格调不高的原因之所在。

中国当下文学在善与恶、美与丑、爱与恨之间严重失衡，只剩下了恶、丑与恨。诅咒人性、夸大人性之恶，世界别无其他，唯有怨毒。使坏、算计别人、偷窥、淫乱、暴露癖、贼眉鼠眼、蝇营狗苟、蒜臭味与吐向红地毯的浓痰，这一切，使我们离鲁迅的深仇大恨越来越远。

说到底，怨毒是一种小人的仇恨。

文学可以有大恨，但不可以有这样一种绵延不断的、四处游荡却又不能堂而皇之的小恨。

并且文学必须有爱——大爱。文学从它被人们喜爱的那一天开始，就把“爱”赫然醒目地书写在自己的大旗上。而今这面腌臜不堪的大旗上就只有精液、唾沫与浓痰。

历史主义与相对主义

传统的历史主义一直有着较好的口碑。文学批评对历史主义方法的运用，给文学带来了宽广而丰厚的世界。历史主义批评，历来是最行之有效也是最重要的批评。即使后来五花八门的新批评新方法得以登场而批评界趋之若鹜时，它也依然是不可以动摇的。当那些时髦的、灵动的、怪异而神秘的批评，在经过一阵实践之后，纷纷显出它们的玄虚、所得结论似是而非、只能求得一些鸡毛蒜皮的小小解释时，人们看到，只有历史主义批评才有能力阐释文学的基本命题和解决重大的文学史问题。它的宏大、厚重、稳妥与颠扑不破的科学性，是其他任何批评方法都是望尘莫及的。

但历史主义在走过20世纪的最后阶段时，却在虚无主义的烟幕中逐渐蜕变为相对主义——在中国，这种蜕变几乎使历史主义完全变成了相对主义——它就是相对主义。

历史主义的基本品质是：承认世界是变化的、流动的、没有一成不变的事物，我们对历史的叙述，应与历史的变迁相呼应。它的辨证性使我们接近了事物的本质，并使我们的叙述获得了优美的弹性。但传统的历史主义批评并没有放弃对恒定性的认可，更没有放弃对一种方向的确立：历史固然变动不居，但它还是有方向的——并且这个方向是一定的。据于此，历史主义始终没有放弃对价值体系的建立，始终没有怀疑历史基本面的存在。它一直坚定不移地向我们诉说着：文学是什么，文学一定是什么。

而现在的所谓历史主义则无限夸张了相对性——辨证性成了“世上从没有什么一成不变的东西，一切皆流，一切皆不能界定”的借口。因此，就有了一种貌似历史主义的结论：文学性是一种历史叙述。也就是说，从来就没有什么固定的文学性——所谓文学性永远是一个历史性的概念，也只能是一个历史性的概念。这样，变与不变的辨证，就悄悄地、使人不知不觉地转变为“变就是一切”的相对主义。

今天中国之思想界的背后，是相对主义。而相对主义背后，则是我们对民主、自由的形而上的理解——一种无节制、无边界、无原则的理解。

中国成了泛相对主义的超级大国。中国思想界的精英们在今天普遍使用的研究方法与叙述方法，其实就是冠以历史主义的相对主义。

如此历史主义，使那些使用者们享受了思想深刻而带来的巨大优越感。在这个时代，肯定，是浅薄的标志；否定，是深刻的标志。

相对主义，其实就是怀疑主义。当今的知识分子，所扮演的形象是满腹狐疑的形象。最优雅的姿态，不是认同，而是质疑——质疑一切现行的价值模式、道德模式、审美模式。近几年，我很少去参加学术性会议的一个很重要的原因，就在于我知道任何一次学术性会议的结果——结果就是最终跳出一个相对主义者来，将你三天或五天的会议成果，统统解构掉。这几乎是所有学术会议的厄运。

相对主义使用的惯常语式是疑问句而不是陈述句。假如你用一个陈述句说：文学是有基本面的。他就会用一个疑问句反问你：文学有基本面吗？文学真的有什么基本面吗？这个所谓的基本面在哪儿？然后，他在你还没有来得及反应过来时，十分干脆利落地使用一个独断性的陈述句：文学从来就没有过什么固定不变的基本面，所谓的文学性纯属虚构，文学性从来就是一个相对性的概念。相对主义者总是站在一个十分主动的位置上，这个主动几乎就是天然的。一个短促有力的反问句，于瞬间就能毁掉你一个苦心经营了一千年才建立起来的思想。到了今天，相对主义在中国已成了一件无往而不胜的秘密武器。许多思想者，对这一武器的性能心领神会。他们正是凭借这种武器而雄踞思想界的巅峰的。

将一切都通过如此的历史主义（相对主义）解构掉。

我曾在一个沙龙性的辩论中调侃过这个笼罩着我们精神世界的相对主义。我说，总有一天，你回到家中，在你的母亲为你打开门的那一刻，你疑惑地发问：你是谁？你就是我的母亲吗？母亲是什么？怎么能证明你就是我母亲呢？难道你站在门里就能证明你就是我的母亲了吗？再说了，世界上有母亲吗？——有真正的母亲吗？

当下的中国文学界，从批评到创作，都沉浸在相对主义的氛围中。我不知道，这是深刻还是不幸。

相对主义的宽容、大度的姿态，还导致了我们对文学史的无原则的原谅。由于从心中去除了一个恒定的文学标准，当我们在回顾从前的文学史时，我们似乎很成熟地说：我们不能以今天的标准来要求从前的作品。文学的标准有今天与昨天之区分吗？文学也在进化论的范畴之中吗？徐志摩的诗一定（至少应该）比李白的诗好吗？鲁迅的小说若不超过《红楼梦》，就一定说不过去吗？

历史是可以原谅的，但文学史却是不可以原谅的。

文学需要界定吗？

相对主义的策略，就是将简单问题复杂化。将无须去说的话语，变成饶舌的语言循环。

世界上有两种东西，是不能言说也是无法言说的，一是没有最终解的复杂问题，一是常识，因为常识已经是最后的话语——它无法再被言说了。

“重新定义‘文学’是徒劳的，因为你无法获得充足的认知力量涵盖莎士比亚和但丁，而他们就是文学。”（《西方正典》）文学是什么？是李白、杜甫、李商隐，是《诗经》《楚辞》《红楼梦》《孔乙己》《边城》《围城》。这一切，构成了一种经验，而这种抽象的经验，又可以落实到每一部具体的作品上来。当然，也有看走眼的时候，但此类情况毕竟不多，通过一段时间，我们可以纠正自己——而纠正的过程，又是强化经验的过程。经过若干年的接触、辨认，加上专家学者们的反复言说，我们其实已在心中有了“文学”。当一篇由文字组成的东西摆在我们面前时，我们便会脱口而出：这是文学。若你再仔细阅读，便会说这是好的文学。看法千差万别，甚至对立，但这一切并没有妨碍我们在一定的概率上对这些文字加以认定。

如果没有一些恒定不变的东西，我们就不会一代人一代人地传诵《红楼梦》——我们今天依然将它看作是经典，并且是可以阅读的传典，就说明了文学的基本面没有改变，我们审美经验有改变，文学就是文学，它的性质——文学之性——文学性一贯如此。

如果没有这个一贯的文学性，可能有文学史的吗？如果文学性是历史的，一段历史有一段历史的文学性，我要问：这一段历史中的人可能欣赏上一段历史中的作品吗？这大概是根本不可能的。如果没有这一贯的文学性，你又怎么去认定当下作品的水平——是以流行、商业成功来论还是以其他什么标准来论？如果有什么其他的标准，那么这个与以前的标准不一样的标准又究竟是什么样的标准？这一标准又是凭什么来确立的呢？

文学无须界定，它存在于我们的生命之中，存在于我们的情感之中，存在于一代一代人的阅读而形成的共同经验之中。不要复杂化——复杂化并不能证明你是一个思想深刻的人。

那年暑假，我去千岛湖参加《萌芽》的一个会议，在谈论美时，又有人使用相对主义对我加以质询：美是什么？有共同的美吗？我就说：在我们去千岛湖的路上，我们不时地看到一幢一幢发了财的农民盖起的小楼，这些小楼显然成本都很高，可能花费了他们的所有含辛茹苦而积累起来的资产，但无论从造型还是从颜色来看，都丑陋不堪，我们车上的几十个人都是这种感觉。我问相对主义者：如果我们没有共同的审美经验，为什么我们会那么默契地认定那些不伦不类的建筑是令人不快的呢？

有人就是想千方百计地制造混乱。

中国：你需要什么样的真实

混乱时代的中国，又有着只属于它自己的独有的混乱。如同它的社会在这个世界上是一份独特的景观一样，它的文学也是一份独特的景观——世界上没有这种气质与格调的文学。

它在许多方面令人感到疑惑，比如它的真实观。

我怀疑它的真实观是极端的，甚至是变态的。中国文学的种种情状，都根植于这种固执的、几乎没有一个人对其加以怀疑的真实观。如果现在有一部作品，只要越出了这一真实观，它就可能落得一个“矫情”的评语，善、雅、温情、悲悯、清纯，所有这一切都是不真实的。因此，也是矫情的。

我在这里向诸位说一件耐人寻味的事情。

日本有一篇小小的作品，叫《一碗清汤荞麦面》。单行本在日本很畅销，在韩国出版后，在很短的时间内发行100万册。我并不认为它是一流的作品——也就是一篇可以关注的作品而已。作品的内容大致是：大年三十的夜晚，日本北海道的一家面馆，等最后一位客人走后，面馆正准备关门时，来了母子三人。那位母亲问老板和老板娘：能不能要一碗清汤荞麦面？三个人只要一碗面，这说明他们的生活很拮据。但这位母亲在问“能不能要一碗清汤荞麦面”时，并没有因为贫穷而感到卑微。而这家面馆的老板与老板娘也并没有因为他们的贫穷而瞧不起他们，说：“当然可以。”将母子三人迎到了屋里。下面的一个场面很感动人：外面大雪纷飞，屋里母子三人头碰头，在这样一个安静的大年三十夜，很幸福地享用着这一碗热气腾腾的清汤荞麦面。第二年、第三年的大年三十夜，也是在面馆准备关门时，这母子三人会再度出现在这家面馆。通过母子三人的对话，我们得知：小孩的父亲因一桩交通事故而死亡，并留下了一笔沉重的债务。现在，这位坚强的母亲除了要把两个儿子拉扯成人，还要带领他们在一定的时间内偿还所有债务。当母子三人再度出现时，老板娘悄悄地对老板说：“是否给他们一人下一碗清汤荞麦面？”老板说：“不，这会使他们感到尴尬的。”他们最后决定，在一碗面里放入一碗半面的量。后来，一连许多年，这母子三人再也没有出现。老板、老板娘每年的大年三十夜，都会去惦记这母子三人，他们还把母子三人吃清汤荞麦面的那张桌子称为“幸福的桌子”。这一年的大年三十的夜晚，两位神清气爽、显然事业有成的年轻人，来到了这家面馆，而此时的面馆已无空座。正当面馆老板要谢绝这两位年轻人时，一个身穿和服的老妇人随即出现了，并且平静地说：“要三碗清汤荞麦面可以吗？”老板、老板娘一眼就认出了这就是当年带着两个孩子在大年三十的夜晚来吃一碗清汤荞麦面的那位母亲，连忙将他们迎到屋里，那张当年母子三人吃一碗清汤荞麦面的桌子就在那里空着……

1997 年亚洲金融风暴，韩国三星集团濒于倒闭时，它的总裁让副总裁向公司 45 000 名员工朗诵了这篇作品。当时台下一片唏嘘声。2003 年，当“三星”在世界百大品牌中排名第 25 名时，“三星”总裁再度让“三星”的员工阅读这篇作品。头一回阅读，是让 45 000 名员工领会那位母亲在艰难困境中坚忍不拔的精神，第二回阅读，是让公司全体员工体会面馆老板的人性化的经商之道。

我将这篇作品分别说给几个朋友听，然后问他们：怎么样？他们问：谁写的？我说：我写的。他们说：构思不错，就是有点儿矫情。这一结论早在我预料之中，我只不过是想再验证一下而已。

这本书在小小的韩国发行上百万册，在中国又能发行多少？台下一片唏嘘声——中国人看这篇小说又能有几人感动——中国人拒绝感动，中国文学也不会去做感动文章——谁做谁矫情。

我敢说，这样一篇作品，无论它高明还是不高明，但有一点可以肯定：全世界不会有一个国家的人会说它矫情。除了中国。

中国，你究竟要什么样的真实？光着屁股，走在大街上，一边走一边撒尿才是真实吗？

那天，我的一个女博士生在一家饭店举行婚礼，酒席上，我们又谈起了中国人和中国文学的真实观，这时进来了两个陌生年轻人，一男一女，各执一只盛了酒的酒杯，走上前来，对新娘新郎诚挚地说：我们受隔壁包间的全体朋友的委托，向这对新人祝贺——祝贺你们一生幸福！当时，我们都很感动。他们走后，我们又回到话题上：假如我将这个细节写进作品如何？我的结论是：即使不落个矫情的评语，也至少要被说成是“浅薄”。应当怎么写？说：这里正热闹时，从隔壁包间扔过一只啤酒瓶来，随即听到一句骂声：丫的，谁他妈没有结过婚！

这就是中国文学的追求，这就是中国文学要的真实，这就是中国文学的高度与深度。《泰坦尼克号》《美丽人生》之类的东西，若是出自中国人之手，八成落得一个“矫情”的评语——泰坦尼克号中那个“迎风舒展”的经典造型，还不矫情吗？——十足的矫情！沈从文若活到今天并写出一部《边城》来，不被讥为“矫情”，本人将脑袋挂在天安门城楼上。

最近，我想写一篇短文，题目叫：狗日的真实！

顽强抵抗

面对这个混乱的时代，你又如何选择？道路无非两条，要么投降，要么抵抗。

诸位知道，我选择的是抵抗，先是无声的抵抗，后是有声的抵抗。但这种抵抗，似乎已坚持不了多久了。因为我开始怀疑我抵抗的意义，甚至怀疑这种抵抗的正确性。我几乎就要放弃这种写作，甚至要放弃写作。我已多次对人说过，假如我还写作，我也要写一些让人觉得深刻的东西，并且一定能写出深刻的东西，因为研究了几十年的文学，我太清楚这个所谓深刻是怎么弄出来的了。无非是往死里写，往狠里写，往恶里写，往脏里写，往怨毒里写就是了。

这些年，为了强调一种东西，我宁愿让人将我说成是一个唯美主义者。其实，我一点也不喜欢这个称呼。大家如果有兴趣可以看一看《天瓢》。那里头不只是美。还有乡村政治——我不知道，在当下的中国作家中，究竟有多少人能像我对乡村政治有如此深入而细致的体察。

没有错，我在强调美，我在私下里抨击文学批评与文学创作的意识形态化。按理说，我这样一个对政治充满热情、对革命如痴如醉的人，不应当作这样的选择。但我没有办法阻止我对中国文学的怀疑——我怀疑的绝不是哪一个作家、哪一部作品，而是文学的格局。

一个作家可以放弃审美，但一个国家却不可以。

中国文学的单维度，一直是我的一块心病。

去年，我在山东出版集团的专家咨询会议上，曾已阐述过我的看法：文学的维度绝不只是思想深刻这一个维度，还有审美、情感等。在那些经典中——尤其是19世纪的经典（我更认可这样的经典）中，各种维度是交织在一起的。比如《战争与和平》。那时的作品，有一种可贵的平衡。审美是经典的重要指标，感化与浸染能力，也是经典的重要指标。

中国文学放弃审美的理由非常简洁有力：面对这样一个万恶的社会，面对这样一片邪恶的生活，我们只有愤怒，而愤怒无愉悦，也就是说，一个处于愤怒中的人，是不可能进入审美的。

我想问：莎士比亚不愤怒吗？但丁不愤怒吗？托尔斯泰不愤怒吗？川端康成不愤怒吗？鲁迅不愤怒吗？蒲宁、沈从文也未必不愤怒吧？愤怒是文学放弃审美的理由吗？如果要谈发起攻击，你就没有发现美具有同样不可小觑的力量吗？我说过：普天之下，美是最具有杀伤力的。

另外，我不赞成中国文学对现实的看法，对这个制度，我自有我的看法，但同时我不赞成将这个制度妖魔化。不要将人类共同面临的困境、灾难，错误地理解成是一个制度的结果。怎么说，这个到处是酒楼，到处是洗脚房的社会，也比沙皇俄国强。托尔斯泰既然没有采用以拉屎撒尿的方式来糟蹋他所处的社会，你也就没有理由来糟蹋你所处的社会。

文学的深刻不在这里。

记得2003年作家出版社出版我的文集，在发布会上，李敬泽先生有一个发言——我认为是那个会上最好的一个发言。他的大概意思是，当我们都在向前奔突时，有一个人却一直守在原先的高地上。李敬泽提出了一个观点：文学不是往前走的问题，而是向后撤的问题——撤到文学的基本面上。我知道，他是在赞扬我，但他的这种描述，使我当时觉得甚是凄凉。◻ 2006·3

深长思之：当年文化围剿为何一败涂地

□ 吴立昌

半个世纪前，我进入大学中文系，不论是政治学习还是专业学习，都不能绕开《新民主主义论》这部皇皇巨著，尤其是新民主主义文化那部分，至今也不知读过几多遍了。有关文化革命第三个时期（1927—1937）论述中有这么一句话：“其中最奇怪的，是共产党在国民党统治区域内的一切文化机关中处于毫无抵抗力的地位，为什么文化‘围剿’也一败涂地了？这还不可以深长思之么？”每读到此，我都曾试图回答这个问题，但想出来的答案连自己也不满意。回顾以往，弹指一挥，世道沧桑，人生易老，不过五十年岁月还是留下深深印痕。现在继续思考这个问题，“与时俱进”，似又略有所悟。造成毛泽东要求我们“深长思之”的这种现象，客观主观，方方面面，因素很多，仅我想到的就有如下一些：

（1）1927—1937 年的十年间，包括阶级矛盾和民族矛盾在内的社会矛盾，有增无已。这虽然是传统的习惯说法，但确是客观存在的历史事实，谁也否认不了。可以说国民党统治始终处于动荡不安之中，战祸连年，灾荒频仍，苛捐杂税，再加之世界经济危机，日本帝国主义入侵，农村首当其冲，农民抗捐税的自发斗争遍及各地。政治上，当局实行的是专制独裁政策，贪污腐败，管理无能，连蒋介石自己都发出这样的哀叹：“如果我们不清除当前机构的腐败、受贿、敷衍塞责和无知，而代之以建立廉洁、有效的行政，有朝一日革命会很快起来反对我们，像我们过去反对满清一样。”这样的统治，焉能不使民众失望？1933 年 6 月，《国闻周报》评论道：“民众厌弃国民党之心理，为不可讳言之事实。”文化革命之所以能在这十年间得到长足发展，是离不开这种环境和土壤的。

（2）国民党权力控制罅隙甚多。在国民党统治下，中国红色政权为什么能够发生和存在？毛泽东认为，有一个前提条件：白色政权的分裂和战争的连续不断。这是农村革命深入，同样也是文化革命深入的重要原因。就在国民党清除共产党，继续完成北伐，建立南京中央政府后不久，与各地军阀的控制和反控制斗争也相继登场，党内同样派系林立，相互倾轧。蒋介石权力所及，仅华东华中少数几省，连他本人也曾两次被迫引退。一位西方历史学者谈及此时国民党的高压政策时这样说，

"因为政府对领土的控制依然受到限制，批评政府者可以避居到外国人管理的租界，或者是蒋介石的政敌控制的省份，如陈济棠的广东省，以求相对地安全。所以，南京的十年时期，中国不乏智力的和政治的活力"。上海是20世纪30年代无可争议的中国文化中心，租界更是一个不容忽视的重要地方，因为它有一套自己的法律和政策，国民党要想抓个什么人，还先得央求租界引渡，遑论大规模文化"围剿"，这就扩大了左翼文化人的活动空间。另外，从国民党的党政关系看，地方党政多各自为政，而且执政的一把手皆为行政长官，党部几乎无法影响地方政府的所行所为，"以党治国"机制比较脆弱，从而在党政之间形成不少权力空白，这又给反专制独裁、争自由民主的言论以更多可乘之机。

（3）共产党非常重视宣传，始终把文学当作宣传意识形态、配合政治任务的有力工具。枪杆子，笔杆子，革命就靠这两杆子。"这时有两种反革命'围剿'：军事'围剿'和文化'围剿'。也有两种革命深入：农村革命深入和文化革命深入。"说法不同，意思相近。客观环境决定民心向背，再有共产党有意识有组织地指导和支持，左翼文艺队伍日益扩大，"革命+恋爱"小说风行一时，揭露社会弊端的作品更能引起广大读者关注，从而使得出版商也纷纷看好拥有广大市场的"革命文学"。"最优秀的作家，几乎毫无例外地都是左翼作家"（按：除了"左联"成员还包括倾向左翼的作家），鲁迅认为，"这种情况的出现是必然的"。其实，凡具独立精神、自由思想的优秀作家，即使想超越政坛和商场，但只要将目光移向现实，同样会不满甚至愤懑，于是其作品因暴露现实黑暗、要求正义公平、呼吁自由民主而不知不觉步入左翼文学"同路人"的行列。

国民党也重视宣传，先是提出"三民主义文学"口号，继之又祭起"民族主义文艺"大旗。遗憾的是，其理论贫弱，创作又因艺术的粗疏而无所建树。来去匆匆，最后偃旗息鼓，乃意料中事。这表明，国民党营垒，尤其是具体管事的中下层，实在找不出几个有理论有识见懂文化懂艺术的能人来。比如1929年春，以胡适为首的新月派向蒋政权发动了一场抨击"党治"、争取人权的思想文化大批判。其时，国民党上海特别市党部代表陈德征在三全大会上提交一个《严厉处置反革命分子案》，竟然提议："凡经省党部及特别市党部书面证明为反革命分子者，法院或其他法定之受理机关应以反革命分子罪处分之。"这一歪理，自然迅即成了胡适开第一炮的靶心。党大还是法大？就此问题，胡适及"新月"诸公批判矛头不仅直指国民党领袖，甚至还上及尊为国父的孙中山。陈德征在党内地位并不高，但此次交锋中却非常来劲；文章讲不出多少道理，但能撒泼，将胡适义正词严的批判一概诬曰"胡说"，稍后他又主管教育去了。1934年1月，鲁迅在《关于中国的两三件事》里写道："四五年前，我曾经加盟于一个要求自由的团体（按：中国自由运动大同盟），而那时的上海教育局长陈德征勃然大怒道，在三民主义的统治之下，还觉得不满么？那可连现在所给与着的一点自由也要收起了。"活脱脱一副蛮横无赖嘴脸。此人原是文学青年出身，现在却靠吃“党饭”扬威，扮演的正是鲁迅所勾画的，“从指挥刀下骂出去，从裁判席上骂下去，从官营的报纸上骂开去”的角色。余英时以胡、陈冲突为例阐释国民党与知识分子关系时这样评价陈德征，“写的骂人文字充满了流气，正是一个典型的都市流氓。国民党在夺取政权的过程中，它的中下层干部大量的流氓地痞化”。(《中国知识分子的边缘化》）靠这一类人封堵胡适等人的口，能起多大作用？最多不过是针对胡适“批评党义”“侮辱总理”的“反革命罪”颁布个《各级学校教职员研究党义暂行条例》，规定每天必须至少半小时自修研究《孙文学说》《三民主义》等党义就算了事。如果撇开过去成见，应该肯定，面对文化“围剿”，新月派这场大批判，至少在客观上有助于“文化革命深入”，而不是相反。

（4）因为整个社会仍然以私有制为基础，所以国民党虽然掌握了政权，但是新闻出版机构同样多为民营。最著名的《申报》《新闻报》《大公报》、商务印书馆、中华书局……无不如此。据国民党 1936 年《内政年鉴》统计，当时全国报刊 1 763 家，属党政军系统的仅占三分之一，而且其影响能与著名民营报刊相匹敌的，实在少得可怜。尽管要受官方掣肘，但既是民营，在办报办刊宗旨以及人事权、经营权方面，就有相对独立性，而且开明的老板对具体编辑方针一般不会干预，因此主编便有较大自主权。比如《申报》总经理史量才想变一变副刊《自由谈》面目，留法归来的黎烈文系世交晚辈，又未加入过任何党派，于是就请他自 1932 年 12 月 1 日开始接编。编者将刊物的倾向定位为“进步与近代化”，一改过去的鸳鸯蝴蝶派风格，转而注重社会时政的批评，以鲁迅、茅盾为首的左翼作家唱主角的杂感，拓展出一片新天地，报纸销量因此而猛增。可是好景不长，在官方查禁的压力下，1933 年 5 月 25 日，编者不得不“吁请海内文豪，从兹多谈风月”。不过，谈“风月”，仍然不乏像鲁迅那样“谈”得令当政者头痛的杂感；1934 年 5 月 9 日，黎烈文终于辞职，但接编的张梓生，“萧规曹随”，特色依然，直至同年 11 月 13 日，史量才因主张抗日而遭特务暗杀，刊物才被迫披上保护色，以文艺短论替代社会批评，而作者中仍不乏左翼作家。鲁迅的杂感虽然时常遭禁被删，但直到黎烈文去职后，他“还是改些作法，换些笔名，托人抄写了去投稿，新任者不能细辨，依然常常登了出来”，就这样坚持了一年半有余；《伪自由书》《准风月谈》随后的出版，就是突破文网的战绩，二书的长篇后记，犹如一部 20 世纪 30 年代笔祸小史。面对官方查禁，左翼作家也练出不少应对本领，除了写法和笔名的多变，还擅长以匿名或五花八门的假书名假封面迷惑检察官，慌得国民政府相继发布有关取缔匿名出版物和查禁伪装封面书刊的“训令”，由此又见出官方查禁的无奈和无力。而《自由谈》一直办到 1935 年 10 月 31 日才宣布停刊，惨淡经营几近三年，亦可看成是反文化“围剿”取得成功之一例。

（5）换个角度看看在朝的国民党，也不能说没有一点进步。北伐成功，南京中央政权建立，与北洋军阀走马灯似的政权更迭相比，毕竟出现了较为统一、稳定的政治局面。经济上，政府更多关心工业，据统计，1931—1936年，工业（满洲除外）年增长率高达6.7%。农业虽因天灾人祸，危机重重，但由于政府实行币制改革，再加天灾过后的风调雨顺，农业有所复苏，因此1935年后，全国经济逐渐好转。我记得儿时老人们在对照国民党崩溃前夕的混乱时常说的一句话，“事变前生活如何如何安定”，指的就是抗战前这十年。那时的当政者，虽然加紧文化统制，在“出版法”“新闻法”等基本法外，又公布了数十种查禁法令；但他们也还有较清醒不算笨的一面，知道只要自己军权紧握，左翼那些思想文字，即使是颠覆性的，也翻不了天，他们的神经还未脆弱到草木皆兵的程度，因而文网尚不太严密。他们同样清楚，来自“新月”派的批判，不管炮火怎样猛烈，并非要将“党国”置于死地而后快，更无取“党国”而自代之动机，正如罗隆基在一篇“为共产问题忠告国民党”的文章中所言，“在今日中国的状况下，为中国人民求生路计，自然只有希望国民党剿共及早成功。谚所谓‘两恶相权取其轻’即此意耳”。所以“党国”对这类“小骂大帮忙”的逆耳忠言，还能以宽容待之。

（6）毛泽东在历数中国红色政权长期存在并且发展的四个条件之后说，“还须有一个要紧的条件，就是共产党组织的有力量和它的政策的不错误”。这同样是国民党在它的权力控制下，“文化‘围剿’也一败涂地了”的“要紧的条件”。

正因为上述种种因素或条件的存在，官方的文网才难以编织严密，而疏漏之处，正是“小骂”甚至“大骂”的栖身场所。由此我又在想，假设这些因素有朝一日大大减少甚至不存在了，文化“围剿”还会“一败涂地”吗？

幸而，历史是不可假设的。◻ 2007 · 5

当前中国城市审美风尚的流变

□ 蒋述卓　张康庄

已过去的20世纪是全球城市化加速发展的世纪。正是在这一世纪，西方发达国家完成了高度城市化和城乡一体化的进程，中国社会正从传统的城乡一体化（以农村文明为中心，古代城市的社会关系和社会生活是农村的延伸和变异，古代城市的人际关系、交往模式、价值取向、生活习惯等方面与农村社会是同构的）转变到新的城乡一体化（以城市文明为中心，整个社会结构趋于复杂化、多样化并更具有可塑性、创造性和开放性，并以工业生活方式为中心）。处于社会转型期的中国社会，以市场化为方向的经济改革和以民主化为方向的政治改革，以及随之而来的思想解放运动导致了市民社会的逐步形成。而今日中国在消灭了阶级差别之后，在现代化和城市化的进程中，逐渐形成了新的阶层分化，中产阶层首先在中国城市中诞生了。20世纪也被称为是科学技术的世纪，科学技术成为理解一切问题的关键，人们开始对科学技术顶礼膜拜，科学技术的影响也日益渗透到人类生产、生活的各个方面。因此，笔者认为促使当前中国城市审美风尚的流变的“硬件”因素是：城市化、市民社会的形成、中产阶层的产生、科学技术的影响，“软件”因素是处于转型期中国的各项政治制度、经济制度、道德规范、文化模式、舆论控制等已经发生的和正在发生的深刻变化。不过“软件”因素只为当前中田城市审美文化生活提供了一个较为宽松的环境而且它已渗透到“硬件”因素中去了，因此，本文不设专章讨论。笔者认为研究当前中国城市审美风尚的流变，将对中国城市的物质文明建设和精神文明建设有着重要的意义。

一、 中国的城市化导致审美风尚现代化

城市是人类集聚起来进行生产、交往、生活的特殊领域。城市作为政治、经济、文化、生活的中心，从一开始就具有与分散、单一、封闭、静止的农村不同的特性，它是人们追求规模效益的产物，随着城市的进一步发展，它将越来越凸显出自身的超前性、开放性、创造性、复杂性、多元性、可塑性、多变性等美学特性，

正因为如此，所以史鸿文先生指出，城市具有技术美、功能美、整体复合美、多样性美、流动美、个性特色美等美学特征。① 一方面，城市的物质文明的繁荣带来了生存环境的恶化、社会心理的变异、人际关系的失落、工作方式的单调与乏味等作为社会机体的人的情感的部分丧失。但另一方面，人们也正在努力从各种角度来使城市达到高科技与高情感的完美协调与统一，正倡导以人与环境的有机结合为中心来重新唤起人们的情感复苏和突出城市中人性的价值。工业化的城市也是人自由创造的结晶，是人的本质力量的确证，因而也完全能够成为一种美的存在形式。中国的城市化之路在促使中国城市不断走向成熟的同时，也正在使城市固有的美凸显出来，从而影响到城市的审美风尚。下面，笔者将对史鸿文先生提出的城市美学特征加以发挥，并论述其对城市人审美风尚所产生的影响。

1. 城市技术美对人们的审美风尚的影响

城市美与自然美的最大的区别就在于它不是脱离工业技术的向原始复归，而是在新的技术水平上达到高技术与高情感的统一。因此，城市美的首要特征便是技术美。在城市中，各种现代化建筑，造型别致的设施，现代性的艺术景观等无一不体现出技术的美。米盖尔·杜夫海纳曾说过："审美对象为了它的生产往往求助于技术的手段。"不仅如此，而且这些建筑形象，从它的材料、结构、造型与色彩，也无一不是高科技的体现，是技术美的直接流露。所以"技术即在工作条件中人化，又在它的产品形式中人化"。

那么技术美为什么会成为人们所追求的审美风尚呢？这是因为技术决定了人类的本质力量，满足了我们的潜能意志，而美正是建立在这一基础之上的脱离功利性的附属物，美的产生刺激了人类的审美感觉，而审美感觉给人带来的快感又刺激了人们追求技术美的风尚。正是由于技术美的影响，现代建筑艺术中出现了"高技派"，把技术美提高到首要的地位，强调技术感越强，其审美感也越强。在旅游文化中，出现了许多以技术美为主要观赏对象的纯人文景观。例如，游客从广州的白云山俯视广州城区，从上海的"东方明珠"塔上俯视上海市区，所感受、欣赏和惊叹的就是纯人文景观的技术美。在消费时尚中，人们越来越关心消费品在技术方面的先进程度。例如，电脑的更新换代，就不断刺激着人们的消费。人们也越来越向往技术含量高的生活，交通工具、通信工具、家用电器在寻常百姓家的不断更新换代，一方面确实是技术的进步，给人们带来了方便；另一方面也正是由于它们满足了人们对高科技的崇拜心理。

2. 城市功能美对人们审美风尚的影响

与技术美相联系，城市美的第二个特征是功能美。城市空间存在的目的在于满足某种经济和文化的需要。不管是技术美还是艺术美，城市美的根源在于功能。如

① 史鸿文：《论城市美的实质与特征》，《河南大学学报》（社会科学版）1998年第6期。

乔治·桑塔耶纳指出的："建筑艺术的一切形式都是由于实用而得到启发的。用途要求我们的建筑物具有某些确定的形式建筑材料的机械特性、御风雨和接受阳光之需要，进出之便利、节省、方便等，决定了我们建筑物的设计。"

那么功能美为什么会成为人们所追求的审美风尚呢？这是因为功能美的实质在于它的"合目的性"，即与人类改造自然、征服自然的主观能动性相关联。城市功能美已渗透到城市生活的方方面面，它已成为我们观察事物、思考问题、享受生活的一个重要视角。当我们面对某一事物产生审美的愉悦时，我们总是既感受到它的功能又体验到它的审美形式。

3. 城市的整体复合美对人们的审美风尚的影响

"城市是一个综合的有机存在系统，在这种综合系统中，各方面的协调一致呈现出城市的整体意义。城市美的存在也是这样，它往往不表现为单一的质素美，而表现为整体的复合美。"（史鸿文）事实上，城市的综合功能决定了它的性质必然是各种因素的协调作用，脱离开某些因素，另一些因素也就会消失。

那么为什么整体复合美会成为人们所追求的审美风尚呢？阿恩海姆说得好："某一整体式样中各个不同要素的表象看上去是什么样子，这主要取决于这一要素在整体中所处的位置和起的作用。"因此，在城市建设中，我们非常注意城市的整体复合美，我们追求城市的空间的整体美，现代环境美学的诞生就正是这一要求的体现，它要求建筑群、设施、道路与生态的和谐统一；我们追求城市时间的整体复合美，注重对历史遗迹、国家文物的保护，要求出现在具有深厚历史意义的文化区域的现代建筑，必须在风格上与之协调；我们追求文化的复合美，现代城市都注意对商业区、文化区、工业区等区域进行合理的规划，让每一个区域的文化特征都得到充分的发展，就正反映了人们的这一审美要求。

4. 城市的多样性美对人们的审美风尚的影响

环境学家勒内·杜博斯曾主张必须避免城市环境的千篇一律与单调乏味，确定城市的建设必须结合当地的自然环境、历史传统与人文精神以显示自己独特的风味与神韵。现代的城市建设已避免了以前的"灰一片，红一片"，而开始追求城市的地域、民族、乡土色彩等。城市的多样性包含了空间的多样性、时间的多样性、文化风格的多样性，对多样性的追求已成为人们的一种审美风尚。例如，在服饰方面，中国人已不再是西方人所说的那样是一群"黄蚂蚁，灰蚂蚁"，服装的款式、色彩、质料、风格都已变得异常丰富，让人耳目一新。

5. 城市流动美对人们的审美风尚的影响

城市美的各种形式都不是静止的，固定不变的，而是时时刻刻都处在一种流动变化之中，可以说城市美也是一种流动的美。城市环境不是一个静止不动的框框，而是一个活的组织。首先，在同一城市中，我们既能欣赏到古代的景观，又能欣赏到近代和现代的景观，而且随着年代的推移，我们还会见到许多更新更美的景观。

其次，城市的树木花草等生态景观也会随着时间的变化而处在动态的变化之中。近年来，旅游业的繁荣，以及在居室装修方面注重运用曲线和椭圆，也无不是人们追求丰富多彩、流动多变的审美风尚的反映。

6. 城市个性美对人们的审美风尚的影响

城市由于受到民族、自然环境、历史传统和文化属性的影响，往往形成了鲜明的个性特色之美。如威尼斯以水的景观为个性之美，巴黎以雕塑、园林、古迹为个性之美，纽约、香港、东京以商业的繁荣见长，北京则以历史的悠久闻名，深圳以自己的现代性令人赞赏。约翰·伯查德说："城市本身也具有某种人格化的个性。"可以说个性特色之美，是城市文化之美的体现，无特色无个性的城市，往往也就是缺乏文化特色的城市。现代城市张扬个性的呼声一浪高过一浪，是否能表现自己的个性，已成为人们衡量生存状态、生活状况以及社会文明程度的一个重要标志。

上文提到的几种城市美，一方面它们是所有城市固有的共性，城市越发展，这些美也表现得越充分，对人们的潜移默化的影响就越大。对于从传统的城乡一体化转变到新的城乡一体化的中国民众，城市的美无疑成了他们的审美风尚的"启蒙老师"，唤醒了他们心中对美的要求和观念，从而使他们开始了对美的追求，对审美风尚的崇尚。另一方面城市美又无不是人们在城市建设中努力实践和追求的结果；无不是人们在城市生活中，根据自己的实践经验和教训，一次次反馈的结果；无不是人的本质力量的对象化，无不是人们的审美心理要求的体现，无不反映了人们所追求的审美风尚。因此，这两个方面是交融在一起的，是相互促进的。的确，审美风尚决定了城市美的产生与发展，但同时又在不断受到城市美这只无形之手的影响。当然，对于社会的个人或群体来说，他们在追求美的过程中，有主动和被动之分，有创造与顺从之分，有选择与盲从之分，但对于转型期的中国大众来说，他们的审美风尚有着从崇尚以农村为中心的自然美、质朴美到以城市为中心的城市美的转变过程。

二、 中国的市民社会的逐步形成
与以世俗化、个人化、多元化为特征的审美风尚的产生

"所谓市民社会，是与商品经济特别是市场经济联系的，具有明晰的私人产权及其利益，并以契约关系相联结的，具有民主精神，法制意识和个体性，世俗性，多元化等文化品格的人群共同体。"①

的确，我国在 1978 年的改革开创了一个历史新时代，以市场化为方向的经济改革和以民主化为方向的政治改革以及随之而来的思想解放运动，为市民社会的萌芽准备了经济、政治、文化上的条件。如今，社会主义市场经济已确立，私有制经

① 肖岁寒：《"市民社会"的历史考察》，《天津社会科学》1999 年第 3 期。

济有了进一步发展，私人产权进一步明晰，国家在社会和经济生活中所扮演的角色进一步调整。

为了更好地认识当前中国城市审美风尚产生、发展和变化的原因，有必要了解一下现代形态市民社会的一些特征：

第一，市民社会因为与商品经济相联系，在价值层面上有整套与之相关的经济自由、政治民主、文化多元的要求。

第二，市民社会有私人性的特征，它是商品经济的产物，它的存在必须要有明晰的私人产权。另外市民社会是一个契约型社会，即社会成员的联结是以商品契约为纽带，而不是以血缘、地缘、宗教感情、道德观念为纽带的联合体。

市民社会的这些特征，必然使当前中国城市的审美风尚发生改变。首先表现为由教化模式的审美风尚向世俗化的消费模式的审美风尚的转换。这种转换又首先表现为理想精神的消解。

正如王德胜先生所指出的那样，20 世纪 90 年代的中国社会放弃了“政治—道德一体化”的文化价值理想，整个社会文化价值结构开始充分体现出“经济—商业”的利益主导性。城市人开始充分张扬大众意志的生活享受权利及其现实表达方式，强调通过物质占有和消费实现生活享受的直接性。感性堂而皇之地进入了日常生活的价值体系，成为近年来普遍流行的美学趣味。① 例如，这几年，宫闱秘事、皇族逸闻、名士风流挟裹着堂皇的封帧与富丽的广告竞相出台，在“你方唱罢我登场”的热闹中，本应体现因果联系纵深度的历史，或被远推为陈叙事件的背景，或被作为撰造虚妄境地的底本。在点缀了若干历史散落片段的布景下，古人演绎起了 90 年代式的嬉闹与纠缠，历史的厚重丰实成了能指符号的引子。在社会审美风尚的“世俗化”特征背后，我们总是可以看到一种大众对物欲的冲动和满足的感情形式，即“美”仅仅是作为一个物质富裕的生活象征而存在；对“美”的感动和欣喜，由于物质上的可靠保障而愈发强烈且令人难以自持。而这又必然激化大众对于日常生活的审美消费狂热。各种国外名牌服装的流行，以及各种电视肥皂剧的高收视率（《我爱我家》《欢乐家庭》在这方面就颇具代表性）等，均充分表明，今天，人们主要是从日常消费意义上来理解生活的美学性质，并在日常消费的广泛性中实现自身生活的“审美化”。

其次，审美风尚表现为由统一向分化的转换，人们开始了多元化的审美追求。由于市民社会是一个契约型社会，契约主体必须是自愿和自由的。因此，在市民社会，每个人的习俗、生活方式、生活信念可以极为不同，并且，这种不同非但没有阻碍这个生活共同体的建立，反而成了人们互相学习，互相满足的条件，因而产生了加倍的意义。

---

① 王德胜：《市俗生活的审美图景——对 90 年代中国审美风尚变革的基本认识》，《思想战线》1998 年第 10 期。

最后，市民社会的私人性特征，必然使审美风尚发生由社会活动向私人娱乐的转换。90 年代兴起的纯私人化写作就是这一审美风尚的体现。在 KTV 包厢里肆意放歌，你根本无须考虑噪音污染，演唱技巧或歌词内容意义之类问题，只要你自己觉得快乐、满意就行。中国影坛对王朔的《顽主》《轮回》《大喘气》等小说的改编也反映了这一审美风尚。因为这些影片的主人公无一例外地均为游离在体制之外的社会边缘人，他们没有正式的职业，也没有任何社会身份，他们只是一个个按照自己的方式自由自在地生活的都市青年。王朔小说的盛行一时，也说明了这种审美风尚影响的深度与广度。

三、 都市中产阶层的逐步形成与他们对审美风尚的倡导

首先，我们来谈一谈都市中产阶层的逐步形成。社会学家总结说，近现代有两大趋势是人类社会发展的主线，一条是现代化，一条是都市化。而这两条线有若干交叉点，其中一个就是中产阶层的不断扩大。今日的中国在消灭了阶级差别后，又在进行现代化和都市化的建设，这必然形成新的阶层分化，中产阶层就是在这一过程中诞生的。改革开放以来，我们国家的大城市的产业结构发生了由工业经济向服务型经济的转变。这是人类社会演变和进步的趋势，美国在 1968 年就开始进入了服务型经济主导的社会，而我们国家的大都市从 1990 年才刚刚开始进入这种社会。产业结构的变化必然带来社会结构的变化，社会以职业而划分的各阶层的比例关系也会随之发生改变，新的社会阶层开始形成。现在以广州市区为例来分析社会阶层结构的变化，“如果我们依照国外的社会分层，既考虑到研究与国外具有的可比性，又不脱离我国职业分类的特点，那么以人口普查中的七个职业大类为基础，广州的社会结构可以分为四个阶层：①绿领阶层：包括农、林、牧、渔等劳动者；②蓝领阶层包括生产工人、运输工人和有关部门人员；③白领阶层：包括办事人员和有关部门人员，商业工作人员、服务工作人员；④灰领阶层：包括各类专业技术人员，国家机关，党群组织、企业单位的负责人员”①。

① 阎小培：《改革开放以来广州城市社会结构变化研究》，《中山大学学报》（社会科学版）1999 年第 2 期。

广州市区社会阶层的结构变化（1982—1990）

阶　层	1982 年		1990 年		1982—1990 年
	数量（人）	比重（%）	数量（人）	比重（%）	年增长率（%）
绿　领	279 805	14.98	297 260	13.58	0.76
蓝　领	923 100	49.42	868 475	39.69	-0.34
白　领	348 410	18.65	573 249	26.20	6.43
灰　领	331 032	16.76	449 168	20.53	4.62
其　他	3 690	0.20	32	0.00	
合　计	1 886 037	100	2 188 184	100	

注：资料据广州市第三、第四次人口普查数据计算。

根据上表分析，我们可以确信，从 1990 年开始，中国的中产阶层已逐步形成，而由于中产阶层所具有的经济上的稳定性，以及具有的知识性、自主性、理性、开放性、批判性等特点，他们必然对审美风尚起倡导的作用。

第一，积累财富的方式相对中庸的中产阶层，对当前中国城市的审美风尚的倡导。他们积累财富和确立社会地位的过程充满了艰辛，但又不像暴富者们的经历那般曲折甚至残酷。他们活得有点累，有点儿压抑、又有点儿得意和从容。这样，他们的审美趣味，就不同于一般的打工层和暴富者，在追求物质的感性享受的同时，也追求高雅的具有文化品位的精神生活。中产阶层的种种消费行为背后隐藏着许多文化层面的因素，而他们的许多表现也富于文化色彩，单纯地为满足生理的需求或纯物质性的消费模式，对中产阶层并不构成最强的吸引力。我们只要留意一下，就可发现，近年来城市里具有文化特色、风俗民情的风光带和旅游景点正不断出现，商场越来越重视对购物环境的改善，餐饮等服务业也越来越重视对服务质量的提高。这一切，无不体现了中产阶层要求物质的感性享受与精神的文化追求相结合的审美趣味。

第二，摇摆于中西文化之间的中产阶层，对当前中国城市的审美风尚的倡导。殷一平先生指出，“自本世纪 20 年代发生在中国的文化大冲撞后，当代中国中产阶层在其诞生发展过程中再次面临着中西文化的大冲撞。语言的融合不过是最表面化的反应，当代中国中产阶层与其他各阶层在文化上的差别最明显的特征即在于它全方位地打破了中西文化的隔阂，在中产阶层形成的这 10 年中，已渐渐形成了一种融合中西的独特的文化风貌”①。在当代中国的都市，一谈时尚，尽是西方面孔。现场直播的这种西方媒体制作方式已经到处在用，报纸版式已越来越花哨，标题制作得越来越玄乎，话题讲座的内容也涉猎中西，唱片的封套歌手的形象不断欧化、

① 殷一平：《高级灰：中国城市中产阶层写真》，北京：中国青年出版社 1999 年版，第 93 页。

日化、港台化，对海外各种信息的报道越来越有时效性，而且显然对西方的诸多动态不再是一片茫然。另外在城市青年中，消费国外名牌是一种时尚，中英文夹杂说话成了一种时髦。而从 1996 年开始，一股新的出国潮再次出现了，1997 年全国因私出境的人数已达 496 483 人次。但另一方面，也正是中产阶层才让国人对西方文化有较多的了解，对东西文化的优劣有较清晰的认识，因此，他们在感受到对方强烈的文化优越感的同时，也激发了强烈的民族自尊心。从而产生了对本国文化的重视和追求，而不同于其他阶层的一味地盲目崇“民族特色”。

第三，情感上带有中间色彩的中产阶层，对当前中国城市的审美风尚的倡导。当代中国中产阶层的情感和恋曲与他们在文化上兼容传统与现代，涵盖中国和西方的特性息息相关。他们在情感方面的要求，为当前中国城市在感情、爱情、婚姻家庭等方面的审美风尚创立了一道新奇的风景线。首先是试婚和同居现象的流行。由于中产阶层在经济收入达到一定层次后，有能力获得适合试婚或同居的物质条件，另外经济上又不像富裕阶层那样，存在着一方依附另一方的关系，需要靠婚姻来稳定这种关系。因此，在西方思潮大量涌入的背景下，为了追求西方的时尚，追求更浪漫、更自由的爱情，或仅仅想赶一种时髦，中产阶层把这种中国民间传统的婚姻模式推向了极致，同时也成了其他阶层的人竞相仿效的一股潮流。其次是边缘情感或称第四种感情的出现。边缘情感在中产阶层中的滥觞与同居现象发生的经济文化背景是相似的。它在感情和行为方面的表现是，大多数有着边缘情感的男女之间都是纯柏拉图式的情感相遇，极少发生性关系，但他们都很清楚自己的情感归宿在哪里，这是一种人类除亲情、友情、爱情以外的第四种男女之间的感情。其潇洒与超脱似乎远在亲情和爱情之上，和友情相比，它又多了一份来自异性的吸引和魅力，其丰富隽永的意蕴又非单纯的友情能比。都市电影《大撒把》中，顾言厚着脸皮提着面粉白菜上林周云家共度春节，俩人一边包饺子，一边聊天，倒也一副其乐融融的样子，春节几天假，俩人在一起逛商店，看电视、做饭、斗嘴，俨然已是一家两口子的感觉。而当顾言在机场送别依依不舍的林周云时，林紧紧拥抱着他说：“本来你是可以把我留下来的……”这正是第四种感情的一种表现，而各种杂志对这种感情的广泛讨论，也说明了这种情感在都市人的情感生活中所产生的深刻的影响。另外，在中产阶层中，出现了男女双方无论在经济、社会地位、发展机会上，还是受教育程度和生活方式等诸方面都相似或处在接近层次上的新型家庭关系，这一方面促使了一步到位的婚姻结合方式和“门当户对”的观念的再度盛行，另一方面也促使了好合好散的离婚观念的产生。

总之，中产阶层已成为中国城市人口的大多数，他们的审美风尚既反映了中国社会在这个方面的某些新的信息，又对其他阶层的审美风尚起着倡导的作用。

四、 现代科技特别是传媒对当前中国城市的审美风尚的影响

科学在生产力结构体系中的决定作用，使得当代科技“取得了合法的统治地位，成为理解一切问题的关键”。在历史上，石器标志着“人猿揖别”，弓箭是人类由蒙昧时代进入野蛮时代的里程碑，文字则是原始社会与文明社会的分水岭，青铜器是古代奴隶制繁荣的见证，铁器昭示着封建制的兴盛，蒸汽机吹响了工业社会取代农业社会的号角，电标志着工业社会的繁荣，电脑则昭示着信息社会的到来。审美风尚在任何时代都以一定的社会条件作为自己的背景，而且随着社会条件的变迁而弃旧图新。

第一，科技的发展与资本相结合导致了文化工业的产生。为了更好地了解文化工业，我们不妨把它和同样具有大众性的传统的通俗文化作一比较。如姚文放先生指出，“首先二者有着迥然不同的内涵：传统的通俗文化是在大众中自发产生的，文化工业则是标准化，模式化的；传统的通俗文化是大众率先而发，自然天成的，文化工业则是技术性的，采用现代大工业生产的方式生产出来的”①。正因为文化工业的资本性质和技术性，使得审美文化发生了蜕变。其一是印刷、照相、电影、唱片等机械技术手段在大批量制造文化产品的同时，也在无形中用“复制”置换了文化中“制造”的概念。以往凝聚着生产者心智活动结晶的文化制造变成了可供多次重复消费的视听影像的复制，它消灭了在传统的非技术性的个人创作中（例如绘画、歌唱、表演和文学创作）所附有的艺术家的手泽、气息和灵光。其二，“机械复制”还导致了批量化、规模化、系列化生产所造成的类型化倾向。这必然在文化的深层次上导致一种缺乏大众个性和个体个性的审美风尚的产生。

第二，现代科技在导致审美体验视觉化的同时，也导致了审美风尚的视觉化倾向。19 世纪德国生命哲学家伏尔泰曾指出，作为构成个人生命经验的基石，体验总是从主体自身的生存状态和切身感受出发，把自己置身于对象中去进行领悟，它与个体的生存状态、需要和情绪有着不可分割的联系，并因个体全身心的投入而带有极强的深刻性。其中审美体验是人类各种体验形式交会的核心，人通过审美体验可以把握到新的无限的时空境界，这最终将把感性个体带入超出有限性的现实和局限性而存在的“诗意栖居”的状态。但当代语境中的审美体验却由于电影、电视的侵入，由于虚假的图像代替了艺术家的原创物而日益显得难能难为。这样由于视觉化的冲击，就导致了审美主体与审美对象之间心理距离的缩短与消失，这又必然造成往返于物我融贯过程的审美体验的缓弱与停止。

第三，科学技术特别是传媒对审美文化日益起着引导和制约的作用，大众的审

① 姚文放：《文化工业当代审美文化批判》，《社会科学辑刊》1999 年第 2 期。

美风尚出现了依赖性、从众性、短时性、速变性等特点。在某种程度上，90年代中国社会审美风尚的变革，始终是同大众媒体本身的发展直接相关联的。由于越来越密集、越来越快速的传播信息总是不断地出现在大众面前，又由于大众缺少全面审慎的深入分析能力和条件，因此，他们别无选择，只得认同和接受媒体所传播的信息，并随着媒体所传播的信息的转变而转变自己的现实追求和生活趣味。

第四，以全球互联网络的出现为标志的信息革命，导致了审美风尚的全球一体化和虚拟性趋向。首先，一方面当代信息技术给人类精神生产带来了一次划时代的变革和前所未有的历史跃进。高新信息技术使人类每一项精神生产都有可能尽量汲取全人类的有关智慧和营养，使每一项精神产品都凝聚着人类的最高智慧而得以不断升华。另一方面，信息传播突出地表现为同时性和即时性，这使得任何有形或无形的万里长城对于不同文化的阻隔愈发成为不可能，使得生活在地球上的人们常常会面临共同的问题，关注共同的问题，使得公共事务与私人事务的本质以及两者之间的区别，正以特定的方式发生变化。个体的私人事件可以经由大众传播媒体而被转化为公共事件，反过来，公共事件也可以在私人的背景中得到经验。这一切都使得审美风尚出现了全球一体化的趋势。例如克林顿的性丑闻，一旦在网上披露，就成为全球关注的热点，并带动了《莱温斯基传》《希拉里传》等书在全球的畅销。

其次，网络化个人电脑的出现，导致了审美风尚的虚拟性。在现存的计算机软件游戏中，游戏者处于和计算机互动的关系中，计算机向游戏者显现逼真的场景和音响效果，并能使游戏者在游戏设计者的幻想世界中漫游，在编程的虚拟现实中根据自己的意愿行动。目前的互联网已经是一个简陋的虚拟现实，我们可以把它看作现实世界漫画式的模拟。人与人的交往抽象为机与机的交往，人类浪迹在虚拟的世界里。我们常常听到“网友”“网上情缘”“网上漫游”“网民”等新词语，这表明审美风尚的虚拟性已是不争的事实。

总之，导致审美风尚发生流变的因素主要可分为“硬件”因素和“软件”因素，一方面“软件”因素导致了中国社会的转型，推动了“硬件”因素的发生、发展；另一方面，“硬件”因素是“软件”因素的物质表现形式，它强化了“软件”因素的力量，也为自己的进一步发展创造了一个“软”环境。这些因素虽然是很多的，但上文提到的四个“硬件”因素和“软件”因素的相互作用却决定了当前中国城市的审美风尚的流变。◻ 2000·5-6

电影作为艺术的百年争端

□ 邵牧君

在世界进入20世纪之时，一种属于本世纪的艺术——电影诞生了。

然而，当我们谈论电影艺术的诞生时，必须注意的一点是，“艺术”在这里是另有其特殊含义的。“艺术”一词就其本意来说是指“人的技艺”，所以艺术品就是人的技艺的物质性显现。但是这个概念并不适用于作为艺术的电影，因为电影作为艺术品是以现代科技为中介、由一个包括艺术家和技术家在内的群体制造出来的。电影史上最令人费解的一件事就是这个极其简单明了的事实（电影艺术和其他历史悠久的传统艺术的根本性区别），却始终不被林林总总的电影史家和电影评论家所认可。他们对待这个区别的态度不外乎这样两种情况：把这种区别视为电影必须加以克服的弊害，于是就导出了排斥电影的大众性的先锋派之类的前卫理论；再就是用工具和艺术的关系（例如画笔和调色板与画家的关系）来替代科技和电影的关系，试图抹平或否定这种区别。其结果是在电影和本体论问题上制造了一场“百年争端”。

这场“百年争端”的始作俑者是一位名不见经传的意大利艺术评论家里恰托·卡努杜。他在21世纪初给电影戴上了“第七艺术”的“棘冠”，号召要赶走“商人”（制片人），把电影还给“艺术精英”。当卡努杜提出这个号召之时，正是以百代公司为代表的法国电影被美国电影打得落花流水之日。不甘心向“没有什么文化传统”的“混合民族”（卡努杜语）学习的欧洲人从此就走上了用“艺术”来和“商业”斗争的漫长道路。“艺术精英”纷纷站到“艺术”的一边，把“商业”留给了没有文化的大众。

然而值得注意的是这个“百年争端”一直处在“一头热”的状态。当“艺术精英”和为“精英”们拍片的“精英”们在一轮轮进攻中发明了“商业电影”（指“大众电影”）和“艺术电影”（指“沙龙电影”）之类的用语，贬低前音而高扬后者，从而制造出商业和艺术的对立，力求用“艺术电影”来一统天下时，大众和为大众拍片的“商人”们却若无其事，从不搭理。这个现象并无可怪之处，因为如果有人愿意把大笔金钱投入面对极少数人的沙龙电影，并不在乎盈亏，那又有什么可以指责的呢？

应当如何看待这个“百年争端”实际上是世纪回眸谈电影的核心话题。因此，我们有必要回到电影艺术的起点，重新审视电影的百年变迁。

电影是在科技发达的国家里诞生的，这并非偶然，因为没有现代科技也就不会有电影。因此，电影作为一门艺术与其他传统艺术有一个本质性的不同点，那就是它首先是一门工业，一门由光学摄录系统和洗印放映系统构成的现代工业，其次它才是一门艺术，一门必须在消费市场上即时找到买主才能生存下去的消费艺术。

在电影问世之前，不存在任何作为工业制品的艺术作品，不存在需要通过复杂的技术工艺并以集体的方式来制作和在市场上立即找到买主的艺术作品。从事传统艺术创作的艺术家需要使用工具，但这些工具没有技术含量，不能按固定的操作规程自动生成作品；他们的作品是个人的精神创造，无成本可言，完全可以待价而沽，甚至束诸高阁，藏之名山，以待后世慧眼。因此，千百年来，个人化的艺术观念深入人心，这首先淹没了艺术即人工这一更属本质性的基础观念，似乎人工的“人”只能是个体的人而不是群体的人。其次，它决定了复制品的非艺术品概念，人们只承认被复制的原件是艺术品。于是，艺术的商品化和大众消费倾向便与艺术本身绝缘。

电影是机械复制品（照相、冲洗、拷贝），一部电影的负片的拷贝在艺术价值上并无差别，故无原件可言。它的形式和内容是集体的创造，即作为群体的人的创造。电影要求即时消费，即时回收成本，所以一个巨大的稳定的消费市场对于电影的生存和发展来说是至关重要的。同样也由于上述原因，电影不可能有艺术意义上的个人收藏价值。由此可见，我们不能从传统的艺术定义来解释电影的艺术，也不能用传统的艺术观念来评价电影。顺便在这里说一句：把电影视为一种与传统艺术大相径庭的新的艺术，这在许多早期和中期的电影理论家的著作中有过论述，可以说毫不新鲜。但是提出这个区别的目的却并不相同，而借此来把电影定位为21世纪特有的消费艺术的则更少见。

从历史的角度来观察，电影从诞生之日起便是一种面向大众的娱乐商品。事实上，无论在欧洲和美国，电影的先驱者们首先关心的是电影的商业潜力，并在它的驱动下努力寻求更完美地再现生活场景和表现幻想世界的科技手段和艺术技巧。随着电影制作工艺技术的进步，电影从无声到有声、从黑白到彩色，它的表现能力也随之扩大，但始终没有离开其娱乐大众的原生目的，而娱乐大众也无可争辩地成为电影的社会本性。

电影诞生于19世纪末，大发展于20世纪20年代，于40年代达到兴盛的高峰。后来由于电视的兴起，电影业受到了冲击，但随着电视和电影的合流以及人们对电视的新鲜感的消失，电影在许多国家早已步入复兴的轨道。无视这一事实而把个别国家的电影业的困境夸大为电影艺术行将死亡，实属无稽之谈。

两种电影艺术观念的对立，即我所谓的“百年争端”，始于20世纪初。在此以前，电影的制作者从没有想到过电影与传统艺术之间有什么关系。作为一种新兴的娱乐，活动的画面使成千上万的人趋之若鹜，令制片商大为兴奋。实际从事拍片工作的人，包括导演和演员在内，并没有一种在从事艺术创作的自觉意识，他们只是以娱乐大众为己任而已。即使是像格里菲斯或鲍特等已经有所创新的人，也完全没有意识到他们是在创造一门新的独立的艺术。他们只是想把故事讲得更清楚、更简练，让观众看得更开心、更有味。这实际上正是电影作为一门新的独立的艺术的根本要领，但当时在他们的心目中，这无非是一种商业手段而已。

但是在电影业外的一批画家、诗人、摄影师、音乐家和艺术学教授中间已展开了一场关于电影与艺术的关系的热烈讨论。他们完全不懂电影制作是怎么回事，他们对电影的艺术可能性的热情完全是基于对自己的本行艺术的热爱。当时在绘画、音乐或诗歌等方面，形形色色的现代主义正独领风骚，个人化的艺术观念以其最极端的形式席卷欧洲。因此不难想象，他们所鼓吹的电影艺术论必然是某种依附性的美学，即努力把电影依附于其他艺术，要求电影来完成其他艺术的任务。电影被命名为“第七艺术”便是依附的开端。六种传统艺术实际上已把时与空、视与听全部占满，再无独立的余地。所以在现代主义文艺思潮的影响下，一时间出现了“电影是活动的绘画”“电影是可见的音乐”“电影是活动的雕塑”等论调，它们无一不排斥模仿和复制，蔑视再现和叙事；他们强调创作者的个人情绪化表现。为了解决这种极端个人化的电影艺术主张与电影面向大众的社会本性之间的明显抵触，这些热衷于把电影改造成艺术的人们便公然提出了“商业电影”和“艺术电影”的矛盾，发出了“观众是电影艺术的敌人”的呼声。其流毒至今仍困扰着电影界的相当一部分人士。

人们往往不察，电影史上关于商业与艺术的矛盾的提法有着两种不同的含义：一是针对制片商为牟利而粗制滥造的现象，而另一种提法则针对整个商业电影。前一现象确实存在，但是能够解决这个矛盾的并不是艺术家而是观众，不是艺术规律而是优胜劣汰的市场法则。所以归根结底，主导的一面恰恰是商业而不是传统意义上的艺术。然而，当一批艺术知识分子在20世纪20年代以先知的姿态第一次提出电影中商业与艺术的矛盾时，他们所反对的便不仅是某些制片商为牟利而粗制滥造的电影劣品。他们反对的是所有面向大众，以娱乐大众为目的的电影产品。对这一重要区别的忽略在电影界造就了一大批盲目拥护“艺术电影”的糊涂虫，他们在电影理论与创作领域内兴风作浪，制造出无穷的混乱；商业与艺术的对立、观众是敌人、排斥叙事和谈化情节、导演中心论、演员是工具等，不一而足。正是由于电影在其初始成长过程中受到了来自电影之外的异端力量的侵扰，以致连“电影是什么”也成了问题。

熟悉电影史的人士对所谓“电影是什么”这场争论都是耳熟能详的。这场无谓的争论也是“百年争端”的“一端”。说它“无谓”是鉴于提出问题者的倾向是旨在“改造”掉电影的大众性，“改造”掉它作为消费艺术品的价值，力图使电影非叙事化、高雅化和沙龙化，变成少数人的把玩对象。在电影百年史上，“电影是什么”这一理论倾向及其实践曾在二十世纪二三十年代和六七十年代两次大举入侵，打出的旗号名目繁多，诸如“先锋派”“纯电影”“抽象电影”“实验电影”“现代派”“新浪潮”“哲理电影”等等。他们提出的主张五花八门，令人眼花缭乱，但千变万化之余，仍有其共同之外，那就是不同程度地反对电影有情节、讲故事。我们不难想象，一部没有或只有十分稀薄、松散的故事情节，没有人物性格，只有深奥哲理，或不反映生活具象，只有抽象图形的电影，有多少人愿意掏钱去看呢？电影制作有一条难以打断的因果链：高科技导致高成本，高成本要求高票房，高票房要求世俗化；或者倒过来说，即世俗化才能有高票房，高票房才能收回高成本，收回资金才能再生产。走非叙事化、高雅化和沙龙化道路的电影艺术家们在最好的情况下也只是一次性地过把瘾而已。

值得一提的是电影百年史上的这场“电影是什么”的争论实际上是一场“单方面”的争论，也就是说，只是自封为“艺术电影”的一方拼命攻讦、诋毁为大众拍片的主流电影“不是电影”“不是艺术”，而被攻击的一方却笑骂由他，从不还手。“电影是什么”本是一个应由观众来回答的问题，这个答卷就是票房。你说你的“艺术电影”才是电影，面向广大观众的电影不是电影，可恨的是大众却用不买票来否定了你的高论。主流电影实际上是让广大观众来替它进行争论，不还手实际上是最有力的还手。所以当我们在世纪之交放眼观察世界电影的总体状况时，我们发现即便是崇尚艺术最烈的欧洲国家也终于承认了电影作为20世纪消费文化的产物的不可改变的本性，明显地改变了与好莱坞竞争的策略，从“文化斗争”转为“商业竞争”了。

这是电影作为消费艺术的胜利，也是电影作为传统艺术的失败。应当欢呼？应当悲悼？许多人会感到茫然。

今天回顾往昔，可以明显看出20世纪乃是消费时代从萌芽到发展成熟的一百年，电影作为20世纪特有的艺术品种在该世纪的最后年代里终于发展成熟，绝非偶然的巧合。在新世纪回眸电影意味着总结过去，汲取教训，扫除前进中的障碍，因为我并不认为电影无论作为一门现代工业和一门消费艺术，已经走到了它的尽头。对电影的未来抱悲观态度的人，一般来说，不是一贯对电影艺术观念有所曲解的人，便是对事物的发展缺乏辩证认识的人。记得在前些年当全世界庆祝电影百年诞辰之时，有人提出说，电影既然有明显的生日，便理应有明确的忌辰，因此，电影还有第二个一百年吗？

从技术的角度来说，电影的确很难再有第二个一百年。在过去的一百年里，电影技术经历了一个渐次更新的过程，但是在下一个世纪里，它必将经历一个被彻底取代的过程。作为电影基础的光学方法必将被电子技术所取代。

然而，电影的产生已造就了一门崭新的声像艺术，电影的艺术性并非来自某种特定的声像技术，而是来自对已生成的声像的有着无限可能性的艺术处理。当电影的原有技术基础发生变异时，电影是否还叫电影只是一个并不重要的称谓问题。即使电影胶片有朝一日完全被录像带、光盘等所替代了，“电”和“影”却是变不了的。由此而言，电影作为艺术是不必为它担心“有没有第二个一百年”的。

最后，在电影的百年史上，还有一个小小的插曲，即它被政治家利用来作为政治宣传手段的历史。电影作为一种媒体，被用来进行宣传，本无不可，只要目的正当，与民有益，不仅无可訾议，而且功莫大焉。苏联电影便是这方面的最好范例，而德、意法西斯对电影的滥用则是典型的反面事例。然而，电影作为政治宣传手段是不能与电影作为一门现代工业和消费艺术混为一谈的。作为政治宣传手段，电影是没有娱乐价值的，也就是不可能进入消费市场的，这和传统意义上的艺术电影不可能进入消费市场是完全一样的。可以预言，在下一世纪里，不可能进入消费市场的电影是不会继续存在的了。□ 2000·1-2

中国电影第五代在广西的艰难起步

□ 韦必达

广西电影制片厂始建于1958年，历经几度上马下马，多次更改厂名，在原中共广西族自治区党委第一书记、自治区政府主席韦国清同志无微不至的关怀、支持下，克服重重困难，艰苦创业，积极创造条件，1978年11月终于得到国务院文化部批准，改为故事片厂。韦国清同志调离广西前向区党委宣传部提出要求："挑选一个作风民主，能团结多数人一道工作，搞五湖四海，又不搞大壮族主义的壮族干部来任厂长。"我就是在这个要求下，1978年6月被点名从广西农学院林学分院党委书记兼革委会主任的岗位上调到广西厂任厂长的。

我到厂上任后，虽不是搞电影专业的，好在头脑里没有条条框框，也没有太多的清规戒律，凡事多倾听和尊重创作人员的正确意见，虚心向他们学习。在业务上，一切从头学起，和同志们一道边干边学，几乎每十天半个月，开一次中层以上艺术、技术、制片骨干人员会议，敞开思想，民主讨论，上下一致，同心同德，集思广益，共同探讨如何搞好经营管理、确定剧本，搞好创作，提高影片艺术，技术水平等有关内容。

经过两三年的实践、探索，拍了十多部影片，艺术质量一般。深知要提高影片质量，更上一层楼，主要靠有高水平的科班出身的创作人员。当我得知北京电影学院1982年有一批待分配的应届毕业生，便提出申请经厂领导研究决定，向北京电影学院要12名毕业生，我怀着求贤若渴的心情亲自到北京电影学院找罗院长、赵书记要人才，最后愿意来广西厂的有4名，他们是导演系张军钊，摄影系张艺谋、肖风，美工系何群。随后来的导演系的陈凯歌是我向北京电影制片厂借来的。这些人到厂后，按老厂、大厂规矩，论资排辈，一般要跟班当助手七八年才能独立拍片，可他们跟班实习约半年，就联名写报告并立下军令状，要求独立拍片。经厂领导研究，为了早出快出人才，同意打破常规，大胆地破格地批准以4个应届毕业生为主体，成立中国第一个青年摄制组，平均年龄27岁。他们从文学部现有来稿中选中了张子良、王吉成根据郭小川同志叙事长诗《一个和八个》联合改编的剧本《一个和八个》。厂领导看了剧本后，觉得内容反映中国人民在中国共产党领导下奋起抗日战争的一个侧面，每个人物各有特色，是真实可信的，剧情是符合党的抗日民族统一战线政策的。只是格调有些低沉，希望通过精心修改，把格调改昂扬些。于是几个青年摄制组的主创人员到大王滩水库招待所认真修改剧本，厂领导也十分重视，书记和正、副厂长随同他们一起住招待所，边修改边审阅，前后约十天，厂领导一致通过，只对剧本结尾提出两个方案：第一方案是日寇强暴我女卫生员时，我方开枪把日寇打死；第二方案是当日寇强暴我女卫生员时，我方开枪把女卫生员打死。如第一方案送电影局审查未顺利通过，再改用第二方案，因为青年创作人员喜欢第二方案。

剧本修改确定后，他们到各地物色演员，演员到齐后又集中在大王滩水库招待所研究谈戏，并且剃光头、打赤膊、下水游泳、晒太阳，一个个晒得黑亮黑亮的，显示一股阳刚气概。

经过几个月在河北、银川外景地艰苦拍摄，1983 年 10 月底完成双片，当青年摄制组高高兴兴地于 1983 年 11 月中旬把他们的处女作《一个和八个》送文化部审查时，正碰上文艺界大批“人性论”，当时正在北京召开全国故事片厂厂长会议，主持会议的文化部分管电影的副部长丁峤同志号召以整风精神“清除精神污染”，把《一个和八个》《被告后面》两部影片当成“精神污染”的活靶子来重点批判。在厂长会议上按照主持者的意图，几乎一边倒地对《一个和八个》发表了否定的激烈批判，甚至连电影学院的教学方针也受到批评。有不同意见的也不敢在会上讲。但是著名的中国电影评论家钟惦棐同志和青年组的大师兄郭宝昌导演听说，影片在会外北影放映时，有识之士之中一片鼓掌和叫好声。他们私下对我说：“《一个和八个》是一部有突破性创新精神的好影片，迟早是要通过的，你要坚持住。”该片主创人员张军钊、张艺谋、何群、肖风等也在北京，他们对文化部主持会议者如此粗暴地对待一部影片很有意见，很不服气，希望我在会议上仗义执言，讲公道话，为他们鸣不平。经过反复的思想斗争，出于坚持真理的党性原则和对青年摄制组创作人员的爱护及责任感，我决心冒着风险豁出去，义无反顾地于 1983 年 11 月21 日上午在厂长会议上慷慨激昂地对《一个和八个》发表我的几点不同意见：

(1)《一个和八个》双片在北京放映几场后，引起电影界和文艺界的强烈反响，争议很大。概括起来有三种意见：第一种认为影片基本上是好的，有追求、有探索、有创新。但也有缺点和不足，要作适当的修改。另外两种意见完全相反：一种认为导演、演员、摄影有才能、有设想、有光彩，片子的艺术表现手法有新的东西，但影片有原则性的缺点，不真实，给党和八路军抹黑，看了不能容忍，是一部不能通过的糟得很的影片。一种认为影片的导演、演员、摄影、美工、服化道、音乐都应全盘肯定。创作人员有才华、有光彩，体现电影美学、新的电影观念、艺术上比较完整，是中国电影创新道路上迈出了第一步，政治上从一个侧面反映了党在抗日战争初期的真实历史，是一部好得很的影片。我对后两种，即糟得很和好得很的意见有所保留。我是赞成和同意第一种意见的。

（2）这部影片是我们大胆地破格启用1982年刚从北京电影学院毕业生为主体组成的青年组拍摄的。他们平均年龄是27岁，能拍出这样的影片，证明他们是有设想、有探索、有追求、有创新精神和才华的；他们的工作是很努力很有成绩的。当然，青年人开始走上艺术实践的道路，难免会有一些缺点和不足。对于这样一批有事业心而又勇于创新的青年人，我们要关心、要爱护，要满腔热情去肯定他们的成绩，帮助他们总结提高，引导他们继续前进，千万不能挫伤他们的积极性和创造性。他们有缺点和不足，应当严肃而又关怀地给予批评帮助，但不要过多地去指责。如有错误，应当由我们厂领导承担，主要应当由我作为厂长的负责。要知道，我们毕竟是年纪大了，谁也逃脱不了自然的规律。未来的电影事业，还是要靠年青一代，不大胆放手培养年青一代，我们的电影事业就没有出路。因此，对青年创作人员热情关怀和帮助，是我们的历史责任。

（3）我们选用这个剧本的经过。这个剧本到厂里压了一年多，主要觉得格调有些低沉，政治上没有把握，一直没有推上去。青年组看上了这个本子，我们又重新讨论。有人说原作叙事长诗是郭小川同志写的，作品受过批评，郭小川同志被划为右派。后经了解作品在“左”的错误路线毒害下受过批判是实，作者被划右派并非其事。有人又说郭小川同志生前也说过他写这首长诗是有失误的。后经了解郭小川同志是在粉碎“四人帮”后不到半个月就不幸逝世了，他因为自己的作品曾被残酷迫害，加上许多莫须有罪名，自己挨批、挨斗、挨关牛棚，受尽苦楚。而在他去世前，三中全会还没有开，党还没有来得及进行拨乱反正，他生前违心地说过写这首长诗有失误是完全可以理解的。正如在“文化大革命”中大多数好人都被迫说过一些违心的话、做过一些违心的事一样，这有什么奇怪呢？当然，原剧本格调低沉我们是注意到了的，所以一再要求导演在修改剧本和拍摄过程中努力表现抗日战争中各族人民在党的抗日民族统一战线旗帜下一致抗日的勇敢战斗精神和不怕牺牲的英雄气概。

（4）就我个人来说，从开始对这个剧本不感兴趣到深深爱上这个剧本有以下几个理由：

第一，抗日战争时期，中国人民处在深重灾难之中，民族矛盾已上升到第一位，国内阶级矛盾降到第二位。中国共产党根据主要矛盾的变化，提出抗日民族统一战线的正确主张，只要赞成抗日，都要团结在这个伟大旗帜之下，共同打败日本侵略者，这是我们中国共产党和中国人民在抗日战争中的神圣任务，我认为这个剧本是为实现这个神圣的任务服务的，体现了中国人民的爱国主义精神，因而是可取的。

第二，除奸科长许志这个人物是可爱的，是难能可贵的。他是从实际出发，实事求是地执行党的政策的好干部。他既能对上级负责，又能对人民高度负责。但是，他在执行任务时十分矛盾。对一个和八个犯人，上级授权他在军情紧急时可以处决，又要他对犯人逐个进行审查，不要错杀一个好人。而当时在敌人扫荡的情况下是很难调查的。对于这样一个人命攸关的大事，许科长能够慎重对待，对人民生命高度负责，确实是难能可贵的。这就是我喜爱这个剧本的第二个理由。

第三，我爱王金这样一个真正的共产党员，他在任何情况下都能坚持党性，因为被叛徒陷害，受到错误处理，但他仍然坚持共产党员的高贵品质，没有发牢骚，没有埋怨，也没有消极悲观。即便把他与犯人关在一起，受尽部分犯人的野蛮欺凌，他仍能以共产党员的党性严格要求自己，忍辱负重，用党员的模范行动，去影响、感化、教育、团结、改造那些可以改造的犯人。我们有些党员，在受到错误处理，受到委屈，受到冤枉的时候，是不是也能够像王金一样呢？一生中，我也受过好几次错误的处理，其中有一次比较厉害，把我定为敌我矛盾，开除党籍公职，撤销党内外职务，勒令我的通讯员背枪监督我劳动改造。当时我思想很抵触，很消极悲观，甚至自己折磨自己，有病不看也不吃药。虽然半年后得到了平反，思想却很久不通。拿我和王金比，就自愧不如。因此，我认为王金这个人物是值得学习和尊敬的。

第四，那几个土匪和逃兵也写得有血有肉。他们出身贫苦，都有民族自尊心和爱国主义的主要的一面，也都有他们各自落后的次要一面。经过党的教育改造，最后团结起来一致抗日，这都是真实可信的。抗日战争初期，我们党的力量还很小，正是由于我们党的路线、方针正确，团结了一切可以团结的力量，使敌我力量对比发生了根本变化，这又有什么不好呢？

第五，总的来说，我爱这个剧本，我喜欢这些有血有肉的活生生的人物。青年摄制组是我支持的，剧本投产是我拍板的，如果事实证明我拍板错了，给我党纪处分我是乐于接受的，我会像王金一样坚持党性，按照党员的标准要求自己，做一个共产党员应该做的事，绝不消极怠工。

我在会上发言后，批《一个和八个》的火气降温了，但仍改变不了会议主持者的看法。1983 年 11 月 27 日丁峤在故事片厂厂长总结会议上说“关于《一个和八个》，我们同意贺敬之同志对这部影片的意见，部分党组的同志看后也一致认为不能通过，也难于修改……有些同志甚至说看后是不能忍受的”。拖了 11 个月以后即 1984 年 10 月 16 日，在社会为这部影片叫好的压力下才最终获得通过。

我在厂长会上的发言，西安厂的编剧张子良全部录了音。正好青年组的张艺谋、何群、陈凯歌在西影招待所准备上延安拍摄《深谷回声》（后改名《黄土地》），张子良把录音带给他们放了，他们感动得流下了热泪。张艺谋、何群立即给我写信：

韦厂长：

您好！

今天，我们几个在西影招待所听到您在厂长会议上的讲话录音，不禁热泪盈眶！如此真诚地支持年轻人的探索，如此语重心长地关心我们的创作前途，我们怎能不激动呢！

您的讲话有理有节，充分表达了一个共产党员的豁达胸怀，可谓敢作敢为，敢说敢当！在如何正确对待一部文艺作品上，您给全部人，尤其是给我们年青一代，作了极好的表率！

我们几个都是告别大城市，告别家庭亲人、妻子，怀着对祖国电影事业的一片献身激情，来到广西的四个服从分配的大学生。在对事业和艺术的追求上，我们自信是严肃和认真的。《一个和八个》不算好影片，这我们清楚，我们把她呈现出来，不期望喝彩声，但却希望被人理解。听完您的录音，我们深深感到，我们被您理解了，我们由此而感到莫大的宽慰和兴奋！

作为一个创作人员，一个业务干部，我们都为有您这样的厂长，有您这样的领导而庆幸，而愉快！

请厂长放心，我们绝不泄气，跌倒了再爬起来。《深谷回声》我们一定要打一个翻身仗，在政治上、艺术上都要更加成熟，在保证通过的前提下，力争拿出一部优秀的艺术影片来，不辜负您对我们的信任和支持，不辜负党对我们的期望和培养！

祝您身体健康！

张艺谋

何　群

1983 年 12 月 31 日

下面是《一个和八个》编剧、西安电影制片厂文学部主任，后任西安电影制片厂副厂长张子良同志的来信摘录：

尊敬的韦厂长：

您好！自从《一个和八个》送审，几乎天天有消息从北京传到我们的耳朵里。我们既兴奋，又难过。兴奋的是在您的关怀下，几个年轻人拍出了艺术讲究的好影片；难过的是这样一个歌颂我党、我军、我们民族的内容，居然不能通过！……昨天听了您在厂长会议上的讲话录音，更是激动不已！有党，有您这样的老前辈，我们中华民族是有希望的。作为晚辈，我信心百倍。《一个和八个》通不过，让我们认真地思考一下，冷静一下，我深信：它给我们的是力量、信心，绝不是灰心丧气和什么怨天尤人。您今年五十多岁，我四十多岁，我们都是二三十岁青年前进中的阶石。我甘愿如此。我们的国家，我们的民族，应该是青年人的。……

可以肯定地说，关了一部片子，培养了几个年轻人，得大于失。从我们的现状和未来考虑，这其中的贡献是有深远意义的。……明天，我和凯歌、艺谋、何群等去延安深入生活，我们将会认真地、刻苦地去工作，为给人民拍出好影片而努力奋斗！请您放心！

即颂

健康！

张子良 1984 年元旦晨于西安

他们的来信，给了我莫大的安慰。虽然《一个和八个》未获通过，我每次到区党委宣传部开会，领导都追问我《一个和八个》怎么样了？我只能答复："迟早是会通过的。"而投资 44.26 万元一时收不回来，经济上也受影响。但青年们动情的来信，又鼓起了我的勇气。1984 年 5 月，我专程到延安、安塞县外景地拍摄现场，看望在烈日下的黄土高原上拍摄《黄土地》的年轻人。后来看了《黄土地》的样片，我当面赞扬导演陈凯歌和其他主创人员说："画面太美了，看了如同看到大画家用大手笔浓墨重彩挥毫的巨幅画卷，给人以美的享受。"1984 年 7 月下旬，完成双片送电影局审查，满以为可得到好评价。谁知电影局长石方禹同志在国务院第四招待所召开的全国故事片电影技术会议上，把《黄土地》说得一无是处，什么"没有情节，叫作电影新观念？无情节，不注意人物刻画，没有结构，节奏极缓慢，简直坐不住，看不下去，枯燥无味。""中宣部正在开文艺工作会议，极少数省、市的文艺领导同志及在京的文艺单位负责人，一共五十人开会，都是高级观众。我请他们看这两部片，他们都看不下去，你叫青年人怎么看？"这是区电影发行放映公司作的录音，当时我并不在场。中午吃饭时石方禹找我谈，被我顶回去。饭后他又到我房间，我和广西厂副厂长陈振华同志与之争论起来，不欢而散。后来丁峤的秘书对我说：丁要找我谈话。我说平等交谈可以，否则我就不谈。后来上面对广西厂施加压力，陈凯歌、张艺谋、何群等正在北京拍摄的《大阅兵》被迫中途下马。那时我正在广州开会，厂里在长途电话中征求我的意见，我表示等我回厂再说。回到厂里看到其他四位厂领导顶不住都画圈同意下马，我已孤掌难鸣，也违心画了圈。不久，文化部的人到区党委宣传部告我的状，说我不懂业务，纵容青年创作人员胡作乱为。1984 年 12 月底，趁广西机构改革之机，事前没有打招呼，也没有找我们个别征求意见，文化厅突然来厂召开职工大会宣布，现任五个正副厂长、书记及大部分中层领导骨干被拉下第一线。我被调任区文化厅正厅级巡视员，其他书记、副厂长任厂的咨询员，其余中层干部任科、室、车间调研员。原班子大换班。那时我还不到离休年龄，不愿到文化厅去挂虚名，便到河池、百色两地委整党巡视组工作，等年满 60 岁离休。

几个年轻创作人员和电影界的老朋友知道我受到不公正的对待时，都写了热情洋溢的信来宽慰我，如张艺谋的来信说：

韦厂长：

您的来信我读了。尽管您“乐以忘忧”在家，我仍愿意叫您厂长。

《黄土地》赴香港，我获得金鸡奖。春节前电影艺术局专门组织了“青年电影导演、摄影研讨会”。共讨论四部影片，广西厂两部片，《一个和八个》与《黄土地》。许多评论界、影界人士参加，会议很成功。……自《一个和八个》轰动中国影坛之后，《黄土地》片又再接再厉，广西厂由默默无闻成为众人注意的中心。的确，您是在发展到一定高峰时下来的，1984年是广西厂历史上最辉煌的一年，1984年您是厂长。

尽管人的生命都在一天天消耗，尽管吐故纳新是历史规律，尽管对影片有各种议论，尽管对您有各种说法，但电影史上，历史上会留下1984年的痕印，会留下您的名字。也许，我们将来可能成为艺术大师、名人、有所作为、出类拔萃之辈，但我们永远记着当我们年轻时，我们怎样起步，有人曾小心翼翼地搀扶我们。我们也记着您悲愤上书电影局，记着您在厂长会议上的慨然陈词，记着您无私无畏地支持、保护过我们。我们记得那些所有的事。我们也有年迈花甲之时，但我们会想起我们的《一个和八个》、我们的《黄土地》、我们的广西厂厂长……

我、凯歌、何群都相信您会愉快、无愧地生活下去。

我和凯歌正忙于赴港事，回来后，便要筹拍《阅兵》，但不一定在广西干。这部戏，是您不在时，突然被下马的，我们一定要拍好它，算对您献上一点心意吧！影片是最有说服力的！

厂长，金无足赤，人无完人。电影界的朋友们，有识之士们，常提起您，他们的许多评价是中肯的，真诚的。您可以欣慰的是，我们这几个年轻人记得您，许多朋友也记得您……大家常讲的一句话是：“韦厂长是好人。”

祝您身体健康！

张艺谋

1985年3月10日

下面是陈凯歌的来信摘录：

韦厂长：

您好！

您给我的来信收到了，谢谢您。有关厂里的情况我们已经了解了，我觉得挺遗憾，但作为老一辈总有离职休息的时候，这也是无可避免的。希望您能心情愉快地继续工作、学习，争取在晚年做更多的事情。因为您毕竟做过制片厂的厂长，所以，我以为在今后的生活中，您仍然可能同电影继续发生关系。

《黄土地》在京获评论界的好评，最近，我们接受了许多记者的采访，许多同志给予我们不少鼓励，之所以能有这样的评价，同厂长对我们的一贯支持是分不开的，我想，影片有这样的影响，您一定也是很欣慰的。遗憾的是，我们不能继续在您的领导下工作了，但对于您一年多来对我们的支持和鼓励，我们是不会忘记的。希望我们能继续保持联系，如果将来再次到广西工作，我本人是很乐意的。

祝好！

学生陈凯歌

1985 年 12 月 25 日

就在这时，北京不断传来喜讯：《一个和八个》《黄土地》两部影片先后在国内外获得大奖，受到国内外电影界的好评，被誉为中国电影创新道路上的里程碑，拍这两部影片的主创青年人也成为中国电影第五代的杰出代表和领头人。后来他们创作的影片在国际电影节又连连获奖，张艺谋、陈凯歌成为世界级的电影艺术大师，何群也在国内获金鸡大奖。广西电影制片厂更成为中国电影第五代起步、成长、诞生之地。一个默默无闻的广西厂，一举成为中外闻名的电影制片厂，1984 年利润收入 250 多万元，是厂里社会效益和经济效益最好的时期，全厂职工的劳保、福利、奖金也是区文化系统里最好的。

令人痛心和遗憾的是广西电影制片厂目前的经济状况很不好，也没有再摄制出彪炳中国电影史的片子。⧉ 2002 · 3

《红岩》稿费：革命文学的收益与风险

□ 钱振文

一

20世纪90年代在《红岩》署名作者杨益言和未署名作者刘德彬之间爆发了一场旷日持久的著作权官司，在这场官司的进行过程中，许多参与者都一次次提到作者们当年的稿费收入。当然，人们关心的主要不是他们稿费收入的数字，而是当年稿费收入的分配方式，因为一个大家都知道的事实是，《红岩》出版后的最初几年，《红岩》的大笔稿费是由罗广斌、刘德彬和杨益言三个人来共同享用和支配的，这成为人们简单地断定刘德彬是《红岩》作者的重要依据。正如马识途在一篇很是为刘德彬鸣不平的文章中所说："刘德彬如果自始至终没有参加过《红岩》的创作，那么《红岩》所得稿费为什么在交了党费之后要三个人平分呢？"① 当然，像马识途一样，这些不得不"站出来说话"的人，都不是道听途说，而是在《红岩》写作和出版前后曾经深度介入此事的当事者。如当年三位作者的直接领导、重庆团市委书记廖伯康说："由于罗广斌、刘德彬、杨益言三人都住过敌人的监狱，又共同创作《红岩》，因此《红岩》一书出版后的稿费也是由他们三人共同处理的。如资助一些烈士遗属，以及将相当大笔稿费以他们三人名义交作党费，所余稿费由他们三人共同开支，买的生活用品大都是一式三份。他们常常是同吃、同住、同用，我曾和他们开玩笑说'你们现在已经在过共产主义生活了'。"②

对他们三个人曾经共同支配过一笔数目不菲的稿费这件事，大多数当事人记忆最深的不是他们买了一样的家具和穿着同样款式的大衣，而是1964年秋天他们三个人一起在市文联党组扩大会上对稿费使用情况所作的说明和检查。当年的重庆市作协办公室业务组组长杨世元回忆说："关于《红岩》的稿费分配，是在党组书记李少言主持的文联党组扩大会上提出的。作协和美协支部的党员都参加。会上，

---

① 马识途：《我只得站出来说话了》，《文艺报》，1983年8月28日第6版。

② 见廖伯康写的一份证明材料，未发表。

罗、刘、杨三人口头谈了稿费的支用情况，后又用三人名义写了书面报告。印象中，单是中国青年出版社支付的几次版税就有 7 万多。这笔稿酬，罗、刘、杨三人是不分轩轾，共同使用的。”①

除了当事者们，重庆市高级法院的法官对当年稿费分配的情况也很重视，在一次庭审的时候还向杨益言询问“文革”以后《红岩》的稿费收入，杨随口说了一个数字“200 万”，但随后又补充说“国家经济困难，没有发”。

对于当年的稿费收入，杨益言在一篇文章中说：“《红岩》付印前，市委叫我先回渝。罗返回后告我：共得稿费六千元（千字 15 元，40 万字），从 1959 年到 1961 年三年创作期间已支用四千元（包括罗带回的一箱高价水果糖），尚存二千元。一致同意由我交去市委。我向市委常委、组长部长肖泽宽报告。肖说：‘现在是困难时期，你们几年熬更守夜的，拿回去自己用吧。’我只得拿回，和罗再商量，我提出：党费还是交，但也尊重肖的意见，交 1 200 元，留 800 元。后来，留下的这八百元和一箱水果糖就是罗、杨分用的。这是 1962 年初的事。再后来，刘调出来，一起工作了，经济上未分彼此。”② 杨益言说这段话的意思是想反驳别人屡次提及的三人平分大笔稿费的说法，按他的说法，所谓“大笔稿费”其实并不大，只是 1962 年初由罗广斌从北京带回重庆的 6 000 元，而且还要扣除此前已经花掉的欠账 4 000 元，就是剩下的 2 000 元也交了 1 200 元的党费，留下的 800 元也并不是和刘德彬共享而是和罗广斌平分了。那么，《红岩》的稿费到底有多少呢？如果真的如杨益言所说只是并不太多的 6 000 元，1964 年整风时重庆市委和重庆市文联对他们稿费的格外关注不是显得有点小题大做吗？

二

其实，关心这件事情的人们说得并不错，罗广斌他们当年从中青社拿到的稿费收入的确是六七万，准确地说，是 71 696. 70 元，这是中国作家协会作家权益保障委员会 1993 年的调查结论。我们不知道这个数字进一步的来源，但其权威性是肯定无疑的。但是杨益言所说的 1962 年初罗广斌从北京带回稿费 6 000 元大概来说也确有其事，而且当时作者们大概也是把这 6 000 元当作是《红岩》的所有稿费收入的。从 6 000 元到 71 696 元之间的六万多元稿酬是在几个月之后才开始给作者们发放的，这部分稿酬是和一本书的印数相关联的，叫作印数稿酬，相对于印数稿酬的是按照一本书的字数和质量计算的基本稿酬，杨益言所说的按照千字 15 元、40 万字计算出来的 6 000 元稿费就是《红岩》的基本稿酬。在《红岩》出版时的 1961 年年底，包括中青社在内的中央级出版社的稿酬发放是按照 1960 年 9 月 24 日文化

① 杨世元：《大树不是从腰部往上长的》，未发表稿。

② 杨益言：《关于〈红岩〉的一封信》，《文艺报》，1983 年 8 月 28 日第 6 版。

部党组和中国作家协会党组给中央的一个请示报告执行的，这个报告废除了自1949年后一直执行的基本稿酬和印数稿酬相结合的稿酬制度，新的稿酬办法规定："出版社出版书籍，不论是没有在报刊上发表过的原稿或者是由作者将其在报刊发表过的作品加以修订编成的集子，一律按作品字数和质量付一次稿费，以后重印，不再付酬。"① 这样，1962年初中青社按照千字15元发给作者一次性稿酬6 000元就的确是《红岩》的全部稿酬，而且这个稿酬标准也是很高的，当时的基本稿酬标准是根据作品质量分为六级，即每千字4元、6元、8元、10元、12元、15元，可见中青社是按最高标准给《红岩》作者们发放的。

但是，几个月之后，伴随着政治气候的逐渐好转和对知识分子的短暂放松，稿酬制度又发生了变化。4月25日，文化部党组在给中央的请示报告中提出，1960年9月请示报告中向中央提出的取消印数稿酬、实行按字数一次付酬的办法是"不够慎重的"，也"确有不合理之处"，因此，报告建议"停止实行一九六〇年规定的废除印数稿酬，按字数一次付酬的办法，恢复一九五九年文化部颁布的基本稿酬和印数稿酬相结合，而以基本稿酬为主的稿酬办法"。1962年5月4日，中央发文同意了文化部党组的这个报告并指示各单位按文化部通知执行。《红岩》的稿费收入由此发生了巨大变化，从年初《红岩》出版到5月，短短几个月，《红岩》的印数已经达到30万册，按照最新的稿酬办法，除了基本稿酬6 000元，还应该付给作者印数稿酬18 000多元。当然，到政治形势发生逆转、文化系统开始大规模整风的1964年，《红岩》的印数已经上升到200万左右，作者们的稿费收入也达到了开始所说的7万多元。

当然，这7万多元并不是作者们从《红岩》得到的全部收益。除了有账可查的中青社发给作者的7万元稿费，在1964年的稿费说明会上，人们也注意到了作者们语焉不详但估计为数不菲的各种转载费、改编费等收入，因为，在这两年多的时间里，《红岩》几乎被包括歌剧、话剧、川剧在内的所有剧种所改编，电影和连环画的改编也正在进行当中。

1964年以后，《红岩》的印刷数量还在不断攀升，但是作者们的稿费收入却差不多停止了。在1963年底和1964年初毛主席接连对宣传文化系统发出两次措辞严厉的批示后，文化部系统开始大力整风，为了贯彻出版为工农兵服务、为社会主义服务的方向，1964年1月14日至31日，文化部召开了全国农村读物出版座谈会。在这个座谈会上，中青社社长边春光谈了中青社最近几年抓重点书的体会，其中用一半篇幅谈了《红岩》的编辑出版过程。1965年8月，文化部委托农村读物出版社编辑了第一批"农村版图书"，共14种，其中文学作品只有两种，分别是《红岩》和《艳阳天》。现在我们不知道这套"农村版"《红岩》的印数，但估计是一

---

① 袁亮主编：《文化部党组、中国作家协会党组关于废除版税制、彻底改革稿酬制度的请示报告》，《中华人民共和国出版史料10》，北京：中国书籍出版社1995年版，第359页。

个很大的数字，因为在4月的一次农村读物座谈会上，文化部副部长石西民曾说："农村读物没有100万下不去，印三五万的不叫农村读物。"① 在《红岩》大量下乡，"占领农村文化阵地"的同时，"三名三高"成为逐渐高涨的修正主义批判的焦点。首先取消的是各种剧本的上演报酬。剧本上演报酬是1956年制定的，这个办法规定上演话剧、戏曲的各剧团，要把演出收入的百分之三给剧本作者，其目的是鼓励一向并不景气的戏剧创作。当代文学史上的经典作品《霓虹灯下的哨兵》《年青的一代》《千万不要忘记》成了高稿酬的典型案例，除了出版稿酬，他们的作者分别获得了20 000元、11 000元、7 000元的上演报酬。7月，原来每月从人民文学出版社预支400元稿费的专业翻译周作人的预付稿酬也被降到了200元。10月26日，文化部发出通知，即日起各出版社停止向作者发放印数稿酬。这样，可以肯定地说，10月26日以后，《红岩》作者们的稿费收入也就暂时画上了句号，而这个时间也差不多即是《红岩》作者们在重庆市文联党组扩大会上检查高额稿酬使用情况的时候。

三

直到三十多年以后，杨益言也还是只能对外公开他们最初所得的基本稿酬，而避免提起他们后来得到的一笔笔多少有点出乎意料的印数稿酬。大概来说，如果只有那笔基本稿酬，人们包括他们自己都会觉得肯定不高但也合情合理。在文化部酝酿恢复印数稿酬的1962年5月3日，文化部出版局副局长陈原在全国图书发行工作会议上讲话说："目前在一般情况下，稿费还不是太高的，没有印数稿酬的稿费是发不了财的。"② 就在陈原讲话后的第二天，中央就批复了文化部关于恢复印数稿酬的报告，而《红岩》作者们也的确因为印数稿酬发了财。当然，即使是那笔不算是发了财的6 000元基本稿酬，甚至是杨益言所说的扣除消费和党费之后剩下的800元，在1959、1960、1961年这几个曾经让无数人饱受饥饿之苦的特殊年份也绝不是一笔可以轻松说起的小钱。从中青社文学编辑室主任江晓天的一段回忆文章中，我们可以看出比800元少得多的10元钱对当年大多数的人们意味着什么。江晓天的这段文字回忆的是和《红岩》作者吃饭的事情，而他也正是由于如实向上级反映了他农村老家人们吃不上饭的事实而被打成了右派，如果你看过汪曾祺的《黄桥烧饼》，你就会知道，吃饭是那个年代人们的中心关切。江晓天说："时间是在1961年底，《红岩》定稿发排后，罗、杨要回重庆，新来的编辑室负责人要为他们

---

① 袁亮主编：《石西民在农村读物座谈会上的讲话》，《中华人民共和国出版史料13》，北京：中国书籍出版社1995年版，第284页。

② 陈原：《在文化部全国图书发行工作会议上的报告》，袁亮主编：《中华人民共和国出版史料12》，北京：中国书籍出版社1995年版，第55页。

饯行，在萃华楼饭庄请吃饭，要大家凑份子，每人 10 元，多一人多分摊一份，这才找到了我。当时，我工资每月降了 50 多元，一切待遇都取消了，全家老小五口粮食定量都降到最低的 25 斤，老母、妻子儿女陷于异常窘困、饥饿中，10 元几乎是我全部工资的百分之十！为了面子，我咬咬牙答应了。晚饭后，罗广斌提出要到我家坐坐、聊聊。陪同他去的有张羽，杨益言是不是一起去了，记不清了。我一无所有，只好用白开水招待，唯一有的三根劣质香烟，罗、张、我一人一支就抽光了。”①

当然，我们不能说罗广斌他们写小说的最初的目的就是为了挣稿费，他们毕竟都是共青团的干部，教育群众反修防修也是他们的工作职责，1957 年的反“右派”运动肯定也让他们“受到了深刻的教育”，那时候对丁玲的“一本书主义”和刘绍棠的“为存款三万元而奋斗”的批判，说的就是作家们成名成家的资本主义道路。1957 年 11 月 19 日，中组部部长安子文在中央国家机关青年团干部会议上的讲话中，就讲到了几个表面喜欢写作，实际上是热衷于名利的年轻人的例子：“最近听说有一个青年，写了点东西，挣了三千多块钱的稿费，就天天遛马路，打听三千元能开个什么样的铺子，可以看出来，他的思想已经变坏了。河南唐河县一个青年农民，原在合作社中当副主任，写了一篇小说，得了几千元的稿费，他的生活马上就变了，随便挥霍，大摆排场，房子布置得富丽堂皇，烟卷不离嘴，整天闲逛，不下地劳动，后被合作社开除了社员资格。重庆市百货公司有一个青年职员，写了一本有关康藏公路的诗集，人民文学出版社编辑部大力帮助他修改后准备发表。此后他就到处吹嘘，自称是‘中国的普希金’，扬言要考大学、当作家。”②

即使如此，收到大笔的印数稿酬后的变化还是从他们的生活方式上表现了出来，尤其是官僚世家出身、从小过惯优裕生活的罗广斌，花钱时的大手大脚在有条件的情况下就会不知不觉地表现出来。曾经帮助作者们修改《红岩》的四川省作协主席沙汀在 1963 年 2 月 22 日的日记中说：“一整天都在同水华、于蓝讨论《红岩》，罗们也参加了，主要是讨论许云峰同江姐的被捕问题。同样的，罗们首先提供了一些同志们被捕的各种情况，然后进行讨论。……晚上由罗们邀约到冠生园吃小吃。回来，老王拿账单来了，数目之大，叫人吃惊！”③ 引导罗广斌走上革命道路也同样帮助过罗广斌他们写小说的马识途曾经回忆罗广斌说：“当然，他有弱点，受原来生活的影响，有条件时容易冒出来。成名后，物质生活作风问题仍然冒了出来。我的弟弟去重庆，见了他，他们原来是好友，吃饭，进大饭馆。那么好的东西，他的孩子不喜欢吃。这说明有点变了。”④ “文革”开始后，罗广斌他们在 20

---

① 江晓天：《早该还历史真面目》，《四川文学》1993 年第 11 期。

② 安子文：《千锤百炼，改造自己》，《红与专》，中国教育工会北京市委员会印发。

③ 吴福辉编：《沙汀日记》，太原：山西教育出版社 1997 年版。

④ 1980 年 10 月 6 日晚张羽对马识途的访谈实录，未发表。

世纪60年代初相对奢华的物质生活被他们的对立派别夸大其词后作为“灵魂深处的东西”被“挖出来示众”：“至于生活上，解放前，罗过的是资产阶级少爷生活；解放后，他又何尝不是过的老爷生活。他经常大宴宾客，讲排场、送大礼、吃吃喝喝、吹吹拍拍，阿谀奉承。例如，罗宴请马识途到重庆来耍，信中说：‘到时候我们会提前写信给你，并且安排一个第二线，另外托人给你买票，买飞机票的钱请你放心，我们可以凑起来，让你有去有回，你就不必向机关借支了。’何等阔气啊！罗约沙汀、艾芜到川北体验生活，搞的是交际处的小卧车，东游西逛，请沙、艾大吃大喝，并专为沙、艾备有高级酒，随车携带，挥霍浪费。”①

四

《红岩》出版后迅速走红大江南北，作者罗广斌、杨益言也“一举成名天下知”，一时间，读《红岩》，学英雄，成为一代青年的风尚。有一次，北京电影制片厂的人请来北京帮助改编《烈火中永生》的罗广斌他们到饭店用餐，不巧客满没座，服务员听说客人中有《红岩》的作者罗广斌，马上和经理商量给他们临时设置了一个雅座。除了名誉，他们还收获了丰厚到也许超过他们想象的物质回报。比较一下当时人们的正常收入，就能更好地体会7万元在1964年的含义。据资料统计，1961年至1965年，百分之八十九的职工月工资为40～60元，一个大学本科毕业生转正后的工资是50元左右，革命文艺的“旗手”江青在“文革”时期的月工资是342.70元，和当时一级教授的工资相当。也就是说，《红岩》两年多的稿费收入相当于一个普通大学生120年的总收入，相当于江青或者一个一级教授20年的总收入。

但是，和其他在那个年代畅销的红色文学相比，《红岩》的收入就显得并不是太高。原因之一是，在《红岩》出版的时候全国图书报纸用纸非常紧张，在纸张不够用的情况下，中央指示“今后出版书籍，种数要适当多一些，但数量必须严格控制”。因此，1961年和1962年印数最大的两本书《创业史》和《红岩》分别印了50万和30万，与此前畅销的《林海雪原》《保卫延安》的印数相比就差了很多。陈原在全国图书发行工作会议上说起《创业史》的阅读情形时说：“前一时期我到海南岛的海口，那里的书店发到5本《创业史》，他们拿出一本来出租，它的流转顶上了十几本书的作用。”②《红岩》在1962年的阅读媒介除了书还有报纸，也许有更多的读者是通过报纸阅读了《红岩》，很多报纸如《重庆日报》《成都晚报》《河北日报》《河南日报》《浙江日报》等都连载过《红岩》。原因之二是，虽说《红岩》出版后几个月赶上了恢复印数稿酬的好机会，但是，这个恢复了的印数稿

---

① 《撕开罗广斌的画皮》，文革小报。

② 陈原：《在文化部全国图书发行工作会议上的报告》，袁亮主编：《中华人民共和国出版史料12》，北京：中国书籍出版社1995年版，第55页。

酬和1958年以前相比也已经有了大幅度的调整。在1958年7月14日开始在北京、上海试行的《关于文学和社会科学书籍稿酬的暂行规定》出台之前，稿费是按照苏联的稿酬制度发放的，即以千字为计算单位，根据书稿质量规定每千字的稿酬，并按印数多少计算支付的次数，一般是按1万册为一个印数定额，即每印1万册支付一次稿酬。而《红岩》的印数稿酬是按累计印数递减的，即1至5 000册每千册8%，5 001至10 000册每千册5%，10 001至30 000册，每千册3%，30 001至50 000册，每千册2%，50 001至100 000册，每千册1%，100 001册以上，每千册0.1%。这样，前些年印数很大的畅销书就得到了比《红岩》更为惊人的高额稿酬。如1954年6月初版的《保卫延安》，基本稿酬是按并不高的千字6元的标准发放的，但在印数达到55万册的时候，作者杜鹏程就得到了86 833元的稿费。由此可以推测，也是1954年出版的《铁道游击队》和1957年出版的《红旗谱》《林海雪原》《红日》的稿酬一定也是非常可观的，因为这些小说的累计发行量都超过了百万册。如果是按照和《保卫延安》一样的标准，《红岩》在印刷到30万册的时候稿费就可以达到18万元。

和其他红色文学相比，《红岩》的稿费收入也许并不是太高，但是如果是拿红色畅销书和同时期其他的文学作品比较，它们的稿费还是很高的，甚至是太高了。如1953年出版的曾经指导罗广斌他们写作的沙汀的小说《还乡记》有27万字，只得到稿费2 526元，老舍的剧作《春花秋实》约有8万字，只得稿费708元，阮章竞的《在时代的列车上》，约8万字，只得稿费930元，张天翼的儿童文学作品《罗文应的故事》，约一万八千字，只得稿费830多元。[①] 这些畅销书的高额稿酬固然是基于它们庞大的发行量，再根据出版惯例和条例计算出来的，表面上看是它们的作者理应收入腰包的合理收入，但是，杜鹏程《保卫延安》的稿酬比老舍的《春花秋实》高100倍，人们直观的感觉还是“十分不合理的”。对这些一时流行的畅销书，作家们的态度是有保留的。如1962年在北京开会的沙汀和李劼人会后聊天时谈到刚刚出版的《红岩》和当时的流行小说《青春之歌》《林海雪原》时，李劼人说：“慢慢看吧，虽然流行，终究经不住时间的考验!”[②] 作为这些作品的生产者，出版社的人们比作家们对这些作品畅销的具体过程也许更清楚。因此，《红岩》作者们开始领取印数稿酬后，中青社也有人认为《红岩》的稿费是不是太高了，是不是应该拿出一部分来交党费，责任编辑张羽也曾奉命同三位作者就此问题进行谈话。

其实，早在1955年的时候，文化部就发现按照原来的稿酬办法发放稿费出现的不合理现象，并开始制定《关于文学和科学书籍稿酬的暂行规定》，这个规定的主要目的就是限制发行量超大的流行著作尤其是文学作品的稿费收入，这个暂行规

---

① 袁亮主编：《文化部关于制定文学和科学书籍稿酬暂行规定的请示报告》，《中华人民共和国出版史料7》，北京：中国书籍出版社1995年版，第324页。

② 见吴福辉编：《沙汀日记》，太原：山西教育出版社1997年版，第169页。

定特别为不同门类的大量印行的书籍制定了印数定额，如“大量印行的文艺性散文”包括“小说和通讯等”的印数定额定为4.5万，而且从第二个印数定额起稿费支付是递减的，从第二个印数定额的70%一直递减到第15个印数定额后的5%。按照新的规定计算后，《保卫延安》的稿费就会从原来的8万多元变为3万多元。“规定”对此的解释是：“一本书籍印行量的多少，固然首先取决于书籍的质量和价值，但同人民文化水平的发展，报刊的推荐，党、政府和人民团体的号召和组织阅读等等社会因素都有很大的关系。如果不把这些因素考虑在内，不把印行量大的书籍的印数定额提高，并随着印数的增加而递减稿酬，那么，有些付出相等劳动量的作品稿酬悬殊太大，少数作者的收入超过高级脑力劳动者太多，他们的生活距离一般社会生活水平太远，是不合理的；而且这样也可能使有的作者因一两本书的高额收入，就不再努力从事新的著译，对繁荣创作也是不利的。”①

从1955年到1965年，文化部有关稿酬的规定几经周折，升升降降，印数稿酬也曾经取消、恢复、再取消。到1965年底，不仅取消了印数稿酬，“出一本书拿几万元稿费的事不可能发生了”，而且把基本稿酬降到了最低2元、最高8元。

值得注意的是，新中国成立后稿酬制度的每一次变化，主要都是一个政治问题而不是单纯的经济问题。每当实行激进的“左倾”政治路线，稿酬制度就被当成是“资本主义法权的残余”，作家们的思想就会被“跃进”、提高到共产主义阶段，就会有人唱出“我们有共产主义思想的作家，是不会为稿费而写作的”这样的高调；而每当政治形势好转、各行各业进行调整、整顿、提高的时候，人们就会发现以前降低稿酬的做法是“不够慎重的”，因为“废除印数稿酬后，著作界许多人不赞成”。而为了落实“百花齐放”的政治要求，就要“从精神上和物质上去团结作者”，调动作者们的创作积极性。从一个当时出版界叫得很响的口号可以看出当时人们的矛盾心态，这个口号就是“政治第一，质量第一”。要保证“政治第一”，在选择谁来“为工农兵服务”的时候，就会考虑政治上更为可靠、不为稿费而创作的劳动人民；而要保证“质量第一”，就要尊重专业知识分子劳动的特殊性和高额报酬的合理性。

正是因为1958年之后稿费制度的变幻不定，忽升忽降，破坏了精神劳动产品价值标准的恒定性，使得拿到作家手里的高额稿酬成了一块烫手山芋，因为按照“物质鼓励应与政治教育相结合，而以政治教育为主”的方针，拿到高额稿酬的作家固然容易产生功成名就的感觉，但也更容易成为需要教育和改造的对象。▢ 2011 · 3

① 袁亮主编：《文化部关于制定文学和科学书籍稿酬暂行规定的请示报告》，《中华人民共和国出版史料7》，北京：中国书籍出版社1995年版，第324页。

红色小说的革命快感与世俗性快感

□ 余岱宗

一

英雄的爱情在二十世纪五六十年代的红色文艺作品中从未被创作者逐出小说视野，相反，英雄的爱情关系与紧张的斗争生活一张一弛，让硝烟弥漫的阶级斗争获得片刻的喘息，同时也让革命英雄的性格从侧面获得更丰富的表现。不过，爱情关系在红色小说中通常处于从属的地位，所谓“从属的地位”，不是指在红色小说中对军人的爱情关系只给予相当有限的叙述配额，而是说，爱情关系在二十世纪五六十年代的红色小说中是一个不断被“延迟”的人际关系。

红色小说是以爱情如何服从于革命的需要来叙述革命的爱情，这与二十世纪二三十年代为了获得爱情的自由而参加革命的“革命 + 恋爱”小说形成了有趣的比较。比如《红日》，这部长篇战争小说中军人爱情占了相当篇幅，从军长到士兵的不同方式的爱情在小说中都有比较充分的展开。但就是在这部“正面”描写军人爱情的小说中，未婚的男女军人都以倔强的克制力来延迟爱情的到来。爱情必须服从革命需要这个严峻的前提，确实给予红色恋人们以极大的心理压力，但也为红色恋人们爱情的表达开拓出非常微妙的渠道。红色恋人们如何巧妙地利用集体空间的缝隙来创造爱情的机会，正是小说中特别耐人寻味的情节。

书中男女主人公表达感情的最有特点之处在于不谈感情，“谈谈战争”成为他们恋爱话语的最重要的载体。“谈谈战争”实际上已经褪去了其表面上严肃的、同志式交往的含义，用来传达情爱信息的功能，成为只有他们俩才心领神会的爱情暗语，成了这对红色恋人相互征服的一条秘密的话语通道。革命的话题，几近婉转，成了最私秘的爱情话题的信息载体。这似乎可以认定为一种恋爱话语对一种政治话语的“借用”。小说中，梁波对华静谈战争中的传奇故事，其革命教育的作用已经退居其次，革命故事的讲述者取代了革命故事的内容本身去承受崇拜者的目光。革命故事成为居于革命最主流地位的男性革命者对女性革命者进行爱情征服的最安全也最富有激情的话题，革命者在谈话中表现出来的革命激情成为革命者之间爱情的催化剂。

革命意识形态规范了革命者的爱情，革命的爱情必须以服从于革命需要的叙事模式出现才为合法，但是，这种规范本身，却使得革命的宏大话语常常被最私人的，最隐秘的，也最“诡计多端”的革命者的爱情活动“移花接木”。这一方面可以说明纯粹、完整、严肃的革命宏大话语的强大的规范力量无时无刻不渗透到革命者的日常生活包括爱情生活的每一个角落，但其悖论性的推断却是：纯粹、完整、严肃的革命宏大话语由于被非常个人化的情感话语“借用”，则可能导致其严肃的、纯粹的、宏大的、无所不能的能指被转化为为私秘情感服务的所指。全能化的革命意识形态话语在统辖了各种类型的话语的同时，强化了各种“低级”话语的政治色彩，但“无足轻重”的日常话语包括爱情话语对其纯粹性和严肃性又构成了隐蔽的“弱化”作用。全能的革命的宏大话语在日常生活领域、爱情领域中不断“滑动”的过程中，既强化了这些领域的革命色彩，但也可能使“纯粹”的革命意识形态的“话语能量”被“低级”话语的软性逻辑所抵消、转移、借用。所以，尽管《红日》中革命者的恋爱是那样“革命”，革命者的恋爱始终以革命为话题，但敏感的评论家还是发现了革命者的爱情活动与严肃的、宏大的革命意识形态的在情感基调方面的不和谐之处。冯牧认为《红日》中有关我军高级军官的爱情描写产生了这样的阅读效果：“当我们满怀兴趣地读着作品，并深深地为它中间的战斗激情所吸引，当我们为作品中的英雄们的业绩而深受感动，我们同时又感到被一种过多的个人缠绵之情所打扰，这正如同在一曲雄伟动听的交响乐之中，突然杂入了几声刺耳的不和谐音，使人不禁感到一些不快和遗憾。”“假若作者在进行创作的时候，能够在他的原稿上适当地删节一些对于黎青和华静的抒写，只用较少的篇幅来描述他们无足轻重的个人心情；同时，把这些节缩下来的篇幅给予旁人：主要是给予那些在战争中十分重要的人物——政治工作人员，那么，这幅色彩斑斓的革命战争的历史画卷，一定会显得更加瑰丽、更加完整。”① 紧紧伴随着革命活动，并运用了革命话语进行恋爱的革命爱情被判定为“几声刺耳的不和谐音”，并认为这种“不和谐”干扰了“革命战争的历史画卷”的完整性。这表明了私秘的爱情话语虽然依附于革命话语之中，但只要这种“无足轻重”的个人情感秩序“软化”“弱化”革命意识形态的高亢、庄严的完整性，那么，革命意识形态首先注意到的不是全能的革命政治话语对诸如爱情话语领地的全方位渗透，而是爱情话语对全能的革命意识形态完整性、纯粹性的干扰。

① 冯牧：《革命的战歌，英雄的颂歌》，《文艺报》1958年第21期。

二

然而，奇怪的是，尽管爱情关系受到二十世纪五六十年代革命意识形态的刻意规范，但革命军人的爱情关系始终未完全没入红色小说的叙述盲区：《林海雪原》中白茹偷看少剑波的日记，激起了她的爱情勇气；《烈火金刚》中大麻子丁尚武与卫生员林丽在月下亲吻；《野火春风斗古城》里杨晓冬和银环逃脱了危难后的亲热；《踏平东海万顷浪》中的雷震林和那个女扮男装的高山伤感的恋爱；这些革命军人或准军人的爱情关系或准爱情关系，在红色小说并没有被完全“卫生化”。黄子平在《革命·性·长篇小说》一文中发现，在革命成功以前，革命与性的关系颇有“光怪陆离的纠葛”，“‘时代女性’的苦闷本身就是‘革命’的产物，她们的身体在‘革命’中得到解放，也可能被‘革命’所伤害，她们的放浪形骸既是对旧道德的一种‘革命’，亦可能危害‘革命’本身”，而在革命成功之后，红色小说的“‘英雄血’还在，但那是‘集体英雄’，集体英雄是中性或无性的，不分男女。”至于“美人泪”却消失了，“‘时代女性’已经脱胎换骨，成长为‘党的女儿’。永远是‘党的女儿’而不是‘女人’或‘女性’，因为政治父权的身份是凭借女儿的身份来界定、来确认的。”① 黄子平对革命成功前后性与革命关系的变化的分析从价值取向上说是准确，但他忽略了一点，即“党的女儿”的身份虽然没有了“时代女性”的苦闷和放荡，但并没有放弃对个人的爱情幸福的追求，并且在《红日》《林海雪原》《野火春风斗古城》这些红色文本中，“党的女儿”们对爱情的追求因为有了革命女性身份的“保障”，其情爱表现并没有完全缩手缩脚，像华静那样的革命知识女性还流露出层次丰富、质地细腻的情感需求。不同在于，二十世纪二三十年代的“时代女性”可以以变态的苦闷和大胆的叛逆来表现革命与性的关系，而在二十世纪五六十年代的红色文学中关于“党的女儿”的情爱描写，只有在忠诚、勇敢和对革命充满乐观的前提下才能获得合法的位置。细察二十世纪五六十年代红色文学文本，不难发现禁欲并不是红色作家们的最主要的叙述出发点，相反，红色作品在遵从了重要、权威的主题前提下，围绕着革命乐观主义和革命英雄主义这两面旗帜的革命的叙述，在源源不断地输送着有关伴随着世俗性特征的革命快感：革命提供了同仇敌忾、融洽无间、充满趣味的集体氛围，革命让勇敢多情的“党的女儿”与革命队伍中最优秀的男性英雄上演了一幕幕荡气回肠的革命恋爱故事，革命让英雄好汉们尽显豪侠风范。这表明，二十世纪五六十年代的中国红色文学与“‘文革’文艺”比较，塑造阶级仇恨的历史记忆与创作尽可能丰富多样的革命快感是两个并重的红色文学主题，只不过前者是显主题，后者是潜主题。显主题为红

① 黄子平：《革命·性·长篇小说》，《“灰阑”中的叙述》，上海：上海文艺出版社2001版。

色文学提供“安全”“合法”“完整”的描绘革命历史的审美图景之可能，并以其发达的制约能力，规范着潜主题的布局，而潜主题则在显主题的有力规范下，承担着激发革命激情的叙述使命。这两个主题“合作”得比较“融洽”之时，《红日》《林海雪原》这类长篇小说得以风行全国。但当这两个主题发生抵牾，裂痕扩大之时，则走向了“‘文革’文艺”，十七年的这些革命历史小说也成了“文艺黑线”的产物，顺理成章，二十世纪五六十年代红色文学中的活泼多情的“党的女儿”也变成了无性无欲只有仇恨的“铁姑娘”或“铁大嫂”。“‘文革’文艺”彻底封闭了二十世纪五六十年代中以“革命快乐”的面目出现的激发着感性的革命激情的叙述通道，而代之以“不断革命”“斗私批修”“活学活用”“千万不要忘记阶级斗争”的抽象化的道德激情，红色的世俗性快感在革命文艺中也随之缺席，以英雄为中心的红色小说完全“圣洁化”，到了20世纪60年代中期的《欧阳海之歌》，这部军人英雄小说已经不再出现革命爱人的形象，而到了20世纪70年代初期的军人小说《牛田洋》中，革命的军人英雄之“性”完全“卫生化”，小说中出现的一个身体健康的女民兵，是一位阶级斗争嗅觉极其发达的女子，她显然只对男特务与潜藏的女特务如何接头更感兴趣。

三

二十世纪五六十年代的红色文学保持着神性的姿态，但这种姿态并没有僵硬到以牺牲全部的世俗性快感为代价，相反，红色英雄的传奇性的斗争经历和红色英雄的神性，在名正言顺地构成了二十世纪革命历史小说最重要也是最主要的革命审美资源同时，也以各种叙事方式吸纳着世俗性的快感资源。超越性的革命精神与世俗化的感性生活构成了二十世纪五六十年代中国红色文学的两大重要的叙事兴奋点。革命神性与世俗性幸福在二十世纪五六十年代的许多革命的传奇故事中通常相安无事，不过，这种相安无事不是无条件的，而是存在着许许多多叙述的“关口”。集体与个人，精神与物质，超越性追求与世俗性享受，在表层上似乎是冲突的，甚至是决裂的，然而，如果将二十世纪五六十年代的红色文学与其后的“文革”文艺比较，又可以发现这些冲突并不彻底，二十世纪五六十年代红色小说在拥有激昂的革命激情的同时，依然以或肤浅或微妙的方式表达着对世俗性幸福生活的关注，甚至是主动的建构。英雄的传奇经历和红色英雄的神性直接激发并培植着和平时期读者的革命英雄主义精神和革命乐观主义精神，但英雄在获得革命神性的同时，并没有完全抛弃世俗性的回报，革命的激情甚至借助世俗幸福的火焰燃烧得更加充分更加耀眼夺目。

那么，革命的神性到底是如何利用又规范着世俗性的快感呢？这首先要从革命神性谈起。构造红色英雄之“神性”的关键性叙事因素是什么呢？从革命文本的字面上看，这种“神性”首先来自党性，红色英雄成为时代大叙事主人公和新社会的创造者，都有一个大前提，即对革命的价值观念的高度认同和身体力行。简而言之，红色英雄的“神性”首先来自对党的忠诚，其次才是他们在战斗中的神勇。许多红色作家都非常自觉非常响亮地将英雄之所以成为英雄总结为“一切归功于党”。不过，在阶级仇恨与革命激情在革命战争小说中成为叙事的共同底色之后，革命意识形态要获得个性化感性化的叙事特征，难免要求助于革命的传奇性，革命传奇吸引着读者的注意力，让读者在并非完全由仇恨构成的阅读氛围中接受革命意识形态教育。“欢乐英雄”似乎要比“仇恨英雄”更能激发读者革命乐观主义的斗志：杨子荣的红色形象联系着舌战小炉匠，“肖飞买药”成为肖飞的形象中不可分离的一部分，刘洪的形象核心是他的飞车夺取军事物质的“特技”，杨晓冬擅长的是利用对敌伪上层人物关系的熟悉诈唬住敌人。这些借鉴了中国侠客叙事模式的传奇英雄形象为革命历史勾画出了一个浪漫的想象空间：智勇双全的红色勇士在正确的意识形态指导下，可以处处化险为夷、反败为胜。而敌人虽然貌似凶残强大，但终究是愚蠢并且漏洞百出的。然而，这种将革命的斗争复杂艰苦的过程约简为个体化的神奇行为的红色叙事，却内在地隐藏着这样一种意识形态危险：侠客型的军人英雄们带有乐观浪漫特征的超常规的战争游戏规则，是否与严肃划一、强调党性高于一切的革命审美意识形态编码保持着步调一致的叙事形态呢？侠客型的军人英雄们带着草莽习气的行为特征是否可能导致了一种误解，即战争单单靠几个智勇双全的红色勇士就可以战胜敌人呢？战斗的胜利，到底是依靠红色勇士们的智慧和勇气，还是依靠坚强的党性？

这并不是一个可有可无的提问，事实上，《林海雪原》在二十世纪五六十年代期间，其“传奇性”就成为一个意识形态问题的焦点。批评文章认为在东北地区歼灭残余土匪的斗争“不是像‘林海雪原’所描写的，只是在少剑波领导下的少数部队，脱离党的领导，凭着少剑波的机智、多谋和杨子荣的英勇、果敢就能解决的。”“在‘林海雪原’的战斗生活中，敌人常常被描写得太愚蠢了。小分队并没有经过复杂艰苦的斗争，就歼灭了敌人，而我们的损失也很小，胜利的取得好像是很容易的。……‘林海雪原’整个故事是虚构的，并且脱离了当时的现实情况，在军事上也是传奇性，武侠式，不真实的。”① 这位批评者的矛头所向在于小说的传奇性遮掩了“复杂艰苦的斗争”，传奇的戏剧性效果使得个别军人的作用过于突出，显得“取巧”。而反驳的文章则认为：“适度地夸大了侦察战士的生活的传奇性和惊险性，歌颂了这些英雄的斗争和英雄的人物，并无损于他所反映的这种斗争生活的真实，也无损于他形象地表现党的领导作用。”“并不是什么武侠的特技帮助了杨子荣，而是共产党员的高度的革命责任感，久经锻炼的侦察员的机智、沉着，时常

---

① 冯仲云：《评电影〈林海雪原〉和同名小说》，《北京日报》，1961年5月9日。

在唤醒他从容镇静的自制力，才使得他能最后取得智取威虎山的胜利。”① 可以肯定的是，就文本的阅读效果而言，“传奇性”具有强化了革命英雄主义的气质的一面，“传奇性”最重要的要素——英雄的机智、英勇不仅仅在于消灭敌人的肉体，而是营造了一种强者的精神优势，这种精神优势使得读者可以通过传奇英雄的强者目光，获得藐视敌人的虚拟能力，培养革命的自豪感：这是激发和培植革命激情的一种非常有效的方式。而“传奇性”的另一方面，在于如果“传奇性”过于突出，就可能在文本内部“遮蔽”或“削弱”了革命意识形态的作用力，而非“形象地表现党的领导作用”。评论家用“时常在唤醒”的措辞在表达杨子荣的侦察“神力”与革命意识形态的关系，应该说是贴切的。但“唤醒”意味着杨子荣拥有了某种天赋本领，而非完全依靠党的培养，另外，不管“唤醒”的作用到底多大，抽象的革命意识形态“唤醒”话语，与具象的、感性的、超常规、豪放不羁的传奇性情节比较，传奇性的情节和形象显然更吸引读者的目光，创造了一种更多地依靠想象力而不是依靠理性、抽象、普遍的革命意识形态话语解读红色文本的阅读方式。

在以革命意识形态为圭臬的审美合法化的叙事布局固定下来后，展示奇异的军事暴力的审美趣味和世俗性生活场景常常悄然占据小说叙事的中心。或者说，传奇性的军事暴力的角斗过程和其中精彩的活动画面、动作悬念，在“政治正确”的修辞底线得到反复确认后，构成小说最活跃的叙事内容。杨子荣的形象塑造是以围绕着他的政治修辞达到一定的“饱和度”为前提。小说集中笔墨叙述扮成土匪的杨子荣如何以黑话应对座山雕的盘问。杨子荣在可能暴露真实的身份的威胁面前，活灵活现地扮演了一个叫胡彪的土匪，与众土匪称兄道弟，利用“比土匪还像土匪”的扮相获得了敌人的信任。虽然这是军事斗争的需要，但这种强烈的反差依然使杨子荣的英雄气质发生了全面的分裂，一面是高度紧张周密细致的剿匪方案的暗中实施，另一面是模仿没落土匪过着“无价值”的放浪形骸的生活。唯有分裂状态的杨子荣才可能获得了土匪信任，所以，杨子荣英雄形象的最独特之处，在于这位“天才的评书演员”，能在最紧张的军事斗争中及时地让另一个自我成为土匪，去应对匪首的盘问和“考验”。正是这种“分裂状态”，使得土匪的话语系统土匪的世俗化的生活方式在文本中的某一部分成为格外显眼。黄子平对此有过精彩的分析：“土匪黑话被官方红话所收编所征服，纳入了正统意识形态的样板叙述之中，而红话也为此付出了代价：它不得不承认有另类话语的存在，对它们的收编和征服无法抹杀反而提醒人们这种存在。”“相对于正统叙述的旗帜鲜明，这套话语的含混暧昧却产生出某种魅力，既暗示了另类生活方式，也承继了文化传统中对越轨的江湖世界的想象和满足。”② 革命英雄战斗经历的“传奇性”就这样无法回避地将敌人的

① 李希凡：《关于〈林海雪原〉的评价问题》，《北京日报》，1961 年 8 月 3 日。

② 黄子平：《革命·土匪·英雄传奇》，《“灰阑”中的叙述》，上海：上海文艺出版社 2001 年版。

“腐朽”生活引到了叙述的前台。二十世纪五六十年代，中国拍摄了不少“惊险”故事片，如《英雄虎胆》《羊城暗哨》等，打入敌人内部的红色侦察员与女特务跳舞、调情的场面虽然掌握得颇有分寸，敌人的“荒淫无耻”的生活方式，却通过合法化的叙述渠道，曲折地满足了“卫生”年代的观众们的窥视欲望，或者说，鲜活的世俗性的生活景象，是以扭曲的、被批判的、被鄙夷的方式呈现在受众面前。

四

在“革命需要”的名义下，革命英雄乔装打扮，浪迹江湖，成为军事方面“经济效益”的最佳发挥者，以最隐蔽最具杀伤力的超凡的军事天赋获得了革命的神性。传奇英雄掌握了暴力的主动权，他们成为阶级斗争文本中的强者和胜者。杨子荣、肖飞、王强、刘洪、杨晓冬等，属于红色文学中的侠客型的英雄人物系谱，他们高超的武艺和机智的应对，将对敌斗争处理得趣味盎然。不过，即使超越性的革命激情成为突出主要线索，并没有直接妨碍二十世纪五六十年代的红色文本对世俗性色彩浓厚的革命生活的叙述，革命的行为在二十世纪五六十年代依然散发着世俗性的生机和活力。铁道游击队们开始他们对敌斗争的时候以搞买卖为掩护，利润颇为丰厚，叙述者几次“捎带”上一笔，告诉读者买卖的利润都分给了游击队的家属们，而每次战斗结束，小说叙述者目光总是不可抑制地在火车上扒下的物资上打转，清点胜利果实成为游击队员的最快乐节日庆典。许多描述“内线”工作的文艺作品，同样涉及世俗性的快感，假扮革命夫妻常常是“内线”工作的必要手段，《野火春风斗古城》中杨晓冬与银环的关系更是一个革命的世俗性要求和革命的超越性纠缠在一处的典型个案。杨晓冬打定主意在革命胜利后再解决个人问题，但他的母亲却希望他早些成亲，他的上级也提出“由组织出面”让杨晓冬政委与银环确定恋爱关系。革命和家庭，在杨晓冬政委的婚姻问题上获得了惊人的一致（这一点，可以表明二十世纪五六十年代的许多文艺作品并不是以仇视态度对待家庭婚姻生活，这与完全排斥家庭婚姻生活的“文革”文艺截然不同）。当然，我们也可以认为，党准备将银环介绍给杨晓冬，实际上还暗示着党管理革命者恋爱婚姻生活之功能。革命时代的爱情常常发生“组织出面介绍”的故事（这在后来新时期的文学作品比如张洁的小说中被叙述成女性的悲剧），这其中既包含着世俗性的快感想象，也隐藏着组织的温柔的威严。革命文本中关于革命英雄世俗性的生活的叙事，常常借助于接受组织“安排”“规范”的方式出现。从人物的关系处理上，更可以发现其叙事布局的微妙。《野火春风斗古城》中，杨晓冬、银环、高自萍的三角恋爱故事被放置在传奇性的“内线”工作的曲折叙述中展开，杨晓冬的坚毅、果断的个性（党性的坚定与个性化的男子气巧妙地重叠在一处），对世俗性幸福生活的拒绝，赢得了美丽聪慧的年轻革命女性的青睐，而卧室内贴着电影明星照片的革命动摇分子高自萍（变节分子与脂粉气“凑巧”一体化）最终被银环识破了“真面目”，被逐出恋爱游戏。高度的革命觉悟、对世俗幸福的拒绝，反而获得了丰厚的世俗性快感的回报；明目张胆地利用工作之便追求革命女性，并以投机的态度对待革命工作，则将牺牲全部的世俗性的幸福生活。二十世纪五六十年代的红色叙述对世俗性生活的叙述态度颇为暧昧，一方面，革命者的“无欲化”的倾向已经颇为强烈，《三家巷》里周炳那样的“情种”只能在“亚英雄”“次英雄”之列，而无法成为与钢铁战士们同一量级的英雄人物。中国传统英雄中的刚烈英雄几乎没有什么柔情似水的表现，夏志清先生剖析《水浒传》，认为禁欲是“英雄信条的主要一项”，而且“成了对好汉意志力的唯一考验”，只有那些“歹徒”才被描写为“淫棍色狼”。[①]《三国演义》中的关羽作为一位超级英雄的指标之一同样是在女色面前表现出高度的矜持。这种中国英雄人物的传统特性在红色小说中似乎依然有效，作为红色英雄人物本身，对世俗性生活多表现出极端的克制力和忍耐力，革命激情的强弱与世俗性需求在红色文本中几乎成反比例关系；另一方面，二十世纪五六十年代红色小说在叙述层面上对于英雄的世俗性生活的“安排”似乎不如英雄本身那么“苛刻”，从《铁道游击队》中多次描述革命好汉们饮酒的场面，到《野火春风斗古城》《青春之歌》《红旗谱》中对革命者“个人生活”的特别关注，都表明世俗性的欲望并没有为超越性的革命理想完全排斥。更有趣的是，在这些文本中，诗意的爱情生活最终是属于革命者——非革命者可以获得世俗生活的享受，敌人可以掠夺性资源，但绝无可能获得革命者那样的诗意、高尚的爱情。革命/非革命的分野，直接决定了婚恋的质量的高低。如此，革命文本以通俗易懂的方式宣告了革命者对优质情爱资源的最终占有，并赋予这些优质爱情以革命的意义。由此，我们可以发现，红色叙述对于世俗性快感的态度十分暧昧，首先世俗性动机不能成为英雄人物的动机，更不能成为参加革命的动机，20 世纪 50 年代初期，短篇小说《让生活变得更美好罢》刻画了一个行为比较开放的姑娘在动员青年参军之时起了重要作用，便被批评为“把农民参加解放军的政治意义完全打消了！党的政治的组织的动员力量，远不及一个漂亮姑娘的力量！”[②] 似乎参加革命的动机一涉及世俗性动机，革命便不“纯粹”了。因此，从文本的表面上看，世俗化的动机似乎只是小资分子或动摇分子的“专利”，然而，一旦进入情节层面，我们又不难发现，二十世纪五六十年代的红色小说中总是不时地晃动着革命英雄与革命美人的优美身姿，世俗性的情爱生活在赋予革命意义之后，完全可能被转换为革命的快感之一。就审美层次而言，革命英雄动机的“高尚化”，对世俗性快感的高度自我克制，以及情节安排上的种种“考验”和巧合，过滤了重重“杂质”，使世俗性快感“脱胎换骨”，部分

---

① 夏志清等著，胡益民等译：《中国古典小说导论》，合肥：安徽文艺出版社 1988 年版。

② 郝彤：《从一篇小说看文艺创作中的一种倾向》，《人民日报》，1950 年 3 月 12 日。

地落实了革命快感。通观二十世纪五六十年代中国红色文学，虽然世俗化快感失去了主体性，不如二十世纪二三十年代的“革命+恋爱”小说中的世俗性快感高擎着反叛的旗帜，占据了审美文本的中心位置，但二十世纪五六十年代红色文学同样不似“文革”文学那样，将世俗性快感放逐到无踪无影的地步（连《沙家浜》中“闹喜堂”这一节带有些许世俗化氛围的表演亦被删节），二十世纪五六十年代的部分红色文本中革命激情或革命快感与世俗性快感在审美层次上常常达成奇妙的、扭曲的关系：以反世俗快感的方式来达到世俗快感的感性化呈现，以被“净化”了的世俗化快感来强化超越性的革命激情的爆发力。世俗化的快感无法“正面”激发革命激情，却可以以“委身”革命的方式获得其感性化的叙述通道。□ 2002 · 4

红卫兵诗歌：虚拟战争的写照

□ 王朝阳

一、时代背景：军事化社会

1949年，战争列车并没有立即停止。人们从列车中下来，但是惯性依然存在，把一个战争的社会转化为一个经济的社会，需要一段很长的时间。那么，“文革”是中国转入经济社会所必经的阶段，还是历史突起的一个肿瘤？它是中国历史可以避免的，还是从根本上就无法回避？它是一次个人的选择，还是集体无意识的集中爆发？

对于中国来说，打败日本、打败蒋介石乃至抗美援朝的胜利意味着一种新的生活开始了，战争带给人们的不仅仅是灾难，流离失所，家破人亡，战争也树立了个民族的自信心。尽管在进入城市后，国家目标已经调整为建设一个新国家，但事实上，在身体上换装并不意味着在心理上换装。新中国成立后一系列的电影和文艺作品，实际上是对人心的暗示和引导，特别是对出生不久的一代。可以说，新中国成立后的一代甚至不止一代人的心理结构都是以战争和重大历史事件构成的。

那么，进入新社会的中国，谁打仗，与谁打仗？福柯曾有这样的疑问：

我很吃惊，除了马克思，至少是大部分的马克思主义者的教科书在关于阶级斗争时，都没有接触到斗争这个词意味着什么（大概除去托洛茨基的言论）。在这里，斗争意味着什么？是辩证法的对立吗？是相对于权利的政治斗争吗？是战争吗？在进行着阶级斗争的市民社会的情况下，这意味着以别的手段进行着的战争吗？

在进行着的阶级斗争的中国社会，不正是以别的手段进行着的战争吗？

如果追溯一下新中国成立初期的一些活动和斗争，都不难发现战争的某种痕迹，这些活动和斗争几乎动员了社会的每一个人，几乎都是以运动的形式出现的，运动中的暴力倾向比较严重。

1953年12月24日，中共中央召开政治局会议，毛泽东在谈到高饶问题时，这样讲：

北京城里头有两个司令部：一个司令部就是我们这些人的，这个司令部刮阳风，烧阳火；第二个司令部呢，就叫地下司令部，也刮一种风，烧一种火，叫刮阴风，烧阴火。我们的古人林黛玉讲，不是东风压倒西风，就是西风压倒东风。现在呢，不是阳风阳火压倒阴风阴火，就阴风阴火刮倒阳风阳火。他刮阴风烧阴火，其目的就是要刮倒阳风，灭掉阳火，打倒一大批人。

关于庐山会议，毛泽东在一篇《机关枪和迫击炮的来历及其他》的短文中指出：庐山出现的这一场斗争，是过去十年社会主义革命过程中资产阶级与无产阶级两个对抗阶级的生死斗争的继续。

斗争从一开始就被命名为两个“司令部”，又是机关枪又是迫击炮，权力的印记带有军事编号的性质，因而也就无法调和。治大国已经不像烹小鲜那么简单，治理国家已经变成你死我活的战争。

1966 年的 8 月 8 日，中共中央决定发动“文化大革命”，如果分析一下该日通过的《关于无产阶级文化大革命的决定》就不难发现这是一个非常完备的战争文本，它是一封战前的檄文，是一封战书。

在这个文本中，有战前形势分析（“社会主义革命的新阶段”和“主流和曲折”），有战前动员（“敢字当头，放手发动群众”以及“让群众在运动中自己教育自己”），有明确的战斗目标（“坚决执行党的阶级路线”），有采用战术的手段（“正确处理人民内部矛盾”“警惕有人把革命群众打成‘反革命’”“报刊上点名批判的问题”），有战斗集团（文化革命小组、文化革命委员会、文化革命代表大会），有最高司令（毛泽东）。

然而战争是不存在的，这本来是一场“文化革命”，它应该是平和的。但革命两个字已经失去所有弹性和水分，革命只意味着你死我活，意味着战争的来临。

二、 情景设计： 虚拟战争

由中央发出的信号很快就在民间得到了回应。在一个集体意味浓重的国家里，战争动员显得特别简单和快捷。因为意识形态并不存在大的分歧，所以人们能很快地团结在一起。成为战争对象的，实际上只是一群落伍者，他们并非不想赶上队伍，只是由于他们转弯太迟，才落到了后头。

人们开始自觉地进入角色，使自己成为一个战士。关于英雄的神话本来就是战争最需要的模本，这时候，模仿的人前仆后继，唱着歌在想象中把自己置于炮火之中——

战士的话

吉林

我是一个青年学生
一个普通的红卫兵
不！
我是一发穿甲弹
时刻在炮膛里执勤！
我的誓言在心坎
我的仇恨在笔尖
我的阵地在前站
我的编制在尖刀班！

青春的亢奋和建功立业的焦虑这时候都化作对战争的热爱。对于一个刚从战争中解放的民族来说，战争不是残酷杀戮，不是生命的浪费，而是英雄们成长的最好土壤。战争前所未有地动员了一个民族所有的激情和斗志，同时也使这个民族对和平产生了忧虑，人们恐惧在和平中丧失激情，在安逸中消失斗志。

但是，只在内部产生一个对立的司令部是不能够激发一场战争的，仅仅靠内部的仇恨并不能聚集战争爆发所需要的能量，只有当“内忧外患”一齐袭来的时候，战争才是不可避免的。

显然，“国际”形势的复杂，特别是中苏关系的恶化，使得这场虚拟化的战争有了一个仿真的环境。事实上，这样的评估带有“自我恐吓”的性质，就像一个人走在黑暗的旷野里，他本来希望通过大声说话来驱走恐惧感，但是旷野中传来自己的回声，更加剧了自己对黑暗的惊惧。“文化大革命”对国内国际环境作了不真实的，富有想象力的评价，也就把自己放到了黑暗的旷野里。人们把自己置于一个广大的逼真的战争状态下，逼迫自己再一次拿起武器战斗。

冲突永远是不可避免的，是存在于一切社会系统的，但冲突并不意味着要引发战争。冲突往往可能是解决问题的第一步，可能成为社会发展，解决问题的动力。相反，没有公开冲突的社会绝不是一个稳定、和谐的社会，一个社会表面上没有冲突可能意味着冲突被压制和掩盖了，而这恰恰是火山爆发的前兆，在一个社会中，如果分歧公开地表现为冲突，且冲突是这个社会团体关系正常、具有活力的迹象，这说明，可能爆发的火山在通过某些渠道把它巨大的能量缓慢地释放了。

1959年，毛泽东和彭德怀之间发生了一次冲突，而且双方都动了真格。1959年9月1日，毛泽东给《诗刊》编辑室负责人写了一封信，并寄上《到韶山》《登庐山》两首七律。毛泽东在信中说：近日右倾机会主义猖狂进攻，说人民事业这也不好，那也不好。全世界反华反共分子以及我国无产阶级内部、党的内部、过去混进来的资产阶级、小资产阶级投机分子，他们里应外合，一起猖狂进攻。好家伙，简直要把个昆仑山脉推下去了。他又说：他们越骂得凶，我就越高兴，让他们骂上半个世纪吧！那时再看，究竟谁败谁胜？

感情在政治中的比重过大，也就为政治冲突埋下了更大的隐患。当大家都在一种事业中投入了巨大的感情，当团体中的成员关系越来越密切时，不同的意见可能带来的不仅是对事业的伤害，而且是感情的破裂。但越是自己人，冲突就越尖锐，因为，大家都将冲突看作超越个人目的和利益的。毛泽东和彭德怀，毛泽东和刘少奇，他们都不承认自己是为了个人的利益而斗争的，也没有人认为他们是自私的，他们是战友，他们都为国家和民族献出了自己的亲人，但是，他们最后却走向了不同的命运。

社会学家科塞说："在一个没有充分具备对冲突给予宽容和使之制度化的社会里，冲突总是趋同为负功能。那些威胁到要撕裂社会，攻击一个社会系统中共同基础的冲突的剧烈性，是与社会僵化相关联的。威胁到一个结构平衡的不是冲突本身，而是僵化。僵化使得敌对情绪积累，以致一旦爆发，只能走上一条分裂的道路。"

三、情感喷涌：爱与恨泛滥

江青是对一个宏大事业的嘲弄。因为她是超越了理想的，是与美好无关的。但恰恰是这样的女人，钻进了理想大厦的核心部位，对一个伟人的评价因此变得复杂起来。

这个女人是以英雄的形象出现在英雄们的行列之中的——

献给披荆斩棘的人（散文诗）

佚　名

你是无产阶级永远出鞘的宝剑，你是二十世纪划破云空的闪电，你是啊，文化大革命红色暴风雨中矫健的海燕……敬爱的江青同志，你是无产阶级有史以来最杰出的女政治家、女英雄，一个普通的共产党员！

……

敬爱的江青同志，你立下伟大的功勋，是因为你是个顶天立地的人。立地，是你能和广大革命群众红心相通；顶天，是你跟着毛主席跟得最紧，你哪句话，不是毛泽东思想的春雷阵阵？你哪一步，不踏在毛主席指引的航程？你是毛主席亲密的战友，你又是毛主席忠实的学生。三十几年来，你高举的那杆红旗，掠过延水，挺进北京，冲上舞台，杀向敌营，所向披靡，百战百胜，不正因为这杆红旗是战无不胜的毛泽东思想伟大红旗？你用红太阳的光焰燃起了无产阶级文化大革命，世界革命人民遥望中国那红色的大地上，烈焰腾腾。火焰中，大旗下，那个飒爽的英姿，不就是你啊，敬爱的江青！歌颂你，就是歌颂伟大的毛泽东思想；歌颂伟大的毛泽东思想，又怎能不仰望你啊，敬爱的江青同志！

对江青的这种赞美在今天看来是可耻的、赤裸裸的，不可思议的。它使用了世界上最美好的语言，把一个女人推到了历史的最高顶点，因而充满着谎言和不真实。问题的关键当然不仅在于作者把它写出来了，更在于佚名隐匿的大批群众为什么能看着它出台并接受它，除了别有用心还有什么？

这就是江青。她已经被虚拟为战争中的旗手形象。她是坚定的、刚毅的，她是不倒的，文学词汇已经把她抽象为所有时代英雄女性的代表，文学魔术般地给一个丑陋的女人涂上了梦幻一般的色彩，使得一个心计深沉的女人变得高大起来。文学为自己创造的形象喝彩、倾倒。崇拜也许是真心实意的，歌颂可能是发自内心的，人们被自己感动了。

但是，倘若抽掉关于战争的词汇，抽掉乌云密布，大渡桥横，江青的形象又会是个什么样子呢？

在设计了领袖和旗手之后，士兵的形象也开始被设计出来。一切都是战争化的，仿佛电影中黑暗世界的地下英雄：

印传单

湖北

压过去！压过去！压过去！
拿起滚子，用足力气，
刻下仇恨，印下战斗的痕迹。

啊，革命的压路机，
你开辟！开辟！开辟！
开出条条大路，
通向最后的胜利！

考虑到战争的艰苦和残酷，坐牢和砍头是在意料之中的事，自己的烈士形象被虚拟出来了：

放开我，妈妈！

武汉　吴克强

面对着两条路线生死决战，妈妈拉住我，不让我到学校去，怕我被走资派暗害。我对她说：

放开我，妈妈！
别为孩子担惊受怕。
到处都是我们的战友，
暴徒的长矛算得了啥！
我绝不做绕梁呢喃的乳燕，

终是徘徊在屋檐下；
我要作搏击长空的雄鹰，去迎接疾风暴雨的冲刷！

放开我，妈妈！
难道你忘了英雄的爸爸，
为了祖国的解放和胜利，
二十年前，他牺牲在反动派的屠刀下。
人民政权的奠基石啊，
洒满了革命先烈的血花。
而今天，
在两个阶级生死决战的关键时刻，
哥哥又高举"造反有理"的大旗，
在殷红的血泊中冲杀……
为了捍卫毛主席的革命路线，
他年轻的生命，迸发出万丈光华！
想一想吧，妈妈！
活着的人应该干些啥？
难道烈士的鲜血应该白流，
难道眼看革命战友遭屠杀？
难道毛主席的革命路线我们不去捍卫，
难道能让资产阶级重新统治我们的国家？
造反派从来不会向阶级敌人低头，
顶天立地的英雄从来不怕镇压和屠杀！

我走了，妈妈！
请你再一次告诉隔壁受蒙蔽的那一家，
叫他们别再为阶级敌人卖命，
跳出罪恶的泥坑，我们还是欢迎他！
挑动武斗的一小撮坏头头，
一定逃不脱历史的惩罚！
敌人的疯狂，不过是灭亡前的垂死挣扎。
最后的胜利一定属于我们，
无产阶级革命派永远杀不绝，压不垮！

再见了，妈妈！
我们的最高统帅毛主席，
命令我立即出发！

阶级斗争的疆场任我驰骋，
庭院怎能横枪跃马？

等着我们胜利的捷报吧，妈妈！
总有一天，我们会欢聚在红旗下。
为夺取文化大革命的彻底胜利，
儿誓作千秋雄鬼死不还家！

一九六七年六月

有点神经质的紧张，有点虚张声势的夸饰，但正是这种紧张和夸饰逐渐使人们从化妆状态中解放出来。最初可能是对上一辈英雄的模仿，随后就演变为一种自觉自为的行动，人们真的以为周围充满了敌人。从某种程度讲，“文化大革命”在社会心理上是一个由妄想狂和迫害狂共同参与的运动。但这种运动的最初可能并不是恶意的，它也许只是一种忧虑。对国内国际敌对势力的过分夸大，使整个社会陷入一种忧虑和不安之中，人们始终相信，自己所处的社会正处于一种危机之中，不安全感笼罩在每个人的心头。人们忧虑国家的命运，忧虑社会的未来，人们为社会的前途处境感到不安。广播上尖利的嘶叫声，报纸、黑板报上又黑又粗的字体，接二连三被揪出的异己分子，产生了巫术般的效果，它解决了整个社会对战争社会的心理障碍，这一切使人们相信：我们正处于被迫害之中。

有意无意之中，二十世纪五六十年代的战争电影、文学作品起了教导作用，红卫兵的革命想象力大多是从这些电影和文学作品中来的。青年人的想象力很容易把自己定格于国民党反动派黑暗统治的某个场景之中，他们在这种场景中受虐，而受虐又激发起他们无穷的斗志和干劲。他们印传单，受拷打，他们在战斗中献身，他们也在这场文化革命中“完美”了自己。早年的文学作品和电影，渲染了革命的钢性和战争激情，那些少量的有一点儿生活情调的作品却受到冷遇和批判，这实际上也就抛弃了软化心灵的药剂，整个社会的心灵是暴烈的，对人的残酷历史性地潜伏在我们的血液之中，对敌人那就更谈不上人道了——

刘少奇算老几

湖　北

刘少奇算老几，
老子今天要揪你！
抽你的筋，
剥你的皮，
把你的脑壳当球踢！
誓死保卫党中央！
誓死保卫毛主席！

子字歌

——“刘克思”的自画像

佚　名

地主阶级的儿子，
资产阶级的孝子。
拜孔夫子，
捧赫秃子。
搂着柯西金的脖子，
拉着苏加诺的膀子。
人民面前他称老子，
敌人面前他是耗子。
走资本主义道路的头子，
中国修正主义的祸根子。
左手拿斧子，专砍革命的苗子。
右手提篮子，
专摘革命的果子。
打着白旗子，
掖着大棒子。
揣着金鞋拔子、银镯子，
带着狐羔子、狗崽子。
托着刘家的祖宗牌子，
领着王家的老丈人、大舅子、小姨子。
带着《修养》的黑本子，
给革命者戴上手铐子。
夺革命的枪杆子，
抢人民的印把子。
毛泽东思想是宝镜子，
照清了这魔鬼的丑样子。
亿万人高举批判的大旗子，
挖掉这修正主义的毒瘤子。
扯下他的金牌子，
打倒这个大骗子。
给他挂上千斤锁链子，
叫他永远不得翻身、千辈子！万辈子！

一种仇恨，一种咬牙切齿的仇恨，一种似乎聚集了整个社会的仇恨，没有丝毫调和的余地。

我们今天当然很难理解这种弥漫整个社会的情绪。一个组织对一个人的不满，或者一个领导者对另一个领导者的不满，怎么可能传达到社会的每一个人，使社会的每一个人都产生相同的情绪 ，这种类似某种病源的东西是怎么复制到社会的每一个细胞之中去的?

实际上，把他虚拟成我们战争中的一个假想敌人就可以了。我们不能认为我们面对的是一个普通的生命，我们面对的是与我们同处战争状态下的另一方，一个敌人，一个时时刻刻威胁我们生命安全的异己分子，我们是站在不同路线的两方，对方这时已经被抽象为一个沾满毒汁的“走狗”和“卖国贼”，某个主义的代表。我们并非不讲人情，并非不讲人道，但我们的人情、人道是讲给阶级兄弟的，不是讲给叛国者的。当我们面对某个主义、某个路线的时候，我们知道，我们的鞭挞是不带痛感的，我们在作践一个腐朽的东西，这个东西是不应该拥有生命的，是不应该存活于这个世界的，它应该受到惩罚。◻ 2002 · 4

电影中的“文革”叙事

□ 崔卫平

这个题目涉及中国电影中对于“文化大革命”的理解和表述。这些理解及表述同时体现在“文革”时期（1966—1976）制作的那些影片中，如《春苗》《战洪图》等。本文将视野限制在1976年“文革”结束之后，中国电影中对于“文革”的理解及表述。主要是有关知青生活的那些影片不在本文讨论范围之内。

“战争”的想象

官方宣布“文革”结束是1977年8月，峨眉电影制片厂制作于该年的影片《十月的风云》，表明自己的制作日期为“1977年9月”，具体到某年的月份，这是很少见到的。与官方的正式宣布仅仅相差一个月。1977年全国一共制作了21部影片，与“文革”有关的还有《希望》与《震》。

用当年的术语来讲，《十月的风云》讲述了一个与四人帮“爪牙”斗争的故事。故事发生在毛泽东刚刚去世之后不久，人们仍然带着黑纱，年轻姑娘的胸前多了白花。某兵工厂接受了一个紧急任务，要赶制一批机枪部件，从北京来了一个女记者亲自督阵，工厂里不时传出零星的机枪声，它们是武器制作过程中的军事实验。刚从医院回来的老干部何凡发现这批机枪的型号早已经被淘汰，而且下达任务的途径很不正常，开始怀疑并继而反对。造反派出身的现任市委副书记马冲直接插手兵工厂，与这个厂的小爪牙一起，拟定了一份“第一批专政名单”，省委书记、老干部徐健与兵工厂何凡赫然在列，双方展开了激烈斗争。当对方得知机枪部件的制造已经完全陷于停顿，他们的阴谋就要破产时，采用了一系列极端措施，密谋暗杀何凡，导致徐健开车的儿子牺牲，何凡轻微脑震荡。结尾是从北京来了电话通知，党中央一举粉碎了“四人帮”，徐健、何凡带人前往捉拿这一小撮人。对方正把机枪架在卡车上在工厂里急速行驶，有人举着手枪在半空中晃动。徐健、何凡这边的队伍也是十分壮观，工厂的道路两旁站着列队的士兵，头戴钢盔，自动步枪上的刺刀发出寒光；男女民兵们整装肃立，不仅肩挎着枪，腰上的帆布子弹带也装得鼓鼓的。

这个故事所传达的信息十分丰富：

第一，正在发生的是一场战争，对峙的双方都处于战争状态，尽管没有大规模的正面战场，对抗被限制在某个小范围之内，但冲突属于你死我活的战争性质。不仅丝毫没有调和的余地，而且要从肉体上将对方消灭、制服或者隔离。影片中机枪、步枪、手枪、刺刀一起出动的场面，在审查制度十分严格的情况下，是被主导意识形态所认可和鼓励的。从战争的角度理解社会中不同力量的对抗，在当时是天经地义的。

第二，这场战争的目的是“夺权”。这场“夺权”是从北京方面的高层开始的，影片中女记者是中央“王副主席”派来的，她执行的是来自这个高层“搞第二武装”的指令，那批机枪是为了配合夺权用来武装“民兵”的。与高层的夺权相配合，必然有不同层次的夺权活动。“联络站”的特派员对马冲明确“交底”：“全省夺权先从你们西山市开刀。打他个回马枪，让他们措手不及”，“不抓班子，不坑掉这些大儒、小儒，是不行的”。志在攫取权力，这一点早已经被人识破。徐健的夫人理解丈夫的恶劣处境时说，“还不是那帮人要夺权?”她无可置疑的口气同时表明，“夺权”在她的理解中，是恶中之恶，是万恶中的首恶。

更能够说明这种战争性质的，是影片中全套的战争语言。这在冲突双方是高度一致的——

反方：

“用谁、斗谁、抓谁、杀谁，这个工作量太大啊。”

“何凡不投降，就叫他灭亡!”

“按既定方针办，就是造反派与走资派血战到底。如果让民主派、走资派上台，就是人头落地。”

“这次如果不成功，咱们就要上断头台啊。”

“首长什么指示?”“同意干掉，要策略点。”

正方：

“真卑鄙，他们要下手啦。”

“咱们走，离开这儿，回太行山去。”

“战场就在这里。作为一个战士，只要还有一口气，决不能离开战斗岗位。”“你不说，我也明白。他们是不会放过你的。我已经做好了最坏打算。”

“放下武器!”

运用战争的眼光理解正在发生的事情，以“誓不两立、不共戴天”的立场来描述当时的社会矛盾和冲突，在1977年、1978年乃至1979年的影片中，表现得十分突出。从人数上来说，这场战争是不成比例的，“反方”只有极少数几个人，但是他们却极有能量，不仅因为他们掌握着实权，而且在于他们与上层的要害人物有着紧密联系。

同样制作于1977年的影片《希望》，故事发生在北方地区一个偏僻的海滨油田，但是其中的“反方”代表宫连才却时常被上面来的“联络员”找去谈话，于是他深得秘传：“整顿就是复辟”，“在权的问题上，不必谦虚，就是要夺。像打篮球一样，上场就要抢”。而要夺权，必然与“搞乱”联系在一起：“首先要搞乱，把他们的规章制度搞臭。”除了挑拨工人对于规章制度的不满，搞乱的做法还包括阻挠海边四口油井的开发，倒卖原油、弄假账等等。斗争到了紧急关头，宫连才想出的阴谋破坏是：“要是井上如果能够起一把大火，那多好啊。油罐爆炸，那就等于原子弹了。”将这个油田“夺权”的斗争与投放“原子弹”联系起来，想象它具有一场世界大战的规模，让人咋舌。当然，当火苗四起时，革命群众及时赶到，保住了井场与革命果实。其中有两个从战争年代过来的老前辈是这样对话的：“前些年我总觉得仗打完了，不对啊。”“我们是老了，但还能闻出火药味啊。”

将破坏生产、阻挠科研作为“夺权”的主要途径，是此期间涉及“文革”电影的主要对抗，影片中的“反方”总是不惜一切手段，从事身边的某一桩破坏，尽可能实现天下大乱：有扣押地震警报的（《震》，1977），有扣押油轮实施绑架的（《不平静的日子》，1978）、有企图通过秘密手术令人永久丧失记忆的（《失去记忆的人》，1978），有点燃油罐车以制造爆炸的（《严峻的历程》，1978）、有非法关押并企图烧死工程总指挥的（《峥嵘岁月》，1979）等。如果仅仅从这些电影来了解当时中国，会以为这里正在进行一场全国性的地下抵抗运动，这些“不拿枪的敌人”如同“拿枪的敌人”一样，甚至还更有威胁。影片中“反方”的出场与表现与过去电影中的敌人如出一辙，这些人总是在缺少光线的地方交头接耳，神情邪恶，讳莫如深或自以为得计，他们的饭桌上往往都有吃不完的丰盛食物，酒肉齐全，烟雾缭绕，个别人脾气很坏，拍桌子、摔板凳、互相扇耳光。这类与四人帮爪牙斗争的影片中比较上乘的是《泪痕》（1979），由李仁堂主演，著名女演员谢芳在“文革”后第一次出场，装扮成一个疯子，她的丈夫在“文革”期间被迫害致死。影片的结尾“反方”（县办公室主任张伟）拔出手枪，终因罪行败露，以开枪自杀告终。该片获1979年文化部优秀电影奖。

这批影片还有这样一些共同的重要特点：正面主人公必然是一位老干部，“靠边站”若干年之后刚刚回到工作岗位，他所执行的是周恩来在1975年四届人大制定的路线。而向他发动“夺权”进攻的人，其矛头从根本上是针对周恩来的，他们在北京的主子视周恩来为自己夺权道路上的障碍，于是“周恩来”的名字经常被提起，“保卫周总理”成了一个响亮的口号。1978年戏剧舞台上有两场重要的话剧《于无声处》（1979）以及《丹心谱》（1980），后来都被转拍成电影。这两部作品更是围绕着周恩来与四届人大进行。《于无声处》影片一开始，大街上驶过一辆满载着工人民兵的卡车，车上人人手持梭镖，头戴柳条帽，气氛紧张。继而是一对母子流落街头，母亲梅是当年上海地下党老干部，儿子欧阳因编天安门诗抄被追捕。当他们来到老战友的客厅，并不知道老战友本人已经卖身投靠反派。母亲被查出患有肝癌，儿子成为全国通缉的现行反革命，而负责抓捕儿子的，正是这家人的女儿小芸，她多年来爱着欧阳。小芸的父亲为了保官升官出卖了客人。前来抓捕欧阳的便衣们三三两两，穿着胶皮雨衣在雨地里徘徊等待。儿子离开前，母亲交出了一个布包，里面是重要的揭发材料及数额不小的党费。儿子问妈妈哪里来的这么多钱，妈妈坦诚是从生活费中一点点抠出来的："一个共产党员应该用自己的生命交党费。"儿子不放心她的身体，她回答："说不定，哪一天我还要回部队打仗呢。"母子俩分享着同样的关于战争的想象，将眼下的斗争看作是昨日的斗争的延续，儿子声称："当初参加革命，是提着脑袋，今天我们搞社会主义革命，有这个决心吗?""为了保卫老一辈打下的革命江山，保卫毛主席，保卫周总理，我愿意一滴滴洒尽全身热血。"

这批"文革"刚刚结束时所拍摄的影片，任何人都可以感受得到其中的思维逻辑与当年"文革"如出一辙，但正是因为这一点，它们保留了当时人们关于"文革"的鲜活理解：目前正在进行的这场"夺权"的斗争，是战争的延续和它的一种形式，必然伴随着流血和"人头落地"。这符合 1938 年毛泽东在《论持久战》中说的："战争是流血的政治，政治是不流血的战争。"但是人们并没有守住政治是不流血的这个界限。

某种对抗接近战争还在于，当北京传来一举"粉碎四人帮"的消息，"反方"就像经不起阳光的"鬼魅"一样，顿时原形毕露或者泄了气，作为少数人他们是与一个更大的看不见的战场联系在一起的。但如果是战争，此类电影缺少一个《纽伦堡审判》。

"入侵" 和 "被占领" 的想象

影片中出现 1966 年那些"文革"的场面，比人们想象得要晚。1978 年 12 月，十一届三中全会对于"文革"重新作出评价，但是要等到人们写出剧本、再加上一个拍摄周期，这就到了 1980 年。

《巴山夜雨》（1980）肯定是最早涉及 1966 年"文革"场面的电影之一。故事发生的时间已经是 20 世纪 70 年代，在一艘从重庆沿江而下的轮船上，现行反革命分子诗人秋石被押送往某地，与他同舱的还有愤世嫉俗的年轻人、为抵债被迫出嫁的女孩、中学女教师、儿子武斗致死的河南大娘等人。终于，年轻人有机会与被押送者单独说话，向他道出"那年我曾经抄过你们的家"。于是秋石陷入回忆之中。随着打碎玻璃的声音先出现，镜头闪回，诗人回忆起当时的场景：

一把木棍狠狠砸在书桌玻璃板上，玻璃板被击碎。在书桌的右上角，站着一尊维纳斯石膏像，木棒接着打在它上面，石膏像应声碎裂，碎片洒落一地。石膏碎片与丢弃在地上的书籍混合在一起，有人匆匆在它们上面走来走去，毫无知觉地践踏着地面上的书籍。光线晦暗，一些用力晃动着的胳臂，红袖章闪来闪去，看不见人脸。又有人拿起一本书翻开，用力撕去其中几页。接着书架倒塌，书架上的书籍朝着观众倒落下来。诗人在自己家看到了这一切，气愤无奈的表情。跟随他的视线，玻璃板被打碎的书桌抽屉被打开，一摞诗稿赫然暴露。年轻人转过身来的面孔，诗稿躺在抽屉里，他发现了它们。

不妨做一个这样的假设：若干年之后，有关“文革”的书面资料不幸全部消失，人们只能从这些电影画面上来理解“文革”，那么从中能够得出什么结论呢？最有可能的是——这是一场“入侵者的入侵行为”。一些带着“红袖章”的人们如同“天兵天将”，一觉醒来之后来到了这个地方，冲进别人的家里随意翻腾，砸碎和拿走东西，没有任何力量能够制止他们。在整个行为发生的过程中，房屋主人与“入侵者”互相之间一句话也没有说，好像他们语言不通，是完全不同的人类。同样，在《带手铐的旅客》（1980，反特类型片）中，进入“文革”也是“咣当”一声，一只镜框被扔到了地上，镜框中的照片上是几位在解放战争中的年轻战士，头上戴着杨柳树叶做的伪装。接下来镜头才摇向在屋里转来转去的人们，他们工人模样，带着“红色造反派”袖章，于房间的各个角落四处搜寻，翻开一本杂志，看看里面有没有藏匿什么其他的东西。这期间也是没有对话，“入侵军”身体的语言就是他们的言语。

当然，入侵者的权威首先是在大街上建立起来的。在大街上，这支军队是无限喧闹的，当他们突然出现时，外表上非常突出，与众不同：旧军装和军帽、腰扎皮带、肩戴臂章、脚穿胶底鞋，一般至少是一个小分队，学生与工人不等，行色匆匆，神情严肃，在批斗会上则近乎残忍。在高音喇叭、宣传卡车的配合下，他们大声喊叫，七嘴八舌传达的是仿佛同一个意思，无法将一个人与另外一个人区别开来。即使有某个声音盖过了其他人，语气十分紧迫，那一般是经过喇叭的扩音，并不出现具体的人脸，比如：“（女高音）紧急呼吁，紧急呼吁，无产阶级革命派的战友们，我们是洛西市红色造反兵团，昨天 12 点 45 分，受到了一群暴徒的袭击……”此后声音被大街上人头攒动的喧闹所淹没，画面中经过一辆满载着工人的卡车，工人们人人头戴柳条帽，卡车上大幅标语写着“文攻武卫”。（《带手铐的旅客》）如果仅仅是喊叫并不能称之为语言，那么，这些人基本上是不会和不能说话的。而被置于这种喊叫的威胁之下的人们，则更加不能开口。

后人也许要问，这些“入侵军”是从什么地方来的？他们原先躲在哪里？是什么样的人们？他们手中的武器（以及所操弄的语言逻辑）是从什么地方来的？不得而知。“‘文革’爆发”了，就像“战争爆发”了一样。“文革”是作为一个巨大的断裂而出现的，“文革”之前的社会及生活与“文革”开始之间存在着巨大的裂缝。《元帅之死》（1980）是一部反映上层领导人物在“文革”中不幸遭遇的影片，某种断裂显得越发尖锐。影片开始部分有两个在“胡子伯伯”关怀下长大的年轻人在相爱，当他们暂时分开时，不由沉浸在无限幸福的回忆之中，其中一个深情地自言自语：“等春暖花开的时候，我来接你。”画面是一大群在阳光下飞翔的鸟儿，它们自由自在，像鱼群一样在光亮之中激情地涌动翻滚。接下来“不由分说”是这样一组有关“文革”的镜头，其间没有丝毫过渡。

镜头之一：两扇被砸碎的窗户，那上面有不规则的大窟窿。在破碎的窗户旁边，有人从楼上往下拉大幅标语“造反有理”。

镜头之二：几个人将绳子套在一只大石狮子上面，企图要把它拽倒。

镜头之三：地上一堆燃烧的火，有东西正在葬身火苗。火堆旁边一些人在围观。

镜头之四：石狮子被拖倒在地。

镜头之五：大字报栏上新刷的标语：“横扫一切牛鬼蛇神。”在这条标语的左侧，有人在看花花绿绿的大字报。

这些纷至沓来的画面没有现场的原声，唯一的声源是高音喇叭里传来的“拿起笔，做刀枪”那首歌。比较起来，反映下层人们生活的影片《如意》（1982）中“文革”开始的处理，则稍有不同，至少从表面上看来比较别致。李仁堂（他几乎囊括了这个时期的所有重要影片的主角）于其中扮演了一个学校的清洁工，还是个劳模。当他与清朝格格结婚的要求被忽视和冷落，影片中出现了一组长长的镜头，表达了不同凡响的时期的降临。

镜头之一：雪地中的院落。

镜头之二：蓝黑色乌云的天空。

镜头之三：白塔和长满杂草的旧城墙。

镜头之四：李仁堂看着一无所有的天空，若有所思。清脆鸟叫的声音。

镜头之五：空无一人的校园。

镜头之六：空寂无人的教堂正面。

镜头之七：挂在树上的学校的大钟，无人问津。

镜头之八：琉璃瓦建筑上的一只只辟邪物。雷声、风吹铜铃发出声响。

镜头之九：宫灯状的老式路灯。空无一人的教堂内部。

镜头之十：风吹动树叶、树枝，它们在风中摇晃。雷声越来越近，越来越大。

镜头之十一：远处是白塔，近处的旧城墙上，几只鸽子在觅食。一只野猫穿过，发出嗖嗖的声音。（镜头移动）一个院落中晒在外面的床单、衣服在风中飘荡。雷声越来越紧。

镜头之十二：雨打在外墙上。（镜头摇近）学校大门迎面的照壁上，红颜色书写的标语“红色恐怖万岁”，它也已经被雨冲刷过。

至此，关于“文革”爆发的一段叙事结束。这个过程从头到尾，除了一些代表不安的自然声响，没有一点人声，安静得有些蹊跷，让人觉得要出事了。应该说它们都是主观镜头，是从李仁堂扮演的老清洁工的眼睛看过去和留下记忆的世界，它们体现了这位活了大半辈子的老工人对于周围发生的事情的迷惑不解和拒绝，他的落寞、惆怅与痛惜。那些没有声音的画面，隔开了他与这个社会，隔开了他与周围的冲突纷争。从此之后，对他来说以及对别人来说是一样的，这个世界分为两半，他本人及与他熟悉的一些人们在这一半，而另一半在他的视野之外，是令他十分为难和感到疏异的。不管情愿与否，新划分的世界秩序由另外一半的人们所颁发和建立。

从这个角度看过去，给人印象深刻的《小街》（1981），可以说是一部描写“被占领地区”生活的影片。由郭凯敏扮演的汽车修理工夏于无所事事的闲逛当中，倚着一扇半闭的木门，未料竟把门推开，人也就势摔倒。站在他面前的是一个惊恐未定的面孔（张瑜扮演），“他”手上的鸡蛋全被打碎。显然对于“他”来说，在自家门口，已经见到过不同的“闯入者”。“他”一边往后退缩，一边语气急切地对来者说：“快走吧，我妈妈生病，她怕见生人。我求你快走吧。”夏答应一定要赔“他”鸡蛋，离开时一肚子困惑：“为什么这样害怕?”一个星期后夏外出试车回来，带上20只鸡蛋前往赔偿时，看见“他”提个篮子在附近一个院子里为妈妈采草药。两个年轻人隔着铁栅栏尝试交流，一个在里，一个在外，仿佛处于两重天地当中，更加突出“他”的生活是不自由的和被管制的。突然，恐怖的音乐声起，远处过来两个戴袖章的人，“他”像飞燕一样迅速翻过栅栏，逃命一样飞奔，夏在后面紧跟，接着得知“他”的“妈妈是音乐学院教授，现在成了黑帮分子，上医院都得写申请，还有人押送”。夏决定帮助“他”。他们一同开车去郊区采药，只是在暂时离开了这座“被入侵”的城市的时候，这对年轻人才舒心痛快，绽开欢快的笑容。他们做着儿时的游戏，将山芋切成高脚小酒杯，两人一起比赛翻跟头，结果翻到河里，暴露了“他”原来是一个女孩。她的头发在大街上是被强行剪掉的，手持剪刀的红卫兵不容分说地剪掉了她的秀发，并蛮横地将她推倒在地，她只有无力地哭泣。夏下决心帮她找到一只辫子，还她女儿装束。结果是偷了一个样板戏的头套，遭到毒打，有人用皮带抽中他的眼睛，继而用脚践踏，夏的眼睛严重受损，渐渐双目失明。影片中的那些小巷几乎都是空无一人的。只有大小不一的标语，表明这是一个有人出没其中但被占领的城市。

如果说这是一个“被驱逐”的人们的生活，那么《小巷名流》（1985）则是一个“被劫持”的人们的故事。这条小巷之所以得名，是因为传说当年司马相如与卓文君在井边当楼卖酒。如今的“名流”，除了这二位的后代司马寿仙与卓春玉，还有一位贩夫走卒之辈牛三。他们三人走到一起，是因为一同进了学习班。当学习班的其他成员或者因为“被宽大回家”，或者“升级进了班房”，或者“带着花岗岩的脑袋见了上帝”，他们三人被编为一个小组，继续“隔离”接受审查，不得回家。司马寿仙是开花圈店的，他店里的花圈挽联一概写着：“为有牺牲多壮志，敢教日月换新天”，他检讨自己的“活思想”是：“心里总想着‘文攻武卫’，多卖几个花圈”；卓女士曾经当过国民党军官的姨太太，如今开了一家旧衣服店，因不从造反司令的求婚，不得过关；牛三则因为酗酒宰狗，扰乱社会秩序。卓女士被逼交代她与多少男人发生关系，“他们的政治面貌如何”，她一度想不开欲自杀，幸得其他二位相救相劝。司马想出的主意是不管多少先承认下来，于是胡编乱造，将县革委会副主任也算了进去。副主任查问下来，造反司令被撤职，三人得救。这部影片带有喜剧和戏谑的意思，但是戏谑的范围被严格限制在个人所采取的态度上，而非环境中的严酷。影片交代“文革”是从武斗队伍在街上示威游行开始的，十分触目。走在前面的是队列整齐的“步兵”，后面是三轮卡车上的“机械部队”，人们持枪（自动步枪）戴帽（柳条帽），斜挎子弹带，卡车边上站着的两位舞着手枪，前后共同一致呼喊的口号是：“还我战友!”“以牙还牙，以眼还眼。”故事的结局是卓女士的女儿进了样板戏团，但是当天就被“他们”强奸了。“他们”是这批电影中经常见到的一个词，只要称对方为“他们”，便不需要追问到底是谁干下的事情，仿佛对方是许多个体附在一起的妖魔整体。

用“伤痕电影”来称呼此类作品，并不是十分准确。“伤痕”涉及在“内心”或者“精神上”留下来的踪迹，涉及内心发生的变化、变动，是因为前面有了什么事情，内心获得了什么样的可怕经验，继而据此又做出什么。比如拍摄于1994年的俄罗斯电影《毒太阳》（又译为《烈日灼人》），讲述了一个旧俄贵族青年如何一步步将灵魂抵押给魔鬼的故事。当新政权、新秩序建立，他不得不遵命离开祖国和心爱的姑娘，去巴黎以钢琴师身份为掩护，出卖流亡在外的本阶级成员，为此内心陷入彻底黑暗。若干年后他精心炮制了一个报复计划，借20世纪30年代的大清洗，他将送他踏上魔鬼道路的红军将领诬陷进了牢房，而全然不顾此举如何波及这个将领的无辜家庭，如何波及这个将领的妻子——当年他深爱的姑娘，甚至还波及那个家庭里的可爱的小女儿，母女同时受株连晄当入狱。在“了结”旧日恩怨之后，影片主人公也因此丧失了生活的意义，割脉自杀。他灵魂的道路上一度降临的黑暗，使得他陷入永久的黑暗之中。再比如20世纪80年代初在中国上演的匈牙利影片《靡菲斯特》，讲述的是20世纪30年代德国一位著名话剧演员因为不甘寂寞，一步步陷入与纳粹的合作的泥潭，这其中他并非没有意识，但是他的野心及虚荣心使得他无法停止下来，这是一个灵魂无法拒绝诱惑因而受囚禁的故事。

但是我们在这个单元里谈论的中国电影，并不是内心劫难的故事，它们主要表现的是人们在被占领情况下的屈辱，在被剥夺情况下的幽怨和怨愤。观众见到更多的是占领军如何为所欲为，如何以各种不可思议的名义，将人们加以隔离和监禁，将无辜的人们置于他们无处不在的威胁之下。但是所有这些问题却没有得到恰当呈现：所有那些受害者是否一定都是从一开始的不合作者？他们是否也曾经一同分享过那种仿佛从天而降的异族语言？是否也有过那么一刻想要参加“他们”的组织？受害的人们此前是否也认识那些迫害者、与他们一同吃过饭、打过招呼？在世界没有像现在这样划分之前，是否也有过一些另外的划分，而那同样是不公正的？甚至可能有这样的情况：受害者当中的一员，最终改变了自己的身份，成了迫害者？或者反过来，迫害者成了受害者？因为毕竟不是外来民族的“入侵”行为，而是从身边的事情、身边的人们开始的。从这个角度看过去，稍前的那些影片（1977—1979），不管怎么说，是提供了对于正在发生的事情的某种理解的，哪怕理解为“一场你死我活的战争”。观看这批影片，总体来说仿佛事情都在自己之外发生，是“他人的战争”“他人的罪行”“他人的恶”，是黑格尔说的“纯粹的恶”，在这种恶面前，所有智性的活动一概休止。一场触及每一个人的革命，因而成为完全不可理解的。

延展的理解

所谓“延展的理解”，是指不是择其一端，不是简单的二元对立——受害者与迫害者，而是取得一个深入、内在的眼光，跟随事情的进展，做一些移步的理解。具有这样理解的影片为数少而又少。

郑义的小说《枫》发表在1979年2月《文汇报》上，后来由他本人担任编剧，1980年峨眉电影制片厂拍成电影，这是唯一一部从红卫兵本身的视角完成的“文革”叙事，它提供了独一无二的理解“文革”的内在眼光。随着时间的推移，这部影片不可取代的意义越发突出。因为出自当年投身“文革”的红卫兵之手，它有着一个与纪录片相对应的叙事结构，难能可贵地就近观察、记录了红卫兵在外人看来“不可思议”的那些举动，完整地保留了红卫兵初期“文革”的心路历程，富有层次，展现了向往美好生活、拥有正常感情的年轻人如何从互相爱慕到互相仇视，从满怀深情到十分冷酷，从天真纯洁到“双手沾满了鲜血”，从“为了明天”出发，却一步步走向昨天，走向“战争”的深渊。后来的人们尽可以对其中的提法、做法作出自己的分析，但起码这是一份基本的原始材料，十分具有说服力。

首先，这部影片进入“文革”的切入点与其他所有影片不一样，它把起点放在当时报纸杂志的一系列重磅文章上面，以特写镜头推出的这些版面，正是“文革”的动员令——《评新编历史剧〈海瑞罢官〉》（姚文元，《学术研究》）、《评“三家村”——燕山夜话》、《放手发动群众　彻底打到反革命黑帮》（《人民日报》社论）、《横扫一切牛鬼蛇神》（《人民日报》社论）。先是有了这些，然后才有广场接见、众人山呼万岁等。这显然是一个“过来人”的叙述视角，它体现了某种承认与承担的立场。

如果说吃狼奶，这些在战争结束之后出生、1949 年之后识字念小学长大的一代，比任何一个年龄段的年轻人所吃进的狼奶要多，“吃水”要深，他们就像是新生政权的头生子，作为前排的长子长女，他们不仅要担负起更多的责任，更重要的是分享这个政权的想象力、它的全部话语、合法性论证。只有他们才有资格这样说：“天下者我们的天下，国家者我们的国家，社会者我们的社会。我们不说谁说？我们不干谁干？”（卢丹枫）革命或“指点江山”是需要力量的，而较为年幼的弟妹们还没有来得及发展出所需要的力气。除了书本上，这批年轻人重要的思想来源还应该包括当时的革命电影，正是那些所谓战争、历史题材的影片，从道德、情感、想象力方面帮助完成了新政权的全部论证，缝合了从革命到日常生活的间隙。斗争是残酷的，流血是难免的，牺牲是光荣的，观看这些影片长大的年轻人，期待把生活当作一场轰轰烈烈的电影，而自己能够成为这部电影的主人公：“让我们接受暴风雨的考验吧！”（卢丹枫）这样的表述要多“文艺腔”有多“文艺腔”，但是这正是那些以革命文艺为奶娘的年轻人的实际状况。研究红色电影与这批年轻人的关系，是一个十分有意思的话题。

紧接着广场接见，分裂便产生了。在从北京回来的路上，一对恋人已经无法坐在一起。李红刚所在的“红旗兵团”是夺权派，卢丹枫所在的“井冈山”，旗帜鲜明地认为“你们是被走资派操纵，是假夺权”。比在“在路线斗争上没有调和的余地”更加重要的，是这两派分别接受过“文革”首长江青同志的接见，分别受到伟大旗手的鼓励和支持，得到承认自己的“大方向”是正确的。笔者目前无法就中央首长接见不同群众组织在多大程度上造成了全国动乱作出评论，但是有一点是显然的：即使不是因为中央首长的接见，“权力”这个东西肯定也会导致人与人之间的誓不两立，导致人们之间不可调和的深刻对立。而当“权力”披上了“正义”“革命”的色彩之后，更加成为不可让步的。最终的胜利要通过掌权来实现。在这种情况下，谈判不可能成功。不是因为缺少沟通的技巧，而是因为双方对于权力是什么、什么才是它的合法性一无所知。

卢丹枫所在的“井冈山”集结了“八个县的兵力”准备向红旗兵团发动“总攻”。而作为另一方“作战部长”的李红刚，此时尤其需要证明自己如何不为个人感情所左右，证明自己为了保卫新生的红色政权的心地是纯正的。悲剧变得无法避免，战斗完全像是从前电影里发生的一样：防御工事、炸药包、机枪、手榴弹、信号弹，火光冲天，房屋坍塌，人员伤亡。这部影片在剧作上安排得合情合理还有两条：①促使卢丹枫拿起机枪朝向恋人的队伍猛烈扫射过去，更为直接的原因是身边战友的倒下，尤其是一同外出执行任务的十来岁男孩小兔子的被枪杀，夺走了卢丹枫的理智；②即使在战斗中，一对恋人也没有完全忘记对方，从本意上他们从没有想过要杀害对方个人，只恨对方站错了路线。这一点，比起用个人私利、个人恩怨去解释“文革”事件的一些其他影片，显得更加真实可贵。“人在阵地在，至死不投降。”像在《八女投江》《狼牙山五壮士》电影中所发生的那样，卢丹枫以跳楼的刚烈举动，完成了她对于心目中理想的祭献。两年以后，有人诬陷李红刚拿枪逼卢丹枫跳楼，李红刚被镇压。

今天观看这部影片，所引起的感受是复杂难言的。从电影方面来说，其制作水准并不高，不仅是人物的对话和行为，在影像方面也同样是“文艺腔”十足，从灯光到构图的任何一个设计，都是按照某个现成的概念或者结论，其含义都是被规定和阐释好了的。据说郑义本人对影片也比较不满，但是由虚假的影像所讲述的故事却是惊人的真实。同时还必须说一句，这种惊人的真实在某种意义上来源于某个“模仿”：这些年轻人越模仿，对于他们本身来说就越真实，曾经是“真实的战争”已经演变为“有关战争的想象”。

影片《芙蓉镇》（1986）分为上、下两集，下集从1966年开始。就表达“文革”本身来说，这部影片大体上没有超出“坏人作恶、好人蒙难”的套路，尤其是“好人”的表现总是那么软弱无力，他们无辜被动地接受了一场与己无关的劫难。但是这部影片的不同寻常之处在于它是从1964年“四清”开始的，某种紧张的气氛在更早的时候已经出现。当“四清”工作组进驻芙蓉镇，半人多高的大标语同时糊上了小镇的街道：“千万不要忘记阶级斗争!”在这部影片中，“四清运动”很像是“文化大革命”的预演，只是矛头稍有不同，它主要是针对“经济领域”，却弄得人人自危以及斗争的残酷性，很像是一个小“文革”。工作组长李国香算出开米豆腐店的胡玉音夫妇的收入不亚于一个“省级干部”，由此对她的周围展开一系列调查：粮店经理谷燕山卖过一万多斤碎米给胡，于是他被认为与胡玉音有不正常的男女关系；镇党支部书记黎满庚被迫交出胡玉音托他保管的1 200元钱，出卖了自己的人格良心；胡玉音本人不得不躲藏外地一个多月，回来时得知年轻的丈夫桂桂已经被逼身亡，他们家新盖的大房子也被没收。往前追溯，这部影片涉及“运动”的起点甚至更早，湘西的这个小小芙蓉镇从1957年的反右运动所继承的，是县文化馆原馆长、下放右派“秦癫子”。

这位李国香在很大程度上深化了影片的主题。她原是国营食品店售货员，经过“四清运动”之后，她当上了县委常委、公社书记。在“文革”前期，她同样作为当权派被揪了出来，当街游行示众，与“五类分子”胡玉音、“秦癫子”一道，这是她决不情愿的，她本人遭难并没有激发她对别人的同情。时间不长，她就被结合进“文革”领导班子，重新当上了县委常委，公社革委会主任，坐着吉普车回到了芙蓉镇。这一笔有点狠，揭示了有人始终是“不倒翁”，一直处于“整人”的位置上。“文革”结束之后，她碰巧遇到劳改释放回来的“秦癫子”，此时她的“坐骑”已经改为一辆黑色轿车，正在准备赶往省城结婚，依然是“一马当先”的派头。这个角色的失败在于，她除了是满口阶级斗争词汇的极“左”女人，还是一个用当年的话来说是“作风不正派”的女人，暗示她之所以往上爬是因为作风问题，这就很落俗套了。假如她恰恰是一个作风正派的女性呢？

《蓝风筝》（1991）把某种触角伸得更长。这部影片追随女主角陈树娟前后嫁了三个丈夫的故事，以编年史的方式，展现了新中国社会从20世纪50年代到“文革”初期的颠簸道路，讲述了普通人在国家政治生活中经受的风风雨雨。影片中胡同口第一次出现由公家打出的横幅是“改造私营商业”；第一次宣读的《人民日报》社论是“进一步做好对私营工商业的改造工作”（街坊蓝太太在将自家的铺子交出去之后，仍然感到困惑和担心的是为什么她们家的成分永远也改变不了）；小小四合院第一次组织起来的学习文件是“中国共产党关于整风运动的指示”，表明日期是1957年4月27日；第一次出现的大喇叭声音是“整风运动”转向，宣布“有人借提意见向党发动攻击”；第一次批斗会的斗争对象是学美术的学生陈树岩，第一次言辞激烈的大字报是“击退右派分子的猖狂进攻”之类。继而这个家庭一系列灾难就降临了。女主人公陈树娟的丈夫少龙因为开会时上了一趟厕所，回来后所有人看他的眼光便有了异样，几分钟之内他便被打成“右派”，不久去农场劳改，不到一年便死在那里；学美术的弟弟树岩被发配去了遥远的农村；当空军的大哥目睹了部队宣布清理人员名单时，有人当场拔枪自杀，浓浓的鲜血淌了一地；大哥的女朋友、部队文工团的“尖子”因为不喜欢陪首长跳舞，转业到了一家工厂在车间干活，后来以“反革命分子”之名被捕，她自己一直搞不清楚到底犯了哪一条。实际上，这个家庭诸多兄弟姐妹在经历了反右之后，即男女老少拿铜锣到胡同口轰麻雀之前，各自的命运大致定型。树娟的第二任丈夫李国栋死于营养不良。“文革”前夕她嫁了第三任丈夫，他是一个住小楼的高级干部，风暴来临时他知道自己躲不过，烧毁有关文件之后，拿出存折叫树娟娘儿俩离开他，不久在批斗中死去。树娟回来看望他，也被造反派团团围住揪着头发，年幼的儿子被推倒在地。

“文革”在这部影片中只占了大约不到五分之一的篇幅，但是从前面所有积累起来的内容来看，所谓“史无前例”的“壮举”就显得不难理解和能够理解了。这部影片以此前电影很少有过的冷峻口吻讲述这些不幸故事，尽量把它们弄得平淡，如同在岁月中被打磨过的样子，在涉及历史运动的那些方面，基本上是中规中矩的。不足的是，也许过于追求一种不动声色的态度，因而忽略了所有的磨难在人物内心留下的痕迹，吕丽萍扮演的女主角通情达理有余，内心咀嚼不够，看不出来所有这些磨难如何沉淀到她的性格或者精神气质中去，形成她看待世事人生的某种眼光。贯穿影片始终的那个童声，给沉重的历史无端添了一道不相称的稚气，以童心与历史对峙，以单纯驱散历史的浑浊，也是一种“文艺腔”。该影片从来没有在国内上映过，因为有香港和日本资金投入，曾经以日本影片的名义参加东京电影节，中国代表团为此退出该电影节。该片在国内遭到禁止，但是该片获第六届东京电影节最佳影片奖、最佳女演员奖。

与《蓝风筝》一样，《霸王别姬》（1993）也是以编年史的眼光，将故事延伸到了“文革”时期。与所有其他影片不一样的是，作为这部影片切入点的是：“当前开展的无产阶级文化大革命，是一场触及人的灵魂的大革命”（由“中央人民广播电台”播报的画外音“关于无产阶级文化大革命的决定”）。表明这种灵魂革命的，是多年相濡以沫的人们之间互相揭发、互相践踏。在熊熊燃烧的火光面前，段小楼开始不顾一切地揭发程蝶衣，暗示程与大戏阀袁世卿做了见不得人的事情，而他们从小一起学戏受苦，“成角”之后是扮演霸王和虞姬的多年搭档，尤其是后者始终深爱着前者。这给程蝶衣带来重创和巨大刺激，他继而失去理智地痛骂段小楼的妻子菊仙，把他对师兄多年的爱转变为对于这个女人的仇恨，导致菊仙自杀。而为什么要这么做，此前是有过铺垫的：最早段小楼受审，审问者为曾经是程蝶衣徒弟的小四，小四从容地拿捏着段的妻子菊仙曾经是妓女这个事实。但比这个更加刺激的，是从前戏园子老板那爷在一旁揭发段小楼，说他在解放军进城时说过不合适的话，这个举动暗示当前的残酷现实是——不是革他人的命，就是被他人革命。因此，在这部影片中，“战争”不仅发生在大街上，尤其在心灵深处；不仅在批斗会上，而且在血肉相连的人们之间；“敌人”不是从天而降，而是早就睡在身边（小四也是被这些师兄们“捂大的”）。亲人反目，朋友成仇，这样的表述比较深刻地触及了“文革”的“精神面貌”，揭示了它的内在伤害。此前的影片中偶尔有过受蒙蔽的造反派经过一系列事件终于觉悟，如《巴山夜雨》中张瑜扮演的押送者女造反派，《苦难的心》中那个马虎出事被坏人利用的女护士，但是一个正常的人（好人）如何转变成一个面目狰狞的人，只是在这部影片中得到了一定的体现。

与《芙蓉镇》一样不能免俗的是，造反派小四是作为有着明显道德和人格缺陷的人物加以表现的，他之所以要整掉师父程蝶衣，是出于想替代师父的个人野心；同样，程蝶衣为什么要揭发菊仙，也是身为同性恋的他视这个女性为自己与师兄段小楼之间的障碍，这样一来实际上就把“文革”根置于一些个人原因乃至性的原因之中，是对于这场“革命”的严重缩减和扭曲。不管是段小楼、程蝶衣还是菊仙，包括小四在内，他们始终对革命话语一窍不通，没有弄懂革命词汇的含义，而只是耿耿于怀于从前的恩恩怨怨、是是非非，在历史的剧烈变动面前，他们仿佛从来是无辜的，这仍然取了一个比较外在的、旁观者的立场。

消解、 时尚以及怀旧

1981 年由白桦创作的电影剧本《苦恋》遭到公开批判，依据该剧本拍成的影片《太阳与人》（长春电影制片厂）被禁止，令人们触碰到了某个界限，本来雄心勃勃进行着的反思脚步受挫，继而放慢。1983 年“反精神污染”，1984 年、1985 年分别各有一部影片与“文革”有关［《爬满青藤的小屋》（1984）、《小巷风流》（1985）］。1986 年“批资产阶级自由化”，该年有一部影片涉及了“文革”，这便是由峨眉电影制片厂拍摄的《残照》，属于农村题材。同样，1987 年也只有一部影片涉及了“文革”，而且只是象征性地加以暗示，即黄蜀芹导演的《人·鬼·情》，其中“文革”这一段主人公秋芸站在凳子上，一只手抓了一把红色油彩，另一只手抓了一把黑色油彩，在一个狭窄的小屋子里，站在椅子上尖锐地喊叫，将痛苦的身影投在灰暗的墙壁上，继而“文革”这一页就翻过去了。1988 年全年一共拍摄了 153 部影片①，如果不算知青题材的《棋王》，那么可以说没有一部是与“文革”有关的，至少可以说没有一部影片与我们这里讨论的内容有关。1989 年有一部类型片《黑楼孤魂》涉及了“文革”，但那完全不是反思性的，那段历史仅仅是其中的商业元素（恐怖）。20 世纪 90 年代之后，涉及“文革”的影片变得寥寥无几，已经不能期待一年中起码有一部与“文革”有关的影片出世。发生变化的不仅在数目上，而且对于“文革”的态度、立场也明显不同。总体上来说，反思的因素明显减弱，甚至荡然无存。

紧接着田壮壮、陈凯歌之后，张艺谋执导了影片《活着》（1994），一般人们习惯将这三部影片相提并论，但其实它们的志趣各异。在有关“文革”的叙事方面，比较起来，《蓝风筝》更宁愿采用历史的眼光，《霸王别姬》更宁愿采取内在的、精神的眼光，而《活着》则采取了所谓卑微的“小人物”的眼光。但是这里的“小人物”视点并不是如同俄罗斯作家眼中那种深切感人的立场，相反，《活着》中的“小人物”恰恰拒绝任何一种深切性的东西，努力避免拥有某种深度。尽管从拍摄手法上来说，《活着》试图接近一种纪录片的风格，但是基本叙事却更加接近一种叫作“剧”的东西，即其中的“悲欢离合”与其说接近历史事实，不如说接近一种剧情上的安排——意外、巧合、出人意表的转折起落，这些安排主要是为了吸引人们的注意力，挑逗人们的好奇心，而并不需要考虑历史事实，不需要对于历史有一种尊重和深切的心情。

当镇长来到主人公福贵家，对他说那些皮影戏保不住了需要烧掉时，同时引出给福贵的哑巴女儿说对象的话题，对方是“县城里拿工资的工人，在城里头，大小也是个组织的头子”。因此，这部影片中的“文革”，主要是与这位“组织的头子”有关，他叫王二喜，所谓戏剧性也集中在他身上。作为造反派，他生得既膀大腰圆，又松松垮垮；整日肩戴袖章，头顶旧军帽，却是个瘸子，当然“急起来也跑”。当他带领几位工友在“下定决心”的歌曲声中，横排行走在大街上时，没有人知道他要去往何方，万一是去武斗也没有什么奇怪的。福贵夫妇在街上布店里听人说有造反派正在他们家“搭梯子上房”，他们有理由表示忧心忡忡。

但他其实给未来的丈母娘家粉刷墙壁去了。他给这个破旧小院的照壁上画了一张毛主席像，在院墙上新刷了几条标语：“工人阶级领导一切”和“领导我们事业

---

① 中国电影资料馆编：《中国影片大典 1977—1994》，北京：中国电影出版社 1996 年版。

的核心力量是中国共产党，指导我们思想的理论基础是马克思列宁主义”，他是一个革命中的美学家。“工厂里的毛主席像都是他画的”，干完活围住小桌吃茶的工友们补充介绍道。造反派不去造反，带人来给自家丈母娘家干活，假公济私，这个带有放肆色彩的细节，同时也消解了“文革”的任何实质意义，包括它的严肃性和严酷性。

“好戏连台”还在于：当王二喜的妻子凤霞在医院里生孩子，医院已经被年轻的红卫兵护士接管，王二喜再次显示了他的灵活头脑：他运用手中的权力，借批斗为名，从牛棚里弄来了妇产科原主任王教授，将他挂着牌子从大街上一路押来，同时说服医院的造反派是为了让他在现场接受教育。但是发现他三天没有吃饭，饿得没有力气了，于是王二喜的丈人福贵上街买来了七个馒头，教授一口气全吃了，噎得喘不上气来，又给他喝水。等到凤霞生下孩子后大出血需要救治时，这位教授已经昏迷不省人事，人们将歪着头的他拖进手术室，他完全不起任何作用，最终凤霞因为产后大出血身亡。其间一连串意想不到的安排，有惊有险，令观众大饱眼福。但是将凤霞的死亡与教授的滑稽表现相联系，大大减弱了前者的悲剧性，死亡因此也成了一桩可以被嘲弄的滑稽的事情（福贵在凤霞的坟上继续谈论七个馒头加了水就成了49个馒头可以作为旁证）；同时，以这样的方式表现教授，是将他进一步推进受屈辱的境地之中，不同于别人施加的羞辱，这回是教授本人自我羞辱。这样的做法称之为“‘文革’遗风”也未尝不可。当年有过一部影片叫作《苦恼人的笑》，其中一位教授在羞辱之中，将一只肛门用的温度计插进自己嘴中，拍摄于1979年的这部影片对于这个细节是持不能接受的批判态度的。

在大字报已经铺天盖地的时候，身为镇长还能够前来替凤霞说亲并亲自主持凤霞的婚礼，他居然也带着“造反派”的袖章，这是不太可能的。县委书记春生也前来祝贺王二喜与凤霞，送来了带镜框的毛主席接见红卫兵画像，这也不太可能。在某种程度上，这部影片是第一次将有关“文革”的那些明显标志当作某种商业或者时尚元素来加以使用的。王二喜相亲时带来的礼物是包在手绢里的几枚毛主席像章和一套《毛选》四卷。而表明凤霞春心萌动的，是她独自在屋里带上军帽和穿上军装、扎上皮带。他二人拍结婚照那场戏着实渲染了一番，新娘新郎一概红卫兵装束，只是多了胸前的红花，哑女凤霞头戴军帽，身着褪了色军装（旧军装而不是新的，这在当时很不容易弄到），那上面别着毛主席像章。在自家院子里面，有人弄来了照相背景用的“大海航行靠舵手”，最后包括父母在内，四人都将《毛主席语录》放在胸前，照了一张全家福。影片中用了一些最著名的“文革”歌曲，制造一种喧闹、喧哗的气氛，从“造反有理”“下定决心”“大海航行靠舵手”到“天大地大不如党的恩情大”“毛主席的话儿要记在心”等，但是所有这些与整个情节、人物的精神状态没有内在关联，这些“小人物”在历史的沉浮中包括在“文革”中始终是各过各的小日子，各人算自己的进账。对于他们来说，正如影片的片名所表明的，“活着”便是一切，便是胜利，而不问为什么活着，人活着有什么尊严与意义。

《阳光灿烂的日子》（1993）涉及20世纪70年代初期某个青少年小圈子的生活，在某种意义上，可以把这个小圈子生活看作“文革”社会中的亚文化范围。在当时严密控制的社会条件下，如何出现亚文化现象？只有到当时严格的等级制社会制度中去寻找原因。在有人说错一句话就要人头落地的情况下，在任何涉嫌“资产阶级生活方式”就要被严格取消的情况下，存在着一个被保护的小圈子，恰恰流行起用当时的眼光看来是“无聊”“腐朽”“堕落”的生活方式。当年是北师大女附中学生的叶维丽教授在她的回忆中谈及了她当时感到的惊讶：当1966年年底，最初造反的红卫兵串联回来，发现革命的目标已经转向自己的父母时，这些人变得改头换面，他们不再满足于朴素的旧军装，而开始“奇装异服”起来：女孩披上长长的羊毛围巾，男孩穿着皮毛的、质地很好的靴子和保养得很好的军用羊毛大衣。叶维丽分析，展示这些与社会地位有关的东西，与这些人的特权感受到威胁因而需要补偿有关，这些人中军队干部子女是突出的一群人。①

主人公马小军除了上课之外，还要学习一些稀奇古怪的东西：造酒、做芝麻酱与小提琴，这在当时叫作“开门办学”。他本人更是把自己的“门”开得大大的，他以“坏孩子”自居，与其他坏孩子为伍，烦闷、无聊、四处闲逛、无所事事，他的母亲责骂他“搬进牢里好了”。“坏”是他的特权，他能“坏”正是他的力量所在。因为无师自通地掌握了开锁技术，他便溜进各种各样的家庭，参观人们的内室，隐蔽在等级制度里面的神秘感对他来说根本不存在，他本来是这个阶层中的一员，洞悉这个阶层的内幕和它败絮的一面。他与朋友议论对方父亲的“作风”问题，与高级首长一起观看“毒性很大”的外国电影，目睹和身受因父亲常年不在家而造成母亲的极端孤独和歇斯底里，这些都给他打开了朝向放纵的天地，暴力举动永远是他最为手边的事情。对女性的幻想和幻想式的占有，则是其中最为刺激的一部分，16岁的他学着兄长们的样，在路上拦着女孩搭讪，用当时流行的话叫作“拍婆子”。当然，他不会真的做出什么，在与女性的交往中他甚至显得漫不经心，只有当他的位置被别人觊觎时他才感到事情严重。在这个意义上，他是坏孩子里面的一个好孩子，仅此而已。他乱七八糟的头脑中（关于“中苏开战”“保尔”与“冬妮娅”“鬼子进村”）其实并没有一条具有真正的危险，对他们来说，真正声势浩大的莫过于去“老莫”撮一顿，虚张声势、声厉内荏是这些人的共性。当他们这一小伙人与另一拨两军对阵、剑拔弩张，却一瞬间在几位“大人物”的握手言欢中变得烟消云散，所有的人对于这个被玩弄的处境感到无比欣喜若狂：“和了！”在象征着权势的场所，双方举行了盛大欢宴。

---

① YE WEILI，MA XIAODONG. Growing up in the People's Republic. Palgrave Macmillan，2005.

在很大程度上，可以把这样一个“亚文化”区域看作当时主流文化的一个“注释”，是处于这个等级制度上层的“内部装修”，它与主流文化之间有着拉康所说的“镜像关系”。这部影片的导演姜文对于影像有着天才般的直觉，运用强烈有力的视觉形象完整地保留了当时的生活气息，但是总的来说，这部完成于二十年之后的影片与它的原小说作者一样，缺少对于这种生活方式和状态的反思，马小军的精神特质在于他是一个无辜者，他一派天真无邪的样子不是装出来的，那是因为他神气活现地贴在所有现存事物的脊背之上，游弋于当下环境这个卵巢之中，寄生于现存秩序的蛋壳之内，浑水摸鱼、无忧无虑、自命不凡和自鸣得意，像这个社会腹腔中的一节盲肠。因而哪怕他自己的行为多么自相矛盾，古怪反常，漏洞百出，他始终露着婴儿般灿烂纯洁的微笑，这才是全部事情的真正可怕之处。那种天真无邪的笑容其实是做给别人看的，是给予自身的辩护词，是坚持自己有理、拒绝反思。所谓“阳光灿烂的日子”，其实是“幽深的、没有阳光的日子”。影片中使用大量抒情音乐（包括抒情的“文革”歌曲，比如“远飞的大雁”），使得这种混乱、盲目得以“下载”落地，即加以肯定和接受下来。

由第五代摄影师顾长卫导演的《孔雀》（2004）获得了不少好评，并赢得了柏林电影节银熊奖。故事发生的时期泛称“70 年代”，这是一个富有意义的信息，即影片制作者并不打算关心这个年代的十个年头之间，怎样的变化和发展，所有凸凹不平的差别都被压缩成一个叫作“70 年代”的平面，它是一段往日的时光，是缅怀和追忆的对象。“很多年过去了，我还清楚地记得，70 年代的夏天，我们一家五口一齐在走廊吃晚饭的情景。那时候，父母的身体还那么好，我们姊妹三个还那么年轻”，影片是这样通过剧中人物的怀念口吻开始的。

表明当年政治气氛的，只有影片开始最初的一点画外音：全家人围住一张小桌子吃饭，楼下响起并不很清晰的呼喊口号的声音，并伴有依稀可以辨认的锣鼓声，母亲将头伸出去张望了一眼，看不出有什么东西吸引住她，于是她很快放弃了，回过头来吃饭。而其余四人除了小弟弟有一点动静，父亲及两个成年孩子，仿佛没有听见一样，一点也不曾为外界的声浪所干扰，始终埋头吃饭。当然，这也可以理解为“文革”后期，人们对于政治已经厌倦了，他们不再关心周围环境发生了什么，认为它们都与自己无关。但是如果结合当时的实际情况，这部影片发生的年代，与本文开头分析的那些“你死我活”的影片正好处于同期，而后者实际上是当年的同步产物，所以更令人相信那更加符合人们对于自己身处环境的认知。要想不与政治发生关系，即使是对于普通人，也要再过若干年之后，主要应是进入 20 世纪 90 年代之后。这之后如同哈维尔所指出的，不问政治是得到某种鼓励的。

将政治从日常生活中“掏空”“流失”或者“蒸发”（罗兰·巴尔特语），将这种被过滤过的现实变得如同“自然”本身一样，是这部电影的重要策略。如果沿着有关“文革”年代的影片一路看下来，观看这部影片时会感觉明显的不安，会觉得什么地方有不对头。细想起来，首先是那些街道。这个中原小城的街道上居然没有任何标志，既没有“文革”时期到处悬挂着的大标语、大字报或者张贴的口号，当然也没有改革开放之后铺天盖地出现的商业广告、各种商店的醒目招牌，一个没有文字的街道是一个彻底无声无息的街道，就像一个人瞎了眼睛或者有眼睛没有眉毛一样，这种情况有些令人惊怵和讶异，不免再度令人想起这是一个“被占领”的城市。但这回不是被“他们”占领，而是出于人们自己的需要或者自律，是来自不同方向上的两只手扼住了某些东西的喉咙，紧紧地摁住它们不让它们出声。在打出字幕之前，影片有一个小城的全景镜头，在一条街道上，风雨飘摇中挂着一条“消灭蚊蝇，人人有责”横幅标语，仔细才能辨认，这是一个制造某种模糊和混乱的信息。

回到所谓“日常生活”之后，人们做什么？在形容“欢迎和支持这种转向私人领域的能量输出”时，哈维尔用了一个法语词汇——“小玩意”，即用各种看起来可爱的小东西装饰自己的生活，借用这个眼光，可以说这部影片充满了各式各样的“小玩意”，它基本上由“小玩意”构成，所谓“70年代”已经变成一种“生活方式”，它有着不同于今天的当时的“时尚”：在院子里做煤球、在屋里做皮蛋、在走廊上做西红柿酱（一地的盐水瓶），以及踩缝纫机、拉手风琴、缝被子、针灸（妈妈帮儿子）、缺少性知识、男女关系上的捕风捉影等，都是那个年代的标志产品，当然更为突出的是人们的服装，风华正茂的“姐姐”永远是蓝色和灰色的咔叽布，灰色平绒鞋，弄得像是当年的时尚一样。对比着今天的时尚，应该说，这一点已经脱离真实，只剩下蓝、灰色的说法，更像是当年《参考消息》上外国人写中国人的文章中所说的，那是在北京或者知识程度比较高的人们中间。而所有这些“小玩意”越显得真实，它们所遮蔽的当时社会真相越甚。

导演顾长卫谈过为什么挑选张静初扮演其中的主人公“姐姐”，是因为这个女孩身上有一种20世纪70年代才具有的“纯净”气质，这个不安于平庸生活的姐姐也被当作了那个时代“理想主义者”的化身。但是这是哪门子的“理想主义”！为了参军，小小年纪的她竟然知道准备两瓶酒和两条香烟前往贿赂带兵的人，尽管没有得逞。如果说那是理想，那也仅仅属于她逃离环境的“个人理想”，与那个年代与众人分享的崇高理想根本不搭界，相反，正是后者所要摒弃的对象（个人奋斗）。为了博得别人的同情，姐姐竟然把自己的胳臂抓出一道道红印，说那是自己家人打成那样，并主动提出要做人家的干女儿（这在当时是“四旧”），她与干爸在一起也就是吃吃东西，看看电影，拉拉手风琴及跳舞，他们之间并无任何精神交流。十分不真实之处还在于，这个“姐姐”自己用缝纫机制作了一个巨大的降落伞，这在当时是不可能的，她怎么会有那么多布票①？而为了向别人要回降落伞，姐姐居然脱下自己的裤子，这更加不能想象，那个年代女孩子的贞节属于革命纯洁的一部分。

拍摄于2005年的《芳香之旅》，其中有关“文革”的篇幅占了影片的大约五分之一，沉寂了若干年之后的“文革”景象重新出现在电影中，这首先是值得肯定的。但是那场涉及人的“灵魂”的革命，在该部影片中已经完全转变成涉及人的“肉体”的革命：“文革”之前的20世纪60年代中期，主人公老崔已经是一个被毛主席接见过的劳模，但是在新婚之夜，他与新娘做爱时不小心碰倒了满屋的毛主席石膏像其中的一只，半夜里夫妻俩吓得到院里挖个坑将碎片深埋，从此之后老崔作为男人就不行了。即使这样，这部影片还是有一些宽广道路可走，但是影片偏偏选择了一条最窄的路径，它要老崔继续在精神上做一个男人，在精神上做一个堂堂的男子汉，无视他已经遭受的损失。他愿意亲自开车接妻子的前情人刘奋斗与妻子见上一面，结果车翻身残。妻子对此感慨不已，一劳永逸地原谅了性无能的丈夫，变得心满意足。丈夫去世之后，她从街市上买回一张新的毛主席像挂在墙上。影片的结尾是她给老崔上坟，坐在公共汽车里回想当年她与老崔以及刘奋斗在一起的情景，脸上露出了总结性的幸福笑容。2006年2月份情人节那天这部影片在全国院线上映，导演章家瑞（20世纪50年代末出生）有一个阐释：“我们是在对父母们做出的牺牲进行怀念。”就这样，一对本该是“哀其不幸，怒其不争”的夫妇，他们迟钝封闭的精神状态以及“无性的婚姻”，变成了十分“自然”并需要讴歌的对象了。影片中有关“文化大革命”的那些元素（红卫兵串联、露天电影、呼喊革命口号等），仅仅停留于“道听途说”的水平，它们主要是作为“奇观”而出现的，同样缺少与人物性格的任何内在关联。实际上，即使是身处“文革”大动荡中的老崔夫妇，对于周围发生的事情，也一概采取不闻不问的态度。与《孔雀》中的主人公一样，他们有着对于“文革”的天然免疫力或者“屏蔽”的能力。当花花绿绿的大字报出现在老崔所开的公共汽车身上，老崔的直接反应是用手撕下它们，不知是出于有意识还是下意识。在这个劳模头脑中，“文化大革命”这件翻天覆地的大事整个被删掉了。影片中对于“文革”之前20世纪60年代的浪漫描绘，尤其是反复使用那首“毛主席来到咱农庄”明快歌曲来造成欢快气氛，基本上是脱离历史的。其实那是一个重新步入“阶级斗争”的时代，暴风骤雨的年代马上就要来临了。□ 2006·4

---

① 1989年在法国出品的影片《牛棚》，导演和编剧为从中国大陆出去的戴思杰（1954年生），其中有一个细节是，一位被关押的年轻人进城之后吃了太多的东西撑死了，这更像是给法国人提供的耸人听闻的故事，因为那时候吃饭是需要粮票的。这部影片将“牛棚”放在一个风景奇异优美的南方山区，看上去更像是一个旅游度假或者休养的地方。

戏剧创作的歧途与没落

□傅　翔

一、 没落的实质

在这样一个时代，戏剧已经牵动了太多人的心，太多人关注它的命运与危机，太多人终其一生与其同喜同悲，也太多人仰其鼻息得以维生，却独独没有人掏自己的腰包进剧场，更没有圈外的人为戏剧摇旗呐喊。戏剧已经真正成为圈内人自娱自乐的一门艺术。不管圈内还有多少人抱着多么远大与不切实际的幻想，戏剧的没落都已是一个不争的事实。

这种“圈内热，圈外不热”与“台下不动，台上乱动”的局面正好印证了这么一个事实，那就是戏剧确实走入了一个相对衰落的时期。衰落时期的特征也显而易见，那就是守旧强于创新，研究多于创作，呼吁大于实干。而在现实中，锣鼓声息，大家都不知道在哪还能看到那古老而遥远的戏剧。在城市中，人们不知道剧场在哪，更不知竟还有戏剧演出；而在农村，那热闹的锣鼓声也大都偃息多年，走村串户看社戏的局面也大多难得一见。现实就是如此，虽有少数几个沿海较发达地区民间戏剧依然呈现出一派红火景象，但我依然认为，戏剧的衰落是一个大的趋势，民间局部的红火与个别都市的暂时热闹都不可能造就戏剧的再度繁荣。这就像一个正常的人一样，回忆可能在某个时刻会占据他大部分的时间，但他终将回到现实，要面对着更多现实生活的问题。在我看来，戏剧已经成了许多人的一种记忆，一种文化与童年的美好记忆，如果哪一天人们突然有闲暇坐下来慢慢品味，那也就是它重新获得短暂红火的时候，至于再度繁荣，那除非让每个人都永远活在回忆之中。

对此，许多专家并非缺乏清醒的认识，如魏明伦所说：“戏剧不可能再发展到主流文化，要保有一席之地，靠养。”又说：“……世界戏剧时代已经不是莎士比亚的辉煌时代了，人们的生活方式变了，成了以斗室文娱和居室文娱为主，以广场文娱为辅的时代。”① 戏剧评论家马也同样认为，今天这个时代是一个不需求或不怎么需求“真正的艺术”的时代，是一个背离了艺术精神，尤其是悲剧精神的时代。② 毛时安则对这种景象充满忧虑，他指出斗室文娱是我们民族文化发展的耻辱，而不是光彩。他认为目前的舞台艺术就像文艺界的卡拉OK，自弹自唱、自拉自唱、自演自唱，似乎和今天的老百姓没有太大关系。③ 显然，戏剧的危机与衰落并非空谈，关键还在于，许多圈内人都不能跳到圈外来仔细看一看，戏剧到底发生了什么问题？这真是应了一句古话：“当局者迷，旁观者清。”倘若我们都能不只在圈内“发高烧”，而抽身出来看一看，我想，这对于戏剧的创作与发展都是很有益处的。

一味地坐在井底，大谈天有多宽，这个寓言大家都已烂熟，遗憾的是，我们今天却还有许多这样的“井底之蛙”。在戏剧界，这点表现得更为明显。戏剧的衰落已是事实，可我们都在大谈戏剧的再次辉煌，大谈戏剧为何危机，这岂不都于事无补？遍览专家们的言论，危机的原因也众说纷纭，无法形成共识也不可能形成共识。本就说不清道不明的，又何必非折腾出个子丑寅卯来？在我看来，戏剧的衰落业已造成，我们所能做与所不能做的就当一分为二，所能做的努力去做，并把它做得更好；所不能做的就由它去，不必争论，也不必勉为其难。

在这样一个时代，大家都习惯于张望，习惯于浮躁，就是不习惯于埋头苦干，不习惯于做一些本质的工作。我们找一些问题的根由也大都是隔靴搔痒，进入不了实质性的探求阶段。对于戏剧，我有一个很深的感受是，我们太过于放纵自己的欲望，太轻而易举地降低了我们审美的标准与尺度，对剧本如此，对舞台亦是如此。而在剧本与舞台两者之间，我们又太容易左右摇摆，往往轻易地抛弃了对剧本的严格要求，而向舞台投去过多献媚的眼光。不用说“一剧之本”的言论岌岌可危，就是“有剧无本”也大可站立得住。这实际上就是当前戏剧面临的最大危机，这危机的根源就在于我们的观念与思想，是我们的思想的贫乏造成的。

这种观念的产生是与我们思想的贫弱密不可分的，正是因为我们思想的乏力与乏味，怯懦与虚无，我们更愿意追逐技艺的翻新与炫目的舞台。然而，正如有的评论家指出的那样，翻开艺术史，凡是“戏保人”的剧目，常演常新，经久不衰，老而弥新。反之，凡是“人保戏”的剧目，则人去而戏亡。而只有那些不因换剧种剧团和演员而失去它的华美的精品剧目，才成为真正意义上的“保人”之戏，也只有这样，其文本才可传世，才有望在若干年后成为经典。④ 面对着舞台艺术举步维艰，老艺人相继逝去，剧种生存岌岌可危的状况，听听这话也许不无益处。

---

① 魏明伦、刘厚生等：《直面当代戏剧之命运》，《中国戏剧》2004年第1期。

② 文化部艺术司：《2002—2003年度国家舞台艺术精品工程十大精品剧目展演座谈会发言摘要》，《艺术通讯》2004年第1期。

③ 魏明伦、刘厚生等：《直面当代戏剧之命运》，《中国戏剧》2004年第1期。

④ 文化部艺术司：《2002—2003年度国家舞台艺术精品工程十大精品剧目展演座谈会发言摘要》，《艺术通讯》2004年第1期。

确实，形式与技巧都容易过去，它满足的也更多在于眼目的欲望，而不是心灵的需求。能够给人长久生命的必然是内容与思想，是那“一剧之本”给人的启迪与震撼。古代的表演技巧与形式我们已不可全见，特别是元杂剧的舞台原貌，谁又曾见过呢？但我们却在保留下来的剧本中读到了精义，知道它们讲述的悲哀与叹息、愤怒与控诉、欢喜与幽默。

形式与技艺容易随时间流逝，内容却常因此历久弥新。关注形式与技艺创新的同时，我们是否意识到，剧本创作已经停滞不前多年，不仅题材太过老旧，缺乏新意，而且对现实的反映也有着诸多的无力与空白。

二、 思想的贫困

这种创作的严重滞后已经不是一两年来的问题，翻开精品剧目的名单，有一个事实非常清楚，那就是20世纪80年代与90年代初的作品占据了主流，而这些作品的主题与内涵又大多略显老旧。第一届的《宰相刘罗锅》《贞观盛事》《陆游与唐琬》《商鞅》《贬官记》自不必说，就以这一届的初选剧目而言，如《膏药章》《班昭》《变脸》《胡风汉月》等，也无不存在着或多或少这些方面的问题。正如专家们所说，十大精品剧目没有一台反映当下的现实生活，而且与古今中外经过历史检验的经典艺术作品还有或大或小的距离。

这实际上已成为一个相当严重的问题，遗憾的是，我们常常被成绩所迷惑，却不知这个问题有多么严重。我有一个粗浅的观点很能道出其中的实质，那就是20世纪80年代的戏剧是走在小说前面的，无论是技巧的创新、观念的变革，还是思想的深度都是如此，可到了90年代甚至今天，戏剧则远远地落在了小说的后面。不论是在反映现实生活的深度和广度上，还是在技巧与观念的革新上，都是如此。

这真是一次无奈与失望的回顾，这回顾也让我们看清了一点，那就是思想的活跃与否是相当紧要的，对于创作而言，就更是如此。回想20世纪80年代与90年代初期思想界的那种活跃与朝气，我们就知道创作需要什么了。确实，当我们的思想都已昏昏欲睡，无意于为这个时代与眼前的生活思考时，我们的贫乏已经到来。金钱与物质的权势由此替代了高贵的头颅，我们在权势的淫威下亦步亦趋，乐而忘返。

这也就是我们当下的生存现状，大家只对金钱与富足的生活感兴趣，只对如何生活得更好与如何便捷地获得享乐着迷。说白了，大家挖空心思想要的也不过就是如何更好地“吃喝玩乐”而已。思想已经停止，一切停留在生活的表层，现实因此变得遥远。乏力的感觉是如此深地包裹了我们的心，以至于我们对现实生活常常处于无力把握的状态。我们进入不了生活的深处，我们找不到生活的坐标，我们懒于思考一切的事物与现象，我们活着形同没有活着。

由于过分着迷于追求那些唾手可得的物质与享乐，我们肉体的欲望被无限放大，人活在欲望之中，精神被放逐。这样的后果也就是麻木与无聊，是极度乏味的无奈与绝望，有血有肉的人仿佛成了空心人与稻草人。

在戏剧创作中，这种状况俯首皆是。剧作对现实生活的乏力感已经成了一种流行病，而乏味则正好指涉了当前戏剧创作的整体病症。如今的戏剧确实都或多或少地给人这种拂之不去的印象，这其中的根由已经不言自明。

一切的问题显然还是出自于人，出自于剧作家本身。剧作家在这种严峻的现实面前是否昂首面对？是否大声疾呼？是否说了真话？这都是至关重要的。假若我们都能够勇敢地面对生活与现实，都敢于揭示与批判，敢于与黑暗丑恶作斗争，敢于说真话，那我们就会打开一片真实与思想的天空，我们的生活就会燃起新的希望与意义。

意义是靠真实与信心确立的，虚无的东西不外乎虚假与无聊，它拒绝真实与信心。正是因为满足于平庸与欲望的生活，他们迷失了方向。他们找不到意义，也不愿意寻找意义；他们没有思想，也懒于思想，这就是一种虚无的生活。这种生活自然不会给创作带来积极的影响，相反，它对创作的影响正好是致命的，严重的便是创作的停止。

这种严重的局面就是思想的贫乏所致，没有了思想的光芒，人们就必然把热情投注在技艺的修炼上。由于懒得去思考，懒得去探求，人们就必定会寻找一种更为便捷的途径去达到他们的目标。对于戏剧而言，文本既不可达，那就不外乎舞台了；思想既不可达，那就不外乎“好看”了。

三、“好看”的陷阱

中国的艺术大抵就是如此，由于“中庸”思想大行其道，艺术创作也常常避重就轻。剧作家一旦削弱了对思想的追求，或者说对思想与深度采取了敌视的态度，他们就必然会找到“好看”身上，也因此会冠冕堂皇地找出一套又一套的理论加以正言。在这“好看”之途中，最经典的言论不外乎“趣味说”“结构说”“市场说”“二度大于一度说”“导演中心论”“演员中心论”等。总之，他们会急切地把剧本放在一边，让你把所有注意力放在舞台，放在“好看”身上，从而以视觉与听觉的享受代替对思想与深度的追求。

这样做的后果自然无须我再举例，我感到惊讶的是，如今的人们为何如此惧怕思想的深刻？而又是为何如此津津乐道于技艺的修炼？难道“好看”就仅仅是如此简单的视觉刺激？要不然，还是我们都正在步入一个巨大的陷阱？

问题显然并非如此，正如许多专家学者认为的那样，“今天的观众不去看戏，是好戏太少，特别是好的剧本太少”（刘平）[①]，而“说起眼下剧场观众稀少的原因，最先让人想起的恐怕还是好戏不多”（李明）[②]，冯双白也认为：“当舞台艺术综合因素中文学文本之外的形式探索达到殚精竭虑的地步时，我们还是要说，深刻的历史与人文精神关怀是精品的灵魂，灵魂的缺失谁能原谅？动人的艺术故事是所有舞台艺术样式中的骨血，没有好‘戏’哪里来的舞台观众？”[③] 而廖奔也指出：“无论何种情况下，剧作的意义揭示都是它本质生命力的最终实现。”[④] 确实，当我们看够了技艺的炫耀与不断翻新的形式探索之后，我们才会感到，我们需求的并不仅仅是技艺给人的暂时满足。因为任何技艺终将老旧，而人们的热情也终将消退。

徒有其表的东西自然都不会长久，只有表里如一才经得起时光的考验。为人如此，艺术也是如此。中国的艺术常常便做不到这一点，往往不是偏左就是偏右，而更多的便是偏向了技艺的夸耀。张艺谋的电影如此，谭盾的音乐如此，国画书法也是如此；文学如此，戏剧也是如此。这种与西方经典的距离是许多有思想的人都能意识到的，可又是什么阻断了这种交流的进行呢？

显然，其间最为有力的破坏者便是“好看”，是所谓的“观众”，是“经济”，而这背后，就是思想的贫穷。中国人从事艺术考虑的东西往往太多，没有几个是真正从纯艺术的角度去要求自己的。他们要考虑如何获得更多的观众与读者的关注，要如何名利双收，要如何投评委与专家所好……即便是研讨会也不例外，他们的研究与讨论也大多是众说纷纭，不仅于事无补，而且常常误入歧途。实际上，“表”是容易学的，也容易达到，至于“里”，则非学可达的，因为它是一个人的思想与内涵，是他对世界与人生的理解与感悟。

许多人都只想轻松，只想娱乐，就是不想沉重，不想接近深邃的思想，这是可以理解的，但这却不是剧作家可以降低职责的理由。倘若一个追求经典的剧作家因此而困惑，那是很可怜的，因为他把自己降低到了一个观众的位置。你可以为满足更大多数的观众与读者去做流行艺术、通俗艺术，但精英艺术的光环却永远高悬在人类精神的顶峰。“好看”的东西并非都会流行，而“不好看”的东西也未必就是经典。因为“好看”历来都是相对的，有的人以为“好看”，而有的人却以为“不好看”，因此剧作家根本就不用管什么“好看”或“不好看”。他要做的应该是，投注思想的热情去思考、去发问、去批判，而不是“为人民”或别的什么。正如刘平所说，“观众的认可对于戏剧创作固然重要，但是，观众的需要却不是戏剧创作

---

① 魏明伦、刘厚生等：《直面当代戏剧之命运》，《中国戏剧》2004 年第 1 期。

② 魏明伦、刘厚生等：《直面当代戏剧之命运》，《中国戏剧》2004 年第 1 期。

③ 文化部艺术司：《2002—2003 年度国家舞台艺术精品工程十大精品剧目展演座谈会发言摘要》，《艺术通讯》2004 年第 1 期。

④ 文化部艺术司：《2002—2003 年度国家舞台艺术精品工程十大精品剧目展演座谈会发言摘要》，《艺术通讯》2004 年第 1 期。

的唯一尺度”，又说“戏剧创作应该尊重观众，却不能一味地迎合观众”。[①]

这种对“好看”的理解实际上也并不全面，只有一部分人才会以为“好看”只代表了外表与形式，而本质上，“好看”也暗合了心灵的某种需要与满足。真正的“好看”必然是包含着内涵的满足的，就像我们谈一部小说也用“好看”一样，那实际上就很大程度上包含了对故事的认可，对思想的认同。

四、 思想何为？

许多人片面理解的“好看”实际上常常伴随着流行与时尚，对于作品而言就是畅销，这种艺术恰恰是可疑的，也往往不能长久。因为外在的东西便捷，容易吸引人，因此也容易流行，但外在的东西也容易翻新与淘汰，因而也不会长久，只有思想才具备永恒的特质。正因为如此，我们常常被经典所感动，所震撼。完美的经典同样是“好看”的，也是有着精美的技巧与形式的，而不同的是，它同时蕴藏着精深的思想与美丽的心灵。有的人因为懒得去思考而厌弃一些经典的“沉重”，这不足为奇，因为“好看”绝不是每个人共同发出的合唱。想要调和每个人的口味，这部作品必将自取灭亡，因为这种口味并不存在。

因此，我们就更有理由要求思想在作品中的地位，虽然大部分人可以不用思想而活，但我们的时代不能没有思想家。作为剧作家，他更应该注意自身思想水平的提高，正如刘厚生指出的那样，现在“最困难的是艺术本身的提高问题，尤其是在思想深度和文学性方面的提高”，因为，“我们传统戏曲重唱，但思想深刻，文学价值很高的作品不多”。[②] 基于此，我认为“思想”才是剧作家的“关键词”，而思想则应该包括以下几点内涵：

一是对现实与生活有力的反映与思考。

二是对存在与人勇敢地面对与发问。

三是对道德与伦理深刻的理解与阐释。

一个剧作家离不开对现实生活的热情，他生活在这个时代与社会之中，他必然要面对这个时代与社会的现实。他能否给出有力的思考，这显然关系到一个剧作家的生命。正如查明哲所说，我们的戏剧家能否像俄罗斯戏剧家那样给人一种艺术的力量，我们的戏剧是否具备生命力，还有没有生命的体温，能不能担负起净化灵魂的使命？这才是关键所在。而我们现在的戏剧对于现实生活到底有多少那种深入的思考，对社会尽了多少责任？这都值得怀疑，更不用说直面现实，直面真实与探索真理了。查明哲认为，戏剧如果没有了独立思考的品质，如果不关心社会，那社会

---

① 文化部艺术司：《2002—2003 年度国家舞台艺术精品工程十大精品剧目展演座谈会发言摘要》，《艺术通讯》2004 年第 1 期。

② 魏明伦、刘厚生等：《直面当代戏剧之命运》，《中国戏剧》2004 年第 1 期。

也就可以不需要戏剧。① 雷达也认为，如何在审美意识上更加切近当代观众的需求，在审美文化上更能体现当代发展变化的新精神、新趣味，这也许是最重要的。

确实，当我们回到戏剧创作的现状时，一个不容易忽视的事实就是，相当一部分作品没有现实生活的影子，要么没有生活积累，要么拼凑痕迹明显，要么对现实生活的理解太过肤浅与生硬。由于许多剧作家都满足于在历史中寻找题材，长期不关注、反映当下人们的生活，从而也都或多或少地背离了人们的审美需求与思想观念，这样的作品，显然不能引发现在观众的共鸣。正如马也所说，戏曲如果要发展，要走向世界，那它就必须改换它的面目，要拉近与现实生活的距离，注重生活的现实感、亲近感、熟悉感，注入人们生活中的“当下体验”和“日常体验”，注重大众情感的通俗表达及日常的表达方式，使中国戏曲获取一种当下生活的、新的感性形式。②

而在另一方面，思想则更多体现为对存在与意义的面对与发问，特别是对人与人性的深刻洞察与发现。西方的文学艺术经典常常便与此有关，这显然是与剧作家对自身生存与人生意义的追问息息相关的。自古以来，西方哲学的传统在“我是谁？我从哪里来？我到哪里去？”的经典发问中不断取得完善，文学艺术自是深受影响。西方经典艺术的力量往往便产生于这种对人恒久的注视，其中有人性深层的开掘与洞见，也有对存在与意义的理解与探求。无疑，这种对人本体的注视带上了更多精深与沉重的哲学色彩，也更具有一种普遍性，往往也更能震撼人。而这恰恰是我们所缺乏的，也更为戏剧所不容。可以看到，中国有这种追求的剧作家并不多，福建是个例外，如郑怀兴的《新亭泪》，周长赋的《秋风辞》《沧海争流》就很有这个追求，特别是周长赋的剧作，它们显示出的思想与力量显然没有得到最大意义上与最广泛的认同。

我们的戏剧更多体现出来的常常是一种对政治与社会现象的理解，是一种道德伦理的教化与普及，特别是在传统戏曲中，它往往更多体现为对伦理道德的一种阐释，有时则为一种反叛。这自然也不失为一种思想，但这种思想的力量显然存在诸多的局限，不用说道德伦理的理解存在地域上的限制，就是同一个地方的人们也常有着不同的理解。另外，伦理道德的理解也常常因为时间的推移而变化，这点在中国传统戏曲中可以找到许多印证。今天再看古代才子佳人的故事就恍若隔世了，自然也就难以产生同古人一样的共鸣。

这一切都在暗示着我们如何才能找到更适合于自己的思想表达，我们的思想如何才能走入那更深的隧道。读我们的精品剧目，再对比世界经典剧目，我们确实最需要在思想上补课，而不是形式与技巧。

---

① 魏明伦、刘厚生等：《直面当代戏剧之命运》，《中国戏剧》2004 年第 1 期。

② 文化部艺术司：《2002—2003 年度国家舞台艺术精品工程十大精品剧目展演座谈会发言摘要》，《艺术通讯》2004 年第 1 期。

我们不应该忘记，我们不仅有着丰厚的传统文化，也有着丰富的民间资源与剧种资源，我们的思想如何在其中落地生根？这是值得我们每个人认真思考的问题。作为一个优秀的剧作家，他必然不会轻易抛弃这种资源，因为在这里面有丰厚的营养。只有扎根于这种营养，我们的戏曲才会找到新的出路与希望。这也就是思想的另一条道路。在这条道路上，有一个剧作家的创作与声音应该引起我们足够的关注，他就是王仁杰。王仁杰的创作无疑吸取这些资源的营养，他对传统文化与地方剧种的精深研究与理解都是常人难以企及的，正因此，他成功地缔造了一个属于自己的艺术高峰。同样，汤印昌的创作也体现了这个特点，他对民间资源的利用是很独特很生动的，也是很成功的。

当然，这条道路更多还是建立在一种对生活资源的理解上的，没有对生活的热情，没有对生活的体验与理解，思想是不会轻易出现的。因此，对于戏曲而言，思想便更多体现为生活资源、文化资源、民间资源与剧种资源的一种完美结合。像《团圆之后》《节妇吟》《董生与李氏》这样的剧作，这种结合是相当完美的，其中的思想也极其耐人寻味。

思想是一部作品的灵魂，没有思想的作家是写不出有力量与经得起时间考验的作品的，而不同的是，每一个作家都有着各自不同的思考与发现，他们对生活的理解与反映也各不相同。面对走向衰弱的戏剧与戏剧创作，重提思想并非毫无意义，而我们所能做的便是，期待那更加绚丽丰富与更为深厚的思想的出现。◻ 2005・4

无政府主义思潮与20世纪中国

□ 张全之

从晚清到“五四”是中国文化急剧转型的重要时期。在这一转型过程中，无政府主义思潮发挥了重要作用，并在中国文化的肌体上留下了鲜明的印记，其影响也十分深远，甚至贯穿了一个世纪。这种影响有正面的功效，也有负面的赘疣，对此进行认真的清理和反思，可以使我们看清历史发展过程中的复杂形态和内在纠葛。从20世纪社会政治运动来看，无政府主义的影响主要表现在以下三个方面：反抗一切的斗争姿态，使其成为20世纪激进思想的重要源头之一；以人性至善为基础的社会设计，使社会改造运动转化成了提升个人道德修养的过程，带上了道德理想主义的虚妄色彩；源自这一思潮的乌托邦激情渗透到社会改造运动之中，使20世纪的社会改造运动带上了乌托邦色彩。

一

20世纪对中国来说是一个革命的世纪，也是一个激进的世纪。除了“革命”以外，“反抗”“砸烂”“斗争”“改革”“发展”“进步”等一批表征着社会急剧变化的词汇，成为20世纪中国社会的主流话语，直到今天，这一话语体系还在生机勃勃地延续着。中国20世纪的激进姿态，源于中国人对民族灾难的痛苦体验和对民族独立富强的热切渴盼。中国自鸦片战争之后，彻底丧失了天朝帝国的尊严，沦落为任人宰割的羔羊。现实的灾难引发了人们对历史的不满，而西方的强盛激发了人们学习西方的热情。但对一向自大的中国人来说，否定自己、步武西方并不是一件轻而易举的事，需要克服巨大的心理障碍。当中国人在“东方与西方”“中学与西学”“华夏与蛮夷”的心理拉锯战中忍受煎熬的时候，无政府主义以一种否定一切的姿态，高居于东方与西方之上，获得了既批判资本主义也批判封建主义的理论制高点。更为重要的是，这一理论与中国传统的乌托邦思想似乎有着天然的联系，这就为中国知识分子提供了一条既能走向富强又能保住尊严的道路。因此，无政府主义在中国之得以迅速传播，一时间成为中国知识分子的精神支柱。

无政府主义的批判性是前无古人的，它基于对未来社会的美好构想，否定人类在社会建制方面的一切遗产，主张进入一个没有阶级之别、没有民族之异、没有男女之界、没有宗教之隔的大同世界。它“与其说是一种政治哲学，不如说是一种气质”，正如有论者指出的那样，“无政府主义者一直是一些具有反抗精神的男男女女，他们企图组织起来去破坏社会结构。无政府主义对其信徒来说，意味着一场反对邪恶的伟大斗争、一个反对贬低自己的非宗教运动，一场反对社会堕落的战斗，而国家似乎就代表了这种社会堕落的思想与现实。无政府主义反对政治，反对权力主义：是一种不断造反的精神状态”。[①] 晚清士人在当时特殊的时代条件下，将无政府主义“不断造反”的矛头指向了清朝统治，与资产阶级革命派在革命的目标上获得了一致性；反过来，资产阶级革命派也希望借助于无政府主义来达到推翻清廷统治的目的。所以无政府主义在中国甫一落地，就与广有影响的中国政治革命纠缠在了一起，并向中国政治革命的深处渗透。

从晚清到“五四”时期，中国资产阶级革命派与无政府主义均有着密切交往，而很多人脚踩两只船。资产阶级革命派领袖孙中山，与无政府主义者吴稚晖、张静江等人始终保持着密切的合作关系，并从后者那里得到了很多帮助。五四运动之后，中国共产党诞生。这一新的政党在其诞生之初，就与无政府主义者有着无法割断的联系：他们中的很多人在信仰马克思主义之前，曾经深受无政府主义的影响，而且有些就直接来自无政府主义阵营。20 世纪 20 年代初期，无政府主义与社会主义在某些方面的相似性，使他们之间出现了一段时期的蜜月合作。但好景不长，在五卅运动之后，由于这两派在工人运动方面的意见分歧，最终分道扬镳，直至发展成为不共戴天的敌人。

无政府主义与社会主义裂变为两大阵营之后，其中思想上的关联是很难在短时间内彻底割断的，正如德里克强调的那样：“20 年代初期，无政府主义思想在激进思想中得到了广泛传播，即使是中国共产党的创始者在 1921 年之前也接受过无政府主义的观点，虽然他们并不把自己看作实际的无政府主义者，而他们在转向布尔什维克主义之后，也仍然与无政府主义保持着密切联系。”[②] 所以在随后中国共产党的革命史上以及到共和国成立之后的建设时期，依然能看到无政府主义否定一切的激进身影。

无政府主义为 20 世纪中国激进主义提供的思想弹药表现在以下两个方面：一是主张全盘性社会改造，反对社会的渐进变革；二是无政府主义强调人的绝对自由，反对一切对个体的束缚与控制。这两个方面，强烈地渗透到了中国现代政治、

① 特里·M. 珀林编，吴继淦、林尔蔚、姚俊德、南纪德等译：《当代无政府主义》，北京：商务印书馆 1984 年版，第 5 页。

② 阿里夫·德里克著，孙宜学译：《中国革命中的无政府主义》，桂林：广西师范大学出版社 2006 年版，第 11 页。

社会和文化运动之中。五四新文化运动对传统的批判与对个人自由的极度张扬，与尼采、施蒂纳、易卜生等无政府主义思想有着割不断的联系，所以说，无政府主义思想在从晚清到“五四”的一个时段内进入了主流思想的血脉，时时会发生作用。20世纪60年代的“文革”，“就是共产党创立时通过创立者进入党内的无政府主义影响的继续，因为共产党的许多创始人在成为马克思主义者之前都经历了一个无政府主义的阶段，尽管共产党一次次试图消除自身的无政府主义根源，但它还是如石缝间的小草顽强地生存了下来”①。在“文革”之后的一次次社会改造运动中，我们都能看到“全盘性改造计划”的冲动与实践。

无政府主义的全盘性社会改造计划，就是波普尔所批判的“乌托邦工程”。他怀揣着崇高的梦想，准备为所有人创造福祉。这种神圣、崇高的激情，往往会掩盖理性的光辉，导致迷狂，甚至让这些自以为高尚的人，自居于他人之上，不自觉地行使支配他人的权力。就像父母总是喜欢为孩子着想进而获得支配孩子的权力一样，这些理想主义者也常常认为自己可以支配别人。而这样一种心态，很容易造就自命不凡的英雄，走向个人专制或独裁。波普尔从另一个角度，对此提出了警告，他说：“乌托邦主义者试图实现一种理想的国家，他使用作为一个整体的社会蓝图，这就要求一种少数人的强有力的集权统治，因而可能导致独裁。”② 激进主义者们的社会改造计划，并不意味着一定会带来波普尔说的恶果，但激进主义本身的确是一把双刃剑，它能有效地扫除障碍，但自身也潜藏着危险，而来自无政府主义的激进思想基因，在其中发挥了很大的驱动作用。

中国20世纪的激进主义有着多种思想渊源和复杂的驱动力，但无政府主义是所有激进主义中最有诱惑力、一度最为普及的思想形态，它的浪漫主义气质和富有诗意的未来想象，在知识分子心中留下了难以磨灭的印记，所以在适当的时候，它就会复活，发挥它的作用，其后果是可想而知的，也是有目共睹的。

二

无政府主义者在某些方面是深邃的思想者，如当他们批判社会的种种弊端、揭露社会的种种丑象时，常常显露出让人震惊的智慧，但他们也是天真的乐观主义者，有时天真得近乎愚蠢。无政府主义理论有一个虚妄的前提，那就是“人性善”。克鲁泡特金设想，在一个废除了国家和社会分工、废除了工资制和商品交易的社会中，所有的人都自觉地参加劳动，共享所有的劳动产品，无政府共产主义就实现

① 阿里夫·德里克著，孙宜学译：《中国革命中的无政府主义》，桂林：广西师范大学出版社2006年版，第6页。

② 卡尔·波普尔著，邓一明等译：《开放的社会及其敌人》，北京：中国社会科学出版社1999年版，第295页。

了。他解释说："这制度是这样的：如果社会所有的物品是很丰富的，则各人可以自由取用，没有定额，也没有限制，然而那些稀少的和常常缺乏的物品，便要平均分配。"① 那么，在没有政府权力的保障下，如何顺利地实施平均分配，而不会起纷争呢？他设想得十分简单，"倘使某种消费品缺乏，不得不平均分配的时候，那么感觉最大需要的人，便可得到最多的量。你要是这时说了，你一定会得到大众的同意"②，因为人的本性是互助的，友善的，无私的。只是因为后来有了掠夺者，有了国家，人类才开始堕落。等我们将国家废除之后，人性美好的原始状态会再次降临，这就是克鲁泡特金的逻辑。这样的逻辑在现实竞争面前是不堪一击的。

无政府主义进入中国之后，这种性善论得到了更充分的表达。师复认为："世界之人类皆兄弟也，吾人本能互相亲爱，政府乃倡为爱国之论，教练行凶杀人之军队，以侵凌人国为义务，于是宇宙之同胞互为仇敌，而和平全失。是故政府者，剥夺自由扰乱和平之毒物也。"③ 面对着社会上的种种乱象，他们渴望恢复人类的本性以拯救世界，"语曰：居空谷者，闻人足音，蹵然而喜。又曰：满堂饮酒，有一人向隅而泣，则举座为之不乐，而见孺子之入井，皆有恻隐思旧之心，此即良心表现之朕兆也。是故世人良心之汩没，非消灭也，特以困苦之相迫，幸福之不均，号寒啼饥，吞声饮泣，铤而走险，遂成一盗贼世界耳。苟有人破其幕，揭其迷，使人类各得其所，各称其心，各遂其幸福之通性，各显其乡亲相爱之良心，则太平大同世界之涌现，可拭目而俟之矣"④。这种根据个别现象得出一般性结论的方法，近于痴人说梦。"各得其所""各称其心"谈何容易？古代做了帝王的人尚有不能满足者，何况普通百姓？人心的贪婪、欲望的无止境，甚至与生俱来的自私和征服欲，在他们看来都只是国家压迫的产物，只要国家一废除，这些人性中的恶都会随风飘散，人人都变成了天使，大同世界呼之即至。这其实是很浅薄的见识。克鲁泡特金论证"万人安乐"能够实现的必然性时，以蚂蚁和蜂群为喻来证明互助是动物的本性，也是人的本性。他忽视了一个基本事实：人比蜜蜂的高级之处，不只是在于合群，还在于人性的复杂和智慧的反向进化。

把国家或政府看作是人性堕落的根源，其实正好颠倒了历史。国家与政府是人性恶的产物，人们需要国家，是为了借助公共权力限制人性恶的膨胀，而不是因为有了国家，才出现了人性中的恶。正是在这个意义上，马克思将国家看作是阶级矛盾不能调和的产物，所谓"阶级矛盾"其实就是财富分配不均引发的矛盾。所以在人性恶与国家的关系上，前者是后者的因，而不是相反。

---

① 克鲁泡特金著，巴金译：《面包与自由》，北京：商务印书馆1982年版，第91页。

② 克鲁泡特金著，巴金译：《面包与自由》，北京：商务印书馆1982年版，第92页。

③ 师复：《无政府浅说》，葛懋春、蒋俊、李兴芝编：《无政府主义思想资料选》（上册），北京：北京大学出版社1984年版，第271页。

④ 重忧：《〈良心〉发刊词》，葛懋春、蒋俊、李兴芝编：《无政府主义思想资料选》（上册），北京：北京大学出版社1984年版，第249页。

自然，无政府主义者对人性的认识各有不同，施蒂纳将人性的本质看作是“我”，巴枯宁将人性看作是反抗。但作为对未来无政府共产主义社会进行精心设计的克氏来说，他对人性的乐观看法影响最为深远。

将人性善看作人类文明和进步的基础，并将理想的乌托邦置于人性的“善”之上，这一思路对20世纪的中国社会产生了不可低估的影响。

中国古代也强调人性善的重要性，也有“人之初，性本善”的说法，但历代统治者都没有对人性的善寄予厚望，相反，他们想出了种种办法，甚至是严刑峻法，对人性中的恶进行预防和惩治，在此基础上，再通过礼教训诫，规训人性中固有的贪欲，使之适应统治阶级的需要。但自20世纪无政府主义在中国传播之后，对人性善的理想主义理解就得到了发扬光大。师复甚至将无政府主义的性善论发展为近乎宗教一般的信仰，将“心社”变成一个对个人修养提出了苛刻要求的组织。随后，蔡元培等人组织“进德会”，提出了“不做议员”“不纳妾”等多条戒律，反映了知识分子通过提高自身修养以拯救社会的良苦用心。

无政府主义者们的这一社会改革（或改良）思路，被此后的政治运动继承了下来。于是，为了缔造一个好的时代，就先对人的灵魂进行改造，演化到极端处，就成了“灵魂深处闹革命”“狠斗私字一闪念”式的灵魂清洗运动。改造人心成为改造社会的前提，这看上去跟现代启蒙主义十分相似，但细究起来，仍存在着很大差别。启蒙主义者是向民众灌输新的观念，这些“新观念”，其实更多是来自西方的社会政治理论，它只是为了提高民众对社会的认知能力，对人性的本然状态很难产生影响。但无政府主义则不同，他们想改变的是人的本性：试图把贪婪、自私等存在于人性中的成分进行阉割。“假设的人性善”和“制造的人性善”，是无政府主义实现他们理想社会的基础，而前者是伪命题，后者则如缘木求鱼。所以，试图通过改造人的本性，达到引领人类进入理想社会的目的，这本身就是一个悖论。应该说，一个健全的社会，应该在承认人性复杂性的基础上制定规范，约束人的言行。设想每一个人都是天使，或想通过思想的驯化，把每一个人变为天使，以达到把人间变成天堂的目的，那是不现实的。与天斗、与地斗，可能有胜算，但与人性斗，胜算几何，殊难预料，事实已经充分证明了这一点。

三

20世纪是一个激进主义的世纪，也是一个乌托邦大肆盛行的世纪。这些乌托邦的出现，既激励着有识之士前赴后继，也留下了隐患与灾难。所以在历史的发展过程中，乌托邦是甜蜜的梦呓，也是危险的诱惑，它能给人带来希望的同时，也会把人们引向苦难的深渊。

20世纪初期，乌托邦的盛行有三个重要标志，一是乌托邦小说的泛滥。以梁启超《新中国未来记》、陈天华《狮子吼》等作品为标志，一大批作家在作品中虚构未来的理想世界，一时汇聚成为一种令人瞩目的文学现象，也有人称之为“未来记”小说。二是无政府主义的广泛传播。无政府主义尽管自我标榜为“科学的”学说，但是，它本质上仍然是一种理论乌托邦。从俄国无政府共产主义的始祖克鲁泡特金，到中国的刘师培、吴稚晖等人，都在自己的文章中勾画着不着边际的“美丽新世界”。可以说，在20世纪众多乌托邦的理论中，无政府主义是流传时间最长、影响最大、最具系统性的理论学说，它对20世纪中国政治产生了重要影响。三是20世纪中国的政治运动，总是带上了一种乌托邦式的迷幻色彩。从某些政党对中国未来的精心设计，包括一些殉道者对未来的美好憧憬，直到20世纪50年代之后的一系列政治运动，都带上了乌托邦式的激进样态。在这三种标志中，第二种最为重要。因为晚清小说创作中出现的乌托邦热潮，与无政府主义的传播有着一定的联系，如蔡元培的小说《新年梦》，就是他在无政府主义影响下创作的；中国政治运动中的乌托邦色彩，从某种程度上说，也与无政府主义的渗透有关。

20世纪中国乌托邦的盛行有着深刻的原因，归结起来主要有三个方面：第一，自鸦片战争开始的民族灾难，是孕育乌托邦思想的温床。持续长久的民族灾难强烈地刺激着国人的心理，使他们幻想着一个自由幸福的世界来化解现实的苦难，正如列宁所说：“一个国家的自由愈少，公开的阶级斗争愈弱，群众的文化程度愈低，政治上的乌托邦通常也会愈容易产生，而且保持的时间也愈久。”① 所以说，乌托邦是近现代民族灾难的产物，它反映了一个屈辱的民族对美好生活的向往，也成为苦难年代里的精神慰藉。第二，现代科技的进步为现代乌托邦提供了信心和工具。中国近代以来的乌托邦与古代乌托邦相比，一个很大的不同是对现代科技依赖和迷信。科学作为现代资本主义发展的重要基础，给中国人很大的刺激，从而导致了他们对现代科学的依恋和崇拜。而科学的神秘性也为他们的想象提供了基础。从晚清小说《新石头记》到吴稚晖的未来梦想，都将现代科技的进步看作人类未来福祉的根基。当然，科学常常被看作像巫术一样的神奇和绝妙，这也反映了在中国科技尚不发达的时代，中国知识分子对科学的狂热和非理性想象。第三，民众的愚昧阻碍着中国社会的进步，因此引发的时代性焦虑成为乌托邦的内在驱动力。19世纪末，试图救国的知识分子如洋务派、维新派等，都试图通过最高权力，实现中国社会的变革，但进入20世纪之后，权力已不可用，自上而下的社会变革被证明是行不通的，只有自下而上发动民众，才能实现社会的真正变革，但民众愚昧，无法按照知识分子们的想法投入到现实政治运动中去，从而引发了他们的恐慌甚至是绝望。

由于以上原因，乌托邦思想在20世纪占据着中国人的精神世界，也吸引着众多的理想主义者为之赴汤蹈火。自20世纪20年代后期，共产主义革命取代无政府

---

① 中共中央马克思恩格斯列宁斯大林著作编译局编译：《列宁全集》（第二版）（第22卷），北京：人民出版社1984年版，第129页。

革命，无政府主义退出历史舞台。但共产主义革命在很多方面与无政府革命有着相似性，至少他们都有着对未来理想社会的憧憬。

无政府主义在中国传播时间长，影响大，所以共产主义在中国开始传播的时候，其中很多骨干成员都来自无政府主义阵营，这使得两股思潮之间形成了思想和理论上的模糊地带。虽然在共产主义者和无政府主义者之间曾经爆发过多次尖锐的论争，但二者在理论上的交叉一直没有得到很好的清除，这就使中国的共产主义革命不可避免地带上了来自无政府主义的某些色彩，在 1949 年以后，在某些革命者身上表现得更为明显。“跑步进入共产主义”“赶英超美”“大干快上”“楼上楼下电灯电话”“牛奶会有的面包也会有的”等说法，曾经让一代人甚至几代人瞪大了眼睛，以为理想的世界、幸福的生活如同魔术师袖筒里的鸽子，会应声而出。他们激动，他们狂呼，他们自认为自己是世界上最幸福的人，最后至于癫狂。在这一过程中，乌托邦的迷惑力是显而易见的，他主要源于毛泽东个人对乌托邦的迷恋。

“大跃进”幻想中所宣传的社会目标受到了马克思主义的启示，但实现这些目标的手段却不然。无疑，在毛泽东主义关于社会革命性变革的真正创造性力量不在城市而在农村的信念中，在人的精神力量在新社会建设进程中居于决定性地位的信念中，或者在“社会主义向共产主义过渡”能够在经济匮乏的状况下实现的假说中，既没有马克思主义的也没有列宁主义的东西。“大跃进”运动是个意义深远的乌托邦式的历史插曲，是一种对世界大同充满热情和期待（这构成了该运动初级阶段的特征）的乌托邦，而且就马克思主义对这个词的贬义理解而言，它更称得上是“乌托邦的”。①

在这里我们看到，作为马克思主义与中国革命具体实践相结合而成的毛泽东思想，具有了自身的特征，在很多方面与经典马克思主义有了区别。列宁曾经斩钉截铁地说：“马克思主义者反对一切乌托邦”②，而在中国，在毛泽东主义的路线上，我们看到了乌托邦式社会运动的洪波巨浪。那么，毛泽东思想中的乌托邦倾向，以及在“文革”成立的以“砸烂”一切为目标的那些“无法无天”的组织，都使我们想到无政府主义。莫非二十世纪五六十年代激烈的社会运动背后，有着无政府主义的幽灵？以毛泽东为代表的中国第一代杰出的共产主义者，无意中复活了他们早期一度信仰过的无政府主义？这些问题可能没有答案，但值得深入思考。德里克分析说：

毫无疑问，1921 年建立了共产党并一直占据着领导地位的那些激进分子是“五四”激进主义的产物，而无政府主义作为一种社会革命思想和幻想及文化习惯

---

① 莫里斯·迈斯纳著，张宁、陈铭康等译：《马克思主义、毛泽东主义与乌托邦主义》，北京：中国人民大学出版社 2005 年版，第 171 页。

② 中共中央马克思恩格斯列宁斯大林著作编译局编译：《列宁全集》（第二版）（第 22 卷），北京：人民出版社 1984 年版，第 133 页。

在这种激进主义中起到了重要作用。他们中的许多人都是在经过了一个无政府主义阶段后才转向马克思主义的共产主义的，包括最著名的毛泽东。邓小平是那个时代的最后一个主要人物，他本人也曾经参加了无政府主义者组织的法国工读计划。[①]

在德里克看来，无政府主义先于马克思主义在中国的传播，为中国激进主义和社会革命奠定了话语基础，并提供了基本的思维方式和情感表达方式，因而其影响是深远的。这些说法还有待于进一步论证，但这种思考问题的方式，能够给我们带来新的思路。◻ 2011 · 5

---

① 阿里夫·德里克著，孙宜学译：《中国革命中的无政府主义》，桂林：广西师范大学出版社2006年版，第271页。

资本主义社会的立体三视图

□ 刘军宁

迈克尔·诺瓦克（Michael Novak）所著的《民主资本主义的精神》一书 1982 年在美国问世，旋即在世界各地产生了广泛而持续的回响。该书陆续在阿根廷、巴西、葡萄牙、法国、意大利和韩国等地出版了译本。由于受该书的影响，“民主资本主义”作为与（民主）社会主义和极权主义相对的社会形态和意识形态在概念上已被普遍认可。自 1982 年以来，在澳大利亚、中国香港、美国和几乎每一个拉美国家都举办过以民主资本主义为主题的研讨会。该书 1991 年在美国、1992 年在英国又出了第二版。

诺瓦克的“名气”很大，哈佛出身，兼思想家、神学家、作家、外交家于一身，熔政治、经济、伦理、宗教思想于一炉，现任美国著名思想库美国企业研究所社会政治部主任，是美国政治思想界的领航人物。但是，这里只涉及他的“思想”。

按照哈耶克的分类，资本主义是自发的秩序，社会主义是设计的秩序。对资本主义的描述多半是回顾性的，故其理论往往显得有些跟不上实践。在对社会主义的描述中，理论又往往领先实践太多，问题尚未出现，方案就已想好，例如，许多社会主义理论家们在探讨共产主义社会的分配原则上花费了大量的精力、口舌和笔墨。作为一个已有 300 多年历史的社会形态，资本主义社会在总体形象上似乎一直是支离破碎的。在一定意义上，直到《民主资本主义的精神》一书的诞生，我们才获得了一个资本主义社会的立体三视图。

诺瓦克认为，民主资本主义是这样的一种三位一体：一是以市场为主导的自由经济体制，它以自由竞争为基础，通过法律来把个人的自利纳入对他人的利益和公益有利的轨道，并以此从根本上解决了人类生活资料的匮乏问题；二是尊重个人的生命权、自由权和追求幸福权的民主政治体制，它注重从宪政制度上通过分权制衡来保护公民合法权利，防止权力的滥用；三是体现自由和正义理想的道德文化体制，蕴含其中的是多元、开放、宽容，但同时又充满活力的现代精神气质。换句话说，民主资本主义集市场经济、民主政治、多元文化三位于一体。对这三位的具体内涵及其相关性，作者作何解释呢？

自由市场经济

经济生活是人类生存的最基本的环节，其目的是生产尽可能多的财富，从而为人类的生存提供更好的物质条件。因此，衡量经济体制的标准首先是看其在多大程度上有利于财富的创造。越能致富的体制当然就越优越，也越有助于维持人类生存这个共同的福祉。所有的经济体制都建立在相应的财富观，即对财富的性质和来源的看法之上。

财富来自何处？造成财富增值的原因是什么？有人说，自然资源多，国民财富就多。但是自然资源贫乏的瑞士、日本及中国香港和台湾、日本却比许多资源丰富的地区，如中国大陆、俄罗斯富裕得多。若是财富真的来自资源，为什么拥有同等资源或地理人文条件相类似的国家在富裕程度上却极其悬殊？如韩国与朝鲜、前东西德之间便有此差距。可见，这些外在的东西并不是财富的根本来源。

财富是什么？诺瓦克援引亚当·斯密的回答：财富来自人的创造力。人类今天所享受的一切都是其创造活动的产物。人类创造财富的活动从未停止过。只是在一些社会制度下创造得多些，在另一些社会制度下创造得少些。人类的创造力水平相差无几，然而，国家间的贫富差别却如此悬殊。造成这些差异的显然是来自制度上的差异，而不是来自创造力上的差异。由此可以断言，造成普遍贫困的最主要的原因是制度对人的创造力的压制和扭曲。所以诺瓦克认为，国家财富增加的奥秘不在于该国拥有多少天然资源，不取决于国家的政治地位（如独立还是殖民地），不靠人口的多寡，不靠生产资料是否归国家所有，也不靠经济计划得如何周密，而是靠能否发挥人的创造力的经济体制和相应的政治体制、道德文化体制。

决定一个国家富裕程度的最关键的因素是经济体制，越合乎人之本性的体制越能有效地释放人的创造力。由于财富的源泉来自人的创造性，因此，这种经济体制必然是天然的自由制度。这种制度把权利交给个人，让个人自己去创造财富，而不是国家由上至下地去限制他们创造财富。每个人只要心智正常，都是天然的创造者。在绝大多数人的一生中，其创造的要远多于其消费的。以国家为单位而言，个人的创造之和大于个人的消费之和。国家的财富就由此增加了。斯密的财富观表明，最重要的财富在于人的头脑之中，在于人所掌握的技术、文化和人的习惯及其首创精神之中。

最原始的资本是人力资本，最高级的资本是心力资本。人力与心力加上解放人力与心力的天然的自由经济体制，是创造经济奇迹的密码和致富的必要基本条件。资本主义是建立在资本（capital）基础之上的，而其拉丁语源中，资本（caput）恰恰指的是头（head），引申为头脑和心智。头脑、心智和创造力就是资本，这既是资本主义的生物学基础，又是其道德基础。因此，在诺瓦克看来，资本主义学说最合乎、也最能证明财富来自人的创造力这一财富观。

在破译了财富的密码之后，下一步要做的就是找出最有利于释放人类创造力的最起码的先决条件。满足并体现这种先决条件的经济体制肯定最能释放人的创造力。那么，这种先决条件有两个：第一，这种经济制度必须为创造者正当地占有创造成果提供有效的保障；第二，必须为创造者最大限度地提供创造财富的自由。

就第一个条件而言，若是公民通过辛勤劳动所创造的财富不断被政府强制充公，他们在创造财富时就不可能有很大的热诚。人们只有在有权正当占有劳动成果时，才会放手去创造财富，这就要求政府公开地承诺对公民私有财产权的保障。

私有财产权不仅是一种物质的权利，而且还是一种精神权利。人类自由的表达要求有一定的物质基础和物质工具，类似“恒产”与“恒心”之间的相互依赖。财产权把权利授给个人，把限制和制约加诸国家，即限制国家的权力。在这种意义上，财产权关系到整个国家的政治正义，而不仅只是涉及对有产者个人财产的保障。它否定了侵犯个人自由的正当性。没有财产和财产权，个人的行动和趋善的倾向就会严重地受到限制，因此，与通常的指责相反，财产的个人占有有利于公益，而财产的普遍的非个人占有则有违正义。

就第二个条件而言，公民若是没有从事经济活动的自由，也就没有创造财富的自由。因此，也就不可能创造出大量的财富来使社会的总体财富有所增加。同时，占有创造成果的权利和创造财富的自由只有在市场经济的条件下才能得以实现。那种由政府安排及至垄断经济活动的做法又把私产当作万恶之源的意理就难掩其虚伪了。可见，创造的自由要落实到社会制度上应必然表现为自由的市场经济。

民主政治体制

财产权和自由市场还必须有政治上的保障，否则就会被统治者的滥权所践踏。不仅如此，财产权还为民主政治提供了最牢固的道德基础。众所周知，绝大多数人都不是艺术家，他们画不出令人赞叹不已的落日余晖，却能够挑出一种自己所中意的颜料来粉刷自家的墙壁；他们不能把泥土塑造成维纳斯，却能够用泥土在自家周围筑起泥墙。在后一层意义上，他们仍然是艺术家。因为他们能像艺术家一样作出选择，即按照自己的选择行事。就像画家选择画风景不画人物一样，人们可以选择对自己的财产做任意的处置。运用财产的艺术是民主的艺术，因为每个人都可按照自己的意愿有所作为。

该书认为，只有民主政治才能为自由市场经济提供制度保障。市场经济离不开民主政治，没有市场经济的民主政治只能是“极权的民主”。市场经济与民主政治的结合为人类打开了通向富裕社会之门。西德与日本在战后创造的奇迹是民主带来财富与繁荣的生动写照。相比之下，对私产与经济自由的剥夺则封闭了市场，保护了特权，偏袒了懒惰，禁锢了创造力，从而带来了贫困和落后，使富国变穷，穷国更穷。而出路只有一条：市场经济加上民主政治。

从常规的观点看，在西方，民主政治与市场经济的结合不过是出自历史的偶然。然而，作者却认为，这种结合是历史的必然。民主政治只能与市场相融合，民主的逻辑与市场的逻辑非但不是相互冲突的，相反倒是相互强化的。资本主义的天然逻辑导致政治民主，因为没有政治自由的经济自由从本质上讲是不稳固的。经济上获得自由的公民很快就要求拥有政治自由和政治民主。因此，只提供部分自由的威权政权总有向民主政治演变的倾向。另一方面，不承认有必要在经济领域限制国家权力的地方不可避免地要破坏经济领域的自由，从而破坏了释放创造力的条件。因此，近代的民主和资本主义起源于相同的历史运动。在发明出制度形式来实现这些运动之前，它们就已具备了道德形式，其目标是：限制国家的权力以防止政治专制和经济停滞；解放个人和社会的创造力。

单纯从经济上讲，自由（主义的）资本主义是民主政治的必要条件，但不是充分条件。民主对于资本主义的长期存在则是必不可少的。在作者看来，没有民主的资本主义注定是劣质的资本主义，甚至会蜕变为法西斯主义。民主使得政治权力能够以和平、理性和有规则的方式定期得到更换，从而使市场秩序不致受到破坏。因此，民主政治仅仅表现出尊重产权、经济自由和市场的诚意是不够的。真正落实这一点还需通过法治、分权制衡来约束国家的权力。

古典自由主义者像诺瓦克这样的当代传人始终担心民主政治释放暴民心理，蜕变成无政府状态，最终又以专制告终。所以，民主政治在战胜个人专制后又面临着一种新的专制的威胁，即多数的专制，特别是道德多数的专制。民主不是简单的多数原则，任何民主如果不表现出多样性就会受到威胁。民主的生存要靠促进工业和商业的发展，因为商业会产生相互对抗的利益，各种产业和技术之间都会构成竞争和冲突。利益越分散就越不容易使民主政权被处于垄断地位的多数所俘虏，任何一种垄断对民主都是威胁。总之，没有经济上的能动性就没有民主的共和国；没有维持使所有的人都能受益的持续的经济成长就不可能赢得人们对民主的爱戴，民主也就难以地久天长。所以稳定而长寿的民主国家都建立在牢固的自由市场经济之上。

关于民主与资本主义是否自相矛盾这一话题争论已久。赞同的理由是，资本主义的民主是跛足的，因为其经济领域根本就不是用民主的方法来管理的。作者的反驳是，这一批评背后的预设就有问题，因为这假设民主的方法是普遍适用的，但是事实并非如此。在道德文化领域，就不能用民主的方法来解决问题。的确，有多数人曾相信地球是平的，但这并不因为多数人相信而变成真理。即使在政府内部，行政部门和司法部门也不能完全用多数决定或民选的那套民主办法来管理。如果把民主政治硬套在经济上，必然会使经济失去活力，从而使民主政治也失去了经济基础。

多元的道德文化

政治自由要求有经济自由，要求有道德文化自由，即选择自己的信仰和决定自己命运的自由。每项自由的存在都以另外两项自由为保障，在经济自由和政治自由不存在的地方，道德自由是不能维持的。选择自己的信仰决定自己命运的道德文化自由，同时也表现为信仰自由和信息及思想的自由流动，同时也是指道德和文化制度得以存在的自由。它表现为宗教信仰自由、教育自由、新闻自由、出版自由和思想自由等等。

从直觉上讲，一个国家最好能用一个思想来统一，体现这种思想的原则和理论要为所有的人信奉。然而，民主资本主义则是以多元的价值为基础。古典自由主义和民主资本主义具有一种双重的特性，即它们只认定某种政治经济学说，但又使这种学说开放，同时并不否定其他学说存在的权利，并随时准备妥协、准备与持不同意见的人合作。因为人类认识真理的权利是平等的、有限的，而真理又是不能强加的。职是之故，民主资本主义的道德文化体制注定是多元的、开放的、自由的和宽容的。

在民主资本主义一体的三位中，自由市场和民主政治使普通人达到更高的道德境界。过去的道德家们强调理想、目标和动机，而民主资本主义则强调结果，强调消灭饥馑、提高穷人生活水平的道德可取性。诺瓦克提出这样一个悖论：越要取得较高的道德成就，就越要降低道德说教的调门，不去强调动机和目的。这就是所谓的“意外后果的法则”。若要取得满意的道德成就，运用合理的自利比无私的奉献要有效得多。这并不是说，利他不重要，而是说必须把利他放在自利的基点上。若是用利他来否定自利的价值，利他本身也就不名一文了。若是自利没有价值，就等于把没有价值的东西送给他人，因而也就不会产生利他的效果。因此，人越自利越显得利他可贵，人越利他就越要尊重自利。正是因为合理的自利是道德的基础而不是全部，才使得宗教信仰必不可少。自利是创造力和英雄壮举的源泉，但也不是人类事务的全部。这就是作者所归纳的民主资本主义道德体系中的自利观。

对民主资本主义的指责之一是，如果这一制度真的是以多元的思想为基础，岂不是与人们在道德上的追求背道而驰吗？岂不是在鼓舞人们作恶吗？岂不是在搞道德放任，对人性中的恶端作出不能容许的让步吗？诺瓦克承认，这些指责是对的。问题在于，若是这种多元的思想基础转化成一元，制定一个绝对一律的道德标准，并加以强制施行，便将产生比这种放任更为罪恶的后果。民主资本主义的敌人是不受约束的、专横的和过分集中的权力所造成的专制，因此，不能把权力交给任何一个人，不论他多么高尚、睿智。除了要把经济机构从道德中分离出来，还必须把新闻、教育、教会、自愿性的结社从国家中分离出来，把道德权威与政治权威分离开来。资本主义离开了培育其美德和价值观的道德文化就不能繁荣，因为道德文化扮演着许多正当而必不可少的角色。它鼓励人们自我约束、勤勉工作、遵守法律、眼光放远、关心公益、富有同情心。

政治与道德的制度上的分化保护所有的人免受一元的权力体制的戕害。多元的道德文化体制有助于人类创造力的发挥。常识告诉我们，人类的创造力是泯灭不了的，最能解放人类创造力的制度肯定是最合乎人性的制度，因而也是道德的制度。诺瓦克认为，民主资本主义正是这样的制度。有人可能说它因为鼓励自利而显得不够高尚，然而，它却比扭曲人性、压制创造力、带来普遍贫困的极权专制高尚得多。有人指责说，民主政治没有理想，这是事实，但诺瓦克反而以此为荣。因为在前民主资本主义的时代，各种文明所定的官方理想调门都比民主高，更不用说近两个世纪各种饥馑主义的道德高调了。正是没有官方的理想，才为个人去实现自己的理想留下了空间。

以往，民主资本主义视其精神传统为理所当然，所以没有感到迫切需要一个关于自身的理论。它似乎并不需要一个道德理论，一个关于精神生活的理论。观念，虽然总是现实的一部分，但在今天已获得了比现实更大的影响力。作者敏锐地指出，这个时代最令人惊讶的特征之一是：人类的事务是由各种观念支配着的，而且它们还大模大样地凌驾在不容抹杀的事实之上，更不用说这些观念中有虚假的、行不通的，甚至有连官方的卫道士都不再信奉的。有些观念极富有破坏性，十分残忍，而且很不切合实际，却仍有很多文化精英对之忠贞不渝，因为这些观念给他们带来了很多的好处。有些人靠制造观念和符号为生。这类人已完全被上述观念的虚伪性和荒谬性所蛊惑，并被格外授权去把这些观念强加给那些不幸的人。这或许正是迫使作者发掘民主资本主义精神的时代动机。

回过头来看，该书的主旨是为了解决所谓的民主资本主义的价值危机，或者说意识形态危机。尽管该书极富有说服力，但是这种说服工作对信仰者来说不过是锦上添花，而反对者却依然故我，不予理会。该书试图解决基督神学与民主资本主义的关系，使两者完全兼容，套用“三位一体”的概念最能豁显这一点。但潜在的问题似乎也正出在这里。因为若是基督教与资本主义太合拍，以致给人的印象是只有基督教才能与民主资本主义相配合，两者是珠联璧合，那么，其他的宗教和文化传统与民主资本主义如何“搭档”？在该书中，民主资本主义的道德正当性来自犹太教社会，民主资本主义的道德基础还那么牢固吗？再一想，倒也能理解，作者作为天主教徒，其主要任务当然是要解决基督教与民主资本主义之间的关系。每种宗教和文化的传统都有其传承，上述的沟通工作对各个文化传统的传承者来说，是自己的“门前雪”，扫除工作当然要由自己来完成。◻ 1998 · 11 – 12

音乐：从快感到幸福感

——兼评广东音乐

□ 王少明

一、快感与幸福感

可以把人的不同正向感觉功能作如是厘分：从人的生理性感觉上，谓之快感；从人的心理性感觉上，谓之快乐感；从人的情感性感觉上，谓之美感；从人的灵魂性感觉上，谓之自由空灵感。实际上，后“三感”讲的是不同层次的幸福感：快乐感是心理学层面的幸福感；美感是美学层面的幸福感；自由空灵感是哲学层面的幸福感。如果说，快感是幸福感的条件，那么亦可说，快乐感就是幸福感的基础，美感就是幸福感的核心，自由空灵感就是幸福感的最高境界。

首先，从生理快感看，对快感的理解有广义和狭义之分。广义上的快感是一切生命体所共有的。在西方，无论是柏拉图还是亚里士多德，都是站在认识的角度从广义上来看待快感的。一是认为从模仿中学到知识而产生快感；二是从艺术的形式技巧中获得快感，他们认为音乐、绘画、悲剧的形式可以引起人的快感。如柏拉图所言：“真正的快感来自所谓美的颜色，美的形式，它们之中有很大一部分来自气味和声音……”① 亚里士多德也说：“具有净化作用的歌曲可以产生一种无害的快感。”② 而悲剧所产生的快感能净化人的灵魂。而本文所言快感，是狭义上的生理快感。这一快感源自具有反射反应的生命体，无生命体则无所谓快感。弗洛伊德研究认为，在反射过程中伴随信息的传导和处理，有一种虚的东西——情调（affect)，也就是说伴随着一系列的理化反应，生命体有一种适悦或不适悦的情绪倾向。③ 心理学上把这种“适悦”叫“快感”，“不适悦”叫痛感。真正从感官或生理角度谈快感的，最早当推古希腊著名人物阿契塔，他说：“感官上的快乐是自然赋

---

① 北京大学哲学系外国哲学史教研室编译：《古希腊罗马哲学》，北京：生活·读书·新知三联书店1957年版，第236页。

② 朱光潜：《西方美学史》（上卷），北京：人民文学出版社1983年版，第88页。

③ 刘骁纯：《从动物的快感到人的美感》，济南：山东文艺出版社1986年版，第33页。

予人类最致命的祸根；为了寻求感官上的快乐，人们往往会萌生各种放荡不羁的欲念。”① 这强调必须要有适度快感。因为只有适度的快感，才能把各种有害的欲念消弭于青萍之末，真正促进生命体的健康。这种“适度快感”用现代动物心理学的说法叫“快感尺度”。“动物在自然进化中形成自己快感尺度，又在自然进化中发展着自己的快感尺度。有了视觉才出现了视觉快感；有了听觉才有了听觉快感……出现了雌雄分化，才出现了性快感；大脑发展到一定程度才出现了游戏的快感；脑皮层发展到一定程度才出现了求知、创造欲得到满足的快感，如此等等。”② 从这段话中，我们可以看出，高级欲望的快感来自动物或生物低级欲望的快感。而一切快感的尺度又是一个自然历史的进化过程。在这一进化的高级阶段就出现了“自然的人化”。按照李泽厚的理解，广义上“自然的人化”是一个哲学概念，是指“人类征服自然的历史尺度，指的是整个社会发展达到一定阶段，人和自然的关系发生了根本的改变”。③ 人类征服自然的程度越高，人类的快感程度也就越高。但无论再高的快感，也一定植根于生理的快感。

其次，从心理快乐感看。快乐感是幸福感的初级形式，它属于心理学范畴，它是建立在生理快感基础上发展起来的。亦是说，没有生理的快感就难以产生心理的快乐感，更难以迁跃为更高的幸福感，如美感和空灵感等。从哲学意义上讲，幸福不等于幸福感。幸福是客观存在，幸福感是主观感受。从心理学的“知意情”出发，可把人的心理分为认知心理、意志心理、情绪心理。限于篇幅，仅以认知心理为例来说明这一快乐感。所谓认知心理，一般是指人的主观对客观事物反映的意识心理，包括信念、思维、态度和想象等。认知心理的快乐与否，取决于人对客观事物的看法或心态。例如：同样的一所医院，小孩可能依自己的认识和经验，把它看成是一个“可怕的场所”；一般人会看成是“救死扶伤”之地，可帮其“减轻痛苦”；而有些老年人则可能把医院看成是“进入坟墓之门”。所以，关键不在“医院”客观上是什么，而是在被不同的人认知或看成是什么，不同的认知就会产生不同的情绪，从而影响人的行为反应。因此，一个人的非适应性或非功能性心理与行为，常常是受不正确的认知的影响。正如认知疗法的主要代表人物贝克所说，适应不良的行为与情绪，都源于适应不良的认知。因此，行为矫正疗法不如认知疗法。认知疗法用认知重建、心理应付、问题解决等技术进行心理辅导和治疗，其中认知重建最为关键的在于如何重建人的认知结构，从而达到治疗的目的。认知疗法的大师们各自提出了自己的看法。艾利斯认为，经历某一事件的个体对此事件的解释与

---

① 转引自西塞罗著，徐奕春译：《论老年　论友谊　论责任》，北京：商务印书馆 2009 年版，第 11 页。
② 刘骁纯：《从动物的快感到人的美感》，济南：山东文艺出版社 1986 年版，第 44 页。
③ 李泽厚：《美学三书》，天津：天津社会科学出版社 2003 年版，第 410 页。

评价、认知与信念，是其产生情绪和行为的根源。① 因此，不合理的认知和信念引起不良的情绪和行为反应，只有通过疏导、辨析来改变不合理的认知与信念，才能达到治疗目的。他强调理性的作用，认为一个人如果有了一种合理的生活哲学，他就几乎不可能产生情绪困扰。因为心理困难和障碍的根源来自异常或歪曲的思维方式，所以医生通过发现、挖掘这些思维方式，加以分析、批判，再代之以合理的思维方式，就可以解除患者的痛苦感而走向快乐感。

再次，从审美美感看。美感是对人一般情感的提升，是一种自觉自为的艺术情感。有了这种情感，人生才有较高的幸福感。作为人类生命质量与活力态势的突出标志，情感对于人生来说至关重要。“人生无物比多情，江水不深山不重。”没有情感的人生，断然不能成为真正的人生。在审美活动中，审美对象不仅会引起主体的审美认识活动（包括审美感知、审美想象），而且也会引发各种不同的情绪反应和情感体验（如欢快、喜悦、陶醉、迷恋、爱恋、满足、欣慰、同情、共鸣、愤怒、悲哀、厌恶、反感等）。美感则是将所有审美心理要素连为一体的网络系统，是自始至终驱动整个审美活动得以最后完成的鲜活动力。有无情感体验方式作为审美活动的重要媒介，是判断审美活动及其结果价值属性、效应成败的明显标志。所以，美感作为人的文化心理构成的重要机制，是幸福感的核心因素。

人有七情，每种情感都需要表达，控制或压抑情感会导致心灵障碍。然而，随意任性地释放、宣泄，则一易养成不良惯性（记忆），二易伤害他人。合理的宣泄、释放情感，便是艺术的创造性意义和美学意义。试想，在一种怡然动人的旋律或画面中，你不是可以忘我忘情地化解心灵的烦恼吗？情感不能压抑，却能化解。同样是情感的能量，粗暴、直接的宣泄可能导致冲突、仇恨、战争和伤害，而通过艺术进行美妙的化解则可能变腐朽为神奇，但其前提是彻底放下自我认知与对他人的知见，相当于是对二元世界釜底抽薪。只有坚守这一前提，才可使人们从对立的情感中摆脱出来获得幸福。

最后，从灵魂空灵感看。自由空灵感之所以能作为幸福感的最理想或最高境界，乃因它来自安息的灵魂。中国道家和佛家哲学特别强调这种空灵感。道家所追求的道体和佛家所追求的佛性即具有空灵性。这种趣之弥高的空灵性因为超脱物相的我执，剔除了尘世的杂染，解去了声色犬马、功名利达的束缚，故而使人感到幸福。佛、道的指归在于人生境界或人生的某种终极性道理的指点和引导。这种空灵的佛、道，用哲学家黄克剑的话说：因其不落言诠而不可界说。不过为人所弘之“道”所信之“佛”，只能在有缘者那里被“默而识之”后才能获得幸福。这种幸福在于，“道”“佛”作为发光体，有如天堂的光辉，可让人“摄心归寂、内自反观、炯然明觉、澄然虚静”。这就是中国式的幸福感。而西方哲学所主张的幸福往

① 转引自罗小平、余瑾主编：《老年·音乐·精神——老年音乐学简明读本》，北京：中国中医药出版社 2011 年版，第 158 页。

往与灵魂苦难的拯救和超越相关。哲学家周国平在其哲理散文中所说的幸福感在很大程度上是西方式的："幸福是灵魂的叹息与歌唱，苦难是灵魂的呻吟与抗争，在两者中凸现出的是对生命意义的或正或负的强烈体验。"周国平并不是在讲幸福本身而是在讲对幸福的体验或感悟。但周氏用"叹息"不够恰当，因叹息显得消极，用"安息"则更靠近灵魂安顿的喜悦。

二、 音乐的快感与幸福感

在所有艺术中，最能把快感、快乐感、美感和空灵感统一起来并使之不断超越的当属音乐，尤其是雅俗共赏的音乐。正是基于此义，非理性主义哲学家叔本华把音乐看作是"艺术之王"，尼采把音乐看作是酒神的象征。

首先，音乐可以给人带来生理快感。《乐记》说："乐者，药也。"中国古代文字中，"樂""藥"同源，即是说明音乐具有两种快感功能：一是防病，二是治病。古代中医的音乐疗法之于"五行"归类，就是根据宫、商、角、徵、羽（分别对应 1、2、3、5、6）这五音表现为基础，以五调式来分类，力求准确地符合五脏的节律，结合五行对人体内在结构的分类，分别施之以乐，从而达到促进人体阴阳协调目的。中医理论告诉我们："人有五脏化五气，以生喜怒悲忧恐"。"怒伤肝""喜伤心""思伤脾""忧伤肺""恐伤肾"（《黄帝内经·素问·生气通天论》），说明了五脏、五气之间的相生相克关系。而五音对和谐五脏、五气的关系，以达到防病、治病的目的具有直接的功能意义。

美国政府特别认可的保健养生音乐专家——夏威夷大学医学院教授吴慎，历经三十年时间所研发制作的《理疗养生音乐》专辑根据"乐先药后"，发现源于易经"五音八声"以及黄帝内经"五音对五脏"等历代圣贤运用音乐与养生医疗结合的预防医学哲理，说明了"五行音乐"对人体"五脏"的健康功能：金音——调理肺、大肠经脉，金音为编钟声锣等乐，入肺经与大肠经，主理肺肠的健康；木音为古箫、竹笛、木鱼等乐，入肝胆之经，疏肝利胆，保肝养目；水音——调理肾、膀胱经脉，水音为鼓水声等乐，入肾经与膀胱经，主理肾脏与膀胱的健康；火音——调理心、小肠经脉，火音为古琴、小提琴等丝弦乐，入心经与小肠经，主理小肠和心脏的健康；土音——调理脾、胃经脉，土音为古埙，笙竽、葫芦笙等乐，入脾经与胃经，主理脾胃的健康。这一发现告诉我们，不同乐器及其发出的声音对人体不同的部位具有不同的作用，其防病治病的功能亦不相同。

中国音乐家赵国良教授也作过类似的临床实验，他的《音乐养心》光盘就是根据"五行配五音"，以电子音乐分别奏出"养心""活肝""益脾""健肺""补肾"五个乐章。他的实验还得出结论：三四十分贝的音量是最适合用于音乐养生的……一旦音量超过了八十分贝，无论什么音乐都是噪音，不但起不了调理身心的作用，还会过犹不及，令心情烦躁及影响听觉神经。无论是西方还是中国专家，他们的实验共同表明：五音相谐的音乐会康健人的五脏，使体内的神经体液系统处于最佳状态，从而达到调和内外、协调气血通行的快感效果。

其次，是音乐的快乐感。《乐记》说："凡音之起，由人心生也，物使之然也。"这就是说，音乐首先感动于人心，而心在中医生理学中又主宰着人的神与志。一曲活泼欢快的乐曲能使人振奋精神，激发情趣；而一首优美雅静的乐曲却让人畅志抒怀，安定情绪；相反，一曲悲哀低沉的哀乐，却能催人泪下，悲切不已。

中医"意疗"理论告诉我们："一曰治神，二曰知养身，三曰知毒药为真。"（《黄帝内经·金匮真言第四》）有的学者把它理解为"意疗"的三个层次："上医治心，中医养身，下医治病。"其养生逻辑是：要治其身，欲治其心。心理决定病理。病理的幻象均由心理认定。如果排除心理认定，病理的幻象就会自然消失，从而达到健康而幸福。中国古代文字中，不仅"乐"与"药"相通，即有"乐者，药也"之说。也认为乐（yuè）与乐（lè）相通，亦有"乐者，乐也"之说。(《乐记》）即是说，音乐本身就能予人以乐。

国外有学者统计，因情绪不好而致病者占74%～76%。在我国，由于环境越来越恶化，竞争就业压力越来越大，因心理不健康引致疾病者绝不会在这一比例之下。根据很多临床音乐心理实验表明：一首抒情、柔和、优美的音乐，能使人身心平静、舒畅；一首悲伤的音乐，能使人伤感。轻快、明朗的大调式音乐常使人愉快；沉缓、暗淡的小调式音乐常令人忧伤。根据音乐既是情志的产物，反过来又可影响情志的原理，可通过"以情胜情"来调节情志，即利用一种情绪的音乐去克服或纠正另一种偏胜的情绪，从而使人获得心理快乐。

由著名音乐理论家罗小平教授主持的，由心理学家、医学家、音乐学家共同参与完成的一个省级重大课题"老年音乐学及其在中国的应用"，经过理论研究和临床实验，总结了音乐对老年人身心的十大保健功能，如音乐可以激发生存意志，增强生存活力；减消精神压力、促进身心松弛；抚慰受伤心灵，恢复心理平衡、振奋乐观精神，克服悲观情绪、消除身心疲劳，提高工作效率等等。① 这是目前国内研究音乐与老年人身心健康的一项重要成果，成果出版后尤其在音乐界和医学界引起不少的反响。

人生的幸福感更多的是来自家庭，而音乐之于家庭幸福感的形成往往是潜移默化的。《诗经》中说："妻子好合，如鼓瑟琴。兄弟既翕，和乐且耽。宜尔室家，乐尔妻帑。"其义表明：一是把家庭的和谐比作音乐，即鼓瑟琴的音声之和；二是家庭的和谐与幸福是与音乐的浸润须臾不离的。美国曾经有一个音乐治疗的实验，这个实验选择了经常听三种不同音乐，即高雅古典音乐、浪漫音乐和重金属音乐的

---

① 转引自罗小平、余瑾主编：《老年·音乐·精神——老年音乐学简明读本》，北京：中国中医药出版社2011年版，第84－88页。

家庭，发现一种有趣的现象：经常听古典音乐的家庭，其成员不仅身体健康，而且心理也非常健康，家庭美满幸福；经常听浪漫音乐的家庭，心理性格积极达观，充满浪漫的情趣；经常听重金属音乐的家庭，百分之九十五以上都有各种不同的精神疾病，家庭暴力严重，离婚率、自杀率高。

再次，是音乐的美感。美感是情感的艺术升华。人的情感分为自然与社会两个层面，前者为中国传统所说的“七情”，即喜、怒、忧、思、悲、恐、惊；后者为亲情、爱情、友情、师情、人类之情等。这些心理情感在没有受到艺术尤其是音乐影响之前仅仅是一般日常生活的心理情感，一旦受到音乐的影响后就会变成音乐或艺术的情感，即美感。如果日常生活的心理情感从总体上分为快乐和痛苦，那么，当经过艺术升华后，快乐心理情感就转化为优美或柔美的艺术情感；痛苦的情感就转化为崇高或神圣的艺术情感。李泽厚早在1957年发表的《意境杂谈》中说：“看齐白石的画，感到的不仅是草木鱼虫，而能唤起那种清新放浪的春天般的生活的快慰和喜悦；听柴可夫斯基的音乐，感到的也不只是交响乐，而是听到那种如托尔斯泰所说的‘俄罗斯的眼泪和苦难’，那种动人心魄的生命的哀伤。也正因为这样，你才可能对着这些看来似无意义的草木鱼虫和音响，而低回流连不能去了。”① 这句话前面所讲的是一种优美感，后面所讲的是一种崇高感。后者给人带来的幸福感具有更强的张力。正像诗人雪莱所说：“悲愁中的快感比那从快乐本身所获得的快感更为甜蜜。”当然，雪莱是从广义上讲快感的，实际上讲的就是崇高感。

可以说所有的艺术都是情感艺术。但为什么唯有音乐可以定义为情感的艺术？而其他艺术则不直接作如是说？因为音乐对情感的表达更直接、更强烈。音乐之于人的情感，好像一枚启动器，操纵着按钮，人只要摁下，悠然美妙的音乐就会或缠绵悱恻或高亢激越地响起，立刻会使久远了的情感记忆、充满张力的情感经历，在音乐音响中回归，生命平添了一种自豪的意蕴。在自豪中，凝固的思维也会如年轻活泼的孩子那般，腾起想象的翅膀，在想象里呈现出一道亮丽的景色。唐代诗人杜甫在听到吹笛之音时，意绪飞空，写下“胡骑中宵堪北走，武陵一曲想南征”，苍凉的意韵与美感都是在听到笛音时才激起来的。对回忆的那份真挚情感，若没有笛音对情思的充分调动，怕是很难想象出来的。有了这么美好的想象，就会更加珍爱与享受自己仅有的时光。音乐就是要让积淀的情感变得浓烈而醇香。

最后，是音乐的空灵感。音乐的自由空灵感是音乐给人带来的最高幸福感。这种幸福感是中国传统道家、佛家哲学和美学追求的“花枝春满，天心月圆”的境界。无论是西方古典音乐抑或是中国传统音乐，也无论是中国南方音乐还是北方音乐都有不同的空灵感。所不同者只是风格形式特征和表现意境层次不同。但从总体而言，中国音乐的空灵感比西方要强；中国南方音乐空灵感比北方要强。在西方，

---

① 李泽厚：《美学三书》，天津：天津社会科学出版社2003年版，第495页。

不同音乐家所达到的自由空灵境界亦有不同：贝多芬是经过一辈子苦难挣扎，与命运角逐中，通过几次精神变形最终才达到的。而莫扎特几乎是一步到位。记得一位教音乐的著名学者在自己的回忆录中提到，他教授莫扎特音乐课的情形："给学生讲莫扎特音乐时，脱口说出了这八个字：花枝春满，天心月圆。没再解释什么，学生们都懂了。"为什么老师一讲，学生能立即感悟，因为莫扎特的音乐反映的正是人类尤其是中国人所追求的"花枝春满，天心月圆"的心境。莫扎特的音乐是与中国人审美心理相通的，从某种意义上，中国人尤其是南方人是最适合欣赏和演奏并感悟莫扎特音乐的。我们听中国传统音乐名曲如《高山流水》《阳春白雪》《阳关三叠》《二泉映月》《禅院钟声》等，同样会把你带入这一空灵幻境，无论你是演奏者抑或是欣赏者。但前提是你必须安定下来，让自己的心灵处在"安息"状态去渐渐感受那天籁般的旋律，就像胎儿安息在母腹中去感受母亲有节奏的呼吸一样。

三、 最具幸福感的广东音乐

一个陌生人问宗教哲学家马丁·布伯：我们的时代是否确实有一种"摧毁性"力量会超过"保持性"力量？马丁·布伯答："你到底想要什么呀？世上还有莫扎特呀！"

如果有人要向我发问：如果中国音乐将失去其中国性，民族民间音乐将失去其民族性和地方性，我们该怎么办？我会回答："中国还有广东音乐呀！"尽管表面有夸张之嫌，然却是不争之实。这里所言广东音乐皆属狭义，即粤乐或广府音乐。近十年前，我在《后现代主义与广东音乐的创新与发展》一文中主要从后现代主义角度对广东音乐创新与发展作了一些探讨，其中谈到为什么广东音乐能在民族文化被殖民化、功利化过程中仍保持其"身份认同"。① 这里所要探设的是：广东音乐为什么不仅没有被殖民化，反而能作为一张其影响越来越大的国际性的文化名片？尽管原因很多，但笔者认为，最主要的原因当属它给人们带来特有的快感，尤其是幸福感。

首先，广东音乐给人以快感。广东音乐之所以能给人以快感，其中强调两点：其一，在于其形式的活泼悦耳性。新颖活泼的形式和甜美亮丽的音色，可以通过悦耳对人体健康产生积极作用，从而达到防病治病的目的。广东音乐的表演形式有独奏、"二架头""三架头""四架头""五架头"等不同种类，也有与西方乐器合奏的形式。现在还出现了不同的以广东音乐为主体的民族交响形式。这些不同形式的演奏或表演，可以激发人们不同的快感。在广东琴器中，最能给人带来快感当属主奏乐器高胡。它不仅具有宋代琴学名家崔遵度强调的"清厉"与"和润"，更具有

① 王少明：《后现代主义与广东音乐的创新与发展》，《音乐艺术》2004年第3期。

“通、透、堂、亮”音色特征。如著名高胡演奏家余其伟教授所分析的：“弓弦之间接触力度过大，发音紧滞；力度过小，发音虚弱；力度适中，即‘不柔不刚’加上正确的夹琴位置。……适中的弓速，准确的运弓角度与力度，适当的揉弦力度，使音频振荡协谐，得出漂亮的音色。”① 高胡所演奏的广东音乐，基本上都是充满快感的音乐，如《步步高》《鱼游春水》《孔雀开屏》《平湖秋月》等。长期演奏和欣赏高胡音乐，可以舒展身心，宛如经常练养生的体操。其二，在于其内容的自然生态性。它适应人体生态发展规律，能使人体生态与自然生态融为一体，从而促进人体健康。这种生态性在于：一是广东音乐以“自然为母题”的音乐居多。如以花、鸟、虫、鱼为母题的音乐有：《雨打芭蕉》《鸟投林》《鱼水和谐》《鸾凤和鸣》《双飞蝴蝶》《寄生草》《木兰花》《柳暗花明》《红玫瑰》《白牡丹》《含羞草》《孔雀开屏》等作品；以山水星月为母题的有：《平湖秋月》《银河会》《渔舟唱晚》《雨打梨花》《石上流泉》《珠江夜月》《松风水月》《月圆曲》《蕉石鸣琴》等作品。这些作品的自然生态性较强，通过这些作品，人的身体循环与自然宇宙将被打通。二是这些作品分别以不同乐器演奏，具有五行音乐之特质，可对人体阴阳具有调节作用，对五脏疾病具有对应性的防治功能。国内外许多音乐治疗的临床实验中，选择广东音乐作品居多，且有较好的疗效。实验表明：在广东音乐中，如《赛龙夺锦》可清热解毒；《平湖秋月》《渔舟唱晚》可滋阴补阳；《渔舟唱晚》具有降压作用等等。②

其次，广东音乐最能给人带来快乐感。崔遵度认为“颐大地之和，莫先于乐，穷乐之趣，莫近于琴”（《琴笺》）。崔遵度作为一个琴人，他把琴乐看作快乐之本，不失为一种明达与慧见，也是他五十年琴学生涯的总结。奏出好的音乐既需要技巧功夫，更来自于好的心态。因为心弦决定琴弦，心态决定状态。我们很多搞音乐的人，根本没有去考虑为内在的生命喜悦而调适自己的心弦，通过心弦去调适琴弦，而是把生命之河上泛起的浪花、涟漪、泡沫等属于物质幻象的东西当作生命幸福本身。他们为了这些而去弹琴奏乐，其结果，要么内心生活产生分裂，要么把生理本能快感当作幸福感予以满足。广东音乐的一些演奏大家如启蒙者严老烈、丘鹤寿、何博众及其后被称为广东音乐“何氏三杰”的何柳堂、何与年、何少霞，被称为“四大天王”的吕文成、尹自重、何大傻、何浪萍以及后继者刘天一、甘尚时、余其伟等一批著名的作曲家、演奏家，他们都是在能很好调整心弦和琴弦关系中获得身心健康和快乐的。他们所创作和演奏的《旱天雷》《步步高》《平湖秋月》《雨打芭蕉》《赛龙夺锦》等大批名曲，为全世界华人乃至一些外国人普遍喜爱。这些音乐家像古希腊神话中普鲁米修斯一样，把广东音乐这把“圣火”引燃、播衍，使人

① 余其伟：《广东音乐述略》，《广州音乐研究》2011 年上半年刊号。

② 转引自罗小平、余瑾主编：《老年·音乐·精神——老年音乐学简明读本》，北京：中国中医药出版社 2011 年版，第 92 页。

们能在这把“圣火”的烛照下忘却世俗的痛苦而获得身心愉悦。①

广东音乐之所以能给人以特有的快乐感。其一，在于它的娱乐性。娱乐性是音乐的一个重要功能。但相对其他音乐而言，广东音乐不仅娱乐性更强，而且娱乐受众面更广，其影响波及世界所有华人地区乃至国外人士。凡欣赏过广东音乐的人都会有众口一词的感受：“好听。”广东音乐属于雅俗共赏的流行音乐，它之所以能在一百年左右时间发展迅猛，首先在于它好听。好听是属于感官的，也是属于心理的。既能给人带来感官上的愉悦，促进身体健康，更能给人心理带来快乐感。如《娱乐升平》表现出一种清新活泼、积极向上的情绪，鼓励人们用乐观的态度对待生活；《平湖秋月》以流丽舒畅的旋律，描绘出水波微漾、素月当空的西湖秋夜美景，让人有虚一而静、神清气爽之感；《龙凤呈祥》是人们期待美好事物的象征，给人带来的是一种幸福希望感。因为广东音乐的娱乐性的“度”把握得恰到好处，所以，欣赏时不仅悦耳悦目，更能悦心悦意。它不像时下某些流行音乐让人觉得噪不可闻、俗不可耐、腻不可言。

其二，在于突出一个“玩”字。从19世纪中后期形成乐种至中华人民共和国成立以前，广东音乐的民间演奏活动，“一般称为‘玩音乐’或‘玩谱子’”②。正如“钢琴玩家”马克西姆、“笛子玩家”蒋国基、“胡琴玩家”刘明源，广东音乐的“玩家”亦数不胜数，不仅有如前面所提到的广东文人音乐家，而且也广泛存在于广府民间，以自娱自乐为主要目的的曲艺社团——“私伙局”是他们最佳的“玩”的组织形式。笔者多次参加广州广东音乐“私伙局”的音乐雅集活动，感受到这些“玩家”都如神仙般快乐。笔者认为，“玩家”要甚于演奏家，因为“玩家”带无功利性的“自娱”，是生命之花自由的绽放。而单纯的演奏家则是带有一定功利性的“他娱”，是外在于他人生命的强制。

其三，广东音乐具有更强的心理疾病防治功能。这一功能表现有三：一是解郁，防治忧郁症。欧阳修说：“弹虽在指声在意，听不以耳而以心，心意既得形骸忘，不觉天地白日愁云阴。”（《赠无为军弹琴李道士》）忧郁症表现为情绪低落、容易悲伤、自觉无奈、失眠、自卑等症状。根据统计表明：当前我国每十个人约有一人有忧郁症，其中多数为轻度抑郁。而老年人忧郁症患者在20%～40%。有忧郁症的人可听广东音乐中情绪伤感的音乐如《昭君怨》《双声恨》等，听后可引起情感共鸣而宣泄忧郁情结；也可听广东音乐中情绪欢唱的音乐如《娱乐升平》《欢乐的春耕》等，听后可消解忧郁感。二是解闷，防治自闭症、孤独症或悲观心理等。如《步步高》《彩云追月》《赛龙夺锦》有解闷的作用。而《鸟投林》《百鸟朝凤》等音乐对克服悲观心理有一定疗效。三是解压。如广东古筝曲《渔舟唱晚》就是一首典型的解压音乐。它描绘夕阳西下，晚霞斑斓，渔歌四起，渔夫满载丰收的情

① 王少明：《后现代主义与广东音乐的创新与发展》，《音乐艺术》2004年第3期。

② 黎田、黄家齐：《粤乐》，广州：广东人民出版社2003年版，第1页。

景。其悠扬的古筝乐韵，如润物无声的细雨，使受压抑的心理得到释放。①

最后，广东音乐给人带来优美感。从美学上讲，美感有两种基本形式：一是优美感，二是崇高感（壮美感）。从中西美学比较而言，中国更注重的是优美感，西方更注重的是崇高感。就中国不同地域而言，南方更注重的是优美感，北方更注重的是崇高感或壮美感。从音乐美学角度而言，南方尤其是广东音乐，更多的是优美感。

按照著名高胡演奏家余其伟的观点，北国民乐偏重综合技巧的应用，音乐感情的流露较为热情直率，而对传统风韵的发扬，似有趋向淡薄之势。南国广东音乐，偏重音色和韵味的追求，音乐感情的流露较为内在含蓄，从中也形成了一派独特的演技，然而综合技巧的发挥稍嫌不足。广东音乐特别重情感的表达。尽管它也像一般音乐一样强调“声情并茂”，但它更强调情重于声亦甚于声，情的韵味很浓。中国传统爱讲“弦外之音”，广东音乐的“弦外之音”就是情。这个情是自自然然的情，而不是矫情或媚情。这个情包括亲情、友情、爱情、热情、性情以及对自然生命的厚待之情。广东音乐实际上就是反映人的情感与自然生命的交响曲。如用高胡演奏广东音乐，重要的是音色。音色不仅是技巧问题，主要是一个感情问题，音随情出，情随意牵，广东音乐演奏就是以声传情，以声动心，以情育人。演奏曲调要扣人心弦，演奏主旋律要引人入胜，曲终时使人感到余音绕梁、不绝如缕。演奏风格必须融入感情，否则，即便你有再高的演奏技巧，也不能扣人心弦。广东音乐讲究的不是一种直截了当的“情”，而是一种“情韵”。“韵”是中国音乐艺术的生命所在。无“韵”便无艺术可言。正如明代陆时雍所说，“物色在于点染，意态在于转折，情事在于犹夷，风致在于绰约，语气在于吞吐，体制在于游行，此则韵之所由生也”。（《诗镜总论》）这段话尽管讲的是绘画，但也适合音乐。不论是中国画还是中国音乐，都有韵致，都体现了宇宙生生不息的律动。画的韵致是画外有音，音乐的韵致是乐外有画。

“情韵”应该是广东音乐的美学品格，它来自平民情感或平民意识。所以在题材上，很少表现那种“宏大叙事”的人的内心深刻矛盾、人性的冲突以及社会历史重大事件，也没有太多的历史责任与使命感。更多的是表现日常生活的“精细节目”，寄情于风花雪月、山水虫鱼。用余其伟的话说：“传统的广东音乐较少深沉的人生喟叹与哲理深思，较少士大夫的典雅习气，也没有类似中原古曲那种幽深旷远的历史苍凉感。”②

广东音乐的“情韵”尽管也表现在标题音乐中，但在无标题音乐中更为突出。在无标题音乐中，既有以词、曲牌命名的乐曲，如《清平乐》《朝天子》《小桃红》

---

① 转引自罗小平、余瑾主编：《老年·音乐·精神——老年音乐学简明读本》，北京：中国中医药出版社2011年版，第109页。

② 余其伟：《粤乐艺境》，广州：花城出版社1998年版，第10页。

《寄生草》等，也有以民间风俗吉祥语命名的乐曲，如《花开富贵》《鱼水和谐》《五福临门》《龙凤呈祥》《鸾凤和鸣》等。前者利用“特有的有机音乐结构形式的功能，如乐音、音调、时值、音量、音色、力度等建构成音乐旋律，以旋律线的明、暗、粗、细、强、弱等勾画对象，抒发情绪和感情”①。

欣赏这种具有“情韵”的音乐，可让人们的情感在这种音乐中获得艺术升华，使人们日常生活的喜怒哀乐之情感升华为凄美、优美和柔美的情感。后者近代多被民间的八音班在乡间吉庆红事中所演奏，这类曲子多以旋律热情、欢快、明亮流畅为美。由于反映的是民间大众化的喜庆生活，其“情韵”的特点尽管没有一定的深邃度，但符合大众层面娱乐性的审美心态与情感。大众就是在这种自娱自乐的音乐中获得美感享受的。

四、 广东音乐的自由空灵感

广东音乐给人最大或最高幸福感在于它的空灵感。用佛教所表达的境界“万古长空，一朝风月”来形容这一空灵感再恰当不过。每个音乐家都只是“一朝风月”，只有通过自己手中的乐器作为管道，才能把自己融进“万古长空”而获得自由空灵感。

首先，追求自由空灵感是中国南方音乐家的一种生命态度。美国哲学家桑塔耶纳说过：“音乐不会使你富有，但会使你幸福。她不能拯救你的灵魂，但会使你的灵魂值得拯救。”桑氏所说的前两句是中西音乐所具有的共同功能。而后两句所说的拯救功能主要是针对西方音乐而言，不适合中国文化传统尤其是广东音乐传统。因为中国传统文化用李泽厚的说法是“乐感”文化，乐感文化的本质就是追求快乐，没有拯救功能。而在中国南方传统文人中，追求乐感，不仅是追求心理快乐感，更是追求一种自由空灵感。这既是他们追求音乐的理想，也构成他们实际的生命状态。用余其伟评价李助炘的话说：“典型的南方文化人的自由散漫、自我逍遥，官场的东西根本不懂，或者说没兴趣，表面看来很散漫、自在……不会一定要谋求名衔，历来很低调，不懂得包装自己。”② 这一评价也恰当。我所认识的广东音乐名家中有一批这样的人，其中也包括余其伟本人。余其伟上述对李助炘的评价更适合他自己。他早年所著《粤乐艺境》很多地方真实不虚地反映出他对音乐自由空灵感追求的一种生命状态。

其次，追求自由空灵感是广东音乐名家的一种至上境界。广东音乐独特的魅力是其他任何音乐难以替代的。它那幽然的意境、生动的情趣、平民的意识、平淡的

---

① 黎田、黄家齐：《粤乐》，广州：广东人民出版社2003年版，第322页。

② 廖苑荷、阎笑雨、吴迪：《广东音乐〈琴诗〉〈粤魂〉等作品的创作经历——采访余其伟、李助炘》，《星海音乐学院学报》2002年第4期。

情绪，总是能把你带入《易经》中所说的“天地氤氲，万物化醇”的人生体验当中，去感受生命本身或“道之动”的节奏。广东音乐既不像西方音乐有那种宏大复杂的技术结构、崇高壮美的审美诉求、外在超越的哲理蕴含，也没有中国传统士大夫“修、齐、治、平”的救世情怀和中原古曲所表现出来的悲怆胸臆，而是以景状物、即情即景地反映一般平民生活情调的作品居多。如《小桃红》《平湖秋月》《柳浪闻莺》《步步高》等，这些作品旋律悠扬、音调清新、节奏明快，奏者和听者都可舒心爽意。而像《双声恨》《昭君怨》等直接托事言志，刻画社会历史变故和悲剧的作品并不多。如果从演奏的角度，各个演奏家所表现出来的意境风格特征亦不相同：吕文成的演奏，用黄锦培和陈德钜的话说，“喜欢用高音，曲调热闹非凡，有如花团锦簇，这好比看宋人的大青大绿的花鸟画”；刘天一演奏的《鸟投林》活泼而不失于轻飘、明快而不过于火热，意境纯美。而演奏的《鱼游春水》《春到田间》等，以圆润饱满的长弓，富于弹性与韧度短分弓，流畅的走指，创造出诗情浓郁、华美大度的风韵。还有许多演奏家，他们的演奏或流丽优美、雅致恬淡，或细腻纤巧、潇洒自如，或端庄婉约、怡然自适。在当代高胡演奏家中，最受听众喜欢者当推余其伟教授，他演奏的《雨打芭蕉》，其彰示出来的动、静一如氤氲之气，把人带入浑然一体的以太之境；演奏的《汉宫秋月》融哀怨悱恻和超旷空灵于一体，充分发挥高胡清丽细雅的音乐特性，把文人心中古代宫女娇美、高贵的哀怨之情表现得淋漓尽致；特别是他演奏的《平湖秋月》，用著名胡琴演奏家胡志平评价的话说：“他继承了吕文成的骨韵、刘天一的大气酣畅，同时又赋予乐曲婉约秀丽的韵致。”笔者多次聆听（包括音乐会）他的《平湖秋月》演奏版本，充分感受到他所表现出的中国古老文化中的空灵妙境以及贯通全曲的灵韵妙曲。

最后，欣赏广东音乐可以使欣赏者获得一种自由空灵感。从后现代主义美学角度，广东音乐给人自由空灵感是一种瞬间生成的审美体验，它不承认有一种高悬在表演者和欣赏者头上的永恒“在场”的审美本体，只承认表演者和欣赏者“不在场”的自由想象；不承认理性主义之外在于人而又强之于人的审美指向，只承认瞬间生成的情感碎片、边缘体验。“它旋律亲切、朴实、随意，表现世俗的自由感情、瞬间生成的审美体验，人们欣赏之余，可以借助音响效果，获得一种音响之外的生命沉醉。”①

世界为人们制造了主宰一切的技术与物质，而精神和灵魂变成了技术和物质的在押犯。在舟车劳顿、繁忙奔波之余，只要你静下心来欣赏广东音乐，可使你在一定程度上实现灵魂松绑。因为这些音乐大都像莫扎特音乐，给人带来的是“人生自是有情痴，此恨不关风和月”的情境，“水流心不竞，云在意俱迟”的意境，“花枝春满，天心月圆”般的灵境。它不是西方人的神人异质、天人紧张的“深度空

---

① 王少明：《后现代主义与广东音乐的创新与发展》，《音乐艺术》2004 年第 3 期。

洞”，而是中国南方人的自由直观、灵肉不分的“精细节目”。如欣赏《平湖秋月》，有一种淡雅淡泊的感觉，能让人尽情地沉浸在那种空灵妙道、浑然未开、远离颠倒梦想的朦胧镜像中，充分体味到中华民族那种古老醇厚的精神韵致和高洁朴雅的文化品格。欣赏《禅院钟声》，可以把你带入不二法门、如如不动的禅修之境。欣赏《彩云追月》，可以在以富有民族色彩的五声旋律中，感受那浩渺夜空中醉人的景色，使空旷的心灵如云月般自由追逐、嬉戏。即便欣赏带有悲情色彩的《连环扣》，你也会有一种心灵的“法喜”。因为这曲子将旋律装饰加花，把哀怨之情一扫而尽，使曲调变得优雅明丽，旋律变得流畅活泼，使一种悲情被超越为人生对自由幸福生活的渴盼与祈慕。

但并非说所有广府的音乐都能构成广东音乐的有机组成部分，都能给人带来幸福感。即便是广府名家所创作和演奏的音乐，也并非每一名家所作每一曲都能有如此之效。如20世纪30年代中后期，广东音乐由于过多地走上商业化的道路，某些音乐家变成唱片商人的俘虏，为了赚钱，有胡凑乱编的，如《柳娘三醉》等；有渲染人本能的，如《性的苦闷》等。用粤乐学者黎田的话说：“粤乐艺术质量低下的曲子可列出一大批，但思想内容不健康的作品只是极少数……但这些不能真正代表广东音乐。”① 就是当代广府地区的新人新作中亦不少过分娱乐化、功利化、炫技化的赝品，更不能视作真正的广东音乐。因为它已远离人们所期待的幸福感，或正在把幸福感降低为一种膨胀的动物本能的需要。这正是我们热爱广东音乐事业的人所要警觉的。□ 2013·5

① 黎田：《对粤乐三个问题的剖析》，《人民音乐》1999年第10期，第12页。

人文学科的自杀和复活

□祖　慰

【文胚】

中国古代诗论云"情乃诗之胚"；我这篇枯涩的文字是"惑乃文之胚"。

作为巴黎《欧洲日报》专栏作家与文化记者的我，曾在巴黎采访过许多人文学科的讨论会。我感觉，所有人文的讨论会和自然科学的学术会议迥然不同，相当尴尬又无奈：人文学人们宣读完论文后，常常会冷场，论辩很难展开。

原因既清晰但又让人惊愕：因为每篇论文的基本概念都理不清，理还乱。举个例子吧，哈佛大学教授、当代新儒学代表人物杜维明来巴黎宣讲"文化中国"，仅"文化"这个概念当下就有几百个定义在被使用。若要展开讨论，论辩者可以各自依据某个定义各说各话，无需偷换概念，就能在同一个概念下进行违反逻辑学同一律的诡辩。如果要让大家都集中到杜维明教授所下的文化定义上来讨论，马上就会对杜教授的定义的无法确定而展开无休止无结果的争辩。因为，在人文学科所使用的自然语言符号体系中，根本就不可能下一个外延和内涵均确定的概念定义。

根据信息论，所谓信息就是对不确定的消除。数学家兼哲学家罗素在他的《西方哲学史》（上册，第 11 页）中说"一切确切的知识都属于科学"，反之亦然，不确切的就是非科学。那么，人文学科的学术讨论会，不可能消除不确定，岂不成了没有信息量的非科学的饶舌？

千古以追求发现真理为崇高目标的人文学科，被说成是"没有信息量"的论述，这太危言耸听了吧？

本文就来慢慢解析这个耸听的危言。

哲学的自杀

世上最大的动物鲸鱼会自杀；人文学科中的最博大的哲学，居然也会自杀。

被誉为当代哲学天才的维特根斯坦，在他影响整个思想界的名著《逻辑哲学论》的结尾处写道：“哲学的正确方法，就是等别人发表形而上学的言论，然后向他表明那是胡说。”

传统哲学认为，哲学研究的是思维对存在、精神对物质的关系问题，是对于整个世界（自然界、社会和思维）的根本观点和体系，是关于世界观的学说。这当然就是形而上的学说。现代哲学则界定称：哲学的对象是人们许多信念的前提假设，哲学的任务是不断地向人们信念的假设前提进行质疑和挑战；所谓哲学家，就是从事这种质疑和挑战活动并使用同样可以受到别人批评检验的合理方法的人①。无疑，现代哲学研究的还是形而上命题。

由此可见，无论传统还是现代哲学，其功夫全在做“形而上”（即解释经验范围以外的问题）。这倒好，权威哲学家自己出来宣布哲学的形而上全是胡说，那不就是哲学的自杀吗？那不是自废武功吗？难怪英国人把这惊世骇俗的维特根斯坦的结论叫做“奥康剃刀”②！

哲学就是用这把“奥康剃刀”自杀的。

引申开去，其实所有人文学科都是弄“形而上”的。这样一来，“奥康剃刀”连带把整个人文学科都给杀掉了。

以罗素、维特根斯坦为先导的逻辑实证主义，是用什么理由让哲学自杀的呢？

逻辑实证主义维也纳学派认为，任何论述，只要不合规范（即不以逻辑和数学的规范陈述），或不能以经验相检验，就毫无意义。他们首先继承19世纪物理学家和科学哲学家恩斯特·马赫提出的观点：既然我们是通过自己的感觉获得有关科学事实的知识的，那么作为最后一着，科学必须成为感觉的描述。接着拿爱因斯坦的相对论和新的量子理论的成就来证明他们的“能检验才有意义”的理论。爱因斯坦的相对论说明：除非你考虑如何验证关于同时性的论述，否则你就不能赋予诸如同时性这样的概念以意义；也就是说，谈论事件发生在同一时间的意义，取决于同时性是如何在观察中被实际确立的。对于量子理论也是这样。在量子论中，并未给予粒子同时具有精确的速度和准确的位置的概念以任何意义，因为根据海森堡的“测不准原理”，测量速度会影响位置，测量位置则会影响速度，无法加以验证。他们由此断定，有意义的论述只有两种。一种是关于世界的经验性论述，他们的意义在于能被验证。另一种是数学或逻辑陈述，此种论述纯系自我验证，正确者是同义反复，错误者则自相矛盾。如果一个论述不属于上述两种类型，则该论述毫无意义。这样，他们给了哲学、宗教和所有人文学科一条“无意义论述”的绳子，让他们集

① 布莱恩·麦基著，周穗明等译：《思想家——当代哲学的创造者们》，北京：生活·读书·新知三联书店1992年版，第2-4页。

② 奥康，文艺复兴时期的哲学家，他提出要对以往一切理论传统进行反省。他这个论点被人称为“奥康剃刀”。

体去上吊。然而在哲学上吊得奄奄一息时，他们却又松开了绳子，要哲学换一种活法，说："哲学的任务变了，去当自然科学的侍从，用现代逻辑分析的方法去澄清科学所使用的概念，以及区分科学论证的方法是否合理等等。"他们认为科学做的是关于世界的论述，那是一级主题，哲学只能做二级主题——论述科学关于世界的论述。用吉尔伯特·赖尔的话说，哲学是"关于论述的论述"。

研究了几千年的属于最高智慧的哲学，现在竟说不清道不明它谓何物了！看，《大不列颠百科全书》中，干脆连"哲学"的条目都删除了。

依我看，哲学的"自杀"，不仅是因为它的命题不可验证，还有比这更糟糕的、先天性的沉疴呢！

哲学和所有人文学科使用的符号体系都是自然语言（日常语言）。我曾写过一篇题为"（自然语言的）概念在过饱症中胀死"的散文①，描绘了自然语言的概念，因为不愿意造太多的新词（概念），就在旧瓶里不断装新酒，即不断地对老概念进行新的界定，多少万年积累下来，大部分概念的定义就不是一个，而是几十、几百个，于是"胀死"了。譬如"自由"这个概念，在古罗马时，其定义是"自由乃是从被束缚、被虐待中解脱出来"。到了19世纪，研究人类自由史的英国艾克顿（Lord Acton）勋爵就收集到了两百多个关于"自由"的定义。何止是"自由"一个概念？像"美""文化""精神""爱情""思维"等不胜枚举的自然语言概念，全因为定义太多而"胀死"。为何说"胀死"呢？定义越多，外延就越大。按照逻辑学，外延越大，内涵就越小，当外延趋向于无限大，例如像中国的"道"，外延大到了无所不包、无所不在的地步，其内涵就趋向于零，概念就"胀死"了。凡放之四海而皆准的话一定是内涵等于零的废话。所有概念，世代人们往里塞进去了各种风马牛不相及的内涵，甚至是相互抵牾的内涵，使得概念充满着歧义。今天若要进行诡辩，根本用不着像古希腊诡辩家那样去偷换概念，完全可以在使用同一概念下利用歧义而违反同一律进行诡辩。最有趣的例子是，当下国际上关于"人权"的对话，都是各国依凭各自的定义，在同一概念下进行着"义正词严"的违反同一律的诡辩。

凡正确的逻辑推理和论证，必须在所有概念没有歧义的前提下才能进行。标志人文学术水准的所谓的合乎逻辑的"学理性"，因为其日常语言符号体系中概念的内涵与外延无法确定的先天性缺陷，而被连根拔掉了。

不灵的药方：人工语言

自然科学的符号体系都是人工的、数学化的，每个概念都有消除了歧义的定

---

① 祖慰：《面壁笑人类》，台北：三民书局1994年版，第59页。

义。在这样条件下的逻辑操作才是有意义的。

逻辑实证主义的哲学家们，他们中的多数是“两栖型”的学者——既是自然科学家，又是哲学家。如罗素是数学家，维特根斯坦是数理逻辑学家，石里克是物理学家，卡尔纳普是数理逻辑学家，很自然会把数理逻辑那套方法论引申到人文学科中来。他们试图给哲学等换一套“人工语言”，以用来治疗自然语言的先天性歧义之病。经过他们几代人的工作，还真形成了一个“人工语言学派”。

其成效如何呢？

《西方文化百科》① 一书对此介绍如下：

> 人工语言学派是分析哲学中的一个派别。这一派认为，日常语言是模糊不清的，因此主张借助数理逻辑的符号体系造出一个理想的人工语言。最早提出这一主张的是弗雷格。罗素和怀特海在《数学原理》一书中，实际构造了这样一个人工语言系统。前期的维特根斯坦和维也纳学派的成员们，也持这一观点，特别是卡尔纳普做了大量的工作。他设想过两套具体方案。一套是“现象主义的语言理论”，注重个人的直接经验，注重对经验和现象的直接描述。但它解决不了一些自然科学理论性概念无法直接观察的问题和个人经验缺乏的公共性问题。于是他又提出第二套“物理主义的语言理论”。主张证实一个科学命题的唯一方法就是把它翻译成物理语言。凡是不能翻译成物理语言的命题都是没有意义的。物理语言指的是以观察为根据并描述时间空间状态的语言。这种语言的最大好处是具有公共可观察性，即用这种语言描述的事件，在原则上可以被所有人共同观察到。他们提出用物理语言统一全部科学的口号。但是，物理主义语言遇到了不可克服的困难，尤其是对于思想、精神、观察不到肉体变化的感知觉、心理现象的研究，都使它无能为力。

“人工语言”的设计终于以失败告终了，没能为哲学和所有人文学科的符号歧义病找到仙丹灵药。

可能有些人文学家很不以为然，嗤之以鼻，称他们早就有了解决概念歧义的法门。在立论之首，他们就对自己使用的概念进行了精确的界定，从混沌的日常语言概念中独立了出来。在这个外延和内涵都确定了的概念体系下，进行的合乎逻辑规则的推理，当然就能得到具有学理性的真理。

不，人文学者根本不可能打开这个法门，这是空想。

人文学者在界定自己的概念时，必然要应用混沌的日常语言中的“类概念”和“种概念”。例如，黑格尔给“自由”下的定义是“主观意志和客观规范合二而一”，他使用的日常语言中的种概念是“主观意志”和“客观规范”，使用的类概念是“合二而一”。无论种概念“主观意志”与“客观规范”，还是类概念“合二

---

① 孙鼎国主编：《西方文化百科》，长春：吉林人民出版社 1991 年版，第 102 页。

而一”，在日常语言中又都有着上百个以上的定义，充满歧义，这又得再给它们下定义。可是在对它们进行定义时，又必须在日常语言中选择相关的种概念和类概念，而这些种概念和类概念又充满歧义……这样无限循环下去，完全是一个无可穷尽和毫无结果的界定过程。因此，人文学者大言要对自己使用的概念做到“无歧义的界定”，那是一个自欺欺人的“乌托邦”。

人文学科三个不可能具有确定性的“宿命”

学问之初，无论中外，人文学科和自然科学是混在一起的。

在人类语言的语词上把哲学家和自然科学家分开是19世纪才发生的事。1833年，在英国剑桥大学召开的英国科学促进会上，著名的科学史家威廉·休厄尔才仿照“艺术家”（artist）一词，造了个“科学家”（scientist），用来称呼像法拉第那样在实验室中探索自然奥秘的人们。在这之前，像伽利略、牛顿等历代研究自然的人都被称为自然哲学家。牛顿在1687年出版的纯属于自然科学的力学巨著其书名就叫《自然哲学的数学原理》，直到1809年进化论的先驱马克出版的生物学代表作，还叫《动物哲学》，人文和自然科学到此还是个“连体儿”。

人类怎么会弄出个哲学和科学来的呢？古希腊亚里士多德在他的《形而上学》篇中解释道：“当今人们开始从事哲理的思考和探求，都是由于惊异。他们最初从明显的疑难感到惊异，便逐步进入到那些重大问题上的疑难，例如关于日月星辰的现象和宇宙创生的问题。感到困惑和惊异的人想到自己无知，为了摆脱无知，他们就致力于思考。因此，他们这样做显然是为了求知和追求学术，而不是为了任何实用的目的。”在亚里士多德看来，人有天赋的好奇心，有强烈的给自己产生惊异的对象的解释欲望，无论是人文学科还是自然科学，开始都是受好奇心驱使的，以求得一个没有实用目的的满意解释。

人们对日月星辰等天体现象的惊异，对控制个体行为的风俗习惯的惊异，起初都是用宗教和神话来诠释的。世界上所有的宗教，都认为是神创世造物，由神来为人类制定道德秩序。在西方，自古希腊人发明了逻辑之后，他们率先用人的合乎逻辑的思维——自然哲学——去解释人的惊异。

当然，自然科学中的欧几里得的几何学、阿基米德的杠杆原理和浮力定理都在开始时就被实用了，这就是科学史上的所谓“工匠传统”。但是，它们还是离不了所谓“哲学传统”。一直到17世纪的笛卡儿，将自然科学数学化，用数学演绎的符号体系代替日常语言的推理体系，才获得了定量的精确性。后来，牛顿继承伽利略倡导的实验加数学的方法，提出实验归纳和数学演绎的方法，于是开启了现代科学，使得自然科学从自然哲学中逐步独立出来，成为主要是为了征服自然的有实用目的的科学。

当现代自然科学出现之后，哲学等人文学科就剩下解释人的精神领域的“形而上”地盘了。

用数学加实验的自然科学，具有可重复性、可预测性的准确性。它在人类物质生产中不断创造奇迹的事实，尤其是产生了工业革命的辉煌成果，使得人文学科的古典光辉——柏拉图所说的哲学家为王的光辉——黯淡下来。这样，一种模仿自然科学方法论的“泛数学主义”流行开来。这个人文新潮流认为，数学不仅统领整个自然科学，还要统领整个人文学科和社会科学。德国当代哲学家、思想史家卡西勒（Ernst Cassirer）在《人文科学的逻辑》一书中举例证明了这种“泛数学主义”的存在：“格老休斯（Hugo Grotius）所制定的现代自然法（naturrecht），就是建立在法律知识与数学知识之间存在着的一项彻底的类比之上的；而斯宾诺莎则创造了一个崭新的伦理学，这一伦理学以几何作为其取法的典范，并且借着几何的典范去描绘出其目标与途径。……因为只有如此，数学性思维之网，才能以用同样的方式去把物体世界与心灵世界、去把自然的存在和历史的存在予以全部笼罩。”①

卡西勒接着就指出，对于这种在人文学科中应用的类比式的泛数学主义，18 世纪的意大利思想家维科（Giovanni Battista Vico）就开始说“不”了。

人文学科是在价值和意义上做功夫的，价值和意义怎么能用数学方程式表达呢？这便是人文学科不可能获得像自然科学那样准确的宿命之一。

宿命之二是，人文学科更不可能做到像自然科学那样的实验和观察实证。自然科学的对象是物质世界，具有性质上的恒常性与法则上的恒常性，因此，可以通过可重复的实验或观察去验证由逻辑推出的和用数学表达的理论。我们称这种实验验证为“自然科学理论的实验自洽”。人文科学的对象——广义的人文学科一般指对社会现象和文化艺术的研究，在西方，通常认为包括语言、哲学、历史、文学和其他艺术的研究等，它们大凡是不可重复的有生命的“个别”，根本不可能进行可重复的实验，宿命般地没有保证命题有可靠的“实验的自洽性”。

宿命之三是，人文学科没有自然科学体系里的“公理自洽”。在欧几里得的几何学中，理论前面就有被我们千万次经验不证自明的五条公理。凡根据公理按逻辑推出的所有定理都是正确可靠的。我把它称为“公理自洽”。可是，所有人文科学，只有理论前的假设，如老子的“道”、黑格尔的“绝对理念”、萨特的“存在”等，这些假设都不是不证自明的公理，因此，它就不能保证从理论前的假设所逻辑推导出的各种命题的可靠正确。人文学科宿命地不具备“公理自洽”性。

一言以蔽之，由于不可能将充满歧义的日常语言改变成没有歧义的数学符号体系，由于没有自然科学式的理论前的“公理自洽”或理论后的“实验自洽”，人文学科就宿命地不可能具有自然科学那样可验证的确定性。所谓人文学科的“逻辑上

① 卡西勒著，关子尹译：《人文科学的逻辑》，台北：联经出版事业公司 1986 年版，第 12 页。

的学理性”，不过是个不能保证理论确定性的“花架子”而已。

马克思经过可谓严谨的逻辑推理，声称发明了科学的共产主义理论，对资本主义的崩溃进行了预测，对如何实现共产主义进行了设计。然而，经过近一个世纪的国际性实践，还是像柏拉图逻辑推理出来的“理想国”一样，是个乌托邦。在冷战期间，西方国家有多少苏联和东欧问题的研究所，有多少关于这方面的专家，可是，没有一个研究所和没有一位专家对1989年开始的东欧及苏联的共产制度解体做出预测。

即使是以日常语言为符号体系的社会科学，譬如热门的经济学，也是与人文学科一样有着三个“宿命”的。世界上没有一位研究亚洲经济的经济学家，在1997年对正在兴旺发达［为此，李光耀在大声疾呼要以“亚洲（威权）价值”取代西方民主价值］而突然爆发的东南亚国家货币危机，提出任何预警报告。同理，全球那么多获得诺贝尔经济学奖的经济学家，却没有一位能对2008年在美国发生的次贷经济危机做出预测。

然而有趣的是，柏林墙倒了之后，成百上千个国际政治学者马上站出来用“逻辑严谨”的学术语言给世人解释柏林墙为什么会倒；在亚洲国家货币危机与美国次贷经济危机发生之后，立即就有成百上千个经济学家“科学地”证明发生的机理是什么。

上述这些例子，不是证明人文学者、社会学者智能低下而无为，而是证明这类以日常语言为符号体系的学科，因为其先天缺陷，不可能有准确预测之为。

中国的人文学科是怎么做的？

卡尔·雅斯贝斯（Karl Jaspers）在《智慧之路》中提出一个人类文化的“轴心时代”的观点，他认为在公元前800年到公元前200年的600年中，出现了希腊的毕达哥拉斯、德莫克利特、柏拉图、亚里士多德，印度的释迦牟尼，中国的老子、孔子等一大批哲人，他们排除了人类神秘的“原始思维”对宇宙的神话解释，开始用理性思维对自然、社会和人进行审视和沉思。①

可是，虽然中国古代的思想家们与古希腊思想家们同在“人类文化轴心时代”之中，但因为没有能发明亚里士多德的逻辑的最核心部分——三段论证法②，因而他们做人文理论的方法与古希腊思想家的逻辑论证方法是截然不同的。

从春秋战国的老子、孔子开始，直到清朝的王夫子、戴震，两千多年的中国人文学科都没有进入逻辑操作。他们的方法是在自己极其丰富广博的人生阅历基础上

① 《现代思想史学派文选》第39页。

② 据中国学者金观涛的研究，中国以研究逻辑著名的墨子，没有发现形式逻辑最核心的原则——亚里士多德的三段论证法。金观涛、刘青峰：《探索与新知》，台北：风云时代出版公司1989年版，第285页。

进行宁静了悟，在获得解释人文对象的超常心得时，不懂得使用逻辑论文文体阐述，而是用“随感散文”文体表达出来。

约公元前6世纪的老子，是中国有史记载的第一位思想家。他以五千言《道德经》开创了道家学派。他在《道德经》中介绍了做学问的方法：“不出于户，以知天下，不窥于牖，以知天道”（第四十七章）。不出门、不望窗外就能知天下、知天道，当然是自己静心了悟而得的了。比老子小二十多岁的创立儒家学派的孔子，他也是主张“仁者静”（《论语·雍也篇》）、“学而不思则罔，思而不学则殆”（《论语·为政篇》）：合起来就是静思。这种静思的方法，在他的学生曾子那里，表现为“吾日三省吾身”（《论语·学而篇》）。这一天三次反省，当然不是逻辑推理，而是沉思感悟。

老子、孔子开创的以“静心了悟”的方法来做人文学问的规范，就此传之千秋。庄子提倡的达到最高的“真人”境界的“坐忘”（《大宗师》）方法，相当于一面做气功，一面颖悟得道。荀子总结出以“虚一而静”（《解弊》）的思维方法达到“大清明”的彻悟，就是要虚心、专一、清静。把儒学神化的董仲舒，他那套“天人感应”的神秘主义理论——“名教”，是怎么弄出来的呢？他自己没有说，宋代史学家司马光用诗为他总结出来了：“吾爱董仲舒，穷经守独幽。所居虽有园，三年不游目。邪说远去耳，圣言饱充腹。发策登汉庭，百家始消伏。”（《司马文公文集·读书堂》）由此可见，董仲舒也是“守独幽”三年才得到的大悟。儒学第二里程碑“理学体系”的集大成者朱熹，他的“格物致知”的方法，便是“今日格一物，明日格一物”（《朱子语类》卷15），格物穷理多了，忽然在某一天融会贯通而达到大彻大悟。这个“格物”，就是对着万物冥想，把心里本来就存有的“理”给激活，达到顿悟。悟出“心外无物”和“满街都是圣人”的完成儒家“心学体系”建构的王阳明，就是在他35岁那年，被贬到贵州龙场，日夜端坐，静思默想，忽然在一天夜里大悟：“圣人之道，吾性自足。”这便是中国思想史上的“龙场得道”的佳话。（《王文成公全书》卷32，《年谱》）被称为中国近代民主主义思想启蒙者（著有可和卢梭《民约论》相媲美而比卢梭早一百多年的《明夷待访录》）、写出中国第一部学术史巨著《明儒学案》《宋元学案》的明末清初的大思想家黄宗羲，是在他参加8年抗清的浴血战斗失败之后，经40年静心感悟造就的思想硕果（黄玺炳：《黄梨洲先生年谱》）。清代另一位中国古代思想集大成者，提出“太虚一实”、用太虚之气解释宇宙的王船山，在36岁那年，先是隐姓埋名躲到深山的苗族和瑶族的山洞里，后来隐居衡阳莲花峰和石船山下，“晨夕杜门，静心思索，开始了三十余年的著作生涯”（《十大思想家》第196－197页）。他的八百多万字的《船山遗书》，全来自一个和老子、孔子一样的“静悟”。由此可见，两千多年的时间跨度，无论是儒道佛哪个学派，中国思想家治人文学科的方法全没有进入逻辑，而是一个“悟”字了得！

正是因为思想成果是颖悟之果，选择的文体就完全不同于西方的逻辑论述，而是非常自由的诗性散文文体。老子用的是散文诗，孔子用的是散文式的语录。这和柏拉图的对话体是迥然不同的，柏拉图的《理想国》虽然也是师生间的对话，但是每位发表的论证都是按逻辑方式进行的，《论语》中的孔子和学生的对话，都是说自己的感悟（结论），不加任何逻辑论证。庄子的文体是散文式的寓言。以后的历代思想家的文体，都是这种诗性散文文体。

中国传统的人文学科，其形而上的道（理念）和形而下的器（文体）是十分匹配的。

中国古代哲人没有发明逻辑，只能用感悟来做人文学问，反倒歪打正着。因为人文学科用日常语言作为符号体系没法消除概念的歧义性，根本不能满足进入逻辑推理的条件，只能用静悟之法。相反，西方人文学科历代所用的逻辑操作反倒是假冒的学理性，是一种自欺欺人的方法论。

然而，在“西学东渐”之后，中国这套非逻辑体系治人文之学的方法和文体逐渐消亡了，应运而生的是学习西方的逻辑加实证的方法来做人文：这不是自杀，而是被他杀。

怎样复活?

既然人文学科不可能提供像自然科学那样确定的理论去设计未来，连所有的预测都是没有逻辑依据的瞎猜，那么人文学科还有什么用？为什么几千年来人文学科没有消亡?

因为，人文学科有着自然科学无法替代的两大功能。

第一，解释精神领域的疑问。

人类有一种“精神本能”，即对世界和自身不断地提问、追问，力求得到自圆其说的解释，以满足人才具有的一种普遍的精神消费——解释欲。英国当代著名哲学家、英国功勋勋章获得者艾赛亚·伯林爵士把人的解释欲称作“这是一种完全自然的人的欲望；是被一些最富想象力、最有智慧和才华的人所深深体验到的”①。

从人类的认识发展看，早在懵懵懂懂的人类“童年”，人们就开始问天问地问自己了。问来问去，追问出了懵懵懂懂的回答，那便是神话、宗教、星象占卜、原始自然科学等的解释。

后来，自然科学以其可重复实证的确切回答，不仅满足了人类对于物质世界的解释欲，还具有预测和实用的伟大功能。

然而，自然科学却无法满足人对精神世界和社会领域现象的解释。这两个领域

---

① 布莱恩·麦基著，周穗明等译：《思想家——当代哲学的创造者们》，北京：生活·读书·新知三联书店 1992 年版，第 7－8 页。

的解释，一直由人文学科和社会学科来担当。由于其符号体系是日常语言，一直只能以得到“相对比较满意的解释”的标准来满足人类。美国哲学家理查德·罗蒂（Richard Rorty）就说过：“所谓（人文学科的）真理，就是对于前人对其更前一辈的先前人的理论的解释的再解释的最高成果。”①

前面说过，政治学家没能预测柏林墙的倒塌，经济学家不能准确预警东南亚和美国的经济风暴，但是人类并不对人文科学和社会科学求全责备。只要在柏林墙倒塌以及亚洲金融风暴发生后，人文学家社会学家能上电视、写文章，做出成百上千个能自圆其说的解释，使得大众满意，那也算是人文学科所特有的一个功德。

第二，振聋发聩地对社会时弊的批判，乃是人文学科的主功能。

当社会处于危机时期，人们已经感知到了严重的社会时弊的经验事实，某个敏感的人文学者，首先用日常语言向处于危机中的大多数人大声疾呼，对时弊提出有理有据的批判。这时，人文理论就有着振聋发聩的对社会现状进行颠覆的伟大功能。这是自然科学所不能为的。文艺复兴时期的思想家、艺术家以人文主义对于积弊千年的神权的批判，法国18世纪的启蒙运动思想家对王权专制积弊的批判，中国五四运动对于数千年旧礼教和旧文化积弊的批判等，都是人文主功能的伟大体现。

在西方，从亚里士多德对其老师柏拉图说“吾爱吾师，吾更爱真理”开始，在那里就萌生了人文的批判传统，充分发育出了人文的主功能。西方的人文史，学派林立，思想家辈出，对各个历史阶段社会的演进起着“雄鸡一唱天下白”的号角作用，为社会的新价值体系进行“精神立法”。因此，西方把知识分子界定为有独立人格并能进行独立批判的文人。

然而在中国，自汉独尊儒术以降，中国文人的主功能是“注经”：证明圣人的话如何正确，证明皇帝的旨意如何圣明。主流中国文人的最高理想是争当“帝师”、军师，一心帮着主子弄出个能够写进历史的什么安邦定国的“理论”来。历代中国文人，都被“注经”的这把刀，将人文批判的主功能给阉割掉了。中国盛产在一个道统下的注经派名士，很难涌现振聋发聩、颠覆社会时弊的思想家。即使在现在已经消除了文字狱的台湾地区，那里的主流文人还是以当“国策顾问”为殊荣。从这个意义上说，春秋战国之后，中国就不再产生有独树一帜的思想家，只有擅长注经的“亚圣”“亚亚圣”……

当然，在这里必须强调，人文的批判，是在大多数人已经感知到社会时弊丛生的经验事实之上的批判，而不是像“文化大革命”那样，让政治家操纵大众的以文化为借口的暴力“批判”。从孔子批到爱因斯坦的“大批判”，不但没有任何“社会时弊的经验事实”，恰恰相反，是刻意对人类积淀的精英文化的摧毁，是人文的

---

① RORTY R. Consequences of pragmatism. ［S. l.］: The Harvester Press, 1982, p. 92.

恐怖主义。

总之，如果人文学科不想自杀或被他杀，只能在以上这两个功能，特别是社会时弊批判的主功能中复活。

几句大实话

罗素说过一番很有趣的话。他说：哲学家的中心思想其本质上都是非常简单明了的，之所以弄成晦涩的长篇大论，那是为了击退那些实在的或想象的反论，是架在城墙上的机枪大炮，用来吓唬任何潜在的论敌的。

我用了吓唬人的长篇大论所讨论的问题，其实也是极其简单明了的。人文的问题，既不是“水是由哪些元素构成的”那样的属于普遍经验论的可用实证解决的问题，也不是“如何证明三角形两边之和大于第三边”那样的由数学和逻辑解决的规范化问题。它面对的是人类的价值、意义等精神领域的问题，无法用实证解决。人文学科不能建立起没有歧义的人造语言，所以无法用规范的逻辑及数学解决问题。那么，所能用的办法，就是面对着既不是经验问题又不是逻辑问题的第三类精神问题，凭着自己在当代最前沿的最丰富的物质和精神的人生阅历去自由联想，也就是去顿悟，然后，用当代人喜闻乐见的非逻辑论证的文体把颖悟表达出来。其目标是：提供较前人在某个问题上的更满意的解释；或者提出对当代存在的时弊进行令众人心悦诚服的批判，以催化社会演进，如此而已。

请君别再相信哲学家或政治家会告知你可重复验证的“真理之上的普遍真理”。所谓“理论自信”不过是自我妄想。哲学理论、政治理论的主功能只可能是解释与批判，从而导致对坏现实的改革或颠覆。

请君别再相信经济学家能像天文学家告诉你何时发生日食那样确定无误的预测，他只能猜测。这猜测不会比算命高明多少。他的真正的“武功”是对已是经验事实的经济沉疴的解剖。

如果耶稣的复活是为了拯救人类，那么，人文的复活是为了拯救自己。⧉ 2014 · 5

叩问与重写

中国当代的第三次启蒙

□ 邓晓芒

十八大以后，国人普遍认识到中国的问题主要在于政治体制改革，而政治体制改革呼唤思想上的一次新启蒙，以做好理论上的准备。这就必须对以往曾经有过的启蒙进行一番反思，并为这场新的启蒙探索方向。

一、 对前两次启蒙的反思

在中国现代史上，大规模的启蒙运动发生过两次，一次是 20 世纪初的五四运动，一次是 20 世纪 80 年代的“思想解放运动”或者说“新启蒙”运动。这两次启蒙运动有一个共同之处，就是昙花一现。虽然来势凶猛，舆论也造得轰轰烈烈，但随着政治形势的转折，不久就消沉下来，甚至反过来遭到批判和清算。只有当国人在政治上绕了一个大大的圈子，有了整整一代人的新的记忆，人们才发现，启蒙仍然是一个回避不了的话题。

中国 20 世纪的启蒙运动一个最明显的特点就是，这两场启蒙运动都是由某些民众的监护人或者说“知识精英”们，居高临下地对民众进行“启蒙”或“发蒙”，把民众当儿童来引导和教育。而按照康德的说法，这种含义恰好就是知识精英以民众的监护人自居，是一种反启蒙的心态。之所以是一种反启蒙的心态，是因为知识精英们自以为从西方接受了一整套的启蒙口号和价值观念，就掌握了绝对真理，就有资格成为民众的启发者和新时代的圣人。他们一方面自己还没有经过真正彻底的启蒙，因为他们没有运用自己的理性去得出这些价值原则，从学理上探讨这些观念的来龙去脉，只是出于现实政治和社会变革的迫切需要而引进一种现成的思想符号或工具；另一方面，他们眼中的民众也仍然只是受他们教育的未成年的儿童，民众不需要运用自己的理性来判断是非，只需跟着他们去行动就能够成就伟大的事业，推进历史的发展。所以，当这些自认为在“启蒙”的思想家用各种方式宣传群众、启发群众、发动群众和领导群众时，他们已经在做一种反启蒙的工作了，并且总是以盲目追随的群众的人数作为自己的“启蒙”成就大小的衡量标准。这就是中国的启蒙运动为什么总是特别关注那种表面的“轰动效应”和政治效果，而很少深入到理论本身的缘故。

所以，20世纪第一次启蒙运动很容易地就被“救亡”的政治要务所“压倒”（李泽厚）。这首先是由于启蒙价值在完成这一要务上显得不如传统的东西中用、应急、立竿见影；其次是由于一部分启蒙思想家按照同一个“启蒙”的逻辑而走向了大众崇拜甚至愚昧崇拜的不归路，以新的造神运动来“启”群众之“蒙”，让群众陷入幼稚就是美、盲从就是力量、愚蠢就是“觉悟高”的幻觉。

第二次即20世纪80年代的启蒙运动，虽然摆脱了“救亡”等政治要务的干扰，并在历史和文化的层面比前一次启蒙具有更加广阔的视野，但在对于普遍人性的反思方面仍然未达到西方启蒙运动的深度，只有一些道德化和情绪化的批判，而极少运用自己的理性来对西方价值观进行普遍人性层次上的反思和追溯。第二次启蒙的总体倾向是知识精英眼睛向上，希望自己的大声疾呼能够在民众中引起轰动后，最终被那些掌握权力的人听进去。如果说它也代表了人民说话，它代表的也只是人民群众对于领导和政策的一种消极的等待、期望和焦急的心态。当然，这种启蒙的批判总比什么也不做，甚至复古倒退要好，然而，它并没有在理论上从人性的普遍本质中获得有力的支持。

因此，进入20世纪90年代，启蒙的声音就忽然沉寂了，因为人们只是把启蒙看作一种技术性的方法，而中国的问题似乎还是要用中国传统的方法来解决。启蒙并没有成为中国人的人性中一个必要的层次，这样的层次即使被超越、被扬弃，也还是不言而喻地保有自己公认的价值；相反，它被人们再一次地作为无用之物而抛弃了。

反观20世纪中国的启蒙运动，那些鼓吹启蒙思想的精英们几乎无一不想借这种思想文化上的观念在现实社会中“解决问题”，有种急功近利和政治实用主义的倾向。在这方面，“五四”的启蒙先驱者们是可以原谅的，因为他们所面临的民族危亡确实是当时每个中国人所唯一能够考虑的头等大事。但是，时至20世纪80年代，启蒙精英们仍然怀着同样的心态去用过激的言辞刺激大众的神经，极力造成某种轰动效应，而疏于反省政治层面底下更深层的文化心理问题和人性问题，这就是一种误导了。启蒙思想在他们那里除了具有清算以往的封建残余思想的功能以外（在这方面取得了相当可观的成效），更重要的功能还在于为当前的政策提供参考，为改革开放设计蓝图（在这方面他们一败涂地）。

中国20世纪的启蒙思想家，通常都自认为自己所把握的真理是绝对的，凡与自己意见不合的都是应当打倒的，并因此而上纲上线，热衷于把学术问题变成政治问题。由于这些人其实都是手无实权的一介文人，所以在他们之间倒是应当提倡宽容，应当在自由讨论的空气中把问题深入到学理的层面。但实际情况恰好相反。

如果说，五四时期的启蒙运动要做到这一点还的确不容易的话，那么至少20

世纪 80 年代的启蒙就应当更多地朝这个方向努力。但遗憾的是，不论哪个时期，中国的启蒙思想家都更像是一些谋臣或智囊，而不像卢梭和康德那样一些隐居起来思索人性问题的人。因为他们的目标并不在问题本身，而在于治国平天下的实效，所以他们都把衡量理论的绝对标准置于现实社会政治的可行性之中，借用政治操纵来杜绝启蒙思想本身进一步发展和自我超越的余地。所以中国的启蒙运动充满了过激心态及对政治权力的诉求，而缺乏宽容精神。

进入 21 世纪，启蒙理想被中国人的“国学热”所“超越”，这毫不奇怪。中国启蒙从“五四”以来就在启蒙的大门口徘徊，包括 20 世纪 80 年代的新启蒙也不过是旧话重提，每次都是转一圈又回到原地，没有实质性的进展。我们只是把启蒙理解为一场“启蒙运动”，运动过后，我们“没有出路”，只有退回传统，反启蒙。

中国当代启蒙之所以老是停留于启蒙的门口，是因为我们总是不由自主地把启蒙混同于中国传统的叛逆思想，如老庄隐士、魏晋名流、明清异端等。这股源远流长的思潮与西方近代启蒙思潮有一点是相似的，就是他们反抗主流意识形态话语，强调个性解放和个人独立。五四启蒙思想正是从这一点切入而使当时的一大批“新青年”热血沸腾。但毕竟，个性解放和个人独立如果没有普遍理性作为平台，而只是一种个人气质和“性情”，甚至只是青春期的一种生理骚动，它就不能内化为人性中的一个必然的层次，而只是一阵过眼烟云。等而下之则堕落为物欲横流。这样一种“启蒙”，的确“没有出路”。

鲁迅《在酒楼上》中的吕纬甫，当年也曾作为“新青年”而狂热过，但热潮过后，陷入低潮和颓废，为生计只好到乡下去教《三字经》，成为一个“无可无不可”的虚无主义者，与“启蒙”之前一样的缺乏理性。鲁迅本人也正是在这方面有其不足。五四的启蒙和西方的启蒙相比一开始就面临着先天不足，不像西方启蒙有古希腊理性传统作铺垫。我们用来嫁接西方启蒙的“砧木”只能是古代狂狷之士的自然性情，它没有自身的积极建树，注定要由儒家正统来收拾残局。20 世纪 80 年代新启蒙同样也是这个问题，它最终走向复古倒退是必然的。

中国 20 世纪两次启蒙都未能将启蒙的真正含义领会和吃透，而是浅尝辄止，抓住了启蒙运动的一些表面的可操作性的口号，把它转变为中国传统士大夫的治国方略或策略。这样，任何口号都无法改变中国传统几千年既定的格局，这些口号甚至可以被利用来大搞专制主义复辟，如“文革”的“大民主”和大批“孔老二”。今天没有人认为“文革”也是一场启蒙，相反，它正是“新启蒙”所要反思的主要对象。

但是，20 世纪 90 年代以来，中国的国情发生了巨大的改变。一个最重要的事实就是，几千年传统的自然经济已经解体，数以亿计的农民离乡离土，进城打工，城市化成为整个国民生活的重心。在这一过程中暴露出来的各种社会矛盾，仅靠传统那一套方式已经完全无法解决，而必须引进市场经济的一整套普遍原则，包括市场经济的运作规范、配套的政治体制形式以及伦理道德中的普世价值，在此基础上才能保证整个社会的良性发展。

而这就需要考虑中国当代社会的第三次启蒙。

二、 第三次启蒙的特点

第三次启蒙正在发生中，它的最大特点在于，它不是少数知识精英从国外引进一套最新知识体系来改造中国的社会文化，而是中国社会本身从根基上所发生的变化已经向知识精英发出强烈的呼吁，要求他们为新的生活方式建立长久的规范、提供意识形态的根据。是否对这种呼声作出回应，是当代知识分子应当考虑的问题。

与此相应，第三次启蒙就必须在理论上比前两次有重要的推进，以便适应现实生活的需要，而不只是一场思想解放运动或者一些激动人心的口号。以前启蒙精英的呼吁和老百姓的生活还是两张皮，靠抽象的爱国主义加上亡国灭种的恐惧、振兴中华的理想来鼓动民众的认同，其实与百姓的日常生活并无切实的联系。现在启蒙的原则开始与百姓每天的生活接轨，甚至每个命题都与百姓息息相关。大体说有如下几个方面。

1. 从“科学”深入到“理性”

20 世纪的两次启蒙都没有能够深入到西方启蒙的理性精神。在“德先生和赛先生”中，人们关注的“赛先生”是“科学”，但对科学的理解却大都局限于“技术”。五四时期寻求的是“救亡”的政治技术，20 世纪 80 年代寻求的是“强国”的科学技术，都是实用的目的，而缺乏科学精神。科学精神实际上就是理性精神，包括怀疑精神和逻辑精神。

真正的科学精神起源于好奇心，好奇心就是怀疑精神，想要搞清真相，对表面的东西、现成的东西、已知的东西不满足，想要获得未知的东西的知识。实用的目的是满足于知其然，而不必探求其所以然，只要能够获得满意的效果就行了。而理性精神则要求弄清问题的来龙去脉，寻求原理和公理的体系，不仅这一次适用，而且放之四海而皆准；它由怀疑精神开路，而由逻辑精神作为指南针，它是远远超出于具体实用目的之上的。

人们说马克思主义是“科学”，因而赢得了意识形态话语权，但我们通常把它理解为“技术”，只有按照这种技术，才能“救中国”。我们认为，社会主义就是当代历史的“天道”“天理”，不可抗拒的“铁的规律”。科学当然有规律，但科学更重要的是发现规律和创造规律，人为自然立法。这是中国传统的天理天道所没有的。通常讲的“命运”“天命”，天经地义，只有服从，没有道理可讲。真正的科学精神不是仅仅服从规律、遵守规律，而是要通过自己的理性来建立规律。单纯服从科学规律已不是科学精神，而只是技术，而这种技术与巫术和迷信并没有本质区别。技术就是不问所以然，而按照既定的规则办事，以达到预期的目的，否则就会失败，“碰得头破血流”。而对于已经建立起来的科学规律，真正的科学精神毋宁说体现在怀疑和“证伪”中。科学家就是要突破现有规律的局限性，发现更高的规律，这就需要怀疑精神和实验精神，即批判精神。

这样理解的科学就不是人性的束缚、自由的枷锁，而是自由本身。说马克思主义是科学，不是说它提出了一系列“铁的规律”让人们去遵守和操作，而是由于它体现了强烈的批判精神，它是人类社会历史上一次大胆的尝试和突破。因此，不能把马克思主义当作单纯的工具，它更是人性自由的张扬和人生的探索精神。很多人认为，根据目前的“国情”制定一些可操作的政策就是所谓“科学发展观”，其实这只是技术发展观。这样制定出来的政策没有多少是真正符合科学理性的，只是技术上“只摸石头不过河”的临时应付手段。理性精神的作用就在于根据国情来突破国情、改变国情，开辟新的发展道路。

2. 从“民主”深入到“人权”

“五四”以来对民主的理解也有根本性的偏颇，这就是等同于中国传统的“为民做主”，自上而下地给人民以发表意见的机会（让人说话），或广泛地征求和采纳群众意见。但其中最重要的缺失就是“人权”的缺位。西方民主是建立在天赋人权的基础上的，没有这个前提，谈何民主？民主不单单是“让人说话”，而是按照天赋人权来制定说话的规则和法制。否则我今天让你说话，明天就可以禁止你说话，甚至把让你说话作为“引蛇出洞”的“阳谋”。民主只有一群自主之民才能建立得起来，而自主之民首先就要对自己的权利有清楚的意识，不是靠别人给了自己什么“权利”就感激涕零，是自行追求自己应得的合法权利。自主之民意识到，自己的领袖理应为自己“谋幸福”，如果做不到这一点，我们就不选他或者罢免他。

真正的终极目的是什么？就是人权。民主、集中、人权三者的关系应该是：集中是民主的手段，民主又是人权的手段；或者说，民主是集中的目的，人权又是民主的目的。

人权是天赋权利，它的本质就是自由权。自由之所以成为“权”（right，Recht），就是因为它是靠“法”而建立起来的，因而具有“公正”的道德内容，这就是宪政。没有宪政，那种为所欲为的自由是没有保障的，最终是虚假的自由。因为，为所欲为必然导致弱肉强食，弱肉强食必然导致强中更有强中手，最终导致“强者为王”的专制社会。所以，真正的自由只能是法权下的自由，即由一切人所承认的公正原则之下的自由，无法无天的自由不是真自由。

对人权的强调是解决当前社会冲突的最重要的核心。维稳的前提和根本就是维权。

三、 第三次启蒙的任务

1. 以“理性”对抗“天理”

首先就是要以真正的理性精神对抗中国传统的“天理”。中国传统的天理在今天是什么？就是所谓的“潜规则”。天理是一种规则，但又不可规定、不可言说，只能靠每个人内心去体会、去悟。天理是非理性的，只可意会不可言传、不可传授，天理实际上就是“人情”“人情大于王法”。天理是在人们的人情往来中，在待人接物的“得意忘言”和“妙悟”中，在行为举止的循规蹈矩、入行随规中，在下级对上级的愚忠、上级对下级的照顾，甚至于在行贿受贿的“小意思”中开显出来的。历史上，从孔夫子的“亲亲互隐，直在其中”开始，就把潜规则看作天经地义，说假话、拍马屁、歌功颂德、互相包庇都有了理直气壮的理由。三鹿奶粉以小集团利益损害全国人民的健康，在当事人心目中却是合乎天理人情的事，只是不能拿到集团外去说而已。所以中国的天理和西方意义上的理性是完全不同甚至相反的东西，有必要加以区分。

中国人每当和人辩论时，虽然也标榜“讲理”，但有一个前提，就是首先要确定你是“站在谁（或哪个阶级）的立场上说话”，由此还延伸到“你是什么出身?”今天的网络爱国主义流行的则是“你还是不是一个中国人?”所有的“理”都要以这一点为前提，因此，所有的讲理都成了“诛心之论”，这就叫“态度问题”“立场问题”，这里所讲的“理”根本不是合乎理性的道理。“造反有理”要看是造谁的反，合谁的理。所以中国人“讲理”的主要目的，甚至唯一目的就是要追溯到一个不容怀疑的天理来迫使对方“转变立场”，站到这个天理一边来说话和表态。只要立场不对，再有道理、再合乎逻辑的推理都是“狡辩”，都是“别有用心”，那就不用和你讲理了，只需“打倒”便是。立场一对头，胡说八道都有人喝彩，被称赞为“说出了我们的心里话”。这种讲理不是要搞清客观事实，而是要分清敌我，以便采取相应的对策，对人不对事。对待“自己人”，即使犯了天大的错误也是“认识问题”，对待异己者，则是“立场问题”，其下场无非是群起而攻之，甚至“全国共讨之，全党共诛之”。“文革”的这套潜规则在中国传统文化中有根深蒂固的根源，当年的中国人只要有一半具备丝毫的理性精神，就不会造成“文革”的悲剧。

因此，中国当代启蒙的对象首先就要用真正的理性来对抗传统的“天理”，用逻辑理性和自由精神来揭穿“天理”的扼杀人性、“以理杀人”的本质。

2. 以“人权”重建“自由”

中国人理解的自由是不讲人权的，这从“文革”期间的“四大自由”可以看出来，都是侵犯人权的。西方近代自由概念则是一个法制概念和人权概念，不是每个人为所欲为，而是“群己权界”，不是一个人凌驾于其他人之上，或者多数人凌驾于少数人之上，而是每个人平等的权利。人权本身是自由和平等的统一，不可能只给一部分人自由，不给另一部分人自由。

“五四”以来所理解的自由大都限于“个性解放”，并且与中国传统的狂狷、性情、童心等混为一谈，这是一个重大失误。“文革”中利用青少年的青春冲动和逆反心理，把个性解放膨胀为“造反有理”“舍得一身剐，敢把皇帝拉下马”“无法无天”。至今人们还在推崇和欣赏这种“个性”，而没有意识到这种个性自由与启蒙精神中的自由精神、与西方讲人权的自由权利是完全格格不入，甚至相反的。应当揭示这一文化错位，以此重建“五四”以来的自由观。自由不是“自由化”，而是具有崇高的含义，即人的尊严、人格。当今的“维权”不仅仅是维护一些私人财产，而且是维护人格尊严。这就要有法律。

中国传统儒家厌恶法律，提出“息讼”理想，其代价是牺牲个人的人格尊严；而今天人们动不动就打官司，“法庭上见”，正表明一种个人尊严意识的觉醒。但我们至今还没有给这种符合时代发展的趋势提供站得住脚的现代法理根据，人们更相信的是“私了”和“调解”。占据人们头脑的仍然是传统对法律的偏见，即认为法律无非是解决利益冲突，从而达到社会和谐的工具，却没有意识到法律是保护人的自由意志和人格尊严的工具。

3. 树立健全的启蒙心态

什么是健全的启蒙心态？以往启蒙者普遍有一种不健全的心态，就是缺乏谦虚和宽容，自以为掌握了绝对真理并力图将自己的主张付诸权力，让所有的人都按照自己的意思办。为了实现这个目标，他们特别热衷于从政、抓权，甚至玩权术、搞宗派、窝里斗，把自己的想法变成一股政治力量，最终导致启蒙的异化。这是鲁迅当年对他们特别反感的一点。而健全的启蒙心态对待自己的理论对手更加宽容，他们信奉伏尔泰的名言：我坚决不同意你的观点，但我誓死捍卫你发表你观点的权利。启蒙在今天的主要理论对手仍然是中国传统文化特别是儒家思想，但真正的启蒙者一方面应与对方进行平等的理论辨析和论战，另一方面也不会把这种理论上的对立扩大到宗派对立甚至政治对立。成熟的启蒙意识把传统观点当作一种观点来对待，致力于与这种观点进行理论上的争鸣，但主要是为了搞清理论问题，而不是打派仗，不是要压制这种观点，而是反对这种观点对其他观点的排除和坑灭。所以就连传统文化本身，也只有在这种宽容之下才能作为多元中的一元在现代社会中占有一席之地，才能得到发展和弘扬。但中国儒家文化最要命的不是具体的观点，而是唯我独尊和大一统的权力诉求，这才是启蒙（和其他一切学术观点，包括儒家本身）的真正敌人，是要坚决反对的。当然它作为一种个人操守是可以容许其存在和值得尊敬的。

四、启蒙的未来前景

鲁迅当年说，最怕的是梦醒了以后无路可走。今天已不是鲁迅的时代了，历史环境已发生了巨大的变化，梦醒了以后，唯一的出路就是在日常生活中有意识地贯彻普世价值以融入国际社会。启蒙在今天比 90 年前更具有社会物质基础，不再是少数知识分子的空想和悲鸣，而显出历史的必然。当代社会的政治经济生活每天都在呼唤启蒙原则，我们有不少文化人却对此视而不见，他们有感于中国当代社会处于现代化难产的阵痛之中，而尝试回到古老传统中去寻求某种灵丹妙药，他们甚至无端地把当前社会的道德问题归咎于启蒙本身。但回归传统绝对不是当代中国社会的“出路”，而只能是一条死路。即使是传统中的优秀的精华，在今天也只有尽快地实现启蒙的初步原则，才有恢复和“弘扬”的基础，正如日本、韩国和中国台湾的先例所昭示的。没有这个前提，回归传统只能是败坏我们的传统。◻ 2013 · 4

重读别林斯基

□ 李建军

一

5 月26 日，是别林斯基辞世的日子，而 2013 年则是他逝世的第 165 个年头。在这个文学风尚不断变换的时代，别林斯基已然是一个黯淡的名字；在那些趋新求异者的眼里，他的文学批评也早就过期失效了。但是，在我看来，别林斯基是自己时代文学的引路人，是普希金等大师的知音，是果戈理和陀思妥耶夫斯基等人的伟大作品的助产士。他的堪称经典的文学批评，不仅极大地提高了俄罗斯民族的文学创作水准和文学鉴赏力，而且还对世界文学，尤其是中国发轫期的现代文学，产生了极大的影响。

顺着活跃于十九世纪三四十年代的随便哪一位俄罗斯大师的路径，都可以走进别林斯基的世界，就会在俄罗斯文学的辽阔原野上与他邂逅。记得刚上大学的时候，我喜欢上了那些让人开心和发笑的作品，喜欢上了喜剧文学和讽刺小说。果戈理的小说和喜剧，更是让我喜欢到了入迷的程度。果戈理的绝妙的讽刺，总是叫人忍俊不禁甚至常常使人笑出声来。

后来，我便很留意关于果戈理的评论和研究。我注意到，几乎所有谈到果戈理的文章，都会提到别林斯基的名字。于是，因为果戈理，我开始读别林斯基的评论。他对果戈理的分析和评价，几乎全都是我“意中所有”。别林斯基的充满热情、诗意和洞见的评论，简直令我五体投地。

读其书不知其人可乎？那么，别林斯基到底是一个什么样的批评家呢？通过阅读波利亚科夫的《别林斯基传》、屠格涅夫《回忆录》中的《回忆别林斯基》、巴纳耶夫的《群星灿烂的年代》及《巴纳耶娃回忆录》、赫尔岑的《往事与随想》和米尔斯基的《俄国文学史》等著作，我对别林斯基有了更多的了解和更全面的认识。

在纳博科夫被评价为“用包括俄语在内的所有语言写就的最好的一部《俄国文

学史》”中，著名的文学史家米尔斯基这样评价别林斯基：“他是知识分子的真正父亲，体现着两代以上俄国知识分子的一贯精神，即社会理想主义、改造世界的激情、对于一切传统的轻蔑以及高昂无私的热忱。他似乎成了俄国激进派的守护神，直到如今，他的名字几乎仍是唯一不受批评的姓氏。……他对于那些于1830—1848年间步入文学的作家所做评判，几乎总被无条件接受。这是对一位批评家的崇高赞颂，很少有人获此殊荣。”① 这样的评价是很高的，也是很恰当的。

在别林斯基成熟期的文学观念里，文学不是一种属于个人的孤立的偶然现象，而是与一个民族和全人类的整体的精神生活密切相关的伟大的文化现象。由于将“共同性、相互联系、依赖性和连锁性”当作“文学的特点”，别林斯基便特别强调个人生活和文学的“普遍性”：“谁具有更多的普遍性，谁就更富有生命；没有普遍事物的人，就是行尸走肉，虽生犹死。一个人具有普遍性，这表现在什么地方呢？——表现在下面一点上：他理解一切合乎人的天性的东西，一切构成天性的本质和特点的东西，他有权利对自己说：‘我是一个人，没有任何人性的东西和我是格格不入的。’对一个具有普遍性的人来说，个人的利益和世俗的需要是次要的东西，天性和人性才是主要的东西。”② 别林斯基所说的“普遍性”，就是一种高尚的、有教养的生活态度和生活方式，是开放的、包容的、利他主义的，而不是封闭的、狭隘的、利己主义的。对别林斯基来讲，文学即生活，谈论文学就是谈论生活本身，谈论如何写作就意味着谈论如何生活。所以，一个优秀的作家，就是一个摆脱了低级的生活形态的人，就是一个鼓舞并引导人们高尚地生活的人：“是的，生活并不等于是有这么许多年吃吃喝喝，为官衔和金钱奔波劳碌，空闲下来时，打呵欠，玩纸牌……这种生活比死还糟，这种人比禽兽还不如，因为动物虽然屈服于自己的本能，却还要充分利用它天生可以用来生活的一切手段，勇往直前地完成它的使命。生活就意味着：感觉和思索，饱受苦难和享受快乐；其余的一切都是死亡。我们的感觉和思想所包含的内容越是丰富，我们饱受苦难和享受快乐的能力越是强大和深刻，我们就生活得越多；一瞬间这样的生活，比麻木昏睡、浑浑噩噩、庸俗无聊地活上一百年，还要有意义得多。”③ 别林斯基试图帮助自己时代的人们理解个人与祖国的关系、爱祖国与爱人类的关系：“对于一个完备而健康的人来说，祖国的命运总是沉重地压在他的心头；一切高贵的人，总是深刻地认识到他和祖国的亲密关系、血肉联系。……在他的灵魂里，在他的心里，在他的血液里，负载着社会的生活：他为社会的疾病而疼痛，为社会的苦难而痛苦，随着社会的健康而蓬勃发展，为社会的幸福而感到快乐。……对祖国的爱应该从对人类的爱出发，正像局

---

① 德·斯·米尔斯基著，刘文飞译：《俄国文学史》（上卷），北京：人民出版社2013年版，第228－229页。

② 别林斯基著，满涛译：《别林斯基选集》（第二卷），上海：上海译文出版社1979年版，第451页。

③ 别林斯基著，满涛译：《别林斯基选集》（第二卷），上海：上海译文出版社1979年版，第452－453页。

部从普遍出发一样。热爱自己的祖国，这就是意味着：热诚希望祖国实现人类的理想，并且尽力促其实现。否则，爱国主义就将变成中国人气质，爱本国的东西，仅仅因为它是本国的，憎恶外来的东西，仅仅因为它是外来的，甚至于对于自己的丑陋和畸形也是顾影犹怜，赏玩不尽。”① 别林斯基的这些观念，完全是一种崭新的新人文主义思想。优秀的俄罗斯作家之所以优秀，伟大的俄罗斯文学之所以伟大，就是因为“社会性”和“人类性”被当作灵魂性和基础性的东西，而这“灵魂”和“基础”的形成，是与别林斯基的启蒙主义引导分不开的。

对生活的“社会性”和“人类性”的自觉意识，必然合逻辑地指向这样一点，那就是，强调文学的责任感和自觉性：“文学是民族的自觉：文学像一面镜子，反映着民族的精神和生活；文学是一种事实，从这里面可以看出一个民族所负的使命，它在人类大家庭中所占的位置，它通过它的存在所表现的人类精神的全世界性历史发展的阶段。一个民族的文学的源泉，可能不是某种外在的动机，或某种外部的推力，而仅仅是一个民族的世界观。……世界观是文学的根源和基础。”② 正因为这样，别林斯基对俄国文学的要求就特别严格，批评也特别严厉。他很少夸夸其谈地赞美俄国文学，也很少用“创造了辉煌”“达到了高峰”“写出了极品”“制造了地震”等廉价的语言来吹捧俄国作家。他总是以更高的标准来要求俄国文学，总是以尖锐的语气表达自己对俄国文学的不满和希望。他说：“我们的文学过去并不辉煌，目前也很灰暗，可是我们丝毫也不应该对未来绝望。……当我们攻击我们的文学的时候，我们只是想驳斥那种具有可笑的自我陶醉的看法的人，他们把少数人看作无穷尽的多数人，真诚地相信俄国文学凌驾于英国文学、德国文学、法国文学之上。”③ 俄国文学的健全发展和辉煌成就，与别林斯基的永不自满的尖锐批评有着深刻的因果关系。正是通过这种尖锐而正确的批评，别林斯基培养了俄罗斯作家的“世界观”，培养了他们高贵的文学气质，培养了他们对文学的庄严而朴实的态度。

当然，就学术水平来看，别林斯基并非第一流的学者；就认知能力来看，他也并不总是正确的。在政治上，他曾经赞美过沙皇发动的波罗金诺战争；在美学理念上，他曾经宣扬过“纯艺术”论；在文学上，曾经贬低甚至否定过乔治·桑和席勒，对圣博甫的“历史批评”也曾做过不正确的评价；从认知方式来看，正像普列汉诺夫所批评的那样，“一般来讲，别林斯基在抱有妥协情绪的时期，往往滥用先验论的逻辑体系，并且轻视事实”④。然而，“他痛心而愤恨地回忆自己以往思想上

① 别林斯基著，满涛译：《别林斯基选集》（第二卷），上海：上海译文出版社 1979 年版，第454 –455页。

② 别林斯基著，满涛译：《别林斯基选集》（第二卷），上海：上海译文出版社 1979 年版，第 396 页。

③ 别林斯基著，满涛译：《别林斯基选集》（第二卷），上海：上海译文出版社 1979 年版，第438 –439页。

④ 普列汉诺夫著，曹葆华译：《普列汉诺夫美学论文集》（Ⅰ），北京：人民出版社 1983 年版，第 206 页。

的迷误，并运用自己的全部才智和力量来补偿这些过失”①。所以，在这样的错误和转变里，人们所看到的不是见风使舵的摇摆，而是一以贯之的真诚态度与自我纠正的勇气，正像以赛亚·伯林所指出的那样：“他的一贯，是道德上的一贯，而不是思想上的一贯。”②

二

作为批评家，别林斯基不是一个人人都喜欢的人，而是一个招怨树敌甚多的人。他是专制政府和斯拉夫主义者的眼中钉，也是文学界许多人的肉中刺。他之所以成为不少人集矢的怨府，很大程度上，是因为他的极为罕见的坦率和正直。按照伯林的形象而夸张的描述：“他常像一只肉食鸟，扑击一位作家，酣畅尽言，将其人片片撕碎。”③ 不错，敢于表达自己态度和主张的坦率性，敢于反驳对方观点的论战性，这就是一个优秀批评家最重要的精神特点。二十世纪中叶，德国学者马克斯·本塞曾经写过一篇题为“批评与论战”的短文，冯至先生将它译了过来，发表在1944年昆明出版的《自由论坛》上。这篇文章的作者认为，应该将“批评”与“论战”区分开来，因为批评家区分作品的真伪，评定它的价值，而论战家则以宣示和捍卫真理为己任，“热情饱满，思想充沛，同时对人类有强烈的爱，他的生存是有血有肉的。所以一个论战家的态度必须是道德的”④。

这样的区分，其实并不很科学。因为在批评家与论战家之间，并没有泾渭分明的界线。第一流的批评家，如别林斯基、勃兰兑斯、鲁迅、乔治·奥威尔，往往都具有论战家的道德姿态和精神气质。克尔凯郭尔说：“生产者、新的创造者，永远需要场所，所以他是战斗者。”事实上，批评家也需要有“战斗者”的精神，因为，只有具备了这种精神，他才敢于坦率而尖锐地表达自己的意见，才敢于颠覆固有的文学秩序，才敢于向文学界的权威们发出尖锐的质疑。

作为一个新型的知识分子，别林斯基从不为了“论战”而论战。他的“论战”有着利他主义的积极的性质，有着稳定的价值立场与明确的精神指向——为了实现人的解放与自由，为了捍卫人的价值与尊严。别林斯基热爱真理和自由，富有正义感和同情心，是一个热情的理想主义者和高尚的利他主义者。他反抗权贵阶级和社会不公，同情那些受奴役与受损害的底层人。对他来讲，为了自己的利益而随波逐流或者因为恐惧而沉默或撒谎，简直就是可耻的堕落。他将文学批评当作追求真理和正义的事业。别尔嘉耶夫说：“对他来说，文学批评只是体现完整世界观的手段，

① 巴纳耶夫著，刘敦健译：《群星灿烂的年代》，上海：上海译文出版社1995年版，第281页。
② 以赛亚·伯林著，彭淮栋译：《俄罗斯思想家》，南京：译林出版社2001年版，第196页。
③ 以赛亚·伯林著，彭淮栋译：《俄罗斯思想家》，南京：译林出版社2001年版，第195页。
④ 冯至：《冯至学术论著自选集》，北京：北京师范大学出版社1992年版，第211页。

只是为真理而斗争的手段。”① 正因为这样，在表达意见的时候，他的态度就特别坦率和勇敢，没有一丝一毫的犹豫和畏惧，总是表现出“角斗士”般的激情。

在一些人的错误的观念里，文学批评是一种低级的依附性的精神现象，是任何一个略有表达力的人都可以搞的事情。然而，在别林斯基看来，文学批评却是一种极有难度、极为复杂的工作，需要具备多方面的能力和修养才行。他在《论〈莫斯科观察家〉的批评及其文学意见》中说：“批评才能是一种稀有的、因而是受到崇高评价的才能……有人认为批评这一门行业是轻而易举的，大家或多或少都能做到的，那就大错特错：深刻的感觉，对艺术的热烈的爱，严格的多方面的研究，才智的客观性——这是公正无私的态度的源泉——不受外界诱引的本领；从另一方面来说，他担当的责任又是多么崇高！人们对被告的错误习见不以为怪；法官的错误却要受到双重嘲笑的责罚。”② 别林斯基无疑就是这样一个具有这种“稀有”才能和“公正无私”态度的人，而他的文学批评，则因此有了近乎完美的典范意义。

三

如果说，教育人是文学的固有功能，那么，文学批评则是强化文学的教育作用的重要手段。别林斯基明白这一点，所以他要用自己的批评，改变人们的意识结构，提高人们的鉴赏力，指导人们对艺术和文学的认识和理解。他说：“我们的批评应该对于社会起家庭教师的作用，用简单的语言讲述高深的道理。它在原理方面应该是德国式的，在叙述方式方面应该是法国式的。”③ 所以，他的文学批评是深刻的，也是活泼的，没有一点儿迂腐沉闷的学究气。他在《论巴拉廷斯基的诗》中说：“我们必须指导人们的审美口味和关于典雅事物的理解，拓展人们对典雅事物的爱好。”④ 为了实现这一目标，他在帮助读者理解和欣赏第一流的杰作的同时，毫不宽容地批评了那些有问题的劣作。他认为，杂志应该为读者提供“批评”：“批评应该是杂志的灵魂、生命，应该是它的一个经常持久的专栏，是一篇绵长的、不中断和不结束的论文。”⑤ 在为《望远镜》《祖国纪事》《现代人》等杂志所写的大量的批评文章里，别林斯基深刻地分析了普希金、莱蒙托夫、果戈理、陀思妥耶

① 别尔嘉耶夫著，雷永生、邱守娟译：《俄罗斯思想》，北京：生活·读书·新知三联书店1995年版，第57页。

② 别尔嘉耶夫著，雷永生、邱守娟译：《俄罗斯思想》，北京：生活·读书·新知三联书店1995年版，第57页。

③ 别尔嘉耶夫著，雷永生、邱守娟译：《俄罗斯思想》，北京：生活·读书·新知三联书店1995年版，第57页。

④ 别尔嘉耶夫著，雷永生、邱守娟译：《俄罗斯思想》，北京：生活·读书·新知三联书店1995年版，第57页。

⑤ 别尔嘉耶夫著，雷永生、邱守娟译：《俄罗斯思想》，北京：生活·读书·新知三联书店1995年版，第57页。

夫斯基、柯尔卓夫、克雷洛夫、波列伏依等人的文学成就和局限，描述了俄国文学的流变轨迹，指示出俄国文学应该前行的方向——伯林高度评价他在这一方面的伟大成就："他传给别人一种真理神圣之感，从而改变了俄国人的批评标准。……他改变了众多俄国人思想与感觉、经验与表达的品质与格调。"①

在人们的印象中，别林斯基像契诃夫一样，是一个没有宗教信仰的人。他因为"极其粗野地谩骂基督"，而受到陀思妥耶夫斯基的尖锐批评和猛烈攻讦："他在骂基督的时候从来不对自己说：我又能以什么来代替基督呢？……他极端地自满，这已经是他本人的讨厌并可耻的麻木了。"② 事实上，别林斯基有自己的"上帝"；他的上帝是这样一个"理念"——"它不仅是智慧的，并且还是有爱心的！人啊，为你崇高的使命骄傲吧，骄傲吧"；在这伟大的"理念"里，正确的道路只有一个，那就是"摒弃利己主义，把自私的我踩在脚下，为别人幸福而生存，为同胞、祖国的利益，为人类的利益牺牲一切，爱真理和善良，不是为了求得报酬，而是为了真理和善良本身，背起沉重的十字架，受尽苦难，然后重见上帝获得永生……"③他将这称作"永恒理念的道德生活"。由此看来，陀思妥耶夫斯基对别林斯基的批评是很不准确、很不公平的。

是的，别林斯基全部的文学批评，都植根于这个伟大的"理念"之中；他的批评不仅是一种求真的认知行为，而且是一种求善的伦理行为。他的文学在表达爱意和善念方面所达到的高度，一点也不比那些伟大的俄罗斯作家低。他怀疑并排斥"基督"，但他用自己的"理念"和方式来行善。他特别关注政治和社会问题，关心人类的处境与幸福。所以，虽然别林斯基一度宣扬过"纯艺术"的主张，但是，进入文学上的成熟时期后，他便将自己的文学观念放置在道德和伦理的基础之上，将"善"置于"美"和"真"之上。在关于德罗繇陀大的《道德哲学体系试论》的书评文章里，别林斯基用充满激情和诗意的语言，系统性地表达了自己的文学伦理思想，阐释了"道德法则"和"对人类的爱"，甚至谈及"灵魂"的"永恒的秘密"等伦理学范畴的问题："文学和艺术也是为最高的善服务的，而这最高的善同时也就是最高的真和美。"④ 根据这样的文学理念，别林斯基所理解的文学批评，就不再是一种狭隘的专业行为，而是近乎宗教信仰一样庄严的伟大事业。

四

文学批评的直接客体对象是作品，直接主体对象则是作家。文学交流本质上是

---

① 以赛亚·伯林著，彭淮栋译：《俄罗斯思想家》，南京：译林出版社 2001 年版，第 222 页。
② 陈燊主编：《陀思妥耶夫斯基全集》（第 22 卷），石家庄：河北教育出版社 2010 年版，第 842 - 843 页。
③ 别林斯基著，满涛译：《别林斯基选集》（第一卷），上海：上海译文出版社 1979 年版，第 324 页。
④ 别林斯基著，满涛译：《别林斯基选集》（第一卷），上海：上海译文出版社 1979 年版，第 326 页。

人与人之间的交流。文学批评则是主体之间经由作品展开的对话和对抗。以开放的态度承受他者的批评，以对话的姿态回应别人的质疑，是每一个参与公共生活的现代公民的社会义务。

在作家面前，批评家必须保持不卑不亢的对话姿态，要把作家当作一个可以质疑的对话者，必须向他发问并陈述自己的真实判断。与作家之间产生矛盾和冲突，难免会因此受到误解甚至伤害，对此，批评家无需觉得委屈和不平，而应该将它看作自己必须承担的压力和考验。

1834 年，二十三岁的别林斯基写出了天才的评论文章《文学的幻想》。在这篇文章中，他表达了对依然处于幼稚阶段的俄国文学的不满，甚至认为俄国“没有文学”。他说：“文学是民族的自觉，凡是没有这自觉的地方，文学如果不是早熟的果实，就是博取生活资料的手段，某一阶层的人的手艺。”① 为了帮助自己时代的文学摆脱对欧洲人的“模仿者”角色，他试图改变批评界的那种溜须拍马、只说好话的风气。别林斯基对那种低三下四地讨好作家的势利的批评家深恶痛绝：“到现在为止，我们的文学界仍旧流行着一种可怜的、幼稚的对作家的崇拜，在文学方面，我们也非常重视爵位表，不敢对地位高的人说真话。碰到一位名作家，我们总是只限于说些空话和溢美之词；不顾情面地说真话，我们就认为是亵渎神圣。”② 他反对“文学中的偶像崇拜”：“什么东西曾是、现在是，我认为将来还有很久一段时间将是极度妨碍在俄罗斯传布文学的基本概念以及培养口味的主因？那便是文学中的偶像崇拜！……盲目的狂信常常总是社会幼稚的命运。……要冒犯几个芝麻大的小权威，我们还得拥有对真理的公正无私的爱以及性格的力量才行呢，大些的权威就更不用说……”③ 别林斯基知道冒犯这些“偶像”，会有什么样的后果，但是他无所畏惧：“跟社会舆论进行战斗，明目张胆地反对它的偶像，是一件非常可怕的事情；可是，我胆敢这样做，与其说是因为有勇气，毋宁说是为了对真理的无私的爱。”④ 别林斯基受到了猛烈的攻击。他被称为“冷评家”和“酷评家”。有人则编造谣言侮辱他的人格，试图从道德上击垮他。他一如既往，毫不畏葸。

以平等而自由的姿态向作家说真话，一针见血而又有理有据地指出问题，是别林斯基文学批评的基本原则。在别林斯基心目中，没有哪位作家是不可以批评的，也没有什么问题是不可以谈论的。他绝不讨好任何作家，无论他社会地位有多高，无论他曾经享有多高的文学威望。他批评以“俄国的伏尔泰自居”的苏玛罗科夫：“他的全部艺术活动，不过是可怜亦复可笑的装腔作势而已。……然而，这个可怜

---

① 别林斯基著，满涛译：《别林斯基选集》（第一卷），上海：上海译文出版社 1979 年版，第 224 页。
② 别林斯基著，满涛译：《别林斯基选集》（第一卷），上海：上海译文出版社 1979 年版，第 319 页。
③ 别林斯基著，满涛译：《别林斯基选集》（第一卷），上海：上海译文出版社 1979 年版，第19－20页。
④ 别林斯基著，满涛译：《别林斯基选集》（第一卷），上海：上海译文出版社 1979 年版，第 428 页。

的劣等文士却坐享了怎样的盛名啊!”① 他批评卡拉姆辛，认为他的作品的主要缺点，“在于他那常常是幼稚的，至少是永远没有丈夫气概的对事物和事件的看法；雄辩家的夸夸其谈”②。他批评欧仁苏的“声名远扬”的《巴黎的秘密》是“最可怜最平庸的作品”③。他毫不客气地否定杰尔查文的全部文学成就，“杰尔查文的全部作品基本上都是一些仅仅在细节部分镶嵌着珍贵发亮宝石的不成样子的粗笨玩意儿”④。他批评玛尔林斯基“才能非常片面，他的作品没有任何深度，任何哲学，任何戏剧性；结果，小说中所有一切的主人公们都从一个模子里刻出来，差别仅仅在姓名而已；他在每一部作品里都重复着自己。”⑤ 尽管时间已经过去了一个半世纪，但是，别林斯基的这些判断和评价，至今仍然被认为是正确而可靠的。

五

别林斯基文学批评的典范性，以及他对文学真理的无条件的热爱与忠诚，近乎完美地体现于他对果戈理的肯定与否定兼而有之的批评上。在世界文学史上，像果戈理与别林斯基这样的相得益彰的创作—评论共生现象，极为罕见。阅读果戈理的作品，而不读别林斯基的评论，就好比游览巴黎而漏掉了罗浮宫。

果戈理的幽默和讽刺，不同于拉伯雷和莫里哀，也不同于萨克雷和菲尔丁——他对自己笔下的人物充满温柔的怜悯，甚至深深地爱着他们，所以，他的讽刺就谑而不虐，有一种含着同情的诗意性的感伤，让人在捧腹大笑之后，顿觉悲从中来，心里别有一种酸楚而怅惘的感觉。对果戈理作品的这一特点，别林斯基的阐释，准确而深刻，令人拍案叫绝。尤其是1835年发表于《望远镜》的《论俄国中篇小说和果戈理君的中篇小说》，激情饱满，酣畅淋漓，不仅提出了“熟悉的陌生人”“含泪的喜剧”等经典性的概念，而且还在开阔的比较视野中，揭示了果戈理作品的“显著特征”：“构思的朴素、十足的生活真实、民族性、独创性”，以及“那总是被悲哀和忧郁所压倒的戏剧性的兴奋”⑥ 揭示了果戈理“纯粹俄国的幽默”的特点：“平静的、淳朴的幽默，作者在这里装扮成傻子的模样”，以及“诗歌的秘密”：“当你一直读到那悲喜剧的结局的时候，为什么会那么悲痛地微笑，那么忧郁地叹息呢？这便是诗歌的秘密！这便是艺术的魔力！你看见的是生活，看见了生活，就不得不叹息！……”⑦；他认为果戈理的中篇小说的“纯洁的道德性”，将

---

① 别林斯基著，满涛译：《别林斯基选集》（第一卷），上海：上海译文出版社1979年版，第322页。
② 别林斯基著，满涛译：《别林斯基选集》（第一卷），上海：上海译文出版社1979年版，第36页。
③ 别林斯基著，辛未艾译：《别林斯基选集》（第五卷），上海：上海译文出版社2005年版，第442页。
④ 别林斯基著，辛未艾译：《别林斯基选集》（第五卷），上海：上海译文出版社2005年版，第39页。
⑤ 别林斯基著，满涛译：《别林斯基选集》（第一卷），上海：上海译文出版社1979年版，第55页。
⑥ 别林斯基著，满涛译：《别林斯基选集》（第一卷），上海：上海译文出版社1979年版，第95页。
⑦ 别林斯基著，满涛译：《别林斯基选集》（第一卷），上海：上海译文出版社1979年版，第40页。

“对世道人心发生强烈而有益的影响”——“啊！在这样的道德性面前，我是随时准备屈膝下跪的！”别林斯基的这篇评论文章，凡认真读过的人，莫不击节称赏。正是通过别林斯基的引导，读者才更深刻地认识到了果戈理的价值，才理解了他的喜剧性作品的意义。

然而，后来，果戈理却出版了他的《与友人书简选粹》。在这本新作里，他自我作贱，贬低自己的创作成就，否定自己昔日的文学精神，并且宣布，“只有到了自己的作品获得沙皇满意的时候，您才会对这些作品感到满意”①；还赞美俄罗斯的官方宗教，赞美落后的沙皇制度和宗法制度。果戈理的这本“极为有害的书”，“深深地激怒了和侮辱了”别林斯基。在他看来，果戈理误解了俄罗斯民族的“天性”，因为“神秘的狂热不是他们的天性”②。这本书不仅降低了果戈理作为作家的身价，特别是降低了他作为人的身价。作为一个伟大的人道主义者和启蒙主义知识分子，别林斯基认为俄罗斯“最迫切的民族问题就是消灭农奴制，取消肉刑，尽可能严格地去实行至少已经有的法律”，然而，果戈理却教导地主“向农民榨取更多的钱财，教导他们把农民骂得更凶”，别林斯基说：“这难道不应该引起我的愤慨吗？……即使您有意要谋害我的性命，我也不会比为了这几行可耻的文字更仇恨您。”③ 在《给果戈理的信》的开头部分，别林斯基说过这样一段话：“自尊心受到侮辱还可以忍受，只要一切问题都局限在这里，我在理智上还是能对这个问题沉默不语的，然而到得真理与人的尊严受到侮辱，这却是不能忍受的；在宗教的庇护下和鞭子的防卫下把谎言和不道德当作真理和美德来宣传，这是难以沉默的。”④ 别林斯基就是这样一个为真理和正义而战的“论战家”，就是这样一个高尚而伟大的文学批评家。

六

别林斯基生于1811年5月30日，死于1848年5月26日，死得实在太早、太可惜了。在1840年3月24日致鲍特金的信中，别林斯基说过这样的话：“我将死在杂志岗位上，吩咐在棺材里，在头旁放一本《祖国纪事》。我是文学家，我带着病痛的、同时是愉快而骄傲的信念这样说。俄国文学是我的生命和我的血。”⑤ 为了俄国文学，他不知疲倦地阅读和写作，实可谓鞠躬尽瘁，死而后已。

虽然只活了短短的三十七年，但别林斯基却完成了许多人活到老年也未必能完

① 别林斯基著，辛未艾译：《别林斯基选集》（第六卷），上海：上海译文出版社2006年版，第471页。
② 别林斯基著，辛未艾译：《别林斯基选集》（第六卷），上海：上海译文出版社2006年版，第468页。
③ 别林斯基著，辛未艾译：《别林斯基选集》（第六卷），上海：上海译文出版社2006年版，第466页。
④ 别林斯基著，辛未艾译：《别林斯基选集》（第六卷），上海：上海译文出版社2006年版，第464页。
⑤ 别林斯基著，辛未艾译：《别林斯基选集》（第六卷），上海：上海译文出版社2006年版，第464页。

成的工作。他留下十三卷俄文本《别林斯基全集》，而由满涛和辛未艾先生翻译的中文版《别林斯基选集》，也有煌煌六卷，总计290多万字。书籍是作者的人格镜像，是通向真理的林中小路。别林斯基的著作，就是他伟大人格的“客观对应物”，就是他不朽的纪念碑。有这样的著作留存下来，就意味着他的精神将薪火相传。只要人们仍然热爱文学，仍然热爱真理，那么他就会作为文学批评的伟大典范而常常被人谈起，就会受到人们永远的崇敬和怀念。

用别林斯基的尺度来衡量，无论是我们时代的文学写作，还是我们时代的文学批评，都没有达到令人满意的成熟状态。我们缺乏别林斯基那样的“论战家”型的批评家，缺乏像别林斯基那样把文学当作圣物的纯粹态度。我们把人情世故和利害得失，置于文学之上，害怕得罪人，害怕人家说自己“苛刻”和“不厚道”。因此，在展开批评的时候，便畏首畏尾，患得患失，就像刘知几在《史通·直书》中所批评的那样：“宁顺从以保吉，不违忤以受害也。”

在今天，纪念别林斯基，固然意味着对一个伟大批评家的追怀和致敬，也意味着对文学批评前行路向的重新确认。别林斯基的批评文本里，有着引导我们走出困境的“阿里阿德涅之线”。要想改变文学批评的现状，要想遏止写作上肆无忌惮地粗制滥造的风气，就需要具备像别林斯基那样的“论战家”的性格，就需要在我们的意识里注入敢于质疑的勇气，就需要在我们内心培养善于“论战”的能力。假如我们的批评家面对文学，都能像别林斯基那样执着和热诚，那样严格和认真，那么，我们时代的文学风气一定会更好。⧉ 2013·6

理解我们自己的“娱乐至死”

——一种西方文化理论在中国的被绑架之旅

□ 陶东风

对于中国社会文化全面“娱乐化”的批评，最近几年在大陆学术界很流行。大家似乎都认可这样的观察和判断：中国已然进入了娱乐大爆炸的时代，全民娱乐、娱乐至上已是不争的社会文化现实——不但文学艺术娱乐化、电视节目娱乐化、新闻节目娱乐化，而且政治经济娱乐化、学术研究娱乐化，总之，一切的一切都已经娱乐化。很多人忧心忡忡：娱乐化消解了厚重的历史感和严肃的现实感，“娱乐至死”的情形正在中国出现。

这种判断和批评在很大程度上受到尼尔·波兹曼《娱乐至死》一书的影响。此书中译本在大陆出版后产生了巨大影响，成为分析和批判中国当代大众文化的犀利武器，其书名“娱乐至死”也成为人们指责中国当代大众文化时用得最多的口头禅。① 但本文力图论证的是：波兹曼的《娱乐至死》的所有观点都是建立在对美国大众文化，特别是电视文化的观察和分析基础上的，因此把它直接套用到中国是有问题的，是对西方大众文化批判理论的去语境化的机械应用。

一、 一种西方理论的被绑架的跨国旅行

用中国最著名的学术论文搜索引擎“中国知网”以“波兹曼”“娱乐至死”为关键词和主题分别进行检索，结果显示，引用波兹曼《娱乐至死》一书来分析当下中国文化的文章有20多篇②，焦点全部集中在如何认识和评价当下中国文化的“泛娱乐化”现象。这些文章所分析的对象，既包括当代中国几种主要的流行文化类型（如玄幻小说、网络恶搞、电视娱乐节目等），也包括电视新闻节目和纪实节目。这

① 尼尔·波兹曼著，章艳译：《娱乐至死·童年的消逝》，桂林：广西师范大学出版社2009年版。这个中译本收入了波兹曼德《娱乐至死》和《童年的消失》两本书。还有一个中文译本是2004年广西师范大学出版社出版的单行本。

② 所有这些文章都明确使用了波兹曼的理论并引述了《娱乐至死》一书的观点，有些文章虽然也使用了波兹曼的理论，但是却没有直接标示出来的，不计在内。同时，中国知网是一个期刊网，报纸上的文章不在搜索范围内，这点提示我们引用波兹曼理论的中文文章的实际数量远远不止本文统计的20多篇。

些文章基本上都运用了波兹曼《娱乐至死》一书来反思和批判中国的大众文化和新闻节目的娱乐化倾向（肯定娱乐化的文章极为罕见）。下面我们对这些文章的基本内容、大致观点，特别是其所体现的共同特征进行简要归纳。

第一，利用波兹曼理论批判中国当代大众文化中“娱乐膨胀”“娱乐至死”现象，认为庸俗无聊的平面化娱乐消解了文化的精神维度、思想深度、真实性和历史意识。这类文章数量很多。吴子林以“玄幻文学”为例指出，“娱乐至死”的“快适伦理”消解了文化的思想性，并在文中引用波兹曼的一番告诫表达对媒介时代玄幻小说热潮的担忧：“如果一个民族分心于繁杂琐事，如果文化生活被重新定义为娱乐的周而复始，如果严肃的公众对话变成了幼稚的婴儿语言，总而言之，如果人民蜕化为被动的受众，而一切公共事务形同杂耍，那么，这个民族就会发现自己危在旦夕，文化灭亡的命运就在劫难逃。”① 赵勇在对《百家讲坛》从“学术电视”到“电视娱乐”的转型分析中指出，以“悬念设置”为代表的娱乐元素的加入，无法给观众带来深层次的精神满足，只能在较低的消遣层次上带给人快乐。在对于娱乐化、叙事效果、表演技巧的追求过程中，节目最终放弃了“思想”与“说理”。②

这些文章站在传统人文主义和精英文化的立场对当代娱乐文化进行批判，它们有一个共同的前提预设：波兹曼所批判的“娱乐至死”现象已经出现在中国，因此波兹曼的理论也具有普遍适用性。对此，罗亮的观点很具有代表性。罗亮在其文章中先指出“美国著名学者尼兹·波德曼认为当前的这个时代是一个娱乐替代一切的时代”，并引用了《娱乐至死》的一段话：“我们的政治、宗教、新闻、体育、教育和商业都心甘情愿成为娱乐的附庸，毫无怨言，甚至无声无息，其结果是我们成了一个娱乐至死的物种。”然后直接跳到中国、进入主题：“《武林外传》就是这样一个文本。”③ 这种直接把波兹曼的理论不加修正地“快递”到中国的方法，完全没有关注中国当代文化和西方文化的差异性。同时，这些文章都把中国大众文化的泛娱乐化及其对社会矛盾的回避、掩盖等，归结为媒介技术本身的问题，没有挖掘其背后的社会政治原因，没有对大众文化的生存体制进行分析。

第二，另一类文章更加集中在新闻节目的娱乐化问题上，并且注意到要把娱乐文化本身和严肃新闻节目的娱乐化加以区分。比如薛国林和彭雪蕾认为，“娱乐本身无可厚非，它既是电视媒体的职责之一，也是现代社会的个人减压器。但反观今日的电视娱乐节目，不仅过多过滥，而且逐渐向新闻、谈话、专题等节目渗透。置受众的知情权于不顾，置观众的审美趣味于不顾，随处可见的‘托儿’，让人真假

---

① 吴子林：《玄幻小说的文化面相》，《重庆三峡学院学报》2007 年第 4 期。

② 赵勇：《从“学术电视”到“电视娱乐”——〈百家讲坛〉的流播小史与变脸方术》，《艺术广角》2008 年第 1 期。

③ 罗亮：《娱乐取代一切——解读〈武林外传〉》，《文教资料》2008 年 6 月号上旬刊。

难辨，娱民在某种程度上已经异化成了‘愚民’”①。这个观点应该说更加接近《娱乐至死》的原意，但这两位作者同样不加区分地对待中国和西方国家的新闻娱乐化现象。与站在精英立场的文化批判一样，这些文章同样有一个基本的判断：中国的新闻和美国的新闻一样“娱乐至死”了，找到的原因也是差不多的。比如李欣的文章列举了中国新闻娱乐化的种种现象，然后列举了英国、美国等类似例子，认定“中国当前所经历的这种新闻与娱乐合流的趋势并非独一无二”。接着分析其“共同”原因：“这一现象背后体现的是市场经济的发展、资本对利益的追逐以及媒体间的激烈竞争。”② 作者完全没有注意到中国并不是一个完全的市场经济国家，中国媒体业的“资本”逐利方式也和西方国家不可同日而语，因为在“资本”之上还有权力，至于媒体之间的所谓“竞争”当然也只能在“社会主义市场经济”（而不是自由市场经济）框架以及各种颇具中国特色的新闻政策法规的制约下进行。

再比如谷妍的《“电视娱乐业时代”应把握的度及应对策略——由〈娱乐至死〉引发的思考》写道：“波兹曼就曾在书中说过：电视不仅赢得了元媒介的地位，还赢得了神话的地位。所以由电视引领，其他媒介都纷纷将图像作为发展自身的重要工具加以利用，使得读图时代或者图像社会的真正来临成为历史发展的必然。”然后就是直接对照中国：“对照我们国家的电视文化，当下就充斥各式各样的娱乐节目，专门以娱乐为主的频道更不在少数。他们的共同特点是面向广大受众打造轻松愉悦的电视文化。就像去商业电影院看电影，在一番视觉审美的疲劳轰炸中结束了观影，身心都得到满足，但是我们总会觉得缺少点什么，那就是思考。这也正是波兹曼所担心的问题，担心这种过度的娱乐化会使大众形成一种固定的观看习惯。”③ 这种把波兹曼的观点和中国的现实直接对照的方法在所有引用波兹曼的论文中非常普遍。

当这些文章的作者把中国新闻节目娱乐化与波兹曼分析的美国新闻节目娱乐化等同起来的时候，其分析思路已经事先决定了他或她不可能找到导致中国新闻娱乐化的真正原因。纵观他们给出的解释，导致新闻“娱乐至死”的原因无非有以下几种：①电子媒介、特别是电视的技术本性所致（技术决定论）；②观众与生俱来追逐娱乐化的本性所致（抽象人性论）；③市场经济的逐利原则所致（市场经济罪恶论）。几乎所有文章都忽视了当代中国大众文化，尤其是媒体生存的体制环境。

在这方面，陈后亮的《泛娱乐业时代——兼读波兹曼〈娱乐至死〉》特别具有代表性，也特别具有误导性。作者将娱乐的盛行、精神的失落归咎于改革开放所带

---

① 薛国林、彭雪蕾：《全民娱乐包围下的价值观困境——对娱乐泛滥现状的思考》，《记者摇篮》2012年第3期。

② 李欣：《对当前视觉狂欢现象的反思》，《中州学刊》2010年第9期。

③ 谷妍：《“电视娱乐业时代”应把握的度及应对策略——由〈娱乐至死〉引发的思考》，《东南传播》2012年第3期。

来的物质丰盛：“回首改革开放三十年，我们在物质文明和精神文明上取得了辉煌成就。但所谓饱暖思淫欲，人们的精神生活也变得越来越感性化、低俗化。追求感官刺激成了许多人的生活主题。”① 似乎物质文明发展，生活水平的提高必然导致“娱乐至死”，这几乎就是一种宿命论（且不说中国是否真的取得了物质文明和精神文明的“辉煌成就”）。

这样的分析思路同时也决定了作者开出的解决“娱乐至死”问题的药方的局限性，他们不是去检讨滋生中国式“娱乐至死”的根源，而是抽象地强调“媒体责任”，甚至公开提倡增强政府的干预力度，将解决问题的希望寄托于政府加强对媒介的监管（这点与秉持人文主义和精英主义立场的批判者稍有不同），主张“要加大特色新闻节目的比重”，“控制过滥的同类娱乐节目”，“鼓励有正确价值观导向的创新频道。”② 乃至认为要抵制“娱乐至死”，就应该“发挥党和政府喉舌的理性力量”。③ 仿佛媒体娱乐化的原因是党和政府放松了对新闻的控制。薛国林、彭雪蕾的文章提到了娱乐化的新闻剥夺了受众的“知情权”，担心的是娱乐化对主流文化造成的侵蚀，是“来自西方国家的外来文化和价值观念”“对中国受众产生错误的引导”，是娱乐化“误导人们放弃了原有主流价值尺度”，这就难怪作者将最终的解决途径指向了媒介监管，要让媒体成为“监视环境的‘瞭望哨’，传承文化的‘枢纽’，引导舆论的‘喉舌’。”④

在这些文章中，最具有本土意识的一篇，或许是华中师范大学胡璇的博士论文《赵本山现象论》。论文第四章通过对赵本山小品、影视、文化产业的分析指出，“娱乐至死成为当代社会一种新的文化霸权实践”，因为它与“文化统治者的利益”是一致的。作者一方面肯定了波兹曼的预言在中国已然来临，但强调中国的“娱乐至死”有着较明显的本土语境，“除了波兹曼所言的将娱乐本身变成表现一切经历的形式之外，中国大众的文化目前还面临着只有审美表象的娱乐，也就是说在当代社会中有一种不得不集体娱乐、不得不被集体娱乐的尴尬”⑤。遗憾的是，作者虽然指出了中国的娱乐至死具有较明显的本土语境，但是对于本土语境的阐释只是草草两句一笔带过，特别是对作者提出的“被集体娱乐”“不得不集体娱乐”这个本来应该加以深入阐释的命题，没有做进一步解释。

第三，在援引波兹曼《娱乐至死》一书分析中国文化娱乐化现象的文章中，偶然也能发现为娱乐化辩护、强调电视中娱乐元素的积极意义的声音。这类文章一般

---

① 陈后亮：《泛娱乐业时代——兼读波兹曼〈娱乐至死〉》，《大众文艺》2009 年第 1 期。

② 谷妍：《“电视娱乐业时代”应把握的度及应对策略——由〈娱乐至死〉引发的思考》，《东南传播》2012 年第 3 期。

③ 邓必彦：《刍议互联网环境下警惕新闻泛娱乐化之我见》，《电子技术与软件工程》2012 年第 2 期。

④ 薛国林、彭雪蕾：《全民娱乐包围下的价值观困境——对娱乐泛滥现状的思考》，《记者摇篮》2012 年第 3 期。

⑤ 胡璇：《赵本山现象论》，华中师范大学博士学位论文，2012 年。

在承认波兹曼预言之警示意义的同时，并不认可其悲观主义立场。这类文章对娱乐化的肯定，一般出于几个方面的原因。首先，它们肯定电视的娱乐性质，认为娱乐打破了“新闻的桎梏”、使电视“回归到了本来位置”，娱乐化是电视文化的必然体现。其次，认为娱乐是文化多元化的表现，娱乐面向大众，没有等级，具有平民化、去精英化、民主化的积极意义，提高了受众的参与性。甚至有研究者认为：“消费社会推崇的是消费至上、消费者至上的信条，这带来的直接后果就是取得消费者身份的大众地位得到迅速提升，不再受精英文化的控制。如此语境下的电视，不再是精英们权利的象征物，而变成了大众一种生活消费方式。”更有论者指出：“电视的游戏性是其符号民主的标志，这种民主把意义与快乐的生产权交给了观众。它没有用单一的权威式的声音来规定单一的方法看世界。”① 再次，认为电视的娱乐化符合市场的需要，将带来娱乐产业的发展、利润的增加。最后，娱乐并不等于低俗，认为现在的娱乐虽然世俗了些，但是也不等同于低俗文化，中国仍然缺少世俗化进程，不能对娱乐世俗化进行彻底批判。②

这种观点看似和批判派、否定派截然相反，但是实际上两者分享着很多相同或相似的前提和逻辑。比如：它们同样秉持媒介本质论（电视的本质就是娱乐、大众传媒天然具有民主化倾向等），同样缺乏对中国大众文化、娱乐文化的具体生存条件和体制环境的分析。

二、“老大哥”和“美丽新世界”的联姻

那么，尼尔·波兹曼的《娱乐至死》到底是一本什么样的书？它的基本观点到底是什么？他说的“娱乐至死”到底是什么意思？

在《娱乐至死》的“前言”中，作者这样写道：英国有两位作家，一个是乔治·奥威尔，一个是奥尔德斯·赫胥黎，他们分别写过两部预言性质的书，即《一九八四》和《美丽新世界》。③ 关于这两种预言的差别，波兹曼做了这样形象化的比较：

> 奥威尔害怕的是那些强行禁书的人，赫胥黎担心的是失去任何禁书的理由，因为再也没有人愿意读书；奥威尔害怕的是那些剥夺我们信息的人，赫胥黎担心的是人们在汪洋如海的信息中日益变得被动和自私；奥威尔害怕的是真理被隐瞒，赫胥黎担心的是真理被淹没在无聊烦琐的世事中；奥威尔害怕的是我们的文化成为受制文化，赫胥黎担心的是我们的文化成为充满感官刺激、欲

---

① 曹姗姗：《中国电视娱节目娱乐化倾向分析》，《消费导刊》2007 年第 11 期。

② 谭会丽：《电视文化，娱乐至死?》，《湖北广播电视大学学报》2007 年第 2 期。

③ 奥威尔著，董乐山、傅惟慈译：《1984》，沈阳：万卷出版集团 2010 年版；阿道司·赫胥黎著，王波译：《美丽新世界》，重庆：重庆出版社 2005 年版。

望和无规则游戏的庸俗文化。

在《一九八四年》中，人们受制于痛苦，而在《美丽新世界》中，人们由于享乐失去了自由。简而言之，奥威尔担心我们憎恨的东西会毁掉我们，而赫胥黎担心的是，我们将毁于我们热爱的东西。①

《娱乐至死》这本书想告诉大家的是：虽然奥威尔描述的集权主义统治的可怕景象（以“老大哥”斯大林的统治为模型的集权专制）没有成为现实，“民主自由得以延续”；② 但我们不应该因此而沾沾自喜，因为，虽然奥威尔的预言落空了，但赫胥黎的预言，即“美丽新世界”的预言，却正在逐步变成现实，而这就是波兹曼自己的《娱乐至死》所要论述的主题。换言之，波兹曼把赫胥黎的《美丽新世界》所描述的现象称之为“娱乐至死”（至于这个概括是不是合乎《美丽新世界》原意，不在本文的考察范围），它已经在美国变成了现实。

在描述了美国电视新闻的以假乱真、支离破碎、自相矛盾以及观众对之的麻木不觉之后，作者写道：

面对这样的局面，像乔治·奥威尔这样思想敏锐的人可能也会不知所措了。这根本不是奥威尔式的情况。新闻界没有成为总统的掌中之物，《纽约时报》和《华盛顿邮报》也没有变成《真理报》，美联社没有变成塔斯社，而且这里也没有“新话”③。谎言没有被定义成真理，真理也没有被定义成谎言，真正发生的是公众已经适应了没有连贯性的世界，而且已经被娱乐得麻木不仁了。奥尔德斯·赫胥黎对这样的情况不会感到吃惊，他早就预见了它的到来。他相信，西方民主社会将莺歌燕舞，醉生梦死地消亡，而不是带着镣铐一路哀歌。赫胥黎看清了这一点，而奥威尔没有。公众沉醉于现代科技带来的种种娱乐消遣中，对于自相矛盾这种东西早已失去了感知力，为了这样的观众，处心积虑掩盖事实显然是多此一举。……

控制人们的不是“老大哥”，而是电视上的“好迪多迪”。④

那么，奥威尔的结论是否适合于中国？回答是否定的。尽管中国当下文化现象极度复杂，各种不同的文化类型杂交并存，尽管中国的很多文化批评家热衷于不加反思地引用波兹曼的理论分析当下中国大众文化，但说中国处在波兹曼描述的以“娱乐至死”为特征的“美丽新世界”，说中国人由于自由太多了而沉浸于娱乐，又由于娱乐太多而不再关注自由，或者说他们“毁于自己热爱的东西”，尤其是说中国的媒体以及国内没有必要“处心积虑地掩盖事实”，无异于痴人说梦，与绝大

---

① 尼尔·波兹曼著，章艳译：《娱乐至死·童年的消逝》，桂林：广西师范大学出版社2009年版，第3页。

② 尼尔·波兹曼著，章艳译：《娱乐至死·童年的消逝》，桂林：广西师范大学出版社2009年版，第4页。

③ “新话”（newspeak），指《1984》中描述的自相矛盾、模棱两可的官话、宣传话语。

④ 尼尔·波兹曼著，章艳译：《娱乐至死·童年的消逝》，广西师范大学出版社2009年版，第96－97页。好迪多迪（Howdy-Doody）20世纪50年代美国最流行的儿童电视节目。

多数中国人的经验不符。①

当然，我们必须承认，目前的中国已经不完全属于奥威尔描述的那个没有娱乐的极权主义时代。任何一个人在任何时候接触中国的大众传媒，都会发现大量娱乐化的消费文化，从五花八门的炫富广告到真假难辨的名人轶事、八卦新闻等等。在这个意义上，无论是用奥威尔的“老大哥”模式（经典集权主义模式），还是用波兹曼的“娱乐至死”模式（美国消费文化模式）来解释中国当代文化，解释中国新闻业的娱乐化倾向，都是不够的、不准确的。

也正是在这里，我们面临理论创新的使命：我们必须创造一个既不同于奥威尔，也不同于赫胥黎（以及波兹曼）的新阐释模式。这种阐释模式基于一种中国特色的新现实、新可能性，一种奥威尔、赫胥黎、波兹曼或许都没有想到的可能性，这就是“老大哥”和“美丽新世界”的联姻，一种政治权力控制下的“娱乐至死”消费。

如上所述，“娱乐至死”描述的是依据最发达资本主义国家美国的社会和文化现实想象、预言出来的景象，而在美国，没有出现过类似法西斯主义或斯大林主义的集权主义，只有“娱乐至死”的“美丽新世界”而没有“老大哥”，因此也谈不到“老大哥”和“美丽新世界”结合的问题；同样，在那些典型的“老大哥”统治的国家（比如“文革”时期的中国，现在的朝鲜），因为几乎没有什么消费主义意义上的娱乐，只有“老大哥”而没有“美丽新世界”，因此两者同样结合不起来。

奥威尔和赫胥黎担心的两种专制，即“老大哥”的专制和“美丽新世界”的专制，同时出现、同时存在，甚至相互依存、相互强化。归根结底，这个娱乐化的“美丽新世界”只是一个衍生性的现象，而现在的“老大哥”则是“与时俱进”了的“老大哥”。这个“美丽新世界”是一个与赫胥黎、波兹曼担心的“美丽新世界”不同的另一个“美丽新世界”。

中国媒体的商业化、庸俗化，以及娱乐文化的泛滥，实际上与官方的积极引导有关。那种对政治、经济、文化和人们的日常生活加以全盘控制的传统集权主义方法在今天已经很难奏效，新的历史时期更有效的统治手段，是一方面加紧政治领域与意识形态领域的控制，另一方面则放开私人消费领域，让大众沉溺于感官娱乐世界，借以消解他们的公共关怀与参与意识，走向犬儒化的日常生活。虽然在 20 世

---

① 至于波兹曼对美国电视和大众文化的描述是否符合实际，他对印刷媒介与电视媒介的比较是否能够成立，如电视是否在其本性上就不适合表现理性的思考和公共讨论，不是本文要讨论的问题。但是依据本人的经验，此书存在明显的夸大其词的毛病，比如：在第六章中，他讲到宾夕法尼亚公立学校把各种课程都配上流行音乐以便增加娱乐性的新闻报道，声称该校希望“把教室变成摇滚音乐会”（第 82 页）。由于作者没有说这是非常少见的个案，因此给人的感觉好像是这在美国高校已经成为趋势，但是实际情况完全不是这样，美国大学的读书风气仍然非常普遍。另外，他说“理查德·尼克松之所以蒙羞，不是因为他撒谎，而是因为他在电视上表现得像个撒谎者”（第 88 页）。这不仅是对电视力量的严重高估，而且也是对观众智力的严重低估。

纪90年代以后中国政府制定的各种关于新闻管制的法规文件中，无一例外地都同时把所谓“危害国家利益”（比如“泄露国家秘密、危害国家安全或者损害国家荣誉和利益”“破坏民族团结”“宣扬邪教迷信”）和“败坏社会道德”（比如“宣扬淫秽、赌博、暴力”）同时列为打击、整治的对象，① 但是以感官刺激为主要特征的娱乐文化实际上从来就没有真正成为政府的心腹之患，因此也从来不是其认真管控的对象。

即使是直接为限制电视节目娱乐化而下达的所谓“限娱令”，实际上也并不意味着中国政府要认真限制娱乐化，加强新闻的公共舆论功能。2011 年 10 月下旬，广电总局出台了《关于进一步加强电视上星综合频道节目管理的意见》（即所谓“限娱令”），内容包括：各卫视频道在晚上 7：30—10：00 的黄金时间，娱乐节目每周不能超过两档；全国卫视选秀节目一年加起来总量不超过 10 档，类型不得重复；每个卫视频道必须设一档道德类栏目；减少台湾艺人内地上节目的数量，加强审批控制等。表面看这似乎很可以证明中国政府限制娱乐化倾向的决心。但问题是限制娱乐节目的目的何在？空出来的时段用来播出什么？真的是要发挥新闻的舆论监督作用、增加其公共性和批判性吗？广电总局的新闻发言人在解释何谓“过度娱乐化”时说：“我国广播电视是党和人民的喉舌工具。在广播电视具有的新闻宣传、舆论引导、文化教育、社会服务和审美娱乐等多重功能中，宣传教育应作为主功能放在首位。”② 如果电视节目的娱乐元素影响了它的这个首要功能，就属于“过度娱乐化”。③

三、 不该被忽视的提醒

当然，对于波兹曼及其著作的误读或简单化套用不应该由波兹曼负责，因为他的著作描述的是美国的情况，依据的是美国的经验。他在书中也根本没有提到中国。但即使如此，细心的读者或许还是会注意到，波兹曼其实已经在不止一个地方提到美国和其他国家的差别，暗示不能把自己著作中的观点运用到其他国家。

比如，在此书的第六章“娱乐业时代”中，波兹曼讲到了作为技术的电视和作为媒介的电视的差别：“当我们谈论电视的时候，我们不是指一种技术，而是指一种媒介，在世界上许多地方，虽然制造电视的技术和美国是一样的，但在那些地方，电视是一种完全不同的媒介。”④ 这些差别不仅包括电视机的数量、看电视的

---

① 参见 2002 年 8 月 1 日开始实施的《互联网出版管理暂行规定》。

② 《广电总局：反对过度娱乐化 加大新闻类节目比例》，新浪娱乐，http：//ent. sina. com. cn/c/2011－10－27/15003462291. shtml。

③ 《广电总局：反对过度娱乐化 加大新闻类节目比例》，新浪娱乐，http：//ent. sina. com. cn/c/2011－10－27/15003462291. shtml。

④ 尼尔·波兹曼著，章艳译：《娱乐至死·童年的消逝》，桂林：广西师范大学出版社 2009 年版，第 75 页。

时长，更重要的是电视机的功能。波兹曼指出，在这些和美国不同的地方，“大多数节目都以推进政府的意识形态和政策为首要目的。在那些地方，人们不知电视广告为何物，电视上的主要画面就是一些‘说话的人头’，电视的用途和收音机相差无几”①。由此波兹曼提醒，“由于上述种种原因，那些地方的电视不可能拥有像在美国一样的意义或威力，也就是说，由于使用方法不同，某些技术或许无法充分发挥其潜能或者只能产生最低限度的社会效应”，而“美国的情况就大大不同了，在民主制度和相对自由的市场经济中，电视找到了作为一种技术可以充分发挥潜能的肥沃土地。”②

波兹曼说的这些和美国不同的电视媒介，或许是阿拉伯的半岛电视台或朝鲜的国家电视台（因为这些国家显然都没有民主制度和自由市场经济），对此我们不得而知。但波兹曼对两者之间的差别存在清醒的意识，他同时也暗示我们不能把他的结论不加反思地运用到美国之外的其他国家。而且更具挑战性的是，中国的情况比波兹曼所意识到的还要复杂。中国的官方电视既不同于美国电视，也不完全属于波兹曼描述的“不知广告为何物”的电视，而是两者的混合：“说话的人头”和五彩缤纷的广告在这里联袂演出，这是一种高度中国式的大众传播媒介。

再比如波兹曼关于历史的观点（对我们的启示也许更大）。他在第九章谈到美国的娱乐文化摧毁了人们对历史的兴趣：尽管没有政府审查，但却同样杀死了历史。由此波兹曼说，奥威尔的“预见”——即历史的消失是政府刻意所为，是“类似‘真理部’这样的机构系统地毁灭对政府不利的史实和记录”——显然错了，相反，波兹曼认为：“赫胥黎的预测更加接近事实：历史的消失根本不需要如此残酷的手段（指权力机构系统地毁灭对政府不利的史实和记录，引注），表面温和的现代科技通过为民众提供一种政治形象、瞬间快乐和安慰疗法，能够同样有效地让历史销声匿迹，也许还更恒久，并且不会遭到任何反对。”③ 但值得注意的是，波兹曼这样说的时候没有忘记做一个重要的限定：“至少对于西方民主国家是这样。”这就是说，通过政府强制的方法杀死历史这种现象完全可能发生在“西方民主国家”之外的地方。而且他也明确承认，通过“真理部”这样的机构“系统地毁灭对政府不利的史实和记录”，虽然不是美国的做法，但“当然是苏联的做法”。④

那么中国的情况又如何？在中国，一方面，历史教科书和其他官方历史著作的编写是有所规定的；但同时，类似波兹曼所说的现代科技创造的“安慰疗法”和“快乐疗法”似乎也同时在历史书写中出现了，比如被某些批评家痛扁的“戏说历

---

① 尼尔·波兹曼著，章艳译：《娱乐至死·童年的消逝》，桂林：广西师范大学出版社2009年版，第75页。
② 尼尔·波兹曼著，章艳译：《娱乐至死·童年的消逝》，桂林：广西师范大学出版社2009年版，第75页。
③ 尼尔·波兹曼著，章艳译：《娱乐至死·童年的消逝》，桂林：广西师范大学出版社2009年版，第118页。
④ 尼尔·波兹曼著，章艳译：《娱乐至死·童年的消逝》，桂林：广西师范大学出版社2009年版，第118页。

史”“消费历史”等，而且得到了默许。大量“戏说”“娱乐”的历史书写，其实正是因为这种默许而大大繁荣起来。这里的关键是：目前大行其道的“戏说历史”和“消费历史”的作品，其所戏说和消费的其实都是主流意识形态看来无关紧要的历史，比如雍正后宫嫔妃们之间的争风吃醋。

这样，波兹曼的结论“我们应该借助赫胥黎而不是奥威尔来理解电视和其他图像形式对于民主国家的基础造成的威胁，更准确地说，是对信息自由所造成的威胁”①，“我们要担心的是电视信息的过剩，而不是政府的限制。”② 不仅对于苏联是不合适的，而且对今天的中国同样是不合适的。我们的现实是：政府的控制和电视信息的过剩同时并存，而且相互勾结。

同样的道理，波兹曼的下列观点也就不适合于中国：“我斗胆提出这样一个观点：有些书被禁止进入学校图书馆，传统的自由论者对此表示了强烈的反对，现在看来他们的反对是无关紧要的。”③ “那些经营电视的人从来没有限制我们获得信息，而是不断扩大我们获得信息的途径。我们的文化部是赫胥黎式的而不是奥威尔式的。”④ 显然，我们的管理部门既是奥威尔式的也是赫胥黎式的，它既禁止一些书进入学校图书馆，同时又给我们提供大量在他们看来无关紧要的八卦娱乐新闻。忽视了其中的任何一个方面，都无法准确把握中国当下新闻业乃至整个文化界的真实状况。

结　语

在《娱乐至死》的最后一章，作者再次对奥威尔和赫胥黎进行了总结性的比较：

> 有两种方法可以让文化精神枯萎，一种是奥威尔式的——文化成为监狱，另一种是赫胥黎式的，文化成为一场滑稽戏。
>
> 我们无须别人提醒就能认识到，我们的世界已经深受各种监狱文化的残害，奥威尔在他的寓言中已经对这些监狱文化的结构进行了准确的描写。如果你读一读他的《一九八四年》和《动物农庄》，以及亚瑟·科斯勒的《正午的黑暗》，你就会非常清楚地看清目前在数十个国家几百万人民身上发挥作用的

---

① 尼尔·波兹曼著，章艳译：《娱乐至死·童年的消逝》，桂林：广西师范大学出版社 2009 年版，第 118 页。

② 尼尔·波兹曼著，章艳译：《娱乐至死·童年的消逝》，桂林：广西师范大学出版社 2009 年版，第 120－121 页。

③ 尼尔·波兹曼著，章艳译：《娱乐至死·童年的消逝》，桂林：广西师范大学出版社 2009 年版，第 121 页。

④ 尼尔·波兹曼著，章艳译：《娱乐至死·童年的消逝》，桂林：广西师范大学出版社 2009 年版，第 121 页。

控制思想的机器是个什么样子。当然，奥威尔不是第一个警告我们专制会带来精神毁灭的人。但他的作品中最可贵的一点就是，他一再强调，不管我们的看守人接受的是左翼思想还是右翼思想，对于我们来说并没有差别，监狱的大门一样是坚不可摧的，管制一样是森严的，偶像崇拜一样是深入人心的。

而赫胥黎告诉我们的是，在一个科技发达的时代里，造成精神毁灭的敌人更可能是一个满面笑容的人，而不是那种一眼看上去就让人心生怀疑和仇恨的人。在赫胥黎的预言中，“老大哥”并没有成心监视着我们，而是我们自己心甘情愿地一直注视着他，根本就不需要什么看守人、大门或“真理部”。如果一个民族分心于繁杂琐事，如果文化生活被重新定义为娱乐的周而复始，如果严肃的公众对话变成了幼稚的婴儿语言，总而言之，如果人民蜕化为被动的受众，而一切公共事务形同杂耍，那么这个民族就会发现自己危在旦夕，文化灭亡的命运就在劫难逃。①

作者明确说：“在美国，奥威尔的预言似乎和我们无关，而赫胥黎的预言却正在实现。”② 本文竭力要告诉大家的无非是：在美国情况或许是这样，但在中国，绝对不是。□ 2013・5

注：本文收入本书时已按要求作删节。

① 尼尔・波兹曼著，章艳译：《娱乐至死・童年的消逝》，桂林：广西师范大学出版社 2009 年版，第 132－133 页。

② 尼尔・波兹曼著，章艳译：《娱乐至死・童年的消逝》，桂林：广西师范大学出版社 2009 年版，第 133 页。

历史编撰学与历史知情权

□ 冯黎明

在结构语言学和阐释学哲学出现之前，历史编撰学的知识学主轴是实证主义。实证主义的历史编撰学坚持历史对客观事实的记录，认为历史就是对人类既往生活的本来形态的真实、客观的叙述。在20世纪的思想界，结构语言学、阐释学哲学，尤其是后结构主义的话语理论，否定了文本意义的指涉性，把文本意义的制作权置于能指的差异性组合结构之中。这一思想在历史编撰学领域造成的直接结果就是所谓“历史的文本化”；海登·怀特在《元历史：十九世纪欧洲的历史想象》一书的前言中试图寻找的那种历史叙事的共有性结构范式就是所谓历史被文本化的话语编码模型。实证历史观在新历史主义那里遭遇解构，而后结构主义的话语理论占领历史编撰学。人们似乎对历史著作中的“原始事实”不再表现出兴趣，反而热衷于探讨历史著作的叙述方式怎样透露出了叙述者的意识形态、社会身份等等。

倘若我们把历史编撰学视为一种知识生产活动，那么近代知识论在其开端处就暴露出难以弥合的裂痕。历史编撰学由档案学意义上的所谓客观事实和语言学意义上的叙述话语两者构成，倾向于经验主义的知识论视前者为知识的本源，而倾向于理性主义的知识论则认为后者才是知识生成的核心机制，于是后来在史学界便有了所谓“史”与“论”的分家。像布罗代尔一类的学者主张回到历史事实的本来状态以保证历史编撰学的客观性和确定性，而克罗齐一类的思想家则主张“一切历史都是当代史”，即历史编撰学只能是叙述者之主观精神表达的结果。其实这两种历史编撰学观念都有道理，因为人类知识本来就是由客观对象和先验理性两者互动而成，两种观念各执一词的原因不外乎强调其中一端且排斥另外一端而已。实证主义历史编撰学想要证明历史学作为知识活动同实证科学一样具有客观性和确定性，新历史主义则想要跟新康德主义、结构主义、阐释学一样证明，作为人文科学的历史编撰学具有不同于实证科学的知识学属性。

以话语理论为基础的后现代历史观不承认历史编撰学的客观性，认为历史都是特定社会身份的阐释主体的叙述话语活动的结果。所有的后现代主义者几乎都嘲讽知识的客观性和确定性，他们把历史知识的陈述视作文本，视作叙事话语，视作意识形态对存在的塑形，视作黑格尔式总体化历史理性对“历史事件”的异化或遮蔽。这种历史观具有强烈的批判性，它揭示了历史编撰学中隐含的意识形态或权力关系元素，挑战了长期以来被视为历史编撰学之基本原则的实证主义知识论。最关键的还在于，这一历史观以叛逆的姿态否定了资产阶级社会的普遍性知识学原理，即知识的客观性。

但是后现代历史编撰学诞生于知识实证性已经得到普遍认可并且演化出一系列相关体制性规则和行为惯例的历史语境之中，因此它能够在普遍观念的背后揭示隐秘的异质性内涵。对于西方后现代历史学学者而言，历史文献档案的查阅已经不成为问题，因为全体公民都能够从法律那里获得这方面的权限，即无论在立法还是在执法层面公民的历史知情权都能够得到一般性的保证。1966 年，国际档案理事会在华盛顿召开特别大会，一致通过了关于自由利用档案的决议。1968 年马德里第六次国际档案大会上又通过了关于文献档案封闭期限不得超过 30 年的决议。此后主要国家大都立法规定历史档案文献的解密时间为 30 年。[①] 因为有了档案文献解密的立法，所以历史编撰学中的实证事实问题基本得到解决。这样一来，实证事实的掌握和陈述在历史编撰学工作中就相对易于展开和进行，对于史学理论而言更具创造性的工作转向关于历史事实的叙述话语或阐释视界的反思和辨析。西方史学界在上世纪晚期出现新历史主义等后现代历史观的真正原因在于，历史文献档案的自由查阅在法律上得到保障进而成为一项公民权限，这使得学者们能够较为容易地了解历史事件的原初内涵，解决了还原历史事实的问题，于是一个新的史学学术问题——历史叙述话语问题——引来了更多的学术关注。

新历史主义传入中国之后，国内学术界有不少学者为之心动神移。人们似乎觉得，引入新历史主义的历史编撰学理论对历史叙述话语进行批判性分析，揭示历史叙述话语中隐含的非客观性“前判断”，这为历史学研究指明了一条学术创新之路。就像中国的新左派们大肆引用西方现代理论表述其“西方主义”意识形态一样，[②] 新历史主义也让人们看到了一种超越现代性的知识实证性并由此揭露建立在知识实证性基础上的自由主义之虚妄的理论条件。20 世纪 50 年代的知识分子思想改造运动对胡适思想的批判把实证主义方法论视作资产阶级世界观的表现，其结果是学术被意识形态绑架。到“文革”时代，甚至于中国古代历史被扭曲成“儒法斗争”的历史，但是没有学者拿出中国历史的“实证事实”来予以纠正。实证知识论的不成熟和权力话语的强大控制力使得中国知识界比较容易认可新历史主义的历史编撰学，因为它让人看清了话语对历史事件的编码这一现实状况。假如现在梁效、罗思鼎们从地底下爬出来说他们就是新历史主义者，深知实证主义历史乃是资产阶级的

---

① 参见黄霄羽：《国际档案大会关于档案开放和利用的研讨》，《中国档案》1996 年第 8 期。

② 关于“西方主义”，参见伊恩布·布鲁玛、阿维赛·玛格里特著，张鹏译：《西方主义：敌人眼中的西方》，北京：金城出版社 2010 年版。

欺骗，无产阶级就是要按照自己的阶级立场来书写历史，因为一切历史叙述都是阶级身份的表现……我们如何说明其理论的荒谬？

这里并不是否定关于历史叙述话语的阐释学分析的学理价值，而是说，在当今中国思想文化语境中，更具有现实意义的是历史事实的客观性和确定性的问题，而非历史的叙述话语问题。原因很简单——我们还没有完成历史编撰学的知识实证化任务。西方的历史学学者们在这一点上跟我们不同，他们借助于完善的档案文献查阅制度解决了历史事实认定的问题，因此他们可以在超越实证事实的意义上反思历史叙述话语的结构元素、叙述策略等等。而中国历史学界至今还没获得掌握档案文献的自由，我们的学术因而更应当关注的是我们的历史知情权问题。当我们还无法了解历史事实的原本情况时，关于叙述话语的研究就缺乏直面首要问题的功能，弄不好还有可能参与某些诈骗活动。

我国制定有《中华人民共和国档案法》《中华人民共和国档案法实施办法》《各级国家档案馆开放档案办法》《中华人民共和国保守国家秘密法》《中华人民共和国保守国家机密法实施办法》等法律。这些法律条文规定了历史文献档案开放的限度和范围，至少从文字上看这些法律条文与世界主流国家的相关法律内涵近似。但是正像中国有宪法而难有宪政一样，一旦涉及体制性权力的合法性问题，则往往是“与国际惯例接轨”让位于“中国特色”。法律条文赋予我们每一个公民查阅历史文献档案的权力在实践上根本无法保证。根据《保密法比较研究》课题组的研究，我国档案解密的数量仅占定密总数的2%。① 如此低的比例使得我们的现代史研究学者大都练就了一套推测想象的本领，因为缺乏直接的档案文献来说明史实，这也使得中国现代史研究成为一种“高风险”行业。

在各种有关历史文献档案查阅的法律条文制定之后，常常有各种各样的“管理办法”“暂行规定”等出台，比如1990年国家档案局和保密局发布的《档案工作中国家机密及其密级具体范围的规定》、1991年两局发布的《各级国家档案馆馆藏档案解密和划分控制使用范围的暂行规定》等等。在实践中，这些由非立法机构订立的条文比高一级的法规更具限定性功能，因为它们大多数用模糊态的话语划定档案文献查阅的范围和条件，而又将其中的解释权直接交予直属国家行政体系的档案文献存放管理机构。这样一来，无论你怎样准确理解了法律条文并且严格按照法律条文安排文献查阅的范围，而事实上你不可能查阅到那些按照法律应当解密的文献档案。就此意义而言，我们依据法律获得的历史知情权仅仅停留在法律文本之中，在实践领域里我们没有历史知情权。加上各级档案文献保存管理机构设置种种限制性规定以及工作人员素质问题，以公民身份查阅历史文献档案几乎是不可能的，即便是体制内的学者同样很难按照自己的学术诉求查阅文献档案。国内的历史著作往

① 《保密法比较研究》课题组：《保密法比较研究》，北京：金城出版社2001年版，第195页。

往依靠那些不太确切的个人回忆来探寻历史事实，这就是历史文献档案查阅困难的必然结果。

比如关于1971年震惊中外的林彪出逃事件，无论海外出版的《重审林彪罪案》（丁凯文编，香港明镜出版社2004年版）还是大陆出版的《风云“九一三”》（张聂尔著，解放军出版社1999年版），其考据历史事实的依据多半是当事人物的回忆。我们知道，回忆作为历史资料常常是靠不住的，因为回忆者本人很难超越自己的个人立场，也很难完全摆脱权力机构的规训。正因为缺乏第一手的文献档案，所以林彪事件至今仍然扑朔迷离，诸多关键环节无法理清以致生出各种民间流言。官方的正史关于这件事的叙述基本上还是以事件发生后中共中央下发的一系列文件的内容为基本事实依据，而“文革”中专案组搞出来的材料根本不可靠，这是众所周知的常识。在很多重要历史问题上，基本文献档案的缺失使得历史学家们无法拨开层层迷雾探寻背后的事实，这也使得大量不严肃的东西流行于知识界，更给了出于不可告人之目的掩盖历史真相的人以条件。有档案管理专业人员写道：“档案行政管理部门如何对到期不宜开放的档案进行审查，目前也没有关于审查程序、审查对象（是审卷还是审目录）、审查方法、审查过错责任追究等方面的制度规定，因而，也使档案行政管理部门对下一级国家档案馆申报的到期不宜开放档案的审查处于随意状态。”① 这些机构似乎是在执行“防民之口，甚于防川”的古训。

档案文献是历史事实的原生形态，当它们被垄断之后，历史的真相就跟无法接触档案文献的人们绝缘了，而垄断者则占据了历史言说的“领导权”地位，中国的历史编撰学由此而离开探究真相的学术性职业，因“古为今用”的需要而调动工作到宣传部门。如果历史真相被垄断进而被遮蔽，那么我们就只能在二次编码的文本中看到一部“哈哈镜”历史。比如，现在部分年轻人，还有一些西方知识分子，他们眼中的“文革”可是自由平等的典范，是人民大众解放的一段历史，而亲历“文革”的人们则将那段历史视作一场噩梦，毫无自由平等可言。前一部分人大都是借助回忆文本或者那时的媒体文本了解“文革”历史，他们无法接触“文革”的真实档案。仅仅听知青讲述他们摆脱教育戒律、纵情江湖的故事，或者仅仅阅读当时“两报一刊”的滔滔弘文，的确会被“文革”吸引。而对于真正经历过“文革”的人，对“文本化”的“文革”背后的原生态故事有过真切体验的人，则只能由“文革”联想到一些痛苦经历或者创伤记忆。由此我们可以看出，对历史文献档案的垄断可以从根本上控制人们对历史的理解和评判，只要把人们遮挡在历史档案之外，历史就真正地成了“任人打扮的女孩子”。

权力机构垄断历史档案文献的动机也许跟某种合法化策略有关。对于远离现代的古代史和近代史而言，历史档案的开放没有什么问题，被垄断的历史档案文献都

---

① 马素萍：《影响档案开放的因素分析》，《档案学通讯》2003年第2期，第21页。

是属于现代历史范围的，因为现代历史中存在着大量涉及权力体制的合法性的历史依据方面的内容。任何权力体制都是由历史支撑着的，权力体制生成的历史为体制本身的合法性提供论证的依据。一旦这些历史内容里存在着某些与权力体制的合法性相背离的东西时，在历史知情权意义上的管制就承担着一种保卫权力体制的功能，因而垄断历史档案文献具有重要的作用，这一垄断意味着支撑权力体制的核心价值观念不至于遭受实证性历史事实的质疑。“民可使由之，不可使知之”，前现代社会通行的这一统治术仍然为现代权力体制沿袭。在现代社会中，历史档案文献的开放尺度往往是权力体制合法化状态的标志。

不过还有一种比单纯关闭历史档案更厉害的历史知情权垄断策略，那就是把历史意识形态化。作为权力合法化依据的意识形态，其中一个重要内涵便是历史意识，而历史意识的核心是关于历史必然性的叙述。意识形态把历史整理成为通向某种权力体制合法性的一个逻辑程序，全部历史事实的呈现都由这一必然性予以规定。历史的必然性或者历史发展的规律是一种霸权，它以暴力化的形式将历史规训为一种权力意志。这一意志便是历史编撰学的编码原则，它遮蔽着某些历史事实，同时又放大某些事实，使得历史按照权力体制合法化的需要展示其“扮相”。对于权力体制的合法性论证而言，这当然是可以理解的，毕竟“权力只对权力的来源负责”。不过一旦过度，则让人有些消化系统不适的感觉。在这方面，当代中国的主旋律历史影视剧堪称典范。这些剧作大都对当代中国历史的“史实”进行了意识形态化的编码，放大了某些显示所谓“历史必然性”的内容，比如伟大政治人物在普通人群中的伟大伦理言行等；同时又缩小甚至消除了另外一些内容，即那些有违所谓“历史必然性”的内容，比如伟大政治人物与罪错性历史事件的联系等。当这些文本借助媒体大量充塞国民头脑时，国民对自身所处的历史就越来越模糊了，或者说越来越失去怀疑和追问的能力了。

除了少数专业历史研究工作者外，大多数中国国民关于现当代历史的知识都来源于三种文本，一是官方编撰的“正史”，二是历史题材文艺作品，三是民间历史叙述。这三种文本没有任何一种能够为人们提供真实的历史事实，因为它们都是在某种政治或者经济目的的引导下的“编码”，甚至是有意遮掩历史事实的“假语村言”。而最为可怕的是，不愿意接受这些历史编撰文本“忽悠”的专业历史研究者同样因为无法查阅历史文献档案而难以揭示历史事实的原生内涵，尽管他们不无忧虑地眼看着人们被“假语村言”教育出一种哈哈镜式的所谓历史知识。韩钢先生在《中共党史研究的若干热点难点问题》一文中列举了有关中共党史研究的数十个热点难点，认为在这些问题上众说纷纭，很难得出相对统一的观点。导致这一现象的一个重要原因就是无法获得作为事实判断之依据的档案文献。比如关于1971年的“九一三”事件，官方的正史还是按照“文革”中专案组的材料进行叙述的，历史学家们依照常识或逻辑对官方正史提出多项置疑。但是“关于九一三事件，官方披露的文献档案极少”，所以历史学家们自己也无法作出真实合理的叙述。于是便有各种江湖史学在这个问题上发挥奇思妙想，弄出些惊世骇俗的解释来。不光是“九一三”这样富于戏剧性的历史事件，当代史的很多众说纷纭的问题，其实只是一个档案文献的问题，一旦真实的历史材料公布出来，所有猜测和戏说都烟消云散。

在克罗齐提出“一切历史都是当代史”之后，尤其是阐释学、新历史主义的后现代历史观产生之后，历史的实证性问题似乎被当成了一个古典时代的幻想。但是我们必须清楚，新历史主义和阐释学的历史叙述话语理论是在历史文献档案的掌握这一问题已经解决之后才被西方历史学界提出的新问题，也就是说，是在克罗齐说的那种“编年史”意义上的历史——档案学或者文献学意义上的原初事件——已经完成的条件下出现的一种新型的历史编撰学任务。历史叙述话语的研究本身也只有在历史档案文献被掌握的前提下才能够展开，因为这一研究的首要内涵在于，比对历史档案文献内涵与历史叙述的编码策略，这种比对可以让人清晰地看出历史编撰学是怎样隐喻性地呈现了意识形态、权力关系或社会身份对历史事件的彰显、遮蔽和剪裁。而对于连历史事件本身的内涵都无法掌握的人来说，这种比对是不可能进行的。所以即使我们有兴趣于历史叙述话语的反思，都无法绕过历史档案文献的自由查阅这一关卡。在历史知情权被剥夺的情况下，对于历史编撰学来说，历史叙述话语的反思实在是一件过于奢侈的事情。

由于历史文献档案的垄断，我们被迫接受一部被阉割的历史——我们姑且称之为“阉史”。而正像中国古代阉党多次操纵朝政一样，“阉史”也控制着国民的历史意识，它否定一切功能健全者的历史常识，把人们的历史眼光全部“太监化”。也许多数民众并无通过查阅档案文献来了解历史的兴趣和能力，而严肃的历史研究又难以提供由可靠的文献档案支撑的历史叙述文本，在这样的情况下，我们的历史意识是很容易“太监化”的。对于大多数中国民众而言，从所谓历史题材影视作品中获取历史知识乃是一种非常普遍的受教育方式，但是这一方式中潜藏着很大的“被阉割”危险，因为大多数此类作品来自于意识形态对历史档案的编码和剪辑，它们有着很强的阉割人类认知能力的功效。

人类文明中一直延续着一种“反智主义”（anti-intellectualism）的观念，在古代它仅仅只是某些愤世嫉俗者的反文明情绪，而到了现代，反智主义却发展成为一种社会行为，比如二十世纪五六十年代中国知识分子遭遇的歧视甚至迫害。近几十年来，反智主义仍然潜藏在我们的生活之中，只是其存在和影响的方式更趋向于微观化而已。历史知情权的剥夺，就是反智主义在起着作用。▢ 2013 · 3

“礼仪之邦”还是“礼义之邦”①

□ 王能宪

引言

中国被誉为文明古国、礼义之邦。然而，国人却不知何故将“礼义之邦”误为“礼仪之邦”。并且，这一错误在书刊、报纸、广播、电视、网络等各种媒体中触目皆是，泛滥成灾，大有积非成是、愈演愈烈之势②。殊不知“礼义之邦”与“礼仪之邦”虽一字之差，但含义万殊，二者格局之大小相差万里，境界之高下何止天渊。长此以往，不仅谬误流传，还将影响到对中华民族及其传统文化的认识与评价，故不得不撰文考辨之，以期引起学界乃至社会对这一问题的重视，使之廓清谬误，回归本源。

一、释“礼”（禮）

“礼”“义”均是儒家思想的重要概念，或者说核心价值观念。号称“国之四维”的“礼、义、廉、耻”，“礼”“义”居前两位；作为中华伦常万世不移的道德规范，即儒家“五常”的“仁、义、礼、智、信”，“礼”“义”亦均在其中。其余如“六艺”（礼、乐、射、御、书、数）、“八德”（孝、悌、忠、信、礼、义、廉、

① 本文系作者于2012年12月1日在澳大利亚墨尔本“21世纪中华文化世界论坛”第七届国际学术研讨会上所作演讲修订而成。

② 关于“礼仪之邦”的错误用例可谓比比皆是，从学者的著作到官员的报告，从杂志上的论文到报纸上的文章，随处都能找到例证。此处仅举一例，如中华书局近年出版某学者关于礼乐文化的专著，开宗明义第一句话就说：“中华是礼仪之邦，中华传统是礼乐文化，这曾经作为一种常识，印入每一位华人的心田。”另外，在“百度”上输入检索项“礼义之邦”，跳入你眼帘的第一行字竟然是用粗体字标示的提醒语：“您要找的是不是：礼仪之邦”，接下来的“百度百科”和“百度词典”词条，干脆就直接解释“礼仪之邦”（“百度”的“百度百科”和“百度词典”均没有“礼义之邦”这一词条）。在“礼义之邦”的检索项下，获得的检索结果是70万条（实际上大部分是“礼仪之邦”混杂在一起）；而在“礼仪之邦”的检索项下，获得的检索结果却高达612万条。

耻）之属，“礼”“义”皆不可无。

先释“礼”。

东汉许慎《说文解字》对“礼”字的解释是这样的：“履也，所以事神致福也。从示，从豊，豊亦声。”清人段玉裁《说文解字注》认为“礼”是一个假借字，是从“履”假借来的。履即是人们穿的鞋子。段注曰：“履，足之所依也，引申之凡所依皆曰履。此假借之法。”而“礼”的含义即是“所以事神致福”，也就是通过祭祀以达福祉。所以“从示”，“从豊”（段注：“豊，行礼之器也。”即陈放礼品的器物），二者都决定了“礼”的意义范畴，都是“礼”的意符。而“豊亦声”是说它身兼二任，既是这个字的意符（决定其意义范畴），又是这个字的声符（决定其读音）①。

以上是从字义、字源解释“礼”字，典籍中对“礼”的定义和阐释颇为丰富，如《释名》曰：“礼，体也，得事体也”（卷四《释言语》），《礼记》曰：“礼者所以定亲疏，决嫌疑，别同异，明是非也”（《曲礼上》）等等。我们从“礼”在古籍中的实际使用情况来看，不仅出现频率极高，而且含义也极为丰富。据有人统计，孔子论“礼”多达74处（据杨伯峻《论语译注》所附《论语词典》），更不用说“三礼”等专门论述礼乐制度的著作了。归纳起来，“礼”在典籍中有这样三层含义：

首先，社会层面，这是“礼”的基本含义——礼节（此含义相当于“礼仪”）。如《礼记》曰：“君臣上下父子兄弟，非礼不定。”（《曲礼上》）《左传》曰：“夫礼，天之经也，地之义也，民之行也。”（昭公二十五年）又曰：“名位不同，礼亦异数。”（庄公十八年）董仲舒认为，礼者：“序尊卑、贵贱、大小之位，而差外内、远近、新故之级者也。”（《春秋繁露》卷九）郭沫若《十批判书》认为礼起源于祭神：“礼之起，起于祀神，故其字后来从‘示’。其后扩展而为对人，更其后扩展而为吉、凶、军、宾、嘉等各种仪制。”（《孔墨的批判》）所以古来有“五礼”之说：祭祀之事为吉礼，冠婚之事为嘉礼，宾客之事为宾礼，军旅之事为军礼，丧葬之事为凶礼。五礼的内容相当广泛，从反映人与天、地、鬼神关系的祭祀之礼，到体现人际关系的家族、亲友、君臣上下之间的交际之礼；从表现人生历程的冠、婚、丧、葬诸礼，到人与人之间在喜庆、灾祸、丧葬时表示的庆祝、凭吊、慰问、抚恤之礼，可以说是无所不包，充分反映了古代中华民族的尚礼精神。

其次，政治层面，这是治国平天下的含义——礼法。如《礼记》云：“礼者君之大柄也……所以治政安君也。”（《礼运》）又曰：“夫礼，先王以承天之道，以治人之情，故失之者死，得之者生。”（同前）《左传》曰：“礼不行则上下昏。”（僖

---

① 按照形声字的一般规律，通常是一半为形符，决定其意义范畴；另一半为声符，决定其读音。“礼”的形符是“示”部（《说文解字》部首），表示其意义范畴与祭祀和礼乐有关。“豊亦声”是说“豊”既有形符的成分（“豊，行礼之器也。”），决定其意义范畴；同时又是这个字的声符，决定其读音，故云其“身兼二任”。

公十一年）又曰："礼之可以为国也久矣。"（昭公二十六年）又，《左传》引君子曰："礼，经国家，定社稷，序民人，利后嗣者也。"（隐公十一年）孔子说："为国以礼。"（《论语·先进第十一》）又说："安上治民，莫善于礼。"（《孝经·广要道章第十二》）荀子说："礼者，治辨之极也，强国之本也，威行之道也，功名之总也。王公由之，所以得天下也；不由，所以陨社稷也。"（《荀子·议兵》）又说："人无礼则不生，事无礼则不成，国家无礼则不宁。"（《荀子·修身》）《礼记》还强调：治国以礼则"官得其体，政事得其施"，治国无礼则"官失其体，政事失其施"，结论是："礼之所兴，众之所治也；礼之所废，众之所乱也。"（均见《仲尼燕居第二十八》）

最后，道德层面，这是人的修养和立身的含义——礼义。如孔了说："不学礼，无以立也。"（《论语·尧曰》）又说："兴于诗，立于礼，成于乐。"（《论语·泰伯》）又说："道之以德，齐之以礼。"（《论语·为政》）还要求"非礼勿视，非礼勿听，非礼勿言，非礼勿动"。（《论语·颜渊》）荀子云："礼者养也。"又云："礼者，人道之极也。"（均见《荀子·礼论篇》）又如，《礼记》说："行修言道，礼之质也。"（《曲礼上》）又说："道德仁义，非礼不成；教训正俗，非礼不备。"（同前）又说："礼尚往来。往而不来，非礼也；来而不往，亦非礼也。"（同前）又如，《白虎通义》云：礼所以"序上下、正人道也"。（卷一）

二、释"义"（義）

何谓"义"?《礼记·中庸》说："义者，宜也。"《释名》说："义，宜也。裁制事物，使合宜也。"（《释言语》）韩愈《原道》说："行而宜之之谓义。"这些解释都是一致的，"义"的意思就是"宜"，即思想行为符合一定的标准，不偏不倚，恰到好处，大致与儒家"中庸"的思想相同。由此再引申出诸如"仁义""道义""礼义""正义""忠义""情义""义士""义学""义理""义师""义田""义务"等极其丰富的含义。

古书中阐述"义"最为充分的恐怕要数《孟子》，据杨伯峻《孟子译注》所附《孟子词典》，《孟子》一书论及"义"者凡108处，最著名的就是"舍生取义"那一段："鱼，我所欲也，熊掌，亦我所欲也；二者不可得兼，舍鱼而取熊掌者也。生，亦我所欲也，义，亦我所欲也；二者不可得兼，舍生而取义者也。"（《告子上》）在孟子看来，"义"比生命还要高贵，还要重要，在生命与道义二者不可得兼的情况下，他主张"舍生取义"，足见其陈义之高。还有另外一则谈义利观亦颇为人知："孟子见梁惠王，王曰：'叟，不远千里而来，亦将有以利吾国乎?'孟子对曰：'王，何必曰利，亦有仁义而已矣。'"朱熹在注释"亦有仁义而已矣"句时说："仁者，心之德，爱之理。义者，心之制，事之宜。"（《四书集注》）他们认为仁义是立国之本，是王道和仁政之基，如果没有“仁义”作为统帅和节制，“利”就会上下纷争，就会国无宁日。《孟子》一书中还反复讨论“义”与“仁”“礼”的关系，如《万章》篇说：“夫义，路也；礼，门也，唯君子能由是路，出入是门也。”《告子》曰：“仁，人之安宅也；义，人之正路也。”这些都用通俗而形象的比喻，阐述“义”的深刻含义。

《论语》一书中论及“义”者亦颇多，如：“君子喻于义，小人喻于利”（《里仁》），“不义而富且贵于我如浮云”（《述而》），“见义不为，无勇也”（《为政》）。孔子甚至认为“义”是“礼”的本质，“礼”是“义”的体现，他说：“义以为质，礼以行之，孙（逊）以出之，信以诚之。”（《论语·卫灵公》）孔、孟之后的另一大儒荀子对“义”也有充分的论述，荀子说：“水火有气而无生，草木有生而无知（智），禽兽有知而无义，人有气有生有知，亦且有义，故最为天下贵也。”（《荀子·王制》）荀子认为，“义”是人类与动物及其他物类的根本区别之所在。由上可知，“义”与“礼”一样，是儒家思想中一个基础的、核心的、重要的概念。

三、释“仪”（儀）

“仪”与“义”有所关联，但“仪”的含义明确而单一，“义”的含义丰富而广大。段玉裁认为，“义”是“仪”的古文。《说文解字注》云：“古者威仪字作义，今仁义字用之；仪者，度也，今威仪字用之；谊者，人所宜也。今情谊字用之。”《说文解字》释“义”（義）曰：“己之威仪也。从我、羊。”释“仪”（儀）曰：“仪，度也。”故段玉裁进一步解释说：“义之本训谓礼容各得其宜。礼容得宜则善矣。”（分别见《说文解字注》第八篇上和第十二篇下）

由上可知，“仪”是“义”的后起字，其意义指向十分清楚而单一，即仪容风度，也就是具体的礼节和仪式，如揖让、鞠躬、衣着的讲究、辞令的尊卑等等。如《左传·昭公二十五年》：“太子叔见赵简子，简子问揖让之礼，对曰：‘是仪也，非礼也。’”可见“礼”和“仪”分得很清楚，礼是原则和制度；仪是礼的表现和内容，即具体的礼节。再如《诗经·大雅·文王之什》：“仪刑文王，万邦作孚”，《诗经·大雅·荡之什》：“令仪令色，小心翼翼”。又如《荀子·正论》：“上者，下之仪也”，《国语·周语下》：“所以宣布哲人之令德，示民轨仪也”，《玉台新咏·古诗为焦仲卿妻作》：“十六知礼仪”。这些“仪”字的含义都是明确而一致的，不会产生歧义。因而，古书中凡出现“仪”或与“仪”连属的词组，都与礼节仪容有关，如“仪轨”“仪仗”“仪表”“仪容”“仪范”“仪态”“仪式”“礼仪”“威仪”“令仪”“司仪”“贺仪”“谢仪”等等。

四、释“礼义”

“礼义”连属作为一个词组，丰富和提升了其分别作为单个词原有的含义。这就如同“礼乐”作为一个词组远远超出“六艺”（礼、乐、射、御、书、数）中作为单个词的某一“技艺”的内涵，表示的是“礼乐制度”“礼乐精神”的含义；“礼义”所表示的含义就有“礼义廉耻”“礼义教化”“以礼治国”等，大大超出了“礼”“义”作为单个词的含义，其内涵要丰富厚重得多！

“礼义”连属成词，早在先秦典籍中就已广泛使用。如：

《诗经·周南·关雎》序：“变风发乎情，止乎礼义。发乎情，民之性也；止乎礼义，先王之泽也。”

《诗经·卫风·氓》序：“礼义消亡，淫风大行。”

《礼记·冠义》：“凡人之所以为人者，礼义也。”

《荀子·王制》：“虽王公士大夫之子孙也，不能属于礼义，则归之庶人。虽庶人之子孙也，积文学，正身行，能属于礼义，则归之于卿相士大夫。”

又《荀子·议兵》：“隆礼、贵义者其国治；简礼、贱义者其国乱。”

此后，历代典籍中使用“礼义”一词无数。如：

《战国策·赵策三》：“且秦虎狼之国也，无礼义之心。”

《国语·周语上》载周内史兴言：“成礼义，德之则也。”

《太史公自序》：“夫不通礼义之旨，至于君不君，臣不臣，父不父，子不子……”

《汉书·礼乐志》：“至文帝时，贾谊以为汉承秦之败俗，废礼义，捐廉耻。”

宋王安石《上仁宗皇帝言事书》：“而朝廷尝奖之以礼义者，晚节末路，往往怵而为奸。”

朱熹《朱子家训》：“诗书不可不读，礼义不可不知，子孙不可不教，童仆不可不恤。”

明顾炎武《日知录·廉耻》：“礼义，治人之大法；廉耻，立人之大节。”

魏源《圣武记》：“有国家者，礼义以为防，城郭甲兵以为固，自羲、黄以来，不能偏废。”

以上所引自先秦以迄清末，“礼义”一词所表达的内涵丰富博大，几乎涵盖了儒家关于人伦、天道、政治、社会、文教、风俗诸多方面的基本精神。换句话说，礼义的思想，就是儒家的思想；礼义的精神，就是儒家的精神。

五、释“礼仪”

如前所述，自从“义”（仁义）与“仪”（威仪）有了“分工”之后，“仪”

的含义明确而单一，“礼”“仪”连属为一个词，基本含义也同样明确而单一。“礼仪”所表达的含义，一般就是具体的礼节、礼貌或礼仪活动、礼仪形式。

“礼仪”一词在先秦典籍中也有使用：

《周礼·春官·肆师》：“凡国之大事，治其礼仪，以佐宗伯。”

《诗经·小雅·楚茨》：“献酬交错，礼仪卒度。”

《仪礼·士冠礼第一》“乃申尔服，礼仪有序。”

《礼记·中庸第三十》：“礼仪三百，威仪三千。”

“礼仪”一词在先秦典籍中出现的频率远不如“礼义”之多，此后历代典籍虽然也有广泛的使用，但其含义没有什么变化，仍然局限在具体的礼节、礼貌或礼仪活动、礼仪形式范围之内。如：

《史记·礼书》：“至秦有天下，悉内六国礼仪，采择其善。”

《汉书·礼乐志》：“汉兴，拨乱反正，日不暇给，犹命叔孙通制礼仪，以正君臣之位。”

汉戴德《大戴礼记·朝事第七十七》：“上公九命为伯，其国家、宫室、车旌、衣服、礼仪、皆以九为节；诸侯诸伯七命，其国家、宫室、车旌、衣服、礼仪、皆以七为节；子男五命，其国家、宫室、车旌、衣服、礼仪、皆以五为节。”

《白虎通义》卷九：“王者之娶，必先选于大国之女，礼仪备，所见多。”

《宋书》卷十四《志第四》：“夫有国有家者，礼仪之用尚矣。然而历代损益，每有不同，非务相改，随时之宜故也。”

《北齐书·皇甫和传》：“及长，深沉有雅量，尤明礼仪。”

《隋书·列传第一》：“恣行淫僻，莫顾礼仪。”

《旧唐书·本纪第七》：“王乘驷马车，卤簿从；诸王公已下、中书门下五品已上及诸亲并祖送，礼仪甚盛。”

《旧唐书》卷一百九十六《列传·吐蕃》：“贞观十五年，太宗以文成公主妻之，令礼部尚书、江夏郡王道宗主婚，持节送公主于吐蕃。弄赞率其部兵次柏海，亲迎于河源。见道宗，执子婿之礼甚恭。既而叹大国服饰礼仪之美，俯仰有愧沮之色。”

朱熹《四书章句集注·孟子集注》卷十释：“万章问曰：‘敢问交际何心也。’”有注曰：“交际，谓人以礼仪币帛相交接也。”

六、“礼义之邦”在典籍中的几种用法

查阅历代文献，“礼义之邦”在典籍中的用法有以下几种情况：

（一）称中华或中土（中原、中州）为礼义之邦

唐代房玄龄等撰《晋书》中出现了两次“礼义之邦”，这可能是最早使用这一

概念的典籍。这两次均出现在《晋书》“载记”中。《晋书》用“载记”三十卷记载了十六国割据政权兴亡的历史，以区别于西晋和东晋王朝。其一出现在《晋书》卷一百十四，即《载记第十四·苻坚下》：“西戎荒俗，非礼义之邦。羁縻之道，服而赦之，示以中国之威，导以王化之法，勿极武穷兵，过深残掠。”这是将军吕光征讨西域，从长安出发，苻坚亲自送行至建章宫，临行前对吕光的一番嘱托。这里称“西戎荒俗，非礼义之邦”，显然是相对于中原或自己的前秦而言的。其二出现在《晋书》卷一百十五《载记第十五·苻丕、苻登》：“不图中州礼义之邦，而卿门风若斯。卿去老母如脱屣，吾复何论哉!”这是前秦平东将军王兖斥责郡功曹张猗的话，明确认为中州为“礼义之邦”。史籍所载“礼义之邦”，多从中土与四夷之比较或外国使节口中道出，如：《资治通鉴》：“是以先王之政，叛则讨之，服则怀之，处之四裔，不使乱礼义之邦而已。若乃视之如草木禽兽，不分臧否，不辨去来，悉艾杀之，岂作民父母之意哉!”《宋史》卷四百八十七《列传·高丽》：“惟王久慕华风，素怀明略，效忠纯之节，抚礼义之邦。”《清史稿》卷一百二十七《列传·属国二》：“岂尔国素称礼义之邦，独违越於德化之外哉?”又，清陈康祺《郎潜纪闻初笔》卷七：“今祆教小丑，蔑视中华礼义之邦，一旦天怒贯盈，当复有嘉庆五年四月事。”祆教，即拜火教，是一种古老的波斯帝国的国教，这里泛指东南沿海一带的外来海盗。另，西汉桓宽《盐铁论》卷九有曰：“夫中国天下腹心，贤士之所总，礼义之所集，财用之所殖也。”此虽未出现“礼义之邦”的字眼，但表达的分明是“礼义之邦”的含义。

（二） 称齐鲁等文明开化之地为礼义之邦

典籍中不仅称整个中华大一统政权所辖之域为礼义之邦，也常称齐鲁之滨等早期文明开化之地为礼义之邦。如：唐刘禹锡《刘宾客文集》卷十五《为裴相公贺册鲁王表》：“既示似君亲之道，又锡以礼义之邦，寰海闻风，室家相庆。”宋吕祖谦《东莱别集》卷十四《读书杂记》：“鲁号为礼义之邦。”宋熊禾撰《勿轩集》卷四《书坊间同文书院上梁文》：“天地判而人文兴，河洛乃图书之府；孔孟生而师道立，邹鲁为礼义之邦。”清名教中人编次《侠义风月传》（第三回）：“山东乃人物之地，礼义之邦，多生异人，莫若往彼一游，或有所遇。”

（三） 称其他文化繁盛、 民风淳厚之地为礼义之邦

称颂某地文教兴盛、人才辈出、风俗淳朴为礼义之邦，古代典籍中亦颇为多见。如：宋熊禾撰《勿轩集》卷五《母梅庵题考亭书院祀田》：“此邑称兹弦歌礼义之邦。眷今考亭，视昔阐阙里，千秋万古，世守竹林一亩之祠；四海九州，人知晦庵四书之学。”元刘诜撰《桂隐文集》卷二《送贺元忠赴越城庙山巡检》：“浙东西礼义之邦，大夫士之仕宦与潜处者，皆宗程朱而慕欧曾。”明宋濂《文宪集》卷

五《八咏楼诗纪序》："婺为礼义之邦，士君子世惇诗书，心存忠信。往往勇于自治而不暇责人，稍有寸善扬之唯恐不亟，况休文尝为民上者欤。古所谓居其邦不非其大夫者，独吾婺之为然欤！"明王守仁《王阳明集》卷二十九《送李柳州序》："故柳（州）虽非中土，至其地者率多贤士，是以习与化移，而衣冠文物，蔚然为礼义之邦。"

（四）也有称"礼义之国""礼义之朝""礼义之乡"者

"邦"与"国"意义略同，故"礼义之邦"间亦见作"礼义之国"或"礼义之朝""礼义之乡"者，其含义与"礼义之邦"无异。如《史记》卷一《高帝纪下》："楚地悉定，独鲁不下。汉王引天下兵欲屠之，为其守节礼义之国，乃持羽头示其父兄，鲁乃降。"《汉书》卷六十九《赵充国辛庆忌传》："蛮夷习俗虽殊于礼义之国，然其欲避害就利，爱亲戚，畏死亡，一也。"由此可知，"礼义之国"的出现较之"礼义之邦"更早。再如，《隋书》卷八十一《列传第四十六·倭国》："我闻海西有大隋，礼义之国，故遣朝贡。我夷人僻在海隅，不闻礼义，是以稽留境内，不即相见。今故清道饰馆，以待大使，冀闻大国惟新之化。"《新唐书》卷一百一十八《列传第四十三宋务光传》："安可以礼义之朝，法胡虏之俗？"称"礼义之乡"者，似乎并不意味其区域范围的缩小，实际上与"礼义之邦"完全相同，如：《史记》卷六十《三王世家第三十》："生子当置之齐鲁礼义之乡，乃置之燕、赵，果有争心，不让之端见矣。"《文选》卷四十一《答苏武书》："身出礼义之乡，而入无知之俗，违弃君亲之恩，长为蛮夷之域，伤已！"《续资治通鉴》卷九十四："及庆裔等进国书，因跪奏曰：'皇帝遣臣来言，贵朝海上之使，屡来本国，共议契丹，已载国书。中国礼义之乡，必不爽约。'"

（五）称邻国为礼义之邦

古代文献中亦有称汉字文化圈或儒家文化圈内某一邻国为"礼义之邦"者。如元代程文海撰《雪楼集》卷十八《大庆寿寺大藏经碑》有云："东南海滨之国高句丽，古称诗书礼义之邦，奉佛尤谨。"

七、结论

第一，"礼义"是中华优秀传统文化中一个内涵极为丰富、使用非常广泛的重要概念，也是中华民族精神特质和文化品格的重要方面。"礼义之邦"就是包含了这些内容的一个常用词汇，其内涵和外延从历史到今天没有任何变化，也不应有任何变化。

第二，"礼仪"是"礼"的表现形式或具体仪式，其含义明确而单一。"礼仪"

包含在“礼义”之中，“礼义”的概念远大于“礼仪”的概念。如称吾国为“礼仪之邦”，无异于说“中国人只会打拱作揖”。

第三，在历代文献中“礼义之邦”的用例颇为多见，而“礼仪之邦”并无一例①，此足以说明今天滥用“礼仪之邦”是毫无根据和不合逻辑的严重错误。

第四，“义”与“仪”虽有通假和古今字的关联，但当其含义有了明确的分工（即上文所引段玉裁所谓“仁义字”与“威仪字”之分）之后（这种“分工”甚早，段氏只不过作了总结而已），它们的意义范畴是清晰而从不混淆的。

第五，语言学上有所谓“积非成是”现象，就是你错我错大家错，最终也就将错就错，约定俗成了②。如今“礼仪之邦”的滥用几乎到了这样一种严重的程度，大有积非成是、取而代之之势，然此“非”绝不可为“是”。

综上所述，可以断言：“礼仪之邦”的滥用是完全错误的，应当废止。为了维护汉语的纯洁性，为了继承弘扬中华民族优秀传统文化，让“礼义之邦”魂兮归来！ 2013·1

① 笔者曾查阅多种古代文献的计算机数据库及纸本“索引”“引得”等工具书，未曾发现古籍中有一处使用“礼仪之邦”的例子。这些计算机数据库及纸本“索引”“引得”主要包括：①文渊阁《四库全书》（电子版—原文及全文检索版），上海人民出版社和迪志文化出版有限公司。②《国学备要》（电子版），北京国学时代文化传播有限公司。③《国学备览》（电子版），北京国学时代文化传播有限公司。④《汉籍全文检索系统》（电子版），陕西师范大学历史文化学院。⑤燕京大学引得编纂处编《周易引得》等多种，上海古籍出版社1988年影印本。⑥叶绍钧编《十三经索引》（重订本），中华书局1982年版。

② “积非成是”的语言现象，在日常语言生活中并不少见。如“辣手”一词，其原词是“棘手”，表示荆棘握在手中，比喻事情难办。由于“棘”与“辣”形近而讹，很多人就将“棘手”读成（或写成）“辣手”，久而久之以至于产生一个新词“辣手”。又如“出口处”一词其实也是错误的，它是由“出口”衍生而来。“出口处”译为现代口语，就是“出去的口子的口子”，显然“出口”后面再叠加一个“处”字是多余的。但是“出口处”随处可见，人们早已司空见惯，习以为常。

如何重写中国现代文学思潮史

□ 杨春时

国内的各种中国现代文学史大都不像“史”，因为它们缺少“史”的基本要素，即明晰的逻辑—历史的线索。“文革”前的中国现代文学史是革命文学史，抹杀了非革命文学的思潮、流派、作家的存在；而且以革命史为线索展开，文学史仅仅是它的派生物，导致文学没有自己的“历史”。改革开放以后，文学史逐步摆脱了单一的革命文学史叙述，包容了其他文学思潮、流派、作家，但仍然不太像“史”。这主要在于它没有揭示各种文学思潮的性质以及演变的内因，而仅仅对文学现象进行描述并且在时间上排列。有鉴于此，我认为应该运用现代性理论来重新规定各种文学思潮的性质、解释现代中国文学思潮的流变，进而重新书写现代中国文学的历史。文学思潮是文学史的基本单位，文学史不是作家作品按照年代、朝代顺序的排列，而是文学思潮的发生、发展、消亡以及转变、替代的历史；只有文学思潮的演变才揭示了文学的共时性与历时性。因此，写作中国现代文学思潮史就具有了重写文学史的意义。

写作现代中国文学思潮史有很多困难，首先就是理论上的障碍，造成文学思潮史的研究混乱不堪。在中国的文学理论语境中，文学思潮概念来自苏联，是附属于“创作方法”论的。苏联文学理论认为，有两种基本的反映现实的方法，即现实主义和浪漫主义的创作方法，它们分别被规定为客观性、写实性与主观性、抒情性。文学思潮是由创作方法决定的，是创作方法的历史表现。于是，就形成了两个基本的文学思潮——现实主义（主）与浪漫主义（次），文学史就被描述为现实主义与浪漫主义交替或者现实主义与反现实主义斗争的历史，而其他文学思潮如新古典主义、启蒙主义、现代主义等则被贬低、被排除或者被否定了。这种文学思潮观抹杀了文学思潮的历史性，使之成为一种风格学的概念，从而虚构了一个现实主义与浪漫主义循环交替的文学史，掩蔽了文学史的真实的内涵。那么，如何界定文学思潮，从而找到文学史构造的核心呢？我认为文学思潮是一种现代性的现象，是文学对现代性的反映。现代性即时间性的自觉，它启动了历史。因此，现代性发生前没有文学思潮出现（虽然有文学的风格、流派的演变），只有现代性产生后才有文学对它的反映，而这就构成了文学思潮。由此，我们应该从现代性角度考察和界定文学思潮，从而产生以下关于文学思潮的定性：新古典主义是对现代民族国家的肯定性回应（国家理性）；启蒙主义是对现代性的肯定性回应（启蒙理性）；浪漫主义是对现代性的第一次反叛（反对现代城市文明、工具理性和世俗化）；现实主义是对现代性的第二次反叛（揭露和批判现资本主义的社会关系）；现代主义是对现代性的审美主义批判；后现代主义是对启蒙理性的身体性和符号化的解构。

写作中国现代文学思潮史的另一个障碍是已经定型的中国文学史的叙述。由于受苏联文学“创作方法”论的影响，中国现代文学史是这样被阐述的：五四文学思潮属于现实主义（鲁迅与文学研究会）和浪漫主义（郭沫若和创造社），“五四”以后的“革命现实主义”是现实主义的更高发展。新时期以来，学界逐步抛弃了这种简单、僵化的文学史叙述，但由于没有找到新的理论基点，特别是对文学思潮的理解混乱，因此往往采取了只考察文学现象而不谈文学思潮的叙述方式，比如新时期文学有“伤痕文学”“反思文学”“改革文学”“寻根文学”“先锋文学”等流派，但却避免做出诸如现实主义、浪漫主义、现代主义等的判断。这种叙述方式注重了微观分析而丢弃了宏观叙述，虽然克服了以往机械的文学思潮划分（主要是现实主义与浪漫主义的两分法），但也导致文学史的构造缺乏主干，所以仍然不像“史”。当然，仍然存在着用过时的“现实主义”“浪漫主义”“革命现实主义”等概念描述的现代文学史，但这种文学史叙述显然已经不具有合理性了。在现代性的视野下，我把五四文学思潮定位于争取现代性（科学、民主）的启蒙主义，把“五四”以后的革命现实主义定位于争取现代民族国家的革命古典主义，而把新时期文学思潮定位于启蒙主义的恢复。同时，在“五四”以后和新时期后期、后新时期也并存着反现代性的文学思潮，如浪漫主义、现实主义和现代主义、后现代主义。

在新的文学史叙述中，对启蒙主义和革命古典主义的定性最为重要，也最富于挑战性。启蒙主义历来被定性为一种社会文化思潮，而不是文学思潮，无论是在世界文学史还是中国文学史上都没有它的位置，新古典主义之后就是浪漫主义。虽然柳鸣九先生曾经提出欧洲 17 世纪文学属于启蒙主义文学思潮，但并没有进行理论上的论证，也没有被学界主流认可，更没有被用于命名中国文学思潮。我认为，存在着启蒙主义文学思潮，它是争取现代性的文学思潮，欧洲 17 世纪和中国“五四”、新时期文学都属于启蒙主义。

此外，对“革命现实主义”即革命古典主义的认定同样重要。我在 20 世纪 80 年代提出过苏联式的“社会主义现实主义”是新古典主义的观点，但当时还仅仅从社会主义现实主义与新古典主义的共同性——理性主义着眼，而缺乏理论上的论证。现在进一步从建立现代民族国家的角度界定新古典主义和革命古典主义，认为新古典主义是对现代民族国家雏形（“绝对主义国家”）的想象，而革命古典主义是对以革命手段建立现代民族国家的想象。革命古典主义是新古典主义的变体。欧洲17世纪新古典主义文学思潮在法国大革命中演变为革命古典主义，这个传统被苏联“社会主义现实主义”继承，并且传播到中国，演变为中国的革命古典主义（从革命现实主义到“两结合”与“样板戏”）。这样就对中国文学史上一个规模最大、持续时间最长的文学思潮有了明确的定性，并且揭示了它的历史渊源和演变线索。

以往的现代中国文学史把五四文学到革命现实主义文学的演变看作是一种历史进步的表征，这是单线历史观的产物，不能说明中国现代文学史的内在规律。我认为，应该分析中国现代史的特殊性，这就是现代性与现代民族国家的冲突。由于中国现代性的外源性，争取现代性就意味着学习西方，引进西方现代文明；而由于中国半殖民地的状况以及现代性的外迫性，争取现代民族国家就必须反对帝国主义，从而也就要排斥现代西方文明。这样，现代性与现代民族国家两个历史任务之间就发生了冲突。这是一个重要的发现，揭示了中国现代史的根本矛盾，从而对“救亡压倒启蒙”作了深度的理论阐释。从中国现代性与现代民族国家冲突的理论出发，我认为“五四”以后建立现代民族国家的历史任务压倒和取代了建设现代性的历史任务，也导致了反现代性的历史运动；“文革”后建设现代性的历史任务重新提到日程上来。因此，也导致了这样一个文学思潮的演变轨迹：“五四”以后，革命古典主义文学思潮取代了启蒙主义文学思潮，而新时期启蒙主义文学思潮又取代了革命古典主义文学思潮，从而对中国现代文学思潮的历史进行了深度的阐释。同时，运用这个理论，也对其他非主流的现代中国文学思潮如浪漫主义、现实主义、现代主义和后现代主义的历史规定性进行了阐释。

写作现代中国文学思潮史的最后一个困难是，由于中国现代文学的外源性和后发性，因此与西方不同，各种文学思潮不是相继出现、区分鲜明，而是同时出现、同时存在；它们纠结在一起，互相影响、彼此渗透，界限不那么清晰，甚至一种流派、作家、作品往往有不同的倾向和多种文学思潮的元素，如老舍不同时期的创作就具有启蒙主义、现实主义、浪漫主义等倾向；茅盾的《子夜》既是革命古典主义的经典之作，又有现实主义的倾向。因此，现代中国文学思潮史研究极其纷乱歧异，对同一个流派、作家、作品的定性纷争不绝，难以形成共同的叙述；至于各个思潮之间的消长、替代更难以得到充分、清晰的说明。中国现代文学思潮的这一情况，也造成了文学思潮史写作的巨大困难。这就要求在运用现代性理论重新定义文学思潮概念的基础上，紧紧地抓住文学对现代性的态度这一核心，比较明晰地划分各种文学思潮及其流变，确定各个流派、作家、作品的性质，并考察和揭示各种文学思潮之间的关系以及各个文学思潮内部的复杂性、多向性。

文学思潮史的写作，应该在严格意义上使用文学思潮概念，即把现代中国文学思潮作了诸如启蒙主义、革命古典主义（新古典主义的变体）、浪漫主义、现实主义、现代主义、后现代主义等命名。时下一些文学思潮史著作在比较宽泛意义上使用文学思潮概念，而对一些难于纳入上述规范化的文学思潮的文学现象或不作定性，仅仅进行描述，或者以文学流派的命名代替文学思潮的定性。这种叙述固然可以避免对文学现象作强制性的定性，但也产生了文学思潮史叙述不连贯、定性不清楚的问题。对于文学思潮的规范化命名，可能会有不同意见，我想理由不外乎是：中国文学思潮有自己的特点，不一定适用西方文学思潮的标准和概念。对此，我可以这样回答：由于中国文学思潮与世界文学思潮一样，都是现代性的产物，因此，在特定的历史阶段，它们一定有基本相同的性质，从而可以使用相同的概念。而且，由于中国现代文学已经融入世界文学，从而受到世界文学思潮的影响，成为其一部分，因此，中国文学思潮与世界文学思潮一样，大致经历了相同的历史阶段，也可以用相同的名称。当然，中国文学思潮有自己的特点，正如中国现代性有自己的特点一样。因此，应该对中国现代文学思潮作十分具体、细致的分析，把握其特殊性、个性，揭示其多元性和丰富性。

文学思潮史的写作与文学史的写作有一个不同之处，即不是以作家、作品为单位，而是以整个文学思潮为单位，它注重文学思潮整体的性质、特征以及发生、发展和流变。因此，文学思潮史不应该按照传统的写法，即以作家、作品为单位进行微观的描述、分析，而是以文学思潮的各个历史阶段为单位进行研究，揭示文学思潮的整体面貌和历史发展，这样就展示了文学史的宏观性，也加强了理论的深度。在体例上，应该打破按照时间排列的传统的文学史叙述方式，而是以文学思潮为基本单元展开叙述，从而首先在共时性维度上展开文学史。而后，在具体的文学思潮框架内，文学现象才历时性地展开。在这个基础上，在更为宏观的历史层面上，各种文学思潮的彼此消长，又构成了文学的大历史。这种叙述方式的好处在于可以完整地把握特定文学思潮的性质、特征和历史。□ 2011 · 1

关于中国当代文学的基本历史态度

□ 韩毓海

洪子诚先生主编的教材认为，“五四”新文学的多样化到了“延安讲话”后形成一个大断裂，导致了“一体化”。然后经历了从“文革”时的“高度一体化”再到20世纪80年代的“多样化”的过程。我的叙述与此不同。我认为中国新文学虽然道路曲折，但是一个连续的整体，而从“五四”到革命文学、到“讲话”，更深刻地展现了中国现代性发展的曲折历程，展现了中华民族现代复兴的深刻历程，更体现了这种连续性。

当代历史的叙述过去有一个缺点，看起来就好像是后一任总是看不起前一任，后人总是要通过否定前人来抬高自己，以为历史总是从自己、从当下才开始。不单作家是这样，甚至表现在我们日常的生活中，社会的普遍认识也是这样。就好像说孙中山排斥了孔夫子，毛泽东否定孙中山，20世纪80年代开始就必须排斥毛泽东，一代一代下来都情不自禁要这样搞。我觉得这是一种很特殊的乃至变态的当代历史叙述模式。

王希教授写过美国宪政史的巨著《谈判与妥协》，这本书我们北京大学出版社也翻译出版了。王希的导师是方达——美国史学会的主席。王希有一次跟我谈中国的当代史叙述与美国的不同，我听了之后有很大感慨。他说在美国史的叙述里，美国的每一届领导人好像都是伟大光辉正确的，没有一任是有问题的，只有我们总是喋喋不休说自己的前人有问题、不争气。当年胡适解释日本侵华时竟然说，我们今天的一切问题，都是由于我们的祖宗不争气造成的。

与这种叙述不同，我还是说我们的历史是一体化的，是连续的，这特别是说现代中国自辛亥革命以来，通过几代人连续性的、承前启后、艰苦卓绝的奋斗，取得了非常伟大的成就，我觉得这是一个对待中国现代史的基本的看法、基本的态度。而这个伟大的成就，用杨振宁的话来说就是，20世纪人类历史上有两件事情是非常了不起的，一个是科学技术突飞猛进的发展，一个就是占世界人口五分之一的中国由衰落走向复兴。我们今天依然处于这个空前的历史状况之中，我们今天是这个伟大复兴的受益者，不是受害者。当然，现代中国内部人多地少，外有帝国主义，这是一个基本条件和基本状况，我们不能离开具体的条件发议论，我们的基本条件与美国有天壤之别，在这样的状况中奋斗、求生、谋发展，产生一些问题是不可避免的，要奋斗就会有牺牲，犯错是人之常情，不必指责来指责去，更不必像祥林嫂那样喋喋不休。

比如，我们说“十七年”乃至“文革”期间，出现了许多的问题，说我们的文学、电影不够自由、很不开放，这当然是部分的事实，但是大家同时也应该知道，到了1966年的时候，中国的电影观众比1949年增加了900多倍，以前是没有什么人看电影的。而且，即使对于十年“文革”这场灾难，我们作为后来者，首先应该学会从这场灾难中、从这个错误和挫折中，汲取经验和教训，而不是简单地把历史妖魔化。批判地对待我们的前人，不等于简单地抛弃自己的历史，如果那样，我们不但会丧失对历史的记忆，而且同样会丧失对于未来的想象。我们必须明白：前人的奋斗和努力本身会伴随着挫折和灾难；我们自己要奋斗下去，也同样会有牺牲，同样也会犯错误，如果头脑不清醒，我们也会犯更大的错误。

薄一波老人在《70年奋斗与思考》这本书中谈到，“文化大革命”起源于毛泽东的一个思路，即毛主席认为一个现代国家的民主制度建设仅仅靠一批国家公务员、仅仅靠一批媒体来实行管理和监督，这是不行的，而主要应该靠人民群众自己组织起来，进行自我管理，这就是马克思所谓巴黎公社的模式和原则。薄老说，马克思主义的这个理论本身还是值得我们批判和思考的，但我们不能因为“文革”搞糟了，就说马克思全都错了。习仲勋、刘源（刘少奇主席的儿子）也阐述过相似的看法，他们作为那场灾难的主要受害者，却表现出非常博大的历史情怀，他们把个人的灾难变成了思想的财富。

你看现在台湾的民主，它选来选去基本上还是这些公务员，那些政客，还是媒体大战，老百姓不过是跑龙套的。陈水扁选举的时候说得好听，一选上他，他如此贪污腐败，“红衫军”百万人自发组织起来也拿不下他，欧美其实也是这样。我有一些台湾的朋友，他们对台湾现在的政治状况很失望，认为还是要靠民众自己组织起来，靠民众自治才能解决问题，靠政客是不行的，媒体不过是造势的利益集团，也不行。台北“中央”研究院的一位朋友读了薄老的书，非常感动而受启发，联系到台湾的情况，他说“文化大革命”是毛泽东面对着现代民主管理的困境，尝试着使现代政治由“党派政治”转向“群众自治”。尽管这种尝试失败了，但提出的问题却是深刻的。起码对于今天在台湾思考现代民主问题的人来说是有用的。

所以真正有价值的学术问题是：在现代社会的民主化进程中，群众的自我管理和自我组织这种方式是否可行？群众能不能自己管理自己？从党派政治转向群众自治是否可行？这是十年“文革”给我们提出来的第一个问题。反过来，如果说要汲取“文革”的灾难和教训，那么人民群众如何自治、能否自治，首先就应该是我们这些所有的人民群众从“文革”中汲取深刻的教训。

Alessandro Russo 是意大利 Bologna 大学的教授，是国外“文革”史研究的专家，他把“文革”当作一个历史的过程来考察，指出“文革”在 1968 年发生了重要的转向，这种转向表现为群众自治的性质在 1968 年初发生了根本变化，由群众的自我组织、自我表述、自我管理，也就是群众自治，变成了打派仗，即各群众组织之间陷入了互相争吵，乃至发展为武斗、刀兵相见，一开始行之有效的群众自我组织、自我管理的社会试验方式，突然在 1968 年初出现了严重的混乱，随后终于变成一场内讧和动乱。Russo 教授指出，这种突然的转向还带来了社会结构的整体变异。Alessandro Russo 的研究提示让我们看到，“文化大革命”是一个历史的过程，同时是一个不同的社会阶层（官僚、媒体、群众）之间“结构互动”的过程。

毛泽东鼓励群众的自我组织、自我管理和自我表达，这个想法并不是空穴来风，不能说他自己背离了他自己的思想，相反这是中国民主革命的一种基本的传统，恰恰就是他思想的一个基本面。从湖南的新民学会到井冈山的士兵委员会，从长征路上的三大纪律官兵一致，到抗战时代的人民战争、人民自卫，从新中国成立后农民组织互助组合作社，到工厂也要办夜大学，从 1955 年鼓励学生自己编教材（北京大学 1955 级自编了《中国文学史》教材，而谢冕、洪子诚在学生时代编写了《新诗发展概况》，可惜这些又被他们自己后来否定掉了），到 1957 年把“四大自由”写进宪法，这一步步的实验让毛泽东对群众的自治很有自信，认为这体现了马克思主义的民主、体现了巴黎公社的原则。为什么一定要用官僚呢？人民自己组织起来，群众自我管理、自我表述，这不是很好吗？但是，最后到了“文革”，群众自我组织却弄成一场动乱。这是第一个严重的教训，这个教训主要是针对人民群众来说的。

当然，Alessandro Russo 说“文革”显然也为社会精英阶层提供了教训，为官僚阶层和媒体阶层也提供了一场深刻教训。你想——如果不是群众的自我组织、自我表达和自我管理搞成了自相残杀，如果不是群众自己搞乱了，那么精英阶层的力量将被大为削弱；如果群众自我组织得很好，自我管理得很好，自我表达得非常有效，那么还要你们精英阶层干什么？所以，鉴于“文革”的教训，精英阶层更应该意识到脱离群众的危险。

但是 20 世纪 80 年代以后，首先是精英阶层没有汲取“文革”的深刻教训，相反倒形成了一个错误的认识，那就是认为官僚、企业家、媒体知识分子好像永远是正确的，人民群众是愚蠢的。到今天，仍然是这样的，从来没有一代社会精英阶层像今天这么自信，那么胜券在握，壮志在胸。他们以为人民群众没有他们替人家当家做主就会翻天了，其实地球离了谁都照样转。他们忘记了社会精英阶层合法性的获得，是建立在群众自我组织、自我管理、自我表述的试验失败的基础上。所以从这个意义上说，今天的精英是很幸运的，这种幸运对于精英阶层来说也是来之不易的，是托了“文革”的福。

第三个教训是最为深刻的，这个教训威胁到马克思主义的基本原则。这个基本原则是：劳动人民当家做主，靠人民自治到底行不行？经历了“文化大革命”，起码在中国，大家对这个问题是打一个问号了。这里说马克思主义基本原理出了问题，不仅是指毛泽东所提出的人民群众自我组织、自我表现的试验，而且也包括巴黎公社人民自治的基本原则在实践中出了问题。在这个意义上的“革命样板戏”，确实是力图要创造出一种无产阶级自我表述的艺术形式，不管你说它是无产阶级自我表现、自我表述的回光返照，还是这种自我表现最后的努力，它确实在文化艺术和文学史上是独一无二的。我们讲中国当代文学的历程，是从“风起陕甘宁”，从歌剧《白毛女》开始讲起，到20世纪60年代芭蕾舞剧《白毛女》作结，从1942年到1972年，这构成了一个阶段，它给我们留下了深刻的教训，但也给我们留下了独一无二的艺术形式。

我认为样板戏不是被什么艺术样式超越了，而首先是因为它本身难以为继、不能再继续超越自身了；再一个原因是：即使作为创造精品的努力，它的代价也过于高昂了，动用了全国的力量，精益求精、历时十年，才前后两次产生了不过八个样板，它所付出的经济和政治代价同样使样板戏很难长期维持下去，无产阶级的现代艺术也要与其经济承受能力相协调。从这个角度来看，20世纪80年代以来，通过为数不多的报刊，重新组合起文学活动，无疑获得了超常的经济和政治回报，所以，样板戏的失败不在其艺术，而在于作为舞台艺术的演出经营模式，即艺术生产模式。

在今天的语境下，如何评价样板戏是一件困难的事情。20世纪80年代至今，样板戏的演出其实一直没有停止过，其中的经典剧目如《红色娘子军》《白毛女》已经成为中国艺术乃至世界艺术的精品，在中国与法国、德国和俄国的文化交流年里多次上演，国内的各大艺术团体（如上海芭蕾舞团），世界上的艺术团体（如日本的松山芭蕾舞团）也把它们当成保留演出剧目，这都可以证明它们在艺术上是高度成功的。于是，对于从“艺术标准第一”否定样板戏的80年代批判标准来说，一个问题就这样摆在了面前：到底应该怎么来评价（否定）样板戏呢？

我们的教材自然没有简单地从艺术上否定它，而是转而认为样板戏不能称为真正的“独创”和真正的“戏剧革命”，理由是它与“旧文艺”之间的联系是显而易见的。尤其是《红色娘子军》《白毛女》与《天鹅湖》等经典剧目，在艺术结构、舞蹈编排上的联系，更是显而易见的。所以说它们并不是独创的。说它们是“京剧革命”，这是吹牛。其二，样板戏最主要的特征是文化生产与国家的关系，它是国家声音的传声筒，传达的也是集权专制的意识形态。

一般说来，样板戏是国家的声音，这好像是对的。但在不了解中国当时国情的人看来，这就说不通了，比如说有些外国人认为“文革”之中，既然所有的国家机器都被破坏了、打碎了，那么所谓“国家的声音”又是从哪里来的呢？

这里要说清楚的是，在革命中形成的国家与外国人所理解的民族—国家、组织严密的官僚阶层国家是不同的，因为革命国家内部包含着许多的“非正式机构”“非政府机构”，样板戏就是在“中央文革领导小组”的支持下搞起来的。“中央文革领导小组”是什么机构呢？从严格的官僚阶层国家的角度来衡量，它就是个典型非正式的机构。中国共产党在长征路上就形成了一个特殊的机制，比如除了党的书记处以外，还存在一个“三人团”，叫作中革军委军事工作领导小组，毛主席当时在党内没有什么正式的职务，三人小组成员不是什么正式职务。到了延安以后，特别是在党的七大以后，形成了几个与整个领导机构相关的非正式的小组，包括中央财政工作领导小组、中央宣传文化工作领导小组和中央军事工作领导小组等等。新中国成立以后，我们建立了苏联式的官僚阶层制度，这些非正式的小组还是存在的，今天还是这样的。人员没有什么正式职务，只是个临时小组成员，可上可下，可进可出，但是它所起到的作用是巨大的。如果不了解这个，就不会明白在当代中国的正式科层官僚制度中内含着许多非正式的机构，不会明白在集权的国家中始终蕴含着差异的乃至分权的力量，外国人一提起国家就是 Nation-State 的结构，其实这与中国革命国家的情况是非常不同的。

至于说样板戏没有创新，这表面上看似乎也是对的，但实际上也可以商榷。样板戏的创新不是对已有一切的创新，而主要是针对中国传统京剧的创新。当然，这种创新也是在前人的基础上进行的，比如，在此之前，汪笑侬曾经试验以京剧的形式表现现代的内容，即“时事新剧”；欧阳予倩则试验让剧中人换下古装，穿上现代服装、西装唱京剧，此“时装新戏”是也。但那都是昙花一现，都是被人们耻笑的旁门左道，也没有一个是能站得住的，正是因为被当时的京剧名家汪贵芬耻笑，汪笑侬才把名字改成这样，这叫唾面自干。他们不但没有成功，而且沦为笑柄。只有样板戏，不但是现代的内容，穿现代的服装，而且把京剧的一切几乎都改了——声光道效化，所有的京剧元素都改了个天翻地覆，过去的京剧讲灯光、讲布景吗？无非一张桌子铺上布，就这样了，跟说相声区别不大，根本不讲声光道效化，那是在戏园子里打茶围，上面乱哄哄，下面更是乱哄哄，那不但不叫“舞台”，而且根本就没有舞台这个概念，京剧真正变成了“舞台艺术”，那就是从样板戏开始的，那是中国戏剧史上从未有过的讲究舞台，所谓的“三突出”，首先也是讲舞台效果，离开了舞台你按照原来戏园子京剧的模式，你想突出人物也突出不成。你说这是不是革命？这是不是创新？毫无疑问，是空前的革命、空前的创新。

从戏剧的精神来说，我觉得样板戏的创新更是了不起的。今天总是说，样板戏是高大全的，是不真实的，是不可信的，是虚构的。这些说法说到底，不过都指向了一个根本问题：劳动者当家做主，这是可能的吗？他们的高尚品质，是可信的吗？革命的正义能够成功和胜利，这是现实的吗？今天的我们当然早已很聪明地给出了一个结论，就是说那是瞎掰，是根本不可能的，只有傻瓜才认为这是可能的。

可是我们不妨试想一下：从孙中山到毛泽东，从秋瑾到吴琼花（她的原型叫庞琼花），我们现代以来多少志士仁人，他们是否也想过这些问题？我的回答是，他们当然想过，但是，他们的答案和行动绝对没有我们今天的许多人那么简单、那么自然和肤浅、那么聪明，相反，他们对我们自然接受下来的关于可信与不可信、可能与不可能、现实与不现实、真实与虚构、生与死这些名相，表达了深刻的质疑；而且，他们还力图以他们的行动去挑战、穿越这两个世界，这种穿越两个世界的行动，也就是戏剧的行动；进一步说，我们也可以说这也就是革命。因此，他们的人生就成为戏剧，以区别于我们这些庸人。否则，他们就根本不会去革命了。在这一点上，样板戏不仅是戏剧的革命，也是革命的戏剧。

正是在这一根本点上，样板戏区别了中国传统的京剧。中国的京剧多取材于《三国演义》《水浒传》《杨家将》和《隋唐演义》等故事，以“忠孝节义”为基本内容，所谓“才子佳人”式的，表面上剧目繁多，内容实际上相当贫乏——大体来自四部小说。京剧革命最初的尝试在延安就有，也主要是些水浒戏，比较著名的有“逼上梁山”和“打渔杀家”。但这些都是比较表面的，讲的是一般的反抗。中国京剧在哪一个层面上可以现代化？这始终都是一个难点和困境。而样板戏的创作和改编，确实找到了中国传统戏剧现代化的一个重要的突破点，就是以一个装扮起来的、扮演的戏剧的审美世界、理想的世界来反观和质疑现实的世界。它以彻底的戏剧精神彻底颠覆了现实世界的规范和戒律。毛泽东说，在传统戏剧中，帝王将相占领着舞台，现在我们要把这个被颠倒的世界颠倒回来。这是什么意思？这句话，首先极其形象地说明了什么是戏剧的精神，继而说明了戏剧精神与革命精神之间的联系。试问：一个戏剧家，如果不多少具备将现实世界在舞台上“颠倒和变形”的能力，他如何能成为一个戏剧家？如果一个人，他天然不具备质疑可信与不可信、可能与不可能、现实与不现实、真实与虚构、生与死这些现实名相的能力，他怎么能理解戏剧？因此，一个真正的革命家，他怎么能不热爱戏剧？一出伟大的戏剧，又怎么能不充满革命的精神？进一步说，一个没有丝毫革命情怀的庸人，一个庸人的时代，又何足与之谈戏呢？

《窦娥冤》在这个传统戏剧中是非常特殊的一个戏。它好在哪里？首先好在它的结构，这是一出戏中戏。它首先当然是一个现实的戏，它有一个现实的结构：窦娥的爹窦天章没有钱，但要进京赶考，于是就把她卖给人家当媳妇，多年后窦娥被人诬陷治罪，要杀头了。到了这里，传统的叙述方式完全可以采用吴晗写的《海瑞罢官》那个模式，即窦娥的爹在京高中举人，在关键时刻发现这是个冤案，然后为窦娥平反。可是《窦娥冤》不一样。窦娥在死之前，突然创造出一个对现实全盘拒绝的戏剧世界。“地也，你不分好歹何为地，天也，你错勘贤愚枉做天”，指天骂地，窦娥以这样的唱段来呼唤的，不是她爹来实现现实正义的可能性，而是一个非自然的、非现实的戏剧世界的降临。她说，如果她是冤屈的，死后她的血就会飞到三尺白练上，就会六月天里降大雪，这果然在舞台上应验。正是这样一种戏剧的场景，或者说场景化了的戏剧，突然使得一个虚拟的世界以与天地现实相对抗的形式出现在舞台上。这时，舞台上出现了一个审美的世界，一个戏剧的世界，现实的彻底不公正，正是通过这样一种虚拟的场景才猛然被看到；宇宙间的道德力量，也正是通过这样一个虚拟的场景才能体现出来。

随后，最精彩的一幕到来了：窦娥死后一身白衣，重返现实，夜访她爹窦天章。也正是在这样一个悲剧性的女儿和悔恨不已的父亲之间具有张力的对手戏中，悠长的唱段冲破了真实与虚构、生与死、可信与不可信、可能与不可能的界限。到这里，伟大的戏剧家关汉卿对划分上述这一切的标准，对于构成我们这个所谓的现实世界的基本标准和尺度，进行了彻底的质疑，鬼魂重返人间，这是难以忘记的重返，这是对我们世界本质的永恒追问。中国戏剧史上唯一一次可以与窦娥重返相媲美的戏剧，就是喜儿从深山重返人间，那就是芭蕾舞剧《白毛女》。

样板戏也确实铸造起一个理想化的审美世界，里面的人物都是高大全，一个个道德高尚的劳动者样板被树立起来了。这是样板戏的缺点和可笑之处，但是同时不要忘记了，人们在看样板戏的时候，恰恰会把它当作一个戏，而不会完全投入进去。样板戏其实非常强调“扮演意识”。比如《智取威虎山》里的杨子荣作为一个正面人物，却扮成一个土匪；《沙家浜》里的阿庆嫂作为一个地下党员，却扮成一个老板娘。这种扮演的过程令人始终都会觉得，这是戏，而不是真的。什么是间离效果？这就是间离效果。

洪子诚先生在教材中很感慨地说，“京剧革命”十年之后的1974年，创造样板的实践遭遇了难以为继的危机，公众也对样板戏的热情大大降低，企图以精心构造的“样板”来带动文艺创作的繁荣，看来也没有实现。在这样的事实面前，下述有关对胜利的宣告，便透露出“反讽”的意味：“以京剧革命为开端，以革命样板戏为标志的无产阶级文艺革命，经过十年奋战，取得了伟大胜利”；“无产阶级有了自己的样板作品，有了自己的创作经验，有了自己的文艺队伍，这就为无产阶级文艺事业打下了坚实的基础，开辟了广阔的道路”。洪子诚先生认为，这与其说是宣布京剧革命胜利了，不如说是宣布它失败了。

洪子诚先生这样讲“反讽”时，也许没有想到一点，即那些样板戏的创作者们也知道这些是戏，也知道那些高大全的劳动者形象在现实生活中是不存在的，他们始终都是一个遥远的理想，正像《窦娥冤》里血飞到三尺白练上这种事情是没有的。但是正是这种力图跨越真实与虚构、现实与理想、可能与不可能的飞蛾扑火般的努力，它本身却构成了戏，这种行为本身构造了一个戏剧的世界，它给我们提供了一个努力去沟通真实世界与虚构的世界的戏剧行动的“样板”。从这种沟通所营造的“戏剧世界”来看，我们的世界才变得有问题，我们没有戏剧精神的人生才变得有问题。这就是样板戏的自觉创新：它构筑了一个戏剧的世界。

比如《红灯记》“痛说革命家史”这一段，讲的是中国现代史的一个最基本的道理：为什么革命？革命要被杀头啊，像窦娥那样，一代又一代反复证明了这个道理。所以一代又一代，像《太阳照在桑干河上》的侯忠全老头一样，他们明白了历史上造反没有成功的，于是他们绝望了，他们认命了，那么为什么还要革命呢？因为革命不仅仅是造反，革命首先是反抗绝望啊，革命就是反抗宿命啊，革命就是要去做那种不可能的事情啊，它本身就是穿越理想与现实、可能与不可能、生与死的“出生入死”。所以李奶奶与李铁梅这一段对手戏，表面上说的是革命，其实说的就是戏剧，革命就是一次次向不可能挑战，向绝望、失败和死亡挑战：“擦干了血迹掩埋了尸体又上战场。”所以这出戏演到高潮李奶奶和李玉和被枪杀的时候，台下许多我们的领导人都痛哭失声，毛主席当时感叹说：“这就是革命，革命就是这样啊。”这说明什么？这说明他们不仅仅是为了戏剧人物的命运而哭，也不仅仅是为了自己的命运而哭，虽然他们个人都有这样牺牲亲人的经历，但从最根本上说，他们是为了“革命”本身而泪如雨下，这不是悲伤的泪，而是感动的泪，他们为革命本身而感动。因为只有革命才表达出人的前所未有的能动性，它是反抗绝望，它是反抗宿命，它是飞蛾扑火，是奋不顾身地追求不可能，是把不可能变成可能，它是愿望对现实，是孤岛对汪洋，是无数野草对汹涌的地火和岩浆，是漫天的种子对戈壁荒漠，是新生儿对数千年的压迫制度。这是绝望的抗争，是失败的革命，是无法直面的人生。

戏剧可以使我们感动，但是，历史上只有一种行为才可以“感天动地”，而不是一般的令人“感动”，这就是一代代义无反顾地追求不可能之事的革命。

什么是“感天动地”？“忽报人间曾伏虎，泪飞顿作倾盆雨”，这就叫感天动地。这种感天动地，不是一般的感动，它与欧洲近代戏剧的“移情”有本质的不同。所谓移情，就是通过同情地理解剧中人的悲剧命运，使得观众，即现实中的人变得更清醒、更宽容、更理智，用老百姓的话——看得更开一点。而像《窦娥冤》《白毛女》《红色娘子军》和《红灯记》这样的中国戏剧，其艺术目标却在于通过“感动”而使人进入“深情”，最终使得一个“感天动地”的戏剧领域成为可能。西方戏剧的最高境界就是“和解”，而中国戏剧的最高境界却是感天动地的不懈抗争，它连绝望都不允许，都要反抗，它要一直抗争到感天动地。鲁迅临终前反对西方式的“和解”，而推崇那个追命到天涯的窦娥式的“女吊”，鲁迅说这就是中国戏剧精神与西方戏剧精神的不同。为什么说鲁迅的心是与毛泽东相通的？从这里你看到他们是相通的。

雷蒙·威廉斯的名著《现代悲剧》讲戏剧在欧洲演进的几个阶段，一开始是命运的悲剧，是神惩罚人的悲剧，悲剧人物通过死亡认识到自己的宿命，所以他与神和解了。到了现代以后，我们进入了个人主义的时代，个人主义时代强调每一个人都是无可替代的，个人与个人之间冲突造成了现代悲剧。《雷雨》就是这样，周朴园有周朴园的道理，繁漪有繁漪的道理，每个人的道理互相冲突在雷雨中爆发，最后大家都走向了灭亡，他们通过自己的悲剧和死亡认识到了现代人的宿命——个人主义的悲剧宿命。所以黑格尔说，一旦人们认识到个人主义社会中人的宿命，我们就算跟我们的社会和解了，怎么和解呢？用张爱玲的话来说就是：我们都是追求个人利益的功利主义者，但是为了自己活得好一点，也就要给自己留下一点余地，给别人也留下一点余地，这其实就是亚当·斯密所谓的市场经济的第一原理（即功利主义的第一原理）。张爱玲一句话比我们光华管理学院的先生们讲得清楚多了——你看，谁敢说我们中文系不懂经济学啊？

在现实世界中，我们每个人都小心翼翼地按照功利主义的原则行事，连不妨害他人也是为了自己利益的最大化，即不要给自己找麻烦，于是个人与个人之间变得客气而冷漠，大家都只是各扫门前雪。也在这样的功利主义现实当中，大家才开始需要一个“无功利的”审美世界。康德说审美的世界是无功利的，这句话本来并没有多么高深，它的意思类似于说审美不过就是在下班之后、在功利主义的名利场里摸爬滚打搞得疲惫不堪了，要去做游戏，放松放松身心罢了，是说审美等于游戏和消闲。他不是说艺术多伟大，而是恰恰相反，是说艺术就是消闲，就是小道。审美在中国变得伟大，是20世纪80年代李泽厚和刘再复把康德中国化了。李泽厚先生他们讲现实总是不自由的，而只有在“审美的世界”中，人们才能义无反顾地去追求自我理想的实现，只有“美是自由的象征”，别的都不是，这种说法起码是与康德的原意是不同的。

在这样的语境下，我们再来看样板戏，这里面的人物义无反顾地、大公无私地去争取阶级的权力，争取一个公正的理想，这在一个功利主义的世界里，本身自然注定了就是悲剧性的。或者反过来说也行：这本身就是喜剧性的。再加上样板戏确实也有缺点和问题，几部戏里脸谱化的高大全的形象天天给全国人民上演，时间一长，十亿人民八台戏，你说不产生审美疲劳那是不太可能的。最终人们难免产生疑问：劳动者有那么大公无私吗？他们真是在为阶级的利益流血奋斗、义无反顾吗？还有，劳动者就不吃饭了吗？后来有人开玩笑说，样板戏的女主角都是没有老公的。《沙家浜》里的阿庆始终就没有出现过。《龙江颂》的江水英也差不多，《杜鹃山》里柯湘的丈夫还没出场就牺牲了。也就是说，她们只有头脑，没有身体，不是女人。于是怀疑产生了，动摇产生了，结果适得其反。极端的意见还是回到王实味当年的老一套：什么叫无产阶级文化？无产阶级文化其实就是无文化罢了。

还有人说样板戏的精神是古典的，这是不对的，样板戏其实就产生在现代功利主义的世界，但是它却表达了对于这个功利主义世界的彻底不妥协的精神，表达了拒绝与之和解的精神，这就是无产阶级文化的精神所在。国际悲歌歌一曲，狂飚为我从天落，只有从劳动者被欺凌、被压榨、挥汗如雨的形象中，才能认识到这种人类的悲剧，而功利主义者把样板戏看作喜剧，这也是难免的。

“文化大革命”的灾难，令我们对马克思主义基本原理的信任产生了动摇。劳动者阶级是否可以，以及怎样当家做主？无产阶级文化是不是人类最高级的文化？无产阶级既然一无所有，那为什么就不能降降身段，与这个世界和解一下，讨几文钱花，何必打肿了脸充胖子，你扮演什么高大全啊。但是，劳动的精神性，劳动者的解放代表着最高人权的实现，这两个命题恰恰是从黑格尔到马克思这两位现代人类思想之父都坚信不疑的，他们自然比那些功利主义者聪明，他们为什么对此坚信不疑？

恩格斯在《法德农民问题》这本名著中深刻指出说：资本主义的大规模粮食生产，必然会击溃一家一户的小农，除非他们自己组织起来，走互助合作的道路，才能与大规模的资本主义生产相抗衡，才能避免灭顶之灾。但是，或许小农就喜欢一家一户呢？或许像有些人宣传的那样，他们宁肯不要人民公社的合作医疗、五保制度和教育积累，就愿意为了自由而四处游荡当农民工呢？如果有人这么一煽惑，他们就根本不听恩格斯的，而听索罗斯的，如果真是这样，这可就麻烦了。所以，问题是劳动者阶级是不是天然就像马克思说的那样热爱自由和平等？如果他就愿意放弃一切保护两手空空闯市场，你怎么办呢？他愿意受压迫，马克思、恩格斯怎么办呢？

从风起陕甘宁到“文化大革命”，可以看到两个最简单的道理：中国革命的主要目标就是劳动者当家做主；而与中国革命相伴随的当代革命的文化，就是坚信劳动者阶级代表人类最先进的文化。这就是马克思主义的基本原理。因此，从柳青到赵树理，从丁玲到贺敬之，就要为他们写作，就是要塑造他们的形象，还要为他们所喜闻乐见。这是中国历史前所未有的一个重大的试验。从社会到经济，从政治到文化，当代中国虽然经历了许多的挫折，但是也取得了令世界瞩目的重要成就。劳动者阶级在马克思那里还有另外一个面貌，那其实是个尼采强调的面貌——即马克思曾经形容的“不死的自由鸟”（vogelfrei）。芭蕾舞《白毛女》是最能体现这种意见的。它的高明之处集中体现在中间那一幕，所谓“喜儿在深山”。《白毛女》的这一幕，并没有把喜儿塑造得多有思想、多有觉悟，而是把她推到生存的绝境。白毛女也没有什么明确而远大的政治目标，她唯一的目标是要生存，要活下去，在雷电冰雹和狼豺虎豹夹击的深山当中，我们看到的是一个女性完全退化为一个母兽，她号叫着：“要想害死我，瞎了你眼窝——我不要死啊，我要活！”我觉得这完全是一个尼采式的戏剧，而不是一个黑格尔式的甚至马克思式的戏剧。因为这是一个权力意志的悲剧，而不能简单说是阶级的悲剧。白毛女这个形象如果按照无产阶级的要求可能是不太合格的：比如高尚觉悟、远大理想，这些她好像都没有，而使她感天动地的就是不顾一切要活下去的生存意志——最终，我们可以说，它很难说是一部“无产阶级”的戏剧，但确实是一部从“穷人”的角度来讲述生存意志的重量的戏。

尼格里和哈特，一个美国人，杜克大学的教授；一个法国人，老革命家，他们在《帝国》这本书里有一段叫作“穷人”：

> 每个历史阶段，都要认同一个历史主体。这一历史主体无处不在，面目相似，总是令人不快而又迫不及待地附着在一种共同的生活形态上，显然，这种生活形态不属于有钱有势者：因为有钱有势者只是部分的、地方性人物，数量有限，偏居一隅。任何时代中纯粹差异的唯一非地方性的“共同之名”应归入穷人名下。穷人一无所有，饱受贬斥、压迫和剥削——然而还在继续生活！他们是生活的共同依托，是诸众（multitude）的基础。后现代主义的撰述者在其理论中极少面对穷人，这是令人奇怪也令人深思的。奇怪之处在于，穷人在某种程度上是永恒的后现代式人物：一个横冲直撞、无处不在、互不相同、四处流动的主体；不屈地探求存在之偶然性的见证。

在这段才华横溢，但有些晦涩的论述中，他们认为，如果说无产阶级作为“历史主体”的时代真的结束了，但那也并不意味着资产阶级转而成为历史的主体，因为代替无产阶级成为历史主体的，乃是他们所谓的“穷人”。穷人是对“无产阶级”这个范畴的超越。因此，他们强调了穷人的两个特点：一个是其坚强的生存意志，一个是其灵活的斗争策略；并且以穷人这两个特点来区别于过去对无产阶级的定义：高尚的理想和精神境界，明确的历史奋斗目标。通过这样的描述，他们把马克思的无产阶级这个范畴，改换为更为宽泛的“穷人”。

从尼采的视野来看，中国革命的历史上，万里长征就是一个权力意志的悲壮大剧。长征是人类生存意志的赞歌和奇迹，长征过程中，即使毛泽东也没写过什么思想性的大块文章，因为活命和革命力量的生存才是最要紧的事情。到了延安，风起陕甘宁，那才向人民群众宣传马克思主义，这才有了完整的思想路线。

劳动者阶级，在马克思主义那里，其实有两副面孔。一副面孔，是有高尚的觉悟、明确而远大的历史目标；与此同时，它还有一副面孔：坚强的生存意志和灵活的生存斗争策略。像动物一样，有强烈的生存欲望和生存能力。这开启了20世纪90年代后续的一系列作品如贾平凹的《秦腔》《高兴》和余华的《活着》等主题。可以说，正是尼采的阳光照耀了马克思主义的晦暗，正是尼采的言说使得马克思主义真理可以在当代语境中继续充满活力，它为无数的女吊——白毛女们提供了一个新的视角。

为什么还要说劳动者代表了先进的文化呢？这就是因为他们有着强烈的生存意志，他们不顾一切要活下去的奋斗精神，尼采说这是人性的根本，是成为社会主体的基本条件。所以一个社会的主体，不但要有知识、有文化、有精神追求，不但要有远大的历史目标，而且更必须有百折不挠的坚强生存意志，更要有灵活机动的斗争策略。毛主席年轻时有两句话，叫作“野蛮其体魄，文明其精神”，他主张学生要上山下乡，要去锻炼生存的意志，虽然当时是苦了一下，但是下过乡的一代确实有更强的生存能力，从这个角度讲，这也是他为我们留下的宝贵遗产。⧉ 2008 · 1

体制化时代的学术研究

□林　岗

如果我们采取社会学的概念来区分现代和传统，那么，现代不同于传统社会的一个明显特征就是它的体制化。所谓体制化，就是人被组织在各有不同目的与功能的社会机构里，如企业、银行、公司、医院、学校、研究所、出版社等。一个社会的现代化历程，在某种程度上也可以说是体制化的历程。在现代的社会里，体制取代了个人参与社会的各种交换活动。个人首先是被组织在一定的体制里，成为体制中人才谈得上参与社会活动。个人离开了一定的体制，就成了游离于社会之外的“单子”，与社会毫无关系。个人如欲在社会中寻求安身立命，则必须参与或者说被组织在一定的体制里，舍此别无出路。相比起现代人而言，传统社会里则较少受体制化的限制。因为传统社会是一个体制发育程度很低的社会。古人基本上是在社区的范围内活动，从事耕作或贸易的、以家庭、家族为基本单位，况且自然经济时代并没有市场压力。从事文化、精神生产的士大夫，则更是以个人身份参与其间，那时并没有体制的约束，也没有职业化带来的精神压力。现代人则必须在一定的体制之内寻求自己的位置，无论是物质的生产还是精神的生产，它首先是一个职业的问题，其次才是个人的趣味、天赋、爱好。

体制化对学术研究的影响可以从两个方面略作探讨。第一是对学术方式的影响。古人说过，一代有一代之文学。借用这句话，我们也可以说一代有一代之学问。这里的学问，不是指学问的内容，而是指学问的形式。体制化时代的学问形式当然是不同于传统的学问形式。它们或许没有高下之分，不同的只是方式各异而已。学问的表述不完全是一个纯形式的问题、它与学问所立生的社会环境有密切的关系。社会环境的改变一定导致学问表述形式的改变。第二是对学者的影响。社区没有自己特殊的目的，它只是承继既往的传统、风尚而自然地存在；但体制却有自己的目的，如企业要赢利，学校则在育人的前提下按其惯例分为赢利的与不赢利的，而且办学在今天并不单纯是一个赢利不赢利的经济问题，它同时具有被规定的意识形态目标。一个有自己目的的体制可能玉成学者的专业兴趣，但亦可能阻碍或扼杀其专业兴趣。因为学者的个人兴趣未必能与一定体制的目的相配合，因此个人与体制的矛盾在现代社会里就突现出来了。

中国学术的现代化，亦即是它的体制化，严格说来是从清末民初开始。在“西风东渐”影响下诞生了大学学堂、研究所，受过西式训练或本土现代训练的学者被这些新创的体制吸收而成为与传统塾师、经生、文士不同的教授、研究员；20世纪50年代以前，古风犹存，体制化的消极影响并不明显，多元体制本身也有相互抗衡的功能。但此后体制的发育进一步成熟，体制化更兼意识形态化的二重现实使得体制的消极面也日益突出地表现在我们的日常生活中。体制化的进程，虽然与现代社会相伴而生，也是一个无可奈何的事实，但以学术为指归的人，对它还是应该有一个较为清醒的认识。

不论哪个时期，体制化学术所表述的其实是人们对现象的认知，这一点古今并无差别。但在传统社会里，知识是少数人的事情，学问、教养由浸润而成，不经多年的熏陶不可能进入少数“知识贵族”的圈子；而有幸进入圈子的恐怕还是以仰承先辈遗泽者居多。所谓“诗礼传家”“书香望族”讲的就是这个意思：知识、学问大体上是一个较小圈子内的“专利”。在这样的社会，学术表述的方式比较自由，对话体、语录体、论述体、笔记体，无不可以表述学者对问题的真知灼见。因为学术基本上是圈子内的事情，它的“业内标准”是由许多不言自明的前提构成，浸润多年的人对此“业内标准”自然心领神会，在表达意见者和领受者之间存在很深的由教养积累而成的默契。圈子之内根本不会产生懂与不懂的问题。不懂即是“未入流”，“未入流”即是在圈子之外。假如外人产生“读不懂”的问题，进而怀疑其学术价值，那很可能问题不在作者而在读者的教养不够。但是，在体制化的时代，学术表述的这种自由就要受到相当的约束。知识和学问失去了贵族的品格而走向平民化，各种专业知识之间的频繁交流也促使它的表述形式走向标准化。因为要适应不同专业背景的读者，要使对所讨论的问题涉猎不深的人也能够懂得，它的“业内标准”就不能够是不言自明的，而必须是形式化的。学问的表述只有具备某种形式上可辨认的特征，才能在更大的范围内取得读者的信任。若产生“读不懂”的问题，责任很可能在作者而不在读者，在于作者不能中规中矩地表达他的见解。表述形式的可辨认性是产生业内信任的基础。例如，治批评史的学者一般都以王国维发表于1904年《红楼梦评论》为现代批评的开端，而不取他的《人间词话》。其实《人间词话》比《红楼梦评论》有见解得多。为什么为论家所不取呢？我想，《人间词话》在表述上更接近传统，它的诗话体，寥寥几行，缀成一段，谈的都是自己对中国诗词的体会；其中的引文，对词作者的称谓，都是沿袭古人习惯。若对诗词没有相当修养，读《人间词话》可能就会丈二和尚摸不着头脑。而《红楼梦》评论则仿行西人论文的写法，论点、前提、推论无不周详，即使未读过《红楼梦》的人，也能够大致理解它对小说的看法。仿行西人论文的写法，是学问史上的一大变化。这不仅标志着哲学、思想受西方的影响而变化，也标志着体制化对学术表述产生不同以往的要求。其后，论文就被认为是表达学术见解的正宗，一个不会写论文的人会被看成是不会做学问的人。而论文又有它的形式规矩，如引证、推论、注释等等。熟习它的形式规矩已经成为现代学术训练的基本要求之一。

不过，事情还有另外一面。形式规矩虽有其存在的理由，但它并不代表学术的精髓。真知灼见永远是学术的核心。《人间词话》远比《红楼梦评论》有学术价值。一篇表面上中规中矩的论文或著作，很可能是空洞无物的。盖学无古今，以有得为上。那种崇拜形式规矩的倾向，以表面严谨的规矩为学术“面孔”的倾向，其实是金玉其外。从这种观点看学问的表述，我以为古代自由活泼的形式仍然是有生命力的。论文的形式可以为“大宗”，传统的评点、笔记、诗话仍然可以作为“小宗”而存在。就算是学问的表述，大可不必一统天下。中国的传统学术，即使论其表达的体例，也积累了相当有价值的东西，经历不到一个世纪的体制化过程，何以便古风荡然，神契者寥寥无几？是“西风”猛烈，西来祖师传示了普遍的真理，还是学者内心虚弱，需要一层威猛而华丽的“虎皮”来壮胆？

在体制化的时代，学者的研究和趣味常常与一定的体制目标存在或大或小的差距。从学术的角度看，无论哪一个时代，学术都是基于个人的发现与趣味，它的灵魂是个人对现象的惊奇、趣味、思考和发现。可以说，没有真正个人性的趣味与发现，就没有学术。但是，体制时代的来临产生了新问题。学者是寄身于一定的体制的，离开体制则没有他的容身之地。清华时期，陈寅恪、吴宓均认为最好是将学问与谋生分开，先解决谋生问题，然后从容做学问。他们的想法表达了体制目标与个人趣味之间的紧张关系。但是我们知道，他们的想法在体制化的时代，只是不切实际的空想。先不论人生苦短，上帝不会给我们时间先解决谋生，后从容做学问，光说受现代教育十几年才步入社会，有几人有幸可以将衣食安生问题放在一边，弃置不顾？理想既不可行，屈从是无可避免的。体制下的学者从个人切身利害来感受体制目标所给予的压力，甚至以此为宗旨从事学问，这可以说是对真正意义的学问的腐蚀。这里的意思并不是说衣食安身问题必然导致与学者学术兴趣的背离，而是说立身问题的出现使学者寄身而依赖于一定的体制，学者不能再纯粹以自己的兴趣、天赋为依归从事学术问题的研究，而必须一并考虑来自体制压力的利害得失。因为体制是有自己独立的目标和功能的。例如，在大学里，教师必须填写授课工作量、课程进度、课程类别等种种表格；必须汇报在所谓“权威刊物”“核心刊物”发表多少“科研成果”；需要争取主持或奋力挤进“国家级课题”“省部级课题”，参与其间如同恭逢幸事；需要适时呈上“科研成果”，供专家鉴定可否得“国家奖”“省部级奖”“地市级奖”，抑或屏诸流外；需要按年资参与“职改”，以便决定职衔流品。身在局中之人，对这些“必要的荒诞”自有深切的体会。认同它，则构成禄位名声的诱惑；不认同它，则身心俱受压力。无论甘受诱惑还是反抗压力，都同属身心扭曲，对学问皆属不幸之事。但是，有体制就有类似“必要的荒诞”，尽管形式和程度略有差异。此事中外皆然，无可避免。表面看来，它是管理手段；实质上，它植根于体制自身的目标。任何体制都需要维持自身以及提升层次，因为它也面临同类机构的竞争压力，同属逆水行舟，效率的考虑是必不可少的。为了取得效率，就有一套“奖勤罚懒”管理办法；有了“奖勤罚懒”的办法，就有一套定义勤和懒的“政治正确”（political correct）的意识形态。此时此地所不同的是，意识形态具有更强烈的统合性和排他性，因此它对体制的影响更加深入。明乎此，就可以理解高校里的种种“怪现状”。例如，中国现代文学史的教科书有数十种，马克思主义哲学的教科书更多至百数十种。此等出版物“千人一面”，并无学术价值，无非是体制的诱惑或压力的产物。龚自珍云：“著书都为稻粱谋”，说的是古代士大夫“以学干禄”的情形，今天则直“以学为禄”，在体制下连“干”的功夫都省却了。

体制的问题在今天还有它的特殊含义。体制的多元化可以在一定程度上消解体制目标与个人趣味之间的矛盾。因为在多元化的情形下学者有选择的余地，即使是不得不为衣食立身奔忙而从事他的职业，亦可以合则留，不合则另择栖身的去处。个人总是在多元体制的社会中找得到途径将个人兴趣与体制目标的距离缩到最短。社会的开放性带来体制的多元化，同时也带来管理机制上的弹性。各种有自己宗旨和目标的体制都允许存在，甚至相互矛盾亦无所谓。这种开放的多元性，给个人特殊趣味、天分留下发挥的空间。笔者1991年在芝加哥大学访学时，曾旁听过余国藩教授的《红楼梦》课。交谈中得知余教授得的是英国文学博士学位，因专攻弥尔顿诗而在芝大神学院执教，但他真正的兴趣却是明清小说。在得终身教职之前，研究明清小说只是他的“业余”兴趣，而课堂讲授和著述的英国中、近古文学史却是衣食所寄的“正业”。按制度的规定，取得终身教职之后，校方即无权过问教授开设的课程。此时余教授尽弃以前的“正业”，居然在神学院讲授《红楼梦》。这是一个利用管理机制的弹性缓和专业兴趣与体制不相协调的例子。还有因立场倾向或人事纠纷不能与校方宗旨一致而另谋栖身之地的事例。看起来，这是一己去留的私事，其实是体制的多元化带给个人的活动空间扩大了。个人得以利用这个弹性空间尽量消弭兴趣与体制目标的矛盾，社会亦因多元架构而提升知识创造、积累和传承的效率。体制的多元化虽然不能完全化解个人兴趣与体制目标的矛盾，但至少可以尽量减轻矛盾。这是于个人、于社会均能达致和谐的途径。

反观中国的情形，离体制多元化的距离尚远。不同体制之间的目标和功能是由意识形态来统合的，还未曾演化出宗旨各异的体制。例如，在高等教育方面，民间还未曾有一个可供表演的舞台，政府完全垄断了资源。当然，政府推进高等教育的作用是巨大的，它是责无旁贷的角色。但无论从活用有限的财政资源的角度，还是从减轻体制化消极面的角度，体制多元化都是改革现有高等教育体制的入手工夫。意识形态目标的统合实有愈演愈烈的倾向：每年由各级发布名目繁多实质大同小异的课题、项目由学者竞争申报，研究不是从学者自己有疑处得来而是从规划之士处得来；每年由各级政府组织评奖，定夺品流，声誉不是出自专业评价而是出自政府行为。类似这样的“搞科研”，它所能发挥的功能，恐怕扼死学术创新的作用大于促进学术创新的作用。学者在一统的体制下，几乎是“天网恢恢”，无所逃于天地之间。个人的兴趣、天分实在不能找到一条与体制相接通的途径。一方面国家的财政资源不能得到最有效率的运用，在低效甚至无效中消耗浪费；另一方面，个人的才能、天分、发现不能见容于体制，不能见容于意识形态的规范。无论于公与个人都是天地间精华的散失和悲剧。假如学者一定依从其趣味、天分来从事学术的发现，而不愿意俯仰其间，那结局恐怕就是个人与体制的对立：个人“形”寄身于体制之内而“神”游于体制之外。从长远来说，这并不是好的现象。□ 1998·9-10

调和：学术的“第三条道路”

□李　钧

一直关注新潮学案，时间久了，却从外围发现了一个有趣的现象：中国近代最早浸染西方学术的学人，却被思想更激进的一代人命名为文化保守主义者。严复、王国维以及《甲寅》《东方杂志》《学衡》周围的章士钊、杜亚泉、张君劢、陈寅恪、吴宓、汤用彤、梅光迪、胡先骕、郭斌龢等，无一例外地被“加冕”。但是，当前的学术界已注意到，严复等人的文化主张与学术目标已迥异于“军阀型”“封建文化保守型”“孔教会类型”和“国粹派型”的旧派国学家①。就我个人看来，他们融通中西的知识结构、打破古今的比较研究、志在学术的独立品格，以及自觉承担的文化使命，都使他们成为中国第一代“现代学统型”学人。

称他们为中国现代学统的奠基人，简而言之有以下几方面原因。第一，他们大多留学西方，具有世界性的开放眼光，知识结构明显与章太炎等前辈不同，因而在对待传统文化时拥有一种反观自省的态度；他们是中国现代学术、思想、文化史上第一代具有大师资质的“通人”，其中也不乏泰斗巨擘式的人物。第二，他们主张学术独立，高举“独立之思想，自由之精神”的大旗，象征着中国现代学统的真正自觉和隆重奠基。他们不像传统文人那样将学术依附于强权意识形态，比如叶德辉为吴佩孚的“统一大业”鼓吹，或如康有为利用袁世凯推动读经，甚至如康门弟子程湝“拟借张宗昌等武人之力，以推行此举”②。而章太炎则借“革命”之势宣扬“新国粹”并成为“圣之时者”……与旧式文人相比，“现代学统型”学人以学术安身立命，将新方法与原材料进行现代结合，为现代学统奠基。第三，他们在中国学术史上具有拓荒之功，不仅为中国学术开辟了诸多新领域，而且使中国的人文学科走向了科学化。比如，严复不仅因译介《天演论》《自由论》等世界名著而成为“中国自由主义之父”，更由于《西学门径功用》等著述而使中国科技有了较明确的学科划分③；王国维不仅用新哲学研究《红楼梦》，并且以新方法研究甲骨文，

---

① 刘黎红：《五四文化保守主义思潮研究》，北京：中国社会科学出版社 2006 年版，第 101－103 页。

② 吴学昭整理：《吴宓日记》（第 3 册），北京：生活·读书·新知三联书店 1998 年版，第 254 页。

③ 严复：《西学门径功用》，《严复集》（第 1 册），北京：中华书局 1986 年版，第 94－95 页。

成为中国甲骨文研究的开山者，被后人视为“中国现代学统的奠基人”[①]；梁启超“新民”思想启蒙了“五四”学人，而他的《清代学术概论》则开启了中国学术史研究的新篇；《甲寅》主帅章士钊 1907 年入苏格兰大学从戴维逊治逻辑，1901—1911 年在爱丁堡大学学法律，对推动中国的法制建设有贡献；《东方杂志》主编杜亚泉虽未留学国外，但是精通日语和西方自然科学，曾通过日文翻译了幸德秋水的《社会主义神髓》和叔本华的《处世哲学》；张君劢留学德国多年，师从生命哲学家大师倭铿，后成为新儒学大家；《学衡》派主将吴宓、梅光迪、刘伯明、胡先骕、郭斌龢等则留学美国，各自在自己的学科领域有建树。第四，他们为中国现代学术走出了“第三条道路”：有学术的思想或有思想的学术。他们没有追新逐奇，也没有抱残守缺，而是立足于筚路蓝缕的开拓和艰苦卓绝的建设；他们的奋斗目标是救国，其救国方略却落脚在“教育救国”“学术救国”和“科技救国”，他们以自己的“有思想的学术”确立了现代知识分子的立身岗位和存在意义。当 21 世纪中国人将科技称为第一生产力的时候，我们深深感佩严复等“现代学统型”学人的前瞻性眼光。

在 20 世纪上半叶，“现代学统型”学人群因为持守中间立场，而被“竺旧派”和“鹜新派”[②] 视为“调和派”，也成为他们攻击的共同标靶。然而，经过几十年沉淀以后，学界发现，“鹜新派”在与“现代学统型”学人的论战中所采取的多非学术态度和方法，而是随感和杂文方式，意气有余而学理不足，这深深影响到了整个 20 世纪的学风；最终“鹜新派”为中国培养了许多思想家，他们在“破旧”方面功莫大焉，但对现代学统的建设却殊少功勋。这是因为学术事业绝不像政治家所言：“破”字当头，所立也就在其中了——正如后现代的解构主义一味消解下去，最终要把自己一同消解掉一样；一味地“破”只能导致虚无。因此之故，“激进”的负价值在常态环境中暴露出来：“少年”的心浮气躁、“唯新唯西”的思维定式，以及鲁迅所说的“西崽”式的自卑等。这种心态其实与“竺旧派”自视为“老大帝国”的心态一样，是一元标准的，因而也是僵化的。

反观 20 世纪初的激进思想，的确留下许多令人深感遗憾甚至颇为荒诞之处：废中文而推行世界语、废姓名进而废家庭、废婚姻而推行公妻制……将自由推向了无政府主义境地。这恐怕不是“竺旧派”的误解或恶意诬陷，因为那种弑父式的民族虚无主义态度的确带来了不良后果。这也就难怪最早将自由主义引入中国的严复深深感叹：“自由自由，几多罪恶假汝之名以行。”就文学领域而言，“民国以来，学者贩稗浅薄，妄目中国传统文学为已死之贵族文学，而别求创造所谓民众之新文艺”，从而导致了“刻薄为心，尖酸为味，狭窄为肠，浮浅为意。俏皮号曰风雅，叫嚣奉为鼓吹，陋情戾气，如尘埃之迷目，如粪壤之窒息。植根不深，则华实不

---

① 李钧：《王国维与中国现代学统》，《学术界》2001 年第 1 期。

② 张君劢：《民族复兴之学术基础》，黄克剑等编：《张君劢集》，北京：群言出版社 1993 年版，第 208 页。

茂。膏油不滋，则光彩不华”，其结果是“今日已不待有如秦始皇之焚书，而线装书自可扔茅厕里不再须讨论”。[①] 新文学运动健将茅盾也在小说《虹》中借梅女士之口说：新文化运动者高喊“打破虚伪的旧礼教呀！自由平等万岁”的口号，然而“只高叫着打破，却不替人想法怎么打破”，“一切都可以推在旧礼教身上，同时一切罪恶又在打破旧礼教的旗帜下照旧进行，这便是光荣时髦的新文化运动！”而所谓新教育者只不过是“跟着新思想的浪头浮到上面来的‘暴发户’，也配革新教育，改造社会么！他们是吃‘打倒旧礼教’的饭，正像他们的前辈吃‘子云诗曰’的饭……”这说明五四新文化运动根本没有扎根于中国国土，无论其标举的启蒙思想还是“全盘西化”主张，都有着脱离政治、经济实际的戏剧夸张性和争夺话语权的策略动作性。究竟如何使新思想落地生根？最终还需“教育救国”“学术救国”和“科技救国”。而这正是“现代学统型”学人的老生常谈。

与“竺旧”“骛新”两派相比，恰恰是“调和派”即“现代学统派”对中国现代文化、思想和学术事业做出了杰出贡献。他们认为学术无新旧、中西、有用与无用之分；他们力图走出一条立足本土、中西结合、渐进反省的学术之路。如果按黑格尔“正—反—合”的三段论，那么他们走的就是“第三条道路”，表现在对待传统方面，就是既不妄自菲薄，也不夜郎自大的直面真实的立场与勇气。这种立场与勇气被张君劢表述为：“第一，以死后复活之新生命，增益其所本无。第二，以死后复活之新生命，光辉其所固有。”[②] 而徐复观先生则这样表述：“由反传统而向传统的复归，以形成新传统，这可以说是人类的天性，是历史的规律。……只有走我们以高次元传统的自觉，融合中西，以形成新传统之路。”[③] 这条路就是“新旧调和，天演法则”，它是学术研究的常态，也是中国政治、文化建设中最需要的态度。因此我们应当为“第三条道路”正名。

问题是，既然“第三条道路”意义如此重大，为什么中国近代学界却一直反对“第三条道路”？其文化渊源是什么？

回溯中国思想史，人们就会发现，轴心期的原创儒学讲究“中庸”和“恕道”，这也是各派学者的共识，因此春秋战国时代形成了“百家争鸣”的学术繁荣局面。但是西汉以后的统治者却实行了“以儒代法”“外儒内法”的统治术，以怀柔之法行霸权之实。其中蕴含着“罢黜百家、独尊儒术”“朕即天下”“顺我者昌，逆我者亡”等潜规则，其“舆论一律”的愚民政策、“非此即彼”的思维定式和“一统江山”的独尊意识，使民间噤声，更使学术窒息。近代以来的中国，战乱频仍，民族革命与阶级战争更将二元对立的战争文化规范推向了极致：正义/邪恶、战争/和平、英雄/叛徒、盟友/敌人、革命者/反动派……“世界形成了两个战

---

① 钱穆：《中国文学论丛》，北京：生活·读书·新知三联书店2004年版，第21－22页。

② 张君劢：《民族复兴之学术基础》，黄克剑等编：《张君劢集》，北京：群言出版社1993年版，第211页。

③ 徐复观：《论传统》，黄克剑等编：《徐复观集》，北京：群言出版社1993年版，第626页。

垒……谁也不许站在中间。你到这边来，或者到那边去!”① 没有中间地带！没有缓冲地带！没有“自由人！这是多么可怕的事情！“左联”在20世纪30年代对待“自由人”“第三种人”胡秋原、戴杜衡、韩侍桁、王独清们的时候，也采取了这种“关门主义”态度。但事实上，胡秋原、戴杜衡的马克思主义理论水平要比许多党内理论家高明许多，王独清也曾是革命文学阵营中的骨干分子。更令人扼腕的是，普罗文学的开拓者蒋光慈仅仅因为不愿参加“左联”的飞行集会，不同意把“左联”变成一个政党性的政治团体，即被“左联”开除，并在《红旗日报》等报刊公布这一消息，这无异于将其置之死地。果然，他先是被特务盯梢，又因所有著作都被封杀而陷入经济拮据，肺病晚期却得不到及时治疗，最后只能借款五十元钱并化名“陈川”住进一家医院，寂寂死去②……此后，从20世纪30—40年代起，无论自由主义道路还是民主人士提倡的“第三条道路”，都没有在中国走通，因为“二元”的战争文化规范不允许中间派的存在。

中国的二元思维定式还与禁欲主义的文化专制密切相关。宋明理学讲究心性、心斋、诛心、灭欲、无私等，这种糅合了儒、释、道等诸多元素的理学使中国的禁欲主义思想达到登峰造极的地步。然而，与这种显在的极端禁欲相对的则是潜在的隐秘狂欢。正如英国维多利亚时代清教徒式的禁欲政策造成了色情文化的泛滥一样，中国明清时代的色情文化也艳帜高张、大行其道。于是，道德仁爱与荒淫无度成了中国社会生活的互为表里的两面，全民作伪的结果是大家一起陷入了“瞒与骗”的大泽。黄仁宇认为，“中国二千年来，以道德代替法制，至明代而极，这就是一切问题的症结”。明代历史象征性地成了中国政统与道统“一个大失败的总记录”③。中国学术经过漫长的“我注六经”式的作伪时代，终于在明代失去了自我创生力。

当前，中国倡导民主和平，正在创建和谐社会，在缔造一种更人本也更合理的文明。这说明中国已将社会稳定和健康发展作为常态并加以维护。而就学术自由和学术生态而言，“调和派”是处于极端的“竺旧”与“骛新”之间的一个学派，也是一种稳健的常态。如果用一个人的年龄作比，“竺旧”是老年人的保守状态，他陷于回忆状态，对新生活已缺少开拓的勇气和力量；“骛新”是一种少年的“破坏”心态，充满了弑父意识与挑战欲望；“调和”则是一种壮年心态，他承前启后，负担建设与整合之责。如果说“骛新”代表着一种“广场意识”、英雄情结和思想家气质，“竺旧”象征着一种“书斋意识”、守成情结和学问家的考证，那么“调和”则是一种“十字街头”的过渡意识，一种“有思想的学术”与“有学术的

① 成仿吾：《从文学革命到革命文学》，《创造月刊》1928年第1卷第9期。又见《中国新文学大系1927—1937·第二集·文学理论集二》，上海：上海文艺出版社1984年版，第40页。

② 郁达夫：《光慈的晚年》，《现代》1933年第3卷第1期。

③ 黄仁宇：《万历十五年·自序》，北京：生活·读书·新知三联书店1997年版，第4页。

思想”。“调和派”必然会受到“竺旧派”与“骛新派”的两面夹击，但他必须默默承受，稳健地从事自己的工作，因为守旧与破坏都会使文化变成废墟：僵化保守固然会走向腐朽毁败，“摧枯拉朽”式的激进革命也会使文化遗产变成废墟，然而废墟之上却不一定就能长出新树开出新花。

“一生二，二生三，三生万物。”这是古人的智慧，在今天可以诠释为一种生态文明和共生的智慧。“竺旧”“骛新”与“调和”都是学术生态环境中的一元，都是学术发展中必不可少的一环。我们不能人为地消除某一环节，尤其不能消除“调和”派，更应当为“调和派”正名。事实上，无论是思想、文化还是学术，总会有左、中、右的态度。我们之所以强调“第三条道路”，不是让所有人都走这条路，而是希望学界对“第三条道路”持一种宽容态度，不要把不同的学术观点看成是异端，更不能以中世纪宗教裁判所那样对待学术争鸣。在20世纪，由于不宽容而将学术、艺术问题变成政治问题甚至刑事案件的事例并不少：比如俞平伯的“红楼梦研究”、比如梁漱溟的“雅量”论、马寅初的“人口论”、杨献珍的“合二为一论”、李建彤的《刘志丹》、吴晗的《海瑞罢官》等，其中的教训足以汲取——难道我们还要讲“不是东风压倒西风，就是西风压倒东风”？而不能让学术和思想界有一种风平浪静的常态吗？

在政治与社会学领域也同样需要多元、宽容与共生的环境。我们过去常常将妥协、退让、中庸、第三条道路称为“骑墙派”，看作最无立场的投机派。其实恰恰相反，他们代表着日常生活，是“天堂”与“地狱”之间的“人间”。即使从社会构成来看，中产阶层也是社会稳定的关键所在；下层基数过大，则革命性越强。因此，有学者说，妥协“是金色的，它不仅是美的，也是善的，真的。得到的是共同需要的东西，而将各自不想要的东西搁置一边，因此妥协的各方都是胜利者，没有失败者。在社会的两极之间，存在着一个非此非彼、亦此亦彼的中间地带，或者可以称作模糊地带。一切矛盾冲突都在这个地带通过交流、对话、较量、互相渗透、融合、转化……变成你中有我、我中有你的另一种东西。这是一种合力作用的结果，谁也没有被吃掉，谁也没有被清算，可以说，中间地带就是促进妥协的地带，促进合作而不是分裂的地带，中间地带越扩大，两极地带越缩小，社会也就越稳定，越安全”。[①] 承认政治立场总要分左、中、右，正视人群总会有贫富差别，但不以专政的形式消灭其中的一极，更要承认“中间人物”是大多数，社会才能安定。这就是常识。同样，学术总会有新、旧与调和之别；承认调和派的意义，学术才会有破有立有进步。◻ 2007·5

① 何家栋：《灰色的民主和金色的妥协》，亚当·米奇尼克著，崔卫平译：《通往公民社会》，内部资料2004年，第9-10页。

“宜粗” 之说与新方志的缺失

□ 陈泽泓

1949 年至中共十一届三中全会之前这 30 年间，中国社会的政治运动接连不断，涉及意识形态、各行各业，乃至人民群众的日常生活，记述政治运动是涵盖这一时段的首轮新方志记述中不能回避的一个重要课题。① 至 1998 年底，全国已出版的省、地、县首轮三级志书已达到 3 400 部。② 迄今所见的学术界评论，普遍认为首轮志书对政治运动记述得不够，其浓墨重彩地突出革命斗争与轻描淡写地“粗化”政治运动形成了鲜明的对比。新方志以详今略古为原则（以下简称“详今说”），标榜以存史、资政、教化为己任，为何对当代社会的政治运动这一社会现象记述不够？如何不够？由此应吸取什么经验教训？造成这一现象的原因很多，最主要的就是首轮修志套用了“宜粗不宜细”（以下简称“宜粗说”）作为记述政治运动的编纂原则。对这一情况的来龙去脉，值得作一次透析，以为后来治史修志者鉴。

一、“政治运动” 的界定

政治运动是一个极具政治敏感性的题材，新方志是官志，编纂者特别强调记述政治运动的政策性、政治性。评析首轮志书对政治运动的记述，首先遇到的问题就是何谓政治运动。

1989 年版《辞海》对“政治运动”释为：“特指新中国成立后，开展的大规模的革命运动。如土地改革、镇压反革命、三反五反运动等。”③ 将政治运动定性为“革命”。10 年后的 1999 年版《辞海》对政治运动的解释，恰恰删去了事关性质的

---

① 新中国的新方志编修活动是从 1956 年就开始的，全国性的修志则自国务院科学规划委员会地方志小组制定并向全国发出《关于新编地方志的几点意见》而展开，由于这一阶段所修的志书多未付梓，影响不大，故中国地方志指导小组将 20 世纪 80 年代开始的全国性大规模修志活动称为新中国首轮修志。

② 郁文：《努力完成本届修志任务，把新编地方志事业推向二十一世纪——在 1998 年全国地方志工作会议暨中国地方志协会常务理事会上的讲话》，中国地方志指导小组办公室选编：《中国方志文献汇编》，北京：方志出版社 1999 年版，第 136 页。

③ 《辞海》，上海：上海辞书出版社 1989 年版，第 1654 页。

"革命"二字。[①] 这一定性及变化的大背景，无疑也制约着1989年至1999年这段时间修志人员对志书记述政治运动的思维定位及变化。而开始于1989年之前的首轮修志，多数完成于1999年之前，修志人员的思维定位当然是在1989年版《辞海》的认识之范畴内。我们当然不能苛求修志人员的基本认识能够大大超越这一历史的局限。

然而，还有技术性的实际问题。《辞海》将"政治运动"解释为"大规模的运动"，并没有把词义说清楚，例如，爱国卫生运动也是"大规模的运动"（当然也是革命的），但显然不是政治运动（虽然不能否认其发端带有政治色彩）。由于对政治运动范畴认识不同，带来了处理模式的多元化，正如黄勋拔所说，"有些运动，其主要内容是经济领域的，由于有很强的政治性，被作为一项政治任务，并且采用一般政治运动的手段、方法，也被称为政治运动。情况比较复杂，界定政治运动范围有一定困难。贯彻婚姻法、禁烟禁毒、肃反审干、'清理中内层'、工业学大庆、农业学大寨等，有地方不列入政治运动，有的地方则列入"。[②] 因此，有的志书将这类内容标为"政事纪略"或"要事纪略"。这是后来读志者应掌握的情况。

在实行一元化领导体制的社会中，由执政党着力组织开展的群众性中心运动，很难说哪一个运动不带有"一定的政治任务"。左开一认为："建国后各种运动都带有政治性群众性特征，但运动本身的性质状况、规模大小、持续时间长短和影响程度等，则是有区别的。因此，不宜将所有运动都冠以政治运动头衔，应该区分为两大类。一类是重大政治运动。《中华人民共和国大事记》（1949—1980）（1982年6月新华出版社出版）政治类中，列有政治运动一项，包括'三反''五反'运动、反右派斗争、'反右倾'运动、社会主义教育运动、'文化大革命'五目。这些运动在《关于建国以来党的若干历史问题的决议》中，详略不同地作了论述，特别是'文化大革命'作为一个阶段作了专题论述。据此界定政治运动是适宜的。另一类运动如土地改革、社会主义三大改造、'大跃进'运动和农村人民公社化运动、农业学大寨、工业学大庆等，虽以运动形式出现，但它们都属于经济范畴，如果也作为政治运动纳入政治部类，则归属不当（当然，作为党领导的中心工作，又当别论）；且与有关经济事项相脱离，也难以反映经济部类中生产关系变革，同生产力发展的关系。"[③] 此议并未把问题说清，反而显得有些暧昧，因为各种运动本来就都"带有政治性群众性特征"，既然"不宜将所有运动都冠以政治运动头衔"，又提出运动"分为两大类，一类是重大政治运动"，另一类岂不是"不够重大的政治运动"？

对"政治运动"界定不同，涉及记述的取舍。对此问题认识的不确定，反映在

---

① 《辞海》（下），上海：上海辞书出版社1999年版，第4167页。

② 黄勋拔：《方志编纂学论纲》广州：广东人民出版社2000年版，184页。

③ 左开一：《关于方志政治部类诸志编写问题》，《中国地方志》1992年第1期。

首轮志书中，就成为造成记述政治运动篇目设计与资料取舍各式各样复杂纷呈的又一原因。

二、 宜粗说的由来

首轮修志从一开始就确定了详今略古，着重记述现代历史和当前现状，充分反映中国共产党创立以来革命斗争、社会变迁和社会主义建设的基本情况的编纂原则①，但在记述政治运动这一领域上，这一原则并未得到切实的贯彻。

首轮修志是在长期的思想禁锢和思想解放讨论刚开始的特定历史条件下启动的。启动之初，修志人员为了解决记述政治运动这一视为敏感而难以把握分寸的问题寻找出路和依据，理所当然地套用了邓小平关于总结 1949 年以来若干历史问题的指示，具有代表性的认识是：“从一九八〇年开始到党的十二大以后，中央领导同志从我国的全局和现况考虑曾多次发表讲话，提出了‘宜粗不宜细’的精神，明确指出：‘对历史问题，还是粗一点、概括一点，不要搞得太细。’特别提出：‘关于‘文化大革命’这一部分，要写得概括。’这些讲话虽然是针对历史（尤其是近代史和现代史）而言，但‘宜粗不宜细’的精神，同样适用于修志工作……因此，在修志时，对于某些近代或当代，涉及群众面广、社会敏感性大的事件或人物，不宜详述细写。”② 因此，在接受“宜粗说”为记述政治运动基本的编纂原则的前提下，修志人员围绕如何理解和运用“宜粗”原则讨论不休，而又依据各自的理解自行其是。

在修志实践操作中宜粗说与详今说显然存在着不可调和的矛盾，为了破解二者互相矛盾的命题，论者各显神通地提出各种各样的理由，在种种的论调中，最主要的是“例外”论和“兼容”论。

“例外”论称：详今略古“并不意味着一切远的都可以略，也不意味着一切近的都必须详。它们也有例外……古今都存在的事物，处于逐渐消亡的过程中，一般不宜详近略远。如阶级斗争，自从社会主义制度在我国建立起来以后，剥削阶级作为阶级已经消灭，阶级斗争虽然还将在一定范围内长期存在，但已不再是社会的主要矛盾了。近二十多年来，我们或是将阶级斗争扩大化，或是人为地制造阶级斗争。这些历史的资料，虽然应该通过多种途径予以保存，但它们毕竟不是历史发展的本质和主流。也必须略记或留待后人去记”③。

“例外”论之牵强显而易见：阶级斗争已不再是社会的主要矛盾是一种认识，

① 1985 年 4 月 19 日中指组全体会议讨论通过《新编地方志工作暂行规定》第一章第三条。中国地方志指导小组办公室选编：《中国方志文献汇编》（上），北京：方志出版社 1999 年版，第 274、275 页。

② 袁文龙：《“详今略古”刍议》，《中国地方志通讯》1983 年第 2 期。

③ 翟光：《试谈新方志的详略问题》，《中国地方志通讯》1983 年第 3 期。

二十多年间存在阶级斗争扩大化及人为的制造阶级斗争是一个史实，这两者是两码事，志书应记述的是史实。再说，在“必须略写”之外又有“或留待后人去记”的说法，则显示了论者的不能说服自己，因此，就有把理由说得更为含混而又更为唬人的“兼容”论。

“兼容”论称：宜粗说与详今说“两者既有矛盾的一面，也有统一的一面，而且有可能‘合二为一’地得到贯彻。这是因为无论是详今略古还是‘宜粗不宜细’，目的都是为了促进四化建设，振兴中华……如果志书上实录详记了某些当代发生的，但不应书的事件和人物，就会产生极不好的社会效果，影响干扰正常的社会秩序。所以，对这段历史的记述一定要慎之又慎，切勿凭个人一时之喜恶，而妄下断语，擅自取舍。为了判断正确与错误，常常需要考验的时间……我们应该允许某些人认识改正错误，有一个较长的过程。为了促使这些人早日转化，志书应该与社会一样，持配合等待的态度；但为了不造成后世追索材料的困难，笔者以为简单地，却又是极精确地粗略勾勒一下事件起讫和后果，还是十分必要的，而其中的经过详情则可暂时不写或略述。这种记述只起‘立此存照’的‘备忘录’作用——这是‘详今’与‘宜粗’的辩证统一关系。”① 之所以大段引用这一论述，是因为其极具代表性地反映了当时的论者，是如何使两个本来就不兼容的原则化为“既有矛盾的一面，也有统一的一面”，进而“‘合二为一’地得到贯彻”；使“某些事件和人物”，服从于先入为主的“不应书”的定论而不能“实录详记”，进而警戒“切勿凭个人一时之喜恶，而妄下断语，擅自取舍”，“产生极不好的社会效果，影响干扰正常的社会秩序”，话说到这份上，则是大有不容异议之势了。

这些论述极具代表性地反映了当时一些论者的逻辑，反映了正是在长期的政治运动的环境熏陶中造就的惯性思维与话语，具有一种以先入为主的论断主宰实践的强势，要改变这种文风何其艰难。逻辑上的混乱，未能以理服人地真正解决认识上的问题，却能够为宜粗说的做法找到一种心安理得的支撑。

这种理论的“深化”还在各种研讨中进行。1983 年 5 月召开的全国县志座谈会上，如何记述政治运动成为讨论的一个焦点，“明显地存在‘主详’与‘主略’之争”②，有不同看法的“有的同志认为，1949 年后的政治运动起到了左右全部社会生活，决定历史进程的作用，简略记述就是没有尽到历史的责任，也难以总结经验教训。修志要有胆量，只要事实准确，不应那么多的条条框框。如果只是把资料留给后人去处理，就失去了修志的意义。有的同志认为，把政治运动放在当时历史条件下去写，只写事、不点名。具体写法上，不应提宜粗不宜细，应写全过程”。会议纪要的结论却是：“会议认为……在记述政治运动，特别是有关党的挫折和失误的记载，一定要注意从事实出发，从全局出发，从效果出发，不应奋笔妄书，授

---

① 袁文龙《“详今略古”刍议》，《中国地方志通讯》1983 年第 2 期。

② 诸葛计：《中国方志五十年史事录》，北京：方志出版社 2002 年版，第 111 页。

敌以柄。”“在写法上，可采取宜粗不宜细，宜分不宜合，宜略不宜详的方法。粗到把问题说清楚，细到不能损害党的形象。至于把历次政治运动放在大事记中记述，还是列入专志记述，各有利弊，不妨两种方法并存，不必强求一致。”① 至此，宜粗说得到进一步的发展，演化为“宜粗不宜细，宜分不宜合，宜略不宜详”的“三宜三不宜”的公式，将“粗到把问题说清楚，细到不能损害党的形象”的论断具体化。纪要肯定了用大事记或专志记述政治运动“两种方法”，但并未提及两者兼用，而是提出不必“强求”用专志记述政治运动，只用大事记记述政治运动的倾向是很明显的。对“三宜三不宜”的肯定和倡导，对首轮修志的实践产生了很大影响。

三、宜粗说的推进

在宜粗说蔚成主流、几成定论之时，修志界仍有异议。王复兴提出，“几年来，许多同志在文章和讲话中提出，记载建国以来的历次政治运动应遵循‘宜粗不宜细’、‘宜分不宜合’的原则。这几乎已成定论。在此思想指导下，一些志稿对政治运动记载十分简略，甚至仅在大事记中一提，使人无法看清运动的背景、经过、结果和影响。我们认为，这样记载是不合适的”。他以很大篇幅阐述理由，概括起来就是：宜粗说不符合详近略远的原则；不利于全面总结工作以吸取经验和教训；不符合“存史”要求；与其他内容详略不协调。针对“粗到不损害党的形象，细到把问题说清楚”的说法，王复兴说：“这句话似乎很科学，很周到，实际上很含糊，并没有把‘粗’和‘细’的程度说清楚，仍使人难以琢磨。”②

对“粗”“细”分寸的琢磨，是推行“宜粗”说必须解决的问题，非粗即细，不能含糊，着实让实践者为难，需要找出一个能够坚决摆脱困惑于分辨粗细的出路，下述为典型一例：“有些同志认为‘粗到能说明问题，细到不损害党的形象，不损害社会主义制度就是宜粗不宜细’。可是具体到某一个县、某一个地区，怎样确定‘粗’和‘细’的标准呢？又觉得棘手了。比方说《万年县志》对‘文化大革命’的记载，编者肯定是力图贯彻《决议》精神，坚决维护党的形象和不损害社会主义制度的。但出现了如下一些内容：如运动初期县里领导同志遭受批斗活灵活现的描述；造反派使用的肉刑种种及被用刑的例证记载；非正常死亡人数的统计等等。又如记载红卫兵串联时，干部和群众如何‘借机游山玩水’。诸如此类的内容是‘粗’了还是‘细’了呢？万年县的同志肯定认为这已经够粗的了，而其他同志却有些认为‘细’了。如此争论下去，肯定还解决不了问题。因为‘粗’和

① 中国地方志指导小组办公室编：《全国县志座谈会纪要》，《中国方志文献汇编》，北京：方志出版社1999年版，第540页。

② 王复兴：《学习如〈东县志〉修订本的体会》，《中国地方志通讯》1984年第4、5期合刊。

‘细’是相对的。”“我们知道，新编县志需要的是无产阶级的实事求是的精神。而这种精神有别于封建时代的‘秉笔直书’。志家之笔，应该也必须为实现社会主义建设新时期我们党的政治路线服务，为执行和贯彻三中全会以来各项方针政策服务，如果是不利于党的政治路线及各项方针政策的，尽管是事实也只好暂时不加记载，这不等于说假话。何况直至目前中央仍未对‘文化大革命’的每个细节作出细致的总结，我们又怎能自行其是，随心所欲去记载呢？因此，只能概略地记述为宜……在目前情况下，历次政治运动，特别是‘文化大革命’放在‘大事记’中简单地概述就足够了。”① 在这种“中央仍未对‘文化大革命’的每个细节作出细致的总结，我们又怎能自行其是，随心所欲去记载呢”的思维定式下，杜绝了任何“细”的念头，政治运动放在大事记中简述的模式也就成为范式了。

对于等待论的诠释似乎还不够深刻，更有将集中记述还是分散记述政治运动上纲上线到成为事关“党的形象”的原则问题：“为什么分散写比集中写为宜？……名副其实的政治运动，无非就是反右派斗争、反右倾、‘四清’、‘文化大革命’等，而这些政治运动都有左的错误，‘文革’则更是登峰造极，集极左之大成。如果把这些政治运动集中在一起成章，没有好处，有损于党的形象。”② 还有将粗细之说疏理为：“一、重大的失误既不能回避不书又不能详细记述；二、能反映全貌的要细述，具体情节要粗略；三、同一事物中积极方面的要细述，消极方面的要粗略。”③ 此论将记述政治运动分为“积极方面的要细述和消极方面的要粗略”，沿着宜粗说的方向是走得更远了。

1984 年 6 月 23 日至 30 日，中国地方史志协会和《中国地方志通讯》编辑部召开新编五县县志学术讨论会，会议对政治运动特别是对“文化大革命”部分如何撰写的问题展开了深入的讨论。会上仍有此说法“与会者认为，对历次政治运动应如实记述。如对‘文化大革命’，要全盘否定就要有一定的分量，不能过简。仅在大事记中记述局限性太大。记述政治运动应坚持实事求是的精神，不能搞客观主义的‘秉笔直书’。对于‘三宜三不宜’的主张有重新研究的必要”④。会议纪要在反映众说之后，仍倾向于原来的结论：“出席会议的大多数同志认为，对这个问题各地可根据自己的情况自行决定，不可能就任何细小问题，搞一个全国统一的标准；但总的来说，对历次政治运动只宜叙其梗概，不宜写得过细。至于是分散写还是集中写的问题，在不违反《决议》的前提下，各种形式都可尝试。从目前情况看，把政治运动，特别是‘文化大革命’，放在‘大事记’中记叙较为合适。”⑤ 尽管说了

---

① 卫家雄：《浅谈新编〈万年县志〉中几个问题》，《中国地方志通讯》1984 年第 4、5 期合刊。
② 费黑：《关于政治运动、人物编、文风等问题的几点看法》，《中国地方志通讯》1984 年第 4、5 期。
③ 郑全忠：《关于县志〈政治编〉应‘粗细适度’的刍见》，《中国地方志通讯》1984 年第 4、5 期。
④ 诸葛计：《中国方志五十年史事录》，北京：方志出版社 2002 年版，第 128 页。
⑤ 《中国地方志通讯》编辑部：《新编五县县志学术讨论会纪要》，《中国地方志通讯》1984 年第4、5 期。

“在不违反《决议》的前提下，各种形式都可尝试”，结论的倾向却是明确的：“把记述政治运动，特别是‘文化大革命’放到‘大事记’中记叙较为合适。”这一结论较之记述政治运动采用“专记”或“大事记”两可说又退了一步。会上提出“有的事情宁可暂时不记，也不能在政治上出偏差”；还找到了绕开运动过程，从拨乱反正的角度去写“文革”的路子。这些意见，对实践的影响也是很大的。

四、 宜粗说的认定

1984 年是分散说与集中说争论激烈化的一年，也是对两说之争的决断起着决定作用的一年。

在理论趋向“宜粗说”的大势已明的同时，在实践中仍有不少地方在按集中说行事，作出以专章记述政治运动的探索，并由此导致了严厉的批评：“不宜以大量篇幅集中记述。有的在‘政治编’中以五章四十节的篇幅，有的在‘社会主义革命纪略’内用三十节的篇幅，集中地记述从当地解放到一九八一年的历次政治运动。这样写的结果，除与其他篇章发生重复外，主要是：一方面新中国诞生以来，运动一个接一个（按原文注：如有的写道‘……就在广大干部和群众还没有一点喘息的时刻，“无产阶级文化大革命”便接踵而至……’），而对每次运动又多是记述这样那样的错误，反映不出社会主义的优越性和历史发展的主流，难以体现在中国共产党领导下人民当家做主，三十多年社会巨大进步的史实。另一方面集中接连地记述人民群众、干部、知识分子和社会各阶层人士，在历次运动中所遭受的不幸，将会带来不良的社会效果。显然，这是不符合《决议》精神和四项基本原则的。所谓‘秉笔直书’，历来都有其主观目的性，都不能抛开政治而无所顾忌，我们也不能有闻必录，有事必记。有些问题虽属宏观事实，但在取材和撰写时，必须站在维护党的利益的立场上，用马克思主义的观点分析鉴别，有所取舍……有的（将“文革”十年）写成‘是反革命大破坏的十年，是空前浩劫的十年，是灾难深重的十年’。如此等。既不完全符合历史的真实，也不符合《决议》的精神。所以，对于建国以来的历次运动，应当坚持宜粗不宜细的原则，提倡《如东县志》的写法，不另立章节，散见于各有关篇章，重大事件记入大事记。”①

围绕分散写与集中写的问题的争论仍在继续。也有人注意到只在大事记记述政治运动的不足，并意识到思想障碍其实来自修志界自身。“问题并不来自社会，而在方志界内部。”“‘文革’是当代人一根最敏感的神经，对于它的评价，不要说社会有分歧，就是修志人内部也不一定能统一……我们万年（县）的做法是立专志记述，在政治部分设政治运动条，选辑了从清匪反霸土地改革到粉碎‘四人帮’这段

① 孙景悦：《为提高修志质量需要注意的问题》，《中国地方志通讯》1984 年第 4、5 期。

历史时期的十三次比较大的政治运动，文字量约三万字，其中记载‘文革’的部分约八千字，对‘文革’从红卫兵诞生到粉碎‘四人帮’作了全面的记载。有人说，这样集中太突出，主张分散。我们说，分在大事记里说不清楚，因为大事记一般是一句话或几句话的，怎么能说清楚政治运动呢？就是说了，后人也不懂，有些词汇恐怕到《辞海》里也找不到的，把这样的文字留给后人有什么用呢？而且，把一个有头有尾的完整的运动分得支离破碎，也显得我们躲躲闪闪，我们说的政治运动并非都是错误的，错误的我们党自己作了结论，早已遍告天下，没有什么见不得人的。我认为，分散不如集中，以《决议》为准绳，下点工夫，努力把政治运动部分写好。这样反而显示出我们共产党人光明磊落，敢于依靠本身的力量正视和纠正历史上的错误。我们现在需要研究的，不是如何回避，而是如何与《决议》保持一致，实事求是地把政治运动写好，准确地反映历史的真实。”①

在这一年 12 月 30 日出刊的《中国地方志通讯》第 6 期上，登载了中国地方史志协会（该会负责中国地方指导小组日常工作）会长梁寒冰的文章，文中提出，“建国以后，党领导的历次政治运动，无一不是重大的历史事件。地方志应根据《关于建国以来党的若干历史问题的决议》，从地方的实际情况出发，把它编入‘大事记’内。不仅易于体现‘宜粗不宜细’的原则，而且便于处理建国前后一些重大事件的相互连接，如土地改革运动等。历次政治运动编入‘大事记’后，政治志可改为政法志或政事志。”② 随后，1985 年中指组颁发的《地方志工作暂行规定》第十一条规定：“新方志的大事记，要详今略古，适当选择当地历史上的重大历史事件记述，使读者了解该地历史发展的大致脉络。关于建国以来重大政治事件的记述，要遵守宜粗不宜细的原则。”这一原则的提出，在大事记记述要求的条款中无疑喻示了只在大事记中记述政治运动的意图。宜粗说被全国修志指导机构正式确认为志书记述政治运动的原则要求，对于这一原则的贯彻实施起着决定性的作用。

五、 新形势下的争议

粗细两说之论争的硝烟，并未因权威的定论和时间的推移而熄灭。进入 20 世纪 90 年代，随着认识的拨乱反正和修志实践的体验，对“宜粗说”的争议重起。有论者注意到：“目前，方志界在方志政治部类的记述中，关于坚持‘实事求是’与‘宜粗不宜细’的问题产生一些不同的看法……看来，似乎存在明显的争议：即‘实事求是’与‘宜粗不宜细’是一对不可调和的矛盾，坚持‘宜粗不宜细’的原则就有悖于‘实事求是’。”想解决问题者还是致力于找出调和两者的途径：“从

① 徐断达：《浅议编纂〈万年县志〉中遇到的几个问题》，《中国地方志通讯》1984 年第 4、5 期。

② 梁寒冰：《关于编修新方志的几点意见》，《中国地方志通讯》1984 年第 6 期。

'实事求是'与'宜粗不宜细'在方志中所占的地位来看，它们之间是领属关系。"① 两者之间的关系，从"兼容"到"领属"，这大概也算得上是一种"理论创新"，但是这种概念的游戏始终未能摆脱两说不调和的窘境。

1992 年 10 月，在桂林召开的全国南片县志稿评论会上，如何记述政治运动仍是一个讨论的焦点："一种意见主张独立成章，以全面集中反映建国以来历次政治运动的成绩与失误，以正确反映和总结正反两方面的经验，有利于存史和借鉴；但多数同志认为，建国以来的历次政治运动是人民政治、经济、文化生活中的大事，应列入大事记中，若单独成章而不载入大事记中，则阉割了大事记的内容，使大事记残缺不全；若载入大事记中，则内容重复，叠床架屋。同时，政治运动一词，内涵与外延也欠明确，故主张不必单独设章记述。"② 这一情况，反映了在大事记记述政治运动说已占主流的数年之后，宜粗说仍是困惑修志者的问题，仍在不懈地寻找出路。

于是，有人提出"既要敢闯'禁区'，又要掌握分寸"，力求在"秉笔直书"与"宜粗不宜细"之间寻求解决问题的出路。③ 也有人在分散写的前提下提出"精细相兼"的建议："在《总述》中可勾画一下本地区历次运动的轮廓及其成绩或危害与经验教训；在《大事记》中可用编年体结合纪事本末体的方法，分阶段记载其进程与重大事件（按原注：以上二者宜粗）；在各专志中则可详记其对本事（按原注：行）业的影响。如《教育志》记述'文化大革命'，则可从学校管理、学制、课程、教材教法、思想政治教育与学生道德品质、学习质量、教师地位、师生关系、学校经费与设备等各个方面来记述'文革'对教育事业的损害，这些方面的记述可'细'一些。这样才能以令人信服的事实，证明了'彻底否定文化大革命'的正确结论，也达到了'资政、教育、存史'的目的。"④

上述各说还是力求在难以兼容的两端中寻找其联系点，摆脱不了讨论的圈子，而在此时期引人注目的是，出现了更为大胆的纠偏之议。"志书中的记述与党中央对若干重大历史问题做基本总结有不同的性质和特点。正如《决议》对这些历史问题的总结，不是为了反映历史面貌，以作存史和决策参考之用；志书对这些历史问题的记述，也不是要对党的重大历史问题作基本总结，给全党和全国人民以遵循。两者怎么可以混同起来呢？我认为'宜粗不宜细'的原则外，还必须根据新方志的性质和功能，全面、系统、深刻地反映当地人民在党的领导下，进行社会主义革命和社会主义建设所取得的伟大成就与遭受到的挫折，从而体现重要的历史经验和社

① 陈文凤：《浅议"实事求是"与"宜粗不宜细"》，《中国地方志》1992 年第 6 期。

② 来新夏主编：《全国南片县志稿评议会》，《中国地方志综览（1949—1987）》，合肥：黄山书社 1988 年版，第 135、136 页。

③ 熊耀才：《谈政治综述篇的设置》，《中国地方志》1989 年第 2 期。

④ 唐志敬：《谈新方志篇目设置的科学》，《中国地方志》1988 年第 1 期。

会主义发展规律。这才是新方志记述建国以来历次政治运动的出发点。如果这个理解是正确的话，那么，我们应该纠正在‘宜粗不宜细’这个问题上的各种偏颇。”[①]

综上所述，首轮修志对记述政治运动的问题，有过甚多的关注和讨论，“三宜”之论占了上风，但也有不同方向的思索。也因为其宜粗说的编纂原则与“存真求实”原则在实质上的难以兼容，出版时间越往后的志书，在记述政治运动上越趋向于注重存史。但从总体上看，那些不同方向之思索和努力，已经无法扭转粗化政治运动记述的大势，这才引发出社会各界尤其是学术界对此的诟病以及第二轮修志启动之际众所关注的补遗问题。在1993年8月香港大学主办的34届亚洲及北非洲研究国际学术会议上，向与会中国学者提出的问题就有“这次中国大陆的新编方志为什么多数仅在‘大事记’中记述‘文化大革命’一类事件？”[②] 陈桥驿说：“地方志当然应该记叙‘十年灾难’，而且要记下在这场浩劫之中，地方上受损伤最严重的事实。假使地方志不记载‘文革’，或者与上一届某些方志那样，下笔唯恐及此，浮光掠影，用套话滥调，匆匆带过。新修方志不记‘文革’，或者在记载中敷衍了事，这实在是方志修纂者对当地人民和子孙后代的严重失职，对于这样的方志，则续修时应该补叙。”[③] 黄勋拔指出，政治运动对国家政治、经济、文化、社会的发展和人民生活影响极大，“不写清楚主要政治运动的情况，就不能说清中国1949年到1976年这个历史时期的历史”[④]。“像‘文化大革命’这样影响重大的运动，时间十年，写几百字怎样能够写清？严格说来，这是不负责任的。写得太简单，连我们这些过来人尚且看不懂，后来人怎么能看懂呢？太简单，资料很少，借鉴、研究、教育的作用都不大。”[⑤] 邵燕祥指出，“从我见到的有数一些样本看，志书包罗万象，由古及今，惟独空缺了像‘文革’、反右、大跃进这些政治经济方面遍及千百万人的群众运动，以及三年大饥荒的情况和后果。有的轻描淡写，一带而过，有的则置若无睹，根本不提。党的十一届六中全会《关于建国以来党的若干历史问题的决议》从未听说明令撤销；而上述史志删夷史实的指导思想，明显地背离了决议的精神，也与一个郑重的党正视历史、总结经验的应有态度大相径庭”[⑥]。这些严肃的批评不能不使人振聋发聩。

六、可贵的存史

必须指出，首轮的部分志书还是存下了珍贵的政治运动史料，其存史的方式，

① 甄炳昌：《关于建国以来历次政治运动记述的几个问题》，《中国地方志》1991年第4期。
② 张仲荧：《第三十四届亚洲及北非洲研究国际学术会议参加记》，《中国地方志》1993年第6期。
③ 陈桥驿：《中国地方志五十年史事录·序》，北京：方志出版社2002年版，第13页。
④ 黄勋拔：《方志编纂学论纲》，广州：广东人民出版社2000年版，第184页。
⑤ 黄勋拔：《方志编纂学论纲》，广州：广东人民出版社2000年版，第189页。
⑥ 邵燕祥：《献疑三则》，《粤海风》2001年第6期。

主要表现在以下几个方面：

（一）采用较大篇幅容纳资料

《增城县志》设“‘文化大革命’与拨乱反正”卷。其第一章“文化大革命”一章九节，分解记述运动全过程，全章近2万字。较具体地对该县“文化大革命”进行情况作记述。

《阳江县志》“重大政治运动纪略”编共五章：土地改革；“三反”“五反”；反右派和反地方主义；“大跃进”和人民公社；“四清”运动；“文化大革命”。全编约万字，对各次运动记述较为翔实，且能够反映一些地方特点。如“四清”运动批斗干部提出“层层剥皮，慢火煎鱼”。①

这类设置专章并以较大篇幅记述政治运动的县区志共有16部，占广东省全部县区志的17%。

（二）以典型细节说明问题

政治运动渗透到社会的各个角落，有的记述政治运动篇幅虽然不大的志书中，精心选择了一些有典型意义的细节以反映运动的特点，反映了修志者的匠心。

《广宁县志·大事记》设有“要事纪略”。分为15个子目，其中1949年后12个子目，各记述一次政治运动。如“农业学大寨”“割资本主义尾巴”，一些生产队规定社员每户养猪不能超过两头，人均养“三鸟”（鸡、鸭、鹅）不能超过3只。②

《梅县志·大事记》记述“县委作出‘三天实现车子化’的部署，并派出500多名干部下乡督促群众赶制手推车，全县群众一哄而起，突击制成8万辆。但因质量低劣，多数不能使用”。“县委号召全县干部群众男的剃光头，女的剪短发，把头发用作肥料以‘消灭三类禾’。全县干部职工、师生和部分农民连日带夜剪发。”③

（三）注重以数字体现状况

对于政治运动的牵涉面及严重后果，通过列举数字很可以说明问题。

《惠阳县志》设“政事记略”篇。该篇“新中国”章下各次运动各别为一目，“反右倾”一目载：“据统计，参加整风运动的干部中，暴露的问题有40 970条，其中攻击‘三面红旗’（总路线、大跃进、人民公社）的18 986条，攻击党的领导

---

① 阳江市地方志编纂委员会编：《阳江县志》，广州：广东人民出版社2000年版，第732页。

② 广宁县地方志编纂委员会编：《大事记·要事纪略》《广宁县志》，广州：广东人民出版社1994年版，第58页。

③ 梅县地方志志编纂委会员：《大事记1957年》《梅县志》，广州：广东人民出版社1994年版，第53－54页。

4 311 条，个人主义 8 269 条，个人与党的关系 1 240 条，革命意志衰退 220 条，违法乱纪 129 条，腐化堕落 24 条，仇恨革命和党的 61 条，阶级仇恨 33 条，变天思想 31 条，重大政治历史问题 3 条，反革命问题 2 条，其他问题 7 665 条。此外企图逃跑 9 人，企图自杀 13 人，企图暗杀 1 人，交出枪支 1 杆，有 6 人交出子弹。”①

《云浮县志》“要事纪略”记载：“1973 年 9 月开展党的基本路线教育，分 5 批进行，到 1978 年 4 月结束，全县共斗争‘阶级敌人’1 276 人；批判‘搞资本主义’的重点人物 545 人，搞封建迷信活动的重点人物 76 人；清出外出搞工副业的社员 3 874 人，‘自留人’（在家不参加集体生产劳动的社员）2 374 人；收回超量开荒地 7 620 亩。”②

（四）尊重客观事实

社会现象是很复杂的，各地情况不同，有的志书注意到在记述上不套用公式，实事求是。

《广州市白云区志》“郊区‘文化大革命’概况”一节中，述及“农业学大寨”，“大搞农田基本建设，先后建成李溪拦河坝、人和拦河坝、大源水库、和龙水库，并与花县合作在从化良口兴建总库容近万立方米的黄龙带水库。同时全面整治了排灌系统，大大提高了农业的抗灾能力。近郊菜田普遍用上自动喷灌系统和人工降雨机。同时开展蔬菜、塘鱼、水果的高产试验。在防虫治虫、推广良种等方面也取得了一定的成绩。工业方面，郊区农机一厂配合全区学业学大寨的步伐，开始批量生产工农 11 型手扶拖拉机，年产量达 8 000 台，成为当时全省两大厂家之一”③。

（五）翔实保留史料

在“宜粗说”占上风的氛围中，仍有一些志书冲破极“左”思想的掣肘，在受到种种限制的条件下，仍然留下了一批较为翔实生动的资料。

《阳江县志》记述“大跃进”中，“全县把 150 多名‘右倾保守’乡干部作白旗拔掉，集中在海陵乡边劳动边反右倾，并撤换了 3 名乡党委副书记。从县领导到基层干部大搞高产试验田……平冈乡党委提出‘苦战一秋，夫妻分床三个月；千帆出海，直捣龙宫要海肥’。海陵乡甚至把食用海鱼下田作肥料。新洲乡党委领导带头动员干部群众剃光头拿头发作肥料，名曰‘剃上游头’。”“县委主要领导在附城乡岗列高级社搞一块 2. 4 亩高产试验田，深翻 3 尺，用三百箩大粪和大批绿肥作底肥，插秧用 4 寸 ×1 寸的规格，由于底肥未腐熟，插下秧苗被沼气烧死，晚稻黄熟期限又移植 20 多亩禾苗到试验田，由于过密，不通风透光，要用鼓风机鼓风，用

---

① 惠阳市地方志编纂委员会编：《惠阳县志》，广州：广东人民出版社 2003 年版，第 951 页。

② 云浮县地方志编纂委员会编：《云浮县志》，广州：广东人民出版社 1995 年版，第 52 – 55 页。

③ 《广州市白云区志》，广州：广东人民出版社 2001 年版，第 544 页。

电灯代替日照，下玻璃粉作矽肥防倒伏，收割时‘放亩产超万斤的卫星’。”1959年，全县粮食减产21.2%。[①]

《蕉岭县志·大事记》记载：“全县3万多人上阵，挖铁矿，采煤炭，砍木柴。县组织的‘劳动大军’，开到蓝坊、南磜、北磜山区，见树就砍，大小林木全被砍光，社员称这支‘大军’为‘见杀大军’”。[②]（客家话“建设大军”之谐音）记述很具特色。

上述例子，反映了首轮志书中对政治运动的记述并非一无是处。对于研究当代国史的专家，沙里淘金，还是可以有所收获的。而这些志书能够留下珍贵历史镜头，与该志修志人员自觉的存史意识是分不开的，因而能够在一定的程度上摆脱了宜粗说的束缚。

七、 对实践的思考

毋庸讳言，套用“宜粗说”的争议和走势，不仅直接影响着首轮志书记述政治运动的体裁形式，更直接影响着记述1949年后社会状况的存真求实程度。以广东省首轮县区志为例，可见一斑。首轮修志，截至1991年4月，全国已出版了322部县志，广东省才出版了1部县志，全部县区志是在2000年基本完成的。但由于修志周期长，较晚出版的志书，启动时间也大多在20世纪80年代中期，认识受宜粗说的影响较深。全省县区志共93部，其中对政治运动只在《大事记》记述或分散记述的有38部，占总数的41%。总的说来，只在大事记中或分散记述政治运动的内容都很粗略；设置专门章（节、目）记述政治运动的，大多篇目亦是层次较低，记述内容有限，不少评述不当；只有少数采用较大篇幅记述政治运动。首轮志书除了对政治运动记述不足之外，对与运动相关重要文献的征集基本上是空白，也要尽量补遗。以“文革”为例，“文化大革命”中的大字报、小字报、表忠书、致敬电、批判书、请罪书乃至“革命”活动的照片，无一得到收录，这些曾经随处可见的带有明显时代烙印的资料，成了恍若隔世的难得一见之物，在人们的记忆中亦日趋消失。至于1957年右派向党进攻所持是何言论，1959年“反右倾、拔白旗”中的右倾“罪证”和“白旗”是什么，这些历史更没有在志书中保存下来。无论是存史、资政、教化哪一方面，都没有起到志书应尽的历史责任。

首轮志书在记述政治运动方面的经验教训，说明了修志人的立场观点以及思想认识，直接影响到志书的记述方法、记述内容。《关于建国以来党的若干历史问题的结论》（简称《结论》）明确提出：“忽视错误、掩盖错误是不允许的，这本身就

---

① 阳江市地方志编纂委员会编：《阳江县志》，广州：广东人民出版社2000年版，第730－731、1017页。

② 蕉岭县地方志编纂委员会编：《大事记·1958年》《蕉岭县志》，广州：广东人民出版社1992年版，第26页。

是错误，而且将招致更多更大的错误。”体现《结论》论断的全面科学，然而在修志实践中，不少人对这段话就视而不见，说明在修志工作中清除“左”的思想影响并不容易。现在回过头来看首轮志书，凡是能够较为真实客观地记述政治运动的，首先是修志人员具有清醒的存真求实意识和秉笔直书的勇气。国务院颁发的《地方志工作条例》第七条明确指出：“编纂地方志应当做到存真求实，确保质量，全面、客观地记述本行政区域自然、政治、经济、文化和社会的历史和现状。”这种以存真求实作为志书根本的质量标准的认识，体现了新方志的成熟，来之不易。

第二轮修志基本上是对首轮修志的续修，对政治运动的补遗应引起充分重视，应采取切实有效的补救措施（史学界正在兴起的口述历史，无疑有助于修志收集资料），倘若将这一任务推给将来的志书，史实将随着时间推移而模糊，资料收集的难度日益增大，离真实性的距离也就越来越大。

今天在社会的转型期中，复杂多变的社会现象，同样需要修志人员以正确的立场和方法，全面、客观地观察和记述史实，同样需要史家之长的史才、史学、史识和史德，才能使新方志不辱历史使命。这也是回顾首轮修志这段经历的意义之所在。◻ 2010 · 4

我希望"五四"只属于文学

□黄　轶

有人说过这样一句话："五四"不仅是北大的五四，也是全体中国人的五四，当然"五四"也是"我们的"五四！这里所指的是"五四精神"吧。对此我有点懵，因为小时候学过"中国社会发展简史"，我一直认为"五四"就是"历史"上的一件"事儿"而已，一群学生出于爱国，痛打卖国贼、火烧赵家楼；后来学中国现代文学史，开篇就是"五四"，我却固执地认为"五四"是文学的"五四"，那阵子文学"为人生"或"为艺术"很是兴旺发达……我没有想到历史上的"五四"也会是"我的"，因为我从来没有深究过"五四"精神，或者说那些精英的那些事儿，那些历史帷幕背后的颠三倒四……或许很多人都亦如我吧？把"五四"简化成文学和浪漫的代名词?!

认真思考"五四"，是因为在自己的文学史研究范围内要搞明白一个思想史的话题："五四"是不是逻辑性地导向"文革"？这是近年来在文化反思领域颇为流行的一个疑惑。来源好像是林毓生，德国汉学家顾彬先生在他的《二十世纪中国文学史》中重新延展了这一论断，顾彬在论述郭沫若"偶像破坏"和"自我崇拜"时谈到了"五四"的"个性解放"对"超人"的接受，"伴随着如'打倒孔家店'之类的口号——导致了对人的力量不断升级的信仰"，所以，郭沫若致力于创新的精神"向法西斯和社会主义思想都敞开了怀抱，在领袖崇拜中被推向高峰"。

这一思路也正好借着艾恺所谓的"全球化的文化守成主义思潮"风起云涌，迎合了当下国家意识形态对民族主义和爱国主义的强调；迎合了人们为经济高歌猛进下的人文滑落、精神恐慌、寻医问药的内在心理——向西方委曲求全学习了一个世纪"现代化"，猛然间发现我们儒家的"天人合一"、道家的"等生死，齐物我"思想竟然是"吃够了现代化苦头"的西方也追慕的真理，我们的文化优越感和民族认同感冉冉升起；同时，经济的增长也为我们的心理走强做了后盾，温饱后的我们开始做起了大国、强国的梦想……基于此，反中国传统的"五四"还是有意义的吗？

反思，是一个民族前行中必备的素质，需要勇气和大气，不思反省的民族是可怕的、盲目自大的，它和一个民族惯于遗忘丑陋和伤疤、洋洋然地做着土谷祠里的发家梦一样可怕！后人品评先驱者不是为了显得自己更为文明，品评是为了清理当下的思路。

中国的危机一直被认为是文化性的，这种认识从梁启超始，到“五四”达至极致，而且影响深远至今。这一点从新文学发生的历史因缘可以看出其来龙去脉。历史上，文学是文人仕进的必由之路，文字功夫是通过读书走进官场的人的看家本领，科举制度的八股文就是做文章，有戏辞曰“三篇文章做得好，万岁称赞”。世界上可能没有哪一个国家把文学的地位提高到如此。但无论多么高，文章只是文人仕进的敲门砖，并非治国安邦之工具。可是到了近代，风水变了，从“器物”层面变革的洋务运动到“政治制度与民主学说”变革层面的“百日维新”，近代变革富强的尝试遭遇了一次次挫折。维新变法失利后，康梁逃难日本，真正处身异域发达的科技、政治、文化中，一代知识学人认识到我们不仅仅器物、政体不如人，教育、学术、文化似乎都不如人。要使中国立足于世界强国之林，只改良经济或政体是无效的，必须“开启民智”、实行“新民”，那代人找到的“利器”就是文学，因为文学便于传播到大众中去。于是中国近现代以来第一次启蒙思潮出现了。而科举制的废除，正像一架助推器，将中国士大夫推离原有轨道，使得广大读书人赖以生存的升迁管道断绝了，大量旧读书人被抛掷出来成为自由流动的群体，逐渐游离了儒家正统及官方意识形态，渐成气候的新思想提供给他们一个生存和成功的新阶梯，吸引许多前途未定的年轻人尝试在新的人生轨道上运行。新兴的报刊业开始推行稿费制度，这里成为文人积聚谋生和实现自我的新战场。近代知识分子在和媒体的亲和中，无意间完成了另一次身份转换，他们从自由文人主体，转变为创作和传播兼任的文化启蒙主体。文学就这样递升为“经国之大业”，小说“借东风”摇身一变从文体边缘递升为“文学之最上乘”，诗歌、散文、戏剧领域的创新也与文化启蒙的理想息息相关。在当时，对一个有使命感和爱国心的知识分子来说，传播新文化比创造新文化更为紧迫，这种对中国危机的“文化论”思想至“五四”前后更为强烈，胡适、鲁迅、郭沫若、徐志摩等“五四人”的学科转向正由于此，他们纷纷从自然科学转向人文学科，特别是文学经营，从“专门之师”转而为“国人之师”，以文学作为“经世致用”的文化启蒙的工具。

20 世纪 80 年代末以来，仍然是从文化危机的思路出发，针对中国文化出现的断裂，学界提出了“反思五四”的命题。在 20 世纪末“反思五四”，绝对不是一个凭空的“伪命题”。那么，我们首先接触到的问题是，什么是“文化断裂”？启蒙主义者认为“文革”造成了现代性（即“五四”导入的西方人文主义传统）的断裂，使得几代知识分子缔造现代人文精神的尝试在“造神运动”中毁于一旦；传统文化坚守者认为“五四”造成了中国传统文化的断裂。面对全球化的浪潮，一个缺乏民族认同感的民族是危险的，因为只有民族的，才是世界的，中国的真正现代化必须借重儒学传统。在我看来，“五四”启蒙主义者也并非绝对的“断裂派”，所谓的文化保守主义者如学衡派也并非真正死板的“保守派”。对于一个国族来讲，文化的传承与发展当然应该是连续绵延的，有的时候出于民族认同意识更加强调统合性，有的时候出于改造旧文化的目的更加强调异质性，但只要民族在，谈不上真正的断裂；在相互指责“断裂”的时候，更不应该只纠缠于传统或现代的分界，那也并非泾渭分明，例如，当我们讨论一个小说中的女性温婉慈爱、勤谨持家时，我们会说她具有中国传统美德，那么，是否西方就不存在这样的女性？是否现代女性就没有这种美德？所以，我认为，面对所谓的“断裂”，我们应该追问的是什么当断，什么当断不断，什么该传却断了。其实，在“五四”与“文革”的连线中，人们忽略了二者在文化“反叛和重建”上本质的不同。“文革”的出现究竟是五四文化批判精神导致的恶果，还是文化批判精神的不彻底所造成的封建主义思想毒瘤恶性膨胀的结果？

从文学的价值观而言，“五四”以来，文学在一路追随启蒙与救亡的实现，这种文学对于历史功利性或者说历史现代性的迫切追求，也使得后来的批评者认为，正是功利性的文学观导致了文学最终堕落为“文革”时期政治的附庸奴婢和帮凶。从思想性、文学性来强调价值，过于激烈的启蒙主义文学如果放弃了它细致入微的心灵呵护和审美意蕴，放弃了它的审美现代性诉求，只强调其历史同构性功利价值，必然会造成对文学的深重伤害，这一点是被当代文学史所印证的了。“五四”文学的创新性价值是对文学功利性的着重推崇，而那个阶段的文学审美现代性诉求也极具先锋性，鲁迅文学与西方文学的对接在思想现代性和艺术现代性上都绝不逊色于后来者。但“五四”文学更加强调的是文化性和思想性，在“为人生”的启蒙热望下对艺术性的疏淡自不能免，但“文革”文学却是把政治性、革命性奉为尚方宝剑。中华人民共和国成立后的文学是延安文学的延续和发展，但是它也有一个从“工农兵文学”向“共和国文学”的转型，不理解这一点，我们就不能理解和延安思想意识形态不期相遇、永远守持“农民世界观”不变的赵树理为什么在新中国成立后跟不上步子，成了“中间人物论”者，也就不能理解“共和国文学”怎么到了“文革文学”。

我更想追问的问题是，中国的危机仅仅是“文化性”的吗？一个世纪以来，我们什么事不是拿文化开刀！差不多一个世纪过去了，今天反思“五四”和“文革”，我认为，这是一个不应该绕过的话题。在“文革”专制下，知识分子曾经被活剥了“文化的外衣”。针对于此，王尧先生《脱去文化的外套》一书则在思想的手术台上，从另一立意出发再次脱下知识分子“文化的外套”，解剖那些畸形时代的灵魂；而我想说的一层意思是，“文革”是不是像中国许多事情一样“借”了“文化的外套”？我认为“文革”的最厉害之处不仅在于它“脱去文化的外套”，还在于它借用了“文化的外套”而败坏了文化的声誉。“文化大革命”似乎就成了文化的罪，现在再连线“五四”与“文革”时，有学者就是从二者同样反传统文化这一点立论的。这种为文化定罪的立论麻痹了人们探寻危机或失误根源的神经。

回到老话题，看一看“五四”是“谁的五四”，看看在启蒙者和反启蒙者的各执一词中还有哪些段落的风景值得记起。

当不再阅读历史书和文学书上的二手资料，而是自己在“五四”时代的刊物中摸爬一下的话，会惊讶地发现：“五四”，是政治的“五四”，也是经济的“五四”；是思想的“五四”，也是文学的“五四”；是新生事物的“五四”，也是传统文化的“五四”；是文学家的“五四”，也是商业家的“五四”；是文化的“五四”，也是体制的“五四”……无论是激进还是颓废，无论是变革还是保守，无论是洋化新潮还是东方主义，他们总能在那个时代找到自己的话语空间，并游刃有余地利用自己的话语权力，或者说，那个时代的各色人等都能“没心没肺”地对社会、对时事发言。总之，那并不是一个单纯政治的、必然导向共产主义道路的“五四”；也并不是一个单纯的火烧赵家楼、声讨卖国贼的爱国主义的“五四”；也不是一个单纯“西化”的“德先生”和“赛先生”的“五四”；也不是一个新青年登高一呼摧枯拉朽、旧思想忽喇喇似大厦倾的“五四”；也不是一个单纯倡导白话、“作诗如作文”的文学革命的“五四”……而是一个真正多元的，或者说因为宽容所以多元的时代。

回头看历史，我们应该胸怀坦荡地承认从梁启超到孙中山到北洋政府到蒋介石期间，曾经温和的“民主”“人权”的探索从未间断。单就那次五四爱国主义学生运动来说，我们可以想象，一个被政府最终镇压下去的学潮的那一批支持者，即那一批在大学里“吃闲饭”的知识分子还处处被尊重、有面子得不得了，是多么让人奇怪！甚至，社会并没有因为这些人曾经是学潮支持者就立时和他们划清界限，让他们成为人人喊打的“过街老鼠”无处遁身，多么奇怪！甚至这些知识者依然一边拿着政府的津贴，一边在各大刊物上发表言论，理直气壮地批判镇压学生的政府，多么奇怪！那些大学校务委员和教授对学生监管不力，造成如此大的动作，竟不远身避祸，却“耀武扬威”找上门来拍着桌子问当局要学生，公然参加悼念活动，竟然也没有政府清查他们，多么奇怪！那些知识者在对待学生闹事、冲击政府要员的态度上多么不同，但是他们在一点上永远是战友，即尊重公共话语空间的潜规则，关注时政，批判时政，成就了一个热热闹闹的“杂文时代”！——这是多么奇怪的卖国求荣的无能政府！

或许这一些并不是能用“文学的兴衰总是与政治的兴亡背着”来解释的，也许真的把北洋政府妖魔化了？难道这个弱政府“纵容”了一个大社会？当然我们也不必再走向认同的另一极，认为那个时代是“天堂”——五四运动前后那段岁月，我并不认为如文史学者傅国涌在《五四时代是什么样的时代》中所言是“值得生活、非常有魅力的时代”，其实孔庆东在《1921 谁主沉浮·后记》里也曾表达过大致相同的意思：“我很想生活在 1921 年，不论当一个革命者、一个艺术家、一个科学家，还是一个军阀、一个商人、一个政客，似乎都挺有滋味的。即使做一个愚民，惨死于地震、洪水、饥饿、炮火，好像也并非有多么不幸。”类似的表述让我颇受感染，是的，那是个乱世，但那是个出枭雄也出文雄的时代，那个时代的知识分子敢于为美好的未来高擎理想主义和浪漫主义的旗帜，那个时代滋养出近现代以来唯一一批学贯中西的大师级作家，那个时代的商业精英对文化、对知识的敬重是后世拿了博士文凭的大商也无法相比的，那个时代的政客在初成的宪法、国会和内阁的框架下似乎历史上第一次不敢说“君权神授”……但是，如果因为“五四”的多元被遮蔽，“五四”的风采被涂鸦，“五四”的真精神被篡改，就认为五四时代“好到天边儿去了”，那或许又暴露了知识者的天真吧？把它做了“梦中情人”无疑是隔着历史尘埃的雾里看花。

阅读《重回“五四”起跑线》使我稍稍了解什么是“五四”、什么是现代的含义。我明白了，无论出世还是入世，都不应该忘掉尘世，不应该把理想建在天堂，一定要建在人间，建在中国坚实的大地上，看准了现实缺什么就“拿来”什么，多什么就“送去”什么。当然，就“五四”而言，拿来与送去之间也有许多失误，有些地方矫枉过正，有些地方用力不够，《新青年》在第一期《敬告青年》中呼吁“人权，平等，自由”，直到今天有学者还认为新时期刚刚解冻时的1980年所谓的“西单民主墙”形式，不仅是在支持四个现代化，也是在“呼吁第五个现代化，即加强民主建设”[①]！由此我想到“国情说”。有些学者一直清醒地认为很多问题是被“国情论”搪塞过去了，例如，李新宇的《“特别国情论”小史》就让我深受启发：我们在不该“国情论”的地方拿它当了遮羞布，在该“国情论”的时候却恰恰忘记了。

“五四”为什么被装裱成各色匾额？“五四”真累了，它本来是要抖落掉历史的重负，为中华民族的前行装上“个性解放”和“民主自由”的双翼，不料想却又负载了更多的历史言说，这些“言说”或许会压断了“五四的脊梁”，或许能促它执着前行？又一个“五四”过去了，作为一个读书人，我非常感恩于国泰民安；又一个“端午”也过去了，它却只剩下了一枚粽子的时尚言说！一个被消费文化思潮巨大的消融性所占据的时代——在说出这句话时，我却又在想：是不是在很多事情上我们又拿消费文化做了替罪羊？物质享受本身并没有错！私下总有一种感觉，一个知识分子分化与重组的时候到来了，就像20世纪历史上曾经有过的那些时候一样，我们由观察各方的行状来观察这个社会的转型，或许这是一个绝好的历史时刻。

作为侍弄文学为业的人，我当然希望“五四”只是文学的“五四”——单就文学来说，它兼容并包思想自由，社团林立旗帜各异，百花齐放百家争鸣，豪放激进婉约颓废，语言实践文体探索……或许某一天，“五四”只是属于文学，浪漫而激越，正如我一如既往所信仰的那样！◻ 2010·6

---

① 顾彬：《二十世纪中国文学史》，上海：华东师范大学出版社2008年版，第305页。

文学革命与“反传统”的是是非非

□ 袁伟时

多元世界，认识多元。

五四运动80周年之际，著名作家、加州大学白先勇教授对新文化运动的重要组成部分——文学革命提出质疑：“《儒林外史》《红楼梦》，那不是一流的白话文，最好、最漂亮的白话文吗？还需要什么运动呢？就连晚清的小说，像《儿女英雄传》，那鲜活的口语，一口京片子，漂亮得不得了；它的文学价值或许不高，可是文字非常漂亮。我们却觉得从鲁迅、新文学运动起才开始写白话文，以前的是旧小说、传统小说。其实这方面也得再检讨，我们的白话文在小说方面有多大成就?”他还认为由于五四新文化运动全盘否定传统文化，使五四运动后的教育、文学缺乏传统文化的继承，制造出“文化的怪胎”。

简单地说是：“天下本无事，庸人自扰之。”不过，果真如此吗?

小说对我说来，始终属于闲书。没有专门研究过小说史，对我国新旧小说的成败得失不敢妄加评论。但就我这一类不入流的普通读者而言，可有点喜新厌旧。秘密在于无论消闲解闷，还是认识社会百态，体悟人生真谛，前者的魅力和启迪远非后者所可比拟。

文学革命以来，顶尖的小说中有没有可与四大古典小说媲美的传世之作？这有待时间的筛选和专家们从容讨论。但可以肯定地说：80年来，中国作家没有白吃饭，不管其创作存在什么问题，总的水平已超过号称最盛的明清543年。

明清两代确实有“一流的白话文，最好、最漂亮的白话文”。但那是被视为旁门左道的蒙尘珍珠。胡适、陈独秀等人的历史性贡献之一，是为白话文学洗刷污垢：“吾每谓今日之文学，其足与世界‘第一流’文学比较而无愧色者，独有白话小说……一项。”“今人犹有鄙夷白话小说为文学小道者。不知施耐庵、曹雪芹、吴趼人皆文学正宗，而骈文律诗乃真小道耳。吾知有闻此言而却走者矣。”“余恒谓中国近代文学史，施、曹价值远在归、姚之上。闻者咸大惊疑。今得胡君之论，窃喜所见不孤。白话文学，将为中国文学之正宗。余亦笃信而渴望之。”白先勇谈话的合理部分是重述了胡适、陈独秀等人对白话小说的公正评价。但他似乎没有注意到，没有新文化运动领袖的这声声断喝，中国文学史的面貌会怎么样？又会不会有那么多才华横溢的杰士选择不登大雅之堂的“小道”——小说创作为终身事业？

《孽海花》是公认的晚清白话小说的代表作之一，不妨听听其作者曾朴的切身感受。1928 年他在给胡适的信中谈到，在大清帝国行将就木之际，他“有时讲到小说戏剧，大家另有一种见解，以为西洋人的程度低，没有别种文章好推崇，只好推崇小说戏剧……最好笑有一次，我为办学校和本地老绅士发生冲突，他们要禁止我干预学务，联名上书督抚，说某某不过一造作小说淫辞之浮薄少年耳，安知教育！竟把研究小说当作一种罪案”。因此，他赞扬胡适：“在根本上，在环境上，看透文学有改革的必要，独能不顾一切，在遗传的重重罗网里杀出一条血路来……我不佩服你别的，我只佩服你这种勇决的精神，比着托尔斯泰弃爵放农殉主义的精神，有何多让!”这封信不失为文化变迁的珍贵记录。新文学运动是无事生非，还是水到渠成的伟大变革？听听这位历经两个时期的著名作家的心声，不无好处。

跳出文学圈子看看吧。如果没有文学革命推进的白话文运动，1920 年政府不可能下令小学课本采用白话。于是，从小学的“国文”到大学的核物理课本均用典雅的古文编写，让受过正规教育的中国人一拿起笔，立即把自己的所思所感编译为之乎者也哉矣耳等符号，并成为人们正式交往中不能逾越的文字规范，文化层次不高的大众被排除在这一交往过程之外，这能适应现代社会科学、技术、文化特别是政治和工商活动的需要吗？

许多国家都发生过的语文合一的革命，新文化运动仅历时三年多就平和、顺利地实现了。这是了不起的历史功勋。说这一交往工具的变革打断了中国文化传统，未免过分夸大陈独秀、胡适他们几支秃笔的力量。除非水到渠成，大小传统都难以突然打断，即使动用政权力量强行禁止，亦必化为潜流，一有机会，又将冒出地面，喧哗奔腾。同样的道理，传统中已经丧失生命力的部分，风乍起便摧枯拉朽，不论如何支撑，亦难恢复生机。文言的大众交往工具的功能被白话文取代，不过是历史在推陈出新中前进的又一范例。

尽管有种种分歧，但语言（包括书面语——文字）与思想有密切关系，是海内外许多学者的共识。清末民初白话文兴起有两个主要推动力。一是随着农业社会逐步向现代工商社会的转化，日益增多的城市居民要娱乐，要有简便的交往工具。二是以“开民智”为己任的知识分子，力图以通俗文字传播先进的思想和知识。于是，各种“白话报”“俗话报”应运而生，古已有之的白话小说进入繁荣期。梁启超更在清末自倡“小说革命”“诗界革命”，并以“笔端常带感情”半文半白的文字执舆论界的牛耳。这些都为“文学改良”或“文学革命”作了充分的铺垫。新文化运动为了完成人的解放的历史任务，面对思想上“抄袭孔孟以来极肤浅极空泛之门面语”，形式上“铺张堆砌”“仿口欺人”，全国文学陷入“萎琐陈腐”的状态，不能不奋起高举“文学革命”的大旗。文学状况不过是当时思想文化的缩影。

显然，他们关注的不仅是狭义的文学，更主要的是思想革命的全局。

以“反传统”责备前人，是近年学界颇为流行的论调。1995 年，废除科举 90 周年，有的学者就借此发表了不少高论。其中颇有代表性的论调见萧功秦的《危机中的变革》：

> 从长远来看，科举制度的废止使国家丧失了维系儒家意识形态和儒家价值体系的正统地位的根本手段。这就导致中国历史上传统文化资源与新时代的价值之间最重大的一次文化断裂。……
>
> 正如历史所表明的那样，废除科举制度这一激进的改革，起到了与新政的改革推行者意愿相悖的、意想不到的“釜底抽薪”的结果。美国学者罗兹曼在《中国的现代化》一书中指出：“（新政的）舵手在获得一个新罗盘以前就抛弃了旧的，遂使社会之船驶入一个盲目漂流的时代。”这位作者还认为……科举制的废除，破坏了经典教育，严重削弱了传统价值的影响。代之以毫无法可循的局面。

这与对新文化运动的指摘异曲同工。不过事情若果真如此，陈独秀、胡适之等人和成千上万新文化运动的参与者岂不都成了堂吉诃德？可是，有几个历史事实是抹杀不了的：

第一，废科举不等于废止儒家意识形态。

据 1904 年的《奏定学堂章程》规定“小学堂读经讲经课程为每天两小时，分别占初等小学堂和高等小学堂教学总时间的 40% 和 1/3”。中学堂则“读经讲经课程为每周九小时，占课程教学总时间的 25%。此外每周还有一小时的修身课程，讲授陈宏谋汇编的《五种遗规》，也是灌输中国传统伦理的科目”。（袁征：《中华文化通志·学校志》）号称新式学堂而要占用学童那么多精力去接受儒家意识形态的灌输，已经是世界现代教育史罕见的怪事，何况课程设计中已经规定：“凡中国向有之经学、史学、文学、理学，无不包举靡遗。凡科举之所讲习者，学堂无不优为。”（《光绪朝东华录》）中华民国成立后，这种状况虽已有改变，但由于政治状况和文化滞后性等多种因素的汇合，儒家意识形态的正统地位没有改变。

第二，考试取士的方法未随科举的废止而废止；知识阶层的出路正在拓宽而非堵塞。

除教学内容外，科举“维系儒家意识和儒家价值体系的正统地位的根本手段”，是通过考试授予功名。推行新政的改革者没有忽视新旧体制的衔接，特别规定：“中学考试归诸学政主持，督同道府办理。高等学堂毕业，则请简放主考会同学务大臣考试，并不专凭本学堂所定分数……凡科举抡才之法，皆已括诸学堂奖励之中，然则并非罢废科举，实乃将科举学堂合并为一而已。”大学毕业并经考试合格，可“赏给”进士衔；京师大学堂“大学预备科”和各省高等学堂毕业生则相应地奖授举人，等等。

另外，新政府初起，为奖励出洋留学，已经批准“学成后，得有凭照，回华加以复试，如学业与凭照相符，即按其等第作为进士举贡”。科举废除后，这一政策未变，以回国留学生为对象的科举考试照常举行。“自光绪三十一年（1905 年）至宣统三年（1911 年）清廷共举行留学毕业学生考试七次，考验合格者共 1 388 人。”除 1925 年的 14 人外，都是废除科举后考取的，颜惠庆就是在 1906 年 10 月应试而“赐进士出身”。

中华民国建立后，科举制才被彻底废除，但知识阶层通向官场的路也没有堵死。1913 年 1 月 9 日，临时大总统下令试行《文官考试法草案》，就其设计的考试内容和程序等方面看，颇多可取之处。如果社会稳定，该法可以长期顺利实现，对政府机构的现代化十分有利。

至于时贤说废除科举导致知识阶层成为“游民”，也与实际情况不符。一个最基本的情况是：直到 19 世纪，中国是由前现代的政府管理着的前现代社会。简单地说，当时的基层衙门是 1 500 个县或相当于县的官府，县以下则实行保甲制度，支撑其间的是士绅宗法统治。与此相适应的是官员人数很少。据张仲礼《中国绅士》一书，“京师和地方文武官员的总人数可定为近 2.7 万人。其中近 2 万人是文官，7 000 人是武官……文官中大约一半是京官，一半是地方官”。对一个 4 亿人口的国家，官员人数可以说是出奇的少。在科举制度下，“所有的进士一般总能授实职，大约 1/3 的举人也能授职”。三年一科的进士，名额每科不同，一般是 200 至 300 名；举人则每科约为 1 500 名。而“在 19 世纪，‘正途’绅士步入仕途的约占 5%”，甚至更低一些。所谓“正途”就是科举出身。这说明在晚清，考中的大部分士人，不是当官。即使如此，派往各省的候补官员已经大量过剩，成为严重的社会问题。士阶层中的一些人堕落为“游民”，那是经济发展状况和政治制度问题，与科举的废除无关。相反，由于新政推行，新的政府机构大量建立，争相罗致受过新式教育的人才，特别奇缺的是政法人才；中小学教育迅猛发展，教师更供不应求；再加上工商业的发展远非 19 世纪所可比拟，知识阶层的就业门路大为增加。同时，从 1902 年起，新式教育体系已逐步建立，教育与社会经济和政权结合的新机制正在逐步形成，科举的废除在出路方面谈不上有什么值得重视的影响。把社会动荡归咎于废除科举导致士阶层出路受阻而离心离德，是没有足够根据的推论。

第三，“反传统”与否不是是非标准。

没有永恒不变的传统，问题是这个变动通过什么形式实现。

应该谴责的是通过暴力去维护或摧毁某种传统。义和团和“文化大革命”是两个最荒唐和最恶劣的典型。

通过和平说理的方式，在自由争辩中推进传统的变革，社会成本最低，最有利于国家的发展。新文化运动是其中的范例。这个运动的发动者都是无权无勇的学者。他们既没有依靠政权去剥夺论敌的发言权，也没有煽动支持者用“暴民专制”

的方式去压制对手，使之无法反驳。一切都通过自由讨论，诉诸各人的理性，结果是生的该生，死的该死。

与一般人的臆测相反，无论废科举还是新文化运动都没有割断中国人与传统的联系。自然传承的小传统——民俗固不待言；就以大传统——精英文化来说，随着新的教育体系建立，识字率提高（各地的学塾与新式学堂都是自然过渡的，没有出现识字率下降的情况），传统文化典籍的阅读面也随之扩大而不是缩小。

产生“断裂”错觉的原因与两种情况有很大关系：其一，大部分知识阶层不可能终身沉迷于四书五经和其他传统典籍之中。在现代世界，一个公民和一个国家要生存不能不努力掌握现代科技文化，没有理由让公民都回到过去的文化贫困和意识形态牢笼之中。其二，现代社会价值取向多元。任何力量都阻挡不了中国人在接触传统文化中自由选择、各取所需的趋向。如果不冷静、全面地观察和面对向现代社会转型的现实，“断裂”的悲凉和迷惘便会油然而生。

更严肃的问题是：回顾十九、二十世纪，中国究竟是过于沉重的传统文化的负面因素（突出地表现在怯弱和恭顺的臣民心态）压抑了中国人的创造力，还是外来的现代主流文化把中国推向堕落之路？

不可能有统一的答案。但有两条可能赢得很多人认同：

不要把“反传统”或相应的“全盘西化”一类概念变为打人的棍子，因为其历史是非有待详加讨论。

只有营造比新文化运动时期有过之而无不及的自由讨论空间，古今中西的内在张力才有望在自然发展中逐步消解，群星灿烂的中国文化伟大复兴的时代才会到来。◻ 1999・11－12

乌托邦的狂欢

——1958 年民歌运动

□ 张大为

关于 1958 年的民歌运动，我们倾向于认为，它不仅是一次乌托邦政治的意识形态合法性论证过程，也是一个意识形态变动、扩张、动力再生的过程，这一切都在那一场轰轰烈烈、如火如荼的狂欢仪式中完成。对于这样一场运动，我们不能简单地把它当作一次群众性的文学运动，甚至也不仅仅是一次一般性的政治运动，在这里，乌托邦、意识形态、现实、诗和艺术在 1958 年这一个神奇的时间临界点上重合为一了。这种情形在我们今天这样的一个原子化时代是难以想象的。保罗·利科曾经指出人的行动与文本的相似，把这一观点用在此处是再合适没有的了。通过对这一特殊的历史文本的解读，我们会知道中国的社会曾经有过怎样非同一般的演变历程，以及在这样的社会中的诗歌和艺术经历了怎样奇特的、畸变的命运。

一

1958 年被认为是神奇的一年："一九五八真是不平凡的一年，马克思的预言'一天等于二十年'的年代，在这一年里得到了实现。"① 没有人怀疑那遥不可及的美好的共产主义世界会在 1959 年里实现，甚至当下已经实现：

> ……特别自一九五八年下半年，由于人民公社的成立，空前未有的大丰收，遍地爆放的钢花等等，这一连串事对受穷受苦几千年的劳动群众来说，是千古未有的稀罕事，简直是天大的奇闻。过去他们渴望过永不受穷的日子，幻想过幸福美满的生活，他们在传说故事中设想过种种奇遇怪事，但今天这样的奇事却一件一件出现了，不再是人们的幻想，而是活生生的现实，而且比幻想中的还要奇特，还要美满。共产主义的美好前景，像海洋一样宽阔地展现在人们的眼前，这正像一个人在经过艰苦跋涉的沙漠旅行后，突然发现了阳光灿烂的大海一样，人们的情绪激动了，歌不断从激动的心头流出口头来。②

---

① 天鹰：《一九五八年中国民歌运动》，上海：上海文艺出版社 1959 年版，第 1 页。

② 天鹰：《一九五八年中国民歌运动》，上海：上海文艺出版社 1959 年版，第 52－53 页。

在这样一个世界急速变化的时间临界点上，每一秒钟都蕴含着巨大的突变更替的可能性，谁也不知道下一秒钟会有什么更惊人的变化发生，仿佛更加美好的乌托邦世界每时每刻都有可能降临到人们的头顶。时间被狂欢化了，一秒钟仿佛有二十年时间。这种情况下，人们激动不安、急不可耐。据天鹰的《一九五八年中国民歌运动》一书记载，甚至有八十多岁、九十多岁的老人起舞高歌的情况，这在今天看来甚至有点令人恐怖的场面，是在中国特殊的历史条件下现实和乌托邦意识形态相互碰撞达到的一个恐怕永远难以复现的极致与极限，一旦历史条件和其他任何一种因素发生了变化，想要复现这一切就像指定太空中的两颗行星碰撞一样渺不可求了。在这里，作为政治意识形态的乌托邦给人一种如诗如画般的幻觉，如果说“有效的意识形态同时也必然是乌托邦的”①，那么乌托邦也必然可以充当最有力的意识形态，因为意识形态的作用力总与现实、与意识形态承诺的反差成正比。另外，现实与意识形态又总是相互依存、相互生产的。无论意识形态多么虚幻，只要现实提供适当的基础，它总可以被轻易地接受下来。当然这其中有一套复杂的政治技术包括在内。而被接受下来虚幻的意识形态被当作真实的现实再次卷入意识形态与现实之间的滚雪球似的复制之中。当这两者处于高度黏稠化的时候，我们难以区分什么是现实，什么是意识形态：现实的涌动只是意识形态的复制与确证，而意识形态的每一次扩张又总需要首先拓宽出一块“现实”的地基来承受它。在意识形态的复制中，人们虽然被困于意识形态的不透明性中，意识形态强加的外在性被神秘化了，但意识形态居于自身的同一性中还无法从内部论证其合法性，因此意识形态总是诉诸一些外在的、更形式化的东西——标语、口号、庆典、仪式——来展开其合法性论证。

民歌运动就是这样一个意识形态自身合法性论证的仪式，它那狂热的激情并非真实的个体生命体验与情感抒发，而是政治的巨手书写的一首大“诗”，是意识形态笼罩下的狂欢节，它被达至极限的宗教般的意识形态力量所驱动并为后者借用为论证自身的狂欢仪式。“狂欢化提供可能性，使人们可以建立一种大型对话的开放结构，使人们能把人与人在社会上的相互作用转移到精神和理智的高级领域中去。”② 意识形态的外在化、仪式化是为了在更高层次上论证和复制自身：从由内而外、由上而下，再到由外而内、由下而上，意识形态正好完成了一个循环，其自身的合法性在现实那里取得资证的同时，也将更多的“现实”卷入自身的旋涡之中。

---

① 詹姆逊著，王逢振、陈永国译：《政治无意识》，北京：中国社会科学出版社 1999 年版，第 273 页。

② 巴赫金著，白容仁等译：《陀思妥耶夫斯基诗学问题》，北京：生活·读书·新知三联书店 1992 年版，第 247 页。

二

当一股意识形态的龙卷风突然加大了风力冲天直上的时候，真实被深埋入地下，而“生活”和“现实”仿佛尘埃一样在这股旋风中升腾起伏。人们发现，自己兴高采烈地做着自己分明也不愿意做的事，激情澎湃地说着自己并不相信的话，豪气冲天地写着自己不知所云的诗。人们发现自己就像木偶和皮影一样被一股不知从哪来的力量操纵和控制。“假使说，诗也应该有典型人物，那么这个典型人物就是诗人他自己。”① 诗论家亦门十年前对诗的政治诗学或诗学政治的要求，现在终于得到了实现。诗人的意义就在于它是“诗人”这一现实之大诗中的典型人物，写诗的意义就在于它是典型人物的行动，也即在写诗本身。因此对于民歌的分析不可能再作内部规律与外部规律的区分，必须把民歌放入那首现实的大诗中来作整体上的把握。

（一）时间神学

历史主义时间本来也是一种形而上学的暴力，它被意识形态利用成为冠冕堂皇的借口。然而乌托邦里面是没有时间的，因为作为政治意识形态的乌托邦以自身为中心和终点在自己身后铺设了一条叫作“历史”的阴影，并以自己的影子来为自身的存在作论证。然而乌托邦一旦实现，历史便宣告终结，时间随即停止。因此在人对人的战争结束以后，需要对时间发动一场战争，只有征服时间，才能进入共产主义社会：“……革命的新民歌，从井冈山唱起，唱到东方红，又唱到东风压倒西风。征服时间，把时间抛在后头；征服天地，旱涝都要大丰收。”② 无论是当年的全面“大跃进”，还是“大跃进”中的民歌，民歌中的“大跃进”，都是对时间的战争，“流动感和快速在这里……不是时间的胜利，而是控制时间的结果，因为快速是在时间上控制时间的唯一办法”③。但是人们有理由认为“大跃进的步伐，一日千里，人们坐火箭，还嫌火箭慢”④，因为这场对时间的战争，是只有上帝才能打得赢的战争，“大跃进”的最高指示，无疑是一种时间神学。

（二）个体、数字的消失

数字的基础是个体，数的内部构筑着一种时间性。而狂欢节的内涵就是个体的

---

① 亦门：《诗与现实》，《论形式》（第一分册），北京：五十年代出版社，第 85 页。

② 中国民间文艺研究会编：《向民歌学习》，北京：作家出版社 1958 年版，第 4 页。

③ 巴赫金著，白容仁等译：《陀思妥耶夫斯基诗学问题》，北京：生活·读书·新知三联书店 1992 年版，第 60 页。

④ 中国民间文艺研究会编：《向民歌学习》，北京：作家出版社 1958 年版，第 9 页。

取消、时间的剔除，所有的个体、数字都变成了空间并置的集合。当年到处都充斥着这种神话般的天文数字：

崞县提出今年要创作5万件，合两千万字；临汾提出要创作71 800件。如果每县平均按1万件计算，就有950万件（没有包括市）。每件平均500字计算，就有四亿七千多万字。①

这种奢侈的数字恰恰说明数字并没有意义，这种数字的狂欢只是意识形态本身虚幻性的表现和证明。

（三）内容与形式的颠倒

民歌的形式恰恰是种内容，即反映意识形态空气的脉动物质性网格，因此对于民歌来说必然是形式决定内容：

今天新社会的主人们，虽然有一些还用着简单的工具如榔头、锄头、夯等，但他们唱出来的新民歌，不但内容新，节奏也有了新的变化。②

这段在当年的意识形态笼罩下写的文字，今天读来尤有反讽意味。作者虽然对民歌作了“内容决定形式”的表述，但先就把“物质决定意识”的关系也弄颠倒了，我们今天对它的阅读需要作双重的颠倒之后才能达到真实，由此也可见意识形态的虚妄和意识形态与现实相互生产的黏稠关系。同一作者（柯仲平）对此也作了生动的描写：

把群众中的拿来，加以提高，又把提高了的拿到群众中去，如此反复下去，就像满山遍野吹起一股股的大旋风，愈旋愈高，一直旋上天去。③

这股旋风正是意识形态的神威，在它面前，文人士子噤若寒蝉：“有些新民歌，气吞全宇宙，韵如天上来，你纵有神工鬼斧，也不敢动它一点点。”④

民歌的内容又恰恰是种形式，即赋予意识形态以合法性的狂欢的庆典与仪式。意识形态告诉大家，现实已像诗一样美好，只要你融入意识形态，“叹息也是政治的；苹果树也是政治的；海燕也是政治的：马尔沙克也是政治的”⑤。

党号召各地大量收集民歌、民谣，我很高兴，我很赞成。山歌是庄稼汉编的、庄稼汉唱的。在旧社会里，庄稼汉受压迫、受剥削，没有人瞧得起，山歌是少有上书的。⑥

所以，民歌的内容并不重要，可以随意填充，因为所有的内涵、所有的情感都完全一样。民歌写作的意义仅在于它是一种确认神圣性的礼节与仪式；谁要不写民

---

① 中国民间文艺研究会编：《向民歌学习》，北京：作家出版社1958年版，第187页。
② 中国民间文艺研究会编：《向民歌学习》，北京：作家出版社1958年版，第2页。
③ 中国民间文艺研究会编：《向民歌学习》，北京：作家出版社1958年版，第2－3页。
④ 中国民间文艺研究会编：《向民歌学习》，北京：作家出版社1958年版，第3页。
⑤ 亦门：《诗与现实》，《论形式》（第一分册），北京：五十年代出版社，第41页。
⑥ 中国民间文艺研究会编：《向民歌学习》，北京：作家出版社1958年版，第197页。

歌，就像臣子不向君主下拜一样。

（四）革命现实主义与革命浪漫主义相结合

革命的成功，乌托邦得以实现，至少是在人们的想象中得以实现，意识形态也要求你认为它已经实现以兑现自己从前的承诺。但是乌托邦一旦成为“现实”，它作为意识形态就失去了作用，或者说，乌托邦已不复存在，因为眼下就是天国。

因此乌托邦要作为有效的意识形态，它永远不能被完全实现，它永远需要一种讽喻结构。乌托邦永远需要指向将来，用将来规定、同化和牵引新的“现实”，而后实现了的新的现实又被裹挟进前方远处的更新了的乌托邦幻相。这样，现实就会被政治之手拖向任何地方。所以乌托邦永远需要将来，永远需要虚幻，乌托邦作为政治意识形态，它的“创作方法”永远是浪漫主义的。这就是“革命现实主义与革命浪漫主义相结合”的真实内涵。

三

我们已经说过，1958 年的民歌运动是意识形态与现实相互碰撞生产的某种巅峰，是意识形态能量的某种极限性的发挥，这其中已经孕育着某种危险。在民歌运动中集中反映出来的那一种超自然的唯意志力量让人欢欣鼓舞的同时也足以让人胆战心惊，因为如果煽动和制造这一切意识形态的巨手本身并不具备上帝的力量，它也极容易走向失控，走向意识形态自身意愿的反面，而后来这样的悲剧也确确实实地发生了。

在中国一直没有真正意义上的宗教，但是宗教既是麻醉剂也是清醒剂。它以彼岸的超验性彻底斩断了现世得救与此岸天国的幻想，而后者最容易被世俗性权力利用或成为世俗权力诉求的借口和手段。而国人缺少神性塑造的世俗性心灵特别容易受到现世的准宗教许诺的蛊惑，乌托邦政治正是这样一个世俗化了的准宗教，它和天国的不同之处在于它可以从此岸得以通达，需要的只是时间的无限延长。中国浩如烟海的史籍只表明国人对时间（也即对生命存在）的体验多么单调、肤浅和庸常。对于时间性的无知也就是对于生命的无知与轻贱，而乌托邦意识形态作为时间性的取消最为残酷之处就在这里：

> 于流血之地，想红花开绽。
>
> 因为，每一个肤色不同的战士所流出的血色是完全相同的：而且，到血的支流汇流于血的海洋，人只晕眩于整个一片的艳红，无从挑剔属此属彼的。
>
> （亦门《诗与现实》）

这样让人惊心动魄的文字竟然以诗学话语表达出来也足以让人惊心动魄，但问题发展至此不是偶然的，详细论述意识形态、现实、乌托邦与诗之间的复杂关系在这里是不可能的，但意识形态（不一定是政治意识形态）之于现实的关系，正如诗之于作为心理原型的乌托邦的关系，是一种时间性的讽喻关系。在中国的特定历史条件下，政治需要这几种因素作十字交叉的相互生产，直至这几种因素的落差无限趋于零。1958 年的民歌运动，正如我们已经指出的，是这几种因素在政治之手的操纵下重合的临界点。而无论是“全面大跃进”，还是要求革命现实主义中结合革命浪漫主义，都是政治意识形态的时间性再造、乌托邦式动力再生的诉求方式。这场运动本身，成为一个代表那个时代的典型的历史文本，一个“诗”的文本，向着时间之雾释放自己的意义。当然更准确地说，是这种释放本身才使时间成为时间。◘ 2003 · 2

关于大众文化的通信

□赵　勇

××你好！

大札收到，谢谢你的阅读并提出一些相关问题。我的这篇博士论文不久会在北京大学出版社出版，虽做了些修改，但文中的基本观点和框架没有什么变化，只是把当时因字数原因“存目”的内容还原了回去。书出来后，也许会看到法兰克福学派大众文化理论较全的面貌。不过，还是因为字数原因，有5万字的“国内外研究综述”临交稿时被迫拿掉了，这是一件比较遗憾的事情。

我现在依然在断断续续地读法兰克福学派的文章著作，有原著，有评论文字；有中文的，有英文的，主要是想把他们的思想理解得更清楚更透彻些。在我看来，“批判理论”的最关键之处是对现存秩序或体制的批判，而大众文化批判则是“批判理论”的合理延伸。因为阿多诺等人到了美国之后，发现大众文化其实是对现存秩序的修复和维护，它让人沉浸在欢乐祥和中，却又逐渐变得麻木起来。于是，无产阶级大众不仅丧失了革命斗志，而且遗忘了革命的对象和革命的目标。所以，阿多诺等人批判大众文化，实际上是一件很复杂的事情，其中既有他们在法西斯德国所形成的既定体验，也在一定程度上渗透了他们那种精英文化观的视角，同时还隐含了他们对无产阶级大众（这样的大众曾经是马克思语境中的“革命主体”）的深深失望。读阿多诺的批判文字，我总会想起中国的鲁迅先生对麻木大众哀其不幸、怒其不争的心理状态来。说不定，在对待大众的问题上，阿多诺与鲁迅还真有相似的地方呢。

如果这样来思考问题，我可能无法同意你的观点。你在信中说：“关于法兰克福学派的批判理论框架分析中可以看到‘大众’‘大众文化’只是批判（学术）的策略，研究对象只是目的的工具、手段、桥梁，不管肯定性话语还是否定性话语，‘大众’只是由无可救药晋升为可以救药。”也许我的论文给你造成了某种错觉，但这样来理解法兰克福学派我以为是不妥当的。如果把“批判理论”看成是一种学术，那么，这种学术是紧扣当时现实的学术（事实上，回应当时的现实问题也是

“批判理论”的要义之一)。由于“批判理论”的目标对准的是资本主义体制(从这个意义上说，批判理论家确实是马克思的传人)，由于大众文化完善、美化着这种体制，所以我觉得这里并不存在一个目的与手段的分离的问题，也不存在一个为了达到自己的(学术)目的而不择手段的问题。因为大众文化尽管温馨可人，尽管大众与大众文化相处得其乐融融，但大众文化与大众究竟是一种什么关系?前者对后者来说究竟意味着什么?这些问题在当时显然是真问题而不是伪问题。许多人不愿意正视这些问题也就罢了，而更让人深思的是，当今的一些英美学者纷纷充当起大众文化的辩护律师，这样就等于自动删除了那些似乎已经变得“陈腐”的问题。在我看来，学术也许就这样沦为了学者手中的玩物，而远离了你所谓的“世界的真实存在”。不仅是大众文化，其他许多事情、现象、问题也往往如此。当它们最初出现的时候，往往是一个现实问题，当时的学者也往往是在面对现实问题思考和发言，但越往后走，越是随着更多的人加入讨论，这个现实问题也越会变成一个学术问题。为了占领学术的制高点，为了争到学术的话语权，学者们往往会挖空心思出奇招。结果，这个问题虽然变成了一个学术热点，却离真正的现实越来越远了。

走笔至此，其实已触及你信中的另一个观点。你说:“很多对大众文化的批判都基于大众文化‘伪文化性’‘标准化(伪个性)’‘宰制性(意识形态控制)’等元素展开，可这些特征仅仅是大众文化的病征吗?不也是以‘学术’为代表的精英文化所表现出来的‘征候’吗?如果这些特征是致命的，那如何解释大众文化的生命力，如何确认精英文化自身存在的合法性呢?”问得好!事实上，当一些学者或知识分子在批判大众文化的时候，已事先假定自己是站在一个绝对正确的立场上，而他们所依傍的精英文化也天然地享有被质疑被审判的豁免权，这实际上是有问题的。根据我的感觉，西方最初批判大众文化的那些人，他们也许还有资格这样做，因为在他们那里，精英文化还显得比较纯真可爱，不像现在这样假模假式;同时，他们往往也不会以精英文化占有者自居;他们批判大众文化，可能更多是出于对某种价值观念的捍卫。这种价值观念也许已经浸透了精英文化的理性内涵，却并不令人生厌，因为它们的诉求与人类所追求的理想状态的目标是一致的。如阿多诺批判大众文化，是因为他意识到大众文化对人的精神结构具有强大的破坏力与腐蚀性;英国的利维斯在批判大众文化的同时呼吁人们要回到“伟大的传统”中，是因为他意识到大众文化在给人带来快感的同时也剥夺了人的坚实而和谐的“生命感”。我想，当他们如此来思考问题时，你已很难说他们是站在精英文化的立场上如何如何。实际上，在精英文化、大众文化二元对立的结构框架中来确认一些学者的身份，本身就存在着一种认知陷阱。

但是，最初批判大众文化的人问题不大并不意味着后来的批判者不成问题。美国的一位学者说，如今美国的所有文化已变成大众文化，这种说法虽然比较偏激，但在一定程度上道出了事情的某种真相。前些日子，我读到美籍华裔学者奚密女士的一篇文章：《“理论革命”以来的文学研究》，很受震动。她说，加州大学历史教授亨福瑞（R. Stephen Humphreys）写过一篇文章，名为“我们为什么写些连同行都不看的东西?”。作者认为，人文学科运用跨学科理论，研究的“面”似乎开阔了许多，但学者急于出版，用的都是时髦理论，而不愿花充分的时间去从“原创的、系统的、批判的”角度思考问题。结果是，出版的文章和书籍有太多的“重复和老套”。究其原因，北美学院奉行“不出版就出局”（publish or perish）的标准，虽然保证了机械化的数量生产，却很难在质量上作出承诺。而在我看来，在这种局面的背后也许还有更深层的原因。当后现代主义文化全面抹平的时候，它其实也把所谓的精英文化逼到了麦当劳化生产的流水线上。于是，那些本来属于大众文化的特征（如雷同、重复、平面化、标准化、伪个性化等）也就成了精英文化的重要标记。如今，精英文化的生产者还敢把自己的东西当回事吗？估计他们已没有这样的底气了。他们失去了十年磨一剑的耐性，他们也就只能丧失他们本来应该拥有的自信和自负。他们嘴上在批判大众文化，装出一副贞洁的面孔，但其实是五十步笑百步，如此而已。

说到中国，情况似乎会更复杂些。当下中国有所谓的精英文化吗？我有时甚至会怀疑这种说法。20世纪80年代，学院还是思想生产的重要基地，学院知识分子也在为他们的理想或事业奔走呼号，那个时期，也许存在着一种精英文化的东西。但是，20世纪90年代以来，精英文化已迅速瓦解、溃败，它或者被主流文化收编，或者被大众文化整合。当然，这其中不乏一些我所尊敬的学人还在一个逼仄的空间中苟延残喘，但他们只有通过种种伪装之后才能发出一点微弱的声音，而这种声音又常常淹没在喧嚣和嘈杂中，于事无补。之所以会出现这种局面，除了陈丹青先生所反复强调的“学术行政化”之外，我觉得还有一个“学术商业化”的问题。如今，高校已成为一个巨大的行政机关，所谓课题申报、学术会议、论文发表、著作出版、职称评定等，已越来越失去了它本来的含义，而变成了可以使这架行政机器高速运转起来的润滑剂。于是，高校虽然搞得热火朝天，一派繁荣昌盛的景象，但所有的种种规章制度、量化管理，似乎只是加速了学术非学术化的进程。学术最终变成了某种政绩，甚至变成了一种权术。另一方面，学院里面的学术也早已和围墙之外的商业机器接通，它们竖起精英文化的牌坊，装点着商业文化的门面。而商业文化又不断地抛出许多诱饵，把众多学者搞得心旌摇荡。如此这般之后，他们没法不批量生产，也没法不把自己那点可怜的东西做成快餐食品。在主流文化与大众文化的双重夹击下，精英文化早已魂飞魄散，体无完肤。它已经和主流文化重归于好，也正在和大众文化握手言和。这样，它也就走进了你的判断之中。

那么，在当今这样一个时代，以学术为志业的人还能做些什么？接下来，我试着对你提出的另一个问题作出回答。你说“在学术繁荣的过程中，不明的围墙越来越高，学术本身日益专门化、媒介化、工具化，成为权力宰制力的化身。而身处其中的我们由于中枢神经系统的自我保护机制而浑然不知”，以至于“快要毕业仍惶惶不可终日，不知何为真理，真理为何；何为学术，学术为何?!”老实说，你的这种困惑也是我的困惑。如果在“学术行政化”的范围之内思考这个问题，陈丹青在他的《退步集》中已说得非常明白：弄学术做学问其实就是为了一个饭碗。但实际上，我相信有相当一批学人其实并不甘心于这种选择，但由于他们已成为这架机器上的齿轮和螺丝钉，他们又被迫作出这种选择。这种选择当然很痛苦，但如果能逐渐麻木起来，也就无所谓痛苦了。我想，只有对学问依然抱着某种幻想，或者以一种理想主义的情怀对待学术的人，才会长久地痛苦下去。所以我有时候也会想，在中国想做点真学问的人，也许痛苦就是他的常态。他要面对那些说不清道不明的种种压力，他要练就闪展腾挪的功夫来躲避明枪暗箭，他得想方设法寻找说话的空间讲究话语技巧，以便不让自己的思想老朽或枯死。也就是说，他必须能够妥善解决了种种非学术问题之后，才可能去面对一些学术问题。流年易逝，人生苦短，这种消耗型的学问之路岂有不痛苦之理?

话说回来，你以上所涉及的问题其实与学者或知识分子的去势化密切相关。我曾经设想，理想的学术境界应该是让思想的光芒照亮学问，要先做一个思想者，然后做一个学问家。不错，有所谓的学术环境，但是有思想的环境吗？鲁迅当年所面对的环境不可谓不严酷，但他依然可以自由地表达自己的思想，但我们今天还能像鲁迅那样说话吗？如果我们的学者在说话之前必须接受各种各样的审查，如果长此以往，学者们已经把自我审查落实在自己的言行当中，如果有学术无思想就是我们所必须面对的现实，这样的学问还有多大意思？这样的学问做它干甚？但事实上，学术已经形成一种体制，它必须维持自己的正常运作，许多人也或主动或被动地成为体制的合作伙伴，共同维护着学术的虚假繁荣，于是学术越来越专门化也就变得在所难免。既然没办法跟别人玩，也就只好自己跟自己玩了。这个问题说到底，也许就这么简单。

你看，你问了我一些问题，我似乎作出了回答，但似乎也没说出个所以然，也许许多问题是我无法回答的。而且，即使在回答，也多是一些丧气的话，书呆子的话，没有多少用处。近读《周汝昌自传》，他说“书呆子的真定义不是‘只会抱书本’‘纸上谈兵’，不是这个意思，是他事事‘看不开’‘想不通’，人家早已明白奥妙、一笑置之的事情，他却十分认真地争执、计较——还带着不平和‘义愤’！旁人窃笑，他还自以为是立德立功立言”。我是个书呆子，我觉得你也算得上书呆子，否则你就不会提出这些让“旁人窃笑”的问题了。那么，就把这次通信看作是书呆子之间的交流吧。

再一次感谢你在“国图”读我的论文，也感谢你的来信——在这个数字媒介的时代，写在纸上的信已越来越稀少了，所以尤其珍贵。书出来之后，我要送你一本，请你指正。

即颂

学安！

赵勇

2005. 4. 15

◻ 2006 · 2

莫言的气度与批评的困境

□ 周思明

近日，在中国作家网上读到一篇文章《逢小人追骂乐之》，初读觉得不咸不淡，没觉得有多大意思；再读，就感觉到了有一股“异味”。“异味”者何？评论家王干先生在这篇小文中讲了一个在他看来文章主人公、著名作家莫言很“大度”的故事：

王干先生称自己和莫言的交往，用得上“不打不成交”这句俗语。1988 年 10 月，该文作者在《读书》发表了题为“反文化的失败——莫言近期小说批判”的文章，引起一定的反响。后来知道，夏衍、王蒙等前辈也颇为关注，当然也引起一些猜疑，以为写这篇批评文章的作者有什么背景。其实用王干的话讲，当时年轻气盛，有些和人较劲，比如大家说马原小说好，莫言小说好，他就说他们有缺点。

王干说，后来和莫言见面是个比较尴尬的场合。大约那篇文章发表不久，他去鲁迅文学院组稿，没想到莫言在那儿读研究生班。在食堂里碰到了莫言，他有些想回避，没想到莫言主动开口了：是王干吧，你那篇文章我看了，写得挺好的。大家都说王干批评你，我吓了一跳，一看文章，百分之五十一在表扬，百分之四十九批评，还是表扬为主。笔者就想，如果倒个个儿，王干的文章，百分之五十一在批评，百分之四十九表扬，甚或百分之九十、一百是批评，莫言会有怎样的表现？当然，可能也会隐忍不言，像他对朱向前那样。但是，大名鼎鼎如莫言者，也不是总能“闻过则忍”的，最典型的一次是他与批评家李建军先生的短兵相接。

那是在 2003 年 10 月的第一届“杭州作家节”的晚宴上。由于飞机晚到，李建军和陕西评论家邢小利进去的时候，陈忠实、莫言等已经在座。李建军刚坐定，就听莫言问近旁的陈忠实：“这是李建军吧?”陈忠实说：“是。”莫言遂站起来，一边伸出手来，一边对李建军说：“读了你的几篇文章。写得很精彩!”李建军答道：“你能这么说，我很高兴!”莫言先生的“大度”，让李建军很是意外。莫言的《檀香刑》，李建军花了几天时间细读，认为它不仅并不像某些人说得那么好，而且还有很多问题，便写了一篇题为“是大象，还是甲虫”的长文，进行了细致的文本分析。文章在《文学自由谈》刊发后，引起较大反响。莫言说的“几篇文章”，当是包括这篇批评《檀香刑》的文章在内。但值得注意的是，按照李建军的博客原话，“此后，一起活动多日，我们再也没有说过一句话，即使擦肩而过的时候”。这，似乎不难猜测莫言对于李建军批评的真实态度。

2005 年 11 月 27 日，因参加《北京文学》在武夷山举办的“全国中篇小说年会”，李建军又见到了久违的作家莫言。这次不是在饭桌上，而是在飞机上，且距离更近：两人坐在同一排。是老友重逢，还是冤家路窄？别急，很快就会见分晓。果然，这一次，莫言没有客气地伸出手来，也没有称赞李建军的文章写得好，而是，还没等李建军坐稳，就笑嘻嘻地质问道：“李建军，听人说你最近在南京又骂我了？”李建军说：“什么叫骂你呀？”莫言又说：“我最近要出一本书，我对我的责编说，一定要好好校对，千万不要让那个李建军又挑出什么毛病来。”李建军诚惶诚恐，无话可说。他又问：“李建军，你读过我的《酒国》和《天堂蒜苔之歌》吗？你不是提倡现实主义吗？难道我的这些作品里没有现实主义吗？”李建军答道：“不读你的作品，我怎么研究你？”关于现实主义，他没有多说，因为这个话题，恰好就是李建军想在这次会上着重探讨的。过了一会儿，飞机起飞，李建军隐约听到莫言对挨着他坐的《北京文学》的编辑说：“不知道李建军写出一部小说来会是什么样子？”行文至此，笔者不禁要哑然失笑了：多年以前，我就听我的任教高等师范的岳父讲过一个半真半假的笑话，道是：搞不了创作搞评论，搞不了评论搞行政；搞行政的管着搞评论的，搞评论的管着搞创作的。当时，我还真有点信了这个说法。但现在看来，这个笑话并非笑话，它代表着一种极为严重的社会偏见；也不尽真实，它把创作的地位抬得太高，而极度地贬低文学批评，是一种严重损害文学健康发展的谬论。

正如李建军在他发表于《光明日报》的长篇论文《文学批评的震天霹雳——纪念别林斯基逝世 165 周年》一文中所说：“在一些人的错误的观念里，文学批评是一种低级的依附性的精神现象，是任何一个略有表达力的人都可以干的事情。然而，在别林斯基看来，文学批评却是一种极有难度、极为复杂的工作，需要具备多方面的能力和修养才行。”他在《论〈莫斯科观察家〉的批评及其文学意见》中说：“批评才能是一种稀有的、因而是受到崇高评价的才能……有人认为批评这一门行业是轻而易举的，大家或多或少都能做到的，那就大错特错：深刻的感觉，对艺术的热烈的爱，严格的多方面的研究，才智的客观性——这是公正无私的态度的源泉——不受外界诱引的本领；从另一方面来说，他担当的责任又是多么崇高！人们对被告的错误习见不以为怪；法官的错误却要受到双重嘲笑的责罚。”

我同意李建军的观点，文学批评的直接客体对象是作品，直接主体对象则是作家。文学交流本质上是人与人之间的交流，文学批评则是主体之间经由作品展开的对话和对抗。以开放的态度承受他者的批评，以对话的姿态回应别人的质疑，是每一个参与公共生活的现代公民的社会义务。在作家面前，批评家必须保持不卑不亢的对话姿态，要把作家当作一个可以质疑的对话者，必须向他发问并陈述自己的真实判断。与作家之间产生矛盾和冲突，难免会因此受到误解甚至伤害，对此，批评家无须觉得委屈和不平，而应该将它看作自己必须承担的压力和考验。

别林斯基对那种低三下四地讨好作家的势利的批评家深恶痛绝："到现在为止，我们的文学界仍旧流行着一种可怜的、幼稚的对作家的崇拜，在文学方面，我们也非常重视爵位表，不敢对地位高的人说真话。碰到一位名作家，我们总是只限于说些空话和溢美之词；不顾情面地说真话，我们就认为是亵渎神圣。"他反对"文学中的偶像崇拜"："什么东西曾是、现在是，我认为将来还有很长一段时间将是极度妨碍在俄罗斯传布文学的基本概念以及培养口味的主因？那便是文学中的偶像崇拜！……盲目的狂信常常总是社会幼稚的命运。……要冒犯几个芝麻大的小权威，我们还得拥有对真理的公正无私的爱以及性格的力量才行呢，大些的权威就更不用说……"别林斯基知道冒犯这些"偶像"，会有什么样的后果，但是他无所畏惧："跟社会舆论进行战斗，明目张胆地反对它的偶像，是一件非常可怕的事情；可是，我胆敢这样做，与其说是因为有勇气，毋宁说是为了对真理的无私的爱。"

虽然，李建军的影响力，暂时还不能与别林斯基相提并论，但他那种向别林斯基学习，在因为开展批评而"受到了猛烈的攻击"，被称为"冷评家"和"酷评家"，甚至"有人编造谣言侮辱他的人格，试图从道德上击垮他，而他一如既往、毫不畏葸"等方面，都不能不让我们这些从事文艺批评的人们高看一眼，投以敬意。

一直以来，我们的文坛存在着一个很是邪门的现象：名家不能批评只能表扬。只要是表扬，不管怎样肉麻，如何荒谬，都少有人站出来反对；一旦有人发出相反的声音，被批评的著名作家也好，媒体也好，立马就会发出"骂""炮轰"之类的话语。无独有偶的是，写出《园艺》《红粉》《妻妾成群》《已婚男人》和《离婚指南》等小说力作的苏童，居然也对批评抱有与莫言类似的情绪，近日他在某个公共场合提及《纽约时报》刊登过一篇批评《了不起的盖茨比》的书评，说该文惹怒了菲茨杰拉德的"粉丝"，包括美国著名短篇小说家欧茨。相隔几日，菲茨杰拉德也在《纽约时报》上发文猛烈抨击那位批评者："你对《了不起的盖茨比》的批判，如同是向万丈深渊里吐了一口唾沫，很快就消失不见，而那个深渊将永远都在。"苏童说，人们的目光因之马上被这场骂战吸引，"而企图撬动名著的那位批评者的观点再没人记得"。老实说，看到苏童与菲茨杰拉德对尖锐的批评如此同仇敌忾，保持着如此一致的高度，着实叫人悲从中来！为什么？难道，一个作家的作品好到了神圣不可侵犯的地步？若是如此，那就更不应该惧怕批评。俗话说："真金不怕火炼。"真理越辩越明。只有作品"有鬼"，才害怕批评。

正如李建军在那次"全国中篇小说年会"的发言所说的，批评家"批评一个作家，无论多么尖锐，都不能说是骂他，而是把他当作一个值得谈论的对象"。的确，笔者也赞同，批评是一种极其复杂的精神活动，从事批评需要一种极其难得的才能和素质。因此，虽然当今不少创作者都敢于自称作家，但从事批评的人很少以“批评家”自居，他们只想做一个认真的、虔诚的读者。至于批评家与作家的关系，我也同意李建军的意见，首先应该是一种对话甚至对抗关系。这种对抗是必要的，因为，只有经过对抗，我们才能及时发现问题，才能最终使我们的文学生态环境更加正常，更有利于文学的发展。

在那次会议上，莫言的所谓“大度”被他自己的发言彻彻底底地击碎了！他说：“李建军说他不屑于隐瞒自己的观点，我想我也没有理由隐瞒自己的观点。我想谈的第一个问题是批评的标准问题。现在的评论家常常有几个批评标准。如果你是一个正直的、有良心的、有正义感的，而且是要高高举起正义大旗的评论家，应该也只能有一个批评标准，不能有两个标准。不能因为与张三好就不批评，与李四不好就批评；不能对有权力的人说好话，对没权力的人就说坏话。现在批评家到底有多少个标准，自己可以扪心自问。陈忠实跟你李建军关系好，给你帮过一次忙，你就写文章说他好，人家贾平凹跟你关系不好，你就到处骂人家，搞人身攻击。你在《花城》上写文章，说人家贾平凹‘不人不鬼，不阴不阳，不男不女’，这不是人身攻击是什么？还有一次在杭州的那个会上，你在陈忠实房间，对我的《四十一炮》的责编说：你不要让那些批评家吹捧莫言，要多研究陈忠实老师的作品。你说我的作品主观，难道陈忠实的作品就真的那么客观吗？”

要我看，即使事实正如莫言所说，作为被批评者，莫言也应该只就批评的内容与批评者进行哪怕是针尖对麦芒的交锋，阐述自己的作品究竟有无批评者指出的缺憾与不足，而不是绕开批评内容去而纠结于谁该批评，谁不该批评；谁有权力而幸免批评，谁无权力而不幸“中枪”。何况，事实上，李建军恰恰不像莫言所说的，李建军因为与陈忠实关系好而从未批评过陈忠实。读过李建军《宁静的丰收——陈忠实论》一书的人都知道，李建军对陈忠实的批评也是非常尖锐的，其尖锐程度一点也不下于对其他作家的批评。事实上，陈忠实最初读到李建军的这本书，感觉也不好，但是，他知道批评者并无恶意，或者换言之，他知道文学江湖的正常游戏规则就是如此：有人创作，就有人批评。打个比方：螳螂捕蝉，黄雀在后。所以，他是真的大度，不光没有恼羞成怒，没有与李建军反目成仇，反而是继续把李建军当朋友，而且成了更好的朋友。

本来，创作与评论，乃是车之两轮、鸟之双翼。作家不能总是指望评论家说好不说坏，评论家也不能指望作家总是写好不写坏。可以说，如果没有经过批评家的严格评审，一部作品不可能进入文学史。心胸狭窄的莫言，却连批评家这道槛都不能通过，这让人情何以堪。在那次会议上，莫言对“某些批评家”表示了不满。他说：“我们现在的某些批评家好像一个高明的大夫，经常为作家进行诊断，甚至像写墓志铭一样，给许多在世作家盖棺论定。当然，这种盖棺论定也是可以的，但你至少要对作家所有的作品进行通读，不能仅仅因为一篇作品，一篇失败之作就全盘否定一个作家的全部作品。此外，现在一些评论家的批评根本不从文本出发，而对一些鸡毛蒜皮的东西进行调侃，关注的不是作家的作品，而是作家的人格，批评的不是文学的质量，而是作家的道德。一些批评家常常打着严肃的文学批评旗号，对作家人格方面的一些小问题进行攻击，这似乎有欠厚道，有悖于文学批评的庄严和神圣，也不符合一位伟大批评家的胸襟。"

莫言先生批评的"某些批评家"，的确存在。因为，当代文学问题多多，病情严重，需要救治。至于批评的方法，选择单篇作品进行解剖的文本细评，其实无可厚非。古人云：听其言，观其行。莫言当年在武夷山的言行，显然是不喜欢李建军的细致的文本批评。他那次在杭州对李的赞扬，也完全是出于教养和礼貌，而并不真的认为李的文章写得"精彩"。他对李建军批评《檀香刑》的文章不仅不满意，而且耿耿于怀。因为，在那次会议上的发言中，他就对自己的《檀香刑》进行了"捍卫"。他说："一个作家要关注底层、表现爱心是没有错的，但怎么表现爱心，怎么表现人道主义，每个作家都有自己的方式。何况任何一个文本，都有自己的多义性，好的文本更具有多义性，而不是像'文革'时期的作品那样只有一个透明的主题。《檀香刑》是一部小说化的戏剧，或戏剧化的小说，是一个比较特殊的文本，我个人认为其中充满人道主义精神。此外，批评家要遵守一个起码的常识：不能把小说中的人物心态和作者心态等同起来。我写了一个刽子手，难道我就是一个刽子手吗？"

一如李建军指出的：在莫言的这段发言中，他似乎没有搞清楚这样一个问题："多义性"不是遮羞布；它指的是审美意味的丰富性，而不是毫无价值指向的混乱和相对主义，因此，如果一部作品的基本的情感，本来就是病态的、反人道的，它的思想原本就缺乏可靠的价值支点，就是一团乱麻，那就不是用多义性便可为他回护和开脱的。"文革"作品的根本问题并不是过度"透明"，而是缺乏对人性的全面的理解和正常的表现。至于那个"起码的常识"之外，还有一个更为"起码"的"常识"，那就是，作家在塑造人物形象的时候，也在塑造自己的形象，这使我们有理由把小说当作两个世界的统一体：它既是客观的物象（就它塑造人物和再现外部真实而言），又是主观的心象（就它表达作者对生活的理解和对人物的态度而言）；人物的愿望和态度当然并不一定就是作者的，但是，一部小说作品里，也必然表达着作者自己的审美趣味、道德立场和心情态度。因此，我们当然不能说《檀香刑》中的刽子手就是莫言，但是，我们在阅读过程中，明显能够感觉到，莫言在表现暴虐行为的时候，站得并不比他笔下的人物更高：他不仅对施暴行为进行虚假的描写和夸张的渲染，还像他笔下的人物一样，陶醉于对施暴细节和过程的咂摸和品味。我们据此可以断定，莫言在这部小说中表达的是怪异的、病态的消极快感，而不是温暖的、具有人性深度的人道主义情感；据此，我们还可以断定，《檀香刑》

中的人物也是莫言任性的想象和怪异的情感的牺牲品：他把人物变成了一个扭曲的影子，变成了一个苍白的符号。

莫言的不大度或曰“小家子气”，并没有就此止步。在讲起《与魔鬼下棋》中的一位叫蒋泥的批评家时，他说：“就是李建军的这位小兄弟，不仅不是博士，好像连硕士都不是，还差一点被‘军艺’开除。过去，就是这个蒋泥，曾经到我家里，口口声声叫我‘莫言老师’，还写了一篇关于我的文章。本来我住的房子并不好，常年见不到阳光，可是在他的笔下，我的书房比五星级酒店还要豪华，还要宽阔、明亮。但他在《与魔鬼下棋》中，却写文章说我的原名叫‘管谟业’，把我的作品说得一钱不值。”

莫言的这种指桑骂槐、含沙射影不仅不“大度”，而且很“小气”：似乎谁一旦叫过他“老师”，谁就永远要对他低眉顺眼、言恭貌谨，就只能说作品如何“伟大”，他的才华多么出众，他的人格多么高尚，而不能再怀疑他，更不能批评他，否则，就是做人“有欠厚道”，就是品质恶劣、道德败坏，就活该“差一点被开除”——这跟贾平凹对李建军“高调回应”时的腔调和手段，何其相似乃尔！按照莫言提供的信息，由于有了“差一点被‘军艺’开除”的污点，蒋泥的人格自然是不足观的，而李建军与这样的“小兄弟”在一起，则必然干的是“狼狈为奸”的勾当。李建军在随后的抗辩中回应道：“莫言，你的这些话，太令我失望了。你作为一个享有那么大声望资源和影响力的作家，怎么能以这样的态度对待批评。我想知道的是，你莫言一辈子就没有做过一件让自己事后想起来脸红的事，就没有说过一句事后让自己后悔的话吗?”应该说，李建军的失望，其实也是广大读者的失望，更是对王干先生对这位诺奖得主作家所谓“大度”的评价的无情解构。

为了表示自己是有一点“气度”的，莫言在那次发言的最后说：“渔民卖鱼的时候，给每个装鱼的桶里放一条狗鱼，鱼就死得少了。因为，狗鱼追得其他的鱼不停地跑，它们就会呼吸到氧气，就不会死了。我们需要‘狗鱼’一样的批评家。北京有个李建军，上海有个郜元宝，都是狗鱼批评家，都是我们需要的。如果批评家没有狗性，那就不是批评家了，那就连狗鱼都不如了。”白痴恐怕都能嗅出来，莫言先生的话里不无情绪发泄的调侃和挖苦意味：批评家不是“狗鱼”，而作家也不是“鳗鱼”。他们都是人，是比狗鱼、鳗鱼或其他任何动物都要智慧、有教养的人。在王干先生的文章结尾处，也许他想进一步强调莫言的“大度”，于是写到了作为评论家的自己向作为著名作家的莫言求字。第二天，作家莫言将自己即兴创作的一首小诗发短信给作者：不抓不挠/佛说遇蚊虫叮咬忍之/我言逢小人追骂乐之。在这首小诗中，莫言所谓的“蚊虫”和“小人”，用郜元宝的话说，“随便用鼻子便可嗅出”是什么味道。讽刺的是，王干先生还用“用镜框装上，挂在办公室墙上”。

这让我想起前些年曾经读到的另一篇小文，作者是谁忘了，说他曾经撰文批评大导演张艺谋，张导看了文章后不仅没有动怒，反而见面时以礼相待，这让这位批评者感动不已，于是像王干先生一样，再撰一文聊表谢意。要我看，此举大可不必，纯属狗尾续貂。批评就批评了，如果你认为该批评，为什么不？你这样先“打”后“摸”，反而让当事人瞧不起，好像有点做贼心虚，更贬低了批评者的人格与尊严。客观上也给人以“批评有罪，赞扬有理”“赞扬才正常，批评很反常”的感觉，更助推了名家的自负和批评生态的癌变。其实，说归齐，用了这么多的笔墨讨论莫言先生是否“大度”，在我看来实在意思不大，倒是通过莫言与李建军之间的争端，让我们进一步看清了中国当代文学的严重病象，看到了当前文艺批评的艰难困境。现在提起文艺批评，几乎是骂声一片，尤其是对广告式批评。但一旦有人动真格的，讲几句尖锐的话，发表几篇有点棱角的评论文章，立刻就有当事人及其拥趸的“反扑”，这是值得我们深长思之的。◻ 2013・6

捍卫与批判

批评金庸：对“五四”精神的捍卫

□ 王彬彬

金庸无疑是平江不肖生、还珠楼主的传人，代表的是与“五四”新文学相对立的一种传统。对于新文学作家，金庸颇多微词，指责新文学作家“用汉字写外国的句子与文章”；说新文学作家写作的“文艺小说”，“虽然用的是中文，写的是中国社会，但是他的技巧、思想、用语、习惯，倒是相当西化”；称鲁迅、巴金、茅盾等人是在“用中文”写“外国小说”，是在“用外国的文化来写中国的生活，中国人的小说”，而“最好用真正的汉语来写中国的文学作品”。[①] 作为平江不肖生、还珠楼主的后继者，金庸对新文学家的这种诘难并不奇怪，他拾起的也不过是当年“鸳蝴派”攻击新文学家的余唾。对新文学作家同样的指责，早就从金庸的前辈口中说出过。

金庸小说作为一种对抗“五四”新文学传统的现象，被一些“雅人”，尤其是一些新文学研究者捧上了天，自然引起那些坚守新文学立场者的不安和忧愤。作为新文学传统的继承者，这些人对金庸的否定，正是对新文学精神的捍卫。可以说，这些人是接过了鲁迅、茅盾、郑振铎们手中的武器，向金庸以及梁羽生、古龙、琼瑶等新“鸳蝴派”开战，但令人感叹的是，迎战者这回往往不是“新鸳蝴派”作者自身，而是他们在学术界的代言人。

从捍卫新文学传统的角度对金庸小说作出激烈批判者中，何满子先生的态度具有代表性。当金庸被一些文学研究者捧得上天入云，当金庸成为北京大学教授、浙江大学文学院院长，当金庸小说的国际国内研讨会一次接一次地召开时，何满子先生发表了一系列文章，对这种现象表达了强烈的不解和非议。《为武侠小说亮底》《为旧文化续命的言情小说与武侠小说》《就言情、武侠小说再向社会进言》《破“新武侠小说”之新》《鲁迅是武侠小说的守护神?》《作孽啊作孽!》《该研究的是什么?》等一系列立场鲜明、观点尖锐的文章，显示了一个由“五四”新文化精神所哺育的文化老人的清醒和良知。

---

① 转引自陈平原：《超越“雅俗”》，《当代作家评论》1998年第5期。

何满子批判金庸的文章都具有强烈的辩驳性，与其说他是在批判金庸，毋宁说是在批判学术界和文化教育界中一些人对金庸无原则的吹捧和“重用”。金庸小说作为一种消闲读物存在的合理性，何满子也是认可的，在《为旧文化续命的言情小说与武侠小说》一文中，何满子说：“说起来，生活越来越繁复化了，人们的阅读需求也越来越呈现出丰富多彩的局面，在这种情况下，文学艺术可以多样化，这也是我们为什么允许各种包裹着陈旧意识的、消闲的，乃至含有一些庸俗趣味的作品存在的原因。但容许存在不等于要提倡和鼓吹，这是毋庸解释的。看闲书消消闲，娱娱乐，也无可厚非。鲁迅对母亲很孝顺，他的日记和书信中记录着多次买《金粉世家》《啼笑因缘》这类书寄给住在北平的母亲，让她消遣时光；但鲁迅肯定不会将这类书推荐给年轻一代。鲁迅常慨叹旧势力是强大顽固的，其中就包括着助长并绵延旧势力的这类向群众灌输旧文化的读物在内。可怪和可怖的是，‘五四’过去了80年，今天竟有人对这种旧文化越加鼓掌欢迎，评功摆好！”可见，何满子关于金庸小说的一系列文章，言辞虽然激烈，却并非像有些人误解的那样，是要彻底否定武侠小说存在的合理性。在何满子看来，既然武侠小说迎合了中国民众的某种普遍的文化心理，而这种普遍的文化心理又尚未得到根本的改造，那金庸小说就必定有相当市场，这是无可奈何之事，是不得不认可的事实。遍读何满子批判金庸、琼瑶的文章，我没有发现何满子主张用政治的手段，用行政的力量来强行禁绝金庸、琼瑶一类读物。这一点十分重要。这是一个界限。越过了这个界限，便意味着批判的变质。而何满子能严守这个界限，说明他身上秉承着一种真正的“五四”精神。倘若动用政治权力来强行禁绝某类文艺作品、某种文化现象，那就意味着文化专制。而怎样遏制金庸、琼瑶一类读物的不良影响呢？只能通过文化界内部的批判，只能靠有责任心、有鉴赏力、关心民族前途和文化命运的批评家、研究家出来指出这类读物的毒害。“批评家是干什么的？批评家应该是站在文学思潮的高处，予大众读者以有益的指导，帮助他们不断地提高阅读欣赏的水平和品位。”① 而面对金庸小说的流行，一些批评家、一些文学研究者，非但不能站在高处，却反而对金庸小说采取了一种比大众读者更为仰视的姿态，对金庸小说进行令人肉麻的吹吹拍拍。正是这种情形，使得何满子的文章，总有着可以理解的，甚至是难能可贵的愤激、尖刻。何满子的一系列文章，是在批判金庸，更是在批判批评家、学术界中一些人在金庸面前的跪拜姿态。

在一系列文章中，何满子也联系武侠小说的历史，对金庸小说及其崇拜者进行了批判、反驳。这种挖“祖坟”的方式，当年“五四”新文学家批判武侠小说时也常用。在《为武侠小说亮底》一文中，何满子认为，武侠小说之所以“热”，其原因“要从中国传统文化的心理中找”：

---

① 见何满子：《为旧文化续命的言情小说与武侠小说》，《光明日报》，1999年8月12日。

> 由于无须说明的原因，中国老百姓历来盼望的第一件事，是有个圣明天子御世，少点折腾，能让大伙“做稳奴隶”。第二件就是盼望父母官清正，少刮地皮，不太贪赃枉法，庶民少受点委屈。明君、清官之外，因为天高皇帝远，民间的不平事官老爷也管顾不到，受欺凌而无告的百姓第三件事就希望出个把侠客，路见不平，拔刀相助，除暴安良，伸冤理屈，以补明君、清官之不足。这就是在那种制度下人们乐闻武侠故事的心态的根源，即使不身逢，听听也可以解解气。武侠小说是和旧制度、人治社会、非科学、不民主的现实、意识和风习联系着的。这就是为什么在“五四”新的人文精神兴起以后，武侠小说会作为旧营垒、旧意识的一翼和新文学对抗的全部机制的根源。提供“消闲”和导人想入非非只是武侠小说的表面的效果或附带的负值。

这是何满子对武侠小说的基本看法，也是他激烈批判金庸以及金庸在文化界的崇拜者的基本理由。不难看出，何满子对武侠小说的基本认识，与“五四”新文学家是一致的。但是，从“五四”到今天，80来年的时光毕竟已经过去，时代毕竟不同，何满子的忧患也有理由比“五四”新文学家更深切。在何满子看来，从“五四”到现在，中国文化都处于一个转型期和整合期，民族文化的重建工作仍然任重道远。对于新的民族文化的确立，文化复古思潮是最可怕的阻碍。实际上从新文化运动兴起后，文化复古思潮有过多次肆虐，有时是公开的开倒车，有时是改头换面地复兴旧文化的糟粕。而金庸武侠小说的畅销和被文化界、教育界、学术界的一些人顶礼膜拜，正是文化界复古思潮的一种表现。在《就言情、武侠小说再向社会进言》一文中，何满子强调：“‘五四’新文化运动是中国新旧文化嬗递的一条分界线，从那时至今已80年，但中国文化的整合尚未完成，破旧立新困难重重。其原因也正如鲁迅所说：‘旧社会的根柢是非常坚固的，新运动非有更大的力不能动摇它什么。并且旧社会还有它使新势力妥协的好办法，但它自己是决不妥协的。’……鲁迅所告诫的话至今还是可怕的事实，切中时弊而令人触目惊心。”而中国文化的整合和重建，“首先面临的是新旧文化及其根柢的鉴别问题，哪些是过了时的、生发于旧制度旧秩序旧意识？它们与新的时代精神相悖，因而会产生负面的作用；哪些又是和新的时代精神合拍，呼唤并推动社会的前进？这是关系到文化整合的导向的大问题。文化现象十分错综复杂，新旧互相纠缠，许多观念本来容易混淆，麻烦的还有短视的实用主义的干扰，还有误将迎合落后当作‘群众路线’的糊涂观念，还有‘赵太爷田都有三百亩咧，他的话还会错么’的市侩意识的作祟，等等。障碍就够多了”。从中国文化整合和重建的高度来认识金庸武侠小说的危害，绝非危言耸听；而唯恐文化复古思潮会令中国社会开倒车，也不算杞人忧天。实际上，20世纪90年代以来，思想文化上的复古、倒退现象，是十分明显的，而金庸武侠小说从民间进入“大雅之堂”，受到文化、教育界和学术界一些“雅人”的推崇，以及金庸本人的被聘为北京大学教授、浙江大学文学院院长，某种意义上，都是思想文化上复古、倒退的表现。只要想一想当年的平江不肖生、还珠楼主是否能有如此好运，就会明白这种复古倒退其实有多么严重。

何满子的文章，常常对严家炎先生有很尖锐的批评。何严之间，就金庸小说的评价问题，屡屡发生争论，而且这种争论还在继续着。在所谓学者、教授中，极力吹捧金庸者并非只有严家炎先生一人。何满子之所以选择严家炎先生作为拜“金”主义者的代表，一个重要的原因，就在于严家炎先生是北京大学研究新文学的名教授。何满子对严家炎先生的失望与批评，一定程度上正是对北京大学的失望与批评。北京大学乃“五四”新文化运动的策源地，曾经是“五四”精神体现得最集中的地方，是与旧文化、旧观念斗争得最坚决的地方，是现代意识得到最蓬勃发展的地方。可如今，北京大学不但聘请武侠小说家金庸为教授，而且有了一批以严家炎先生为首的替金庸抬轿子、吹喇叭，为金庸在文学史上争地位的教授、学者，这不能不令一些热爱新文化传统同时也崇敬“北大传统”的人痛心了。1994 年，北京大学举行了聘任金庸为名誉教授的仪式，在仪式上，严家炎先生发表了热情洋溢的讲话，说金庸小说“是一场静悄悄进行着的文学革命”①。针对此举，杂文家鄢烈山先生写了《拒绝金庸》（载《南方周末》1994 年 12 月 2 日）一文，其中说：“令我尴尬的是，我一向崇敬的北大，却崇拜金庸”；“当年‘文学革命’的发起人之一，北大的教授胡适，曾对武侠小说不屑一顾，呸之曰‘下流’，但如今‘下流’变‘上流’，流到了北大，诚所谓‘三十年河东，三十年河西’。但不知两种‘文学革命’，哪个更伟大光荣?”“我无法接受金庸，更无法接受北大对金庸的推崇。是我冥顽不灵，还是历来被教育界、学术界视为‘盟主’的北大自贬身份媚俗?”鄢烈山对北大的失望可谓溢于言表。何满子对北京大学也有过批评。他的《就言情、武侠小说再向社会进言》一文一开头就说：“鲁迅曾讽刺在国民党学阀把持下的北平学府新的人文精神之败落，使原是‘五四’新文化运动的发祥地落伍于时代。”从这里不难读出“借古讽今”之意。

在何严争论中，何满子的言辞更为激烈，但每每也说理透彻；严家炎先生言辞较为温厚，但往往也缺乏充分的说服力。例如，在回应何满子对推崇武侠小说的指责时，严家炎先生一再拿鲁迅作挡箭牌，说鲁迅肯定所谓“侠文化”，并且说鲁迅的《铸剑》“是一篇现代武侠小说”，老舍的《断魂枪》也被严家炎先生归入了武侠小说的范畴。② 对此，何满子先生和袁良骏先生都曾撰文予以反驳。鲁迅被称为“五四”新文化运动的旗手，而倘若连鲁迅也肯定所谓“侠文化”并且写过武侠小说，那将金庸小说与新文化运动对立起来，就毫无道理。然而，寻章摘句地将鲁迅打扮成武侠小说的推崇者和写作者，却实在有些匪夷所思。何满子说：“将鲁迅举为武侠小说的护法也正如鲁迅在《题未定草（六）》中所说的，将勇士‘画起像

---

① 严家炎：《答〈拒续金庸〉》，《南方周末》，1995 年 1 月 13 日。

② 严家炎：《以平常心看新武侠》，《中华读书报》，2000 年 6 月 28 日。

来，挂在妓院里，尊为性交大师’同样的诬枉而可笑。不过这也不奇怪，商品社会里，畅销书拜物教的教徒们是专干这类买卖的。”① 言辞虽然尖刻，但也可谓是箭在弦上，不得不发。袁良骏先生在《〈铸剑〉〈断魂枪〉都是武侠小说吗——向严家炎先生请教》（载《中华读书报》2000 年 8 月 23 日）一文中，则通过对这两篇小说的具体分析，反驳了严家炎先生的生拉硬扯。袁良骏先生指出，“武侠小说是一个特定的文学范畴，有自己特定的含义”。并非只要小说中出现了“侠士”“镖师”一类人物，就一定是武侠小说，正如并非只要小说中出现了农民就一定是乡土小说，只要出现了军人就一定是军事小说一样。这本是简单的道理，严家炎先生不会不明白。而严家炎先生之所以又一次违背常识地指鹿为马，还是因为面对金庸时太缺乏“平常心”。袁良骏先生在文章最后说：“‘识迷途其未远，觉今是而昨非’。我们希望严先生好好品味这两句陶诗，争取早日端正对金庸的研究视角。”这几句话是很善意的，也是很语重心长的。□ 2001 · 1

① 见何满子：《鲁迅是武侠小说的守护神?》，《南方周末》，1999 年 12 月 7 日。

金庸的文化密码：武侠情结与皇权情结

□ 傅国涌

中国长达几千年以来，都生活在皇权之下，诚惶诚恐地生活在帝王文化之下。所有的文化，说穿了都是为皇帝服务的。为皇帝服务的文化也不能一直吹捧皇帝圣明、罪臣当诛，也要来一点调味品。这个调味品就形成了两大支流，一是清官文化的支流，宋代有包拯，明代有海瑞，每一代我们老百姓都要崇拜几个清官；另一个就是武侠文化，因为靠清官还不够，所以人们自然幻想那些武功盖世、能够除暴安良的大侠，武侠文化就这样自然而然地产生了。

金庸可以说是中国武侠小说的集大成者。从清末以来，中国的武侠小说大致上有三个高峰：第一个高峰的出现以《三侠五义》《包公案》等小说为标志。这个时期的小说中，清官与武侠是结合在一起的。到了二十世纪二三十年代，出现了武侠小说的第二个高峰期。它出现的历史背景是军阀混战，天下大乱。这个时期，人们幻想着有武功盖世的人出来，所以就产生了还珠楼主、平江不肖生这么一代，写出了很多以技巧取胜的武侠小说。金庸受他们的影响非常大，从八岁开始就接触这些人的作品。第三个武侠小说的高潮不是出现在内地。因为内地在 1949 年以后，武侠小说也好，言情小说也好，都被作为有害的文学作品禁止了，所以内地不可能出现武侠小说高潮。这个高潮主要是在香港，余波涉及台湾。台湾国民党专政时期对武侠小说控制也是很厉害的，在 20 世纪 60 年代，金庸的武侠小说在台湾曾经也被禁，一夜之间，台北的警察四处搜查武侠小说，全部没收、销毁。直到 20 世纪 60 年代末 70 年代初，武侠小说才在台湾有所发展。所以武侠小说的大本营还是在香港，以金庸（包括梁羽生等）为主要代表。

金庸的武侠小说里注入了他自己的人生体验。他经历过乱世，在抗日战争时期，他曾三次几乎面临被学校开除、没有地方读书的危机。中学两次，大学一次，都是因为他骨子里有一些反叛的性格。在他上高中时，因为在壁报上发表了一篇《爱丽丝漫游记》，讽刺了当时学校里权势在校长之上的训导主任。这个训导主任是代表国民党的，所以他肯定是要被开除的，但是校长是一个非常好的教育家，网开一面，转学了之。换了个学校以后，他又卷入了一个反对训导主任的学潮，上了黑名单，差点被开除，也是校长觉得不要这么大面积开除人，所以被保了下来。大学时代，他在重庆的中央党校，那时叫中央政治学校，后来改成中央政治大学，是为国民党培养干部的一个学校。他是学外语的，学成以后本可以实现他的梦想，环游世界，做外交官的。但是他读了不到一年，也就是十一个月，就因为仗义执言，遭到了勒令退学这样一个处分，失去了学业。后来，他在上海有过一个东吴大学法学院的学历，不过在那里的时间也很短，一年都不到。所以可以说他没有受过完整的大学教育。就他这样一个人，再加上他在整个中学和大学阶段，完全靠政府当时对沦陷区学生的补助金生活，所以到冬天穿草鞋没有袜子。草鞋、校服是官方供应的，短裤和袜子是要自己出钱买的。他没有钱。他家那时已经中落了，家被日本人烧掉了，母亲死了，父亲流亡在钱塘江南岸的一个小镇上，他得不到家里的救济。

金庸的弟弟和母亲都是因抗日战争缺医少药去世的，还有他的同学因日本人打细菌战得了麻风病。在衢州中学，他目睹他的同班同学——一个体育健将被送上一条木船，让他去等死。经历了这些生离死别的痛苦，包括家人，包括同学，包括抗战八年生活的艰辛，使他的武侠小说跟过去的有了一点点的不同。就是这一点点的不同，使他的武侠小说成了风靡整个世界，让千千万万的华人都忘不了的东西。但是我觉得这些还是表面现象，更深层的意义上，是因为我们汉文化圈对武侠文化、清官文化的一种近乎本能的追求。

作为一个知识分子，金庸的主要成就并不是他的武侠小说，而是他在香港创办了《明报》。作为一个知识分子的金庸在国际上有地位，在两岸政要心目中有地位，不是因为他写了几本武侠小说，而是因为创办了《明报》，写了那些有影响的，甚至令世人震惊的社评。

但是金庸作为一个知识分子，其现代人格是不及格的。

现代人格起码要破除两个观念。第一个就是刚讲到的要破除帝王崇拜的情结。一个社会不能以权力的是非为是非，以皇上的是非为是非，小民要有自己的想法，有自己的是非。如果这个观念都没有破除，还是依附在权力情结上面，那是谈不上现代人格的。第二个要破除的是成王败寇的观念。我们中国几千年的观念里只有成败，没有是非。任何事只问成了没有，成了就了不起。刘邦胜了，那就是汉家的天下；如果项羽胜了，就是西楚天下。两个观念如果都没有破除，要想成为现代人格的知识分子，那是不可能的。金庸在这两个问题上，显然都没有过关。

我想从金庸思想世界的几个方面来看一下他这个人。首先，我们可以看一看他的权力观。金庸写过一篇不太为人注意的作品，叫作《三十三剑客图》。这不是一篇武侠作品，带有半小说半历史的成分，随笔式的，20 世纪 70 年代在他自己办的《明报晚报》上连载过。在这个作品里，他说了一句话：几千年来人类的生活变化很大，有些东西变化不大。什么东西变化不大？比如说那些政治人物对权力的欲望，那种争夺的方式，这些都没什么变化（大意如此）。他的武侠小说几乎都可以看作是一种权力的解读。他的第一部武侠小说《书剑恩仇录》就是一部讲江山和江湖恩仇的作品。他利用家乡海宁的一个民间传说去写乾隆和虚构人物陈家洛的故事。在书中，乾隆为什么跟他的亲兄弟陈家洛在六和塔上盟过誓不杀他，在海宁潮前击过掌也是说不杀他，但是到了宫里，又要用毒酒把红花会的兄弟都置于死地呢？是谁说出了其中的奥秘？是最美丽的香香公主，在临死前用她的鲜血写下了六个字“不要相信皇帝”，这六个字就是金庸对权力的否定。从他的开篇之作，一开始他对权力是否定的，他把整个不可一世的帝王权力否定了。第二本作品《碧血剑》写到农民造反领袖李自成进城以后的作为。李自成进城后不是要美女、要金钱，而是要那把金銮殿上的椅子。他的部下刘宗敏这些大将要的也是这些东西。金庸这部作品其实说了一个简单的道理，就是阿克顿勋爵那句话“权力趋向腐败，绝对的权力绝对腐败”。他后面的作品从《笑傲江湖》到《天龙八部》都是通过一系列江湖上的故事来演绎形形色色的人对至高无上的权力的无边欲望。《天龙八部》通过一个人物，就是慕容复，他一定要恢复他的大燕江山，为此践踏了包不同这样的生死之交的兄弟情谊，也不惜践踏王语嫣对他忠贞不渝的爱情。在他看来，权力高于一切，爱情也好，兄弟情谊也好都是不值一提的。只要能恢复江山，一切都有了，而其他东西都可以不要。他最后的下场是什么呢？发疯！通过慕容复发疯这一个结局，金庸也是对权力作了辛辣的嘲讽。《笑傲江湖》是他对权力否定的经典作品，这一作品最初连载的时间，正好是中国“文化大革命”时期。有人就反复地问金庸：你这个作品是不是影射内地的“文革”？他表示不是。是不是影射并不重要，重要的是我们可以从这些故事里读出他自己的东西：东方不败也好，任我行也好，谁掌握了黑木崖至高无上的权力，谁就必然地腐败。“一统江湖，千秋万代”，这几个字不仅是他们的口头禅，也是中国几千年历史的命脉所在。无论是失败了的那些“寇”，还是成功了的那些“王”，一样都是东方不败和任我行。通过这些，金庸就得出一个自己的结论，他在《笑傲江湖》后记里写了一句话：历史上大多数时候都是坏人当道。这句话不是一句简单的话。为什么是坏人当道？他没有说。因为他写的是武侠小说，写的是传统的故事。他的故事里只有否定，没有新的建设性的探索。

如果仅仅如此的话，金庸的武侠世界差不多达到了现代社会的认识水平。不幸的是他的最后一部封山之作《鹿鼎记》把他前面十几部作品的这条线一刀砍断了。他写的《鹿鼎记》表面上主角是韦小宝这么个丑角，但实际上，它的主角不是韦小宝。金庸有一个很欣赏的部属，这个人在香港也是一个著名的报人、法律界名人，一个女人，叫葛蔼仪，她说《鹿鼎记》真正的主角不是韦小宝，而是康熙皇帝。金庸写了那么多武侠，他觉得即使武功最好的侠客也拯救不了黎民苍生，只能靠开明君主来救国。于是他就在书中写了康熙这么个人物，把他拔高成一个非常好学的、非常有雄才大略能够一统山河的人物。金庸在 1994 年访问台湾时，对记者也亲口讲过，康熙是一个很好的皇帝，好学，愿意学习外国的知识，有能力，爱民如子，他认为自己非常崇拜康熙。讲到这里，我就觉得金庸跟今天活跃在内地的二月河对上了号。二月河把历史上康熙、雍正、乾隆这三位皇帝写得多么英明，写的康乾盛世也是这么光辉灿烂，几令人希望时光倒转五百年，活到那个世界去，那我们就幸福死了。所以金庸最后得出了跟二月河差不多的结论，认为靠开明君主是可以解决问题的。否则无论怎么好的盖世武功，怎么好的智慧都解决不了那些社会问题。在武侠小说这一层面，可以说他已经完成了从最初的否定权力到最后肯定权力、从否定皇权到肯定皇权这样一个轮回。

金庸在20世纪60年代之前是一个小人物，是微不足道的一个普通的文化人。1959年创办《明报》，前三年苦不堪言，几次面临关门的危机，撑不下去，发行量始终徘徊在一万份以下，也没有什么广告。它的转机出现在1962年，内地发生了历史上说的所谓“三年困难时期”。金庸就借了这个内地的灾难，一下子摇身一变成功了。怎么成功的呢？内地的灾民特别是广东人，发了疯一样的要逃生，要逃到香港去。香港是一个弹丸之地，当时的人口是380多万，如果再挤进来，人那么多的话，大家日子都不好过，所以港督的政策是堵住，在深圳和香港交界的梧桐山上把这些人都堵住。金庸最初的方针是绝不报道，但是在他手下的记者、编辑们再三的恳求下，他最终决定，孤注一掷，全力去报道这一次难民潮，或者叫“五月人潮”。同时呼吁香港市民捐款捐物，送到边界去。这样一来，在短短几天时间，他小小的《明报》就成了香港一个人道主义的救援中心。很快《明报》发行量翻跟斗一样翻了几番，树立起一个具有人道主义导向的报纸形象，很快就有了一点大报的风范。经过这一事件，他尝到了甜头，懂得了介入政治的好处，从此一发而不可收。短短五年时间，在香港发展出了一个明报王国，除了《明报》这一家报纸之外，还有《明报月刊》《明报周刊》《明报晚报》等，还有一些武侠小说的刊物，还有旅游公司，甚至把他的手伸到了海外，在新加坡、马来西亚跟其他商人合资创办了《新明日报》。这样一来，整个明报集团就在香港站稳了脚跟，金庸也成为一个国际级的报人，然后就有很多机会参加国际新闻界的活动。那时他的社评也声誉鹊起，港督把他作为座上客，他就有机会参加了香港的廉政委员会，一些社会知名人士参加的带有公益性质、荣誉性质的政治活动。

金庸对权力的判断主要依据是一种古代士大夫的忠君情怀。从否定权力到肯定权力，对金庸来说是一个回归，最终没有能摆脱几千年中国知识分子依附皇权、站在强者一边的奴性。

我记得杭州高级中学，也算是金庸的母校，因为他曾经在浙江丽水的当年抗日战争时期的浙江临时联合中学读过书。那个中学是杭嘉湖的7所学校合在一起的，其中包括杭州高级中学、嘉兴中学等。杭州高级中学把金庸的画像放在校史陈列室，我去看过，很大，那是它的贵人校友。学校里有一个学生前两年得了很重的病，要50万元治疗费，社会纷纷捐资，甚至听说杨振宁也都捐了钱。他的同班同学都是武侠小说爱好者，想到一个办法，全班同学联名给大侠写了一封信。大侠很慷慨，大笔一挥，送了他们一套武侠小说作品集。很值钱的。2003年杭州抗击“非典”，要搞一个雕塑，社会各界都慷慨解囊。金大侠远在台湾，也听到这个消息，赶紧送了一套香港出版的大字本《书剑恩仇录》，后来据说卖了一千多。2003年7月26日大夏天40摄氏度高温，他来杭州为他的《金庸茶馆》做宣传、推销。《都市快报》一个记者当面就问：金先生，听说你捐的都是书，你是不是认为捐书比捐款好？请谈谈你的金钱观。金大侠笑了，笑得很不自然，笑了以后，说：“我其实造了一个房子，1 400万港币，我都给了杭州市政府。”主持人马上给他打圆场说：“金大侠人很好的。你看在浙大当院长这么多年，一分工资都没要。这次来，我们要给他出场费，他也不要。”还有一个记者马上问了，那个记者来自天津，是一个非常新锐的记者：“金大侠，我以前很崇拜你，是你多年的读者。我觉得你80岁了，还飞来飞去，挺辛苦的，到处奔波，我就想问你一个问题，是缺钱花呢还是名气不够大？”他沉思了一会就说了八个字“人在江湖，身不由己”。关于“金庸”产业，他说这些都是被动的，自己不是主动的。他这样的回答，主持人脸上挂不住了，因为主持人刚说过这些产业金庸是顾问，而且占了很大股份的。既然有了股份，这些东西就难以被动、主动而论。通过这件事，基本可以透视他的金钱观。1979年他到台湾去，他找了李敖。李敖当面就问他，你不是说现在是佛教徒了吗，很虔诚，进了什么境界，什么佛经都读过了，但是你钱那么多，又不捐掉一点。佛教好像要讲四大皆空，起码要讲舍弃钱财嘛，你那么多钱怎么解释啊？大侠纹丝不动，置之不理。

金庸信仰佛教，一开始确实是出于寻求生命答案的这样一个内在需要。他的儿子在他跟第二任妻子离婚时，在哥伦比亚大学读一年级，19岁，选择了自杀。金庸不承认他是为了父母离异自杀的，只说他从小就神神叨叨，10岁的时候就追问人生为什么，想得很深，跟他母亲关系不好，反而跟我的关系很好。19岁就选择自杀是因为跟女朋友一言不和，说是要分手，其实也没那么严重，就上吊了，这是金庸的说法。跟他儿子比较熟悉的朋友，包括香港作家林燕妮，还有其他人，他们都说主要是他妈妈要跟他爸爸离婚，他劝说无效，决定用放弃生命的方式表达抗议。金庸觉得儿子的死对他打击非常大，一开始他找的是《圣经》，读了很长时间，《圣经》解决不了这些问题，所以去读佛经，读了一年的佛经，他说读通了，我已经跟我儿子的心相通了。后来他对外宣布是佛教徒了，所以他在香港也支持一些佛教方面的事，支持办一个佛教杂志，据说后来花五年时间写了大量以佛教为题材的诗歌，但没有公开发表。从他的金钱观看他的宗教观，可以想见，他所谓的宗教信仰只不过是一种世俗的信仰，而不是超越于世俗之外的一种对神的追问，对生命答案的追问。所以他自己讲过一句话：要我舍弃钱我做不到，要我舍弃儿女我做不到，要我舍弃名利我也做不到。好了，这三句大实话一讲，金庸还是一个有几分真诚的人，说了实话，“做不到”本来是常事。可是他说自己不是常人，他信仰佛教，这中间就有了矛盾。

金庸的文化密码里面带有传统中国读书人往往无法超越的皇权情结，而清官情结、武侠情结无非只是它的补充罢了。□ 2005 · 1

美丽的灵魂，死于不美的时代

□余　杰

《新京报》之“个人史”专栏刊登了一篇题为“朱光潜：在不美的年月里”的文章，文章是对朱光潜的女儿朱世乐的专访。朱世乐在抗战时期生于四川乐山，在女儿的眼里，朱光潜和蔼慈祥，“连猫都敢欺负爸爸”。然而，就是这样一位温和的长者、中国现代美学的开拓者和奠基人，在“文革”中却因为“学术观点”和“历史问题”成为被批斗的对象。

朱世乐回忆说：“关于父亲的大字报，不只是出现在广场的墙上，就是在我们家里，也是被贴得满满的。父亲那时候经常穿着一个中式对襟的小褂，上面都被人用毛笔写满了字，恨不得把整瓶墨水都泼到他的身上。”朱先生当时住在北大燕东园二十七号，我在北大念书的时候，很喜欢这些古老幽静的院落。闲暇时，我常常抱着几本书，到这附近随便找一片草地或一个石椅，埋头看书，看累了就抬头看风景，大半天的时间很快就过去了。我知道这些院落里曾经居住过若干国宝级的学术大师，这些饱经风霜略显破败的院落在我心目中比紫禁城更加辉煌。我哪里想象得到，在如此美丽的地方，曾经发生过许许多多残酷而卑琐的“反文化”的事件呢？

这篇访谈中最让我受到触动的一段，是朱世乐所讲述的朱光潜之死：1986年，朱光潜得了脑溢血，要送到友谊医院去抢救。但是，校车队说没有车，不给派。当时又没有出租车，一家人着急得不行。后来，家人和邻居家的孩子一起跑到校医院去借担架。校医院的人才不管你是朱光潜教授呢，坚持说要先交押金才能借担架。家人只好回去取押金来，好容易借到了担架，刚抬老先生出门，恰好遇到校车队的一辆回来的车。朱先生的女婿出面交涉一番，这才将司机说服送老人去医院。

等到了医院的时候，医生说已经太迟了，“本来是可以抢救的，但你们没有给我们留抢救的时间啊”。

朱世乐回家给父亲取衣服，总要换了衣服才能送去火葬场啊。她到校车队去要车，校车队说：“死都死了，还要什么车？”朱世乐说：“就是因为死了，才要车，活着的时候要不来。”

朱先生的追悼会召开的时候，统战部的领导到家里来，说他们的工作没有做好，表示歉意。朱世乐说："谢谢领导们的关心，可是父亲现在什么也不需要了。"

多少年后，朱世乐的姐姐家买了车，妈妈总是说："当初要是有了车，你爸也能多活几年……"

一代美学家就这样一点也不美地死去了。对我来说，这样的"个人史"比那些宏大的历史叙事更为重要，比阅兵典礼和领袖巡视更应当被记载下来。正是这样如黄连般苦楚的"个人史"，方才迫近历史幽暗隧道的核心位置，如俄罗斯作家索尔仁尼琴所说，"个人的命运体现在千百万人中间，千百万人的命运集中在个人身上"。时代的光明与黑暗，时代的正义与邪恶，在此展露无遗。

美丽的灵魂，往往无辜地死于不美的时代。那个时代，以蔑视文化为骄傲；那个时代，以仇视文化人为荣耀。既然"知识越多越反动"，那么像朱光潜这样的学术大师当然被定义为最反动的人。而在一个彻底以"反文化"为旨归的时代里，文化人的死亡大都是毫无尊严的——对文化的消灭，乃是从摧毁文化人的尊严开始的。蒙昧主义的盛行，反智主义的猖獗，使得文化和知识在中国成为一种"理所当然"的原罪，成为一种"不言自明"的耻辱。更可怕的是，它并不因为"文革"的结束而结束，它潜在影响还将漫长地持续下去。晚年的朱光潜被安排了一个翻译联合国文件的差使，在他办公室的桌子上，放着厚厚的一叠草稿，上面是联合国的文件，下面是翻译黑格尔的译稿。他只能这样"偷偷摸摸"地做自己热爱的工作。老人的这点"小聪明"让人潸然泪下——从某种意义上来说，这是以牺牲尊严来换取文化创造和学术传承的权利。

比朱光潜还要不问世事的古典文学专家俞平伯，因为被毛泽东亲自点名批判其《红楼梦研究》，从而莫名其妙地被裹挟进了政治的漩涡。毛泽东是想借批判俞平伯的《红楼梦研究》来肃清胡适思想在中国学术界的"遗毒"，淡泊文雅的俞平伯不幸成了一个"药引子"。

"文革"一开始，"革命群众"多次前来抄家，将俞平伯的藏书和资料都抄走当作废品处理了。那可是先生一生的心血所在啊。哪个读书人不爱书呢？可是，老先生没有办法阻止"革命群众"的"革命行为"，眼睁睁地看着珍贵的书籍被抢走，心如刀绞。那时，俞老太太还在世，家中备有棺材。"革命群众"如获至宝，这可是封建糟粕啊，他们立即逼迫俞平伯在棺材前哭妈。此后，俞平伯夫妇被送到干校劳动，熬了一年之后才回到北京。老两口在黄昏时刻爬上一辆没有篷子的大货车，坐在行李上，双手紧紧抓住栏杆，一脸平静。

学者陈徒手在《人有病，天知否》一书中记载了俞平伯的外孙的一段回忆："'文革'的阴影始终压着外公，'文革'后情绪没有恢复过来，不爱讲学问，不爱见人，对后半生影响很大。《红楼梦》的事情把外公彻底搞伤了，从学术角度讲，他对大批判一事心里肯定不服气。一九八六年去香港讲学，勾起他对《红楼梦》研究的余兴。去世前半个月神志不清楚，像是中了魔，常常坐在桌前翻看《红楼梦》。

睡觉时大声喊：'我要死了。'声音可怕极了，我们听了吓一跳，冲进去看他躺在床上没事。这是脑软化的症状。我们听了挺凄凉。"

也许，进入"白痴"的状态是维护个人尊严的最后选择。智慧迅速地从他们的生命中消逝了，但这并不意味着邪恶势力的胜利，相反这是一种无声的抗议，一种深沉的控诉。与朱光潜和俞平伯相比，作家路翎的命运更为悲惨。20世纪40年代，这位天才作家刚刚开始创作的时候，评论界就指出，他把握世界的宽度令人想起托尔斯泰，他对小人物的亲切感令人想起契诃夫，而他挖掘生活的倔强性格则又令人想起了高尔基。就是这样一名拥有巨大创作潜力的青年作家，却因为卷入胡风案件而被打入人间地狱。1955年，路翎的创作生命被强行中止。20世纪70年代末，路翎从监狱中出来，他的好朋友、诗人绿原如是描述他的生活状态："人们偶然在一条脏胡同里，在大扫把扬起的灰尘和垃圾中间，发现一个蓬头垢面的老头低着头一面扫，一面喃喃自语——这是谁呀？这就是当年名重一时的路翎。有人曲曲折折找到他的家，更发现他每天扫完几条胡同之后，便钻进一间又矮又暗又潮湿的小屋子里呆坐着，从没有玻璃的小窗口凝望着灰蒙蒙的天空，一坐就是一天：什么话也不说，当然更是什么字也不写了。"

路翎被时代"腰斩"了——他失去了与文学和文化之间的血肉联系，他在数十年非人的折磨中陷入了精神分裂症的深渊。绿原心酸地写道："曾经写过几百万字的多产作家，今天家里竟没有一本书，竟找不到一支铅笔或一页稿纸，他已经完全失去了写点什么的欲望和需要。有人去探望他，把他过去写的书送给他看，他一面摩挲着陈旧发黄的封面，一面恍惚而淡漠地问道：这会是我写的吗？路翎这时仅靠胡同里每家每月一毛钱卫生费为生，平日只能用破报纸卷卷烟蒂末过瘾，他于是顺手给来客递过去一支，自己接着也陪客抽起来，这个姿势还隐约留下了他当年豪迈而豁达的身影。"

近年来，很多人都在追问这样一个问题：在文化艺术各个领域，当代中国为什么都缺少大师级的人物？其实，中国并不缺少大师，中国缺少的乃是尊重大师的文化氛围，中国缺少的乃是大师得以成长的肥沃土壤。大师都夭折在敌视大师的社会环境之中。

这些美丽的灵魂，被不美的时代消灭了。他们真的消灭了吗？我不相信。他们的身体可能陷入泥泞之中，但他们的心灵却飞翔在高空。他们的生命可能戛然而止，但他们的文化创造却与天地同在。章诒和在《往事并不如烟》中讲述了张伯驹和康同璧的故事，他们是"最后的贵族"，守望着最后一丝的文明余晖。张伯驹将收藏的书画文物等无价之宝都捐献给了国家，却因为没有"级别"而无法享受基本的医疗条件。这样的现实比卡夫卡的小说更加荒谬。这些美丽的灵魂不由自主地充当了黑暗时代的牺牲品，他们毁灭的过程，本身就是对人的尊严的呼喊和对破坏这一尊严的一切企图的抗议。他们的文化创造物流传下来，如火把般被一代代人传递。他们的文字被一次次地印刷，为一双双亮晶晶的眼睛所阅读。这就是他们所获得的安慰，这就是他们所获得的永恒。他们以这种方式赢得了战争的胜利，肮脏的政治不会如磐石般地统治人的肉体与心灵。德国作家黑塞说过：“大部分的人都像被风吹落、随风飘舞、掉于地上的树叶一样。但也有与星星相似的人，他们行走在固定的轨道上，多强的风都吹不倒他们。他们本身拥有自己的法则和自己的轨道。”从这个意义上来说，朱光潜、俞平伯、路翎、张伯驹和康同璧们向死而生，虽死犹生。□ 2005 · 5

女性主义文学： 疯狂的水仙花

□ 李美皆

那卡索斯是希腊神话中的美少年，由神克菲索斯与水中神女利里奥佩所生。他在河边玩耍，偶然看到自己在水中的影子，爱上了它却又得不到它，最后郁闷而死，神让他变成了顾影自怜的水仙花。这就是“自恋”一词的由来。考察女性主义文学创作可以发现，其文本中到处摇曳着水仙花狂欢的影子。

女性主义诗歌充满自我崇拜。伊蕾、翟永明、唐亚平、林雪等女性主义诗人总是致力于表现女性难以抗拒的自我魅力以及性感之美，或冷艳神秘：“夜里总有一只蝴蝶叫着她的名字/于是她来，带着水银似的笑容/月光很冷，好古典……”“穿黑裙子的女人自夜而来”“我似乎披着黑纱煽起夜风”；或肉欲魅惑：“顾影自怜——/四肢很长，身材窈窕/臀部紧凑，肩膀斜削/碗状的乳房轻轻颤动/每一块肌肉都充满激情”；或圣洁细腻：“这被泪水濡湿的面颊由哪一双手抟制/她微黄的额头闪烁着一抹/令人心碎的光辉”。女性主义诗歌在展示自身性感魅力的过程中充满着女性的自我崇拜，几乎可以说是女性主义诗人的一次集体自恋。

女性在魅力方面的自信有时直接表现为一种自我赞美。伊蕾、翟永明、唐亚平、林雪等女性主义诗人会直接告诉读者她们自身的魅力是多么难以抗拒：“我欣赏我吸烟的姿势/具有一种世界性美感”“你/从容有如美不胜收的磷火/你的光使月亮无法给你投下影子”“我是这种潇洒、轻松、飘飘荡荡”。其自恋由此可见一斑。伊蕾的自恋主要通过目光对身体的自我抚摸进而以直感呈现式的描述来实现的，翟永明的自恋主要表现为在诗中着力渲染那个冷面女神身上摄人的性气息时的自我神秘感，唐亚平的自恋是通过那个集肉欲化与神秘性于一身、以妖魅女巫的面目出现的女性主人公来体现的，林雪的自恋则表现为一种处女般纯洁的自我神圣感，或者说一种“女儿性”，那是对女性自我生命的无尽的爱恋。

陈染的自我赞美比较委婉一些。她将她的自恋情绪遍施于钟情的话语客体，使其皆着自我之色，而客体的自恋又反过来显示了陈染对一己的情有独钟。“从窗缝中射进来的一束光线正好抹在她的胸部，使得那一对挺立的乳房像两朵粉红色的大花朵，花蕊饱满，葡萄酒的殷红，玛瑙珠的垂挂。”这是大树枝眼中的黛二，看起来是大树枝在欣赏黛二，实际上是黛二在自赏，也可以说是陈染在自赏。这种透过他人的眼睛而发生的自我赞美，其实就是一种自恋——表面上的“他恋”，实质上的自恋。因为自恋欲望太强烈，不满足于一个人自我欣赏，她才需要借助于一双他者的眼睛，来替自己完成这种欣赏和赞叹，以更好地满足她的自恋。“黛二是个年轻的瘦女人，手背上四条可爱的骨缝深深地陷进去，赫然醒目，这双手仿佛就不是用来和面烧饭的。如今满街都是肉感的那一类女孩，这越发显得黛二不合时尚。”这是伊堕人关于黛二的内心独白，实际上是陈染孤芳自赏的表白，也是借伊堕人的眼睛进行的透视性自恋。她有意说黛二“不合时尚”，实际上却并不以为然，她只是要让自己卓尔不群。所以，所谓“不合时尚”与其说是一种自我贬低，不如说是一种自我赞美。一个自恋者，即便以“他者”观“我”，依旧是自恋。有时她的主人公还会假借一个心疼和恋慕自己的他人的眼睛来欣赏自己，陈染首先这样写穿黑衣的女人麦弋：像一个妩媚的现代巫婆，混乱地向着男人也向着女人散发着诱惑。然后借麦弋的女友蕙馨之口说：这诱惑是一股隐隐的疼痛，让人无法抗拒，穿透心腑。这正是她对自身魅力的自我赞美。她相信自己在别人眼里一定如她所以为的那样有魅力，她把这种自我赞美巧妙地化为他人的倾倒而表现出来，其自恋则更胜一筹。除了那个显然带着陈染本人精神特征的女性主人公，陈染的形象塑造都有些单薄和平面化，表现出对他人的一种无知。而唯独在自己钟情的女性身上，她的视角是全知全能的，这使她的自恋完全超越了视者的限定而独立存在着，使她们无论在谁的眼里都有那种或美丽忧戚或性感柔韧的魅力。主人公与陈染的大致重合则实现了其审美上的主体与客体的统一，表明了其“他恋”背后的自恋实质。

陆星儿的《天生是个女人》、徐小斌的《末日的阳光》、陈洁的《雨季来临》和《随风而去》等，也或多或少地带有这种自恋的精神特征，她们为自己心造的幻影所迷惑，在虚幻神秘的氛围中尽情地把玩着女性空灵凄艳的魅力。

女性自身魅力方面的自信还表现为对女性“无限被爱”情形的过分渲染。海男在被爱方面的自恋是登峰造极的。男人们总是在赞美她笔下的女人们的同时赠送她们“玫瑰花朵、项链，还有标志着美妙纪念意义的一封封写满精细雅致字体的情书”（这是她们的女人业绩的标志）。她们的话语中经常流露出一种高贵的赐予感来，好像她们天生是任何男人的女王，以至于“让上帝动情于我”。她们的情人一律爱她们爱得要命，可以为她们牺牲一切，包括生命。海男的自恋还在于她能让她的女主人公在许多男人之间穿梭，而在每一个男人面前又似乎都是新的一样，依旧高贵、纯净、深情、迷人，仿佛她们天生是为众多男人而生的。而不管她们有多少男人，其他的男人照样爱她们，视她们为珍宝和生命，为了她们，他们能相互包容，甚至其中一个可以陪她们去寻找另外一个，他们从不相互嫉妒给她们惹麻烦。可见她们有多大的魅力，把男人都净化和提升到了什么样的境界。可是，正如一首歌所唱的，你到哪里去找这么好的人？自恋欲望的膨胀以及自身魅力的迷狂使海男无暇顾及人性的限制，于是顾此失彼。

这种自恋的多角性爱很容易让人联想到西方的唐璜。“能代表男性征逐、不忠与滥交等特征的最佳象征人物，无疑就是唐璜。以唐璜作为主题的作品都有一个明显的假设：女人除了希望成为男人的欲求对象外别无所求。他所谓的爱就是这样。他并没表现出任何成熟的爱，他甚至还没意识到，女人在情感上、身体上也是完整的人。这透露出一种退缩性的、无边际的自恋特质。”（亚当·朱克思《扭曲的心理——为何男人憎恨女人》）海男恰恰相反，她的情人泛滥说明男性被无条件地架构成了女性的欲求对象，这显示出了她如唐璜一般的“自恋特质”。因为自恋，她夸大了男性对她笔下的女性们的需要和渴慕以及她们对男性的重要，但是，与其说男人需要她们，不如说她们更需要男人对她们的需要——这是她们满足自恋的一种需要。超级男性贾平凹、劳伦斯、张贤亮等以女性的主动“献身”来满足其自恋心理，海男如出一辙。海男的爱情文本很容易让人联想起堂吉诃德可笑的骑士演义，只不过这演义变成了充满罗曼蒂克爱情的感伤情调和矫饰作风的贵妇演义而已。陈染在《超性别意识与我的创作》中说，真正的现代女性不以获得多少男人的爱作为自信心的基础。这句话也许可以对海男在多角性爱中的自恋作出一个很好的回答。

多角性爱在胡小梦的《逛来逛去》中也显示出来，“我”总是很容易被有钱的男人爱上，而爱上“我”的男人又总是那么有钱。于是“我”心安理得地被多个男人供起来，不失高贵地到处“逛来逛去”。有钱又忧伤是她自恋的原因，同时也是她自恋的需要。“累了我就坐在酒吧里，一个人在角落里默默地吸烟，像是回到大学的沙龙里，不同的是，常常有不少男人往我这儿看，目光中有种说不清的挑逗，让你不由得极其放松得搔首弄姿什么的，也体会一下某一类女人的艰辛。”这就是她的表白，其实她比“某一类女人”多了些什么呢？仅仅多了一份自恋。而就是因为这份自恋，她在享受着与“某一类女人”同样的物化堕落时，却又把自己的精神摆到一个更高的层次上，使自己的堕落变得高贵起来。她的理由之一可能是：我比她们有情调。可情调不过是物质取得了精神的包装，就算有情调，也实在没什么好骄傲的。她的理由之二可能是：我和她们不一样，我是有灵魂的。可灵与肉应该是一致的，肉体既已至此，还谈何灵魂呢？肉体既已被出卖，还谈何洁身自好呢？这个理由本身就很自恋，已经自恋到自欺的地步：物质上“当婊子”，精神上“竖牌坊”。事实上她可能还不如“某一类女人”，她们至少堕落得不自欺，而她，除了堕落之外，还徒增了一份自恋的虚伪和迷狂。

还有一种自恋就是女孩子特有的青春自恋。姜丰的《追忆如花》《一半是梦》《红墙咖啡》《情人假日酒店》以及吴云艳的《雅皮之夜》等小说就体现出这种自恋，其中的女孩子基本上属于在个性解放的潮流中成长起来的被宠坏的一代。“我又将自己哭成了泪人……凌苏开始用各种方法哄我入睡，我怎么也不肯睡。后来他用毛巾被将我轻轻裹好。我立刻眼泪缤纷。”（姜丰《追忆如花》）“不知为什么，我有点恼羞成怒，第一个反应竟是挥起小拳头向他舞将过去。但突然悟到面前原是一个陌生人时，我的拳头停在了空中，然后又不好意思地缩了回来。但小嘴却不知不觉地撅了起来。”（吴云艳《雅皮之夜》）这一自恋带着明显的青春期的特点：青春的任性、青春的靓丽自信、青春的撒娇、青春的矫情……都是正当花季青春可恃的自恋。在这种自恋的心理之下，矫情当然是被允许的，因为世界本来就是“我”的舞台，任何人都会无条件地宠爱我、包容我，被拒绝的难堪从来与我无缘，因为我是女孩子。她们永远在重复着一种到处被爱的情形，矫情得匪夷所思，自恋得让人忍不住想问一句：你以为你是谁？女性并不能因为自己的年轻而放纵自己，更不能因为自己的性别优势而获得一份在男性面前撒娇耍赖的豁免权。

女性如果视自己的性别为宗教，便极容易流于自恋的幻想：世界是她的，只要她愿意，就能够成为任何男性生命中的最爱和生活的最高目标。这不过是一个女性魅力的神话，一种自恋的幻想。诚然，从但丁到歌德，我们的文学中一直存在着一个以女性为心理明灯和灵感源泉的传统：永恒之女性，引导我们向前进。这可能会给女性造成某种错觉，以为自己真的可以成为许多男性心目中的女神。而现实是，对于男性来讲，女性的魅力并不是那么难以抗拒的，甚至可能是不存在的。如果存在的话，也只是在某一方面或某种程度上而言。而且，女性的处境并没有那么乐观，尤其在市场经济条件下。从慕容紫薇的《我不相信你的眼里没有泪》，钟道宇的《给我一把钥匙》，荒水的《丽人行》，西篱的《夜色如水》，王海玲的《热屋顶上的猫》，我们可以发现，女性仍然在男人和商品化的夹缝里挣扎得很苦，常常是委身于男人后却得不到男人房间的一把钥匙，“给我一把钥匙”还是很多女性最真实的渴望。女性的处境仍然尴尬而有苦难言，性感的“燕子”不过被视为一只“热屋顶上叫春的猫”。《夜色如水》对海男的自恋更是一个反证，“他”养了“她”，但当她“大胆热烈，不满足于偷偷的爱”，跨越他心理的界限“深入过他的灵魂”之后，他就觉得她已经不乖了，不再适合在他的生活中出现了，于是带着“她”乘飞机去边寨，想在湖里溺死“她”，造成外来妹自杀的假象，然后一走了之。而“她”此时却还沉迷在爱情的甜蜜之中浑然不觉。

缪永的《驶出欲望街》中，这种一厢情愿的自恋也得到了部分体现，本来也是一个屡见不鲜的“傍款”事件，却由于缪永的自恋手笔而变成了一个温情而又不乏深沉的爱情故事，以鱼与熊掌的兼得来证明了“红尘有爱”。悲观一点去看，类似的故事我们的生活中呈现的更多的似乎还是张爱玲的《倾城之恋》式的“爱情即战争”的版本。徐坤的《遭遇激情》中，女主人公在商业谈判中试图以女性的楚楚可怜以及所谓人格魅力来打动男对手，男主人公开始动情了，她几乎就要成功了，但最终棋差一着，因为男主人公还留了一手。这种试图以感情原则来战胜商业原则的幻想，既乌托邦，又一厢情愿。在商言商，商界固有的铁律使任何自恋的幻想在它面前都显得苍白无力。这种一厢情愿地抬高商业世界中女性在男性心目中的地位的杜撰，其实都包含着自恋的成分。女性并没有那么轻而易举地从物质中解放出来，超越生活层面的局限，进而成为男性头顶的一道光芒。任何妄图以人格力量来打动男性从而使自己在商战中立于不败之地的幻想都是自恋而不切实际的。

与海男等女作家相比，倒是有许多男作家如钟道宇、荒水等对市场经济条件下的女性生存有着更为清醒的思索和观照。由商业加感情这类题材的男性文本和女性文本中对女性处境的不同反映，我们可以看出女性主义作家此间的自恋。由于太爱自己，她们一味耽于低头自恋，根本无暇也无心顾及别人的生存之痛，所以才会对女性的现实失察。

对自身魅力的过分迷信和过高估价使女性陷入自恋的乌托邦，而对自身力量的过分自信则把女性推向了母权制的极端，女性文学因此还体现出一种极端女权主义的自恋。张洁、张辛欣在她们的女权主义反叛中，往往还把自己弄得捉襟见肘，一无所有，甚至没有立身之地。晚生代女作家却不会这么背水一战，她们往往首先要留出自己的中心位置来，把主动权掌握在自己手里，让自己处于毋庸置疑的强势。这样她们就由被动的反叛置换为主动的操纵和控制。她们具有强烈的王位意识，都是自己文本王国里的女王，她们把张洁们那种勇敢但仍然处于弱势，常常在现实中碰得头破血流一败涂地的起义性反叛一变而为君临臣上式的上下对抗——一种因为力量太悬殊而构不成对抗的对抗。在她们的文本中，男权制已经被先验地颠覆了，男性个体已经被先验地阉割了，男性中心文化好像根本没有存在过似的。

赵玫的《我们家族的女人》、铁凝的《玫瑰门》，向人们描绘了一个充满力量的母系氏族。海男的文本中，一群男人痴心地爱着同一个女人，像女王与她的男宠们，这是她的女王主义的表现。林白、陈染笔下的男性也已经变成女性神话的祭品和女性寻欢的工具。林白曾经宣称自己是一个女性崇拜者。她把女性美推到一种极端的境界，同时又让出现在她视野里的男性孱弱卑微不堪一击，表现了她面对男性世界的一种决绝而亢进的姿态。徐坤的《从此越来越明亮》和陈染的《破开》，是充满豪情的女性主义的宣言书，丁玲笔下那种莎菲式的女性中心主义于此重现。描写由世妇会召开而推动起来的女性写作盛况的《从此越来越明亮》中，徐坤以女性共同体的代言人的身份表现出一种自大、轻狂和张扬的自恋，把女性的自我抬举到了一种登峰造极的地步。她用紫禁城——王者宫殿，王位所在——来作为女人的城和女人的象征，其意味是非常明显的："我被我诗化你的愿望深深打动了，紫禁城。""男人们怀着巨大的恐惧在你的脚下献上了千万条红毡和毛毯，然后匍匐在你的脚下虔诚跪拜，你在男人的鸡群中孤独地鹤立着。""城中的帝王们在穿越你时心怀恐惧彻底颓废了，只剩下一代又一代的中国阳痿。那些成为被你围困的死囚，夜夜充当着你的毫不称职的玩偶，那些被阉割过的宫廷太监们只有被你同情和怜悯的份。"《破开》则充满"春风得意马蹄疾"的潇洒和扬扬自得，好像男性已经真的在女性的"谈笑间""樯橹灰飞烟灭"。她们在意念中尽情地颠覆着男性文化的中心位置，而事实上，现存的两性关系并没有如此阴盛阳衰，她们辉煌的自我感觉只是一种自恋的致幻力的催生物而已。她们对女性的帝王般的崇拜归根到底是一种女性沙文主义的自我崇拜，这种女王主义已经使她们的自恋接近于自欺。这种自欺不仅没有也不能改变女性的社会地位，反而因其掩耳盗铃而掩盖了实际上的性别压迫。

强烈的女性优越意识和过分的自恋使女性狂妄而又迷幻，并在两性关系上有矫枉过正之嫌。她们似乎并没有满足于男女平等，而是以矫枉过正来继续打破两性间的平衡。诚然，因为短短的母系时代结束以后，人类的历史就是一部女性被压抑的历史，所以为了摆脱压抑，女性在两性关系上的矫枉过正是一个历史的必然。但这只能是一个并不完善的转型或者过渡，其最终目的是为了引向真正理想的两性关系——精神上的平等。而如果矫枉过正走得太远，不仅不利于两性关系趋于完善，而且使正在追求的女权因为过分张狂而显得可疑，其内在力量反而被削弱。

从女性心理学角度来看，这种女权主义的自恋实际上是一种女性补偿心理所致，是女性对自己缺乏自信后的过度补偿的结果。因为由自尊自强走向了自恋，由自审自省走向了自闭，强劲与脆弱两种强烈对立的两极人格便统一于女性一身，女性心理在某种程度上已走向畸变。所以，她们并不能在自恋中找到自我平衡的真正出路，把女性的自我从失落的世界里寻找回来。相反，过分自恋使她们与社会和他人处于对立的位置，因而无法在社会中建立起真正的自我。自恋并不能引起女性真正的被重视，女性要靠实际行动和理性力量来证明自己，而不是靠某种一厢情愿的女权主义的偏执。正是缺少实际行动和理性力量的盲目自恋，使晚生代女作家们的价值目标变得茫然。因此，无论就女性文学之路还是女性解放之路而言，女性都必须走出各种幻影的自欺。

在两性关系上的矫枉过正还使女性将自身异化。阴阳相济是天经地义的法则，女性事实上无法拒绝对男性的需要，正如陈染在《另一扇开启的门》的访谈中曾明确说过的：“我热爱父亲般的拥有足够的思想和能力‘覆盖’我的男人。”但是，由于极端的女性中心主义，她们又以绝不相容的敌对方式对男性实施了割礼，使他们丧失雄性，尔后鄙弃了他们。于是，她们将自己套进了一个自己画的怪圈。女性在将男性“他者化”即物化的同时，也自食了被异化的苦果——这就是她们由男性匮乏而导致的空虚和难言之苦。她们对男性的态度是拒绝的，又是召唤的，拒绝现实中的男性，召唤理想中的男性。由于对异性和爱情太过理想，她们只能对着心造的幻影仰望祈祷——“与假想心爱者在禁中守望”。这无异于望梅止渴，画饼充饥。正如现代工业社会人创造了机器又受制于机器一样，女性先用一支笔将男性杀死，然后又自己面对着生命中男性匮乏的无奈，情和性的匮乏使她们变得无比饥渴，这就是女性异化的后果。女人的胜利总是以男人雄性的退化为前提，这使她们的胜利大打折扣，或根本上变为一种意义的缺席，像一个不伦不类的怪物。

异性的匮乏，即异性恋的无法实现，使女性只好走向自恋和同性恋——徐小斌在《双鱼星座》中所触及的女性的自恋与自慰就是女性在将情感及肉身获救的希望寄托于男性，而又惨遭失败后的一种反向逃逸——但自恋和同性恋都无法解决男性匮乏而导致的女性问题，无论是生理方面还是心理方面。自我象牙塔毕竟是匮乏的，女性之邦毕竟是有限的，女性生命中的男性匮乏越久，其空虚就越大，对男性的偏执和仇恨也就越深刻。对男性的偏执和蔑视，又会导致女性对自我的过誉，使其更加自恋——这已经形成一个怪圈。因此，对自我的理性认同和健康的两性关系的建立是克服和转移女性作家自恋的有效途径之一。

女性主义文学的自恋与女性主义文学批评也有直接的关系。世界范围内的女性主义文学批评为女性主义文学的发展造就了一个高昂的舆论背景，给女性主义作家造成一种虚幻的良好的自我感觉。来自女性批评家的女性主义文学批评尤其表现为一种批评与文学之间的“累斯嫔主义”，自觉不自觉地采取性别回护的态度，以无条件的认同和袒护以及批判意识的缺席，形成对女性主义文学的误导，并在客观上对女性主义文学的自恋起到某种鼓励作用。为了克服女性主义文学的自恋，女性主义文学批评必须首先克服其自恋，从而为女性主义文学发展起到理论和舆论双重的引导作用。◻ 2005 · 2

论样板戏的角色等级与仇恨视角

□ 余岱宗

一

样板戏是一个在特殊年代出现的一种非常特殊的文艺品种。首先，样板戏的创作、改编过程有着非常明确的目的，那就是突出无产阶级英雄的高大形象。样板戏的英雄人物观并非毫无依据，而是有其历史的发展过程，是两种不同的文艺观念此消彼长的结果。从延安的“讲话”开始，文艺为谁服务的问题就作为一个具有重要政治意义的问题不断得到重申。文艺要为工农兵服务，当然就应该以工农兵为主角，为英雄人物。关于如何塑造工农兵形象始终存在两种不同的文艺观念。比如：关于《创业史》这部长篇小说的人物形象就有两种截然不同的观点。一种观点认为梁生宝这个人物形象是典型形象。因为他是社会主要推动力的代表。而另一种观点认为梁三老汉的形象最典型最丰满。因为他肩负着封建压抑的几千年精神重负。梁三老汉身上集中了中国当代社会的种种矛盾。梁三老汉向往新社会，但又想保留自己的土地不入社，因而他处处表现得犹疑不定，他的心态最具有时代特征。鲁迅笔下的阿Q、闰土、祥林嫂等农民人物多是被启蒙的对象，他们是封建压迫的受害者，重负着如胡风所说的“精神奴役的创伤”。工农兵人物在“五四”启蒙的笔下，不乏蒙昧、自私、自我欺骗的特性，就是鲁迅之后的赵树理小说中的许多农民人物也有不少缺乏觉悟、思想落后的典型。所以，尽管在延安“讲话”中就旗帜鲜明要求艺术家要以为工农兵服务，以塑造工农兵人物为主，但如何塑造工农兵人物，特别是如何塑造工农兵英雄人物，依然有着分歧。直到发动“文化大革命”，文艺作为政治工具成为毋庸置疑的定论后，以完美高大的工农兵人物占领文艺舞台的中心成为最迫切的任务，而这些“崭新”的工农兵英雄形象当然要彻底摆脱受启蒙的地位。

二

江青提出："京剧艺术是夸张的，同时，一向又是表现旧时代旧人物的，因此，表现反面人物比较容易，也有人对此欣赏。要树立正面人物却是很不容易的，但是，我们还是一定要树立起先进的革命英雄人物来。上海的《智取威虎山》，原来剧中的反面人物很嚣张，正面人物则干瘪瘪。……我们搞革命现代戏，重要是歌颂正面人物。"①

歌颂正面人物往往不计艺术规律，处理反面人物形象时，必须从塑造主要英雄人物的需要出发。否则，把反面人物写得与正面人物分量对半，或者写得非常嚣张，居于主位，这样就是牛鬼蛇神专政。《智取威虎山》剧组曾以该剧第六场为例，给我们叙述了这种价值取向："在那里，座山雕居高临下，主宰一切，而杨子荣却处于被动，围着他打转，做他的陪衬。这种历史的颠倒，如今被我们重新颠倒过来了。首先，我们删去了原来的'开山''坐帐'等渲染敌人威风的场面，又把座山雕的座位由舞台正中移至侧边，自始至终作为杨子荣的陪衬；而让杨子荣在雄壮的乐曲声中昂然出场，始终居于舞台中心；再用载歌载舞的形式，让他处处主动，牵着座山雕的鼻子满台转；在献图时，让杨子荣居高临下，而座山雕率众匪整衣拂袖、俯首接图。大灭了资产阶级的威风，大长了无产阶级的志气。这一改动，引起了强烈的反应。广大革命群众为之欢欣鼓舞，说：'好得很!''真是彻底翻了个身!''大快人心!'而现代修正主义者则又恨、又怕、又痛，竟歇斯底里地咒骂我们'根本无视生活规律和舞台法规'。"② 这段创作谈表示：样板戏尽管受到"现代修正主义"的非议，质疑其正面人物高大形象的虚假和做作，但"政治正确"成为样板戏的生命线，只要这种"三突出"的创作方法能"大长了无产阶级的志气"，任何艺术安排只能服从于意识形态的需要。所以，样板戏角色创作，完全服从于人物的社会角色特征，不是依据人物性格特征，或参照现实经验来确立其在戏剧文本中的轻重，而是根据其政治身份决定其在舞台上的位置和分量。根据这个原则，敌人审讯革命者的时候，银幕上出现一个以李玉和为主体的长镜头，只见被审讯的李玉和高居画面的主要部位和前景，昂首坐于椅上，或佯装不解，或待机反击，形象倍加高大，而审讯者鸠山则偏居画面的一侧和后景，弯腰屈背地围着李玉和打转，或假献殷勤，或偷觑反应，形象分外猥琐。在被严刑拷打后，李玉和依然可以一步一步地逼近鸠山，逼得鸠山跌坐在椅子上。由于"性格矛盾""复杂的内心""五分钟动摇"被当作资产阶级的文艺观念批判，所以，主要的正面英雄人物在样板戏中始终高大挺拔，而反面人物不管怎样嚣张，在英雄人物的面前总是处于

---

① 江青：《谈京剧革命》，《红旗》1967年第6期。

② 上海京剧团《智取威虎山》剧组：《努力塑造无产阶级英雄人物的光辉形象》，《红旗》1969年第11期。

被动的地位。样板戏的每一部戏都联系着阶级斗争，但所谓阶级斗争，在样板戏中，常常只有我方绝对压倒敌方的“斗”，而不存在势均力敌的“争”。对敌人的蔑视再加上无产阶级的身份，就是可以战胜敌人的最可靠的理由。这种以现实主义的戏剧形式出现，却严重扭曲现实经验的样板戏角色等级布局只能导致观众对虚假的暂时妥协。相反，样板戏中的有生命力的片段都是对这种角色等级制的不自觉的“违规”。在样板戏的系列中，至今仍然受到欢迎的恰恰是那些敌我双方能够展开“平等”较量，而不是以“势”胜敌的片段。如《沙家浜》中的“智斗”，由于有了阿庆嫂、胡传魁、刁德一之间从各自的性格、各自的利益、各自的处境出发的“钩心斗角”，才使正面角色与反面角色在一个暂时排除了简单的政治价值判断的语境中展开生动的智力对垒。角色之间才有了比较平等的“斗争”。尽管被硬性规定阿庆嫂这个角色要比郭建光“低”一等级，但这位“垒起七星灶，铜壶煮三江”的阿庆嫂却是《沙家浜》中，也是样板戏戏剧中难得的一个不是依靠政治身份，而是用心计和胆识于不动声色中战胜敌手的样板戏英雄人物。阿庆嫂的这一特性使她在众多金刚怒目式的样板戏英雄中间格外醒目。“智斗”是最精彩的一场。刁德一的狡猾多疑、阿庆嫂的虚与周旋、胡传魁的江湖义气，各有各的心思，各有各的算盘。特别是刁德一、胡传魁、阿庆嫂的三人轮唱，表面上不动干戈，但刁德一、阿庆嫂间的内心角斗已经充分展开，而胡传魁的愚蠢，恰恰折射出刁德一的狐疑和阿庆嫂的机智，也折射出这两个人“智斗”加“暗斗”的高度紧张。像“智斗”这样让敌我双方的三个人物在智力、勇气、情感获得了多样化的表现的样板戏片段似乎仅此而已。但恰恰是这个片段，让观众欣赏到了英雄的“智”，而不是再次确证英雄居高临下、理所当然的身份价值。可惜，在样板戏中，《沙家浜》的“智斗”这样的片段是例外的例外。就是阿庆嫂这位女英雄，也因为从事的是地下斗争，在政治上应该从属于从事“武装斗争”的郭建光，因此，阿庆嫂这个角色在等级划分上理所当然比郭建光低一层次。尽管《沙家浜》这出戏最早的剧名就叫“地下联络员”，以地下工作的传奇故事取胜，但为了突出武装斗争而不是地下斗争的主导地位，这出剧在修改为《沙家浜》过程中不得不遵命加重郭建光的分量，让郭建光在戏剧的关键处不时地发挥些“重要作用”，多说些有觉悟的“阶级话”“政策话”。但不管怎么改，观众欣赏的依然是说话滴水不漏带点江湖气的阿庆嫂，欣赏阿庆嫂如何周旋于胡传魁和刁德一这两个男人之间。

样板戏的“三突出”创作原则意味着设置了一个由低级到高级的人物谱系，在这个谱系里反面人物被判定为只有陪衬的价值。同样是正面人物，配角也只能为主角服务。主角一般选择像杨子荣、郭建光、洪常青、柯湘、方海珍这样的革命军人、党代表或党支部书记，让这些基层党员或基层党组织的领导成为战无不胜的正义力量中的代表人物。这意味着样板戏中人物的社会属性要高于具体人物的性格特征。改编后的每一出样板戏都设定了从高到低的人物谱系，最主要的英雄人物不是因为有了智慧和勇气而成为英雄人物，而是因为他已经被设定为英雄，因而就有了智慧和革命气概，就可以轻易地战胜敌人，获得必然的最后胜利。所以，造成样板戏叙事的虚假和人物空洞的最主要原因不在于写阶级斗争，而在于样板戏先验设定的人物等级谱系。在戏剧中，角色自然有主角与配角的功能之分，但功能之分不等于政治价值之分，而样板戏恰恰将角色的功能等级按照政治价值等级排列，这就使得英雄人物与反面人物、主要人物与次要人物无法展开情或理的正面对话和正面交锋，已经设定好的人物等级模式只能有一个任务：让英雄人物越来越高大，反面人物越来越渺小。

需要重申的是：阶级斗争作为叙事的主要框架并不是样板戏独有的一个创作特点，样板戏的艺术局限也并不是因为叙述了阶级斗争而造成的。早在20世纪40年代末，丁玲就写出了《太阳照在桑干河上》这样一部以土改过程中尖锐的阶级斗争为题材的小说，创造了钱文贵这位带有一种复杂性的地主形象和黑妮这样一位“中间人物”。这部小说写阶级斗争没有过于强烈的外部动作，揭示的是中国农村阶级斗争的复杂性以及阶级压迫主要在阶级的精神压迫这一真相，这正是延续了“五四”精神中最重要的一个启蒙原则：农民不但在经济上受压迫，更在精神上受到封建思想的无形摧残，所谓的阶级斗争远不是一个阶级打倒或消灭另一个阶级那么简单。可见，写阶级斗争，无论从政治的角度，还是从人性的角度出发，都可能写出一定的深度，写阶级斗争并不意味着审美价值的降低。而给角色划分硬性的等级，在给角色的外在的社会属性贴上标签后，不许角色跨出社会属性的范围做任何“越轨”表演，这才是样板戏的致命伤。在样板戏中，指导员就是指导员，党代表就是党代表，土匪就是土匪，日本鬼子就是日本鬼子，样板戏的人物表演仅仅局限在人物社会属性范围内（而且常常是社会属性中最呆板的政治属性的那一部分），这才导致了叙事的单调和概念化。如此，由于带有强制色彩的由高级到低级的划分，窒息了样板戏的表演，使得样板戏中关于阶级斗争的叙事被人为简化，而阶级斗争过程中的有可能涉及的复杂多样微妙的人性因素则由于先验的等级划分而被粗暴地省略了。

三

由于样板戏英雄人物被束缚在一个规定了的符合其政治身份的表演框架内，并且对政治身份的理解极其狭隘，所以，样板戏森严的角色等级所带来的后果是人物情感表达的单调和整一。在样板戏中，英雄人物李玉和虽有家庭，但未娶妻。洪常青与吴清华只能维持同志关系，柯湘的丈夫在柯湘未出场前就已经牺牲了。至于《海港》与《龙江颂》，两戏的主角方海珍与江水英这两位大龄女子的情感生活皆被忽略。只有阿庆嫂有丈夫，但阿庆已经到上海“跑单帮”去了。如果说某一部的样板戏不关涉情爱生活或家庭生活并不值得奇怪，而每一部样板戏皆与情爱生活以及家庭生活绝缘，这就不能不让接受者感到蹊跷。在样板戏中，不仅仅英雄人物清心寡欲，就是反面人物的私人情感生活也是处于隐匿状态，本来《沙家浜》中有胡司令结婚“闹喜堂”一节，在改编中被删去。小说《林海雪原》革命军人之间有爱情的火花，女土匪的形象也活灵活现，而到了改编后的《智取威虎山》，女土匪不见了，革命军人也变得更“严肃”了。至于《海港》中的阶级敌人钱守维，《龙江颂》中的坏分子黄国忠，也都是独来独往的单身汉。在样板戏中，两性关系，不是处于被正面批判的地位，而是被放逐、被隐匿和漠视。性爱成为样板戏最不愿意正视也不屑于正视的一个盲区。其实，革命与性爱并不是天生互相排斥的，“革命+恋爱”的文艺作品曾经风靡中国的二十世纪二三十年代，革命的激进和恋爱的热烈曾经互为因果，革命的热情为现代性爱带来的鲜活感觉，而解放了的性爱又为火热的革命生活输送源源不断的强劲动力。用性爱的浪漫去催生革命的激情、去克服伴随着革命而来的恐惧，是革命小说中一个重要的主题。性爱的解放常常是社会革命的催化剂。当主流社会道德的存在价值受到怀疑，需要重新评估的时候，性爱价值观的改变常常首当其冲。所以，性爱与革命并不天然地相互排斥。进步的文艺作品中男女主人公既革命又恋爱的图景，曾经激励无数的进步青年投身于中国革命的热潮中。那么，为什么在高举革命大旗的样板戏中，却无一例外地回避了性爱，主要的英雄人物更是经过“净化”处理，成为绝尘脱俗、顶天立地的神圣人物？为什么样板戏要选择带有浓厚清教徒色彩的禁欲式的英雄人物？在中国的现代红色文学的发展过程中，《新儿女英雄传》《野火春风斗古城》《苦菜花》《红岩》《红旗谱》等许多文艺作品中并没有将英雄人物神化到不食人间烟火的地步，那么，样板戏为什么选择了禁欲式英雄，而不是灵与肉相统一，或者灵与肉发生冲突的俗世英雄呢？从英雄的类型来说，中国古典文艺作品中，既有诸葛亮式足智多谋的英雄，也有关羽式的忠信仁义彻底禁欲的英雄，以及《水浒传》中的逼上梁山奋起反抗并且时不时地放纵私欲的草莽英雄。而在古希腊的英雄史诗中，英雄总是与命运的苦难联系在一起，英雄的伟大更多地表现为与恶劣环境以及自身弱点的抗争，而英雄的悲剧也常常是因为自身的生理或性格上的缺陷所导致的，所谓阿喀琉斯之踵便是泛指英雄的致命弱点。在欧洲文艺复兴以后，受到启蒙思想影响，英雄形象中仁爱宽容的特点开始占据更多的成分，英雄的忏悔更能震撼人心。不同的历史语境对英雄这个概念有着完全相异的理解。在样板戏中，英雄人物的“高大完美”显然不是以足智多谋为最突出的特点，更不是以忠信仁义或博爱宽容作为其完美形象的支撑点，同时，以个人恩怨为出发点的复仇也被认为是狭隘的革命观念（吴清华、雷刚就有一个复仇观念的改变过程）。由于样板戏中的英雄是阶级的代言人，他们的仇恨意识都是以阶级名义释放。整个样板戏的叙事进程就是一个仇恨能量不断聚集、上升的过程。可以说样板戏中英雄之所以能成为英雄，关键在于他的阶级身份和他的阶级觉悟。样板戏之所以模糊人物的性别身份，乃是基于这样一种判断，即人的阶级身份是人的最主要的特征，而性别身份与阶级身份比较，性别身份居于十分次要的地位，甚至可以忽略。另外，样板戏对性的回避可能还带有强化革命者的道德品格的意图，因为在中国的传统观念中，性的严格自律常常是英雄人物的一个重要的道德指标，中国文化中固有的以性为耻辱的思想并未因为五四运动启蒙思潮的冲击而退场。样板戏十分倚重英雄人物的道德感召力，禁欲是中国人容易接受的一种锐利的道德武器，可以成为英雄人物战无不胜的法宝之一。再从 1949 年文艺发展轨迹来看，新中国成立之初，能不能以小资产阶级为主人公的讨论就已经沸沸扬扬，20 世纪 50 年代初发生了对胡风的现实主义观念的批判，1957 年关于“文学是人学”的讨论再次触及文学如何写人性的问题，20 世纪 60 年代初期关于能否写“中间人物”的讨论也是试图从“中间人物”作为突破口，找到摆脱“高、大、全”的英雄人物模式的突破口。可以说从新中国成立伊始，如何写人，允许写什么的人，人又该怎么写，并非一锤定音，所谓“黑线”就是指那种试图从更富有人性意味的角度去理解阶级斗争和工农兵人物的英雄潜在的文艺力量。但“文化大革命”开始后，样板戏这样的文艺作品的出现以及样板戏禁欲主义式的英雄人物的大行其道，意味着从极其狭窄的阶级身份出发演绎文艺的观念占了绝对的上峰。

狭隘的、禁欲式的阶级斗争成为绝对的叙事母题，阶级友爱和阶级复仇理所当然成为这一叙事母题的主要情感特点。在样板戏系列中，所有的感情都被赋予阶级属性，而人的日常性情感也必须依附于阶级情感。在样板戏中，除了少量的阶级友爱、军民鱼水情外，所谓的阶级情感，其最突出的部分就是阶级仇恨。仇恨成为样板戏的情感底色。哈姆雷特式的不断自省不断回归自我内心的复仇者只能被判定为书生气的动摇分子，样板戏绝无为中国知识分子树碑立传的可能，相反，样板戏这类戏，其重要的作用之一就是为了改造、教育知识分子。

在革命成功之前，不平等的社会现实需要改造，阶级仇恨作为突出的情感特征，在《智取威虎山》《红色娘子军》《红灯记》这类戏剧中尚有其合理之处，在一个阶级推翻另一个阶级的斗争中，利用阶级仇恨情感的传染，可以获得最快速最广泛的社会动员。但在阶级革命胜利之后，革命政党已经掌握了政权，阶级斗争已经不再是全社会最突出的矛盾之时，阶级复仇的情感依然成为戏剧的主题，其用意就值得推敲。比如《海港》这出戏，发生的背景是工业时代的大码头。本来这出戏的主要内容是围绕着“落后青年”余宝昌不愿意从事码头工人工作展开戏剧冲突。余宝昌这个人物，在国家工业化的进程中，自由选择的意愿开始觉醒，却没有获得相应的发展机会。本来这出戏叙述的是强大的国家控制系统与个人自由选择之间的矛盾，这是带有封建人身依附色彩的体制造成的弊病。但是，《海港》被改编后，改名为韩小强的余宝昌成了一个次要人物，而他想改换工作的愿望是由于暗藏的阶级敌人钱守维（原戏中是个思想“落后”的“中间人物”，为突出敌我矛盾，将其改为暗藏的阶级敌人）的撺掇。这样，改编前的《海港》中所隐蔽着的关于强大的国家控制体制与个人自由发展之间的矛盾被强行扭曲为两个对立阶级间的矛盾。韩小强之所以要求调换工作被解释为阶级意识的淡漠。我们还可以注意到一点：本来，工业化时代的动力来自对利润的追逐和个人理想的实现，但我们发现《海港》要批判的恰恰就是工业化社会需要追求的合理目标。在《海港》这出戏里，已经隐约地透露出创作者对工业化时代的追求利润的恐惧，对人的多向度发展的意愿也表现出霸道的钳制。方海珍口口声声要发扬国际主义和爱国主义，而另外一个次要人物赵震山则重视“生产指标”“利润指标”，这二者之间在《海港》中又构成了一对互相冲突的话语面貌。在此，不难发现，《海港》至少回避了一个相当具有杀伤力的问题，即韩小强这样一个青年人，他不想“坚守”码头工人这个职业而想当海员，这种“理想”为什么在逐步工业化的社会中被判定为“价值的降格”呢？《海港》回避了这样一个问题，其判定韩小强调动工作的“无意义”甚至是“思想落后”的理由是：码头工作是进行阶级斗争的重要阵地。这样，韩小强自由选择职业的合理愿望便被转变成是否忠于阶级阵营，是否还有阶级斗争意识的问题。通过码头阶级斗争史的“正面教育”后，韩小强终于守本分安心地在码头工作。可见，《海港》中的阶级仇恨的情感，已经不再是一个阶级推翻另一个阶级的动力，而是成为以阶级名义发布的强大控制系统对每一个阶级成员进行绝对控制的且具有相当宽泛的能指空间的阶级情感符号系统。在《海港》《龙江颂》这两出戏里，阶级仇恨作为一个概念其所指越来越空洞，而能指意义越来越趋向无限。这种背景下的阶级仇恨情感的调动与其说是为了警惕潜在的敌人的威胁，不如说是利用这种仇恨情感的“合法化”达到国家控制系统的巩固和强化。从这个意义上说，《海港》《龙江颂》这样的样板戏，其阶级革命、阶级仇恨在政治层面上已经没有什么激进意义可言，而越来越呈示出维护现存政治系统的保守和反动。阶级仇恨成为样板戏叙事中最具推动剧情发展的“超级情感”和无所不能的“情感道具”，而人类的其他情感则遭到“贬值”和放逐。当仇恨的价值被无限夸大之时，在这种单向度的仇恨情感系统威慑下的戏剧文本其艺术价值趋于递减，实用的宣传价值趋于递增。▢ 2001·3

批判样板戏：并不仅仅因为政治

□ 朱寿桐

每个革命样板戏在“文化大革命”中都是规模巨大的系统建设工程，投诸其中的人力、物力包括像汪曾祺、阿甲等人在内的艺术创作力以及直通最高决策层的领导力量都堪称空前绝后。尽管人们即使在当时也能看出它们的教育功能和政治色彩如何的突出，但哪怕是今天的读者和观众都愿意承认并接受这样的印象：样板戏在艺术上可谓千锤百炼，尤其与现在动辄粗制滥造仓促推出的艺术作品相比，可以称得上是那个时代的精品。因此，长期以来，人们或许会从思想倾向上反思样板戏“左”的政治导向，却很少从艺术创作的角度揭示样板戏的严重缺失。随着当代媒体煞有介事的炒作与渲染，随着年轻人对传统京剧拿腔拿调作风的厌腻情绪的增长，以现代京剧形式为主体的样板戏其艺术上的经典意义一直得到了夸张的展示乃至圆满性的强化。如果我们不从样板戏的文本实际出发，对它们的艺术质素加以认真的分析和实事求是的评价，一任有关样板戏艺术的完美性想象与错觉代代流传，那将是一种学术的失责。

一

样板戏的创作宗旨表面上是为工农兵服务，但根本的政治目标是为政治服务，为宣传服务，作教育民众、武装民众的思想武器。在“文化大革命”中，在某种政治逻辑的推论中，这两重宗旨是一而二、二而一的关系：为工农兵服务的最大价值就是要提高服务对象的思想觉悟，给他们进行政治教育，武装他们的思想，就是给他们的最好服务。可体现在艺术表现上，以服务为主还是以教育为主，其结果将大不一样。以服务为主的戏剧艺术必然在老百姓所喜闻乐见的形式和手法上进行艺术定位，而以教育为主的戏剧艺术则只会在老百姓接受的可能性上考虑到他们，思想内涵的设定和艺术表现的取法却首先服从于某种政治需要。样板戏的本质属性是政治教育的艺术，有时候在许多人的理解中甚至就直接成了政治本身——曾经身历其境的人们应能想象得到，如果一个人在“文化大革命”中反对革命样板戏，那将会招致怎样的厄运。这就决定了，它们的艺术取法和艺术定位实际上最大限度地忽略了工农兵的艺术趣味和欣赏习惯，同时也意味着，即使用当时流行的艺术价值标准——工农兵文艺的标准来衡量，它们也仍然不可避免地存在着缺陷，这是为政治服务与为工农兵服务这两重宗旨之间矛盾龃龉的必然。

当"文革"中的某些风云人物举起"京剧革命"的旗帜，将样板戏的基本形式定位在现代京剧之上时，他们与其说是考虑到了广大工农兵群众，毋宁说是完全进入了政治戏剧的角色。京剧作为中国富有民族传统的戏剧种类，确实拥有大量的稳定的接受群体，但它毕竟还是一种地方戏，它的固定接受群体毕竟局限在华北地区，选定它作为样板戏的基本剧种在全国推广，这策划本身就是对于中国最广大地区人民群众欣赏习惯的粗暴挑衅，一开始就奠定了样板戏运作的政治化性质。京剧作为近代以来影响最大的民族剧种，与中国共产党的关系似乎也至为紧密。当年在延安艰苦的政治生活中，与中国共产党领导人物、机关干部和人民群众有过过从的戏剧艺术至少有新歌剧、新秦腔、新秧歌剧、话剧和京剧（平剧）等，就其在干部和群众中的影响而言，似乎《白毛女》等新歌剧的成就最大，而且由于能有效地融入各地民歌的旋律和某些地方戏的表演方法，在民族化和地方化的道路上应该说可塑性极强，在全国推广的可能性也最大。但京剧在中国共产党多数机关干部和广大知识分子中拥有基本稳定的爱好者群体，更为重要的是，它以《逼上梁山》等传统剧目的革新，成功地演示了古为今用的艺术前景，受到中共领袖毛泽东的由衷赞赏和郑重表扬。京剧与中国共产党的这一重关系应被视为其作为样板戏基本形式的重大资本，甚至是根本决定因素，样板戏策划者和倡导者选定京剧，基本上不是从广大工农兵群众接受的普遍性和喜闻乐见这一原则出发的。

毛泽东"古为今用、洋为中用"的论述在样板戏的艺术形式设定中起到了极其关键的作用，这一作用的决定性显然是人们一般地泛泛而谈所难以认知的。或许后来的人们理解不了，为什么在不遗余力地鼓吹文艺的工农兵方向的时代，在格外强调戏剧形式的民族化和民间化的时代，样板戏的另一艺术形式却选中了莫名其妙的芭蕾舞——这个以脚尖运动为支力点的洋玩意儿与中华民族传统艺术中所有的舞蹈形式都没有联系，而且，当样板戏要求所有的舞蹈演员都穿上严整的民族服装以后再踮起他们的脚尖装模作样地奔舞上场时，芭蕾舞原有的那种穿边沿翘起的超短裙或肉色紧身衣尽情显露优美身姿的西洋式俚俗魅力已不再留存。这就是说，芭蕾舞作为中国戏剧形式样板的其他所有理由都无法成立，唯一的理由便是毛泽东"洋为中用"思想的落实。"洋为中用"的毛泽东文艺思想不仅起着政治方向性的指导作用，而且在样板戏形式的选用上明显起到了极端性的启发作用：样板戏的策划者和设计者正是要选择特别"洋"的芭蕾舞以为"中用"，用以表现中国化的农民革命和阶级斗争故事，这便是《白毛女》《红色娘子军》等样板戏以现代芭蕾舞剧方式存在的理由。

由上可见，标明为工农兵服务的样板戏至少在主导剧种和基本形式的选择上很少或者没有考量工农兵的欣赏习惯与艺术趣味，而完全是在一种政治理念的意义上进行的一种艺术实验。既然连主导剧种和基本形式的选择都能最大限度地忽略工农兵，处在政治化运作中的样板戏在艺术表现方式上更加会突出政治，突出政治的教育功能，一面将工农兵群众的艺术接受置于十分次要的地位，从而在艺术策略上显现出政治教育之于群众欣赏的粗暴。这样的粗暴最突出的体现乃在于，完全不顾广大民众的欣赏习惯和接受心理，片面地普及现代京剧和现代芭蕾舞剧。在样板戏具体的艺术表现中，一旦需要阐释政治道理，立即就放开架势截断剧情发展旁若无人地通过大段唱腔加以空洞地展开，这些被展开的政治道理往往与人民大众的切身关怀相隔最远，却被处理为主题唱腔而倍加渲染。每个样板戏几乎都有一个充满政治大道理的主题唱腔，如《红灯记》中的“雄心壮志冲云天”，《海港》中的“毛泽东思想东风传送”，《沙家浜》中的“毛主席党中央指引方向”，《龙江颂》中的“让革命的红旗插遍四方”，《杜鹃山》中的“乱云飞”等，一律都由主要英雄人物演唱，尽显其“高大全”的政治特色，在畅快淋漓的政治教育中基本上剥夺了人们艺术欣赏的快感。

由于最大限度地忽略了人民群体的欣赏需要和艺术趣味，样板戏普遍存在着以政治说教强加给剧中人物同时也强加给观众的表现套路。在这一点上，《红灯记》第五场的“说红灯”一段表现得尤为突出。革命老太太李奶奶要对李铁梅讲红灯的道理以教育她，于是煞有介事地坐下来，循循善诱地告诉17岁的孙女：“这盏红灯，多少年来照着咱们穷人的脚步走，它照着咱们工人的脚步走哇！过去，你爷爷举着它；现在是你爹爹举着它。……紧要关头都离不开它。要记住：红灯是咱们的传家宝哇！”剧中的李铁梅当然表示心领神会，当时欣赏样板戏的许多人由于受到了系列的政治教育，应亦不难理解这段话的象征意味，可一般的民众包括时过境迁的观众怎能理解这样的陈说？李奶奶话说得相当直白，但政治含义又相当玄奥，与其说这是戏剧中的人物说白，倒不如说是自命不凡的摇滚诗人在神经兮兮地作诗和呓语。显然，作者在设计这段说白时，沉入了政治激情的迷狂，完全忘记了剧中教育的对象，忘记了戏剧面对的观众，忘记了一切可能的戏剧情境。大概样板戏创作者们自己也意识到了这个问题，此后的样板戏在阶级教育的情节处理上再也没有效仿这种空洞的说教法了。

但是其他样板戏也都跟着《红灯记》的“脚步走”，虽然一定意义上避免了这样的空洞，可将阶级教育的内容表现得十分生硬。《智取威虎山》《沙家浜》等革命战争题材的样板戏，都插进了阶级教育的内容，且看这些内容的安排何其稚拙。《智取威虎山》第三场“深山问苦”，从标题看显然是要展开诉苦环节的。杨子荣来见在化装侦察时就已经认识了的常猎户，像一个心理医生要引导病人宣泄自己一样，激发受苦人将自己的苦难说出来：“老常，说吧！”为了达到政治激发的目的，竟然不顾人家的情感痛苦，一定得让人家叙说不堪的往事，这做法至少不算忠厚。与此相似，《沙家浜》中也有一段诱导“诉苦”的戏，不过那诱导者是伤病员小王和卫生员小凌，诱导的对象是沙奶奶，诱导的方法竟然与杨子荣的一样笨拙。按常理，既然老人家已经那么痛苦，而且不愿再提过去的事，两位战士就应该就此打住，安慰老人，不让她过于伤心，可他们似乎知道编导的任务还远没有完成，“诉苦”的戏非演出来不可，于是十分不通人情地，甚至可以说是残忍地恳求着沙奶奶讲述自己的痛苦往事。

“诉苦”在样板戏中成了一个必需的环节。正因为在政治意义上它是必需的，样板戏的作者在设计它的时候就可以忽略生活中的合理性，让杨子荣和沙家浜的战士们，不顾当事人的情感伤痛，只是一味地要求别人讲述自己悲惨的往事，应该说属于一种怪异的癖好，虽然它与赏玩别人的痛苦不能同日而语。这充分说明，样板戏为了激发政治热情，宣传政治理念，常常会忽略工农群众的欣赏要求和欣赏习惯，甚至通过侵害剧中人物和人民群众正常的情感方式来调动他们的政治激情，显现出艺术表现上“正气凛然”的粗暴风格。

二

样板戏从本质上说是一批政治戏剧，虽然不是完全忽略了艺术的讲求，可浓烈的政治气氛几欲呛死了艺术上的自由呼吸；这不仅影响了戏剧艺术的创造性，而且很难保证在较低层次上艺术的完整性，也就是说，很难保证艺术上不出现明显的漏洞。

浓重而僵死的政治符号系统确实扼杀了样板戏创作者的基本灵性，致使他们在一般的戏剧情节和人物处理中都常显得十分僵硬。前述“诉苦”情节的引发在处理上就很僵硬，最能反映剧中政治力量分配关系的人物身份的处理也颇为僵硬，僵硬得有时令人忍俊不禁。样板戏中人物的职业都在政治光亮的映照下呈现出不同的颜色。在坚持无产阶级专政、“工农兵”当家做主的年代，以阶级论为基础，人们的职业和身份被划分为不同的色彩。如果说作为领导阶级的工人阶级是红色的，那么从事不同职业的工人在红的色度上显然并不一样。在他们当中，产业工人最为可靠，心最红，眼最明，立场最坚定，斗争最坚决。那时各种党史版本都会在分析各个历史阶段社会结构时，特别指出产业工人的数量之壮大，产业工人的参与率常常是判断诸如五四运动等历史运动重要意义的重大指标。样板戏中的主要英雄人物，除了像“出身雇农本质好”的杨子荣来自农村无法获得工人成分，或如《沙家浜》《龙江颂》等戏剧场景就在农村主要人物必须世代为农而外，一般出身于产业工人或者具有产业工人的身份。《红灯记》中的主要英雄人物李玉和是铁路工人，他的身份如同他手提的红灯一样，经过样板戏的运作都成了革命的象征。

《智取威虎山》第七场“发动群众”，从威虎山逃离虎口的李勇奇看到参谋长带领的这些“大兵”既“急人难治病救命”，又嘘寒问暖和蔼可亲，初步消除了对人民解放军的误会，由原来的情绪对抗转为愿意与参谋长沟通。参谋长关切地问他“干什么活儿的”，李勇奇回答说是铁路工人，参谋长听罢，居然“异常兴奋”地说：“好哇，那更是自己人了！”李勇奇当然不会理解或者说也并没有在意参谋长的这种异常兴奋的情绪，同时也就不会注意他所说的那个“更”字。可我们没有理由忽略这个字，因为它非常真切地传达出那个时代艺术把握中的职业和身份的色彩。这样的职业和身份的色彩不仅装扮起了《海港》里的一大群男女老少工人阶级，而且突出了“家住安源”、矿工出身的女共产党员柯湘。有了同一的或类似的职业身份色彩，样板戏人物之间的关系就自然变得亲密起来了，于是李玉和到粥棚对人力车夫老张特别关切，《杜鹃山》里的党代表教育雷刚：以他原从事的职业而言不应歧视阶级兄弟田大江，因为大家都是“同怀一腔恨”为人劳苦役的工人。

与此形成鲜明对照，坏人从事的往往是灰色职业，比方说匠人，如《智取威虎山》中的栾平，其身份乃是小炉匠；再如《龙江颂》里的黄国忠，其身份并不是一般的农民，而是烧窑的师傅。《海港》里的阶级敌人钱守维体面一些，但也是个调度员，与工人阶级离心离德。《红灯记》里的地下共产党人王连举比起李玉和来当然就有点靠不住，因为他连一般的工人也不是，而是一个“巡长”。正因为职业有如此重大的色彩分别，革命者要化装行事也一定须扮出灰色身份，如《红灯记》中柏山游击队的联络员须是磨刀人，前来送密电码的交通员要装扮成“卖木梳的”，《沙家浜》中的程书记也只能装扮成郎中，而阿庆嫂的公开职业是开茶馆的，她丈夫的公开身份则是“跑单帮”的。

如果说人物职业与身份的政治色彩的僵硬化处理在那个讲求阶级出身的时代几乎无法避免，那么，下文将要分析到的种种艺术上的疏漏则完全可以加以弥补。问题是，样板戏的主创者全身心地投入了戏剧政治化的运作中去了，他们就不会、也不屑于想到这些漏洞并试图加以弥补。

样板戏在人物关系的处理上常常显露出明显地粗陋痕迹，从而在具体的戏剧情境下暴露出于情理不合的艺术缺失。如果我们今天重新观看《龙江颂》，很容易会为剧中尴尬肉麻的人物关系处理发出嘲谑的笑声：党支部委员、生产小队队长阿坚伯心疼支书江水英，拂晓时分给她送鸡汤，又为了不影响她休息，就自觉地在门前守候。他们之间如此亲密无间，也许反映了已为今天的人们所久违了的特定年代人们朴素的阶级感情，但遭到怀有自私自利思想的常富的怀疑和不满乃在情理之中，谁知那阿坚伯面对群众的怀疑与不满还振振有词，唱了一大段“这样的好书记人人夸不够”，居然将十分尴尬的溜须动作处理得那么冠冕堂皇，正气盎然。并不是说阿坚伯不能给江水英送鸡汤，《沙家浜》中的积极群众沙奶奶不是招待新四军战士“一日三餐有鱼虾”吗？但那是战争年代，军民关系，与《龙江颂》这一和平年景，且发生在两个共产党员甚至是共产党的基层干部之间的事情岂能同日而语？创作者在这里明显有一个处理上的疏漏：将共产党员、小队长阿坚伯混同于一个普通老贫农了。如果他的身份作相应的调整，对江水英投出父亲般的关爱，送鸡汤之举方无不可。

即使在表现战争年代的人物关系时，样板戏也常显露出情理上经不起推敲的漏洞来。以《红灯记》为例，我们从李玉和与王连举的关系上，就能够发现一系列漏洞。李玉和与王连举都是党的地下工作者，他们之间“单线联系”，看来王连举是李玉和的“下线”，李玉和是他的领导，王连举也许就是李玉和发展进来的，两人关系应该十分紧密。在王玉连没有叛变之前，李玉和应该对他十分信任，这样才通知他到现场接应交通员。可实际剧情中王连举并不十分清楚交通员的身份以及任务，他只知道掩护。或许是地下党的纪律不能让别的人知道，然而家里要来“表叔”的事情分明连17岁的李铁梅都知道了，岂应瞒过作为嫡系同志的王连举？王连举既然叛变了，并且堕落成日寇的帮凶，应该会毫无保留地将地下党接头的暗号告诉敌人，可剧中特务假扮地下党来说“卖木梳的”，偏偏不知道最重要的暗号乃是红灯，以至被沉着老练的李奶奶识破，怎能讲得通？如此这般的漏洞在《红灯记》中还能不断被发现，比如，既然那送密电码的交通员还很健康，为何不在“明天下午”直接与磨刀人接头？李玉和和李奶奶牺牲后，李铁梅在赶往柏山的路上遇到磨刀人，怎么不对一对“照旧的”暗号就亮出红灯了呢？

类似的情节和细节漏洞在《龙江颂》中也比较多见。在第六场，江水上涨，漫进500亩秧田，情况紧急，必须组织劳力，加高河堤。但“咱大队百十户人家千把双手”，劳力已经十分紧张，在这种情况下，江水英还要主动派民工去帮助打通虎头岩工程，而且组织的是精干的“青年突击队”，包括江水英自己。自然，她不能不去，虽然本大队情况紧急，虽然大队长李志田又不在家，可凿通虎头岩的工程毕竟有县委高书记在那里坐镇指挥。如果说整个《龙江颂》据此看出不过是江水英的“拍马工程”，那是一种没道理的酷评，可放着自己大队的大田不保，硬是将自己大队有限的劳力主动拉出来加入全县动员的大工程中，是否妥当？是否合情合理？再说，一个面向全县的巨大工程，江水英所带的那个突击队又能起多大的作用？可第七场的民工却对江水英们说“两天的活叫你们一天干完了”，似乎打通虎头岩全成了江水英的功劳。

这些都是疑问。这些疑问难以解答，似乎只可以用来说明样板戏艺术构思上的粗疏。

每一个样板戏都充满着剧烈的斗争，这些斗争又体现着充足的政治质量，因而成为戏剧的核心与灵魂。革命战争和地下工作的题材就是围绕着这样的斗争展开的，斗争的情节自然很好安排，可在反映社会主义建设的样板戏中，斗争的设计就是个问题。固然，阶级斗争是纲，不拿枪的敌人依然存在，他们还会与共产党作殊死的斗争，但那是理论上的阐述，如何在和平条件下组织起你死我活的阶级斗争情节，对于样板戏策划者来说，依然是个艰难的问题。他们懂得通过人民内部矛盾与敌我矛盾相错综的办法来强化这种斗争，于是《海港》中设置了一个不安于做码头工人的韩小强，让他成为两个阶级争夺的对象，《龙江颂》则让大队长李志田只对自己大队的生产和副业起劲，从而眼不明，心不亮，轻易上了敌人的当。然而，与共产党争夺韩小强这样的青年，或者迷惑李志田这样的干部，都只能是阶级敌人的惯用手段和伎俩，而绝不是他们的目的。他们的目的是破坏，破坏社会主义建设，破坏党的方针政策，破坏支援国际革命；破坏是阶级敌人的意志行动和贯串动作。将这样的“阶级觉悟”化作剧中人的思维方式和话语内容，是有关样板戏创作的艰巨任务。无疑，样板戏的创作者及其所属的无产阶级司令部中的指挥者对于样板戏所做的这些“艺术”转化工作还是相当满意的，要不然也不会被确定为“样板”。然而在政治概念化的强烈冲击和厚重包围中，样板戏的这种“艺术”转换几乎没有什么艺术可言。创作者在刻画反派人物的破坏动机及相应的意志行动时，所演绎的往往是较为荒唐的阶级斗争逻辑。《海港》中的钱守维在旧社会是账房先生，用马洪亮的话说，曾“帮助敌人压榨工人血汗”，不过显然没有大恶，因而新中国成立后还能被人民政府起用，委以调度员这样的重任，那地位似乎也不在出纳会计之类的“账房先生”之下。共产党这样信任和重用他，他没有充足的理由像一般阶级斗争剧的阶级敌人那样，梦想“变天”，恢复已经失去的天堂，而且似乎与外国敌对势力没有现行的组织联系，在这样的情形下，他凭什么那么仇恨共产党，一看见共产党员“眼睛都要出血”呢？而且，既然刻骨仇视共产党，码头上堆满了国家的物资，可做的破坏事情不胜枚举，为什么偏选在支援非洲的小麦里撒一点玻璃纤维作冒险？似乎钱守维也很知道这援非粮食的意义，所以恶狠狠地说：“好就好在叫你们两头错包，到处丢脸！看你们的国际主义高调怎么唱！”原来冒那么大风险进行破坏，仅仅就是为了让“他们”丢一点脸面而已，不知这位旧账房先生作这样的盘算是否划得来？

《龙江颂》里的阶级敌人黄国忠也与钱守维一样蠢笨且莫名其妙。本来他是逃亡地主，原应夹着尾巴避免惹是生非，可不知怎么的，偏偏对“堵江救旱”“怕得要死，恨得要命，想方设法进行破坏”：先是唆使队长阿更提前点火烧窑，后是赤膊上阵自己跑去毁坏大坝，所有的动作都似乎为了早日自我暴露。为了让他“跳出来”，创作者安排了拦江大坝工程塌方，急需大批柴草，明知道近在咫尺的龙江大队几个小队备有准备烧窑的柴草，可指挥部采取的“紧急措施”却是“向兄弟社队调运”柴草，给黄国忠唆使队长提前点火留下莫名其妙的余地。或许指挥部的同志为了减少龙江大队的损失而不顾迫在眉睫的塌方舍近求远调柴草，身在现场的江水英应该当机立断组织突击队将龙江大队的柴草就近调到大坝上，然而为了给黄国忠的阴谋留下时间，也是为了将李志田调离烧窑现场，居然在这节骨眼上有人通知说:“水英同志要大队长到坝上商量。”为了让黄国忠更进一步“跳出来”,创作者在第八场又安排了关闸断水事件:由于江水上涨,给旱区送水的闸门溢出的水正威胁着龙江大队的500亩良田,黄国忠来劲了,一面散布“旱区已经有水了”的谣言,一面撺掇李志田关掉供水闸门。李志田在他的唆使下竟不顾贫下中农的劝告决定关闸断水,差点就上了阶级敌人的当。其实,拦江抗旱是全县的大工程,一个龙江大队的大队长怎能擅自决定是否开闸断闸?这其中的荒诞不经似乎只有在阶级斗争的特殊逻辑上才能解释得通。

在所有样板戏中,《龙江颂》表现的阶级斗争最为平淡,最为勉强,也最为牵强,可以说漏洞百出。为了让阶级敌人黄国忠最后暴露,创作者不得不出此下策,安排他狗急跳墙直接去破坏大坝,被守候和跟踪的民兵逮个正着。如果说这样一种全无技巧可言的安排乃是鼓吹阶级斗争戏剧的通行方法,那么,有关黄国忠真正面目的暴露则完全是胡编乱造,甚至不符合当时的生活常识。支部书记江水英不知怎么地已经掌握到黄国忠原叫王国禄,而且新中国成立前就住在后山,可她偏偏不通过正常的组织程序进行外调,而是私下里向盼水妈打听,引来了一段忆苦思甜,一次便确认了黄国忠的身份与罪行。这种无组织无纪律(既不通过组织关系外调,又擅自随意向贫下中农透露党支部掌握的敌情)的做法在那个年代是极为忌讳的,《龙江颂》的作者们为了完成政治表现和宣传的任务,对生活真实合理性的罔顾与挑战几乎到了百无禁忌的境地。

我们分析样板戏的上述艺术缺失,都是在比较低层次(比方说,生活的真实性和情节的合理性)上进行的,离“历史的和美学的”价值标准相距十分遥远。就是在这样的判断层次上,样板戏的缺陷也还是难以尽述。例如,戏剧结构上的严重缺陷就很值得注意,《红灯记》第十一场“胜利前进”完全是蛇足,在这方面,《智取威虎山》的结尾就解决得比较紧凑。最不堪的是《海港》的结尾,为了营造一个剧情的高潮,煞有介事地弄来一份电报,通知说前往非洲的外轮按时开航了,然后便是欢声雷动,高呼“毛主席万岁”,好像这按时开航是罕见的事件,是难得一遇的莫大的喜讯——热烈得极为荒唐。至于人物设置的松沓、语言的乏味粗糙等艺术缺陷,更是比比皆是,不一而足。如此诸多缺失的揭示当然不是为了给这些日趋复活的荒唐戏剧提供修改、“完善”的建议,而是试图证明,这些彻底政治化了的样板戏其实在艺术上从来并无精心构建的痕迹,它们从根本上说就不是正常的艺术作品,更不用说是有生命力的艺术品。◻ 2001 · 4

知青作家的失踪与写作激情的流失

□ 丁国强

“知青文学”今天提起来已经十分陌生，作为新时期文学的一个重要的精神起点，“知青文学”铭记了一代人的苦难和激情，也造就了一大批富有文学潜力的知青作家。曾有人为之欢呼，认定其中必有文学大师的种子出现。新时期文学的许多标志性作家都有着“知青文学”的写作背景。然而，时隔二十多年，昔日的知青作家已七零八散，成为一个在文坛上悄然失踪的群体。有的出国，有的经商，有的去搞电视剧，有的去大学教书，虽然也有王安忆、梁晓声等少数人仍在坚持写作，但是，笔力已经十分苍白脆弱了。

先天的精神缺陷

“知青文学”是以感谢苦难为叙述基调的，虽然“文革”在心灵深处所造成的巨大伤害和青春逝去的伤感，使他们对现实抱有怀疑和忧郁，但是，面对生活的常态，他们骤然发现，在农村“广阔天地”里“接受再教育”的经历是一笔无形的精神资本。荒诞年代的狂热赋予他们一种清醒，肉体和精神磨难让他们在生活现实面前无比从容和自信。他们相信，既然能从“今夜有暴风雪”的凶险中走出来，还有什么能难得住自己？这种英雄主义情结的无限扩张导致了知青作家对过去经历的迷恋和对个人受难史的神话化。“大林莽”“大坂”“青浪滩”“魔沼”作为一种精神象征，显示了知青作家踏平坎坷的勇气，也寄托了一种信仰，一种理想，但同时也流露了苦难馈赠的享有者所特有的一种得意和优越感。这证明他们并没有从个人经历和命运上升到更高、更深的一个层面上。正是这种先天的精神缺陷决定了知青作家的短命。他们只能成为一个特殊时代的派生人物，而无法创造出更加博大的文学气象。

“知青”不仅是一个历史符号，也是一种精神身份。作为对创伤记忆的表达，“知青文学”只能成为反思潮流中的一个现象，但是，作为“地下写作”之后的一种爆发，我们有理由对这个在当时较为年轻的写作群体以更多的文学期待。国家不幸诗人幸。知青作家作为那个非正常时代的在场者，有着丰富的人生经历和精神资源。但是，他们更多的是扮演了“书记员”的角色，心灵关怀的力度明显不够。随着时代主题的转移，他们对知青生活的回忆和迷恋也渐渐成了无人喝彩的自说自话。

匆忙的话语转型

知青作家的创作高潮是在20世纪70年代末80年代初，封闭的生活刚刚打开，物质匮乏，精神迷茫。一切都在期待之中。这和二战之后的欧美文学、“解冻”之后的苏联文学有着相似的精神格局。这样一个叛逆与徘徊的时代，是最容易为大作家、大作品的出现提供契机的。文学精神总是在撕裂的心灵内部孕育的。黑格尔认为最理想的冲突是“由精神的差异而产生的分裂”（《美学》第4卷），但是，过于匆忙的中国作家却用各自的方式将这种痛苦悄悄打发了。或去寻根，或搞先锋，或浮在现实层面作应景文章，或踏上宗教色彩浓厚的“英雄朝拜路”。这种角色转换在一个多元化的社会里是无可非议的。但是，逃避痛苦、趋利避害却是对文学的无形戕害。

经历了知青时代风雨磨砺的梁晓声称自己梦想的生活方式是“无忧无虑、不愁吃喝的平民生活”。在《世纪末的证明》一书中，我们发现了这样一个奇特的语式：“既生为百姓（我也是百姓一员），就要热爱百姓生活！”这个括号是何等的矫情，何等的虚伪！可以说，梁晓声在骨子里是不愿意把自己当作老百姓的，在一个没有英雄的年代，他不情愿地当了一介平民。然而，他并不甘心。近年来梁晓声介入了许多社会问题的讨论，所运用的大多是非文学的方式。梁晓声对社会阶层的分析是经验化和情绪化的，他对社会现实的解释是空洞的，他并没有赋予“良心”“正义”“人性”等神圣字眼以充实的内涵。这种力不从心的阐释让梁晓声疲惫不堪。梁晓声的伪平民心态使他对现实的批判缺乏深度和力量，他对金钱统治的诅咒毫无新意。商业时代是贪婪的，而平民却坚守知足常乐的哲学。平民是装不来的，平民生活从来都不是一种表演。梁晓声一方面揶揄权贵，另一方面又要在确保无忧无虑、不愁吃喝的前提下作一个平民。这样，他把自己塑造为理所当然的道德批判者形象。他所选择的“平民立场”实质上是旁观者的视角。他的痛斥和愤怒与平民总隔着一层。

王安忆在告别“知青文学”之后，是靠对日常生活的理解与感悟来维持自己的创作的。充满无聊和琐屑的世俗生活非但没有吞噬她的创作激情和说话兴趣，反而促使其津津有味地琢磨各种生活细节。王安忆经常提到“平凡的情感”这个概念，她似乎总是在千方百计提醒人们要适当遏止超凡脱俗的想法，过于抒情，过于哀伤，就会打破平民生活的和谐和真实。王安忆把自己比作是一个农人：“种下故事的种子，然后培土，浇灌，朝出暮归，按着自然的生熟法则，收获着小说。”她对日常生活细节的投入越来越呈现出技术化写作的倾向。她的作品越来越琐细、零碎，跟家庭妇女似的，婆婆妈妈，絮絮叨叨，结果搞成了伪家常、伪私人。

住在北京的张承志感觉自己是一个异乡人。在浮靡的病态的精神氛围中，张承志表现出了为保持热血沸腾的心灵而作出的努力。张承志主动充当了庸常生活的敌人。多年来，他都是以“不合时宜者”的形象出现在文坛上的。他的这种坚持与其说他是在向俗恶的商业文化潮流“抵抗投降”，不如说是在用一种艰难的形式体验灵魂的自由。张承志留恋荒漠的夕阳，怀念荆轲和项羽，向往“让身体经过沐浴”的宗教境界。但是，他的信仰、朝拜和苦守已经程式化，像是一场怪异的表演。孤独和悲壮有时也是一种扮相。

除此之外，还有热衷于改编帝王戏电视剧的朱苏进、专注于随笔写作的韩少功、李锐……

写作的危机在于心灵塑造的可能性和审美相遇的偶然性的丧失。一个勉力写作的人如同一个找不到感觉却又要硬着头皮走上舞台的演员，一脸的紧张，一脸的苦笑。仅仅靠文字技巧所维持的模式化写作其实是一种残酷的自我驯化，在实用的修辞和陈词滥调中，写作者终于沦落为可怜的文字奴隶。

过于舒适的生活

无论搞影视，还是经商搞公司，一个不争的事实是，昔日那批“感谢苦难”的知青作家已经过上了舒适的生活。这可能是对写作造成致命伤害的一个因素。

文学是不幸者的事业，是贫寒者的财富。苦难使许多人变得无耻和庸俗，在困境中，人们最容易原谅自己。而作家却是天生的受难者。康·帕乌斯托夫斯基说：“作家一分钟也不能在苦难面前低头，在障碍面前却步。”（《砾石上的铭文》）迎着苦难而上有若干方式，而写作则是最顽固的一种。写作的基本精神就是藐视苦难。

我们这个时代的文学离苦难和痛苦越来越远。安逸的文字只能腐蚀人心。每个时代都有每个时代的不幸，这是由历史的局限和人性的弱点所决定的。当然，作家和诗人完全有资格享受幸福，但是，他们的精神生活里面不能失去风风雨雨，否则，他的思想就会退化，他的心性就会癌变，原来那个真诚的自我就会成为虚假的自我。福克纳说：“作家不需要经济自由，他所需要的只是一支铅笔和一些纸。我从未听说过由于接受了慷慨馈赠的金钱而写出佳作这种事儿。”当下一些“作家聚会”，都是在上档次的酒店里举行的，座位后面立着笑盈盈的服务小姐，可能听不懂作家嘴里吐出那些离奇古怪的词语，诸如“博尔赫斯”“卡尔维诺”等，在女服务员眼里，这些肥头大耳的人和“大款”“老板”并无二致。为数不少的名作家已经过上了这种贪官式的生活。作家活得这般舒适，这般潇洒，真是可怕。

离现实越来越远

诗人帕斯说："现实是最遥远的。""知青作家"一开始就是躲避现实的，因为他们是以"回忆"起家的。一个拒绝进入现实的作家注定不能长久。语言与现实的长久相持造成了心灵的麻木。我们发现知青一代的许多作家在写作中千方百计地逃避现实，唯恐与现实不期而遇。甩掉现实，就如同甩掉一个精神包袱，一个沉重的负担。为什么会这样呢？因为现实牵引着许多麻烦，这种麻烦更多的来自描述和阐释的困难。譬如说，下岗作为一种现实，一面是改革的需要，一面是民生的艰难。如果叙述者本人并没有经历过下岗的痛苦，那么，他的发言就很容易，改革需要阵痛，也需要牺牲，这种话是很体面的，也很完美。问题在于，这种阵痛和牺牲与说话的人无关。老百姓也不指望他们来"分享艰难"。可是，令人讨厌的是，这些人却总是不厌其烦地标榜自己是何等伟大的现实主义者。话说破了，他们就是些靠现实吃饭的人。在他们的把持下，现实主义文学成了现实功利主义文学。

在市场社会里，为了迎合大众的商业口味，摧毁沉重的现实成为文学的一大功能。作家在浮泛的时代表层滑行，拒绝深度，抗拒崇高，展现在人们面前的是小男人的卑琐和美女作家的"私人生活"。大众的精神选择是盲目的，趋炎附势，随波逐流，他们意识不到自己生活在"现实"之中，他们不过是一群消费动物而已。现实的匮乏使作家们越来越不真实。在现实之外，他们不痛不痒。一个对现实漠不关心的作家只不过是一个玩弄文字游戏的匠人。他们按照市场的需求和大众的口味编他们的故事。

不该失去的写作

写作是作家的工作，也是作家的生命。写作是痛苦的，既有拷问灵魂的精神痛苦，又有锤炼文字的技术操作的痛苦。但是，最大的痛苦却是在失去写作的时候。失去写作所带来的巨大的精神空白和虚无，折磨着作家，使他们不知所归。"知青作家"的失踪，对于这一事实，最痛苦的想必还是"知青作家"自己。

痴迷的作家总是偏执地认为自己全部的生活都是为了写作。列夫·托尔斯泰在1898年1月13日的日记中写道："一星期余没有写作，而且几乎一点事情都没有做。终日发病，精神萎顿。"一个精神高贵的人是不容许这么长时间（其实只有一个多星期）处于平庸状态的。写作排斥喧哗、排斥热闹、排斥无聊，一个见异思迁的人，一个心有旁骛的人是不会忘情于写作的。而知青作家那一代人恰恰接纳和参与了太多的热闹。

写作是写作者的尊严。作家是精神自治者，索尔仁尼琴说："一个作家就是一个政府。”写作就是他进行精神自治的方式。写作的过程是追问的过程，也是寻找的过程，这个过程一旦中断，写作者就会陷入不可救药的失落当中。孤独和寂寞击不倒写作者，写作者最大的恐惧在于写作激情的消退。写作激情的消退是导致知青作家失踪的重要原因。

写作对心灵的吸引远远大于名利的诱惑。所谓“纯文学”，更多的是指精神的纯正，信仰的坚定。知青作家的失踪和“纯文学”的冷落密切相关。失去写作，是一个严重的精神事件。一个作家因为写不出东西来而从此搁笔，他的精神生命会迅速萎缩，因为良性的精神生态已经终结。

写作是作家的生命根基，文学是时代的精神脉搏，一个失去写作的作家是痛苦的，一个失去文学的时代是贫乏的。◻ 2005・5

中国知青文学的另类书写

□ 郭小东

中国知青文学的另类写作，可以追溯到20世纪80年代初影响巨大的一部作品和一场论争。虽然那一切在今天看来，也许幼稚拙劣得不屑一顾，但重温25年前的那一场文学往事，并将之作为本文论题的一个起点，却无论如何都是非常重要的。

因为有了这样一个起点，中国知青文学的另类写作，也就自然而然地获得一种时间进程的清晰性，同时具备了一种事物发展的逻辑关系。许多显性的文本故事，因为这种逻辑关系，而具有隐性的紧密联系。

这样，一种绵延着，游离于新时期文学主流，以极端现实或超现实的象征主义写作，就明白地凸现在我们面前。它所显示的文学姿态，直逼我们的视野而包含着一种力量。它以我们在主流知青文学中完全无法领略感受的姿态和精神，成为挑战主流知青文学并企图取替之的一种叙述方式。它更为深远的文本期待，也许最终能够给我们提供别样的或更接近现实的，也更深刻的对中国知青运动的再度审视，并从根本上改变主流知青文学俯视知青运动的惯常手势，而从人生最底层崛起，从而破解一个长期压迫着我们阅读习惯的文学神话——主流文学的意识形态背景。

一

一部作品和一场论争皆起因于一位叫李剑的作家。李剑于1979年6月在《河北文艺》上发表了《“歌德”与“缺德”》一文，断然否定新时期的文学创作。他写道：“现代中国人并无失学、失业之忧，夜不怕黑布蒙面的大汉轻轻叩门。河水涣涣，莲荷盈盈，绿水新池，艳阳高照。当今世界如此美好的社会主义为何不颂其德?”李剑用描绘桃花源的词语，去涂抹百废待兴、满目疮痍的20世纪80年代初的中国，其居心是大可猜疑的。但愿这并非他的意愿。他对新时期的伤痕文学又大加挞伐，说是“形形色色的邪气浊气”，是“对社会主义制度的恶毒攻击的人”，“用阴暗的心理看待人民的伟大事业”，是“缺德”之行。这样不合时宜的文字出现在1979年的中国，虽然并不非常奇怪，但也足够耸人听闻，完全是一副“文革”大批判的嘴脸。在伤痕、呐喊与控诉充斥文坛之时，李剑颠覆性的文章自然引起轩然大波。要知道，这个时候，正是中国知青运动寿终正寝的年份，1979年中央知青工作会议宣告知青运动结束，上千万知青一夜之间逃亡般回城，国家难负其重。社会问题多多，公安部门不得不从重从快严打犯罪……李剑却描绘了一幅与现实截然不同的桃花源记，令人愕然。几乎全国的报刊都展开了关于“歌德”与“缺德”的论争。王若望称它是“春天里刮来的一股冷风”。夏衍认为“冷风毕竟只是冷风，它阻挡不住春天的到来”。他还主张“我们的现实生活中阴暗面是有的，而且特别是现在这个特权、官僚主义，不暴露一下，我看不行”。周扬也在1979年11月1日的《在中国文学艺术工作者第四次代表大会上的报告》中，充分肯定新时期文学，显示文艺界的大多数人已在歌颂与暴露的问题上达到了一种新认识。他总结道：“我们需要文艺的力量来帮助人民对过去的惨痛经历加深认识，愈合伤痕，吸取经验，使这种悲剧不致重演。”

关于歌颂与暴露，于今已不再是一个需要讨论的问题，而仅仅是一个文学常识范围内的话题而已。李剑何以要写这样一篇文章？当真是他的学理发现吗？

事隔年余，李剑又有惊人之举，他连续发表了小说《醉入花丛》（《湛江文艺》1980年第6期），《女儿桥》（《芳草》1981年第2期），《竞折腰》（《河北文学》1981年第2期）。坚决主张“歌德”的李剑忽然转向，一反原先的立场、观点，身体力行创作了比伤痕文学更其血腥、恐怖和惊悸的政治小说。这些小说，显示了他比当时所有伤痕文学作家都走得更远，更彻底、更尖刻地描写伤痕，自然也融进了一些我们今天称作为“起点”的文学逻辑。

这三篇小说题材各异，主题思想也略有不同，但其创作思想是一致的。其中尤以《醉入花丛》最具代表性，也引起巨大的波澜。一场几乎是众口一词批判李剑《醉入花丛》的运动，在1981年发生了。评论家们以李剑曾经之矛来刺李剑之盾。与上一篇文章《“歌德”与“缺德”》的论争一样，李剑既无回应也无还手之力。他躲在自己编织的怪圈中。也许这正是他的企图？他原来就旨在营构一种策略。他既是正方，又是反方。他以变脸的方式，考验着这个文坛，试探着权威评论家们的真正神经。他用一篇八股文章和一篇黑色幽默，把所有人都变成堂吉诃德，让所有的人都去和风车作战。

我无意夸大《醉入花丛》的文学史意义。但是，作为中国文学新时期历史特质的文学现象，在伤痕文学的巨大漩涡中，《醉入花丛》却以充分的异质彰显着一种崭新的艺术思考。应该说，即便是诞生于思想解放鼎盛时期的“伤痕文学”，其意识形态防线也是难以逾越的。伤痕文学之所以最终只能成为现实主义文学复归的钟声，而远未能成为现实主义文学深化的圭臬，其原因也正在于伤痕文学始终未能完成文学艺术的形而上思考。

在《醉入花丛》中，作者描写了一个名叫叶丽的女红卫兵，在陕北农村八里沟，她遇到一个农民。这里曾经是红色根据地。小说交代道："解放后，特别是公社化后，干部们几乎没有到过这里，村里没有电，一个星期有人到公社去取一次报纸。"这是一个相当落后闭塞的山村。女红卫兵叶丽住到农民家里。半夜，叶丽醒来，发觉农民跪在地上，农民说："俄想亲亲你们城里姑娘。""俄今年35岁了，俄不知道媳妇是甚么，俄是雇农……""叶丽头脑中立即出现一段最高指示：'没有贫农，便没有革命，若是否认他们，便是否认革命，若是打击他们，便是打击革命。'于是，她激动地把农民拉了起来。"

小说引用毛泽东语录："国家者我们的国家，社会者我们的社会，我们不说谁说，我们不干谁干？"最高指示使叶丽的灵魂爆发了革命。"贫下中农的痛苦，就是我们的痛苦，贫下中农的困难，便是我们的困难，我要狠斗私字一闪念，急贫下中农之所急。"于是，红卫兵叶丽成了这个农民的妻子。之后，叶丽经历了许多野蛮恐怖的虐待，包括地委书记的奸污，最后醉死在油菜花丛中。

形而上学的思维，概念化的描述，简单机械的文学表述，粗糙的、低俗的心灵剖白，法西斯式的思想演绎，非理性非人性的人物塑造，这些都是作者有意为之且绝不遮掩的手法。他力图明白无误地告知读者，这就是他所要表达的。我们今天已经有足够的理据来剖析作者的创作意图和表现方式的真正用心了。整篇小说的关节也即关键之处，即构成人物性格裂变的几个关口，是由几段著名的毛主席语录来连接完成的，而这几段语录之所以著名，是因为它们全都来自毛泽东青年时代那篇著名的文章《中国社会各阶级的分析》。这篇文章既奠基了以阶级斗争学说为主体的毛泽东思想，亦是指导"文化大革命"的核心思想，也是"文革"中使用频率最高的几段语录出处，可谓无人不知，被谱成语录歌唱遍全世界。

李剑故事的实有性自然大可质疑，但故事所"显示"的，恰恰是现代主义黑色幽默小说所努力在寻求的效果。《醉入花丛》所营造的是一种荒诞的气氛，没有完整的情节，也没有突出人物形象，人物性格也是相当模糊的。他努力要表达的是，"一片有组织的混乱"和"一种制度化的疯狂"。这正是"文革"的现实写照。在这种混乱和疯狂中，人们失却理性进入一种非理性、反理性的精神状态中。法西斯式的、歇斯底里的恐怖与绝望的精神行为便成为现实情节的驱动力和思想力。诸如"文革"中对阶级异己的灭绝性杀戮，对阶级异见的精神洗脑，把毛泽东像章别在皮肉上等，这些疯狂的举动有许多是发自内心的渴望的。毛泽东那几段语录本身并没有错，它们在小说中和这个事件之间也并没有理性上的联系，但它们偏偏成为这场悲剧的主要思想来源和理据，这正是这篇小说要说出而没有被当时的评论家们理会的玄机。这玄机也是"文革"发展到极致时已经从根本上违背了初衷的原因所在。毛泽东晚年慨叹，自己成了别人借助打鬼的钟馗。从这个意义上说，《醉入花丛》的文学意义和政治认知价值就开始凸显。

可以这样说，在1980年的文学与政治认知天平上，《醉入花丛》也许只是一个含混的信号，一种未及明晰的期待，一个焦虑的文学表述，同时自然也是一个过于直白匆忙有些蹩脚的象征隐喻；但对于穿越伤痕文学的意识形态忌讳，对于后来新时期文学特别是知青文学的另类思考与书写而言，这个信号的力度尽管含混却是非常锐利的。小说情节恐怖和绝望，隐藏在一系列近乎戏谑且熟视无睹的情节之中，这些情节的多种形态，无论在伤痕文学还是"文革"现实中都司空见惯，只是小说更集中更明显更强烈也更为鲜见地凸显其荒诞的表征。应该说，伤痕文学的现实主义描状，其现实情节部分都包含着一个时代的荒诞质素，不同的是，李剑所包含的是作家明显的立场与意图的结果，是一种谋略的异动。这就与伤痕文学有所区别且大异其趣。李剑借知青文学题材，导演了《醉入花丛》的闹剧。在掘出知青文学畸形的精神资源——知青运动的荒诞性的同时，彰显了"文革"黑色幽默的本质特征。这也就成就了《醉入花丛》，成为中国知青文学另类书写的逻辑起点，同时是中国当代文学第一部黑色幽默作品。从《"歌德"与"缺德"》到《醉入花丛》，这个双簧事件本身就是一个"黑色幽默"。他在"黑色"中看到"幽默"，又用"幽默"来对待"黑色"。他把"文革"时期的混乱和疯狂归之于制度、现实世界与个人永恒的紧张关系。

世界本质是荒诞的。这是李剑《醉入花丛》的出发点，也是以此为降的知青文学另类写作的出发点，自然也是文学发展中，作家对中国知青运动的荒谬性的再度思考的出发点。综合以上各点，我把《醉入花丛》作为知青文学另类写作的逻辑起点，就同时具备了时间意义和文学意义。小说的荒诞性，既是时空的，又是内容与形式的。

非常遗憾的是，《醉入花丛》这篇小说，因其在1979—1981年的那场论争中的政治敏锐性，而被此后的所有文学研究忽略，几乎再没有文本提起这篇小说。然而，不管是对知青文学研究，还是对新时期文学的客观梳理，特别是对后现代文学的探询，这篇小说的存在价值是不容忽略的。

二

知青文学主流的主要特征是寻梦与寻根，是建立在自恋之上的英雄主义叙述，它沿袭早期知青文学也即《军队的女儿》《边疆晓歌》等乌托邦想象的精神渊源，只不过批判的指向有所转移。主流知青文学在20世纪80年代的强大态势，遮蔽了知青文学的非主流也即另类书写的存在与潜行。以《醉入花丛》起始，也从它戛然中断的另类书写，沉寂了整整5年，直到1985年阿城的《棋王》发表。这时，以梁晓声、张承志、韩少功、王安忆、史铁生等知青作家簇拥着的主流知青文学正呈鼎盛之势。阿城的异军突起，似乎在昭示着知青文学另类书写时代的到来。

而此刻，张承志的《北方的河》《黑骏马》，孔捷生的《南方的岸》《大林莽》，梁晓声的《今夜有暴风雪》《雪城》，王安忆的《本次列车终点》等，正在向读者展示一批奋进的、充满梦想和责任感的知青形象。这些形象将知青文学的主流姿态推向极致，而成为一个时代的象征，也造就了 20 世纪 80 年代令人充满振奋令人激情的文学历史。

但是，知青始终没有成为社会主流力量，现实生活中的知青状况和文学作品中的知青形象所形成的反差，是非常强烈的。知青文学始终无法摆脱的梦魇，是极少数成功知青的自我塑造，代表了“青春无悔”的一群。这种乌托邦梦想是主流知青文学挥之不去的阴霾。因此，阿城的清醒冷静睿智沉稳，以及他对知青来自底层群体的体恤悲悯，使他对人，对知青有一种底层的认识，这构成了他对人的人性构造和审美原则，有一种别样的、超乎他那个时代青年作家的一般认识。他与其他知青作家不同的是，他看到知青背后的东西，不是政治、阶级和作为共性的时代意识形态。他心目中或说他体验中的知青，是非常具体的，饮食中也即文化中的人。知青只是一个符号，而作为文化范畴中的人，才是他所要寻找的人物形象。他写知青，但写出的知青必定首先属于某一个具体有某种文化特质的人，那就是马克思所称道的人的主体性。对于 80 年代的知青文学形象而言，阿城《棋王》中的知青王一生是一个异类。他迥异于同时代出现的知青形象。这是一个以生存为己任的人：“我他妈要谁送，去的是有饭吃的地方，闹得这么哭哭啼啼的。”不是为了革命理想而去，也不是被迫害而去。因有吃的，所以去了。他说：“一天不吃饭，棋路都乱。”小说非常精细地描述了王一生的吃相，其吃相和他下棋的棋相一样精微。这种精微使得俗与雅这两者之间获得平衡和谐，从而在最平凡世俗的生命中，灌注进大象无形的魂魄。

在王一生身上，我们几乎看不到鲜明的政治和时代印记。而这些印记正是主流知青文学形象最为鲜明的形式和精神。当大家都迷惘，王一生不迷惘，他并没有太多地去思考当下乃至未来的人生位置及目的，他解释自己：“我主要对吃要求得比较实在。”当被问到他有什么“忧”时，他说：“没有什么忧，没有。‘忧’这玩意儿，是他妈文人的佐料儿。我们这种人，没有什么忧，顶多有些不痛快。何以解不痛快，唯有象棋”。他反感杰克·伦敦对于饥饿的描写：“怎么不是嘲笑，把一个特别清楚饥饿是怎么回事儿的人写成发了神经，我不喜欢。”而这一个对吃比较实在的人，居然敢于迎击九局连环，即九个人与他一个人下，最终击败八局，和了最后一局。用庄禅道家来概括或分析阿城的《棋王》显然是迂腐的。王一生这个人物的塑造，是阿城对一个概念化、僵死、缺少人类原初生存活气的时代反抗，是对人弱小生命尊重的伟大礼赞，是为着被挤迫到生存角落难以自持自尊的人们的一种精神伸张。

正如王一生这种力战九环的棋王在现实生活中并不多见一样，《醉入花丛》中叶丽的遭遇也非多数。但他们都共同地表达着生的规避，不同的方式不同的结果却导向着相同的文化批判。这就是阿城在1985年7月6日《文艺报》上的文章《文化制约着人类》中所阐释的人与文化的关系。阿城对时代痛苦的超越，与李剑对时代肆虐的反讽，其社会文化批判的力度，于1980年和1985年间遥相呼应。虽然这两部作品若单从文学质量上来评估，不可同日而语，但在知青文学另类写作链上，它们却是难分伯仲的。这两部从不同方向走来，相隔五年之久的知青文学文本，它们在不同年代的不同际遇，可资证明的东西是什么呢?《醉入花丛》在1980年饱受挞伐，遭到几乎是众口一词的声讨批判，至今没有翻身。而《棋王》在1985年，是众口一词地加以推捧，很少有歧见。除了文学时局的转变之外，这两部作品的文本方式也即在小说修辞上的不同取舍，可能也是原因之一。李剑有《“歌德”与“缺德”》一文的前科，《醉入花丛》则以其直白、粗糙、冷硬的修辞方式，并以鲜明强烈的作家立场加以“讲述”，赤裸裸几近原始地呈现了人的动物性与兽性的各种表现，和关于性的粗俗进攻，同时毫不掩饰地表明了作家的政治取向，是对时下忌讳话题的直观攻击，造成一种极其强烈的官能刺激。这是中国主流文学传统最为忌讳的。李剑从理论到实践对意识形态的叫板挑战，非常不适时宜的策略，导致了自身的厄运，也使知青文学另类书写丧失了将近20年的持续性发展。而《棋王》，它的异军突起是以一种顺乎其势的方式，实现自身的文学理想。他借人物之口说中国道家讲阴阳之术，其实正是阿城的文学谋略。“阴阳之气相游相交，初不可太盛，太盛则折。折就是折断的折。太盛则折，太弱则泻。”又说，“若对手盛，则以柔化之。可要在化的同时，造成克势。柔不是弱，是容，是收，是含。含而化之，让对手入你的势，这势要你造，需无为而无不为。无为即道，也就是棋运之大不可变，你想变，就不是象棋”。“势式要相机而变，势式有相因之气，势套势，小势当开，大势含而化之，根连根，别人就奈何不得。”这是阿城的为文之道。对于一个文学时代而言，《棋王》是反叛的。阿城反叛传统，却顺乎传统；他反叛英雄，却塑造了另一意义的英雄；他含蓄温厚，敦实平淡地修辞，却营造了一种声色俱厉的文学架势；他以阴取阳，却又以阳盖阴。所以他的《棋王》，在1985年那个不算清静平和的年份（清除精神污染运动已经开始）却大受好评。“造势妙在契机”，阿城如是说。

1985年，正是新时期文学从板块推进到多元发展的开端之年。阿城在这一年里顺应其势，为自己也为知青文学的另类书写的健康延展，寻找到一个难得的契机。之后，史铁生的创作也切入了这个机缘。史铁生《我的遥远的清平湾》，将1986年的知青文学推向一个更为辉煌的顶峰。

三

严格说，把史铁生的《我的遥远的清平湾》列入知青文学的另类书写，是不太合适的。但自阿城《棋王》之后，知青文学在史铁生这部作品面前，主流与非主流似乎有短暂合流的迹象。

该不该忏悔，这是20世纪90年代知青文学研究的一个话题，也是知青文学是否深化的20世纪90年代共识。《醉入花丛》和《棋王》都隐含着忏悔精神，起码其基调与“青春无悔”无关。

以何种形式去表达忏悔，克制与悲悯情怀的关注主体是谁？在《棋王》之前的知青文学中，知青是受难的耶稣，农村是流放地，农民中的权势者至少是犹大。知青既是牺牲者，又是被怜悯者、受难者和拯救者，自伤自怜的叙述气氛笼罩着知青文学的情绪流泻。《今夜有暴风雪》《本次列车终点》《黑骏马》《南方的岸》《啊！野麻花》等，概莫能外。

《我的遥远的清平湾》，陕北农民破老汉和他的《走西口》，终于融进知青文学描写主体，成为知青文学的精神资源。农民的历史忧伤和痛苦命运，他们庸常破碎的日常生活，他们渺小无告的生命状态，他们被挤迫于现代生活之外，不知有汉的不公平际遇，开始被集中地再现于知青文学之中。知青成了反映这一切、伸张这一切的媒体，成了一个视角且处于反衬的地位。知青苦难的惯常书写，心态失落的惆怅茫然，对于大时代的焦虑表意，都让位于农民的苦难，都消遁到小说描写的最深处，埋藏起来了。农民的一切苦难与期望，都属于“我的”，成了“我”生命的一部分。从描写主体的位移，到悲悯焦点的转换，再到对弱小生命态的尊重，乃至对劳工神圣的礼赞，《我的遥远的清平湾》可说开了知青文学民粹主义精神的先声。小说平静、平淡、平缓的叙述，不着声色的显示，把人世间最落后最原初最粗糙的生活写得尤其神圣清洁，把粗粝不公的人生状态，也以平常的口吻说出，其间没有哀怨与愤懑，没有强烈的不平与抗争，有的是深长的怜悯与痛惜。小说中关于北京在陕北孩子心中的神秘，关于北京人不爱吃肥肉的诧异，关于往山上送四五趟粪合6分钱，只够在北京买两根冰棍的辛酸，等等比较，都充满着一种难以言说的隐曲的忏悔。

从民间意识和民粹精神的角度言，《我的遥远的清平湾》是知青文学另类书写的漫漫长旅中，一个舒缓悠扬同时忧伤悲悯的感叹号。它冷却淬火了直白冷硬的《醉入花丛》，它又让出虚入圣的《棋王》从超凡隐遁的世态回归更粗朴的生存境况和平民的情感关怀。相对于以英雄主义和乌托邦情怀为皈依的主流知青文学而言，《我的遥远的清平湾》的出现，预示着知青文学另类书写的平民姿态，和向简朴原始的人本立场延伸的文学态势。这种态势得到众多知青作家的呼应，诸如朱晓平的《桑树坪纪事》《桑塬》《私刑》，王兆军《拂晓前的葬礼》，池莉的《你是一条河》。知青文学主角的自觉退场，从控制的姿态退避到参与同时平视的位置，这种角度换位不仅仅是一种艺术考虑，更应看作是对知青运动历史认识以及知青记忆的客观性。原先知青文学的群体悲壮已然让位于农村农民的现状人生，让位于无意义无梦想的人类状况。这并不意味着对农民的这种历史描绘，是一种对之轻视或否定。恰恰相反，读出的是对这种朴素生活观念的肯定。这种肯定不是通常意义上的道德评定，而是把残酷的生活诗化为一种豁达的人生态度，一种温良恭俭让的生存情调。史铁生几乎是零距离地抒写知青与陕北农民之间原本就已存在着而永难消弭的距离。这种距离能激发你产生一种战栗的悲悯和尊敬。这种零距离的心灵交流，是《我的遥远的清平湾》为知青文学另类写作视为同谋的重要条件。主流知青文学的戏剧性命名包括正剧、悲剧的传统原则，在史铁生这篇小说中荡然无存。破老汉、留小儿这些低俗的命名所包裹着的庄严圣洁，是作者另一维度的审美。从小说修辞学的角度言，史铁生在1986年，对此就已经有所突围。这种突围包括对通常流行的小说审美的颠覆。而其更为深刻的表达，是他发表于1993年《上海文学》第1期上的《我与地坛》。如果将该文也视作知青后文学的话，则史铁生在知青文学另类书写的范畴中，始终代表着健康同时唯美，可是又深藏文学反叛之心的一群。在这一点上，他与下文我将要着重谈论的王小波的小说相比，是一点也不逊色的。

主流知青文学中的主角，基本上个个都是英雄，起码是个好人。王小波的知青小说《黄金时代》的主人公却是个“破鞋”，一个公认的“破鞋”。这个“破鞋”和她的男友，自认为是“流氓”的王二一起，与农场领导和周遭的人们展开了长期坚韧的斗争。斗争的内容与形式紧紧围绕着男女关系的种种细节、常识和问题展开，是一场旷日持久，占领了生活中全部时间和精力的斗争。在这场斗争中没有赢家，却展现了人世间所有男女都必然经历的男欢女爱的全部细节。这些由男女欲望的全部细节编织而成的故事及其时间容量，包容了一代人的青春岁月，整整一个知青时代，“破鞋”陈清扬和知青王二，就这样度过了他们的黄金时代。她是他的黄金时代，他也是她的黄金时代。王小波以一种违反常规观点的写作，一种背离传统同时挑战俗常的叙述形式，向读者讲述了一段在别的文学作品绝无仅有的性爱故事，一段惊心动魄的革命时期的爱情经历。

王小波的笔触是冷静如铁血的。他把一个不太容易让人明白的故事，以极端调侃，而又故意克制的话语，娓娓道来。尤其是在叙述到做爱的情节时，他时而平静，时而风雅地铺排着，形神逼肖同时风情万种，愉快而且惬意地流泻着由心灵而感官的生命体验，充分表达了一种尊重个体生命自由和尊严的意绪。把在中国文化传统里被当作污秽的性爱描写，非常唯美地予以体现，同时为它们寻找出一番人性人道的理由。陈清扬说：“我们在干的事算不上罪孽。我们有伟大友谊，一起逃亡，一起出斗争差。”“过了二十年又见面，她当然要分开两腿让我趴进来。所以就算是罪孽，她也不知罪在何处。更主要的是，她对这罪恶一无所知。”王小波常常借人物的口，对这个世界上的事作出常识性的发问。这些问题本不是问题，但一旦成为问题，不是因为问题本身，而是因为认为有问题的人和世界疯了。这个逻辑，是王小波的小说里，非常隐忍地潜行着的一个哲学死结。

《黄金时代》开篇，陈清扬和男友王二讨论自己是不是“破鞋”的问题。她既无法让人相信不是又无法证明自己是，于是，“弄得连自己是谁都不知道”，这是一个怎样的世道人心？

王小波通过对陈清扬的塑造，其对世道人心的穿刺是锐利的。人们在努力躲避的，正是他或她要迎接的；人们在努力遮盖的，他们没有故意掩藏的动机，哪怕是性爱性事，这本是男女之间愉悦的隐秘，但假借政治非要勒迫你公开的话，那也就没有什么可支支吾吾，遮遮藏藏的。他们生活中的主要事情，除了劳作，就是出“斗争差”。了无休止地写检查，把男女性事点点滴滴地写出。王小波的叙述语风是坦然的。这坦然的语风背后，是对一个强权时代的无奈，本该是人心底的秘密，本该是密室里生命的欢娱，却被当作罪状，必须被迫和盘托出，把自己生命的隐私暴露在光天化日，公之于众。王小波坦白率真，时时暗藏机锋的叙述，无异于一种声泪俱下的哭泣、控诉。陈清扬从疑虑、犹豫、迷惑到终于坦然，甚至为了使大家满意，只好让陈清扬再受点委屈。“陈清扬说，没有关系。下回她就把破鞋挂在脖子上。但是大家还是不满意，他只好让陈清扬再受点委屈。最后他说，大家都是明白人，我也不多说，你二位多担待吧！”陈清扬貌似对肉体、欲望、性爱乃至生命尊严的轻薄，实则是对强势的漠视与嘲弄，以此无言地控告一个时代的罪孽。小说越是轻淡地描述着他们面对横逆与奇耻大辱的轻淡的态度，就越其深刻地反诉着当时政治对人性、人道、尊严的践踏。陈清扬以她的独异方式，蔑视一个有病的社会和有病的群氓，坦然地告白了生命欲望的真相，以有罪的陈述，为自己的“罪行”作了无罪的自辩，实现了一个旷世的幽默。

《黄金时代》的幽默，比之《醉入花丛》的幽默更为黑色黑暗。它更逼近普通人在非常年代非常状况下的真实窘困，那种由通常的价值评判标准所左右的日常加害，那种弥漫了几千年腐尸一般无处不在不容分说的文化宣判。小说的黑色幽默，在这一点上尤显其文化批判的深刻性。王小波的全部文学智慧，是为知青文学标榜了一个无可代替的女性形象，一个以“破鞋”自居，无视破鞋但活得清白爽利，深味男女欢娱且勇敢地面对一切无端加害的女性。《黄金时代》令王小波的其他作品逊色。他机智、警醒、诙谐而且庄严地讲述了这个女性及她圣洁的爱情，自然也无可指摘地对于性的态度，我们在主流知青文学作家那里，哪怕是写《锦绣谷之恋》等“三恋”的王安忆那里，也依然读不到如此精彩的女性剖白。

读者读到王小波的《黄金时代》，已经是1997年4月的事了，而这部小说的写作年份早在90年代初。

上文论述的四位作家作品，依年代嬗变依次写作发表各自的小说，他们的小说连接成一条虚线，题材、主题视野、风格、叙事方式各异，但他们不约而同的精神追求和文学追求，简言之就是追逐一种叫异端的东西，也即另类。这种另类不是时尚，而是超凡的前瞻所由，是对文学的自由精神的渴望，以及人的主体性的追问与尊重。他们特立独行的结果，成就了一种不可重复的文学智慧。他们不雷同自己也绝不趋向同时代的其他作家，总是走在时代文学新变的前沿。这是知青文学的另类书写，能够不断丰满同时深刻的原因。这种丰满与深刻在 20 世纪 90 年代，已经极大地影响了主流知青作家的创作观念，迫使他们作出新的选择。这是后话。

四

知青文学中，对知青持敌视态度的文学叙述非常少见。刘醒龙发表于 1998 年的中篇小说《大树还小》，就集中地表明了这种态度。小说基本上否定了以往知青文学中知青的大写人格，且以恶鬼相喻，并以一个孩子的口吻与眼光，从一个非常奇特的角度，透视知青进村的一段历史。这段历史不管是当初的开端，还是仍在延续着的结局，对村民而言，它都不是一个充满诗意的回忆，而是近乎神憎鬼厌的梦魇。就连那位知青老板，也被小说命名为“白狗子”。这是战争年代革命老区人民对国民党还乡团的恶骂。人们以如此相似的历史目光，神情复杂地去迎接这些开着凯迪拉克轿车，穿着花花公子皮鞋，张着彩色充气帐篷，功成名就旧地重游的成功知青。

知青文学的另类书写，到 1998 年，由于《大树还小》的出现显现异态，起码从人物评价系统上说，这种主体的臧否绝无仅有。这是否意味着，人们开始对知青运动特别是知青成分构成的认知评判，已经进入一种严苛的历史分析。知青真实的历史身份是什么？作为当年“打砸抢”的红卫兵激进分子的一部分，他们由臭名昭著的红卫兵摇身变成在新时期文学中被反复颂扬，特别是在文学中被崇高人格化的一群。他们对历史，对自身的罪错，始终缺乏一种历史忏悔和自省、尖锐的自我诘问的真诚。他们始终没有真正认清自己或是这个群体与农村、农民的历史关系。

是单纯从知青立场与目光出发，去看取当年的农村、农民，还是从农民的角度来看知青？这两个互为对立的视点，若果是同质的，则其结果是互补的。问题在于，小说提供的却是一种不同质的，甚至是对立的人物关系——知青与农民的对立。这种对立不仅仅源于双方原初身份的对立，城里人和乡下人的差别，更重要的是，当年的知青是这样的一群城里人：他们仿佛是知青运动中最不幸的受害者，把所有的怨恨和委屈都泼向农民，继而引发了一系列的争斗，伤害了乡下人。而 30 年过去，还是那些乡下农民，他们迎来的却已经是富态富足的知青老板。成功者有成功者的回忆方式和内容，而这些回忆正是农民们最不愿意再度记起的伤害伤痛。父亲说：“这一带的狗都叫你们知青偷吃光了。”而秦四爹的说法更绝：“他们现在可以把那些当戏演了，可我们还得实打实地熬着过。”知青们原以为自己的过去如歌如泣，悲壮辉煌，在历史上永不磨灭，他们太挚爱那段历史了。他们没有想到辉煌的悲壮的历史记忆，在农民乃至他们的后代大树这儿，只是一份鄙夷。小说有一段对话，非常有意思地揭示了这种十分微妙的关系。

“我说，有一次老师在课堂上提起过知青，说他们老写文章说自己下乡吃了多少苦，是受到迫害，好像土生土长的当地人吃苦是应该的，他们就不应该这样。老师还说，自从来了知青后，这儿的流氓就大胆多了，像是有人撑腰似的。”

“白狗子说，你们做学生的也不喜欢知青。”

“我说，为什么要喜欢知青?”

“我想起秦四爹的话，便又说，你们知青可从来没喜欢过农村。”

小说刻意地营构了知青和农民的紧张关系，这种关系貌似是个体引发的，其实却是一种历史裂缝。这裂缝的文化成因无法用简单的经济补偿去弥合，正如白狗子要资助大树读书，大树却拒绝而退回自己的世界。

在小说里，知青形象大致如此：“那些家伙不是家伙。”“知青没有一个是好东西，好吃懒做，偷盗扒拿不说，还将垸里的年轻人学坏。”“公社宣传队两个男知青将两个农村姑娘肚子搞大了，这两个女人为他们做了 5 次人工流产，把子宫都刮破了，以致她们出嫁后，不能再生孩子。”大树的母亲被男知青欧阳“始乱终弃”，白狗子拆散女知青文兰和秦老四的婚姻，并设局让秦老四锒铛入狱……

小说结局，秦老四一句话“就坐他们的车，他们能坐，我们为什么不能坐”颇有鲁迅《阿 Q 正传》中“和尚动得，我动不得?”的意味。

有人说：“《大树还小》是一部严重歪曲知青历史的小说，有一种被野蜂蜇痛的感觉。是一部歪曲生活，丑化知青的小说。”

我倒不这样认为。《大树还小》至少为我们提供了崭新的视角，看到了历史真相的另一面，它同时勾勒了被成功者隐遁忽略了的历史细节，这些细节有助于我们更清楚地看出历史设置的政治与人性的阴谋。

知青文学另类书写中，类似刘醒龙《大树还小》如此尖刻、如此严肃地鞭挞知青，质疑身份，诘问灵魂真伪而且立场如此坚决鲜明的非知青化的作品，仅此一部。刘醒龙没有妥协，也决不客观。他坚决彻底地站在农民立场上，正面批判知青，背面翻搅历史。他应该是一个深受其害的农民儿子。其新历史主义的想象写作，对知青文学多元视角的确立，对知青人物形象塑造的多元取舍，以及对知青运动的深度历史辨析诸问题，都有一种贡献。

《大树还小》对主流知青文学传统的全方位颠覆，不但令知青文学创作落入尴尬境地，尽扫乌托邦文学想象在知青文学的氤氲之气，也令知青作家们认真地检讨以往知青文学创作的倾向。一场悄然而起的知青文学革命因此而发。

1998 年是“知青文学讨论年”。《文艺报》《北京文学》《文化读书周报》《中华读书报》《新华文摘》《南方文坛》等刊物，都发表了专栏式评述文章，呼吁知青文学少些自我陶醉多些理性透析，以达到对历史真相的反复追寻。如果说，主流知青文学由于作家构成的原因，基本上是一种亲历的叙述，这种亲历的叙述主观性和局限是显而易见的。知青文学的根本转型以及长远的创作前景，必然正视这种题材正在成为历史的事实，而只有历史的叙述才能更客观、更真实也更深刻地再现当初。知青文学最终的文学形态，只能是全景式的主体性的同时由历史再度叙述的文学。刘醒龙的《大树还小》，还有何顿的《眺望人生》，李洱的《鬼子进村》，这些作品，都已经不再是亲历的叙述。由于叙述者身份的转移，作家退出叙述现场而成为一个客观的旁观者，他必须凭借历史分析主导叙述内容，他不再是历史事件的当事人，他成了历史的法官。

刘醒龙悲观的历史表情，的确给充满乐观情怀的主流知青文学泼了冷水。1998年以降的知青文学，也就是经历了又一次文学革命的知青文学，其另类写作呈现了前所未有的勃发生机。在自1980年至20世纪末的20年间，知青文学另类写作一直呈单兵独进的态势，即几位作家几部作品孤单地连缀而成的虚线，常常被过于显赫的文学主流忽略挤迫乃至边缘化。但是，边缘取代主流而成为主流的局面并非不可能。进入20世纪的知青文学，总体态势上就已经呈现了这种可能。诸如池莉的《怀念声名狼藉的日子》，韩东的《扎根》，王小妮的《方圆四十里》，邓贤的《中国知青终结》等。另类不再孤单。

五

逃离的哲学解释隐含拯救的意思。逃离和拯救在中国知青文学的另类书写中，始终是一个挥之不去的幽灵。《醉入花丛》小说的意识流形式所透露的紧张情绪，是渴望摆脱现状的纠缠，渴望拯救。一股逃离的力量使女主人公最终醉入花丛，实现了另一种意义的拯救。《棋王》《我的遥远的清平湾》《黄金时代》和《大树还小》，也都在这个范畴中奔突。

主流知青文学的基本倾向是复归，复归的哲学解释有一种再度被承认的意味。所以，重建英雄主义，实现曾经的理想，渴望被现有体制承认，寻求社会位置以落实人生价值，这些指标都非常鲜明和功利或说很高远地写在主流知青文学主人公的灵魂中。从《北方的河》到《南方的岸》《今夜有暴风雪》《雪城》等，无一例外。主人公们无不期望把自己塑造成完美的理想主义中人，这种社会价值根深蒂固。它不但作为创作意图，也落实在小说修辞的每个方面，作为正面形象进行颂扬，所有的小说修辞手段都为一个目的，那就是张扬与歌颂。

逃离，作为文学主题，也作为知青文学另类书写的文学目的，池莉的中篇小说《怀念声名狼藉的日子》，把这一文学目的渲染得活气十足。

十几年前，池莉的另一部中篇小说《你是一条河》讲述的也是关于逃离的故事，其中女主人公冬儿和《怀念声名狼藉的日子》中的女主人公豆芽菜，在逃离这一点上不谋而合。

母亲辣辣是个寡妇，当“冬儿出现在母亲面前时像个幽灵，把辣辣吓了一跳”，“她一双冷冽的大眼睛活像个看穿妇人心的80岁的老巫婆”。当母亲的相好送米来时，冬儿说：“妈妈，我们不要那臭米。”冬儿因为母亲与男人私交，她感到不洁与耻辱，由此激发了对母亲的鄙视。小说这样写道：“冬儿声色不动，安之若素地等待着某个时刻……她万分感谢这场伟大的运动给她提供了远走高飞的机会。从8岁那年目睹父亲的死亡到今天的17岁，漫长的9年她过的是什么日子？母亲的谩骂和讽刺是她的家常便饭……她要把刀交给母亲，她渴望母亲而不是她割断她们的母女情分。”冬儿由于知青运动的发生而获得逃离。几年后冬儿改名换姓考取大学。她在给母亲的信中，依然表达了那来自童年偏颇的激动：“母亲，你吐在我书里的一口痰我将终生保存，永远鄙视你。”没有人能够拯救这个可怜的灵魂。直至冬儿做了母亲之后，她才开始对自己的童年行为持一种否定的判断。可是母亲已经故去。救赎也就成了形式而失却了内容。《你是一条河》中有关逃离的叙述，还仅仅是一种可以捉摸的意气，一个童年的死结，还没有成为弥漫始终的为着获得灵魂拯救而去的哲学预设。因为，逃离最终还是被否决了。它只作为一个过程，一个可资忏悔的记号，残留在生命的某个环节上。它还没有最终成为目的，实现以它为代价的拯救，也即灵魂的救赎。

《怀念声名狼藉的日子》，池莉显然已经成熟而且对逃离这个主题有着更为深刻的认识。逃离成为目的，而正因此那个过程才值得分外怀念。而拯救是不以逃离为代价的，因为逃离本身就已包含着拯救的成分。基督教义对拯救是这样解释的：是指上帝将人从各种罪恶中解救出来。亦指人因信仰基督为救主而得到永生。相信耶稣为救主，才能得到上帝的拯救。拯救是上帝对人类罪恶问题的最终解决办法。它不仅将人从罪恶感中解救出来，而且把人从罪恶力量的控制中，并最终从罪恶本身中解救出来。虽然拯救是通过耶稣基督的牺牲实现的，但他也可以通过圣灵在信仰经验中感受到。没有人能通过自己的意志和力量得到上帝的拯救，只有上帝的恩宠和绝对服从上帝的意志才能使人类得到拯救。

怀念是对逃离的肯定。

冬儿的逃离是个体生存环境的窘迫及对母亲的鄙视。这与大时代大环境对人心的压迫是无深刻联系的。而豆芽菜的逃离，整个是对一个时代罪错的反抗，她企图叛逃扼制她精神世界的时代控制，这种叛逃自然也首先是以其对母亲的反感为理由的。这个理由所包容的不再仅仅是母与女的冲突，更其深层的东西纯粹是个体经验、自由与强权时代的冲突。

豆芽菜这样描绘她的父母：“我的父母双亲，他们对毛主席无比崇拜，对共产党无限地感恩和无比恐惧，为生活在世界上最伟大的社会主义国家，自豪得无以复加。”“她的发缝永远留在左边，以表达自己的左派立场和对右派的绝不苟同。”她“积极要求进步，放屁细声细气，见了工农兵一律点头哈腰”。“我一读小说，他们就发抖。”

对此，“豆芽菜几乎一天都呆不下去了！高中毕业那一天，豆芽菜第一个贴出了请战书，请求毛主席和共产党尽快地将她下放到农村那个广阔天地去。豆芽菜不惜糟践自己说：‘我的世界观充满了腐朽的封建的资产阶级的思想，我这种四体不勤、五谷不分的知识青年，只有立刻奔赴农村，接受贫下中农的再教育，才能滚一身泥巴，炼一颗红心，改造的世界观，为解放全人类而奋斗终身！’同时，豆芽菜还心怀叵测地狠批了孔子‘父母在，不远游’的封建思想，巴望及早离开她的家庭”。

冬儿最终对自己当初的逃离是忏悔的。她在逃离的那一瞬间，就已经预设了这种结局，而豆芽菜的逃离，是一开始就意味着拯救。她的逃离是对一个大时代的叛变，她明白清醒，同时有自觉意识的反叛，也同样为自己预设了一个理性的结局，那就是对她所抛弃的时代生活绝不忏悔。“豆芽菜真是高兴，知青们因祸得福了”，她“成了一个声名狼藉的女孩”。虽然，“对她真情永不变的只有马想福的狗”。但是，那是一段值得怀念的日子。因为，在豆芽菜看来，知青岁月：“是我获得解放的日子，是我要隆重庆祝的日子，我的妈妈柔肠寸断，女儿豆芽菜也只好装得柔肠寸断。”“我已经忍受了十七年了，今天我一定要用自己的姿态，走上我独立生活的自由之路。”

如何具体评价那段岁月，在知青文学的另类书写中，已经变得很不重要。如何表现那段岁月加之人身上的精神负担以及它对人性、人道产生怎样的影响，这也许才是文学的目的。时代变得不太重要，而对这个时代的历史分析所由的文学阐释与演绎似乎才是我们的灵魂追溯。所以，在《怀念声名狼藉的日子》里，池莉的叙述语词展示了那个时代非常奇特近乎笑柄的陈述方式。用那个时代的习惯语言，反讽意识形态的习惯性虚伪，和人从精神到行动的双重性虚伪。通篇是令人忍俊不禁的讥讽性词语与句式。这种小说修辞使得小说人物的逃离有一种喜剧的悲情，一种欲哭无泪的酸楚。小说借豆芽菜之口道：“我相信这些幼稚的知青们，没有谁比我更理解什么是正派。关山已经多少次弄脏我的棉裤了，可是我去看他的时候，他还是要让办公室留一点门缝。关山说他们共产党的干部，单独与女性相处的时候，都要用门缝来证明自己生活作风的正派。这岂不太可笑，太此地无银了。”关于这种撕裂，池莉不是第一个。但是，知青文学另类书写的风格及其指向，决定了这种文学叙述的锐利和讥讽的力度，必须选择这样的文学修辞方式。这是知青文学的另类书写，从它发生时，其粗粝与冷硬，直面矛盾冲突的姿态所必备的立场。

20 世纪 80 年代的知青作家在 90 年代的集体溃败——主要指这些作家在知青文学创作上的无措与茫然状态。张承志写《心灵史》，梁晓声写社会评论，王安忆写十里洋场的上海小姐《长恨歌》。他们大多放弃了知青文学的惯常创作——这些曾经活跃的知青主流作家，在 20 世纪末让位于知青文学的另类书写。他们曾经建树的宏大的知青文学悲剧，已然为另一种风格和基调的文学叙事所取代。◻ 2005 · 5

“前卫” 的时尚化及批判

□肖 鹰

对于20世纪90年代的中国人，“前卫”一词的普遍性和渗透性，只有当年的“革命”一词可相比拟。无论是赞赏还是贬抑，是倾心向往还是漠然置之，都与“前卫”有某种瓜葛，都会感到“前卫”如空气中榨不干的水分，浸透在我们当前的社会日常生活中。今天，你不能不“前卫”，正如当年你不能不“革命”。

一

“前卫”，是法语词 avant-garde 的中文翻译，原指作战部队的先锋，故又译作“先锋”。20世纪，现代主义运动开始后，这个法语词在西方文化界被用来称呼具有反叛精神的艺术流派及其创作活动，即前卫/先锋派，前卫/先锋艺术。但是，随着现代主义观念在西方文化领域被广泛接受，特别是战后文化反叛运动在欧美盛行之后，“前卫”观念超出了艺术领域，渗透到西方世界的社会—日常生活中，成为一种以自我表现为核心的“反叛”风格。这种“反叛”风格的生活化表明，“反叛”早已丧失了它在早期现代主义运动中的反叛精神，嬗变为一种生活时尚运动。

在80年代中国，艺术界首先引入这个概念，当时译为“先锋”。在这个概念的旗帜下，中国艺术以西方现代主义为精神导向，对传统艺术精神和手法进行了全面的反叛，从而实现了“走向世界”的现代性变革。但是，80年代后期，中国艺术的先锋运动逐渐沉落。沉落的原因是，一方面，先锋运动已经完成了它的反叛使命——中国艺术的现代性变革；另一方面，先锋运动在中国同样丧失了反叛精神，通过大众传媒和市场操作，退化为一种大众文化形式，进入到社会—日常生活中。在中国，“前卫”一词到20世纪80年代末期才开始流行。这与先锋运动在中国沉落的时间一致。这不是偶然的。不管使用者的本意如何，“前卫”取代“先锋”，表明了中国先锋运动的反叛精神的丧失，它转变为一种徒有反叛形式的“前卫”艺术——生活风格。

二

“前卫”观念表达了现代意识的核心内容，即发展的意识。在与传统的对立中，现代/现代性的基本特征是：发展。传统并非不寻求发展，否则，就没有历史运动/进步。但是，传统之为传统，根源就在于它对发展的追求是限定在某种预设的理想模式范围内的。它的目标就是为了实现这个理想模式稳定性、完满性。当然，它努力的结果常常会偏离或突破这个理想模式。现代性的发展目标却是对这个理想模式的根本放弃，即它不相信稳定性、完满性，它只相信运动和发展的无限性。也就是说，现代性的目标是永远指向未来的。比喻对发展的无限性追求，使现代历史运动在本质上变成一个永无尽头的军队前卫/先锋运动——永远在开拓之中。

传统与现代的差异，归根结底，在于是否以“发展”为目标。若以“发展”为目标，则反叛始终是现代社会运动最内在的推动力。在现代，反叛是被本质化的。反叛的本质化，有两层含义：第一，反叛的确定目标是针对传统的，一切传统都是现代反叛的对象；第二，在现代对无限发展的追求中，既有的一切都是传统，一切东西都是现代反叛的对象。以这两点为内容的本质化，实际上使以传统为对象的现代反叛实现为对一切的反叛，即无限的反叛。现代文化的先锋/前卫运动，实质上是现代性运动的无限反叛本质的艺术实践和象征。

“前卫”观念之所以被现代世界普遍接受，并且终于形成了全球化的时尚运动，根源就在于此。大众对“前卫”风格的接受导致“前卫”变成一种基本的生活“姿态”，这无非是表明大众对“发展的意识形态”的认同，表明是发展本身、而不是某种具体的发展目标成为人们一切追求的基本动机。现代社会充满矛盾，但在一切对立和冲突之中，无一不表现出在“发展”目标上的一致。今天与昨天不一样，明天与今天不一样。

三

在关于现代性的思考中，我们不得不联系到现代科技。无疑，现代科技的发展，是现代社会发展的支柱。现代科技为现代社会提供了两个基本工具：标准化和自动化。这两个工具不仅使现代化工业生产成为可能，而且在根本上改变了人类社会的政治—生活状态，使之在整体上具有技术的统一性。现代社会的技术的统一性，首先表现在“时间”上：现在，全球都按照由机械/自动化的钟表统一的时间运动。在这个统一运动中，时间被绝对化了，即它变成了在人之外，却又规定着人的活动的东西。在某种意义上，时间代替了上帝成为现代人的主宰。时间对于人类的绝对意义，是前现代社会所从来没有的。

现代社会的发展的意识形态，是与它关于时间的意识形态同一的。发展之所以被绝对化，是因为时间的绝对化提供了需要和前提——绝对化的时间超越一切限制指向无限的未来，本身就是一种无限发展。在现代时间体制中，发展必然是被指向没有尽头的线性运动，即线性发展的。正是以这种时间的意识形态为哲学基础，发展的意义被绝对化了。无疑，线性发展是现代历史运动的核心形式。线性发展运动，强化了新旧对立和时间的淘汰性质，更为重要的是，它在根本上确定了无条件/无限制生产原则。传统生产是限制性生产，每种生产都受到历史、社会和地理的限制。现代生产打破了这些基本限制，使生产行为成为超历史、社会和地理的全球化行为。

现代生产的无限性，不仅规定了现代科技和生产的运动模式，而且实际上规定了现代人的社会—生活的运动模式。在根本上，它为人类个体设定了一个以技术为基础的无限性的生活情态/方式。在这种生活情态/方式中，因为没有关于意义和价值的绝对基础/准则，人们面对无限的可能性而无法选择，最终不得不把选择权交给掌握科学技术的专家系统或者在纯粹随机状态中进行选择。因此，在现代，对科技的迷信和星象学的复兴相伴随。这表明科技的现代发展，在提供给人类极大限度控制自然的能力的同时，实现了对人类自身的控制。今天，我们不得不承认，在生存的每一个层次上，现代人都是高度技术化的。

反叛科技对现代人的控制，是现代文化的前卫运动的一个重要内容。标准化和统一性，是前卫的两个死敌。但是，前卫不仅不反对，而且在根本上以现代时间意识形态为哲学根基。它持续不断地寻求与现有一切的对立和差异——不一样，实质上是为了实现在时间上的不断进步。它反叛一切，同时也追求一切。它的反叛是一种追求，它的追求是为了反叛。因此，在前卫运动中，一切都将被投入虚无，只有时间超越一切展开为一种非人的无限性运动。归根结底，前卫对现代技术化的反叛，不仅不可能进行到底，相反，它成为对技术化的根本意义的肯定——它以无限的反叛实现了时间的绝对意义和生产的无限性。

四

在现代反叛的内在精神丧失以后，前卫运动退化为一种纯粹自我表现的个人化行为。也就是说，“反叛”作为一种“与众不同”的风格或行为模式成为自我/个性的标志。市场和大众传媒利用并且扩张前卫运动的个人化/风格化嬗变，把它极性膨胀为周期性的时尚潮流运动。在时尚潮流中，在市场对于自我/个性的虚假承诺的诱惑下，大众个体追逐技术对自我/个性的设计，并且最终把自我的存在展现为这种花样翻新的设计的表演。比如，时装运动，实际上把作为日常需要的穿着，改变为抽象的设计风格的表现。形象化和表演化，是前卫运动内在精神退化的两个基本特征。因此，在时尚运动中，前卫不仅丧失了真正的反叛精神，而且在与市场的共谋中最后变成了一种以制造来取消自我/个性的技术。

时尚作为蜕变的前卫运动，以“新”为时代的图腾。在这个图腾中，形式或风格决定一切，“新”被无条件指认为自我/个性。“新”就是要与众不同，或不一样。时尚的现代含义就是，竭尽现代技术的一切可能，持续不断地制造“新”的(形式和风格)。在“新”的神话运动中，不仅体现世界的一切事物加速老化，而且对未来的一切事物都将是为了老化（报废）而生产的。对“新”的崇拜把整个世界纳入消费主义的魔穴，因为它的新与旧的二元对立操作抽象掉了一切事物的质，使之变成无质（无内容）的消费品。“新”对一切事物的抽象，瓦解了世界的整体性和历史性——世界变成了一个随意拼贴和拆解的平面。一个没有整体性和历史性的世界，是一个没有意义的世界。这就是为什么在20世纪90年代生活中，个体普遍具有虚无感和孤独感的原因。

今天，在中国，“前卫”已经成为流行的观念，并且渗透在大众的社会—日常生活中。甚至可以说，它变成了当代中国社会的基本意识。比如，从政府决策到私人购房，都一再超前地以跨世纪为指标。对于我们来说，问题早已不是要不要确立或倡导前卫观念，而是面对前卫观念的全面盛行，应当采取一种整体性和历史性的反思/批判立场。关键在于，怎样发挥前卫观念所包含的开拓世界未来的积极的进取意识，同时又克服/消除它在根本上对时间和技术的迷信。我们的思考必须深入到前卫之“后”。这包括两个方面的含义：第一，必须把握前卫运动的既往历史内涵；第二，必须从人类的生存发展的内在需要出发对前卫运动的未来意义作整体性的探讨。以此两方面作基础，我们倡导一种在前卫之后的思想/生存，希望因此避免前卫运动的线性发展带来的意义虚无的后果，同时保持前卫的进取的锐气。

我们的理想是，在历史和未来之间，在技术与自然之间，保持一种张力，开拓而不丧失家园。◻ 1999·1-2

直面欲望： 寻找幸福的策略

□ 程文超

欲望，是人生过程的基本内容也是重要内容之一。一种重视人生过程的文化，从理论上说，一般不会否定欲望。

这里，中国传统文化给了我们以复杂的表象。20 世纪思想文化史告诉我们，“五四”新文化运动的先驱反叛传统的重要内容之一，便是对“禁欲”的反叛，或者说，“五四”时代，人们对传统文化的认识之一，便是发现它对人的欲望的扼杀。于是思想文化先驱们对“存天理，灭人欲”的古训进行了猛烈抨击。肯定欲望，解放欲望，成为“人的文学”，成为思想启蒙的重要一环。

不能不承认“五四”先驱的敏锐与勇敢，不能不承认他们击到中国传统文化的某些致命处。其实，对传统文化扼杀人欲的认识，早在传统文化的内部便已产生。清代思想家戴震便批评明理灭欲的程朱理学是“以理杀人”。龚自珍则针对传统文化的这一弊端而作《论私》，指出“天有私”“日月有私”，因而高呼“天赋私欲”。

问题在于，中国传统文化是否真是一个扼杀欲望的文化体系？事情一定有它的另一面。因为“灭人欲”与“重过程”不可能长期的、稳固的统一于一个文化系统之内。更因为，文化总是人的创造物，一个“灭人欲”的文化不可能延续千年而生生不息。

欲望，自古以来是一个文化难题。对欲望的追问归根到底为了一个目标：人的幸福。而一进入对人的幸福的追问，欲望的领地便又被突破。这里我们碰到一个类似怪圈的东西：如果把欲望的满足定义为幸福，人们便恰恰不能追求个人欲望。导致这一个怪圈形成的是他人，是社会。任何人都不可能单独生活，人必须生活在社会里。人，如果只追求个人欲望的满足，便有可能破坏他人的欲望。而自我对于他人——另外的“自我”来说，也是一个“他人”。在“他人”的欲望没有保障的社会里，“自我”的欲望也一样没有保障。在每一个“自我”或“他人”的欲望都没有保障的社会里，人们无幸福可言。社会的破坏最终导致个人幸福的破坏。于是，社会秩序成了人们追求幸福、满足个人欲望的题中之义。追求幸福不等于追求欲望满足。个体欲望满足之外，必须追求秩序。因此，人们需要讲究人与人、人与社会的关系，需要给群体、给社会制定出各种不同的道德规范和伦理准则。

同是追求人的幸福，中西文化走过了不同道路。西方重个人发展，它鼓励私欲，通过欲望推动人对自然的征服，促进社会的发展。然而，为了社会的秩序，也最终为了个人的幸福，它在文化上必须于人之外制造一个威慑一切的上帝、一个君临万物的理念、一个彼岸性的存在。此岸的一切论理原则，都是彼岸的绝对命令。

中国古代则重视群体和谐。重和谐是这里的关键，因为重和谐，中国人方侧重于从群体出发去寻找个人幸福。因为讲和谐，中国人没有将宇宙人生进行彼岸、此岸的二分。中国的伦理原则因而也不是来自彼岸的绝对命令。

既然中国文化没有在人们头上制造一个具有威慑力的上帝或理念，那么，道德原则的力量从何而来？或者问，人们凭什么会自觉地服从道德原则？原来那是凭自己，凭欲望：凭自己对幸福的追求，凭个人欲望满足的需要。

中国古代先哲并不否定欲望，相反，他们不仅重视欲望，而且是追求欲望满足的高手。欲望，在他们那儿是无须言传的前提，他们要告诉人们的，是如何寻找欲望的满足，如何追求幸福。他们深信，只有社会和谐，才有个人幸福，更巧妙的是，为维持社会和谐，他们不是从人的外部寻找力量，而是深入人的欲望，把社会和谐所需要的伦理原则通过一系列话语转换，聪明地变成人的欲望追求。把社会秩序的要求变为伦理规范，是中西一致的做法。但在伦理规范的制定上大不相同，西方伦理超越感性，是绝对命令。在道德领域里能解决幸福问题。康德就因为无法将福与德统一于伦理，而只能将幸福问题交给宗教去完成。因而其伦理便是不能言说幸福的“原则”。而中国伦理却进入了感性，在伦理里，不仅有原则、条例，而且能进行幸福的追问，是福与德的统一。中国人不需要神，只需在社会和谐里便能找到“幸福”。道德原则成为主体主动追求的、愉快的修养。

这便是中国古代的内圣外王策略。“内圣”“外王”“治国平天下”的宏大理想，无疑是修身的强大动力。而“修身”本身并不是扼杀欲望的苦行，而是对某种更高欲望的强烈要求。孔子希望“仁”“仁者爱人”“克己复礼为仁”。如何能让人们自觉地去“爱人”“克己”呢？孔子并不搞空洞的道德传教，而是在人们面前树起一个人人想要得到的金苹果：君子较好的名誉、地位是人的价值、尊严的体现，是人的较高层次的欲求。你想成为君子吗？你必须行“仁”，必须以“仁”修身。“君子而不仁者矣夫，未有小人而仁者也。”而只要努力修养，人皆可以为尧舜。孔子轻而易举地将社会秩序所需要的道德理想变成了人们的内在欲望。

墨子的文化思路与孔子不同，利用欲望建构伦理秩序却与孔子用了一致策略。墨子也聪明地去调动人们求仁求义、想成圣人的欲望，教导人们为了这一欲望的满足而去进行性情修炼。“必去六辟、嘿则思、言则诲、去怒，去乐、去悲，去爱，而用仁义。”墨子肯定人们的基本欲求，他说“民有三患；饥者不得食、寒者不得衣、劳者不得息，三者民之巨患也”。然而，人还有更高的精神欲求。为了精神欲求，你必须克制食、衣、息之外非基本性的物质欲求。

庄子与孔子、墨子不同，他激烈地抨击仁义，他认为恰恰是仁破坏了人的修炼，破坏了社会秩序，而最终破坏了人的幸福。“天下莫不以物易其性矣。小人则以身殉利，士则以身殉名，大夫以身殉家，圣人则以身殉天下。故此数子者，事业不同，名声异号，其于伤性，以身为殉，一也。”庄子清楚地看到：名、家、天下，都与利一样，是调动人“以身为殉”的东西。“仁义”之“爱人”是其表面，背后是利益。“爱利出乎仁义，捐仁义者寡，利仁义者众。”因而庄子主张绝圣弃知，攘弃仁义。

庄子是反对欲望的了？不，庄子只是认为用仁义作为转移欲望的金苹果是不对的，他在人面前挂起了另一个金苹果，一个极富诱惑的欲望追求：自由人生。追求仁义的人，可以得到某些精神的、物质的利益，但能得到自由吗？不能，只能为各种身外之物所“役”。而自由人生是何等美好的人生境界！“物物而不为物所物”。乘天地之氛而作“逍遥游”，那是多么美好的欲望追求！庄子用自由人生否定了功名利禄等追求，指给人们一条审美人生之途。逍遥自由，无拘无束，却又不会为身外之物去拼斗，去厮杀。庄子反对孔子等的内圣外王之道，是认为他们那一套既无法达到离心的“内圣”，也不能很好地“外王”。而对自由人生的追求却能达到真正的内圣外王。

关于先哲对于欲望的论述，学界曾有影响颇大的权威看法，认为孔子主张节欲，墨子主张“苦行”，老庄主张“无欲”。表面看，这些说法都有道理，但实际上没有真正论及先哲们在欲望问题上的智慧。为了社会和谐以最终追求人的幸福，孔、墨、庄等确实都要限制某些欲望，但与其说“限制”，不如说“转移”；通过他们的话语策略，把人们追求欲望的精力转移到某一个至高的欲望追求上去。对欲望的限制——转移，恰恰是通过欲望追求来实现的。

儒学发展到宋代，出现了程朱理学。程朱理学是中国古代文化发展，包括中外文化碰撞之后的一次新的整合。“天理”是程朱理学的重要创造，“天理在则人欲亡，人欲胜则天理亡”的理欲之道，成为悬存众生头上的杀人之刀。当然，程朱理学也并非彻底否认人的欲望。朱熹说：“若是饥而饮食，渴而欲饮，则欲亦岂能无?”他们也将“人欲”作了限定，而且，天理、人欲并不决然对立。“虽是人欲，人欲中亦有天理”，“天理人欲无硬定界限”。

然而，我们既不能用程朱理欲之辩在现实中的危害来取代宗儒理学，更不能取代中国传统文化。事实上，同为宋儒的陆王心学与程朱理学的分歧是明显的。后世李贽等人从心学吸取营养以批判理学也是不争的事实。

宋明理学在传统文化内部直至“五四”新文化运动所受到的批判恰恰说明，一个在事实上“灭人欲”的文化体系，无论其多么庞大精致，都不可能是长寿的。它从另一侧面证明春秋战国时期文化先哲的智慧。

利用欲望转化欲望追求以实现社会和谐发展的内圣外王战略在今天将可能成为我们文化重构的重要策略。“文革”之后的社会变革，其重要特点之一便是欲望释放。开放的社会鼓励每个人都发挥自己的主观能动性去追求欲望的满足。不承认欲望释放给社会带来的繁荣，不是弱智便是别有用心。如果看不到人欲横流给社会和谐带来的越来越明显麻烦的另一方面，也只能是呆子或装聋作哑。把人们欲望再次变作一缕青烟装进魔瓶已是不能的；用“天理”式的道德说教以控制欲望，也多少类似痴人说梦；制造一个上帝或绝对理念等类似物以产生威慑，恐怕也很难在中国这块土地上奏效。承认欲望、肯定欲望并通过符合今天时代特色的、能为今天人们所接受的话语方式进行欲望对欲望的转移，应是今天文化重构的重要课题。

□ 1997・12

粗糙、失误还是缺乏警觉？

——谈张承志对傅雷的“批评”

□许　钧

时下新闻界容易以讹传讹，有些媒体更有捕风捉影的癖好，所以当《南方都市报》一位我十分信任的记者朋友来电说张承志推出新作《鲜花的废墟》，在书中“批评傅雷译文的粗糙”的时候，我有点不太相信；当这位记者朋友一再说明确有其事，希望我能就此事谈点看法时，我还是怕陷入听见风就是雨的尴尬，说等我细读了张承志先生的书再说。

一等就是一个月。先是请我的一个研究生到南京先锋书店买了张承志先生自己特别看重的《鲜花的废墟》（新世界出版社，2005 年版），又到外语学院地下书库找到了罗歇出版社 1947 年版的 *Carmen*（《卡尔曼》），然后对照着我珍藏的傅雷译作《嘉尔曼》，边对照边想，越想越憋不住，觉得有些话还不能不说。

最想说的是读者（包括记者）的反应与作者的“举意”实在是有些差距。张承志先生写的《鲜花的废墟》不是时下流行的那种“境外旅游书”，它的举意，“首先是对这个霸权主义横行的世界的批判。其次则是对一段于第三世界意义重大的历史的追究、考证和注释”。（见《鲜花的废墟》“小引”第 3 页）对这样一部肩负着新时代的批判使命且具有开阔的历史视野的著作，无论是新闻界的特殊“读者”，还是普通的读者，似乎都缺乏对作者这一“举意”应有的敏感，更没有去欣赏张承志在这部新作中所表现出的批判精神，而是把注意力投向了张承志在书中对当代中国读者心目中最有影响的两位文学翻译家的“不满”和“批评”。

打开电脑，浏览各主要网站，到处可见《张承志推出新作〈鲜花的废墟〉，批评傅雷译文粗糙》的文章。据《新京报》发表的卜昌伟的那篇文章，张承志在《铜像孤单》一文中对杨绛将《托尔美斯河上的拉撒路》的书名译作“小癞子”颇为不满，认为该小说是“流浪汉小说鼻祖”，但因其语言诙谐，所以极易招致误读，正如中译本将其翻译成《小癞子》。细读张承志的文章，发现他岂止是对译者的“不满”，分明就是“不屑”。书中这样写道：“那本书的语言太诙谐了，这样易招误读；好像只要凑得出噱头谁都可以续作，一个中译本就干脆把它译《小癞子》。”（见《鲜花的废墟》第 151 页）我们也许不能断定张承志所说的那个中译本的译者就是杨绛，但《小癞子》这个译名确是杨绛的手笔。杨绛先生到底为何要将《托尔美斯河上的拉撒路》干脆译为《小癞子》，我们不得而知，但在张承志看来，这样干脆的译法如果不是“误读”，至少也是凑个“噱头”。对这种类似玩“噱头”的译笔，张承志自然是不屑，所以没有提一下译者“杨绛”，而是不屑地说有“一个中译本”。

张承志的不满或不屑不是由书名的“直译”或“意译”的方法之争的层面引起的，其原因要深刻得多，在文中他紧接着这样写道：“但我们是一些前定主义者。虽然缺乏职业的流浪儿履历，却对小拉撒路他们那一套生来熟悉。我们的血统里，活跃着一种随时准备找他俩入伙的暗示——因为我们宁肯那样，也不愿做体制的顺奴。他俩确是我们的同伙，不同处顶多是，我们的形式是思想的流浪而已。”（见《鲜花的废墟》第151页）原来，张承志想说的，是中译本的书名误解了小说的精神，不愿做体制的顺奴而其思想永远在流浪中的张承志的不满或不屑看来还是有一点道理的。

对于翻译家傅雷，张承志的态度要复杂得多，在他的文字中，我们没有读出“不满”或“不屑”。张承志对傅雷应该是心存感激的。首先是多亏了傅雷先生，张承志才有幸读到了梅里美的《卡尔曼》，而且张承志本人也说这部小说对他是“影响最大”的。在他还懵懵懂懂的青年时代，当他插队内蒙古，“第一次捂着大羊皮袍子烤着牛粪火”读这部小说时，就被那揪心的故事吸引了。接着是这次的安达卢西斯之旅，张承志先生是手握着这本薄薄的《卡尔曼》，靠着傅雷先生译笔的指点，“走遍了梅里美笔触所及的一个个地点”。在《近处的卡尔曼》一文中，张承志数次提到傅雷，我想他对《卡尔曼》的译者是保持了应有的敬重的。

然而，敬重归敬重，当张承志“发现”在《卡尔曼》小说的结尾处，傅雷先生删去了有关“罗马尼学”一段里的“语言学例句”时，他像自己在小引中所说的那样，“发现了于自己新鲜的东西，文字就会兴奋，快感和失度就会溢于言表”，马上便忘记了傅雷的恩惠，以一种异乎敏感或上纲上线的说法，把三顶帽子扣在了傅雷的头上：“不知为什么，傅译删去了这一段里的语言学例句。类似的粗糙也流露在对付比如阿拉伯语词的时候（如译阿卜杜·拉赫曼为阿勃拉·埃尔·拉芒）。与其说是一个失误，不如说是一个标志——中国知识分子缺乏对特殊资料的敏感，也缺乏对自己视野的警觉。”（见《鲜花的废墟》第211－212页）

张承志加在傅雷头上的三顶帽子的第一顶是：粗糙。因为删去了几个“语言学例句”，或没有按如今的译法译一个阿拉伯的人名，便说傅雷译笔“粗糙”，恐怕确实是“失度”了。《卡尔曼》一书的原文倒数第三段，傅雷确实删去了原作以“——”号引出的8行字。对于这删去的8行字，被张承志视为“粗糙”的傅雷先生在译文中加了一个在我看来极为细心的注释：“以下尚有原文十余行，均讨论波希米语动词的语尾变化，叙述每字末尾几个字母的不同，纯属语言学与文法学的范围，对不谙拉丁语系文字之读者尤为沉闷费解，且须直书西文原文，故略去不译。”① 在这个注中，傅雷已经对他“为什么”略去原文的几行字作了明确交代，张承志说“不知道为什么”，看来他不是不知道，而是不想知道，因为他已经认定了傅雷的“粗糙”。翻译家的命运真够惨的，像傅雷这样优秀的大家，因为替读者着想，略去了几行字不译，就被戴上了“粗糙”的帽子，那么天下还有哪一个翻译家不是“粗糙”的呢？不久前我上毕业班的翻译课，记得是最后一课，想让同学们了解一下翻译家的艰辛和追求，将法国李治华夫妇耗费了二十年心血译成的《红楼梦》法文本的开篇几段复印给学生，让他们对照原文谈谈自己的看法，不料学生们对照后纷纷发言，说李先生的译文这儿译错了，那儿没有传达原文的意思，听得我心里很难过，倍感翻译家的命运之悲哀：谁都可以指责译者，哪怕是把中国的《红楼梦》推向法国出版的圣殿——《七星文库》的李治华夫妇。无知者无畏，我没有责备学生们，而是在讲解中把他们的思想引向了译者的努力，让他们看到了译者的良苦用心，明白了译者的伟大所在。显然，我不会糊涂到在此将张承志先生与初学翻译的学生相比，因为张承志说傅雷的翻译“粗糙”，不是不懂，也不是随口说的。他的批评是很严肃的，因为张承志还给了傅雷第二顶帽子和第三顶帽子，而且一顶比一顶沉重。

第二顶，叫“失误”，我在此略去不谈，因为在文章中，张承志没有过分纠缠于此，而是一笔带过，“与其说这是个失误，不如说是一个标志”，由此亮出了第三顶帽子：“中国知识分子缺乏对特殊资料的敏感，也缺乏对自己视野的警觉”。

从“粗糙”到“失误”，再到“缺乏对特殊资料的敏感”，甚至“缺乏对自己视野的警觉”，我们明显感到张承志的批评已经从翻译的语言层面上升到翻译的政治层面；同时，从傅雷到“中国知识分子”，张承志所针对的已经不是一个普通的文学翻译家傅雷，而是指向了整个“中国知识分子”。在这段批评中，我们特别注意到“特殊资料”这几个字。关键就在于此，如果只是无关小说宏旨的几行字，傅雷删去也就删去了。可张承志认为，傅雷删去的，不是无关痛痒的文字，而是“特殊资料”。理由有二：一是《卡尔曼》“小说开篇处，有一大段对古战场孟达的学究式语言”，另外，“年前日本杂志连载一篇《安达卢西亚风土记》”，据写这篇文章的日本学者，梅里美在小说开篇提出的“不仅是一家之言，他很可能是最早一位孟达地望的正确诠释者”。“这个信号”使张承志特别“留心了小说结尾”。二是在小说结尾处，发现梅里美“突兀地、也许可以说是不惜破坏和谐地，填进了大段的‘罗马尼学’”，张承志“直觉地意识到：对这个结尾，梅里美是在有意为之，他是较真的和自信的”。（见《鲜花的废墟》第211页）那么，被张承志认为是“特殊资料”，而被缺乏敏感，“缺乏对自己视野的警觉”的中国知识分子傅雷略去不译

① 《傅雷译文集》（第十三卷），合肥：安徽文艺出版社1983年版，第76页。

的几行字到底写的是什么呢？我想还是以文本说话，恕我以笨拙的译笔逐字将那几行字直译如下：

——德国的波希米语的过去时态是在用作命令式的动词词根后加上 ium 构成。在西班牙的罗马尼语中，动词的变位均采取加斯蒂语动词的第一人称变位形式。原动词 jamar，即“吃”的过去时，应有规则地变为 jamé，即“我吃了”；原动词 liar，即“拿”的过去式，应变为 lillié，即“我拿了”。不过有少数几个古老的波希米语动词例外，如 jayon，lillon。我不知还有别的动词保存这一古老形式。(原文参见罗歇出版社 1947 年版，第 186 页)

这就是张承志在大做文章借以批评傅雷的几行文字。对一般的“中国知识分子”而言，这实在看不出是什么“特殊资料”。然而，张承志却对这几行字特别感兴趣，他甚至说：在梅里美“那个时代，远没有流行冒充现代主义的时髦，他不顾那么优美的一个起承转合，把干巴巴的一段考据贴在小说末尾，究竟为了什么呢?”究竟为了什么呢？张承志肯定是明白的，不然不会如此小题大做：“或许含义只对具备体会的人才存在。一些人，当人们视他们的见解不过是一种边缘知识时，他们不会申辩说：不，那是重要的——真的先锋的认识，很难和缺乏体会者交流。除非时代演出了骇人的活剧，人们在惨痛地付出后，才痛感自己以往忽视的错误。到那时，昔日智者的预言才能复活。”（见《鲜花的废墟》第 212 页）看来傅雷的罪过实在不小，略过了几行字，竟然让“中国知识分子”担起了不应有的罪名。多亏张承志在半个世纪后以特别的警觉或广阔的视野发现了傅雷在翻译《卡尔曼》时忽视的错误，让当今的读者能有机会去领会昔日智者梅里美特殊的含义。

我们知道，张承志先生在此的用意不是在评价傅雷翻译的好坏，而是借傅雷所谓的“失误”在批评“中国知识分子”的短视和麻木。在此，我们不得不佩服张承志先生的引申的能力。细读《鲜花的废墟》，处处可见张承志先生的知识层面的博学和文化层面的警觉，但是，对傅雷先生为读者考虑故意略去不译的几行字，张承志先生是不是太敏感了？太警觉了？

与翻译无关，对于张承志先生书中的某些观点，我们倒可以效法张先生，生出几分也许不该有的敏感和警觉：

一是与张承志先生写《鲜花的废墟》的动机有关。在小引中，张承志先生说他对安达卢斯深感兴趣：原因是“它不仅是穆斯林战胜了西方，而且是整个东方唯有一次的战胜西方尤其是文明战胜西方的一段历史”。这段话的深刻含义，恐怕不只是作者本人张承志和具备体会能力的智者才能领会。

二是与张承志对语言的特殊功能的认识有关。张承志说：“就像操着流利英语不会被语言染上一层精明商人的色彩一样；一口胸腔共鸣的西班牙语，常给对方一种性感和自由不羁的暗示。唉，那缺少元音和谐律的语言，宛如阿尔泰语一样动词副词各就其位，听来粗哑明快，说着朗朗上口，说不清楚它恼人的魅力，只想……

把它学会！这种不是使人的本色后退，而是凸现人的性格的语言例子，也许还能举出日语。它们使人在说话时不觉塑造自己，那感觉妙不可言。”（见《鲜花的废墟》“小引”第2页）张承志的这段文字，不知能有几种解读。不过听张承志说只有西班牙语或许还有日语能凸现“人的性格”，且“说话时不觉塑造自己”，“感觉妙不可言”，我又敏感地联想起了《卡尔曼》小说中唐·比塞用西班牙语说的那句话：“我杀你的情人，杀得手都酸了。”日语中则还有更不中听的话！它们是否也能让人“感觉妙不可言”？对一种语言，对一个地区，或对某一人群，爱之欲其生，恨之欲其死，这里是不是有被情绪掩盖的理性？对此，我们倒该警觉才是！□ 2005·6

我最尊敬的资中筠先生

□ 刘世南

我最尊敬的资先生，她真是女中豪杰。

前前后后，她送了五本书给我：《20世纪的美国》，《20世纪的欧洲》（她的爱人陈乐民先生著），《斗室中的天下》，《给没有收信人的信》（陈丰编），《一脉文心——书画中的陈乐民》。

我阅读了她的大部分著作。

最初引起我注意的，是2004年3月12日《文汇读书周报》刊载的她的一次演讲，题目是“大学文科向何处去——在清华人文社会科学学院建院十周年庆祝会上的演讲”。当清华人以清华出了多少政治局委员、多少部级以上官员而自豪时，她毫不客气地指出，“高等学府把办学目标定位在出高官，恐怕是本末倒置”。她说，名牌大学之为“名牌”，不是靠出高官巨富，而是靠学术水平。特别是文科，真正的目标应该是出“大儒”。她特别强调，“而要达到这一目标，恰好需要有抵挡名利诱惑的定力”。这真是高瞻远瞩，中流砥柱！

《炎黄春秋》2010年第9期刊出了她的《知识分子对道统的承载与失落》，我阅读后，立即去信：“拜读之后，觉得此真天地间之至文，在中国五千年政治思想史上，必将成为经典。请恕我冒昧，读罢此文，我竟高诵：‘才难，不其难乎？唐虞之际，于斯为盛，有妇人焉，九人而已。’在您面前，中国历史上的才女都将黯然失色，只有居里夫人的贡献，才可以和您东西辉映。”

信写于2011年5月15日，那时，她应邀来南昌大学讲学，讲题是“美国的对内民主与对外霸权”。我听了后，在信中提出了疑问。她回信说：“关于国内民主与国际霸权的问题、道义与强权的问题，以及制度与文化的关系，十分复杂，一言难尽。容以后有时间再讨论。今奉上将近十年前对伊拉克战争的思考，进一步说明我的观点，请指教。”

原文摘要评述如下：

旧话重提

——伊拉克战争前的思考（2002 年 3 月）

作者按：这是美国扬言要攻打伊拉克而尚未付诸行动之前本人的一份思考要点。当时我国和全世界一样出现“拥战”和“反战”两种意见。简单说来，拥战者把它视为民主对暴政，反战者则视为美国霸权主义对主权国家。我本人未参与公开争论，因为有一个最重要的因素我没有深入研究，即伊拉克的真实现状和民情。就当时已知的各种因素权衡为结果，我总的倾向是反对美国发动这场战争，但是理由又与多数反战者不同。当时记下了自己思考的要点，除摘要以电邮发给个别朋友外，从未发表过。现在这场战争已经“结束”三年，从电脑中调出这篇要点又看了一遍，我不敢自诩先见之明，但大部分思考仍未过时。今照录如下，也算立此存照，并提供另一种思考的角度。

所有问题的出发点和依归应是伊拉克大众、美国大众以及世界和平与秩序。

1. 伊拉克

萨达姆是暴君，推翻不足惜。

问题：

（1）应由谁来推翻？应由伊拉克人自己来解决这问题。如果内部没有足够的核心力量，即使靠外力推翻萨达姆，也很难完全靠外力扶植一个政权而不引起内乱。

（2）伊拉克人的心态：他们有强烈的阿拉伯民族的宗教传统，复杂的与基督教文明的宿怨，还有长期美国支持以色列造成的局面，因而民族主义比民主诉求更强烈。

（3）战争的“短痛”强于暴君统治的“长痛”。先进武器的倾泻，稀世古迹文物的毁灭，很难建立起民主乐土。

2. 美国

问题：

（1）美国不能帮伊拉克人收拾残局、重建家园。

（2）美国民众将会反战。

（3）国际上空前孤立。

（4）称雄一时的美国可能会由于打伊拉克而走下坡路。

（5）如果这次打伊拉克能胜利，美国对外将更霸道。

民主制度可以思想传播，却不能靠武力强加。美国领导人对待别国的思维方式与苏联领导人有类似之处：①美国的利益代表全人类的利益；②以解放全人类之名推行自私的国家利益；③在理想主义的旗帜下行高度实用主义（萨达姆原本是美国扶植的)；④目的正确，可以不择手段。

基于以上各种因素，“和平主义”可能是人类最明智的选择。

后记：今天，伊拉克的局势仍然没有画上句号。以上“要点”中提出的问题大部没有答案。伊拉克民主前途如何，可能仍然仁者见仁，智者见智。但有一点是肯定的，反恐越来越多，效果适得其反。

资先生针对我的质疑，寄了这篇《旧话前提——伊拉克战争前的思考》给我。她真不愧为美国研究的专家，而我特别领悟到的，却是人性与制度的关系。欧美人大多主张性恶论，因此，强调法治，把一切拥有公权力的公仆们统统关在法律的铁笼子里。但强调“法治”的同时，也不断注意提高全体公民的民主素质。正如亚当·斯密，一方面主张市场经济，一方面大力提倡道德伦埋的修养，使全体社会人不至“唯利是图，”而是“见得思义”，自觉遵守游戏规则。

这就牵涉政治体制问题。尤其是十八大以后，新领导班子针对过去的弊端，有重点地从根子上抓起。针对公权力得不到约束，导致贪污腐败，习近平总书记提出了，一定要把权力关进法律的铁笼子里。这一口号的提出，实在是大快人心。你说世界上哪有一个民主国家会通过房地产开发来维持 GDP 的发展速度的，由此而爆发无数的拆迁惨剧（或自焚以抗议，或爆炸政府机关以泄恨），导致大量青年终身收入却买不起一套住房，而有权有势的人却拥有多套房产进行炒作，如近日盛传的陕西“房姐”在北京有 41 套房产，共计 9 666.6 平方米。而其人不过是陕西神木县农村商业银行副行长。另外，如“看病难”“入学难”与上述“住房难”，形成新的压在中国人民身上的三座大山。这三座大山是既得利益集团亦即权贵资产阶层造成的。

《新民周刊》2011 年第 21 期第 88 页沈嘉禄《特供那点事》一文说了个故事：20 世纪 70 年代初，西哈努克亲王国内政变，走投无路，只好在中国作寓公。一次来上海参观，在城隍庙吃饭，由南市区饮食公司操办。据一位亲历者回忆：“工作人员都要事先政审过，民兵在厨房里人盯人，防止坏人投毒。我是做点心的，芝麻、瓜仁要一粒粒拣过。还有一道鸡血汤，师傅三下南翔才找到正宗的本地草鸡。这个鸡卵是附着在肠子里没有形成鸡蛋的卵，才黄豆那么大小，配玉白色的鸡肠和深红色的鸡血，赏心悦目。但不是每只鸡都有，开膛一看，没有，这只鸡就白死了。总共杀了多少？传说是 108 只。但是当天亲王跟莫尼克公主打网球，打到兴起不来了，第二天再来。为了这碗汤，又大开杀戒。”

正与资先生讨论美国对内民主、对外霸权时，看到《炎黄春秋》2011 年第 5 期有一篇《如何理解“尊孔读经”：与杨继绳先生商榷》的文章，作者彭国翔，是北京大学哲学系高等人文研究院教授。我完全赞成杨先生《我看“中国模式”》一文的观点，所以立刻写了一篇《“尊孔读经”不可能导致中国的现代化》。

现移录如下：

“尊孔读经”不可能导致中国的现代化
——与彭国翔先生商榷

杨继绳先生的《我看“中国模式”》和彭国翔先生的《如何理解“尊孔读经”：与杨继绳先生商榷》，我都认真研读了。首先，我感到很高兴，因为两先生大方向都是一致的。其次，他们俩不同处，是对“尊孔读经”与民主宪政的关系。杨先生认为今天再提倡“尊孔读经”，只会阻挡中国的民主化；而彭先生则认为“将自由主义的精神与儒家传统的价值水乳交融地结合起来，才是当代中国文化发展的康庄大道”。

我认为彭先生如若对下列几点明确了，他就不会反对杨先生的论点和结论。

第一点是，中国传统文化中确实具有民主精神，但它不存在于孔、孟、荀的儒学中。

第二点是，儒学的土壤是农业宗法社会，这就决定了它只能成为皇权制度的意识形态。所以，它会被历代王朝利用。

第三点是，新儒家企图把自由主义与儒学结合是不可能的。

第四点是，近年来的“国学热”“儿童读经”是一种政治行为。

先谈第一点。2010 年，我在《江西师范大学学报》第 5 期上，曾发表《从黄宗羲的遗民身份说开去》一文。重点是说明黄氏的“天下为主君为客”，实质是民为主，君为客。此“客”如同旧社会地主、富农雇的长工或短工，都称“客作”。黄氏何以能产生这种民主思想呢？我以为来源于先秦时代。郭店楚简《唐虞之道》云：“唐虞之道，禅而不传。尧舜之王，利天下而弗（自）利也。”此与《原君》所说：“古者以天下为主，君为客。凡君之所毕世而经营者，为天下也。”“有生之初，……有人者出，不以一己之利为利，而使天下受其利”，如出一辙。上博简《容成氏》认为，从上古帝王到尧、舜、禹，皆推行“不授其子而授贤”。《子羔篇》亦云：“昔者而弗世（父传子）也，善与善相受（授）也。”黄宗羲自然看不到这些当代出土文物，但他熟知《吕氏春秋·审应览·不屈》记魏惠王两次让位于其相国惠施；《战国策·秦策一》：“商君治秦，……法令至行……孝公行之八年，疾且不起，欲传商君，辞不受。”《史记·燕召公世家》记燕王哙让位于其相国子之（以上根据仝卫敏：《“孝公欲传商君”说释疑》，《北师大学报》2010 年第 1 期）。

黄宗羲之所以能提出“天下为主君为客”这一光辉而具有超时代意义的命题（曹德本主编《中国政治思想史》），除了从传统文化获得启示，更主要的还因为时朝皇权专制的空前黑暗与残酷。任何先进人物的思想都不是无源之水，这源来自传统文化，更来自严峻的社会现实生活。

然而这种民主思想却并非来自儒学。

儒学自然也经受过上述民主思想的洗礼，证据便是出于汉儒之手的《礼记·礼运》。孔子对“天下为公，选贤与（举）能”的“大同”世界是“有志”的。但他面对的，却是《公羊传》所说的“据乱世”，即“礼崩乐坏”之世。他所企求的是“小康”之世，即禹、汤、文、武、周公之世。所以，他的《论语》，正如黑格尔所说的，只是伦理学。伦者，类也。五伦即五类人际关系（君臣、父子、兄弟、夫妇、朋友）。以《论语》为代表的儒学，实际就是说明如何处理好这五类人际关系。《礼运篇》针对“礼崩乐坏”的现象，强调礼治，最终目的是：“父子笃，兄弟睦，夫妇和”；“大臣法，小臣廉，官职相序，君臣相正”；“天子以德为车，以乐为御；诸侯以礼相与，大夫以法相序，士以信相考，百姓以睦相守”。这也就是《论语》中孔子对齐景公说的：“君君，臣臣，父父，子子”，君臣父子都要尽到自己的责任，天下、国、家（卿、大夫的食邑）才能治理好，亦即鲁迅所说中国人民能安稳做奴隶的时代。

掌握了这个钥匙，你就能洞开儒学所有的锁，也就懂得它为什么对统治者要求他们以礼乐为治，而对被统治者则要求他们以孝悌对待尊长。因为“其为人也孝弟，而好犯上者鲜矣；不好犯上而好作乱者，未之有也”。而礼最大的作用，就是紧紧绑住卑贱者的身子，使“农之子恒为农，工之子恒为工，商之子恒为商”。总之，富贵贫贱，都得世袭。这种身份的硬性规定，被统治者必然于心不服，于是，“礼之用，和为贵”，用乐来达到和的目的，亦即让你心甘情愿做卑贱者。这就叫作“君子学道则爱人，小人学道则易使也”。

所谓“王道”，所谓“仁政”，其实就是劝告统治者“平徭减赋”，不要超经济剥削，不要杀鸡取卵，以致激起民变，使载舟之水覆舟。

我最说，孔孟之道，如斯而已。其中绝不可能产生民主观念，更无所谓自由主义精神。五伦（五常）已如上述，三纲（君为臣纲，父为子纲，夫为妻纲）正与五常配套。要臣忠、子孝、弟恭、妻柔（妇，伏也），必然要俯首帖耳以服侍其上，这才能稳定与巩固这一宝塔式的统治。请问，这样的社会，能产生自由主义精神？

彭先生文章里提出“恒称其君之恶者，可谓忠臣矣”，“从道不从君”，“以德抗位”，“宁鸣而死，不默而生”。请问，这种对皇权专制的批判，就是民主思想、自由主义精神吗？

“从道不从君”，最好的例子是文天祥。他战败被俘，囚于燕京，元蒙君、相命瀛国公赵显（原南宋德祐帝，降元后被封瀛国公，时年九岁）劝降，文天祥哭拜于地，坚请回驾，决不从命。文天祥这种忠义，曾使元人许有壬感叹：“顾肤敏裸将之士，不知为何物也。”“肤敏”“裸将”，见《诗·大雅·文王》，指投降周朝的“殷士”。文天祥“杀身成仁”“舍生取义”，真正实践了孔孟之道。然而这种“从道不从君”，内涵有民主思想吗？

所以，儒家任何圣贤君子，不怕他们如何激烈地批判朝廷，也只是批判那些无道错君违背了先王之道，而不是把皇权专制作为一种制度来批判。问题的关键就在这里，批判是为了补台，而不是拆台。

“以德抗位”，道理相同。《孟子·公孙丑下》：孟子先引曾子的话：“晋、楚之富，不可及也。彼以其富，我以吾仁；彼以其爵，我以吾义。吾何慊乎哉!”从而引申说：“天下有达尊三：爵一，齿一，德一。朝廷莫如爵，乡党莫如齿，辅世长民莫如德。恶得有其一以慢其二哉?”此即所得“以德抗位”，但此德是“辅世长民”，即辅佐君主治理人民，请问，这与民主思想、自由主义精神何关?

“宁鸣而死，不默而生”，范仲淹这话表现的仍然是“格君心之非”的“比干练而死”的精神，和子思的“恒称其君之恶者，可谓忠臣矣”，精神是一致的，魏徵对唐太宗不就是这样吗?海瑞上疏给明世宗，把他的年号“嘉靖”，用当时老百姓的话，说成“嘉靖嘉靖，家家干净”，“称其君之恶”尖锐到何等程度?但这和民主、自由何关?

所以，彭先生根本失误之处，是把儒家的批判精神，看成是民主思想、自由主义精神的一种表现，其实完全是两码事。

再谈第二点。

中国列朝历代的皇帝，不论汉人、蒙古人还是满人，自汉武帝以后都“尊孔读经”。要说这是儒学被皇权利用，那么，同为“显学”的墨家何以不被利用呢?就是法家，他们的著作是帝王统治术的教科书，汉宣帝却对太子说，汉家制度是阳儒阴法。可见皇权所以利用儒学，正因为儒学能帮助皇权更巧妙地统治人民，仁义的说教具有更大的欺骗性。

两千多年的皇权社会，士为四民为首，这班人，既可以成为皇权的帮凶，也可以成为捣蛋鬼，所以，愚民必先愚士。最巧妙最高明的方法，就是以利禄来勾引读书人。皓首穷经的结果是，少数人爬上去，成为“入彀”的“英雄”，范进是典型；多数人爬不上去，成为孔乙己。这就是所有王朝的所谓“崇儒重道”。朱熹总算看透了这一点，所以，他沉痛地说：“（夫子之道）千五百年未尝一日得行于天地之间。”

这当然是事实。原因正如秦二世（胡亥）所说：“凡所为贵有天下者，得肆意极欲。”隋炀帝是一个最好的例子。他荒淫无度，体力不支，小臣泣谏，他被感动，听其安排，独居一室，屏绝酒色。但不终朝，即怫然出，曰：“如此，何贵为天子耶?”这句话说出了所有帝王的内心：做皇帝就是为了“荼毒天下之肝脑，以供我一人之淫乐”。所以，历代帝王无不“尊孔读经”，但也绝不身体力行。可又必须高举儒学的旗帜，把它作遮羞布，作欺骗人民的假面具。

任何一种学说的产生，都有适合它萌生、成长、壮大的土壤。皇权制度和儒学都只能产生于农业宗法社会。儒学作为上层建筑，它正好为皇权政治服务，所以，它总是受到每个王朝的青睐。一切统治者都必须运用“瞒”和“骗”的手段去愚民，儒学正好作为道统，来为皇权这一政统服务。

再谈第三点。

民主政治的土壤，和儒学的土壤，是异质的，两者完全不同。正如一位学人所指出的：民主制基础必须彻底打破宗法血缘关系，这才能产生：①有自由意志的独立个性，②个体皆平等，③个体有选择权，④对当权者有监督权。（高惠珠：《也谈儒家文化是否先进文化——对涂可国先生观点的一点补充》，《探索与争鸣》，2010 年第 1 期）

所以，新儒家企图把自由主义与儒学结合是不可能的。严复早就指出过：“夫自由一言，真中国历古圣贤之所深畏，而从未尝立以为教者也。”（《论世变之亟》，见《严复集》第 1 册）要从儒学中发掘民主的因素，也等于缘木求鱼。“民可使由之，不可使知之”，单凭这一句，新儒家其将何辞以对？

最后，第四点。

近年来的“国学热”“儿童读经”，并非纯粹是民间自发的，也是政府行为。雷颐的《启蒙与儒学：从维新到五四》（凡《读书》2010 年第 11 期）具体地说明了这一点。

这一现象的出现，官方和民间的出发点是不同的。民间主要是从“人心不古，道德沦亡”角度考虑，认为中国搞市场经济，搞得大家唯利是图，损人利己，损公肥私，假冒伪劣，充斥官场和市场，社会风气也黄毒烟赌，治安堪虞。为了挽救人心，重振道德，大家便乞灵于儒学。

这里有一个盲点，以为上述一切罪恶，都是源自市场经济，其实大谬不然。你要说德国的商店经理卖假货，他会和你打官司，以证明自己的清白。并非他道德高尚，而是德国法律规定：卖假货要受到法律严惩，其赔偿甚至会使他倾家荡产。所以，中国内地的假货横行，是由于没有法治。成熟的市场经济，是和法治相辅而行的。

至于官方提倡“国学热”，自然是为了建造和谐社会。全国到处爆发群体事件，实在害得官家人焦头烂额，不遑宁处。为了维稳，除了动用军警力量而外，为了釜底抽薪，干脆学习王阳明“除心中贼”方法，从孩子抓起，让他们从小就背诵圣经贤传，长大以后，自然循规蹈矩，不会犯上作乱了。

其实真要提倡“国学”，我倒建议决策精英们不妨以身作则，自己先学习一下“国学”，把《孟子》的“民之所好好之，民之所恶恶之”实行起来。真能做到这两句，我保证官民同心同德，天下永远太平。

所以，我的结论是，中国如欲现代化，并成为崛起大国，灵丹妙药不是

"尊孔读经"，而是让全国儿童从小就学习如何成为人民共和国的公民。普世价值是存在的，中国绝不能例外。

此文于5月20日挂号寄资先生，请她审阅修改后转送《炎黄春秋》编辑部。

5月25日，上午7：50，接到资先生自北京来的电话：文章收到，另有信来，她要加上几句，先征求我同意。我说："您改了就行，我完全同意。"她说："那不行。"我非常感谢她的认真负责精神。她说那信很快可以收到，如果同意，打电话告诉她。

5月30日，资先生来电话问信收到了没有。我告诉她："双休日离退办不取信，今天星期一，要十点才去取，现在才8：07。"她说："您今天如果收到了，同意加的话，请即来电话，我立即送到《炎黄春秋》编辑部去。"

这天上午，10：08，我在信箱中收到她的信。

匆忙之际，在信中把我的名写成"南山"了，好在信封并没写错。有朋友开玩笑说："资先生知道你比她大七岁，希望你'如南山之寿'。"

我十分感谢资先生的帮助。我得到她的指导，产生当年和钱锺书先生通信的感觉。

但是，此文后来并未刊出，我和她也没再提到这件事。"鱼相忘于江湖，人相忘于道术。"

但，这件事，她和我仍如桴鼓之相应。《中华读书报》同一年（2011）12月21日第18版，该报记者韩晓东的《资中筠：知我者谓我心忧》中提要说："这一年里，她的思考与写作一如既往地围绕着知识分子与启蒙问题，并针对'大国崛起'语境中逾演逾盛的虚骄之气，毫不客气地否定'中国模式'的提法。而面对'国学热'的兴起，她也提供出了自己对所谓的'中国文化复兴'的冷静思考。"

她是清华校友，可是，"已经不认同现在的清华了"，"有点像是'招天下英才而摧毁之'"。

可是2014年9月11日的《中国青年报》头版"中青评论"栏李斌《考北大清华不应是最大教育政绩》一文披露的广东江门恩平市，政府对"考上北大、清华重奖一百万元，并赠送一套洋房。"该地政府之所以能这样，是因为澳门恩平同乡会会长冯活灵，在家乡设立三千万元高考专项奖励基金，用于奖励2015年至2021年考取北大、清华的考生及教职人员，每年奖金总额五百万元。据说地方政府大都有这种北大、清华情结。

两相比较，资先生和中国内地地方政府对清华的看法真是天渊之别。

关于"尊孔读经"，她说："有两个有趣的现象：就是把孔子作为一种工具，异族统治的时候特别尊孔，为了统治和笼络中国的读书人，要抬出孔子来。在抵制一切新的思想的时候要抬出孔子，想要解放思想的时候，就要非孔。"她说："在中华民族文化复兴这个问题上，与其重复去尊孔读经，还不如重新再开设公民课。"

这仍然是2011年说的话。

可是，2014年9月4日，《南方周末》第4版，该刊记者张瑞、实习生张维的《十字路口的读经村》，另一记者翁洹、张瑞的《读私塾的孩子》；特别是9月11日的《南方周末》第4版，该刊记者郭丝露、特约撰稿王乐的《“女德班”：教现代女性守妇道》一文，使我这91岁老人错愕莫名。我忍不住在文末空白处批：“怪现状！”“贼夫人之子！”“救救孩子！”“解放妇女！”我从小背了十二年古书，大学教古典文学，可我一直反对“国学热”，尤其反对“儿童读经”。至于“打不还手，骂不还口，逆来顺受，绝不离婚”这样的“女德”精髓，简直使我目瞪口呆，不知人间何世。这还是新中国成立65年的共和国吗？《小二黑结婚》作者如果活到今天，面对这种现象，他该作何感想？资先生见到这些新闻，她又该如何惊诧莫名，悲愤交集！

今年（2014）3月3日，刘松来教授给我送来资先生的《我对当下中国的几点看法》一文复印件。讲话时间是1月16日。所讲各点，对我来说，是全新的，也是触目惊心的。资先生引了清华孙立平教授一句话：我们的危险不是揭竿而起和暴动，这不太可能原本在社会共议中认为不可以做的事情，现在大家都认为非常正常。比如，去年高考，有还算尽职的监考老师没收了作弊的工具，家长们却聚众把他揍了一顿。为什么？家长认为他们唯一公平的权利就是作弊，因为权贵子弟不需要作弊，走后门就可以入学。现在公然认为作弊是堂而皇之的权利，而且是取得公平的手段，这个社会变成什么样子了？所以如果再没有法治，大家都认为干坏事可以得到好处，年轻人根本不相信靠自己的努力、诚实的劳动，能够向社会上层流动，获得好的社会地位，这个社会是没有希望的。”

孙立平、资中筠两先生的话，使我想起自己关于苏联解体的两句诗：“鱼烂梁亡哀覆辙，鲸吞国败视降旗。”“整个民族的溃烂”就是“鱼烂”啊！

今年（2014）《炎黄春秋》第7期刊出资先生《革新中国统历史观》一文，最精彩的部分是总结苏联解体的经验教训，存在两种视角：你是从人类文明史的视角，还是沿袭朝代兴替的视角？经过她这一分析，读者对世界大势和国内形势，顿有豁若启蒙之感。资先生高屋建瓴，鞭辟入里，确实是大手笔！

资先生曾对周有光老先生表示对中国前途的不乐观。我倒乐观：社会人总会摸索着前进，人不会被尿逼死。乐观不是廉价的，《探索与争鸣》2014年第3期，京沪部分学者纪念《甲申三百年祭》发表70周年，讨论“跳出历史周期律何以可能”，王长江的《关于“甲申悲剧”的再思考》指出：“怎样管住权力，跳出历史周期律，实事求是地考察一下世界现代民主政治的发展，是不难得出结论的。在近代以前，西方国家也和中国一样，经历着反反复复的王朝更替。但在建立了以市场经济为基础的民主政治之后，这一过程便总体上停止了。”所以，他强调，“今天，我们需要沿着民主的道路坚定不移、义无反顾地继续向前”。燕继荣指出：“用革命建立政权，但必须终结革命，才能实现国家的长治久安。而要终结革命，就必须在民主宪政的框架下，实行依法治国。”孔寒冰更指出：中共当下重提群众路线、禁止大吃大喝的“八项规定”，“这些措施就是遏制已成油水的党群关系向水火关系的深渊滑去的良药”。

我就是凭这些乐观的，相信资先生也同样。□ 2014 · 6

注：本文收入本书时已按要求删节。

“80后”：网络江湖与另类文化

□江　冰

20多年前，我在大学研究中国当代文学，认真而投入，后来去媒体干了七八年，其间与文学完全脱离了数年。2004年重返大学后，再次进入当代文学，一个文学空白的时间段，居然奇妙地让我获得一种回望的视角，一个产生丰富联想的历史空间，我的目光开始投向并逐渐聚焦到“80后”一代人身上。

一、从文学到网络的“小江湖”

我的关注是从文学开始的，观察与思考的时间跨度正好20年。

观察“80后”文学的青年文化背景，使我自然地回想起20年前刘索拉的《你别无选择》、徐星的《无主题变奏》、陈村的《少男少女，一共七个》以及由这批作品所带动的一种属于青年文化的创作倾向。属于这一倾向的代表作品还有陈建功的《鬈毛》、刘西鸿的《你不可改变我》、刘毅然的《摇滚青年》等中短篇小说。

我曾经把这一以刘索拉为首的创作倾向命名为“骚动与选择的一代”，将其特征归纳为反文化、反价值、反崇高和反英雄。在当时的批评界，这批作家的这批作品，受到完全相反的评价，可谓毁誉参半，褒贬不一。我曾经试图把这一文学现象写进一部当代文学史，被出版社审稿时无情地删去，当时我懊丧了许久。20年后的今天来看，这个并没有持续发展蔚为大观的“短命”的文学创作倾向，其实更具有社会文化的意义，与其说它是“先锋小说”，不如说它是青年文化在文学上的一次冲动。

刘索拉、徐星的创作冲动之所以短暂，有两个原因，一是它可以归属于20世纪80年代文学界涌动的思想解放运动，或称新启蒙运动的一个支流，大潮滚滚，汇流成河，足以覆盖支流；二是尚缺乏属于青年独立性的思想和亚文化基础，在大文化的背景下，亚文化的群落尚未形成，所以除了青春期反叛的经验外，支持写作的独特文化资源不足，无力供给支流源源不断的原创力，使其成为20世纪80年代的一个思潮或是一个流派。

由此也可见出，文学思潮与流派产生的根本原因，不是缺少文学才子，也非特殊经验，说到底，是有没有强大而独立的文化资源作为原动力。

二、“80 后”：20 年后卓然独立的“小江湖”

与20 年前的刘索拉、徐星相比，“80 后”文学显然拥有比较深厚的青年文化基础。或者说，刘索拉一辈尚未从父辈和前辈的文化精神中分离出来，而“80 后”则与父辈和前辈截然不同，价值观念的真正而全面的“裂变”始于 70 年代出生的人，但迅速地在“80 后”手中实现，2004 年，进入“80 后”文学之后，我看到了一个有趣的现象，就是网络流行词的流行时间基本上只有两个月，很少超过三个月，但是“80 后”这个词流行的时间非常长，为什么会这样呢？从 2004 年 2 月，北京少女作家春树登上了《时代周刊》的封面，是我们主流社会第一次很庄重地看到“80 后”这个词，但有差不多两年的时间，媒体对“80 后”基本上是以批判为主，最早的消息是“80 后”叛逆成风，他们发育比较早，所以犯罪的比较多，“80 后”的心理比较有问题，但 2007 年后主流媒体的态度变化很快，从包容、接受到赞扬，过程时间不长。为什么会有这样的情况呢？后来我意识到“网络”起了很大的作用。如果从亚文化这个角度来说，从前的青年亚文化表现也在承受批判，年轻人戴蛤蟆镜、穿着喇叭裤、听流行音乐也是主流社会质疑批判的，这些东西往往难以形成气候，为时不久，无疾而终，为什么呢？

也许伯明翰学派对亚文化研究的三个关键词可以帮助我们理解，第一个是抵抗，第二个是风格，第三个是收编。抵抗，所有的亚文化对主流社会都有一种抵抗，我要把牛仔裤搞破就是一种抵抗，抵抗整洁庄重的传统；第二是风格，我要形成我独特的风格，这就是我亚文化的标志；第三是收编，商品社会和意识形态对青年亚文化的收编。富有意味的是，今天这个收编的过程比从前缩短了很多，为什么呢？因为网络，从前亚文化的支持者人群比较少，而到了今天这个网络的时代，出现了“网络的一代”，就是 1985—1994 年出生的一代人，因为 1984 年之前的对网络的接触还没有达到完全的数字化环境。“网络的一代”成长于网络，网络是他们名副其实的“第二生存空间”。于是，这一代人全部拥有相近的价值观念，相近的认知方式，相近的知识结构。当我们的身边，我们的孩子，我们年轻的同事们都普遍拥有这种观念的时候，启发是普遍的，力量是普遍的，影响也是普遍的。你无法回避，主流社会不得不接受它，所以这个收编的过程被大大缩短了！在文学的“三分天下”格局中，实际上“80 后”“90 后”在三分之二的格局中占了重要的位置，他们既是创作者，又是消费者。进而言之，亚文化的气氛形成不仅仅是依赖一小群人，而是依赖网络改变的整整一代人。历次中国互联网报告飞速增长，网民数量以及网民的年轻化即有力的例证。

我们只要稍稍将视野投向日常生活，就可以清楚地看到在“80后”一代人的成长词典中出现了那么多上辈人完全没有的“词汇”，那些只有他们自己听得懂的网络语言，那些令他们自我欣赏自我陶醉的手机短信、图片传送、网络音乐、真人秀、自拍、星座……

促使我进入“80后”文学研究的一个重要原因，是我观察到“80后”一代书架阅读书目的某种断裂，安徒生、格林兄弟、曹文轩、秦文君、郑渊洁的作品不能完全抓住他们了，当代作家的作品被他们疏远了，网络作家开始进入他们的视野，很快，“80后”同龄人的作品占据了书架的主要位置，与大批学习辅导复习资料分庭抗礼，俨然成为他们生活中的“两个世界”：一个属于社会、学校、家长、公开的；另一个属于自己、伙伴、团体、私密的。我们在韩寒、春树、郭敬明、张悦然的作品中都不难看到两个世界的对峙状态，对峙的强烈程度因作品而异也因人而异。“80后”在成人世界提供的文学中找不到慰藉，于是他们自己写、自己读、自己买，到了具有商业才能的郭敬明手上索性自己卖，形成一个完整的青春文学的产业链。是这一代人太另类？还是社会转型价值倒转？谁之责？社会？时代？世界？成人？父母？历史？文化？教育？

我对“80后”一代有两个定义——从平面印刷媒体向数字新媒体过渡的一代，同时也是“价值断裂”的一代。当下，出于各种动机和愿望，不少人有两个想法比较突出：一是“80后”的所有表现都是青春期的冲动，“我们年轻时比他们还激烈”，到了三十岁就走正道了；二是“80后”文学与传统主流并无太大差异，至多是风格的表现不同。而我以为，从汉语表达来说，当然没有出现像文言文到白话文那样的飞跃，但我以为文学精神的内在变化不可忽视，其意义也许并不亚于文言文到白话文的飞跃，“80后”乃至“90后”“网络一代”的成长经验，可以视作我们中华民族在21世纪民族性格发生变化的一个形态依据，一个希望所在，文学也不过是表现形态之一。简言之，“80后”开拓出了属于他们自己的文学道路，新质已然出现，风格只是表象，你想抹平差异，你想忽视存在，很难且与文学事实不符。因为，“80后”已经自成江湖。

三、 网络是一个另类文化的空间

网络空间是一个文化的原野，也是一个另类的文化空间。“80后”正是与网络一道成长的。中国网民在这几年的持续增长，速度非常快：由2002年的5 000多万到3.84亿，这是2009年12月的统计数字。最新的数字已经是4.3亿，多么巨大的人群啊！

我们的互联网普及率在全世界的排名第七十多位，属于中等偏上的位置。现在互联网的前三甲是韩国、美国和日本。美国显然是这个世界最强大的国家。中国网民中这“80后”“90后”两个群体占比很大。所以，今天不了解网络就不了解今天的青年，而青年永远代表未来。失去了青年就失去了未来，失去了未来，一切东西也都化为乌有。

因此不可忽视网络上的青春文化，以及它所张扬的另类文化。

比如，网络上很抢眼的“王道女”现象。从网络消费上看，它是一种男色消费，中国社会前所未有，不妨一说。中国传统社会中间，大量的是女色消费。中国的古典诗歌，除了李清照是“千古之一人”外，像蔡文姬和后来的一些才女写的诗歌的数量是相当有限的。除了李清照在中国古代文学史中间可以独树一帜，或者可以单列一章的以外，可以说在中国古代社会中——除了武则天、慈禧太后这样的女帝王有一些男面首以外——大部分的中国文化主要的是男性文化，是男性一统天下的时代，同时也是女性沉默的年代。所有女性的声音实际上都是由男性来述说，比如，大量的男性文人写作的“闺怨诗”。

但是，今天中国的大学生和中学生之中，女生的地位越来越高。人们分析了很多种原因：比如说，在妇女解放的大背景下，现在城市的独生子女，女孩子都比较强，男孩子都比较弱，其重要的原因在于家庭的财权大都握在母亲手上，所以母亲在家庭比较强势。还有一个，女孩子的青春期比男孩子早两年，她在初中年代时，远远比男孩子聪明，因为她成熟了，她的智商、情商，从身体到精神发育都比男孩子早。所以在这种体制化的教育中，女孩永远走在男孩子的前面。我在20世纪90年代大学教书时就发现这种情况，一个班级里，前十名可以拿奖学金的里头，有七到八名是女生，甚至有的班前十名全是女生。中学也是这样。所以她把男孩子给压抑了，女生不但比较强，而且越来越强。于是到了网络时代，出现了“男色消费”，构成了别样的另类文化。20世纪80年代，中国妇联曾经搞过一个“寻找男子汉”的活动，最后人们发现中国没有男子汉，只好找到日本去了，是影星高仓健。但是今天发生变化了，今天人们最喜欢的男人，我们在做调查中间发现，是谁呀？是韩国的一个著名影片《王的男人》里头的男主角李准基，一个面容无比清秀娇美的男演员。这个影星前一段时间要去服兵役，网络上大批女粉丝又哭又喊又叫，非常地心疼。由此可以看到，这个时代审美观在变化。

实际上，今天这样一种题材也表达了当下人们对同性恋的认识。人们发现，同性恋实际也是人类本性中的一个部分，不能简单地说它是缺点还是优点，李安在好莱坞确立地位的电影《断背山》，就涉及这个敏感问题。近年来，由于著名学者李银河等人的努力，中国政府已经逐步对同性恋认可了。其实在广州、深圳的酒吧，都有同性恋者的活动，而且同性恋在网络上也是相当活跃。

而“王道女”主要就是喜欢男孩对男孩的爱情。不过，她们喜欢的这种爱情跟同性恋又不是相等的概念。她们喜欢的是幻想中的男男爱情，这也有日本读物和动漫的影响。在我的调查中，国内网络上也有相当一批人热衷于此，主要是集中在十二岁到十八岁、十八岁到二十五岁这两个年龄段的女孩子的身上。她们这种爱情跟人本身的性欲也还不是画等号的，更多的是一种幻想，颇有点像艺术中关于性的消费。所谓“王道”，就是指两个男性之间的友谊，这种友谊被这些女粉丝们想象成他们有同性恋倾向，然后专门有一批人做这方面的小说和漫画，去想象，去书写这方面的作品。这些作品在网络上形成一个巨大的圈，在交流，在消费，在形成一种另类文化。

相似的网络现象还有很多，不胜枚举。它们的一个共同特点就是——有一个特殊人群；有一个志趣相投的共同爱好；有一个个性十足的话语系统；有一个价值认同的互动空间……

网络恰恰提供了这样一个土壤、温床和空间，一个中国传统社会前所未有的生长空间，一个非常特殊的空间，也是中国另类文化和青年亚文化生长的一个特殊空间。

这也就是我们无法回避和必须面对的“80后”，一种文化的事实与存在。◻ 2010·5

跋：纪念与告别

□ 徐南铁

从《粤海风》105 期的 1 000 余万字里面选文章编书，陷入割爱之难。所有的文章都是自己一篇篇看过、挑选过，经手发表出来的，字里行间有作者与编者的相互认同，至少有基本的一致。不少文章的背后还有一些直白或深藏的故事，比如文章的来历、当时的背景、与作者的渊源、发表之后或赞同或批评的反响。那些给作者及编者带来的种种影响或后果，形成了一个个后续或延伸的链接，耐人寻味，发人深思。

我总觉得，挑选文章出集子是杂志文化立场和文化追求的集中反映，是编者趟过时间之河以后与作者的再度相遇和共鸣，也是杂志对读者的再一次推荐和提醒。敢于并且能够选出这么多篇文章来出集子，算得上是一种文化自信的展示。以此回望，也就不枉我们在编刊过程中的种种不容易了。那些曾经的字斟句酌、投鼠忌器，那些一再的掂量轻重和揣摸时宜，还有发稿时难免的痛苦抉择、印出来之后常有的惴惴不安，决不是"为他人做嫁衣裳"就能够一言以蔽之的。作为时代的报告，作为岁月的告慰，作为存在的依据，也作为《粤海风》的告一段落，这四本书在这浮泛不安的社会里自有清音，成为我主编《粤海风》百余期杂志留存的一个缩影，一个交代，也成为人生的纪念和职场的告别。

这里选的文章取材不同，角度有别，长短不一，风格各异，但它们所蕴含的人文精神却是一致的。作者仰望历史的天空，放眼脚下的大地，心怀由挚爱而生出的种种感念，包括难言的愤懑与深深的忧伤。他们的文章是《粤海风》办刊理念的呈现，携带着《粤海风》办刊风格的印记。也正是这些文章，铺垫和延伸着《粤海风》办刊理想的道路。百期《粤海风》的存在，或许本身就是一个偶然。而偶然不是常态，最终还是要向必然回归。林林总总的往事走不出我们这种刊物的宿命空间，《粤海风》只不过是当代清明上河图中一个极微小的部分。但正是因为这些作者和这些文章，风过留痕，《粤海风》在人们心目中留下了思想文化探索道路上的跋涉脚印。

在惋惜许多未被入选文章的同时，我还不由想到一些没能够在《粤海风》亮相的文章。它们有的甚至是在杂志已经印好之后而不得不撤下来的，杂志因而重印。曾有一篇来稿认为，中国20世纪的第一次启蒙是失败的。一位有关同志追问：关于此事上面是怎么说的？他要求编辑部查找中央文件对照。这样的故事，我只能把它当作历史的悲喜剧来看。

曾经，一位做教授的朋友告诉我，他在某全文期刊网上看到近期的《粤海风》，但是他在该期发表的一篇关于鲁迅的文章却找不到，竟然被从中剔除了。他对“全文”网的“不全文”感慨万端，却也万般无奈。此事给我的感觉是，自己就好像足球比赛的中场队员，对方球员带球晃过了我，却有后卫队员立即补位，进行拦截。回头望望，深感我们的防线很强大。而且难以避免的是，这四本书中的一些文章也是“不全文”。

很感欣慰的是，我为这四本书延请四位文化大家作序，无不欣然命笔。最先找的是邵燕祥先生，是他建议我多找几个人来写。只是四篇序中的两篇已被杂志登载时，书稿还在几家出版社辗转，前程未卜。

《粤海风》出满100期的2014年，我主编了这套《粤海风文丛》凡七本，有三本已在2014年春夏问世，包括我为各期杂志写的卷首语结集《迎面有声》。2015年春天，我离开了《粤海风》社长兼主编的位子。不断有人问：杂志是否延续你的风格？我说这不是我关心的事情。我只是付出了18年心血，编辑出版了105期杂志而已。我现在创办了微信公众号《记忆》和《粤海述评》，每天推送原创文章，宛如当年编杂志，却享受着新媒体的乐趣。

从我接手改版、主编《粤海风》，到这四本书的最终出版，时间正好20年。衷心感谢暨南大学出版社的李战女士，这位少年时即熏陶于北大的才女让我欣慰感知：出版界还是有人坚持文化担当、拥有事业激情的。

在这里我还要记下这些名字：潘英伟、易文翔、刘平辉、王威廉、傅修海、陈桥生、谢长林、萧宿荣、唐宁……他们伴随杂志历程留下的或深或浅的不同印迹，也留在了我的心里。

注：书中每篇文章末尾的数字，是该文发表的年份和期数。